John Boyne
Cyril Avery

JOHN BOYNE

Cyril Avery

Roman

Übersetzung aus dem Englischen
von Werner Löcher-Lawrence

PIPER

Mehr über unsere Autoren und Bücher:
www.piper.de/literatur

Von John Boyne legen im Piper Verlag vor:
Das Haus zur besonderes Verwendung
Das Vermächtnis der Montignacs
Das späte Geständnis des Tristan Sadler
Der freundliche Mr Crippen
Haus der Geister
Die Geschichte der Einsamkeit
Cyril Avery

Dieses Buch wurde mit Unterstützung
von Literature Ireland veröffentlicht

ISBN 978-3-492-05853-7
Deutsche Erstausgabe,
Mai 2018
© John Boyne 2017
Titel der englischen Originalausgabe:
»The Heart's Invisible Furies« bei Doubleday,
einem Imprint von Transworld Publishers, London, 2017
© Piper Verlag GmbH, München, 2018
Satz: psb, Berlin
Gesetzt aus der Sabon
Druck und Bindung: CPI books GmbH, Leck
Printed in the EU

Für John Irving

Inhalt

Teil I: Schande
    1945: Der Kuckuck im Nest   13
    1952: Die Vulgarität der Popularität   70
    1959: Das Beichtgeheimnis   139
    1966: Im Reptilienhaus   224
    1973: Den Teufel im Zaum   307

Teil II: Exil
    1980: In den Anbau   397
    1987: Patient 741   452

Teil III: Friede
    1994: Väter und Söhne   537
    2001: Der Phantomschmerz   622
    2008: Der Silbersurfer   681

Epilog
    2015: Jenseits des Hafens auf hoher See   713

»Bin ich die Einzige, die denkt, dass die Welt mit jedem Tag ekelerregender wird?«, fragte Marigold und sah über den Frühstückstisch zu ihrem Mann Christopher.
»Eigentlich«, antwortete er, »finde ich ...«
»Das war eine rhetorische Frage«, sagte Marigold und steckte sich eine Zigarette an, die sechste an diesem Morgen. »Du blamierst dich, wenn du jetzt noch etwas sagst.«

Maude Avery, Die Neigung zur Lerche,
The Vico Press, 1950

I

Schande

1945

Der Kuckuck im Nest

Die guten Menschen von Goleen

Lange bevor wir herausfanden, dass er zwei Kinder mit zwei verschiedenen Frauen gezeugt hatte, einer in Drimoleague und einer in Clonakilty, stand Father James Monroe vor dem Altar der Kirche Unserer Lieben Frau, Stern des Meeres, der Gemeinde Goleen in West Cork und brandmarkte meine Mutter als Hure.

Die Familie saß in der zweiten Reihe, mein Großvater am Gang, wo er mit seinem Taschentuch die an die hölzerne Lehne vor ihm genagelte Bronzeplakette zum Gedenken an seine Eltern polierte. Er trug seinen Sonntagsanzug, den meine Großmutter am Abend zuvor erst aufgebügelt hatte. Sie ließ die Jaspisperlen ihres Rosenkranzes durch ihre verwachsenen Finger wandern und bewegte stumm ihre Lippen, bis er seine Hand auf ihre legte und ihr befahl aufzuhören. Meine sechs Onkel, das dunkle Haar feucht schimmernd von nach Rosenwasser duftender Pomade, saßen in nach Alter und Dummheit aufsteigender Ordnung neben ihr, jeweils zwei, drei Zentimeter kleiner als der nachfolgende ältere Bruder, was von hinten klar zu erkennen war. Die Jungs taten ihr Bestes, um wach zu bleiben, nachdem es am Vorabend in Skull einen Tanz gegeben hatte. Schwer angeschlagen waren sie nach Hause gekommen und hatten nur wenig schlafen können, bevor ihr Vater sie zum Kirchgang weckte.

Am Ende der Bank, unter der Schnitzerei der zehnten Station des Kreuzwegs, saß meine Mutter voll panischer Angst vor dem, was gleich kommen würde. Sie traute sich kaum, den Blick zu heben.

Die Messe begann wie immer, erzählte sie mir später, müde absolvierte der Priester die Eingangsrituale, und die Gemeinde sang gewohnt schief das Kyrie. William Finney, ein Nachbar meiner Mutter aus Ballydevlin, stieg aufgeblasen zur ersten und zweiten Lesung auf die Kanzel, räusperte sich direkt ins Mikrofon und betonte jedes Wort mit so dramatischer Eindrücklichkeit, als stände er auf der Bühne des Abbey Theatre. Father Monroe schwitzte sichtlich unter dem Gewicht seines Ornats und vor Wut, und nachdem die Gemeinde das Halleluja gesungen und er das Evangelium verkündet hatte, bedeutete er allen, sich zu setzen. Die drei rotbackigen Messdiener eilten zu ihrer Bank auf der Seite und tauschten aufgeregte Blicke. Vielleicht hatten sie in der Sakristei die priesterlichen Notizen gelesen oder gehört, wie Father Monroe seine Rede einübte, während er sich das Gewand über den Kopf zog. Vielleicht wussten sie auch nur, zu welcher Grausamkeit dieser Mann fähig war, und waren froh, dass sie sich an diesem Tag nicht gegen sie richten würde.

»Meine Familie lebt in Goleen, seit es Aufzeichnungen gibt«, fing Father Monroe an und sah auf einhundertfünfzig erhobene und einen gesenkten Kopf. »Einmal kam mir das fürchterliche Gerücht zu Ohren, dass mein Urgroßvater Verwandte in Bantry hätte, doch das hat sich zum Glück nicht bestätigt.« Ein dankbares Lachen der Gemeinde: Ein bisschen lokalpatriotische Bigotterie tat niemandem weh. »Meine Mutter«, fuhr er fort, »war eine gute Frau, sie liebte ihre Gemeinde. Sie ging ins Grab, ohne West Cork je verlassen zu haben, und sie hat es nie auch nur einen Moment bereut. ›Hier leben gute Menschen‹, hat sie mir immer gesagt. ›Gute, ehrbare, katholische Menschen.‹ Und nie, nie hatte ich Grund, daran zu zweifeln. Bis heute.«

Kurz wurde es unruhig in der Gemeinde.

»Bis heute«, wiederholte Father Monroe langsam und schüttelte traurig den Kopf. »Ist Catherine Goggin anwesend?« Er sah sich um, als hätte er keine Ahnung, wo sie sein könnte, obwohl sie seit sechzehn Jahren jeden Sonntagmorgen auf demselben Platz saß. Sofort drehten sich die Köpfe aller Männer, Frauen und Kinder in ihre Richtung, mit Ausnahme derer meines Großvaters und meiner sechs Onkel, die entschlossen nach vorn starrten, und meiner Großmutter, die ihren Blick in dem Augenblick senkte, als meine Mutter aufsah. Das Auf und Ab der Schande.

»Catherine Goggin, da bist du ja«, sagte der Priester, lächelte ihr zu und bedeutete ihr vorzutreten. »Komm her zu mir wie ein gutes Mädchen.«

Meine Mutter stand langsam auf und ging zum Altar, wo sie bisher nur die Kommunion empfangen hatte. Ihr Gesicht war damals nicht rot, erklärte sie mir Jahre später, sondern blass. Es war heiß in der Kirche, von der schwülen Sommerluft draußen und dem Atem der erregten Gemeinde, und sie fühlte sich unsicher auf den Beinen, hatte Sorge, sie könnte ohnmächtig werden, auf den Marmorboden fallen und dort verrotten als abschreckendes Beispiel für die anderen Mädchen in ihrem Alter. Nervös sah sie zu Father Monroe hin, fing kurz seinen bösartigen Blick auf und wandte sich gleich wieder ab.

»Als könnte sie kein Wässerchen trüben«, sagte der Priester und sah mit einem angedeuteten Lächeln auf seine Schäfchen hinab. »Wie alt bist du jetzt, Catherine?«, fragte er.

»Sechzehn, Father«, sagte meine Mutter.

»Sag es lauter. Damit dich auch die guten Leute hinten in der Kirche hören können.«

»Sechzehn, Father.«

»Sechzehn. Jetzt nimm den Kopf hoch und sieh dir deine Nächsten an. Deine Mutter und deinen Vater, die anständige, christliche Leben gelebt und ihren Eltern Ehre gemacht haben. Deine Brüder, die wir alle als gute, aufrechte junge Männer kennen, harte Arbeiter, die keine Mädchen auf Abwege bringen. Siehst du sie, Catherine Goggin?«

»Ja, das tue ich, Father.«

»Wenn ich dir noch einmal sagen muss, lauter zu sprechen, verpasse ich dir über den Altar hinweg eine Ohrfeige, und ich sage dir, nicht eine Menschenseele hier in der Kirche wird mir einen Vorwurf daraus machen.«

»Ja, das tue ich, Father«, sagte sie jetzt lauter.

»›Ja, das tue ich.‹ Das ist das einzige und letzte Mal, dass du in einer Kirche ›Ja‹ sagst, ist dir das klar, kleines Mädchen? Für dich wird es nie einen Hochzeitstag geben. Deine Hände greifen nach deinem fetten Bauch, wie ich sehe. Gibt es da ein Geheimnis, das du verbirgst?«

Ein kollektives Luftholen in den Bankreihen: Das war es, wovon die Gemeinde ohnehin ausgegangen war, was sonst hätte es sein können? Nur die Bestätigung hatte noch gefehlt. Blicke flogen zwischen Freunden und Feinden gleichermaßen hin und her, in den Köpfen formten sich bereits die kommenden Gespräche. Die Goggins, würde es heißen. Von der Familie war ja nichts anderes zu erwarten. Der Vater kann kaum seinen Namen auf ein Blatt Papier schreiben, und die Frau ist eine wirklich absonderliche Person.

»Ich weiß es nicht, Father«, sagte meine Mutter.

»Du weißt es nicht. Natürlich weißt du es nicht. Bist ja auch nicht mehr als ein dummes kleines Flittchen, nicht mehr Hirn im Kopf als ein Stallkarnickel. Und mit der Sittlichkeit steht es auch nicht besser, möchte ich hinzufügen. All ihr jungen Mädchen«, sagte er, hob die Stimme und sah die Bürger Goleens an, die reglos auf ihren Plätzen saßen, während er den Finger auf sie richtete. »Seht euch Catherine Goggin an, ihr jungen Mädchen, damit ihr wisst, was mit euch geschieht, wenn ihr untugendhaft lebt. Dann endet ihr mit einem Kind im Bauch und ohne einen Mann, der sich darum kümmert.«

Es wurde kurz laut in der Kirche. Im Jahr zuvor hatte sich ein Mädchen auf Sherkin Island schwängern lassen. Es war ein wundervoller Skandal gewesen. Und vorvergangene Weihnachten war es in Skibbereen passiert. Kam jetzt die gleiche Schande über Goleen? Wenn es tatsächlich so war, würde schon zum Tee nachmittags ganz West Cork Bescheid wissen.

»Nun, Catherine Goggin«, fuhr Father Monroe fort, legte ihr eine Hand auf die Schulter und drückte fest mit den Fingern zu. »Vor Gott, deiner Familie und den guten Christen dieser Gemeinde, nenne uns jetzt den Namen des Jungen, der mit dir ins Bett gegangen ist. Nenne ihn, damit er es gestehen und ihm im Namen Gottes vergeben werden kann. Und dann verschwindest du aus dieser Kirche und dieser Gemeinde und beschmutzt den Namen Goleens nie wieder, hörst du?«

Sie hob den Blick und sah zu meinem Großvater hinüber, der mit wie in Stein gehauener Miene den hinter dem Altar hängenden, ans Kreuz geschlagenen Jesus anstarrte.

»Dein armer Vater kann dir nicht helfen«, sagte der Priester, der ihrem Blick folgte. »Der will auch nichts mehr mit dir zu tun haben. Das hat er mir gestern Abend gesagt, als er ins Pfarrhaus kam, um mir die schändliche Neuigkeit zu überbringen. Und dass mir hier keiner Bosco Goggin die Schuld gibt, denn der hat seine Kinder nach den Werten der katholischen Kirche großgezogen. Nenne mir den Namen des Jungen, Catherine Goggin, nenne ihn mir, damit wir dich hinauswerfen können und dein schmutziges Gesicht nicht länger sehen müssen. Oder kennst du seinen Namen nicht? Ist es das? Gab's da zu viele, als dass du dir sicher sein könntest, wer es war?«

Ein unzufriedenes Murmeln war aus den Reihen der Kirche zu hören. Das ging der Gemeinde dann doch einen Schritt zu weit, schließlich gerieten nun alle ihre Söhne in Verdacht. Father Monroe, der über zwanzig Jahre Hunderte von Predigten in dieser Kirche gehalten hatte, wusste, wie er die Anwesenden zu lesen hatte, und nahm sich ein wenig zurück.

»Nein«, sagte er. »Nein, ich sehe, da ist noch ein letzter Hauch Anstand in dir, und es gab nur einen Burschen. Aber nenne mir jetzt seinen Namen, Catherine Goggin, oder ich vergesse mich.«

»Ich sage ihn nicht«, sagte meine Mutter und schüttelte den Kopf.

»Was war das?«

»Ich sage ihn nicht«, wiederholte sie.

»Du sagst ihn nicht? Die Zeit für Schüchternheit ist lange vorbei, begreifst du das nicht? Den Namen, kleines Mädchen, oder ich schwöre beim Kreuze, dass ich dich in Schande aus diesem Gotteshaus prügle.«

Sie hob den Kopf und ließ den Blick durch die Kirche schweifen. Es war wie in einem Film, erzählte sie mir später, alle hielten den Atem an und fragten sich, auf wen sie den Finger wohl richten würde. Alle Mütter beteten, dass es nicht ihr Sohn wäre. Oder schlimmer noch: ihr Mann.

Sie öffnete den Mund und schien kurz davor, den Namen zu nennen, besann sich aber und schüttelte den Kopf.

»Ich sage ihn nicht«, wiederholte sie leise.

»Dann raus hier mit dir«, sagte Father Monroe, kam hinter sie und gab ihr mit seinem Stiefel einen allmächtigen Tritt, der sie die Altarstufen hinunterschickte, die Hände vor sich ausgestreckt, denn schon in dieser frühen Phase meiner Entwicklung wollte sie mich um jeden Preis schützen. »Raus hier, du Flittchen, raus aus Goleen, trag deine Schande anderswohin. In London gibt es Häuser, die für solche wie dich gebaut wurden, und Betten, in denen du dich auf den Rücken werfen und für jedermann die Beine breit machen kannst, um deine schamlosen Lüste zu befriedigen.«

Entsetztes Entzücken ließ die Gemeinde aufkeuchen, die jungen Burschen waren wie elektrisiert von derlei Vorstellungen, und als sich die Getretene wieder hochrappelte, packte der Priester sie beim Arm und zerrte sie durchs Kirchenschiff. Geifer troff ihm aus dem Mund und lief ihm das Kinn hinunter, sein Gesicht war vor Empörung tiefrot, und vielleicht war für diejenigen, die wussten, wohin sie zu blicken hatten, auch seine Erregung sichtbar. Meine Großmutter wandte den Kopf, doch mein Großvater versetzte ihr einen Schlag auf den Arm, und sie sah wieder nach vorn. Mein Onkel Eddie, der Jüngste der sechs und vom Alter her meiner Mutter am nächsten, stand auf und rief: »Ach, kommen Sie, jetzt reicht es aber«, worauf mein Großvater ebenfalls aufstand und ihn mit einem Kinnhaken zu Boden streckte. Mehr sah meine Mutter nicht, denn Father Monroe stieß sie hinaus auf den Friedhof und erklärte ihr, sie habe innerhalb einer Stunde das Dorf zu verlassen, und von diesem Tag an werde der Name Catherine Goggin in der Gemeinde Goleen weder ausgesprochen noch gehört werden.

Sie legte sich ein paar Minuten auf die Erde, erzählte sie mir, wusste sie doch, dass die Messe noch eine gute halbe Stunde dauern würde. Erst langsam sammelte sie sich wieder, stand auf und wollte nach Hause, wo, wie sie annahm, vor der Haustür eine gepackte Tasche auf sie wartete.

»Kitty.«

Die Stimme hinter ihr sorgte dafür, dass sie sich umdrehte und überrascht meinen sichtlich nervösen Vater auf sich zukommen sah. Sie hatte ihn hinten in der letzten Reihe sitzen sehen, als sie aus der Tür befördert wurde, und zu seiner Ehre muss gesagt werden, dass er beschämt gewirkt hatte.

»Hast du nicht genug angerichtet?«, fragte sie, hob eine Hand an den Mund und betrachtete das Blut unter ihren ungeschnittenen Nägeln.

»Das wollte ich ganz sicher nicht«, sagte er. »Es tut mir leid, dass du so einen Ärger hast. Ehrlich.«

»In einer anderen Welt«, sagte sie, »würdest du den Ärger bekommen.«

»Ach, komm, Kitty«, sagte er und nannte sie wieder so, wie er sie als Kind schon genannt hatte. »Sei nicht so. Hier sind ein paar Pfund«, fügte er hinzu und gab ihr zwei grüne irische Geldscheine. »Das sollte dir helfen, neu anzufangen.«

Sie betrachtete die Scheine einen Moment lang, hob sie in die Luft und zerriss sie in der Mitte.

»Ach, Kitty, es muss doch nicht...«

»Egal, was der Mann da drinnen sagt, ich bin keine Hure«, erklärte sie, knüllte die Fetzen zusammen und warf sie nach ihm. »Nimm dein Geld. Kleb es wieder zusammen und kauf Tante Jean damit ein hübsches Kleid zum Geburtstag.«

»Himmel, Kitty, schrei nicht so, Gott noch mal.«

»Du hörst nie wieder was von mir«, sagte sie, »und viel Glück auch.« Damit drehte sie sich um, ging nach Hause und nahm den Nachmittagsbus nach Dublin.

So verließ sie Goleen, den Ort ihrer Geburt, den sie mehr als sechzig Jahre nicht wiedersehen sollte, bis sie mit mir über ebenjenen Friedhof ging und unter den Grabsteinen nach den Resten der Familie suchte, die sie verstoßen hatte.

Ohne Rückfahrkarte

Natürlich hatte sie etwas gespart, ein paar Pfund, die sie während der letzten paar Jahre in einen Strumpf in ihrer Kommodenschublade gesteckt hatte. Eine ältliche Tante, die zur Zeit der Vertreibung meiner Mutter bereits drei Jahre tot war, hatte ihr gelegentlich ein paar Münzen zugesteckt, wenn sie ihr mit etwas geholfen hatte, und da war einiges zusammengekommen. Und dann war noch etwas von ihrem Kommunionsgeld und etwas mehr von ihrem Firmungsgeld übrig. Sie hatte nie viel ausgegeben, sie brauchte nicht viel, und von den Dingen, die ihr womöglich gefallen hätten, wusste sie nichts.

Wie erwartet, stand ihre Tasche bereits da, als sie nach Hause kam, ordentlich gepackt und direkt bei der Tür, mit ihrem Mantel und einer Mütze obenauf. Mantel und Mütze landeten auf der Lehne des Sofas, es waren abgelegte Sachen von den anderen, und sie nahm an, dass die Sonntagskleider, die sie trug, besser geeignet waren, um damit nach Dublin zu fahren. Sie sah nach ihrem Sparstrumpf, dessen Existenz sie so sorgfältig verheimlicht hatte wie die Tatsache, dass da etwas in ihr heranwuchs, bis gestern Abend ihre Mutter, ohne zu klopfen, in das Zimmer gekommen war, wo sie mit offener Bluse vor dem Spiegel stand und sich mit einer Mischung aus Furcht und Faszination über den vorgewölbten Bauch strich.

Der alte Hund sah von seinem Platz vor dem Kamin zu ihr hin, gähnte ausgiebig, kam aber nicht mit wedelndem Schwanz zu ihr gelaufen, wie er es normalerweise tat, wenn er auf ein Streicheln und ein paar gute Worte hoffte.

Sie ging in ihr Zimmer und sah sich ein letztes Mal um, ob sie nicht vielleicht doch noch etwas mitnehmen wollte. Da waren ihre Bücher, aber sie hatte sie alle gelesen, außerdem würde es am Ziel ihrer Reise auch welche geben. Auf ihrem Nachttisch stand eine kleine Porzellanfigur der heiligen Bernadette, und ohne einen vernünftigen Grund, einfach nur, um ihre Eltern zu ärgern, drehte sie die Heilige mit dem Gesicht zur Wand. Es gab auch eine kleine Spieluhr, die eigentlich ihrer Mutter gehörte und in der sie Andenken und kleine Schätze aufbewahrte. Als sie die Sachen durchsah, begann sich die Ballerina zu drehen, die Melodie aus Pugnis *La Esmeralda* ertönte, und sie entschied, dass all diese Dinge Teil eines anderen Lebens waren. Sie schloss den Deckel, und die Tänzerin verbeugte sich ein letztes Mal vor ihr.

Also gut, dachte sie, als sie das Haus verließ und die Straße zum Postamt hinunterging, wo sie sich aufs trockene Gras setzte und auf den Bus wartete. Sie ging ganz nach hinten, suchte sich einen Platz an einem offenen Fenster und atmete ruhig ein und aus, damit ihr nicht schlecht wurde, denn es ging über felsiges Terrain, zunächst nach Ballydehob und Leap, dann weiter nach Bandon und Innishannon, bevor der Bus nach Norden schwenkte, nach Cork City, eine Stadt, in der sie noch nie gewesen war, die ihr Vater aber als Ort voller Spielsüchtiger, Protestanten und Trinker beschrieb.

Für zwei Pence trank sie eine Tomatensuppe und eine Tasse Tee in einem Café am Lavitt's Quay und ging dann am Fluss Lee entlang zum Parnell Place, wo sie sich eine Fahrkarte nach Dublin kaufte.

»Wollen Sie eine Rückfahrkarte?«, fragte der Fahrer, während er in seiner Tasche nach dem Wechselgeld suchte. »Es ist billiger, wenn Sie gleich beides kaufen.«

»Ich komme nicht zurück«, antwortete sie, nahm die Karte und steckte sie vorsichtig in ihr Portemonnaie. Sie hatte das Gefühl, dass es die Mühe wert sein könnte, sie aufzubewahren, ein papiernes Erinnerungsstück, auf dem der Beginn ihres neuen Lebens in dicker schwarzer Tinte mit Datum und Uhrzeit vermerkt war.

Aus der Nähe von Ballincollig

Eine andere Person hätte sich vielleicht ängstlich oder verunsichert gefühlt, als der Bus losfuhr und die Reise nach Norden begann, nicht so meine Mutter, die fest davon überzeugt war, dass die sechzehn Jahre in Goleen, all das Von-oben-herab-Behandelt- und Ignoriert-Werden, das ständige Hinter-ihren-Brüdern-Zurückstehen, irgendwann zwangsläufig zu einem Aufbruch in die Unabhängigkeit hatten führen müssen. Jung, wie sie war, hatte sie sich bereits etwas bang mit ihrer Schwangerschaft abgefunden, auf die sie, wie sie mir später erzählte, zum ersten Mal in Davy Talbots Lebensmittelladen an der Hauptstraße aufmerksam geworden war. Sie hatte neben einem Stapel frischer Orangen gestanden, zehn Kisten insgesamt, als sie spürte, wie ich ihr mit einem noch ungeformten Fuß einen Tritt gegen die Blase versetzte. Es war nicht mehr als ein kleines, unangenehmes Zucken, das alles hätte sein können, von dem sie jedoch wusste, dass am Ende ich daraus werden würde. Einen Abbruch zog sie gar nicht erst in Betracht, obwohl einige Mädchen im Dorf von einer Witwe in Tralee sprachen, die mit Espomsalz, Vakuumbeuteln und einer Zange schreckliche Dinge anstellte. Für sechs Shilling, sagten die Mädchen, konnte man zu ihr und kam ein paar Stunden später um drei, vier Pfund leichter wieder heraus. Nein, sie wusste genau, was sie tun wollte, wenn ich geboren wurde. Sie musste nur auf meine Ankunft warten, um ihren Großen Plan auch zu verwirklichen.

Der Bus nach Dublin war gut besetzt, und an der ersten Haltestelle stieg ein junger Mann mit einem alten, braunen Koffer zu und sah zwischen den wenigen noch freien Plätzen hin und her. Als er für einen Moment neben meiner Mutter stehen blieb, spürte sie seinen Blick auf sich brennen, wagte aber nicht, zu ihm hinaufzusehen, denn vielleicht kannte er ja ihre Familie, hatte schon von ihrer Schande gehört und würde eine entsprechende Bemerkung machen, sobald er ihr Gesicht sah. Es fiel jedoch kein Wort, und er ging weiter. Erst sieben, acht Kilometer später kam er noch einmal zurück und zeigte auf den leeren Platz neben ihr.

»Darf ich?«, fragte er.

»Hast du nicht einen Platz weiter hinten?«, sagte sie und warf einen Blick über die Schulter.

»Der Kerl neben mir isst Eiersandwiches, und mir wird schlecht von dem Geruch.«

Sie zuckte mit den Schultern, nahm ihren Sonntagsmantel und ließ ihn sich setzen, wobei sie ihn kurz musterte. Er trug einen Tweedanzug, den obersten Knopf unter seiner Krawatte hatte er aufgemacht, und jetzt setzte er auch seine Kappe ab. Er war vermutlich ein paar Jahre älter als sie, achtzehn oder auch neunzehn, und obwohl meine Mutter in jenen Tagen das war, was man »einen Hingucker« nannte, war sie durch ihre Schwangerschaft und die dramatischen Ereignisse des Morgens absolut nicht in Flirtlaune. Natürlich hatten die Jungen im Dorf immer wieder versucht, eine kleine Romanze mit ihr anzufangen, doch sie hatte nie Interesse gezeigt, was ihr einen Ruf von Tugendhaftigkeit eingebracht hatte, der nun natürlich dahin war. Es gab ein paar Mädchen im Dorf, von denen es hieß, sie bräuchten nur ein wenig Aufmunterung, um etwas zu tun, zu zeigen oder sich küssen zu lassen, aber Catherine Goggin hatte nie dazugehört. Es musste ein Schock für die Jungen gewesen sein, von ihrer Schande zu erfahren, und einige von ihnen würden es sicher bedauern, sich nicht etwas mehr angestrengt zu haben. Jetzt, wo sie weg war, würden sie sagen, sie sei immer schon ein Flittchen gewesen, was meiner Mutter alles andere als egal war. Sie und die Person, die sich die Jungs in ihrer schmutzigen Fantasie ausmalten, würden kaum mehr als ihren Namen gemeinsam haben.

»Trotzdem ein netter Tag«, sagte der Junge neben ihr.

»Wie bitte?«, fragte sie und sah ihn an.

»Ich sagte, es ist ein netter Tag«, wiederholte er. »Nicht schlecht für die Jahreszeit.«

»Mag sein.«

»Gestern hat's geregnet, und heute Morgen sah der Himmel schwer nach Schauern aus. Aber nichts ist runtergekommen.«

»Du interessierst dich fürs Wetter, wie?«, sagte sie und hörte den Sarkasmus in ihrer Stimme, störte sich aber nicht daran.

»Ich bin auf dem Bauernhof aufgewachsen«, sagte er. »Da wird einem so was zur Gewohnheit.«

»Ich auch«, sagte sie. »Mein Vater verbringt sein halbes Leben damit, zum Himmel hinaufzustarren und in die Luft zu schnuppern, um rauszufinden, wie der nächste Tag wird. Es heißt, in Dublin regnet es ständig. Glaubst du das?«

»Ich denke, das werden wir bald herausfinden. Ist es dein erstes Mal?«

»Wie bitte?«

Sein Gesicht lief dunkelrot an, vom Halsansatz bis über die Ohren, und das Tempo, mit dem das geschah, faszinierte sie. »Ob du zum ersten Mal nach Dublin fährst«, sagte er schnell. »Ich meine, du fährst doch bis hin, oder steigst du vorher aus?«

»Willst du meinen Fensterplatz?«, fragte sie. »Ist es das? Du kannst ihn haben, wenn du willst. Mir ist das egal.«

»Nein, bestimmt nicht«, sagte er. »Ich frage nur so. Ich sitze hier gut. Es sei denn, du fängst auch an, Eiersandwiches zu essen.«

»Ich hab nichts dabei«, sagte sie. »Leider.«

»Ich habe einen halben gekochten Schinken in meinem Koffer. Ich kann dir eine Scheibe abschneiden, wenn du möchtest.«

»Ich könnte im Bus nichts essen. Da würde mir schlecht.«

»Darf ich fragen, wie du heißt?«, fragte der junge Mann, und meine Mutter zögerte.

»Gibt es einen Grund, warum du das wissen willst?«

»Damit ich weiß, wie ich dich ansprechen soll«, sagte er.

Sie sah ihn an, und erst jetzt wurde ihr bewusst, wie gut er aussah. Ein Mädchengesicht, erzählte sie mir später. Saubere Haut, die nie eine Rasierklinge gesehen hatte. Lange Wimpern. Blondes Haar, das ihm ständig in die Stirn und über die Augen fiel. Und da war etwas an seiner Art, was sie glauben ließ, dass er keinerlei Bedrohung für sie darstellte, und so gab sie ihre Abwehrhaltung schließlich auf.

»Ich heiße Catherine«, sagte sie. »Catherine Goggin.«

»Freut mich, dich kennenzulernen«, antwortete er. »Ich bin Seán MacIntyre.«
»Kommst du aus Dublin, Seán?«
»Nein, ich bin aus der Nähe von Ballincollig. Kennst du dich da aus?«
»Ich hab davon gehört, war aber nie da. Ich war eigentlich noch nie irgendwo.«
»Aber jetzt«, sagte er. »Jetzt fährst du rauf in die große Stadt.«
»Ja, das tu ich«, sagte sie und sah aus dem Fenster. Auf den Feldern waren Kinder beim Heumachen, sprangen auf und ab und winkten, als sie den Bus herankommen sahen.
»Fährst du oft rauf?«, fragte Seán einen Augenblick später.
»Tu ich was?«, fragte sie und zog die Brauen zusammen.
»Nach Dublin«, sagte er und legte sich eine Hand an die Wange. Vielleicht fragte er sich, warum bei ihr alles, was er sagte, irgendwie falsch ankam. »Fährst du die Strecke öfter? Vielleicht hast du ja Verwandte da?«
»Ich kenne keine Menschenseele außerhalb von West Cork«, erklärte sie ihm. »Die Stadt wird für mich ein komplettes Rätsel sein. Was ist mit dir?«
»Ich war noch nie da, aber ein Freund von mir ist vor über einem Monat hingezogen und hat gleich einen Job in der Guinness-Brauerei gekriegt. Er meint, ich kann auch da arbeiten, wenn ich will.«
»Vertrinken die nicht immer gleich alles, was sie verdienen?«
»Ach nein, da gibt's sicher Regeln. Vorgesetzte und so. Leute, die rumlaufen und aufpassen, dass sich keiner betrinkt. Mein Freund sagt allerdings, dass einen der Geruch verrückt macht. Der Hopfen, die Gerste, die Hefe und was noch alles in das Bier hineinkommt. Er sagt, man riecht den Gestank bis weit raus auf die Straße, und dass die Leute, die in der Gegend wohnen, ziemliches Pech haben.«

»Wahrscheinlich dürfen sie sich alle betrinken«, sagte meine Mutter, »und müssen keinen Penny dafür bezahlen.«
»Mein Freund sagt, wer neu anfängt, braucht ein paar Tage, um sich an den Geruch zu gewöhnen, und dass einem bis dahin ganz schön schlecht sein kann.«
»Mein Daddy mag Guinness«, sagte meine Mutter und erinnerte sich an den bitteren Geschmack des Biers aus den Flaschen mit dem gelben Etikett, die mein Großvater gelegentlich mit nach Hause brachte. Sie hatte mal kurz daran genippt, als er nicht im Zimmer war. »Jeden Mittwoch- und Freitagabend geht er in den Pub, du kannst die Uhr danach stellen. Mittwochs belässt er es bei drei Pint mit seinen Kumpeln und kommt zu einer anständigen Zeit nach Hause, aber freitags säuft er sich voll. Oft kommt er erst morgens um zwei nach Hause und holt meine Mum aus dem Bett, damit sie ihm ein paar Würste brät, vor allem seine Blutwurst, und wenn sie Nein sagt, kriegt sie seine Fäuste zu spüren.«
»Bei meinem Daddy ist jeden Tag Freitag«, sagte Seán.
»Gehst du deswegen weg?«
Er zuckte mit den Schultern. »Zum Teil«, sagte er nach einer langen Pause. »Ich hatte ein bisschen Ärger zu Hause, wenn ich ehrlich bin. Es ist das Beste so.«
»Was für Ärger?«, fragte sie interessiert.
»Weißt du, ich glaube, ich lass das alles am liebsten hinter mir, wenn's dir nichts ausmacht.«
»Natürlich«, sagte sie. »Es geht mich ja nichts an.«
»So habe ich's nicht gemeint.«
»Ich weiß. Ist schon okay.«
Er machte den Mund auf, um noch etwas zu sagen, doch sie wurden von einem kleinen Jungen abgelenkt, der den Mittelgang im Bus hinauf- und hinunterlief. Er trug den Federschmuck eines Indianers und produzierte das dazu passende Geräusch, ein schreckliches Heulen, das selbst einem Tauben Kopfschmerzen bereitet hätte. Der Busfahrer brüllte

von vorn, wenn niemand das Kind zur Ruhe bringe, werde er umdrehen, sie alle zurück nach Cork City bringen, und glaube bloß keiner, dass sie den Fahrpreis erstattet bekämen.

»Was ist mit dir, Catherine?«, fragte Seán, als der Friede wiederhergestellt war. »Was treibt dich in die Hauptstadt?«

»Wenn ich's dir verrate«, antwortete meine Mutter, »versprichst du mir dann, dass du nichts Gemeines zu mir sagst? Ich hab heute schon so viele unfreundliche Sachen gehört, wenn ich ehrlich bin, habe ich nicht die Kraft für noch mehr.«

»Ich versuche, grundsätzlich nicht unfreundlich zu sein«, sagte Seán.

»Ich bekomme ein Baby«, sagte meine Mutter und sah ihm ohne jede Scham in die Augen. »Ich bekomme ein Baby und hab keinen Mann, der mir hilft, es großzuziehen, und das hat natürlich einen großen Krach gegeben. Meine Mutter und mein Vater haben mich aus dem Haus geworfen, und der Priester meinte, ich solle aus Goleen verschwinden und das Dorf nie wieder betreten.«

Seán nickte, wurde diesmal aber trotz der Verfänglichkeit des Themas nicht rot. »Solche Sachen passieren, nehme ich an«, sagte er. »Wir sind alle nicht vollkommen.«

»Der hier schon«, sagte meine Mutter und deutete auf ihren Bauch. »Oder die hier. Im Moment jedenfalls noch.«

Seán lächelte und sah nach vorn, und beide sagten eine lange Weile nichts mehr. Vielleicht dösten sie ein wenig, vielleicht schloss einer von beiden auch nur höflich die Augen, damit sie ihren Gedanken nachhängen konnten. Wie auch immer, es war mehr als eine Stunde später, als sich meine Mutter, wieder wach, ihrem Reisebegleiter zuwandte und ihn leicht am Arm berührte.

»Kennst du dich in Dublin aus?«, fragte sie. Vielleicht war ihr endlich klar geworden, dass sie keine Ahnung hatte, was sie tun oder wohin sie sich wenden sollte, wenn sie ankamen.

»Ich weiß, dass sich in Dublin das Unterhaus befindet, dass der River Liffey mittendurch fließt und es an einer großen, langen, nach Daniel O'Connell benannten Straße ein Clerys-Kaufhaus gibt.«

»Davon gibt es vermutlich eins in jeder mittleren Kreisstadt.«

»Bestimmt. Genau wie es eine Einkaufsstraße gibt. Und eine Hauptstraße.«

»Und eine Brückenstraße.«

»Und eine Kirchenstraße.«

»Gott schütze uns vor den Kirchenstraßen«, sagte meine Mutter mit einem Lachen, und Seán lachte ebenfalls. Die beiden waren wie zwei Kinder, die kichernd ihre Respektlosigkeit genossen. »Dafür brate ich in der Hölle«, fügte sie hinzu, als das Lachen ein Ende gefunden hatte.

»Da werden wir alle braten«, sagte Seán. »Ich ganz besonders.«

»Warum ganz besonders?«

»Weil ich ein schlechter Kerl bin«, sagte er mit einem Zwinkern, und sie lachte wieder, spürte, dass sie zur Toilette musste, und fragte sich, wann sie wohl einen Halt einlegen würden. Später erzählte sie mir, dass dies der einzige Moment im Verlauf ihrer Bekanntschaft gewesen sei, in dem sie so etwas wie eine Anziehung zu Seán verspürt habe. Es war wie eine kurze Fantasie, dass sie den Bus als Liebespaar verlassen, innerhalb eines Monats heiraten und mich als ihr gemeinsames Kind großziehen könnten. Ein schöner Traum, denke ich, aber einer, der nie wahr werden sollte.

»Du kommst mir nicht vor wie ein schlechter Kerl«, erklärte sie ihm.

»Oh, du solltest mich sehen, wenn ich mal richtig loslege.«

»Ich warte drauf. Aber jetzt erzähl mir von deinem Freund. Wie lange, hast du gesagt, ist er schon in Dublin?«

»Etwas mehr als einen Monat«, sagte Seán.

»Kennst du ihn gut?«

»Das tu ich, ja. Wir haben uns vor ein paar Jahren kennengelernt, als sein Vater die Farm neben unserer gekauft hat. Seitdem sind wir gute Kumpel.«

»Sicher, wenn er dir einen Job besorgt. Die meisten Leute sorgen nur für sich selbst.«

Er nickte und senkte den Blick, sah auf seine Fingernägel und dann aus dem Fenster. »Port Laoise«, las er von einem Schild ab, an dem sie vorbeifuhren. »Wir kommen langsam näher.«

»Hast du Brüder oder Schwestern, die dich vermissen werden?«, fragte sie.

»Nein«, sagte Seán. »Es gibt nur mich. Nach meiner Geburt konnte meine Mum keine Kinder mehr kriegen, und das hat ihr mein Dad nie vergeben. Er hat verschiedene Geliebte, und niemand hat etwas dagegen, weil der Priester sagt, dass ein Mann von seiner Frau ein Haus voller Kinder erwartet und ein unfruchtbares Feld nicht beackert werden muss.«

»Die kennen sich aus, was?«, sagte meine Mutter, und Seán legte die Stirn in Falten. Bei aller Durchtriebenheit war er es nicht gewohnt, sich über die Geistlichkeit lustig zu machen. »Ich habe sechs Brüder«, erklärte meine Mutter nach einer Weile. »Fünf von ihnen haben da, wo das Gehirn sein sollte, nur Stroh im Kopf, und der Einzige, der mir was bedeutet, mein jüngster Bruder Eddie, will selbst Priester werden.«

»Wie alt ist er?«

»Ein Jahr älter als ich. Siebzehn. Im September kommt er ins Seminar. Ich glaube nicht, dass er da glücklich wird, weil er, das weiß ich, nach Mädchen verrückt ist. Aber er ist der Jüngste, verstehst du, und die Farm wird unter den beiden Ältesten aufgeteilt. Die nächsten beiden werden Lehrer, der Fünfte taugt zu nichts, weil er zu dumm ist, und so bleibt nur Eddie. Er muss Priester werden. Natürlich sind alle völlig begeistert. Nur ich werde von dem ganzen Rummel nichts mehr mitbekommen«, fügte sie mit einem Seufzer hinzu. »Die Besuche, die Gewänder und die Ordination durch den Bischof. Glaubst du, sie lassen gefallene Frauen Briefe an ihre Brüder im Seminar schreiben?«

»Keine Ahnung«, sagte Seán und schüttelte den Kopf. »Darf ich dir eine Frage stellen, Catherine? Wenn du sie nicht beantworten willst, kannst du es mir einfach sagen.«

»Aber ja.«

»Will der Kindsvater sich nicht ... du weißt schon ... um das Baby kümmern?«

»Der? Ganz sicher nicht«, sagte meine Mutter. »Der freut sich wie ein König, dass ich weg bin. Da würde Blut fließen, wenn irgendjemand herausfände, dass er es ist.«

»Und machst du dir gar keine Sorgen?«

»Worüber?«

»Wie du allein mit der Situation fertigwirst?«

Sie lächelte. Er war unschuldig, lieb und vielleicht ein wenig naiv, und ein Teil von ihr fragte sich, ob eine große Stadt wie Dublin für jemanden wie ihn das Richtige war. »Natürlich mache ich mir Sorgen«, sagte sie. »Wahnsinnige Sorgen sogar. Aber ich bin auch froh. Ich habe es gehasst, in Goleen zu leben. Es ist gut für mich, dass ich da rauskomme.«

»Das Gefühl kenne ich. West Cork macht komische Sachen mit einem, wenn man zu lange dort bleibt.«

»Wie heißt dein Freund? Der bei Guinness?«

»Jack Smoot.«

»Smoot?«

»Ja.«

»Was für ein merkwürdiger Name.«

»Ich glaube, es gab ein paar Holländer in seiner Familie. Vor langer Zeit.«

»Denkst du, er könnte auch einen Job für mich finden? Eventuell könnte ich in einem Büro arbeiten.«

Seán sah an ihr vorbei aus dem Fenster und biss sich

auf die Lippe. »Ich weiß nicht«, sagte er zögerlich. »Ich will ehrlich zu dir sein: Ich würde ihn nicht so gern fragen. Er hat sich schon so ins Zeug gelegt, um für mich und ihn was zum Wohnen zu finden. Das hat ziemlich gedauert.«

»Natürlich«, sagte meine Mutter. »Ich hätte nicht fragen sollen. Ich kann ja auch selbst losgehen und mir was suchen, wenn sich sonst nichts ergibt. Ich hänge mir ein Schild um den Hals: ›Ehrliches Mädchen sucht Arbeit. Braucht in etwa vier Monaten eine Weile frei.‹ Ich sollte keine Witze darüber machen, oder?«

»Du hast nichts zu verlieren, nehme ich an.«

»Würdest du sagen, dass es in Dublin viele Jobs gibt?«

»Ich würde sagen, dass du so oder so nicht lange suchen musst. Du bist ... weißt du ... Du bist eine ...«

»Was bin ich?«

»Du bist hübsch«, sagte Seán mit einem Achselzucken. »Und Arbeitgeber mögen das. Du kannst immer noch als Verkäuferin anfangen.«

»Als Verkäuferin«, sagte meine Mutter, nickte langsam und überlegte.

»Ja, als Verkäuferin.«

»Wahrscheinlich schon.«

Drei Küken

Nach Ansicht meiner Mutter unterschieden sich Jack Smoot und Seán MacIntyre wie Tag und Nacht, und es überraschte sie, dass sie so gute Freunde waren. Während Seán kontaktfreudig und so freundlich war, dass es fast schon an Naivität grenzte, hatte Smoot eine dunkle, zurückhaltende Art und konnte auf eine Weise in sich hineinbrüten, die an Verzweiflung erinnerte.

»Die Welt«, sagte er einmal, als sie sich ein paar Wochen

kannten, »ist ein schrecklicher Ort. Es ist unser Unglück, in sie hineingeboren worden zu sein.«

»Immerhin scheint die Sonne«, sagte sie darauf und lächelte. »Wenigstens das.«

Als der Bus nach Dublin hineinfuhr, wurde Seán auf dem Platz neben ihr immer aufgeregter. Mit großen Augen blickte er aus dem Fenster auf die unbekannten Straßen und Gebäude, an denen sie vorbeikamen und die enger standen als alles, was er aus Ballincollig kannte. Kaum bog der Fahrer auf den Aston Quay, war Seán auf den Beinen, holte seinen Koffer aus dem Gepäcknetz und schien es nicht abwarten zu können, bis die anderen Passagiere vor ihm endlich ihre Besitztümer zusammengepackt hatten. Dann konnte er aussteigen, blickte sich nervös um und sah, wie ein Mann aus einem kleinen Wartehäuschen auf der anderen Seite der Straße neben McBirney's Kaufhaus in seine Richtung kam. Ein erleichtertes Lächeln überzog sein Gesicht.

»Jack!«, rief er und verschluckte sich fast vor Glück, als der etwa zwei Jahre ältere Mann zu ihm trat. Einen Moment lang standen sie einander gegenüber und grinsten, bis sie sich herzlich die Hand schüttelten und Smoot in einem seltenen Moment von Ausgelassenheit Seán die Kappe vom Kopf zog und voller Freude in die Luft warf.

»Du hast es also geschafft«, sagte er.

»Hattest du Zweifel?«

»Ich war nicht sicher. Ich dachte, vielleicht stehe ich hier am Ende herum wie O'Donovans Esel.«

Meine Mutter ging auf die beiden zu, glücklich wie alle anderen, wieder an der frischen Luft zu sein. Smoot, der natürlich keine Ahnung davon hatte, dass irgendwo zwischen Newbridge und Rathcoole ein Plan entstanden war, schenkte ihr keinerlei Beachtung, sondern konzentrierte sich ganz auf seinen Freund. »Was ist mit deinem Vater?«, fragte er. »Hast du ...«

»Jack, das ist Catherine Goggin«, sagte Seán und zeigte

auf meine Mutter. Smoot starrte sie an und wusste nicht, warum sie ihm vorgestellt wurde.

»Hallo«, sagte er nach einer kurzen Pause.

»Wir haben uns im Bus kennengelernt«, sagte Seán. »Wir haben nebeneinandergesessen.«

»Ach ja?«, sagte Smoot. »Besuchst du Verwandte hier?«

»Nicht wirklich«, sagte meine Mutter.

»Catherine ist ein bisschen in Schwierigkeiten geraten«, erklärte Seán. »Ihre Mum und ihr Daddy habe sie rausgeworfen und wollen sie nicht mehr sehen, weshalb sie in Dublin ihr Glück versuchen wird.«

Smoot nickte, und seine Zunge beulte die Backe aus. Er überlegte. Er war so dunkel wie Seán blass und hellhaarig, und sein Gesicht war voller winziger Pockennarben. Seine breiten Schultern beschworen in meiner Mutter gleich das Bild herauf, wie er, im Gestank von Hopfen und Gerste wankend, hölzerne Guinness-Fässer über den Hof der Brauerei rollte. »Das versuchen viele«, sagte er schließlich. »Es gibt natürlich Möglichkeiten. Manche haben nur wenig Erfolg und nehmen irgendwann die Fähre übers Wasser.«

»Schon als Kind hab ich immer geträumt, dass ich auf einem Schiff mitfahren würde, und es würde sinken und ich müsste ertrinken«, sagte meine Mutter, was nichts als Unsinn war. Sie hatte nie etwas Ähnliches geträumt, erfand es aber so aus dem Nichts, damit der Plan, den sie und Seán im Bus ausgeheckt hatten, verwirklicht werden könnte. Auf dem Weg hatte sie keine Angst gehabt, wie sie mir später erzählte, doch jetzt flößten ihr die Stadt und der Gedanke, dort ganz allein zu sein, einige Furcht ein.

Smoot wusste nichts zu sagen, sondern sah sie nur geringschätzig an, bevor er sich wieder an seinen Freund wandte.

»Dann gehen wir also, oder?«, sagte er, steckte die Hände in die Taschen und nickte meiner Mutter zu, als wäre sie nun offiziell entlassen. »Wir gehen zu unserer Wohnung und dann etwas essen. Ich hatte den ganzen Tag nur ein Sandwich und könnte einen kleinen Protestanten verspeisen, zumindest wenn ihm jemand etwas Soße über den Kopf gießen würde.«

»Tolle Sache«, sagte Seán. Smoot wandte sich ab, um voranzugehen, Seán folgte ihm, den Koffer in der Hand, während Catherine ein paar Schritte hinter ihm blieb. Smoot sah sich um, zog die Brauen zusammen, und die beiden blieben stehen und stellten ihr Gepäck ab. Er starrte sie an, als wären sie verrückt, ging weiter, und wieder folgten sie ihm. Endlich drehte er sich ganz um, die Hände verwundert in die Seiten gestützt.

»Ich habe das Gefühl, ich verstehe nicht ganz, was hier vorgeht«, sagte er.

»Hör zu, Jack«, sagte Seán. »Die arme Catherine ist ganz allein auf der Welt. Sie hat keinen Job und nicht viel Geld, um sich einen zu suchen. Ich habe ihr gesagt, sie könnte vielleicht ein paar Tage bei uns unterschlüpfen, bis sie selbst klarkommt. Dagegen hast du doch nichts, oder?«

Smoot schwieg eine Weile, und meine Mutter sah die Enttäuschung und den Unmut in seinem Gesicht. Sie fragte sich, ob sie einfach sagen sollte, es sei schon in Ordnung, sie wolle niemandem Umstände machen und werde die beiden in Frieden lassen, aber Seán war im Bus so nett gewesen, und wenn sie jetzt nicht mit ihm ging, wo sollte sie dann hin?

»Ihr kennt euch von zu Hause, ist es das?«, fragte Smoot. »Ist das ein Spielchen, das ihr mit mir spielen wollt?«

»Nein, Jack, wir haben uns gerade erst kennengelernt, das verspreche ich dir.«

»Moment mal«, sagte Smoot, und seine Augen verengten sich etwas, während er den Bauch meiner Mutter näher in Augenschein nahm, der sich, mit mir im fünften Monat, bereits zu runden begann. »Bist du …? Ist das …?«

Meine Mutter verdrehte die Augen. »Ich sollte zum Zirkus gehen«, sagte sie, »bei dem Interesse, auf das mein Bauch heute stößt.«

»Ah, so«, sagte Smoot, und seine Miene wurde noch finsterer. »Seán, hat das was mit dir zu tun? Bringst du da was mit zu mir?«

»Natürlich nicht«, sagte Seán. »Ich sage dir doch, wir haben uns gerade erst kennengelernt. Wir haben nebeneinander im Bus gesessen, das ist alles.«

»Und da war ich bereits im fünften Monat«, fügte meine Mutter hinzu.

»Wenn das so ist«, sagte Smoot, »warum ist es dann plötzlich unsere Sache? Du trägst keinen Ring am Finger, wie ich sehe.« Er nickte zur linken Hand meiner Mutter hin.

»Nein«, sagte sie. »Die Chancen stehen auch nicht gut, dass ich einen bekomme.«

»Und jetzt bist du vermutlich hinter Seán her.«

Meine Mutter wusste nicht, ob sie lachen oder beleidigt sein sollte. »Das bin ich nicht«, sagte sie. »Wie oft müssen wir noch erklären, dass wir uns eben erst kennengelernt haben? Ich würde mich kaum nach einer einzelnen Busfahrt an jemanden ranschmeißen.«

»Nein, aber um einen Gefallen bitten würdest du schon.«

»Jack, bitte, sie ist allein«, sagte Seán ruhig. »Wir beide wissen, was das bedeutet, oder? Ich dachte, ein bisschen christliches Mitgefühl würde nicht schaden.«

»Du und dein verdammter Gott«, sagte Smoot. Er schüttelte den Kopf, und meine Mutter, so stark sie war, wurde ganz blass, denn in Goleen fluchte niemand so.

»Es ist nur für ein paar Tage«, wiederholte Seán. »Bis sie in der Stadt zurechtkommt.«

»Aber es ist sehr eng«, sagte Smoot und war bereits halb geschlagen. »Es ist gerade genug Platz für uns zwei.« Eine lange Weile sagte keiner was, und endlich zuckte er mit den Schultern und gab nach. »Na gut«, seufzte er. »Wie es aus-

sieht, zählt meine Stimme in der Sache nichts, also machen wir das Beste draus. Für ein paar Tage, sagst du?«
»Für ein paar Tage«, sagte meine Mutter.
»Bis du was gefunden hast?«
»Nur bis dann.«
»Hm«, sagte er und ging voraus. Seán und meine Mutter folgten ihm.

Die Wohnung in der Chatham Street

Während sie sich der Brücke über den River Liffey näherten, sah meine Mutter über das Geländer hinunter in den Fluss und das schmutzige Grün und Braun, das da so eilig in die Irische See hinausdrängte, als wollte es Stadt, Priester, Pubs und Politik schnellstmöglich hinter sich lassen. Sie atmete ein, verzog das Gesicht und erklärte, das Wasser sei hier nicht annähernd so klar wie in West Cork.

»In den Flüssen zu Hause kann man sich die Haare waschen«, sagte sie, »und natürlich tun das auch viele. Meine Brüder gehen jeden Samstagmorgen mit einem Stück Lifebuoy-Seife zu einem Bach hinter unserer Farm und kommen blitzblank zurück, wie die Sonne an einem Sommertag. Maisie Hartwell ist mal erwischt worden, wie sie ihnen heimlich zugesehen hat, und ihr Daddy hat ihr dafür ein paar mit dem Lederriemen übergezogen, dem verdorbenen Biest.«

»Die Busse«, sagte Smoot, drehte sich um, nahm die Zigarettenkippe aus dem Mund und zertrat sie mit dem Stiefel, »fahren in beide Richtungen.«

»Komm schon, Jack«, sagte Seán, und die Enttäuschung in seiner Stimme war so rührend, dass meine Mutter sofort wusste, sie würde niemals von ihm so angesprochen werden wollen.

»So was nennt man einen Witz«, sagte der gescholtene Smoot.

»Ha«, antwortete meine Mutter. »Haha.«

Smoot schüttelte den Kopf und ging weiter, und sie hatte Gelegenheit, sich die Stadt anzusehen, die nach allem, was sie ihr Leben lang gehört hatte, voller Huren und gottloser Menschen sein sollte, dabei fühlte sie sich fast wie zu Hause, nur dass es mehr Autos und größere Häuser gab, und die Leute bessere Kleider trugen. In Goleen gab es nur den arbeitenden Mann, seine Frau und ihre Kinder. Niemand war reich, niemand war arm, und die Welt behielt ihre Stabilität, indem die gleichen paar Hundert Pfund von Geschäft zu Geschäft wanderten, von der Farm zum Lebensmittelladen und von der Lohntüte zum Pub. Aber hier sah sie feine Pinkel in Nadelstreifenanzügen mit sorgsam gestutzten Schnauzbärten, Ladys in ihren besten Kleidern, Hafenarbeiter und Schiffer, Verkäuferinnen und Eisenbahner. Ein Anwalt auf dem Weg zu den Four Courts eilte in voller Aufmachung vorbei, die Robe flatterte wie ein Umhang hinter ihm her, und eine Böe drohte ihm die weiße Perücke vom Kopf zu fegen. Aus der anderen Richtung kamen ein paar angetrunkene junge Seminaristen wankend den Bürgersteig herunter, gefolgt von einem kleinen Jungen mit einem kohlegeschwärzten Gesicht und einem Mann, der wie eine Frau gekleidet war – so was hatte sie noch nie gesehen. Oh, hätte ich doch nur einen Fotoapparat!, dachte sie. Das würde denen in West Cork die Sprache verschlagen! An der nächsten Kreuzung sah sie die O'Connell Street hinunter und erblickte auf halbem Weg die große dorische Säule mit der daraufstehenden Statue, die stolz die Nase in die Luft reckte, um den Gestank der Leute nicht einatmen zu müssen.

»Ist das die Nelsonsäule?« fragte sie, und beide, Smoot und Seán, sahen hinüber.

»Richtig«, sagte Smoot. »Woher weißt du das?«

»Auch bei uns zu Hause gibt es Schulen«, erklärte sie

ihm. »Ich kann sogar meinen Namen buchstabieren. Wie dem auch sei, das ist ein tolles Ding, oder?«

»Ein Haufen alter Steine, die sie aufgestapelt haben, um einen weiteren Sieg der Engländer zu feiern«, sagte Smoot und überhörte ihren Sarkasmus. »Wenn du mich fragst, sollten sie den Dreckskerl dahin zurückschicken, wo er hergekommen ist. Seit mehr als zwanzig Jahren sind wir jetzt unabhängig, und noch immer blickt der alte Mann aus Norfolk auf uns herab und überwacht jede unserer Bewegungen.«

»Ich finde, die Säule gibt dem Ganzen eine gewisse Pracht«, sagte sie, vor allem, um ihn zu ärgern.

»Findest du?«

»Ja.«

»Na dann Prost Mahlzeit«

Dieses Mal würde sie Horatio Nelson jedoch nicht näher kommen, denn sie gingen in die entgegengesetzte Richtung, die Westmoreland Street hinunter und am Tor des Trinity College vorbei, wo meine Mutter die dort versammelten gut aussehenden jungen Männer in ihren schicken Anzügen anstarrte und ein neidisches Zucken im Bauch verspürte. Warum hatten sie das Recht, dort zu studieren?, fragte sie sich. Ihr selbst würde so etwas auf ewig verwehrt bleiben.

»Das ist ein fürchterlich eingebildeter Haufen, würde ich sagen«, meinte Seán, der ihrem Blick gefolgt war. »Und natürlich alles Protestanten. Jack, kennst du einen von den Studenten?«

»Oh, ich kenne jeden Einzelnen«, sagte Smoot. »Schließlich gehen wir jeden Abend gemeinsam essen. Wir trinken auf den König und versichern uns gegenseitig, was für ein toller Kerl Churchill ist.«

Meine Mutter spürte Ärger in sich aufsteigen. Es war nicht ihre Idee gewesen, für ein paar Nächte bei den beiden unterzukommen, sondern Seáns, und das noch dazu ein Akt reiner Nächstenliebe. Sie begriff nicht, warum Smoot deswegen so grob sein musste. Sie gingen die Grafton Street entlang, dann rechts in die Chatham Street und blieben schließlich vor einer kleinen roten Tür neben einem Pub stehen, wo Smoot einen Messingschlüssel aus der Tasche zog und sich zu ihnen umwandte.

»Der Vermieter wohnt Gott sei Dank nicht mit im Haus«, sagte er. »Mr Hogan kommt samstagmorgens, um die Miete zu kassieren. Ich warte hier draußen auf ihn, und alles, wovon er je redet, ist der verdammte Krieg. Er ist für die Deutschen, damit sie es ihnen heimzahlen. Der scheiß Idiot denkt, es wäre nur gerecht, wenn sie den Engländern das Rückgrat brächen. ›Aber was dann?‹, habe ich ihn gefragt. ›Welches Land kommt als Nächstes an die Reihe?‹ Wir. Wir würden vermutlich schon Weihnachten vor Hitler salutieren und mit den Armen in der Luft im Stechschritt die Henry Street hinuntermarschieren. Nicht, dass es wirklich noch so weit kommen wird, die verdammte Geschichte ist bald vorbei. Jedenfalls zahle ich drei Shilling die Woche Miete«, meinte er und sah Catherine an, und sie war einverstanden, ohne es laut zu sagen. Sieben Tage hatte die Woche, also waren es fünf Pence pro Tag. Zwei, drei Tage: fünfzehn Pence. Das war nur fair, dachte sie.

»Pennybilder!«, rief ein Junge, der mit einem Fotoapparat um den Hals die Straße herunterkam. »Ein Penny, ein Bild!«

»Seán!«, rief meine Mutter und zog ihn am Arm. »Sieh dir das an. Ein Freund von meinem Vater in Goleen hat einen Fotoapparat. Bist du schon mal fotografiert worden?«

»Noch nie«, sagte er.

»Lassen wir uns fotografieren«, sagte sie begeistert. »Zum Andenken an unseren ersten Tag in Dublin.«

»Ein verschwendeter Penny«, sagte Smoot.

»Ja, das wäre eine schöne Erinnerung«, sagte Seán. Er winkte den Jungen heran und gab ihm einen Penny. »Komm her, Jack. Du musst mit drauf.«

Meine Mutter stand neben Seán, aber Smoot schob sie zur Seite, und der Verschluss klickte genau in dem Moment, als sie ihn verärgert ansah.

»Es ist in drei Tagen fertig«, sagte der Junge. »An welche Adresse geht es?«

»Genau hier«, sagte Smoot. »Du kannst es durch den Briefschlitz werfen.«

»Bekommen wir nur eins?«, fragte meine Mutter.

»Sie kosten einen Penny pro Stück«, sagte der Junge. »Wenn Sie noch eins wollen, kostet es mehr.«

»Eins reicht«, sagte sie daraufhin und wandte sich von ihm ab, als Smoot die Tür aufschloss.

Die Treppe war so schmal, dass sie einer nach dem anderen hinaufsteigen mussten. Links und rechts löste sich die vergilbte Tapete von den Wänden. Es gab keinen Handlauf, und als sich meine Mutter nach ihrer Tasche bückte, nahm Seán sie ihr ab.

»Geh zwischen uns«, sagte er und schob sie hinter Smoot her. »Wir wollen doch nicht, dass du fällst und dem Baby was passiert.«

Sie lächelte ihn dankbar an und kam oben in einen kleinen Raum mit einer blechernen Badewanne in einer Ecke, einem Waschbecken und dem absolut größten Sofa, das meine Mutter je in ihrem Leben gesehen hatte. Wie das jemand diese Treppe hinaufbekommen hatte, war ihr ein Rätsel. Es sah so weich und bequem aus, dass sie sehr an sich halten musste, um sich nicht gleich darauffallen zu lassen und so zu tun, als wären alle Abenteuer der letzten vierundzwanzig Stunden nichts als pure Einbildung gewesen.

»Nun, das ist alles, mehr gibt es nicht«, sagte Smoot mit einer Mischung aus Stolz und Verlegenheit. »Das Wasser im Becken läuft, wenn es will, aber es ist kalt, und es ist eine verdammte Schweinearbeit, es mit einem Eimer zur Wanne zu schleppen, wenn man sich waschen will. Wenn ihr aufs Klo müsst, geht in einen der Pubs in der Nähe, aber tut so, als wolltet ihr dort jemanden treffen, sonst setzen sie euch an die Luft.«

»Geht das immer so? Mit ›scheiß Idioten‹ und ›verdammten Schweinen‹ und so weiter, Mr Smoot?«, fragte meine Mutter und lächelte ihn an. »Mich stört's nicht wirklich, verstehen Sie, ich will nur wissen, was mich erwartet.«

Smoot starrte sie an. »Magst du meine Ausdrucksweise nicht, Kitty?«, fragte er, und ihr Lächeln verschwand gleich wieder.

»Nennen Sie mich nicht so«, sagte sie. »Ich heiße Catherine, wenn es Ihnen nichts ausmacht.«

»Also gut, ich werde in Ihrer Anwesenheit versuchen, mich mehr wie ein Gentleman zu benehmen, wenn es Sie so stört, Kitty. Ich werde auf meine verdammte Sprache achten, jetzt, wo wir...«, er hielt inne und nickte zum Bauch meiner Mutter hin, »eine Dame im Haus haben.«

Sie schluckte und wäre am liebsten auf ihn losgegangen, doch was konnte sie tun, wo er ihr ein Dach über dem Kopf bot?

»Es ist toll«, sagte Seán, um die Spannung abzubauen. »Sehr gemütlich.«

»Das ist es«, sagte Smoot lächelnd, und meine Mutter fragte sich, was sie tun könnte, um sich seine Freundschaft zu verdienen.

»Vielleicht«, sagte sie schließlich mit einem Blick zur halb offenen Tür in der Ecke, hinter der sie ein einzelnes Bett sehen konnte, »vielleicht ist es ein Fehler. Es ist hier nicht genug Platz für drei. Mr Smoot hat sein Schlafzimmer, und das Sofa, Seán, wird für dich sein. Es wäre nicht richtig von mir, wenn ich es dir nehmen würde.«

Seán starrte auf den Boden und sagte nichts.

»Du kannst mit bei mir im Bett schlafen, mit dem Kopf am Fußende«, sagte Smoot. Er sah Seán an, der purpurrot angelaufen war. »Und Kitty nimmt das Sofa.«

Die Atmosphäre war so unangenehm und verkrampft,

dass meine Mutter nicht wusste, was sie denken sollte. Minuten verstrichen, erzählte sie mir, und die drei standen da, und keiner sagte ein Wort.

»Also dann«, brach sie endlich das Schweigen, erleichtert, weil sie weit hinten in ihrem Kopf einen Satz gefunden hatte. »Hat jemand Hunger? Ich glaube, ich würde gern drei Essen bezahlen, um mich zu bedanken.«

Ein Journalist, vielleicht

Zwei Wochen nachdem Dublin die Nachricht erreichte, dass sich Adolf Hitler erschossen hatte, ging meine Mutter in einen billigen Juwelierladen in der Coppinger Row und kaufte sich einen Ehering, schmal, golden und mit einem kleinen Schmuckstein. Sie war immer noch nicht aus der Wohnung in der Chatham Street ausgezogen, allerdings hatte Jack Smoot seinen Frieden mit ihrer Anwesenheit in der Wohnung gemacht. Er schenkte seiner Untermieterin kaum noch Beachtung. Sie versuchte, sich nützlich zu machen, hielt die Wohnung sauber und benutzte das wenige Geld, das sie hatte, um dafür zu sorgen, dass etwas zu essen auf dem Tisch stand, wenn die beiden von der Arbeit nach Hause kamen. Seán hatte am Ende tatsächlich eine Arbeit bei Guinness bekommen, wenn er auch nicht unbedingt glücklich damit war.

»Den halben Tag schleppe ich Hopfensäcke herum«, erklärte er ihr eines Abends, als er in der Wanne lag, um seine Muskeln zu entspannen. Meine Mutter saß auf dem Bett nebenan und hielt ihm den Rücken zugewandt, doch die Tür stand halb offen, damit sie reden konnten. Es war ein seltsames Zimmer, dachte sie. Es hing nichts an der Wand, nur ein Saint-Brigid's-Kreuz und ein Foto von Papst Pius XII. Und daneben noch das Bild, das sie bei ihrer Ankunft in

Dublin hatten machen lassen. Der Junge war kein guter Fotograf gewesen, denn auch wenn er Seán lächelnd und Smoot durchaus gut getroffen hatte, hatte er sie selbst doch nur halb aufs Bild bekommen, und ihr Kopf war nach rechts gedreht, aus Ärger darüber, wie Smoot sie zur Seite drängte. An einer Wand stand eine Kommode, in der die Sachen von Seán und Smoot lagen, völlig durcheinander, als käme es nicht darauf an, was wem gehörte. Das Bett war kaum groß genug für einen, ganz zu schweigen für zwei, die Fuß an Kopf darin schliefen. Kein Wunder, sagte sie sich, dass sie nachts die sonderbarsten Geräusche durch die Tür dringen hörte. Die beiden mussten fürchterliche Schwierigkeiten haben, richtig zu schlafen.

»Meine Schultern sind wund«, sagte Seán, »mein Rücken tut weh, und vom Geruch in der Brauerei kriege ich üble Kopfschmerzen. Vielleicht sehe ich mich nach was anderem um. Ich weiß nicht, wie lange ich es noch aushalte.«

»Jack scheint's zu gefallen«, sagte meine Mutter.

»Der ist auch härter im Nehmen als ich.«

»Was sonst könntest du machen?«

Es dauerte lange, bis Seán antwortete. Sie hörte ihn in seiner Wanne planschen, und ich frage mich, ob sich ein Teil von ihr nicht umdrehen und den Körper des jungen Mannes in seinem Bad betrachten wollte oder ob sie vielleicht sogar überlegte, ohne weitere Scham hinüberzugehen und ihm anzubieten, sich die Wanne mit ihm zu teilen. Er hatte ihr geholfen, half ihr immer noch und war ein gut aussehender Bursche. Zumindest hat sie es mir so erzählt. Es muss schwer gewesen sein, da nicht so etwas wie Zuneigung zu entwickeln.

»Ich weiß es nicht«, sagte er.

»Da ist etwas in deiner Stimme, das mir sagt, dass du durchaus eine Vorstellung hast.«

»Es ist nur so eine Idee«, sagte er und klang ein wenig verlegen. »Aber ich weiß nicht, ob ich es wirklich könnte.«

»Sag schon.«
»Du lachst mich nicht aus?«
»Vielleicht«, sagte sie. »Es könnte mir nicht schaden, mal wieder richtig zu lachen.«
»Nun, es gibt all die Zeitungen«, sagte er nach einer kurzen Pause. »Die *Irish Times* natürlich und die *Irish Press*. Ich stelle mir vor, dass ich was für sie schreiben könnte.«
»Was?«
»Kleine Nachrichten, weißt du. Zu Hause in Ballincollig habe ich auch geschrieben. Geschichten und so. Ein paar Gedichte. Die meisten sind nicht so gut, aber na ja. Ich glaube, ich könnte besser werden, wenn ich die Möglichkeit bekäme.«
»Du meinst als Journalist?«, fragte sie.
»Ich denke schon, ja. Ist das dumm?«
»Was soll daran dumm sein? Irgendjemand muss es doch machen, oder?«
»Jack hält es nicht für so eine gute Idee.«
»Na und? Er ist nicht deine Frau, oder? Du kannst deine eigenen Entscheidungen treffen.«
»Ich weiß nicht, ob sie mich nehmen würden. Aber Jack will auch nicht ewig bei Guinness bleiben. Er denkt an einen eigenen Pub.«
»Das ist genau das, was Dublin braucht. Noch einen Pub.«
»Nicht hier. In Amsterdam.«
»Was?«, fragte meine Mutter und hob überrascht die Stimme. »Warum sollte er da hinwollen?«
»Ich denke, es ist seine holländische Seite«, sagte Seán. »Er war nie da, hat aber tolle Sachen gehört.«
»Was für Sachen?«
»Dass es anders ist als in Irland.«
»Das ist nicht weiter verwunderlich. Da gibt's Kanäle und so, oder?«
»Das meine ich nicht.«

45

Mehr sagte er nicht, und meine Mutter begann sich Sorgen zu machen, dass er eingeschlafen und unter Wasser gerutscht sein könnte.

»Ich habe auch Neuigkeiten«, erklärte sie ihm und hoffte, er würde schnell antworten, sonst blieb ihr keine Wahl, und sie musste sich umdrehen und nach dem Rechten schauen.

»Erzähl.«

»Morgen früh stelle ich mich für einen Job vor.«

»Nein!«

»Doch«, sagte sie, während er wieder planschte und das kleine Stück Seife benutzte, das sie vor ein paar Tagen an einem Marktstand gekauft und Jack gegeben hatte, als Geschenk, aber auch als Ermutigung, sich zu waschen.

»Gut gemacht, Mädchen«, sagte Seán. »Worum geht es denn?«

»Es ist was im Dáil.«

»Im was?«

»Im Dáil. An der Kildare Street. Du weißt schon, dem Parlamentsgebäude.«

»Ich weiß, was das Dáil ist«, antwortete Seán lachend. »Ich bin nur überrascht. Und was für ein Job ist es? Wirst du eine Teachta Dála, eine Abgeordnete? Bekommen wir unseren ersten weiblichen Taoiseach?«

»Ich würde im Tearoom bedienen. Um elf treffe ich eine Mrs Hennessy, die mich in Augenschein nehmen will.«

»Na, das sind mal gute Nachrichten. Glaubst du, du wirst ...«

Ein Schlüssel im Schloss. Er schien einen Moment festzustecken, wurde herausgezogen und wieder hineingesteckt, und als meine Mutter Smoot ins Nebenzimmer kommen hörte, rutschte sie ein Stück zur Seite, damit er sie nicht auf dem Bett sitzen sah. Ihr Blick ruhte auf einem Riss in der Wand, der aussah wie der Verlauf des River Shannon durch die Midlands.

»Da sieh an«, sagte Jack so zart, wie sie ihn noch nie gehört hatte. »Das ist ja mal ein Anblick, wenn man zurück nach Hause kommt.«

»Jack«, sagte Seán sofort, und auch sein Ton war anders. »Catherine ist nebenan.«

Meine Mutter drehte sich um und sah in dem Moment ins andere Zimmer hinüber, als auch Smoot herübersah, und ihr Blick, erzählte sie mir später, war hin- und hergerissen zwischen Seáns schöner nackter Brust, muskulös und haarlos, wie er da im schmutzigen Wasser lag, und Smoots Gesicht, das von Sekunde zu Sekunde missmutiger zu werden schien. Verwirrt und unsicher, was sie nun wieder falsch gemacht hatte, wandte sie sich gleich wieder ab und war froh, ihr rot anlaufendes Gesicht verbergen zu können.

»Hallo, Jack«, sagte sie fröhlich.

»Kitty.«

»Zurück von der Maloche?«

Er erwiderte nichts, stattdessen drang aus dem Wohnzimmer nur ein langes Schweigen herüber. Zu gern hätte meine Mutter sich umgedreht, um zu sehen, was da vorging. Die beiden redeten offenbar nicht miteinander, doch selbst in der Stille bekam meine Mutter mit, dass zwischen ihnen eine Art Gespräch stattfand, und wenn nur durch Blicke. Endlich sagte Seán etwas.

»Catherine hat mir gerade erzählt, dass sie morgen früh einen Vorstellungstermin hat. Im Tearoom des Dáil, man soll es nicht glauben.«

»Ich glaube alles, was sie mir sagt«, antwortete Smoot. »Stimmt das, Kitty? Trittst du endlich in den erlauchten Kreis der arbeitenden Frauen? Bei Gott, unserem Herrn, als Nächstes wird Irland wiedervereinigt.«

»Wenn ich mich gut anstelle«, sagte Catherine ernsthaft, »und die Leiterin beeindrucken kann, bekomme ich den Job.«

»Catherine«, sagte Seán und hob die Stimme, »ich steige aus der Wanne, also dreh dich nicht um.«

»Ich mache die Tür zu, dann kannst du dich in Ruhe abtrocknen. Brauchst du frische Sachen?«

»Die hole ich«, sagte Smoot. Er kam ins Schlafzimmer, nahm Seáns Hose von der Lehne des Stuhls, ein frisches Hemd, Unterwäsche und Strümpfe aus der Kommode. Mit einem Blick zu Catherine hielt er kurz inne, in Erwartung, dass sie ihn ebenfalls ansah.

»Werden die kein Problem damit haben?«, fragte er. »Die Jungs im Dáil?«

»Womit?«, fragte sie und sah, dass er Seáns Kleider demonstrativ in seinen Armen hielt, die Unterhose zuoberst, als wollte er sie provozieren.

»Damit«, sagte er und deutete auf den Bauch meiner Mutter.

»Ich habe mir einen Ring gekauft«, antwortete sie, hob die linke Hand und zeigte ihn ihm.

»Gut, dass wir Geld haben. Und was, wenn das Kind geboren wird?«

»Dafür habe ich meinen Großen Plan«, erwiderte sie.

»Das sagst du immer wieder. Wirst du uns je verraten, wie der aussieht, oder müssen wir raten?«

Meine Mutter antwortete nicht, und Smoot ging wieder hinaus.

»Ich hoffe, du kriegst ihn«, murmelte er, als er an ihr vorbeikam, und das so leise, dass nur sie ihn hören konnte. »Ich hoffe, du bekommst den verdammten Job, dann kannst du dich hier verpissen und uns beide in Ruhe lassen.«

Ein Vorstellungsgespräch im Dáil Éireann

Als meine Mutter am nächsten Morgen ins Dáil kam, war der Ehering an ihrer linken Hand deutlich zu sehen. Sie nannte dem am Eingang diensttuenden Wächter ihren Namen, einem robust wirkenden Mann, dessen Ausdruck darauf schließen ließ, dass es Hunderte Orte gab, an denen er lieber gewesen wäre. Er konsultierte ein Klemmbrett mit der Besucherliste für den Tag, schüttelte den Kopf und sagte, sie stehe nicht darauf.

»Doch«, sagte meine Mutter. Sie beugte sich vor und zeigte auf einen Namen. Daneben stand: 11.00 – FÜR MRS C. HENNESSY.

»Da steht Gogan«, sagte der Wächter. »Catherine Gogan.«

»Das ist falsch«, sagte meine Mutter. »Ich heiße Goggin, nicht Gogan.«

»Wenn Sie keinen Termin haben, kann ich Sie nicht hineinlassen.«

»Selbstverständlich nicht«, sagte meine Mutter und lächelte ihn nett an. »Aber ich versichere Ihnen, dass ich die Catherine Gogan bin, die Mrs Hennessy erwartet. Jemand hat den Namen nur falsch aufgeschrieben, sonst nichts.«

»Und woher soll ich das wissen?«

»Wenn ich hier warte und keine Catherine Gogan kommt, können Sie mich dann nicht anstelle von ihr hineinlassen? Dann hat sie ihre Chance verpasst, und mit etwas Glück bekomme ich den Job.«

Der Wächter seufzte. »Gott«, sagte er. »Davon habe ich zu Hause genug.«

»Wovon?«

»Ich komme arbeiten, um genau diesen Dingen zu entgehen«, sagte er.

»Welchen Dingen?«

»Gehen Sie schon rein und regen Sie mich nicht auf«, sagte er und schob sie praktisch durch die Tür. »Der Warteraum ist da links, und denken Sie nicht mal dran, woanders hinzugehen, oder ich hol Sie schneller wieder raus, als grünes Gras durch 'ne Gans durch ist.«

»Wie charmant«, sagte meine Mutter, trat durchs Tor

und ging auf den angezeigten Raum zu. Sie trat ein, setzte sich, bestaunte die Pracht des Gebäudes und hörte, wie heftig ihr das Herz in der Brust schlug.

Ein paar Minuten später öffnete sich eine Tür, und eine etwa fünfzigjährige Frau kam herein, schlank wie ein Weidenbaum und mit fast schwarzem, kurz geschnittenem Haar.

»Miss Goggin?«, sagte sie und trat vor. »Ich bin Charlotte Hennessy.«

»*Mrs* Goggin«, sagte meine Mutter schnell und stand auf, »ich bin verheiratet.« Schon wandelte sich der Ausdruck der älteren Frau von freundlich zu verwirrt.

»Oh«, sagte sie, den Blick auf den Bauch meiner Mutter gerichtet. »Oje.«

»Ich freue mich, Sie kennenzulernen«, sagte meine Mutter. »Vielen Dank, dass Sie sich die Zeit nehmen. Ich hoffe doch, dass die Stelle noch frei ist?«

Mrs Hennessys Mund öffnete und schloss sich mehrere Male wie der eines Fischs, der sich auf dem Deck eines Bootes hin- und herwand, bis alles Leben aus ihm gewichen war. »Mrs Goggin«, sagte sie, fand ihr Lächeln wieder und bedeutete meiner Mutter mit einer Geste, dass sie sich setzen sollte. »Die Stelle ist noch frei, ja, aber ich fürchte, es gibt da ein Missverständnis.«

»Oh?«, sagte meine Mutter.

»Ich suche nach einem Mädchen für den Tearoom, verstehen Sie? Nicht nach einer verheirateten Frau, die ein Kind erwartet. Wir können im Dáil Éireann keine verheirateten Frauen einstellen. Verheiratete Frauen sollten zu Hause bei ihrem Mann sein. Arbeitet Ihr Mann nicht?«

»Mein Mann hat gearbeitet«, sagte meine Mutter, sah ihr offen ins Gesicht und erlaubte es ihrer Unterlippe, leicht zu beben, was sie den ganzen Morgen vor dem Badezimmerspiegel geübt hatte.

»Hat er seine Arbeit verloren? Es tut mit leid, aber ich

kann dennoch nichts für Sie tun. Unsere Mädchen sind alle ledig. Jung wie Sie, natürlich, aber unverheiratet. So wünschen es sich die Gentlemen.«

»Er hat seine Arbeit nicht verloren, Mrs Hennessy«, sagte meine Mutter, zog ein Taschentuch hervor und betupfte sich die Augen. »Sondern sein Leben.«

»Oh, meine Liebe, das tut mir so leid«, sagte Mrs Hennessy und legte sich erschrocken eine Hand an den Hals. »Der arme Mann. Was ist ihm zugestoßen, wenn ich fragen darf?«

»Der Krieg ist ihm zugestoßen, Mrs Hennessy.«

»Der Krieg?«

»Der Krieg. Er ist los, um zu kämpfen, genau wie sein Vater vor ihm gekämpft hat, und davor sein Großvater. Aber die Deutschen haben ihn erwischt. Vor weniger als einem Monat. Eine Granate hat ihn zerfetzt. Mir ist nur seine Uhr geblieben, und sein Gebiss. Der untere Teil.«

Das war die Geschichte, die sie sich zurechtgelegt hatte, wobei ihr bewusst war, was für ein Risiko sie einging, denn nicht wenige von denen, die in diesem Haus arbeiteten, dachten schlecht über Iren, die für die Briten kämpften. Aber die Geschichte hatte etwas Heldenhaftes, und aus welchem Grund auch immer, sie hatte beschlossen, es damit zu probieren.

»Sie armes, unglückliches Geschöpf«, sagte Mrs Hennessy, und als sie sich vorbeugte, um meiner Mutter die Hand zu drücken, wusste die, dass es halb geschafft war. »Und Sie sind in anderen Umständen. Was für eine Tragödie.«

»Wenn ich die Zeit hätte, über Tragödien nachzudenken, dann wäre es eine«, sagte meine Mutter. »Aber das kann ich mir nicht leisten, um die Wahrheit zu sagen. Ich muss an das Kleine hier denken.« Sie legte sich eine Hand schützend auf den Bauch.

»Sie werden es nicht glauben«, sagte Mrs Hennessy, »aber das Gleiche ist meiner Tante Jocelyne im Ersten Weltkrieg passiert. Sie und mein Onkel Albert waren erst ein Jahr verheiratet, und kaum dass er bei den Engländern eingetreten war, fiel er bei Passendale. Und an dem Tag, als sie davon erfuhr, stellte sich heraus, dass sie schwanger war.«

»Darf ich Sie etwas fragen, Mrs Hennessy?«, sagte meine Mutter und lehnte sich leicht vor. »Wie ist Ihre Tante Jocelyne damit fertiggeworden? Hat sie es am Ende geschafft?«

»Oh, machen Sie sich um die keine Sorgen«, erklärte Mrs Hennessy. »Sie haben noch nie eine so positive Frau gesehen. Sie hat sich durchgewurschtelt, nicht wahr. Aber so waren die Leute damals. Wunderbare Frauen, allesamt.«

»Großartige Frauen, Mrs Hennessy. Wahrscheinlich könnte ich ein, zwei Dinge von Ihrer Tante Jocelyne lernen.«

Die ältere Frau strahlte gerührt, dann verblasste ihr Lächeln wieder etwas. »Trotz allem«, sagte sie. »Ich weiß nicht, ob es funktionieren könnte. Darf ich fragen, wie lange es noch dauert?«

»Drei Monate«, sagte meine Mutter.

»Drei Monate. Es ist eine Vollzeitstelle. Ich nehme an, dass Sie aufhören müssten, wenn das Baby auf der Welt ist.«

Meine Mutter nickte. Natürlich hatte sie ihren Großen Plan, und sie wusste, dass es nicht so sein würde, doch das hier war nun ihre Chance, und sie war entschlossen, sie zu ergreifen.

»Mrs Hennessy«, sagte sie. »Sie scheinen eine gute Frau zu sein. Sie erinnern mich an meine verstorbene Mutter, die sich jeden Tag ihres Lebens um mich gekümmert hat, bis sie sich letztes Jahr dem Krebs geschlagen geben musste ...«

»Oh, meine Liebe, was für Prüfungen!«

»Ich sehe die Güte in Ihrem Gesicht, Mrs Hennessy. Ich will meinen Stolz zurückstellen, mich ganz Ihrer Freundlichkeit überantworten und Ihnen einen Vorschlag machen. Ich brauche eine Arbeit, Mrs Hennessy, sehr dringend brauche ich eine Arbeit, damit ich etwas Geld für das Kind auf die Seite legen kann. Damit ich etwas habe, wenn er oder sie auf die Welt kommt, denn im Augenblick habe ich so gut wie nichts. Wenn Sie das Herz haben, mich für die nächsten drei Monate zu nehmen, werde ich für Sie arbeiten wie ein Pferd und Ihnen keinerlei Grund geben, Ihre Entscheidung zu bereuen. Und wenn meine Zeit kommt, vielleicht können Sie dann ja wieder eine Anzeige aufgeben und finden ein anderes junges Mädchen, das so wie ich eine Chance braucht.«

Mrs Hennessy lehnte sich zurück, Tränen sammelten sich in ihren Augen. Wenn ich jetzt so darüber nachdenke, frage ich mich, warum sich meine Mutter für einen Job im Dáil bewarb, denn eigentlich hätte sie am anderen Liffeyufer, im Abbey Theatre, vorsprechen sollen.

»Und Ihre Gesundheit?«, fragte Mrs Hennessy endlich. »Darf ich fragen, wie es ganz allgemein um Ihre Gesundheit steht?«

»Die ist tipptopp«, sagte meine Mutter. »Ich war noch keinen Tag in meinem Leben krank. Nicht mal während der letzten sechs Monate.«

Mrs Hennessy seufzte und ließ den Blick über die Wände schweifen, als könnten ihr die Männer in ihren Goldrahmen bei ihrer Entscheidung helfen. Ein Porträt von W. T. Cosgrave hing über ihrer Schulter, und er schien meine Mutter anzublitzen, als wollte er ihr sagen, dass er sie bis ins Innerste durchschaute – und könnte er sich nur von dieser Leinwand losmachen, würde er sie eigenhändig mit einem Stock auf die Straße hinausjagen.

»Dabei ist der Krieg fast vorbei«, sagte meine Mutter nach einer Weile, was nicht ganz in das Gespräch zu passen schien, das sie gerade führten. »Haben Sie gehört, dass sich Hitler umgebracht hat? Wir haben eine strahlende Zukunft vor uns.«

Mrs Hennessy nickte. »Ich habe es gehört, ja«, sagte sie mit einem Achselzucken. »Gut, dass es ihn erwischt hat – ich hoffe, Gott vergibt mir, dass ich das so sage. Wir alle haben jetzt hoffentlich bessere Zeiten vor uns.«

Länger bleiben

»Ihr zwei müsst das entscheiden«, erklärte meine Mutter Seán und Smoot an diesem Abend, als sie zusammen im Brazen Head saßen und sich einen guten Eintopf aus einer Keramikterrine teilten. »Ich kann nächste Woche ausziehen, wenn ich meinen ersten Lohn bekomme, oder ich bleibe in der Wohnung in der Chatham Street, bis das Baby auf der Welt ist, und gebe euch ein Drittel meines Lohns als Mietanteil. Ich würde gern bleiben, weil es gemütlich ist und ihr die einzigen Menschen seid, die ich in Dublin kenne. Aber ihr wart sehr gut zu mir seit meiner Ankunft, und ich will euch nicht überbeanspruchen.«

»Ich habe nichts dagegen«, sagte Seán und lächelte ihr zu. »Ich bin glücklich mit allem, wie es ist. Aber es ist Jacks Wohnung, also liegt die Entscheidung bei ihm.«

Smoot nahm ein Stück Brot aus dem Korb auf dem Tisch und fuhr damit um den Rand seines Tellers, um nichts von dem Eintopf verkommen zu lassen. Er steckte sich das Brot in den Mund, zerkaute es sorgfältig, schluckte und griff nach seinem Bier.

»Wo wir schon so lange mit dir ausgekommen sind, Kitty«, sagte er, »machen ein paar zusätzliche Monate auch nichts mehr.«

Der Tearoom

Die Arbeit im Tearoom des Dáil war weit schwieriger, als meine Mutter es sich vorgestellt hatte. Jedes Mädchen musste lernen, wie mit den gewählten Abgeordneten diplomatisch umzugehen war. Den ganzen Tag über kamen sie herein, eingehüllt in Zigarettenqualm und den Geruch ihrer eigenen Körper, wollten Kuchen und Gebäck zu ihrer Tasse Kaffee und zeigten dabei kaum einmal Manieren. Einige flirteten mit den Mädchen, hatten aber sonst nichts mit ihnen im Sinn, andere schon, und sie wurden aggressiv, wenn der Erfolg ausblieb. Es gab Geschichten von Bedienungen, die verführt und gefeuert worden waren, als man ihrer müde wurde. Andere hatten einen unzüchtigen Antrag abgelehnt und waren deswegen hinausgeflogen. Wenn ein Mitglied des Dáil ein Auge auf eines der Mädchen geworfen hatte, schien das klar in eine Richtung zu weisen, nämlich ans Ende der Arbeitslosenschlange. Es gab zu der Zeit nur vier gewählte weibliche Mitglieder des Dáil, und meine Mutter nannte sie die »MayBes« – *Mary* Reynold aus Sligo-Leitrim und *Mary* Ryan aus Tipperary, *Bridget* Redmond aus Waterford und *Bridget* Rice aus Monaghan, und das waren die Schlimmsten, sagte sie. Sie wollten nicht mit den Bedienungen reden, weil vielleicht ja einer der Männer kam und etwas aufgewärmt haben wollte oder weil er Hilfe brauchte, wenn er einen Knopf an der Manschette verloren hatte.

Mr de Valera kam nicht sehr oft, erzählte sie mir, er trank seinen Tee normalerweise in seinem Büro. Mrs Hennessy selbst brachte ihm sein Tablett, aber manchmal steckte er den Kopf doch durch die Tür, als suchte er nach jemandem, setzte sich zu den Hinterbänklern und versuchte die Stimmung in der Partei einzuschätzen. Er war groß und dürr und sah ein bisschen dümmlich aus, sagte sie, verhielt sich jedoch immer zuvorkommend und rügte einmal sogar einen seiner eigenen Ministerialdirektoren, weil er mit dem Finger nach ihr geschnipst hatte, was ihm ihre ewige Dankbarkeit eintrug.

Die anderen Mädchen waren voller Anteilnahme für meine Mutter, die jetzt siebzehn war, mit einem fiktiven, im Krieg gefallenen Ehemann und einem allzu realen Kind, das kurz davorstand, in diese Welt zu treten. Mit einer Mischung aus Faszination und Mitleid betrachteten die anderen sie.

»Und deine arme Mum ist auch gestorben, wie ich höre?«, fragte Lizzie, eine etwas ältere Kollegin, als sie eines Nachmittags gemeinsam abspülten.
»Ja«, sagte meine Mutter, »ein schrecklicher Unfall.«
»Ich dachte, es sei Krebs gewesen?«
»Oh ja«, antwortete sie. »Ich meine, ein schreckliches Unglück. Dass sie Krebs gekriegt hat.«
»Es heißt, so was liegt in der Familie«, sagte Lizzie, die vermutlich im Mittelpunkt jeder Party stand. »Hast du keine Angst, dass es dich eines Tages auch erwischt?«
»Also daran habe ich noch gar nicht gedacht«, sagte meine Mutter, hielt inne und überlegte. »Aber jetzt, wo du es so sagst, denke ich an nichts anderes mehr.« Einen Moment lang, erzählte sie mir, habe sie sich tatsächlich gefragt, ob sie wohl in Gefahr sei, Krebs zu bekommen, bis sie sich erinnerte, dass ihre Mutter, meine Großmutter, kerngesund war und mit ihrem Mann und sechs strohköpfigen Söhnen dreihundertsiebzig Kilometer entfernt in Goleen, West Cork, lebte. Da entspannte sie sich wieder.

Der Große Plan

Mitte August rief Mrs Hennessy sie in ihr Büro und sagte, sie denke, es sei Zeit, dass meine Mutter mit der Arbeit aufhöre.
»Weil ich heute Morgen zu spät war?«, fragte meine Mutter. »Das war das erste Mal, und da stand ein Mann vor meiner Tür, und er sah aus, als wollte er mich umbringen. Ich konnte nicht allein hinaus, während der dort stand, und so bin ich nach oben und habe aus dem Fenster gesehen, und es dauerte zwanzig Minuten, bis er sich wegdrehte und die Grafton Street hinunter verschwand.«
»Nicht, weil Sie zu spät waren«, sagte Mrs Hennessy und

schüttelte den Kopf. »Sie sind immer pünktlich, Catherine, im Gegensatz zu einigen anderen hier. Nein, ich denke nur, dass die Zeit gekommen ist. Das ist alles.«
»Aber ich brauche das Geld immer noch«, protestierte sie. »Ich muss an meine Miete denken und das Kind und...«
»Ich weiß, und ich fühle mit Ihnen, aber wenn Sie sich selbst einmal ansähen, Sie platzen aus allen Nähten. Es können nur noch ein paar Tage sein. Regt sich da noch nichts?«
»Nein«, sagte sie. »Noch nicht.«
»Die Sache ist die«, sagte Mrs Hennessy. »Es gab... Um Himmels willen, Catherine, setzen Sie sich doch bitte und nehmen Sie das Gewicht von Ihren Füßen. In Ihrem Zustand sollten Sie nicht mehr stehen. Die Sache ist die, dass es Beschwerden von einigen Mitgliedern des Hauses gegeben hat.«
»Wegen mir?«
»Wegen Ihnen.«
»Aber ich bin doch immer so höflich, nur nicht zu diesem zwielichtigen Kerl aus Donegal, der sich jedes Mal an mich drückt, wenn er vorbeikommt, und mich sein Kissen nennt.«
»Oh, das weiß ich doch alles«, sagte Mrs Hennessy. »Ich habe Sie die letzten drei Monate genau beobachtet. Sie hätten hier eine Lebensstellung, wenn Sie nicht, Sie wissen schon, bald andere Verantwortlichkeiten hätten. Sie haben alles, was ich mir für ein Teemädchen wünsche. Sie sind wie geboren dafür.«
Meine Mutter lächelte und beschloss, das als Kompliment zu verstehen, obwohl sie nicht ganz sicher war, ob es tatsächlich eins war.
»Nein, niemand beschwert sich wegen Ihres Benehmens. Es ist Ihr Zustand. Einige sagen, eine Frau zu sehen, die derartig hochschwanger ist, verdirbt ihnen den Appetit auf ihre Vanilleschnitten.«
»Wollen Sie mich veralbern?«
»Das hat man mir gesagt.«
Meine Mutter lachte und schüttelte den Kopf. »Wer sagt

solche Sachen?«, fragte sie. »Können Sie mir die Namen nennen, Mrs Hennessy?«
»Das werde ich nicht, nein.«
»War es eine von den MayBes?«
»Ich sage es Ihnen nicht, Catherine.«
»Aber von welcher Partei?«
»Aus beiden. Ein paar mehr aus der Fianna Fáil, wenn ich ehrlich bin. Aber Sie wissen doch, wie sie sind. Den Blauhemden scheint es nicht so viel zu machen.«
»Ist es der verschrobene kleine Kerl, der sich Minister für...«
»Catherine, ich werde es Ihnen nicht verraten«, sagte Mrs Hennessy noch einmal und hob die Hand. »Tatsache ist, dass Sie nur noch ein paar Tage haben, höchstens eine Woche, und es ist in Ihrem eigenen Interesse, die Füße hochzulegen. Können Sie mir nicht den Gefallen tun und aufhören, ohne mir Schwierigkeiten zu machen? Sie waren wunderbar, wirklich, und...«
»Natürlich«, sagte meine Mutter, die begriff, dass es besser war, nicht weiter herumzubetteln. »Sie waren sehr nett zu mir, Mrs Hennessy. Sie haben mir eine Arbeit gegeben, als ich eine brauchte, und ich weiß, es war nicht gerade die leichteste Entscheidung. Heute bleibe ich noch, und dann gehe ich, und Sie werden immer einen besonderen Platz in meinem Herzen haben.«
Mrs Hennessy seufzte erleichtert und ließ sich auf ihren Stuhl zurücksinken. »Danke«, sagte sie. »Sie sind ein gutes Mädchen, Catherine. Sie werden eine wundervolle Mutter sein, wissen Sie, und wenn Sie je etwas brauchen...«
»Also, es gibt tatsächlich etwas«, antwortete meine Mutter. »Wenn das Baby da ist, könnte ich dann zurückkommen? Was meinen Sie?«
»Wohin zurückkommen? Hier ins Dáil? Oh nein, das wäre nicht möglich. Wer würde sich um das Baby kümmern?«

Meine Mutter sah aus dem Fenster und atmete tief durch. Es war das erste Mal, dass sie laut über ihren Großen Plan sprach. »Seine Mutter wird sich um ihn kümmern«, sagte sie. »Oder um sie. Was immer es wird.«

»Seine Mutter?«, fragte Mrs Hennessy verblüfft. »Aber...«

»Ich werde das Baby nicht behalten, Mrs Hennessy«, sagte meine Mutter. »Es ist alles arrangiert. Nach der Geburt kommt eine kleine bucklige Redemptoristen-Nonne ins Krankenhaus und holt das Baby ab. Ein Paar am Dartmouth Square wird es adoptieren.«

»Großer Herr im Himmel!«, sagte Mrs Hennessy. »Und wann ist das alles entschieden worden, wenn ich fragen darf?«

»Das habe ich an dem Tag beschlossen, als ich herausfand, dass ich schwanger war. Ich bin zu jung, ich habe kein Geld, und es ist unmöglich, dass ich für das Kind aufkomme. Ich bin nicht herzlos, das verspreche ich Ihnen, aber dem Baby wird es besser gehen, wenn es in eine Familie kommt, die ihm ein gutes Zuhause geben kann.«

»Nun«, sagte Mrs Hennessy nachdenklich. »Ich nehme an, solche Dinge geschehen. Sind Sie sicher, dass Sie mit der Entscheidung leben können?«

»Nein, aber ich denke trotzdem, dass es das Beste ist. Das Kind wird so die besseren Aussichten haben. Die Leute haben Geld, Mrs Hennessy. Ich habe nichts.«

»Und Ihr Mann? Hätte er es auch gewollt?«

Meine Mutter konnte sich nicht mehr dazu bringen, die gute Frau anzulügen, und vielleicht konnte man ihr die Scham vom Gesicht ablesen.

»Hätte ich recht mit der Annahme, dass es gar keinen Mr Goggin gab?«, fragte Mrs Hennessy endlich.

»Ja, das hätten Sie«, sagte meine Mutter leise.

»Und der Ehering?«

»Den habe ich selbst gekauft. In einem Laden in der Coppinger Row.«

»Das dachte ich mir schon. Kein Mann könnte jemals etwas so Elegantes aussuchen.«

Meine Mutter hob den Blick mit einem verlegenen Lächeln und war überrascht zu sehen, dass Mrs Hennessy zu weinen begann. Sie zog ein Taschentuch hervor und reichte es ihr über den Tisch.

»Ist alles in Ordnung?«, fragte sie, verblüfft von dem unerwarteten Gefühlsausbruch.

»Jaja«, sagte Mrs Hennessy. »Machen Sie sich wegen mir keine Gedanken.«

»Aber Sie weinen.«

»Nur ein wenig.«

»Ist es wegen etwas, das ich gesagt habe?«

Mrs Hennessy hob den Blick und schluckte. »Können wir uns diesen Raum als einen Beichtstuhl vorstellen?«, fragte sie. »Und das, was wir sagen, bleibt in diesen vier Wänden?«

»Natürlich«, sagte meine Mutter. »Sie waren so lieb zu mir. Ich hoffe, Sie wissen, dass ich eine große Zuneigung und einen ebensolchen Respekt für Sie in mir trage.«

»Es ist nett, dass Sie das sagen. Ich habe immer schon angenommen, dass die Geschichte, die Sie mir erzählt haben, nicht ganz stimmt. Ich wollte Ihnen dennoch genau das Mitgefühl zeigen, das man mir nie geschenkt hat, als ich in Ihrer Lage war. Vielleicht überrascht es Sie nicht, wenn ich Ihnen sage, dass es nie einen Mr Hennessy gab.« Sie streckte die linke Hand aus, und beide betrachteten ihren Ehering. »Den habe ich 1913 für vier Shilling in einem Laden in der Henry Street gekauft«, sagte sie. »Seitdem habe ich ihn nicht mehr abgenommen.«

»Haben Sie auch ein Kind bekommen?«, fragte meine Mutter. »Haben Sie es allein großgezogen?«

»Nicht ganz«, sagte Mrs Hennessy zögernd. »Ich komme aus Westmeath, wussten Sie das, Catherine?«

»Ja, das weiß ich. Sie haben es mir einmal gesagt.«

»Ich war nie wieder dort. Aber ich bin nicht nach Dublin

gekommen, um ein Baby auf die Welt zu bringen. Ich habe es zu Hause bekommen. In dem Schlafzimmer, in dem ich bis dahin jeden Tag meines Lebens geschlafen hatte und in dem das arme Kind auch gezeugt wurde.«

»Was ist mit ihm?«, fragte meine Mutter. »War es ein Junge?«

»Nein, es war ein Mädchen. Ein kleines Mädchen. So schön war es. Aber es hat nicht lange gelebt. Mum durchtrennte die Nabelschnur, als es aus mir heraus war, und Daddy trug es nach hinten, wo ein Eimer Wasser wartete, in das er es ein, zwei Minuten tauchte, bis es ertrunken war. Dann warf er es in ein Grab, das er ein paar Tage zuvor ausgehoben hatte, schaufelte die Erde darüber, und Schluss. Niemand hat je was davon erfahren. Nicht die Nachbarn, nicht der Priester, nicht die Gardaí.«

»Jesus, Maria und Joseph«, sagte meine Mutter und lehnte sich entsetzt zurück.

»Ich habe mein Kind nicht einmal halten dürfen«, sagte Mrs Hennessy. »Mum hat mich gewaschen, und am selben Tag noch haben sie mich in den Bus gesetzt. Sie sagten, ich dürfte nie wieder zurückkommen.«

»Mich haben sie vorm Altar beschimpft«, sagte meine Mutter endlich. »Der Gemeindepriester hat mich eine Hure genannt.«

»Diese Kerle haben nicht mehr Gefühl als ein Holzlöffel«, sagte Mrs Hennessy. »Ich habe nie eine Grausamkeit erlebt wie die von Priestern. Dieses Land ...« Sie schloss die Augen und schüttelte den Kopf, und meine Mutter erzählte mir später, es habe ausgesehen, als wollte sie schreien.

»Das ist eine fürchterliche Geschichte«, sagte meine Mutter schließlich. »Ich nehme an, der Vater wollte Sie nicht heiraten?«

Mrs Hennessy lachte bitter. »Das hätte er sowieso nicht gekonnt«, sagte sie. »Er war schon verheiratet.«

»Hat seine Frau davon erfahren?«

Mrs Hennessy sah sie an, und als sie sprach, war ihre Stimme ganz leise und voller Scham und Hass. »Sie wusste genau Bescheid«, sagte sie. »Habe ich nicht gesagt, dass sie die Nabelschnur durchtrennt hat?«

Meine Mutter sagte eine Weile nichts, und als ihr endlich bewusst wurde, was Mrs Hennessy da sagte, hob sie eine Hand an den Mund und hatte Angst, sich übergeben zu müssen.

»Wie ich sagte, solche Sachen passieren«, sagte Mrs Hennessy. »Deine Entscheidung ist gefallen, Catherine? Du wirst dein Kind aufgeben?«

Meine Mutter fand keine Worte, aber sie nickte.

»Dann nimm dir hinterher ein paar Wochen Zeit, um zu dir zu finden, und komm wieder her. Wir werden den Leuten sagen, dass das Baby gestorben ist, und sie werden es bald schon vergessen haben.«

»Werden sie das?«, fragte meine Mutter.

»Die Leute schon«, antwortete sie, beugte sich vor und nahm die Hände meiner Mutter in ihre. »Aber so leid es mir tut, Catherine, du wirst es nie vergessen.«

Gewalt

Es wurde bereits dunkel, als meine Mutter an dem Abend nach Hause ging. Sie bog in die Chatham Street und sah verdrossen, wie jemand schwankend aus Clarendon's Pub kam. Es war derselbe Mann, dessentwegen sie am Morgen zu spät zur Arbeit gekommen war. Er war über die Maßen dick, hatte ein faltiges, vom Alkohol gerötetes Gesicht und sich offenbar seit ein paar Tagen nicht rasiert, was ihn wie einen Landstreicher aussehen ließ.

»Da bist du ja«, sagte er, als sie auf die Tür zuging. Er stank derartig nach Whiskey, dass sie gezwungen war, ein

Stück zurückzuweichen. »Lebensgroß und doppelt so hässlich.«

Sie sagte nichts, sondern zog den Schlüssel aus der Tasche und hatte in ihrer Aufregung Schwierigkeiten, ihn richtig ins Schloss zu bekommen.

»Das sind Zimmer da oben, oder?«, fragte der Mann und sah zu den Fenstern hinauf. »Eine ganze Reihe oder nur das eine?«

»Nur das eine«, sagte sie. »Wenn Sie nach einer Bleibe suchen, fürchte ich, dass Sie hier kein Glück haben.«

»Dein Akzent. Du klingst wie aus Cork. Wo kommst du her? Aus Bantry? Drimoleague? Ich kannte mal ein Mädchen aus Drimoleague. Eine nichtswürdige Kreatur, die mit jedem Mann ging, der sie fragte.«

Meine Mutter wandte den Blick ab, versuchte es wieder mit dem Schlüssel und fluchte leise, als er sich im Schloss verhakte und sie ihn nur mit Gewalt wieder freibekam.

»Wenn Sie bitte aus dem Licht gehen könnten«, sagte sie und sah ihn an.

»Nur eine Wohnung«, sagte er, kratzte sich das Kinn und schien zu überlegen. »Du wohnst also mit denen zusammen?«

»Mit wem?«

»Wie soll das denn gehen?«

»Mit *wem*?«, fragte sie noch einmal.

»Mit den schwulen Kerlen natürlich. Aber was wollen die mit dir? Die haben doch keine Verwendung für 'ne Frau, alle beide nicht.« Er starrte auf ihren Bauch und schüttelte den Kopf. »Ist das von einem von denen? Nein, dazu sind sie nicht fähig. Du weißt wahrscheinlich nicht mal, wer's war, was? Du dreckige kleine Schlampe.«

Meine Mutter wandte sich wieder dem Schloss zu, und diesmal glitt der Schlüssel problemlos hinein, und die Tür öffnete sich. Aber bevor sie hineingehen konnte, drängte er an ihr vorbei, trat in den Flur und ließ sie auf der Straße hinter sich, unsicher, was sie tun sollte. Erst als er die Treppe hinaufstampfte, kam sie wieder zu sich und wurde wütend.

»Kommen Sie da raus!«, rief sie hinter ihm her. »Das ist eine Privatwohnung, hören Sie? Ich rufe die Gardaí!«

»Ruf, wen immer du rufen willst, verdammt!«, dröhnte er, und sie sah die Straße hinauf und hinunter, doch es war keine Menschenseele zu sehen. Also sammelte sie all ihren Mut und folgte ihm die Treppe hinauf nach oben, wo er erfolglos an der Türklinke riss.

»Mach auf«, sagte er und zeigte mit dem Finger auf sie, und sie sah den Schmutz unter seinen langen Nägeln. Ein Bauer, dachte sie, und dem Akzent nach kam auch er aus Cork, nicht aus West Cork allerdings, das wäre ihr schneller aufgefallen. »Mach auf, kleines Mädchen, oder ich trete die Tür ein.«

»Mach ich nicht«, sagte sie, »und Sie verschwinden gefälligst oder ich ...«

Er kehrte ihr den Rücken zu, winkte sie weg und tat, was er gesagt hatte, hob den rechten Stiefel und versetzte der Tür einen mächtigen Tritt. Sie brach auf und schlug so heftig gegen die Wand, dass ein Topf mit fürchterlichem Lärm vom Regal in die Wanne fiel. Das Wohnzimmer war leer, aber als er hineinstolperte, mit meiner Mutter direkt hinter sich, hörte man ängstliche Stimmen aus dem Schlafzimmer nebenan.

»Komm raus da, Seán MacIntyre!«, brüllte der Mann und wankte betrunken hin und her. »Komm raus da, damit ich Anständigkeit in dich reinprügeln kann. Ich hab dich gewarnt, was passiert, wenn ich euch beide noch mal erwische.«

Er hob einen Stock, den meine Mutter bis dahin nicht gesehen hatte, und schlug damit ein paarmal so fest auf den Tisch, dass der Krach sie zusammenfahren ließ. Ihr Vater hatte genau so einen Stock gehabt, und sie hatte oft gesehen, wie er voller Wut damit auf einen ihrer Brüder losgegangen war. Am Abend, als ihr Geheimnis herausgekommen war, hatte er ihn auch gegen sie erheben wollen, aber glücklicherweise hatte meine Großmutter ihn zurückhalten können.

»Sie sind in der falschen Wohnung!«, rief meine Mutter.

»Was für ein Wahnsinn!«

»Komm raus da!«, brüllte der Mann wieder. »Komm raus da, oder ich komm rein und hol dich. Komm schon raus!«

»Gehen Sie«, sagte meine Mutter und zerrte an seinem Ärmel, doch er stieß sie brutal weg, und sie fiel gegen den Sessel. Ein heftiger, schneller Schmerz fuhr ihr wie eine Maus, die nach Deckung suchte, den Rücken hinunter. Der Mann griff nach der Schlafzimmertür, drückte sie weit auf, und da saßen, wie meine Mutter staunend sah, Seán und Smoot nackt, wie der Herrgott sie geschaffen hatte, ans Kopfteil des Bettes gedrückt, die Gesichter von Panik verzerrt.

»Großer Gott«, sagte der Mann und wandte sich angeekelt ab. »Komm da raus, du dreckiger kleiner Bastard.«

»Daddy«, sagte Seán. Er sprang aus dem Bett, und meine Mutter starrte auf seinen nackten Körper, als er lief, um sich mit Hose und Hemd zu bedecken. »Daddy, bitte, lass uns nach unten gehen und ...«

Er wollte ins Wohnzimmer, doch noch bevor er ein weiteres Wort sagen konnte, packte ihn der Mann, sein eigener Vater, am Genick und rammte seinen Kopf gegen das eine an der Wand befestigte Regal im Zimmer, auf dem ganze drei Bücher standen: eine Bibel, eine Ausgabe des *Ulysses* und eine Biografie Königin Viktorias. Es gab ein schreckliches Geräusch, und Seán ließ ein Stöhnen hören, das aus den Tiefen seines Körpers heraufzudringen schien. Als er sich umdrehte, war sein Gesicht kreidebleich, und auf seiner Stirn wuchs ein schwarzer Fleck, der einen Moment lang zu pulsieren schien, als wäre er unsicher, was als Nächstes von ihm erwartet würde, dann wurde er rot, und das Blut begann zu fließen. Seáns Beine versagten ihm den Dienst, er brach zusammen, und der Mann packte ihn erneut und zerrte ihn mit einer Hand zur Tür, wo er wieder und wieder auf ihn eintrat, ihn mit dem Knüppel bearbeitete und mit jedem Schlag neue Flüche auf ihn niederschickte.

»Lassen Sie ihn!«, rief meine Mutter und warf sich auf den Mann. Da kam Smoot mit einem Hurlingschläger aus dem Schlafzimmer, auf dem zwei Türme und ein hindurchsegelndes Schiff zu sehen waren, und ging auf ihren Angreifer los. Er hatte sich nichts angezogen, und selbst in der Dramatik der Situation schockierte meine Mutter der Anblick seines behaarten Körpers, der so anders war als Seáns nackte Brust, der Körper meines Vaters oder das, was sie von ihren Brüdern kannte. Dazu die lange, noch glänzende Männlichkeit, die zwischen seinen Beinen schwang, als er auf sie zukam.

Der Mann brüllte, als der Schläger ihn am Rücken traf, sonst zeigte der Angriff keinerlei Wirkung. Er stieß Smoot mit solcher Kraft zurück, dass er rückwärts über das Sofa auf die Schwelle zum Schlafzimmer stürzte, wo sich die beiden, Seán und Jack, wie meine Mutter jetzt begriff, seit ihrer Ankunft aus Cork ein Liebesnest eingerichtet hatten. Sie hatte von solchen Leuten schon gehört. Die Jungs in der Schule hatten ständig über sie gelästert. War es da ein Wunder, fragte sie sich, dass Smoot sie immer hatte loswerden wollen? Es war ihr Nest und sie der Kuckuck darin.

»Jack!«, rief meine Mutter, als Peadar MacIntyre, so hieß der Mann, seinen Sohn ein weiteres Mal beim Kopf packte und mit so barbarischer Gewalt auf seinen Körper eintrat, dass sie die Rippen brechen hörte. »Seán!«, schrie sie, doch als sich der Kopf des Jungen in ihre Richtung drehte, waren seine Augen weit offen, und sie begriff, dass er diese Welt bereits verlassen hatte und in die nächste eingetreten war. Trotzdem wollte sie nicht erlauben, dass er noch schlimmer zugerichtet wurde. Wild entschlossen, den Mann von Seán wegzuziehen, versuchte sie, ihn zu packen, doch er fasste ihren Arm und beförderte sie mit einem schnellen, mächtigen Tritt durch die Tür und die Treppe hinunter. Jede Stufe, erzählte sie mir später, ließ sie glauben, sich auch selbst ein Stück dem Tod anzunähern.

Sie landete unten vor der Treppe, lag einen Moment lang auf dem Rücken, starrte zur Decke hinauf und schnappte nach Luft. Ich in ihrem Bauch protestierte heftig gegen diese Behandlung und beschloss, dass meine Zeit gekommen war. Ich machte mich los und begann meine erste Reise, worauf meine Mutter einen wilden Schrei ausstieß.

Sie kämpfte sich auf die Beine und sah sich um. Jede andere Frau in ihrer Lage hätte die Tür nach draußen aufgestoßen, sich auf die Chatham Street geworfen und um Hilfe gerufen. Nicht so Catherine Goggin. Seán war tot, da war sie sicher, aber Smoot war noch da oben, und sie konnte ihn um sein Leben flehen hören, hörte Schläge, Schmerzensrufe und die Flüche, die Seáns Vater ausstieß, während er auf Jack einprügelte.

Jede Bewegung ließ sie aufschreien, trotzdem schleppte sie sich die erste Stufe hinauf, dann noch eine und noch eine, bis sie die Treppe halb wieder oben war. Sie schrie, während ich mich immer stärker bemerkbar machte, doch da war etwas in ihr, wie sie mir später erzählte, das ihr sagte, ich hätte jetzt neun Monate gewartet, da könnte ich auch noch neun Minuten Geduld haben. Sie setzte ihren Aufstieg fort, kam schweißüberströmt in die Wohnung, Wasser und Blut rannen ihr die Beine hinunter, und der Anblick der Wahnsinnigen, die sie mit zerzaustem Haar, aufgeplatzter Lippe und zerrissenem Kleid aus dem Spiegel gegenüber ansah, versetzte ihr einen Schock. Smoots Schreie aus dem Schlafzimmer wurden schwächer, während die Tritte und Schläge weiter auf ihn einprasselten, und sie stieg über Seáns Leiche, warf einen kurzen Blick in die offenen Augen seines ehedem so schönen Gesichts und musste gegen ihre Tränen ankämpfen.

Ich komme, dachte sie, bewegte sich weiter und sah sich nach einer Waffe um. Da lag Smoots Hurlingschläger auf dem Boden. *Bist du bereit für mich?*

Ein kräftiger Schlag genügte, Gottes Liebe ward ihr zuteil, und Peadar MacIntyre fiel bewusstlos um. Nicht tot, er sollte noch acht Jahre leben, bis er in einem Pub an einer Fischgräte erstickte, nachdem die Geschworenen ihn für nicht schuldig erklärt hatten, da er sein Verbrechen aufgrund der extremen Provokation begangen habe, die darin bestand, einen geistig gestörten Sohn zu haben. Nur bewusstlos war er, und meine Mutter und ich, wir warfen uns auf Smoots Körper, dessen Gesicht übel zugerichtet war, und der nur unregelmäßig atmete und dem Tod nahe genug war.

»Jack!«, rief sie, bettete seinen Kopf in ihren Schoß und ließ einen markerschütternden Schrei hören, als ihr ganzes Sein ihr befahl zu pressen, mich jetzt hinauszupressen, und mein Kopf zwischen ihren Beinen erschien. »Jack, bleib bei mir. Du darfst nicht sterben, hörst du mich, Jack? Du darfst nicht sterben!«

»Kitty«, sagte Smoot, und das Wort kam nur dumpf aus seinem Mund, zusammen mit ein paar ausgeschlagenen Zähnen.

»Und nenn mich nicht Kitty, verdammt!«, brüllte sie, schrie ein weiteres Mal und presste meinen Körper weiter in den Augustabend hinaus.

»Kitty«, flüsterte er, und seine Augen begannen sich zu schließen, und sie schüttelte ihn, während der Schmerz ihren Körper erschütterte.

»Du musst weiterleben, Jack!«, rief sie. »Du musst weiterleben!«

Dann verlor sie das Bewusstsein, es wurde plötzlich still im Zimmer, bis ich mir eine Minute später die Ruhe und den Frieden zunutze machte und meinen winzigen Körper zusammen mit einer Mischung aus Blut, Plazenta und

Schleim auf den dreckigen Teppich der Wohnung oben in der Chatham Street hinauswand, einen Moment lang wartete, meine Gedanken sammelte, zum ersten Mal meine Lunge öffnete und einen so durchdringenden Schrei ausstieß, dass die Männer unten im Pub endlich die Ohren spitzten, die Treppe heraufgerannt kamen und sich dem Grund für all den Aufruhr gegenübersahen, während ich der Welt verkündete, dass ich angekommen, geboren und endlich Teil des Ganzen war.

1952

Die Vulgarität der Popularität

Ein kleines Mädchen in einem hellrosa Mantel

Ich lernte Julian Woodbead kennen, als sein Vater ins Haus am Dartmouth Square kam, um zu besprechen, wie sein wertvollster Mandant vor dem Gefängnis bewahrt werden könnte. Max Woodbead hatte eine Kanzlei am Ormond Quay, in der Nähe der Four Courts, und war nach allem, was man hörte, ein sehr guter Anwalt mit dem unstillbaren Verlangen, in die höchsten Ränge der Dubliner Gesellschaft aufzusteigen. Aus seinem Fenster konnte er über den Liffey zur Christ Church Cathedral hinübersehen, und er behauptete gern – wenn auch nicht ganz überzeugend –, dass er jedes Mal, wenn er die Glocken hörte, auf die Knie falle und zum verstorbenen Papst Benedikt XV. bete, der an ebendem Septembertag 1914 den Thron von St. Peter bestiegen hatte, an dem er, Max Woodbead, geboren wurde. Mein Vater hatte ihn nach ein paar Missgeschicken engagiert. Dabei ging es um (aber nicht nur) Glücksspiel, Frauengeschichten, Betrug, Steuerhinterziehung und den tätlichen Angriff auf einen Journalisten der *Dublin Evening Mail*. Die Bank von Irland, in der mein Vater als Direktor für Investments und Kundenportfolios eine durchaus gehobene Position innehatte, schrieb ihren Mitarbeitern nicht vor, wie sie ihre freie Zeit zu verbringen hatten, doch ihr missfiel jede Art von schlechter Publicity, und in den letzten Monaten hatte mein

Vater Tausende Pfund bei den Rennen in Leopardstown verwettet, war morgens um vier fotografiert worden, wie er mit einer Prostituierten das Shelbourne Hotel verließ, war mit einem Bußgeld belegt worden, weil er angetrunken über das Geländer der Ha'penny Bridge uriniert hatte, und schließlich hatte er in einem Interview mit Radio Éireann auch noch gesagt, die Finanzen des Landes wären in einem weit besseren Zustand, wenn die Engländer nach dem Osteraufstand, wie ursprünglich geplant, Finanzminister Seán MacEntee erschossen hätten. Im Übrigen war er für den Versuch gegeißelt worden, einen siebenjährigen Jungen in der Grafton Street zu kidnappen, was völlig aus der Luft gegriffen war. Tatsächlich hatte er die Hand des Jungen nur ergriffen und ihn hinüber zum Trinity College gezerrt, weil er dachte, bei dem total verängstigten Kind, das meine Größe und meine Haarfarbe hatte, aber unglücklicherweise stumm war, handle es sich um mich. Die *Irish Press* deutete zudem eine Affäre mit einer nicht ganz unbekannten Schauspielerin an und gab dabei klar ihrer Missbilligung Ausdruck, indem sie ihm »außereheliche Spielereien mit einer Theaterdame« vorwarf, »während seine Frau, die, wie unsere literarischen Leser wissen mögen, selbst zu einiger Bekanntheit gelangt ist, sich vom quälenden Kampf mit einem bösartigen Tumor im Hörkanal erholt«. Das Ende vom Lied war, dass die Steuerbehörde eine offizielle Prüfung der Finanzen meines Vaters anstrengte und zu niemandes Überraschung feststellte, dass er über die Jahre falsche Steuererklärungen abgegeben und mehr als dreißigtausend Pfund hinterzogen hatte. Darauf wurde er umgehend vom Dienst in der Bank suspendiert, und der Mann von der Steuer erklärte, mit der ganzen Kraft des Gesetzes gegen ihn vorgehen zu wollen, um ein Exempel zu statuieren – worauf nun also, unvermeidlicherweise, Max Woodbead zu Hilfe gerufen wurde.

Natürlich meine ich, wenn ich von »meinem Vater« spreche, nicht den Mann, der meiner Mutter vor der Kirche

Unserer Lieben Frau, Stern des Meeres, in Goleen sieben Jahre zuvor zwei grüne Pfundnoten in die Hand gedrückt hatte, um sein Gewissen zu beruhigen. Nein, ich meine Charles Avery, der mir zusammen mit seiner Frau Maude die Tür zu seinem Haus öffnete, nachdem er dem Redemptoristen-Kloster für dessen Hilfe bei der Suche nach einem passenden Kind einen ansehnlichen Scheck ausgestellt hatte. Von Beginn an gaben die beiden nie vor, etwas anderes als meine Adoptiveltern zu sein. Ganz im Gegenteil: Sie erläuterten mir dieses Detail, kaum dass ich in der Lage war, die Bedeutung ihrer Worte zu verstehen. Maude behauptete, sie wolle nicht, dass die Wahrheit später herauskäme und ich sie des Betrugs bezichtigte, während Charles sagte, ihm gehe es um Klarheit darüber, dass er meiner Adoption seiner Frau zuliebe zugestimmt habe, ich jedoch kein richtiger Avery sei und als Erwachsener nicht auf dieselbe finanzielle Unterstützung hoffen könne wie ein leiblicher Spross.

»Stell es dir eher wie ein Pachtverhältnis vor, Cyril«, erklärte er mir (sie hatten mich nach dem Spaniel benannt, den sie einst besessen und sehr geliebt hatten), »ein achtzehn Jahre währendes Pachtverhältnis. Wobei es keinen Grund gibt, warum wir uns während dieser Zeit nicht gut verstehen sollten. Obwohl ich, wenn ich einen eigenen Sohn hätte, ihn mir etwas größer vorgestellt hätte und mit ein bisschen mehr Talent auf dem Rugbyfeld. Aber ich denke, der Schlechteste bist du nicht. Gott allein weiß, wen wir uns hätten einhandeln können. Weißt du, dass es zwischenzeitlich sogar die Überlegung gab, ein afrikanisches Baby zu adoptieren?«

Die Beziehung zwischen Charles und Maude war so herzlich wie geschäftsmäßig. Meist hatten sie wenig miteinander zu tun und wechselten nicht mehr als ein paar flüchtige Sätze, um den reibungslosen Ablauf des Haushalts zu gewährleisten. Charles ging morgens um acht aus dem Haus, kam selten vor Mitternacht zurück und stand jedes Mal ein, zwei Minuten vor der Tür und versuchte, den Schlüssel ins Schloss zu bringen. Dass er nach Schnaps oder billigem Parfüm stank, störte ihn nicht. Sie schliefen nicht im selben Zimmer, nicht mal auf einem Stockwerk, seit meiner Ankunft nicht. Ich habe nie gesehen, dass sie sich bei den Händen hielten, küssten oder sagten, dass sie sich liebten. Aber sie stritten auch nicht. Maude ging mit Charles um, als wäre er eine Ottomane, völlig nutzlos, aber als Anschaffung unvermeidlich, während Charles kaum Interesse an seiner Frau zeigte, ihre Anwesenheit jedoch als gleichzeitig beruhigend und beunruhigend zu empfinden schien, ähnlich wie es Mr Rochester in *Jane Eyre* mit der verrückten Bertha Mason gegangen sein musste, wenn sie – ein Überbleibsel aus früheren Tagen, ein unauslöschlicher Teil seines Lebens – oben auf dem Speicher von Thornfield Hall herumklapperte.

Natürlich hatten sie keine eigenen Kinder. Eine meiner frühesten und lebhaftesten Erinnerungen ist, wie Maude mir eines Tages anvertraute, dass es einmal ein kleines Mädchen gegeben habe, doch bei der schweren Geburt sei nicht nur dieses Mädchen, Lucy, umgekommen, sondern sie habe auch eine Operation nach sich gezogen, die eine weitere Schwangerschaft unmöglich mache.

»Was in vielerlei Hinsicht eine wohltuende Erleichterung war, Cyril«, sagte sie, steckte sich eine Zigarette an und sah hinaus auf den umzäunten Park in der Mitte des Dartmouth Square, wo sie stets nach Eindringlingen Ausschau hielt. (Sie hasste es, Fremde im Park zu sehen, obwohl er doch, streng genommen, öffentlich war. Maude war in der Gegend bekannt dafür, an die Scheiben zu klopfen und sie wie Hunde zu verscheuchen.) »Es gibt einfach nichts Ekelhafteres als den nackten Körper eines Mannes. All die Haare und schrecklichen Gerüche, Männer wissen nicht, wie man sich richtig wäscht, es sei denn, sie waren in der Armee. Und die Ausscheidungen, die ihnen, wenn sie erregt sind, aus den Anhängseln tropfen, sind einfach nur widerlich. Du hast

Glück, dass du nie das männliche Glied wirst ertragen müssen. Die Vagina ist das weit reinere Instrument. Ich verspüre eine Bewunderung für die Vagina, die ich dem Penis nie habe entgegenbringen können.« Wenn ich mich recht erinnere, war ich fünf, als sie mir diese Weisheit zukommen ließ. Vielleicht wuchs mein Vokabular schneller als das anderer Kinder in meinem Alter, weil sowohl Charles als auch Maude auf so erwachsene Weise mit mir sprachen und ganz offensichtlich vergaßen (oder gar nicht erst bemerkten), dass ich ein Kind war.

Maude hatte ihre eigene Karriere, sie hatte mehrere literarische Romane geschrieben und in einem kleinen Verlag in Dalkey veröffentlicht. Alle paar Jahre erschien ein neuer, bekam gute Kritiken, wurde aber kaum verkauft, was ihr ausnehmend gut gefiel, da der Erfolg im Buchhandel für sie etwas Vulgäres darstellte. In dieser einen Sache stand Charles ganz hinter ihr – er genoss es, sie als »meine Frau, die Schriftstellerin Maude Avery« vorzustellen. »Ich habe selbst nie etwas von ihr gelesen, aber Gott segne sie, sie produziert ein Buch nach dem anderen.« Sie schrieb den ganzen Tag, jeden Tag, selbst an Weihnachten, und kam kaum aus ihrem Arbeitszimmer hervor, sondern schlich nur manchmal, in Zigarettenrauch gehüllt, durchs Haus und suchte nach Streichhölzern.

Warum sie ein Kind adoptieren wollte, bleibt für mich ein Geheimnis, da sie nie auch nur das geringste Interesse an meinem Wohlergehen zeigte, wobei sie niemals unfreundlich oder gar grausam zu mir gewesen wäre. Trotzdem hatte ich das Gefühl, dass mir niemand wirklich Zuneigung entgegenbrachte, und als ich einmal aus der Schule kam, in Tränen aufgelöst, weil der Junge, der in Latein neben mir saß und mit dem ich mittags oft essen ging, auf dem Parnell Square von einem Bus überfahren und getötet worden war, bemerkte sie nur, wie schrecklich es wäre, wenn mir so etwas passieren würde, weil es doch so schwierig gewesen sei, mich zu finden.

»Du warst nicht der Erste, weißt du«, sagte sie, steckte sich eine Zigarette an und nahm einen tiefen Zug, während sie die Babys an den Fingern ihrer linken Hand abzählte. »Da gab es eine junge Frau in Wicklow, der wir eine ansehnliche Summe gezahlt haben, aber als das Baby dann geboren wurde, hatte es einen komisch geformten Kopf, und ich hatte einfach nicht die Kraft, mich damit auseinanderzusetzen. Dann gab es noch ein Baby aus Rathmines, das wir für ein paar Tage zur Probe bei uns hatten, aber die Kleine schrie die ganze Zeit, und ich hab's nicht ausgehalten, also haben wir sie zurückgeschickt. Und am Ende meinte Charles, er wolle kein Mädchen mehr, nur einen Jungen, und so bin ich auf dir sitzen geblieben, mein Schatz.«

Derartige Bemerkungen haben mich nie verletzt, weil Maude sie nicht böse meinte. Es war einfach ihre Art zu sprechen, und da ich nichts anderes kannte, fand ich mich damit ab, ein lebendes Wesen zu sein, das in einem Haus mit zwei Erwachsenen lebte, die kaum Notiz voneinander nahmen. Ich wurde genährt, gekleidet, ging in die Schule, und mich zu beschweren hätte einen Grad von Undankbarkeit bedeutet, der die beiden sicherlich sprachlos gemacht hätte.

Erst als ich alt genug war, um den Unterschied zwischen leiblichen Eltern und Adoptiveltern zu verstehen, brach ich eine der goldenen Regeln des Hauses und ging ohne ausdrückliche Einladung in Maudes Arbeitszimmer, um zu fragen, wer meine richtige Mutter und mein richtiger Vater seien. Als ich sie endlich im dicken Pesthauch ihrer Zigaretten ausgemacht und mich ausreichend geräuspert hatte, um sprechen zu können, schüttelte sie verwundert den Kopf, als hätte ich sie nach der genauen Entfernung von der Jamia-Moschee in Nairobi zur Todra-Schlucht in Marokko gefragt.

»Lieber Himmel, Cyril«, sagte sie, »das war vor sieben Jahren. Wie um alles in der Welt soll ich das noch wissen?

Deine Mutter war noch ein Kind, so viel kann ich dir sagen.«

»Was ist mit ihr passiert?«, fragte ich. »Lebt sie noch?«

»Wie soll ich das wissen?«

»Erinnerst du dich nicht mal an ihren Namen?«

»Wahrscheinlich hieß sie Mary. Heißen nicht alle Mädchen vom Land Mary?«

»Sie war also nicht aus Dublin?«, fragte ich und ergriff dieses Stückchen Information wie ein winziges Klümpchen Gold.

»Ich kann es dir wirklich nicht sagen. Ich habe sie nie gesehen, nie mit ihr gesprochen und nie etwas anderes über sie erfahren, als dass sie einem Mann erlaubt hatte, in eine fleischliche Beziehung zu ihr zu treten, woraus ein Baby entstand. Und das warst du. Hör zu, Cyril, siehst du nicht, dass ich schreibe? Du weißt, dass du nicht zu mir hereinkommen sollst, wenn ich arbeite. Ich verliere den Faden, wenn ich unterbrochen werde.«

Ich habe die beiden immer nur Charles und Maude genannt, nie »Vater« und »Mutter«. Der Grund war, dass Charles darauf bestand, ich sei kein richtiger Avery. Es hat mich nicht besonders gestört, aber ich weiß, dass es anderen Leuten unangenehm war, und ich erinnere mich, einmal in der Schule, als ich meine Adoptiveltern so nannte, eine Ohrfeige von einem Priester bekommen zu haben, weil ich zu »modern« war.

Früh schon sah ich mich zwei Problemen gegenüber, von denen eines vermutlich das natürliche Ergebnis des anderen war. Ich stotterte, wobei mein Stottern seinen eigenen Kopf zu haben schien, denn an manchen Tagen war es da, an anderen nicht. Meine Adoptiveltern machte das Stottern wahnsinnig, und dann, als ich sieben war, an dem Tag, an dem ich Julian Woodbead kennenlernte, verschwand es für immer. Wie die beiden Dinge miteinander verknüpft waren, wird mir auf ewig ein Rätsel bleiben.

Ich war damals schrecklich schüchtern und hatte vor den meisten meiner Klassenkameraden Angst. Die Aussicht, vor anderen sprechen zu müssen, versetzte mich in Panik, schließlich bestand die Gefahr, dass ich mitten im Satz hängen blieb und die Leute über mich lachten. Dabei war ich eigentlich kein Einzelgänger und sehnte mich nach einem Freund, jemandem, mit dem ich spielen und meine Geheimnisse teilen konnte. Gelegentlich veranstalteten Charles und Maude eine Dinnerparty, bei der sie als Mann und Frau auftraten, und an diesen Abenden wurde ich nach unten geholt und wie ein von einem Nachkommen des letzten Zaren erstandenes Fabergé-Ei von Paar zu Paar gereicht.

»Seine Mutter war eine gefallene Frau«, sagte Charles gern. »Wir haben ihn in einem Akt christlicher Nächstenliebe zu uns genommen und ihm ein Heim gegeben. Eine kleine, bucklige Redemptoristen-Nonne hat ihn uns gebracht. Wenn Sie ein Kind wollen, sind die Nonnen die, die Sie anrufen sollten, würde ich sagen. Die haben viele von denen. Ich weiß nicht, wo sie die alle halten oder wie sie überhaupt an sie rankommen, aber ein Mangel herrscht offenbar nicht. Stell dich unseren Gästen vor, Cyril.«

Ich sah mich im Zimmer um und betrachtete die sechs, sieben Paare, die die unglaublichsten Kleider trugen und voller Schmuck hingen. Sie starrten wiederum mich an, als erwarteten sie, dass ich ein Lied sänge, einen Tanz vorführte oder mir ein Kaninchen aus dem Ohr zog. Unterhalte uns, riefen ihre Gesichter. Wenn du uns nicht unterhalten kannst, wozu bist du dann überhaupt da? Aber ich, nervös, wie ich war, brachte kein Wort heraus, sah nur auf den Boden und fing vielleicht sogar an zu weinen, und dann winkte Charles mich weg und erinnerte alle daran, dass ich nicht sein Sohn sei, nicht wirklich.

Als es zum Skandal kam, war ich sieben und erfuhr von dem, was da vorging, durch die Kommentare meiner Klassenkameraden, deren Väter meist in ähnlichen Positionen arbeiteten wie Charles und die großen Spaß daran hatten, mir zu erklären, dass ihm einiges bevorstehe und er bestimmt noch vor Ende des Jahres im Gefängnis lande.

»Er ist nicht mein Vater«, sagte ich dann. Ich konnte ihnen nicht in die Augen sehen und ballte wütend die Fäuste. »Ich bin adoptiert.«

Fasziniert und gleichzeitig abgestoßen von den Dingen, die über ihn gesagt wurden, begann ich, die Zeitungen nach zusätzlichen Informationen zu durchsuchen, und obwohl alle sorgfältig darauf achteten, nichts Verleumderisches zu schreiben, war doch klar, dass Charles, wie der Erzbischof von Dublin, ein Mann war, der gefürchtet, bewundert und gehasst wurde. Die Gerüchteküche brodelte. Regelmäßig wurde er in Gesellschaft der angloirischen Aristokratie und der Nichtsnutze der Stadt angetroffen, in illegalen Spielhöllen, wo er mit Zehn-Pfund-Noten um sich warf, und er hatte seine erste Frau Emily ermordet. (»Gab es eine Frau vor dir?«, fragte ich Maude einmal. »Oh ja, jetzt, wo du es sagst, ich glaube, da war eine«, antwortete sie.) Dreimal schon hatte er ein Vermögen gemacht und wieder verloren, war ein Alkoholiker und ließ sich von Fidel Castro persönlich seine Zigarren aus Kuba schicken. An seinem linken Fuß hatte er sechs Zehen und einmal eine Affäre mit Prinzessin Margaret gehabt. Es gab eine endlose Zahl von Geschichten über Charles, und an der einen oder anderen mag sogar etwas dran gewesen sein.

So waren eines Tages also die Dienste von Max Woodbead notwendig geworden – wobei es schon ziemlich schlecht um Charles stehen musste, wenn dieser Schritt nötig war. Selbst Maude tauchte gelegentlich aus ihrem Zimmer auf, wanderte durchs Haus und machte finstere Bemerkungen über den Mann von der Steuer, der sich womöglich unter der Treppe versteckte oder ihren Notvorrat an Zigaretten aus dem Brotkasten in der Küche stahl. Als Max ins Haus kam, hatte ich seit acht Tagen mit keiner Menschenseele gesprochen. So stand es in meinem Tagebuch. Weder im Unterricht hatte ich mich gemeldet noch mit einem meiner Mitschüler ein Wort gewechselt, und auch zu Hause beim Essen hatte ich mich in vollkommenes Schweigen gehüllt, wie Maude es sowieso am liebsten mochte. Im Übrigen verkroch ich mich in meinem Zimmer und fragte mich, was mit mir nicht in Ordnung sei, denn trotz meines zarten Alters wusste ich, dass ich irgendwie anders war und sich das wohl nie würde ändern lassen.

Ich wäre auch an diesem Tag in meinem Zimmer geblieben (ich las gerade *Entführt* von Robert Louis Stevenson), hätte ich nicht den Schrei gehört. Er kam aus dem zweiten Stock, wo Maude ihr Arbeitszimmer hatte, und schallte auf eine Art durchs Haus, dass ich dachte, jemand habe sein Leben verloren. Ich rannte zur Treppe, blickte übers Geländer und sah ein kleines Mädchen von vielleicht fünf Jahren in einem hellrosa Mantel ein Stockwerk tiefer stehen, das die Hände an die Wangen gepresst hielt und dieses schreckliche Geräusch von sich gab. Ich hatte die Kleine noch nie gesehen, und schon drehte sie sich auf dem Absatz um und rannte wie eine Olympionikin die Treppe hinunter in den ersten Stock, ins Erdgeschoss und hinaus auf die Straße. Hinter ihr schlug die Haustür so heftig zu, dass der Türklopfer gleich ein paarmal auf- und niederflog. Ich lief zurück in mein Zimmer und sah aus dem Fenster, und da kam sie und rannte mitten auf den Dartmouth Square, wo ich sie aus den Augen verlor. Mein Herz schlug wie wild in meiner Brust, ich lief zurück zur Treppe und hoffte auf eine Erklärung, doch es war niemand zu sehen, und das Haus lag wieder in tiefe Stille gehüllt.

Aus meiner Lektüre geholt, stellte ich fest, dass ich durstig war, ging nach unten, um mir etwas zu trinken zu holen, und stieß zu meiner Überraschung auf ein weiteres Kind, einen Jungen in meinem Alter, der auf einem Stuhl in unserer Diele saß, einem Stuhl, der allein zur Dekoration dort stand und eigentlich nicht benutzt werden sollte. Der Junge las einen Comic.

»Hallo«, sagte ich, und er hob den Blick und lächelte. Er hatte blondes Haar und durchdringend blaue Augen, die mich sofort für ihn einnahmen. Vielleicht lag es daran, dass ich mehr als eine Woche nichts gesagt hatte, jedenfalls flossen die Worte nur so aus mir heraus wie Wasser aus einer überlaufenden Badewanne. »Ich heiße Cyril Avery, und ich bin sieben Jahre alt. Charles und Maude sind meine Eltern, allerdings nicht meine richtigen. Ich bin adoptiert und weiß nicht, wer meine richtigen Eltern sind, aber ich wohne hier schon immer und habe ein Zimmer oben im Haus. Niemand kommt herauf, nur die Hilfe zum Putzen, deshalb ist alles genau so, wie ich es mag. Und wie heißt du?«

»Julian Woodbead«, sagte Julian, und bereits einen Moment später wurde mir bewusst, dass ich mich in seiner Gegenwart überhaupt nicht schüchtern fühlte. Mein Stottern war verschwunden.

Julian

Es lässt sich nicht leugnen, dass Julian und ich privilegiert waren. Unsere Familien verfügten über Geld und Ansehen und bewegten sich in eleganten Kreisen, mit Freunden in wichtigen Positionen innerhalb der Regierung und im damaligen Kulturbetrieb. Wir lebten in großen Häusern, in denen die niederen Arbeiten von mittelalten Frauen erledigt wurden, die mit frühmorgendlichen Bussen kamen, mit Staubwedeln, Wischern und Besen von Zimmer zu Zimmer gingen und nicht mit uns sprechen sollten.

Unsere Haushälterin hieß Brenda, und Maude bestand darauf, dass sie im Haus Pantoffeln trug, da sie das Geräusch von Brendas Schuhen auf den Holzböden beim

Schreiben störte. Maudes Arbeitszimmer war der einzige Raum im Haus, den die Haushälterin nicht putzen durfte, was dazu führte, dass sich der Staub in den alles umhüllenden Zigarettenrauch mischte und die Atmosphäre noch drückender wurde. Spätnachmittags war es besonders schlimm, wenn die Sonne auf ihrem Weg nach Westen durch die Fenster flutete. Während mich Brenda durch meine gesamte Kindheit begleitete, beschäftigte Julians Familie eine ganze Reihe verschiedener Hausmädchen, die alle nicht länger als ein Jahr blieben, wobei ich nie erfuhr, ob es die Schwere der Arbeit oder die Unfreundlichkeit der Woodbeads war, die sie vertrieb. Dennoch, bei allem Luxus, den wir gewohnt waren, wurde uns beiden die elterliche Liebe verweigert, und das brannte sich in unsere Leben ein wie eine Tätowierung, die sich jemand im Verlauf einer trunkenen Nacht unüberlegt in den Hintern hatte stechen lassen. Beide steuerten wir unweigerlich auf Einsamkeit und Unglück zu.

Wir gingen in verschiedene Schulen. Ich lief jeden Morgen nach Ranelagh, in eine private Grundschule. Julian ging in eine ähnliche Schule ein paar Kilometer weiter nördlich in einer ruhigen Straße in der Nähe von Stephen's Green. Wir wussten beide nicht, wohin wir nach der sechsten Klasse wechseln würden, doch da Charles und Max beide aufs Belvedere College gegangen waren (dort hatten sie sich kennengelernt und waren als treue Anhänger der Rugbymannschaft, die 1931 im Endspiel um den Leinster Schools Cup gegen Castlenock verloren hatte, Freunde geworden), nahmen wir an, dass auch wir dort landen würden. Julian war nicht so unglücklich in der Schule wie ich, aber er war auch extrovertierter veranlagt und hatte weniger Schwierigkeiten, sich einzufügen.

An dem Nachmittag, an dem wir uns kennenlernten, tauschten wir nur ein paar Freundlichkeiten aus, bevor ich ihm, wie es Kinder tun, mein Zimmer zeigen wollte, und er folgte mir ohne weitere Fragen bis ganz nach oben ins Haus.

Als er neben meinem ungemachten Bett stand, die Bücher auf meinem Regal und die Spielzeuge auf dem Boden betrachtete, wurde mir bewusst, dass er das erste Kind war, das außer mir je dieses Zimmer betreten hatte.

»Du hast Glück, dass du so viel Platz hast«, sagte er und sah, auf den Zehenspitzen balancierend, durchs Fenster auf den Dartmouth Square hinunter. »Ist das alles ganz allein für dich?«

»Ja«, sagte ich. Tatsächlich bestand mein Reich insgesamt aus drei Zimmern: einem Schlafzimmer, einem kleinen Bad und einem Wohnraum, was es mehr wie eine eigene Wohnung wirken ließ und nicht ganz das war, worüber Siebenjährige im Allgemeinen verfügten. »Charles hat den ersten Stock, Maude den zweiten, und das Erdgeschoss teilen wir uns.«

»Du meinst, deine Eltern schlafen nicht zusammen?«, fragte er.

»Oh nein«, sagte ich. »Warum, deine etwa?«

»Klar.«

»Aber warum? Habt ihr nicht genug Schlafzimmer?«

»Wir haben vier«, sagte er. »Neben meinem liegt das von meiner Schwester.« Er verzog das Gesicht.

»War das das kleine Mädchen, das eben schreiend aus dem Haus gelaufen ist?«, fragte ich.

»Ja.«

»Warum hat sie so geschrien? Was hat sie so erschreckt?«

»Ich habe keinen Schimmer«, sagte Julian mit einem Achselzucken. »Sie wird immer gleich hysterisch. Mädchen sind seltsame Wesen, findest du nicht?«

»Ich kenne keine«, gab ich zu.

»Ich kenne viele. Ich liebe Mädchen, obwohl sie verrückt und mental unausgeglichen sind, wie mein Vater sagt. Hast du schon mal ein Paar Brüste gesehen?«

Ich starrte ihn überrascht an. Ich war erst sieben, solche Gedanken waren mir noch nicht gekommen, wohingegen

Julians sexuell frühreifes Denken schon damals auf Frauen ausgerichtet war. »Nein«, sagte ich.

»Ich schon«, erklärte er stolz. »Am Strand an der Algarve im letzten Sommer. Da waren die Mädchen alle oben ohne. Ich habe mir einen Sonnenbrand geholt, so lange war ich da. Verbrennungen zweiten Grades! Ich kann's nicht erwarten, mit einem Mädchen zu schlafen, du nicht?«

Ich zog die Brauen zusammen. Der Ausdruck war mir neu. »Was heißt das?«, fragte ich.

»Das weißt du wirklich nicht?«

»Nein«, sagte ich, und er beschrieb mir genussvoll und bis in alle Einzelheiten Dinge, die mir nicht nur unangenehm und unhygienisch, sondern möglicherweise sogar kriminell vorkamen.

»Ach, das«, sagte ich, als er fertig war, und tat so, als wüsste ich längst Bescheid. Ich wollte schließlich nicht, dass er auf mich herabblickte und mich für zu naiv für eine Freundschaft hielt. »Ich dachte, du meinst was anderes. Da kenne ich mich aus.«

»Hast du schmutzige Zeitschriften?«, wollte er wissen.

»Nein«, sagte ich und schüttelte den Kopf.

»Ich schon. Ich hab eine im Arbeitszimmer von meinem Vater gefunden. Sie war voller nackter Frauen. Es war eine amerikanische Zeitschrift, weil nackte Frauen in Irland noch verboten sind.«

»Ach ja?«, sagte ich und wunderte mich, wie die dann wohl badeten.

»Ja, die Kirche erlaubt Frauen nicht, nackt zu sein, bevor sie heiraten. Aber die Amerikaner erlauben es, und die Frauen ziehen sich die ganze Zeit aus und lassen ihre Bilder in Zeitschriften drucken, und die Männer gehen in die Läden und kaufen sie zusammen mit Ausgaben von *History Today* und *Stamps Monthly*, damit sie nicht wie Perverse aussehen.«

»Was sind Perverse?«, fragte ich.

»Das sind welche, die sind verrückt nach Sex«, erklärte er.

»Oh.«

»Ich werde auch ein Perverser, wenn ich groß bin«, fuhr er fort.

»Ich auch«, sagte ich, um ihm zu gefallen. »Vielleicht könnten wir gemeinsam Perverse sein.«

Schon als mir die Worte aus dem Mund kamen, begriff ich, dass an ihnen etwas nicht ganz richtig war, und sein misstrauischer und gleichzeitig abschätziger Blick machte mich verlegen.

»Ich glaube nicht«, sagte er schnell. »So geht das nicht. Jungen können nur mit Mädchen Perverse sein.«

»Oh«, sagte ich enttäuscht.

»Hast du einen Großen?«, fragte er mich ein paar Augenblicke später, nachdem er die verschiedenen Andenken auf meinem Schreibtisch inspiziert und alle am falschen Platz wieder hingestellt hatte.

»Habe ich was?«

»Ein großes Ding«, wiederholte er. »Du brauchst einen Großen, wenn du ein Perverser sein willst. Sollen wir mal gucken, wer den Größeren hat? Ich wette, ich.«

Überrascht sperrte ich den Mund auf und spürte ein merkwürdiges Kribbeln im Magen, ein völlig neues Gefühl, das ich nicht ganz verstand, aber gern befördern wollte.

»In Ordnung«, sagte ich.

»Du zuerst«, sagte Julian.

»Warum ich zuerst?«

»Weil ich es so sage. Deshalb.«

Ich zögerte, aber weil ich nicht wollte, dass er seine Meinung änderte und plötzlich etwas anderes spielen wollte, öffnete ich die Gürtelschnalle, schob meine Hose und meine Unterhose bis zu den Knien hinunter, und er beugte sich mit interessiertem Ausdruck vor und starrte mir zwischen die Beine. »Ich glaube, das nennt man durchschnittlich«, sagte er. »Wobei das von mir schon großzügig ausgedrückt sein mag.«

»Ich bin erst sieben«, sagte ich beleidigt und zog die Hose wieder hoch.

»Ich bin auch erst sieben, aber meiner ist größer«, sagte er und zog seinerseits die Hose herunter, um es mir zu zeigen. Ich sah ihm zu und spürte, wie sich der Raum ganz leicht um mich zu drehen begann. Ich wusste, die Sache war nicht völlig ungefährlich, und dass es Ärger geben und eine Schmach sein würde, wenn sie uns erwischten. Seiner war definitiv größer und faszinierte mich, schließlich war es der erste fremde Penis, den ich zu sehen bekam, und er war im Gegensatz zu mir beschnitten.

»Wo ist der Rest?«, fragte ich.

»Wie meinst du das?«, sagte er ohne jede Verlegenheit, zog die Hose wieder hoch und schloss den Gürtel.

»Der Rest von deinem Ding«, sagte ich.

»Den haben sie abgeschnitten«, sagte er. »Da war ich noch ein Baby.«

Ich spürte einen schmerzhaften Stich. »Warum denn das?«

»Ich bin nicht sicher«, sagte er. »Das passiert vielen Jungs, wenn sie klein sind. Ist was Jüdisches.«

»Bist du Jude?«

»Nein, warum? Du?«

»Nein.«

»Na dann.«

»Mir wird das nicht passieren«, sagte ich. Schon der Gedanke, dass sich einer mit einem Messer meinen unteren Regionen nähern könnte, versetzte mich in Panik.

»Vielleicht ja doch irgendwann. Egal, warst du schon mal in Frankreich?«

»In Frankreich?«, sagte ich unsicher. »Nein. Warum?«

»Wir fahren in den Sommerferien hin, deshalb.«

»Oh«, sagte ich enttäuscht, weil wir nicht mehr über Sex,

Perverse und solche Dinge redeten und ich gern noch etwas damit weitergemacht hätte, aber ihn schien das Thema mittlerweile zu langweilen. Ich überlegte, ob es helfen könnte, wenn ich das Gespräch noch einmal auf Mädchen brachte.

»Hast du nur die eine Schwester?«, fragte ich.

»Ja«, sagte er. »Alice. Sie ist fünf.«

»Brüder?«

Er schüttelte den Kopf. »Nein. Du?«

»Ich bin ein Einzelkind.« In dem Alter kam mir nicht einmal der Gedanke, dass meine leibliche Mutter noch mehr Kinder bekommen haben könnte. Oder dass mein leiblicher Vater vor oder nach meiner Empfängnis wahrscheinlich eine ganze Brut gezeugt hatte.

»Warum nennst du deine Eltern Charles und Maude?«, fragte er.

»Die haben es so lieber«, sagte ich. »Ich bin adoptiert, verstehst du, und es soll zeigen, dass ich kein richtiger Avery bin.«

Er lachte, schüttelte den Kopf und sagte etwas, das auch mich zum Lachen brachte: »*Bizarro.*«

Ein Klopfen an der Tür unterbrach uns, und ich drehte mich vorsichtig um, wie jemand in einem Gruselfilm, der dachte, draußen stünde ein Mörder. Niemand kam je nach hier oben, nur Brenda, und selbst die traute sich nur, wenn ich in der Schule war.

»Was ist?«, fragte Julian.

»Nichts.«

»Du wirkst nervös.«

»Ich bin nicht nervös.«

»Ich sagte, du *wirkst* nervös.«

»Weil hier nie einer hochkommt«, sagte ich.

Ich sah zu, wie die Klinke langsam heruntergedrückt wurde, trat einen Schritt zurück, und Julian, angesteckt von meiner Ängstlichkeit, bewegte sich in Richtung Fenster. Einen Moment später drang eine Rauchwolke ins Zimmer, unweigerlich gefolgt von Maude. Ich hatte sie seit Tagen nicht gesehen und war überrascht, dass ihr Haar nicht ganz so blond wie gewöhnlich war, und sie sah schrecklich dünn aus. Sie war krank gewesen, hatte einen Großteil ihres Appetits verloren und aß kaum noch etwas. »Ich kann nichts unten behalten«, hatte sie mir während unseres letzten Gesprächs erklärt. »Nur noch Nikotin.«

»Maude«, sagte ich überrascht.

»Cyril«, antwortete sie, sah sich im Zimmer um und war offensichtlich nicht darauf gefasst, noch einen anderen Jungen bei mir anzutreffen. »Da bist du ja. Aber wer ist das?«

»Julian Woodbead«, sagte Julian mit selbstsicherer Stimme. »Der Sohn von Max Woodbead, dem berühmten Anwalt.«

Er streckte seine Hand in ihre Richtung, und sie starrte sie an, als wäre sie verblüfft von ihrer Existenz. »Was willst du?«, sagte sie. »Geld?«

»Nein«, sagte Julian und lachte. »Mein Vater sagt, es gehört sich, jemandem die Hand zu geben, wenn man ihn neu kennenlernt.«

»Oh, ich verstehe«, sagte sie und beugte sich vor, um seine Finger genauer in Augenschein zu nehmen. »Sind die sauber? Warst du auf dem Klo? Hast du dir hinterher die Hände gewaschen?«

»Sie sind absolut sauber, Mrs Avery«, sagte Julian.

Sie seufzte und schüttelte seine Hand etwa eine Zehntelsekunde lang. »Du hast eine sehr weiche Haut«, sagte sie und schnurrte ein wenig. »Bei kleinen Jungs ist das natürlich noch so. Keine harte Arbeit. Wie alt bist du, wenn ich fragen darf?«

»Ich bin sieben«, sagte Julian.

»Nein, Cyril ist sieben«, antwortete sie und schüttelte den Kopf. »Ich habe gefragt, wie alt *du* bist?«

»Ich auch«, sagte er. »Wir sind gleich alt.«

»Gleich alt«, sagte sie fast flüsternd. »Wenn das kein Zufall ist.«

»Das denke ich nicht.« Julian überlegte. »Alle in meiner Klasse in der Schule sind sieben, und ich denke, bei Cyril auch. Wahrscheinlich gibt es genauso viele Siebenjährige in Dublin wie Leute in jedem anderen Alter.«

»Vielleicht«, antwortete Maude wenig überzeugt. »Darf ich fragen, was du in Cyrils Schlafzimmer machst? Wusste er, dass du kommst? Du bist doch nicht unfreundlich zu ihm? Er scheint eine besondere Anziehungskraft auf Rüpel zu haben.«

»Julian saß unten in der Diele«, erklärte ich. »Auf dem Dekorationsstuhl, der nicht benutzt werden soll.«

»Oh nein«, sagte Maude. »Der gehörte meiner Mutter.«

»Ich habe nichts kaputt gemacht«, sagte Julian.

»Meine Mutter war Eveline Hartford«, sagte Maude, als hätte das für einen von uns irgendeine Bedeutung. »Wie ihr wisst, liebte sie Stühle.«

»Es sind schrecklich nützliche Gegenstände«, sagte Julian. Er fing meinen Blick auf und zwinkerte mir zu. »Wenn man sich setzen will, meine ich.«

»Nun ja«, sagte Maude leicht gedankenverloren. »Ich meine, dafür sind sie da, oder?«

»Aber nicht der Dekorationsstuhl«, sagte ich. »Du hast mir gesagt, ich dürfe mich nicht draufsetzen.«

»Weil du für gewöhnlich eine Schmutzwolke hinter dir herziehst«, sagte sie. »Julian dagegen sieht ziemlich sauber aus. Hast du heute Morgen gebadet?«

»Ja, tatsächlich«, sagte Julian. »Aber ich bade auch fast jeden Morgen.«

»Wie gut. Es ist so gut wie unmöglich, Cyril dazu zu überreden, sich zu waschen.«

»Das stimmt nicht«, sagte ich beleidigt, weil ich geradezu pingelig auf meine persönliche Hygiene achtete, und auch, weil ich es damals schon hasste, wenn mir Dinge zugeschrieben wurden, die einfach nicht stimmten.

»Trotzdem würde ich dich bitten, dich nicht noch einmal auf den Stuhl zu setzen, wenn du erlaubst«, sagte Maude und überhörte meinen Einwand.

»Sie haben mein Wort, Mrs Avery«, sagte Julian, und er beugte sich auf eine Weise vor, die sie lächeln ließ, was fast so selten war wie eine Sonnenfinsternis. »Sie schreiben Romane, nicht wahr?«, fragte er dann.

»Das ist richtig«, sagte sie. »Woher weißt du das?«

»Mein Vater hat es mir erzählt. Er sagte, er hat selbst noch keines Ihrer Bücher gelesen, weil Sie hauptsächlich über Frauen schreiben.«

»Das ist richtig«, gab sie zu.

»Darf ich fragen, warum?«

»Weil es die männlichen Schriftsteller niemals tun. Ihnen fehlt das Talent dafür. Oder die Weisheit.«

»Julians Vater ist hier, um mit Charles zu sprechen«, sagte ich, weil ich das Gespräch von Stühlen und Büchern wegbringen wollte. »Und als ich Julian unten sah, dachte ich, er hätte vielleicht Lust, mein Zimmer zu sehen.«

»War es so?«, fragte Maude, die der Gedanke zu erstaunen schien. »Wolltest du Cyrils Zimmer sehen?«

»Ja, sehr. Er hat viel Platz hier oben. Darum beneide ich ihn. Und das Dachfenster ist wundervoll. Nachts im Bett zu liegen und zu den Sternen hinaufsehen zu können!«

»Hier oben ist mal einer gestorben, weißt du«, sagte Maude und schnüffelte in die Luft, die bereits mit den krebserregenden Partikeln ihres Zigarettenrauchs gesättigt war.

»Was?«, fragte ich entsetzt. »Wer?« Es war das erste Mal, dass ich davon hörte.

»Oh, ich kann mich nicht erinnern. Irgendein ... Mann, denke ich. Oder vielleicht auch eine Frau. Sagen wir, eine *Person*. Es ist schon lange her.«

»War es ein natürlicher Tod, Mrs Avery?«, fragte Julian.
»Nein, ich glaube nicht. Wenn mich die Erinnerung nicht trügt, wurde er oder sie ermordet. Ich bin nicht sicher, ob der Mörder je gefasst wurde. Es stand damals in allen Zeitungen.« Sie wedelte mit der Hand durch die Luft, und etwas Asche wehte auf meinen Kopf. »Ich erinnere mich nicht mehr gut an die Einzelheiten«, sagte sie. »War ein Messer dabei im Spiel? Aus irgendeinem Grund habe ich das Wort ›Messer‹ in meinem Kopf.«

»Jemand ist erstochen worden!«, sagte Julian und rieb sich entzückt die Hände.

»Hast du etwas dagegen, dass ich mich setze, Cyril?«, sagte Maude und deutete auf mein Bett.

»Wenn es sein muss.«

Sie setzte sich, ihre Hand glitt über ihren Rock, und sie fischte eine weitere Zigarette aus ihrem silbernen Etui. Ihre Finger waren lang und knochig, die Haut fast durchsichtig. Ich hätte nur ein wenig näher herangehen müssen, um die Gelenke zwischen den Fingerknochen erkennen zu können.

»Hast du Feuer?«, fragte sie und hielt die frische Zigarette in meine Richtung.

»Nein, natürlich nicht.«

»Ich wette, du schon«, sagte sie, wandte sich Julian zu und erlaubte ihrer Zunge, langsam über ihre Oberlippe zu fahren. Wäre ich ein wenig älter gewesen, hätte ich begriffen, dass sie mit ihm flirtete und er zurückflirtete. Was im Rückblick etwas verstörend ist, schließlich war er noch ein Kind und sie inzwischen vierunddreißig.

»Es könnte sein, dass ich ein paar Streichhölzer dabeihabe«, antwortete er und leerte seine Taschen auf mein Bett: ein Stück Schnur, einen Jo-Jo, ein Zwei-Shilling-Stück, ein Pikass und, tatsächlich, ein Streichholz. »Ich wusste es«, sagte er und lächelte sie an.

»Was für ein nützlicher kleiner Kerl du doch bist«, sagte sie. »Ich sollte dich einsperren und nie wieder gehen lassen.«

Julian riss das Streichholz an der Sohle seines Schuhs an, und als es beim ersten Versuch gleich aufflammte, vermochte ich meine Bewunderung kaum zu verbergen. Er hielt es Maude hin, die sich vorbeugte und den Blick auf ihn gerichtet hielt, während die Zigarette zu brennen begann. Dann lehnte sie sich zurück, die linke Hand auf der Matratze hinter sich, und sah ihn weiter an, bevor sie das Gesicht zur Decke hob und eine große, weiße Rauchwolke ausstieß. Es war, als wollte sie eine gelungene Papstwahl verkünden.

»Ich war beim Schreiben, versteht ihr«, erklärte sie nach einer Weile, völlig aus dem Blauen heraus. »Ich arbeite an meinem neuen Roman, und da habe ich eure Stimmen hier oben gehört und den Faden verloren. Und ich dachte, ich komme mal her und sehe, was das Spektakel soll.«

Ich hob skeptisch eine Braue. Es kam mir ziemlich unwahrscheinlich vor, dass Maude uns von unten hatte reden hören, insbesondere, wo wir kaum Lärm gemacht hatten, aber vielleicht hörte sie besser, als ich es mir vorstellen konnte, trotz ihres mittlerweile abgeklungenen Krebses im Gehörgang.

»Genießen Sie es, Schriftstellerin zu sein, Mrs Avery?«, fragte Julian.

»Nein, natürlich nicht«, sagte sie. »Es ist ein scheußlicher Beruf, und ausgeübt wird er vor allem von Narzissten, die glauben, andere Leute interessierten sich für ihre erbärmlichen kleingeistigen Gedanken!«

»Sind Sie erfolgreich?«

»Es kommt darauf an, wie du Erfolg definierst.«

»Haben Sie viele Leser?«

»Oh nein. Gott behüte. Ein beliebtes Buch hat etwas fürchterlich Vulgäres, meinst du nicht auch?«

»Ich weiß es nicht«, sagte Julian. »Ich fürchte, ich lese nicht viel.«

»Ich auch nicht«, sagte Maude. »Ich kann mich nicht erinnern, wann ich zuletzt einen Roman gelesen habe. Sie sind alle so langweilig, die Schriftsteller walzen alles derartig aus. In der Kürze liegt der Schlüssel, wenn du mich fragst. Was war das letzte Buch, was du gelesen hast?«

»*Fünf Freunde und ein Zigeunermädchen*«, sagte Julian.

»Wer hat das geschrieben?«

»Enid Blyton.«

Sie schüttelte den Kopf, als sagte ihr der Name nichts.

»Warum wollen die Leute deine Bücher nicht lesen, Maude?«, sagte ich. Ich hatte ihr die Frage nie gestellt.

»Aus dem gleichen Grund, warum ich nicht in die Häuser fremder Menschen gehe und verkünde, wie oft ich seit dem Frühstück schon Stuhlgang hatte«, sagte sie. »Es geht sie nichts an.«

»Warum veröffentlichst du sie dann?«

»Was für einen Sinn hätte es sonst, sie zu schreiben?«, fragte sie mit einem Achselzucken.

Ich legte die Stirn in Falten. Das war für mich keine wirklich logische Gegenfrage, doch ich wollte die Sache nicht weiter vertiefen. Ich wollte, dass sie wieder nach unten ging und mich und Julian unserer beginnenden Freundschaft überließ. Vielleicht wollte er ja mein Ding noch mal sehen und holte seines auch noch mal heraus.

»Dein Vater ist hier, um uns zu helfen, habe ich recht?«, fragte Maude, sah Julian an und klopfte aufs Bett neben sich.

»Ich weiß nicht«, sagte Julian. Er folgte ihrer Aufforderung und setzte sich. Es überraschte und ärgerte mich, wie er auf ihre Beine starrte. Alle haben Beine, dachte ich. Was war an Maudes so besonders? »Brauchen Sie denn Hilfe?«

»Der Mann von der Steuer ist hinter uns her«, sagte sie und klang dabei, als vertraute sie ihrem engsten Freund etwas an. »Mein Mann, Cyrils Adoptivvater, war nicht immer so gewissenhaft mit seinen Finanzen, wie er es hätte sein sollen, und es sieht ganz so aus, als würde ihn sein Fehlverhalten jetzt einholen. Ich habe natürlich einen eigenen Steuerberater, der sich um die Steuern für meine Bücher kümmert. Aber glücklicherweise verkaufe ich so wenig, dass ich nichts zahlen muss. Was auf seine Art ein Segen ist. Tatsächlich zahle ich meinem Steuerberater mehr als dem Mann von der Steuer. War er auch schon mal bei euch?«

»Wer?«, fragte Julian.

»Der Mann von der Steuer. Was glaubst du, wie er aussieht?«

Julian zog die Brauen zusammen, er wusste nicht, was sie meinte. Ich überlegte ebenfalls und war trotz meiner jungen Jahre sicher, dass bei der entsprechenden Behörde viele Leute angestellt waren, und vielleicht sogar die eine oder andere Frau.

»Müsste es nicht mehrere geben?«, fragte ich. »Die sich um verschiedene Fälle kümmern?«

»Oh nein«, sagte Maude und schüttelte den Kopf. »Soweit ich weiß, gibt es nur einen. Der hat gut zu tun, denke ich.« Sie sah Julian an. »Auf jeden Fall ist dein Vater hier, um meinen Mann vor dem Gefängnis zu bewahren. Ich sage nicht, dass ein Aufenthalt dort Charles nicht guttun würde, aber ich müsste ihn besuchen, schon des Anstands halber, und ich glaube nicht, dass ich das könnte. Ich stelle mir vor, dass Gefängnisse ziemlich unangenehme Orte sind, und wahrscheinlich darf man dort nicht rauchen.«

»Ich glaube, schon«, sagte ich. »Benutzen Häftlinge Zigaretten nicht als Währung?«

»Und um mögliche Angriffe von Homosexuellen abzuwehren«, sagte Julian.

»Ja, ja«, stimmte ihm Maude zu, ohne auch nur im Geringsten von Julians Wortwahl schockiert zu sein. »Ich glaube allerdings nicht, dass sich Charles da zu große Sorgen machen müsste. Er hat seine besten Tage hinter sich.«

»Homosexuelle in Gefängnissen sind nicht wählerisch, Mrs Avery«, sagte Julian. »Sie nehmen, was sie kriegen können.«

»Aber blind sind sie auch nicht.«
»Was ist ein Homosexueller?«, fragte ich.
»Ein Mann, der Angst vor Frauen hat«, sagte Maude.
»Jeder Mann hat Angst vor Frauen, soweit ich das beurteilen kann«, sagte Julian und zeigte damit Einsichten ins Universum, die weit über alles hinausgingen, was seinem Alter angemessen gewesen wäre.
»Das stimmt«, sagte Maude. »Aber nur, weil die meisten Männer nicht so klug wie Frauen sind und trotzdem an der Macht festhalten. Sie haben Angst, dass sich die Ordnung der Welt einmal ändern könnte.«
»Muss Charles ins Gefängnis?«, fragte ich, und obwohl ich keine große Zuneigung zu dem Mann verspürte, fand ich die Vorstellung doch beunruhigend.
»Das kommt auf Julians Vater an«, sagte Maude, »und wie gut er in seinem Job ist.«
»Ich weiß nicht viel über meinen Vater und die Geschäfte Ihres Mannes«, sagte Julian. »Er hat mich heute nur mitgenommen, weil ich letzte Woche bei uns einen Vorhang in Brand gesetzt habe und nicht mehr allein im Haus sein darf.«
»Warum hast du das gemacht?«
»Es war ein Unfall.«
»Oh.« Seine Antwort schien sie zu befriedigen, und sie stand auf, drückte ihre Zigarette auf meinem Nachttisch aus und hinterließ damit einen Brandfleck, der nie wieder verschwinden würde. Sie sah sich um und schien zu staunen, dass es dieses Zimmer gab, und ich fragte mich, wo ich ihrer Meinung nach die letzten sieben Jahre geschlafen hatte. »Das ist also der Ort, an dem du dich versteckst, Cyril?«, sagte sie verträumt. »Ich hab mich das oft schon gefragt.« Sie drehte sich um und zeigte auf das Bett. »Dort schläfst du, nehme ich an.«
»Ja«, gab ich zu.
»Oder es ist nur zur Dekoration da«, sagte Julian. »Wie der Stuhl Ihrer Mutter.«

Maude lächelte uns zu und ging zur Tür. »Versucht leise zu sein, Jungs, wenn es geht. Ich möchte weiterschreiben. Ich denke, ich finde meinen Faden wieder, und vielleicht, wenn ich Glück habe, bringe ich ja ein paar Hundert Worte zu Papier.«

Damit ließ sie uns zu meiner großen Erleichterung allein.

»Was für eine eigenartige Frau«, bemerkte Julian, zog Schuhe und Strümpfe aus und begann, aus unerklärlichen Gründen auf meinem Bett auf und ab zu springen. Ich sah auf seine Füße und stellte fest, wie ordentlich geschnitten seine Nägel waren. »Meine Mutter ist ganz anders als deine.«

»Sie ist meine Adoptivmutter«, sagte ich.

»Oh ja. Hast du je deine richtige Mutter kennengelernt?«

»Nein.«

»Denkst du, deine Adoptivmutter ist insgeheim deine richtige Mutter?«

»Nein«, sagte ich. »Was für einen Sinn würde das ergeben?«

Er streckte die Hand aus, nahm Maudes zurückgelassenen Zigarettenstummel vom Nachttisch, saugte laut daran und verzog das Gesicht, wobei er die kalte Asche gefährlich nah an den Vorhang hielt. Da ich wusste, dass er eine Vergangenheit als Brandstifter hatte, sah ich ihm argwöhnisch zu.

»Glaubst du, dass dein Vater ins Gefängnis kommt?«, fragte er.

»Mein Adoptivvater«, sagte ich. »Nein, ich weiß es nicht. Vielleicht schon. Ich weiß kaum, was vorgeht, nur dass er in der Klemme steckt. So formuliert er es selbst.«

»Ich war mal im Gefängnis«, sagte Julian leichthin, ließ sich aufs Bett fallen und streckte sich aus, als wäre er in seinem eigenen Zimmer. Das Hemd war ihm aus der Hose gerutscht, ließ seinen Nabel und seinen Bauch sehen, und ich starrte beides an, fasziniert davon, wie blass seine Haut war.

»Warst du nicht«, sagte ich.
»Doch«, sagte er. »Ich schwör's.«
»Wann? Was hattest du verbrochen?«
»Natürlich nicht als Häftling.«
»Oh«, sagte ich und lachte. »Da hab ich dich falsch verstanden.«
»Ich war mit meinem Vater dort«, sagte er. »Er hatte einen Mandanten, der seine Frau ermordet hat, und ich war mit ihm im Joy.«

Ich bekam große Augen. In dem Alter war ich merkwürdig fasziniert von Mordgeschichten, und ein Aufenthalt im Joy, wie das Mountjoy-Gefängnis allgemein genannt wurde, war eine viel benutzte Drohung, mit der unsere Lehrer uns ermahnten. Jede kleine Missetat, vom Vergessen der Hausaufgaben bis zum Gähnen im Unterricht, wurde mit dem Versprechen belohnt, dass wir unsere Tage dort einmal beenden würden, mit dem Hals in der Schlinge des Henkers, obwohl die Todesstrafe in Irland eigentlich längst abgeschafft war.

»Wie war es?«
»Es roch nach Klo«, sagte er und grinste, und ich kicherte anerkennend, »und ich musste in der Ecke der Zelle sitzen, als sie den Mann hereinbrachten. Mein Vater stellte ihm ein paar Fragen, machte sich Notizen und sagte, er müsste ein paar Dinge wissen, damit er sie dem Prozessanwalt, der ihn vor Gericht vertreten würde, erklären könnte, und der Mann fragte, ob es etwas ausmache, dass seine Frau eine dreckige Schlampe gewesen sei, die es mit jedem Kerl in Ballyfermot trieb, und mein Vater sagte, sie würden alles tun, um den Charakter des Opfers in Zweifel zu ziehen, weil es gut möglich sei, dass die Geschworenen einem Mann einen Mord vergaben, wenn das Opfer eine Hure war.«

Ich schnappte nach Luft. Ich hatte solche Worte noch nie laut ausgesprochen gehört, und sie erregten und verschreckten mich gleichermaßen. Ich hätte Julian den ganzen Nachmittag zuhören können, einen so großen Eindruck machte er auf mich, ich wollte ihm noch viele Fragen zu seinen Erfahrungen im Gefängnis stellten, aber dann öffnete sich die Tür aufs Neue, und ein großer Mann mit lächerlich buschigen Augenbrauen steckte den Kopf ins Zimmer.

»Wir gehen«, sagte er, und Julian sprang auf. »Warum hast du keine Schuhe und Strümpfe an?«

»Ich bin auf Cyrils Bett Trampolin gesprungen.«

»Wer ist Cyril?«

»Das bin ich«, sagte ich, und der Mann musterte mich von Kopf bis Fuß, als wäre ich ein Möbelstück, dessen Kauf er in Betracht zog.

»Oh, du bist die gute Tat«, sagte er wenig interessiert. Darauf hatte ich keine Antwort, und bis mir etwas Schlaues einfiel, waren die beiden längst aus dem Zimmer und auf dem Weg nach unten.

Ein wunderbares Liebesabenteuer

Die Frage, wie Charles und Maude sich kennengelernt, ineinander verliebt und geheiratet hatten, faszinierte mich während meiner gesamten Kindheit. Zwei Menschen, die nicht weniger zueinander hätten passen können, unterhielten so etwas wie eine Beziehung, ohne ein Interesse an oder gar eine Zuneigung zu ihrem Partner zu empfinden. War es immer schon so gewesen, fragte ich mich? Hatte es je eine Zeit gegeben, als sie einander angesehen und Verlangen, Achtung oder Liebe füreinander verspürt hatten? Hatte es einen Moment gegeben, in dem ihnen bewusst geworden war, dass der andere der Mensch war, mit dem sie ihre Tage verbringen wollten? Und wenn nicht, warum um alles in der Welt hatten sie sich dann zu einem gemeinsamen Leben entschieden? Die Frage stellte ich beiden irgendwann, und die

Antworten, die ich bekam, hätten nicht unterschiedlicher sein können.

Charles:

»Ich war sechsundzwanzig, als ich Maude kennenlernte, und ich suchte in keiner Weise nach einer Freundin oder Frau. Ich hatte das alles hinter mir, und es war unerträglich gewesen. Du weißt es wahrscheinlich nicht, Cyril, aber ich habe mit zweiundzwanzig schon einmal geheiratet und war ein paar Jahre später Witwer. Ach, das wusstest du? Nun, es gibt alle möglichen Geschichten darüber, wie Emily gestorben ist, doch eines will ich klar sagen: Ich habe sie *nicht* umgebracht. Es gab auch keine Anklage, die es behauptet hätte, trotz heftigster Bemühungen eines gewissen Sergeant Henry O'Flynn von der Pearse Street Garda Station. Es existierte nicht der kleinste Beweis dafür, dass etwas Unstatthaftes vorgefallen wäre, doch die Getriebe der Macht werden in Dublin mit unverantwortlichem Tratsch geschmiert, und der Ruf eines Mannes kann über Nacht zerstört werden, wenn er nicht bereit ist, sich zur Wehr zu setzen. Tatsache ist, Emily war ein reizendes Mädchen, sehr angenehm, wenn man so was mag, aber sie war auch meine erste Freundin, ich verlor meine Jungfräulichkeit an sie, und kein Mann mit ein wenig Grips im Kopf sollte die Frau heiraten, die ihn entjungfert hat. Es ist, als würdest du in einer alten Schrottkarre fahren lernen und sie für den Rest deines Lebens behalten, obwohl du dir längst einen BMW leisten kannst. Ein paar Monate nach der Hochzeit wurde mir klar, dass eine Frau allein mich unmöglich für den Rest meines Lebens befriedigen könnte, und so fing ich an, mein Netz ein wenig weiter auszuwerfen. Sieh mich an, Cyril: Ich bin immer noch ein unglaublich attraktiver Mann, und du kannst nur erahnen, wie gut ich in meinen Zwanzigern aussah. Die Frauen haben sich überschlagen, um an mich ranzukommen, und ich war großzügig genug, um es zuzulassen.

Aber Emily bekam Wind von meinen außerehelichen Späßen und hat völlig überreagiert. Sie hat damit gedroht, den Priester zu holen, als wenn mir das Sorgen bereitet hätte, und ich sagte: ›Liebling, nimm dir einen Liebhaber, wenn du magst, mich stört's nicht. Wenn du einen Schwanz brauchst, davon gibt's reichlich. Große, kleine, schöne und unförmige. Krumme, gebogene, gerade. Junge Männer sind im Grunde wandelnde Erektionen, und sie alle wären glücklich, ihr Ding in was Hübsches wie dich hineinzustecken. Versuch es mit einem Teenager, wenn du magst. Die wären begeistert, und du weißt, so einer kann's fünf-, sechsmal pro Nacht, ohne auch nur Luft zu holen.‹ Ich meinte das als Kompliment, aber sie fasste es, warum auch immer, nicht so auf und geriet in einen Strudel aus Anschuldigungen und Schwermut. Vielleicht war sie von Anfang an geistig nicht ganz gesund, bei vielen Frauen ist das so, aber sie schluckte wenig später dann Pillen, um nicht komplett plemplem zu werden, und eines Tages waren es wohl ein paar zu viel, bevor sie in die Wanne stieg und untertauchte, gluck, gluck, gute Nacht und auf Wiedersehen. Tja, es stimmt, ich habe viel Geld von ihr geerbt, weshalb all das Gerede überhaupt erst entstanden ist, aber ich versichere dir, ich hatte mit dem, was an dem Tag passiert ist, nicht das Geringste zu tun, und ihr Tod hat mich sehr traurig gemacht. Fast zwei Wochen habe ich aus Respekt und im Gedenken an sie mit niemandem geschlafen. Weißt du, Cyril, wenn ich einen richtigen Sohn hätte, würde ich dafür sorgen, dass er es begreift: Die Monogamie ist einfach nicht natürlich für den Menschen, und damit meine ich Mann wie Frau. Es ergibt keinen Sinn, sich sexuell für fünfzig, sechzig Jahre exklusiv an dieselbe Person zu binden, wo die Beziehungen doch so viel glücklicher sein könnten, wenn man sich gegenseitig nur die Freiheit gäbe, attraktive Menschen des anderen Geschlechts zu penetrieren oder von ihnen penetriert zu werden. In der Ehe sollte es um Freundschaft und Kameradschaft gehen, nicht um Sex. Ich meine, welcher Mann, der noch ganz bei Trost ist, will mit der eigenen Frau schlafen? Trotzdem, als ich deine Adoptivmutter zum ersten Mal sah, wusste ich gleich, dass ich sie als zweite Mrs Avery wollte. Sie stand in der Unterwäscheabteilung von Switzers Kaufhaus und fuhr mit der Hand über einen Ständer mit BHs und Schlüpfern. Ihre Zigarette kam der Seide gefährlich nahe, und ich ging zu ihr und fragte sie, ob sie Hilfe dabei brauchte, die richtige Wahl zu treffen. Mein Gott, die Frau hatte perfekte Titten! Hat sie heute noch. Hast du dir die Titten deiner Adoptivmutter mal richtig angesehen, Cyril? Nein? Guck nicht so verlegen, das ist die natürlichste Sache der Welt. Als Babys nuckeln wir schon daran herum, und das wollen wir auch als Erwachsene noch. Sie beantwortete meine Frage mit einer Ohrfeige, und diese Ohrfeige steht bis heute für einen der erotischsten Momente meines Lebens. Ich ergriff ihre Hand und küsste die untere Seite ihres Handgelenks. Es duftete nach Chanel N° 5 und Cocktailsoße. Ich nehme an, sie kam gerade vom Essen, und wie du weißt, hatte sie schon immer eine Schwäche für Krabbensalat. Ich sagte ihr, wenn sie am Nachmittag mit mir nicht auf ein Glas Champagner ins Gresham Hotel käme, würde ich mich in den Liffey stürzen, und sie entgegnete: Meinetwegen können Sie gern ertrinken. Sie habe nicht vor, sich an einem Mittwochnachmittag mit einem fremden Mann in einer Hotelbar zu betrinken. Trotzdem habe ich es irgendwie geschafft, sie herumzukriegen, und wir sind mit dem Taxi in die O'Connell Street und haben am Ende innerhalb von nicht einer, sondern sechs Stunden nicht eine, sondern sechs Flaschen Champagner getrunken. Kannst du das glauben? Wir waren stockbetrunken, aber nicht so stockbetrunken, dass wir uns kein Zimmer mehr nehmen und achtundvierzig Stunden lang praktisch ohne Pause das Bett hätten durchwühlen können. Mein Gott, diese Frau hat Dinge mit mir angestellt, die keine Frau vorher oder hinterher gewagt hat. Bevor dich deine Adoptivmutter nicht mit dem Mund befriedigt hat, Cyril, weißt du nicht, was ein richtiger Blowjob ist. Innerhalb von ein paar Monaten waren wir verheiratet. Aber wieder forderte die Zeit ihren Tribut. Maude wurde immer mehr von ihrem Schreiben aufgefressen, ich von meiner Karriere. Ich wurde ihren Körper leid, und ich wage zu vermuten, sie auch meinen. Aber während ich mir anderswo Trost suchte, schien sie keinerlei Interesse an einem Liebhaber zu haben, und so ist sie jetzt seit Jahren abstinent, was wahrscheinlich der Grund für ihre Launen ist. Es stimmt, wir sind nicht das ideale Paar, aber ich habe sie einmal geliebt und sie mich, und irgendwo in uns lebt der Schatten zweier sexueller Wesen fort, die in ihren Zwanzigern im Gresham Veuve Clicquot trinken. Den Arsch haben wir uns weggelacht und uns gefragt, ob wir an der Rezeption wohl nach einem Zimmerschlüssel fragen könnten oder ob die Leute im Hotel dann die Polizei oder den Erzbischof von Dublin rufen würden.«

Maude:
»Ich kann mich wirklich nicht erinnern. Vielleicht war es ein Mittwoch, wenn dir das hilft. Oder auch ein Donnerstag.«

Wenn meine Feinde mich verfolgen

Die Beziehung zwischen meinen Adoptiveltern war nicht eng genug, als dass sich genug Leidenschaft für einen Streit daraus hätte entwickeln können, was bedeutete, dass der Dartmouth Square ein weitgehend friedlicher Ort war. Die einzige ernsthafte Auseinandersetzung zwischen den beiden, die ich je miterlebte, fand an dem Abend statt, als die Geschworenen zum Essen kamen, was eine so unüberlegte Einladung war, dass ich die Idee bis auf den heutigen Tag nicht nachvollziehen kann.

Es war einer der seltenen Abende, an denen Charles früh von der Arbeit nach Hause kam. Ich trat gerade mit einem Glas Milch in der Hand aus der Küche und staunte nicht schlecht, als ich ihn durch die Tür treten sah, den Krawattenknoten nicht gelockert, das Haar nicht zerzaust, sein Gang nicht unsicher, und all dies zusammengenommen deutete darauf hin, dass etwas Schreckliches geschehen war.

»Charles«, sagte ich. »Ist alles in Ordnung?«

»Mit geht's gut«, sagte er. »Warum auch nicht?«

Ich sah zur Standuhr in der Ecke der Diele hinüber, die, als steckte sie mit mir unter einer Decke, mit einem halben Dutzend langer, hallender Schläge sechs schlug. Während wir darauf warteten, dass sie Ruhe gab, blieben Charles und ich stehen, wo wir waren, und sagten kein Wort. Wir lächelten allerdings unbeholfen und nickten uns mehrmals zu. Endlich hatte das Läuten ein Ende.

»Ich frage nur, weil du nie um diese Zeit nach Hause kommst«, fuhr ich fort. »Dir ist doch bewusst, dass es draußen hell ist und die Pubs noch geöffnet haben?«

»Werd nicht frech«, sagte er.

»Ich bin nicht frech«, erklärte ich ihm, »sondern besorgt, sonst nichts.«

»Wenn das so ist, danke. Deine Besorgnis wird zur Kenntnis genommen. Weißt du, es ist erstaunlich, wie viel einfacher sich die Tür öffnen lässt, wenn es draußen noch hell ist. Gewöhnlich brauche ich ein paar Minuten, bis ich es ins Haus schaffe. Ich dachte immer, es läge am Schlüssel, aber vielleicht bin ich selbst der Grund.«

»Charles«, sagte ich, stellte mein Glas ab und ging zu ihm hin. »Du bist völlig nüchtern, oder?«

»Ja, Cyril«, antwortete er. »Ich habe den ganzen Tag nichts getrunken.«

»Aber warum? Bist du krank?«

»Ich komme durchaus auch ohne Schmierung durch den Tag. Ich bin kein vollkommen hoffnungsloser Alkoholiker.«
»Kein vollkommen hoffnungsloser, nein«, sagte ich. »Aber du bist ziemlich nah dran.«
Er lächelte, und einen Moment glaubte ich, so etwas wie Zärtlichkeit in seinen Augen aufscheinen zu sehen. »Es ist wirklich nett, dass du dich sorgst«, sagte er. »Aber mir geht es bestens.«
Ich war nicht so sicher. In den letzten Wochen war sein gewohnter Überschwang merklich zurückgegangen, und ich kam immer wieder an seinem Arbeitszimmer vorbei und sah ihn mit in die Ferne gerichtetem Blick hinter seinem Schreibtisch sitzen, als könne er nicht ganz verstehen, wie sich die Dinge so hatten entwickeln können. Er hatte sich bei Hodges Figgis ein Exemplar von *Ein Tag im Leben des Iwan Denissowitsch* gekauft, saß in jedem freien Moment darübergebeugt und zeigte mehr Interesse an Solschenizyns Buch als je an einem Roman von Maude, *Neigung zur Lerche* eingeschlossen, von dem sie sich praktisch losgesagt hatte, nachdem die Verkaufszahlen in den dreistelligen Bereich gestiegen waren. Dass er die eigene Prüfung mit der eines Gefangenen in einem russischen Arbeitslager verglich, sagt etwas darüber aus, wie sehr er sich als Opfer einer großen Ungerechtigkeit empfand. Aber natürlich rechnete er nicht damit, tatsächlich vor Gericht gestellt zu werden. Er ging davon aus, dass ein Mann in seiner Position und mit seinen Kontakten ein solches Debakel selbstverständlich verhindern könnte. Und selbst als klar wurde, dass er nichts gegen das Verfahren tun konnte, war er sicher, trotz seiner offensichtlichen Schuld für unschuldig erklärt zu werden. Gefängnis, so glaubte er, war etwas, das anderen Leuten blühte.
Max Woodbead war in jenen Wochen ein regelmäßiger Besucher am Dartmouth Square. Charles und er johlten dann betrunken herum und sangen alte Lieder vom Belvedere College *(Nur in Gott finde ich Sicherheit, wenn meine Fein-*

de mich verfolgen / Nur in Gott findet sich Größe, wenn ich still und bescheiden bin). Das durchs Haus hallende Tosen war dermaßen laut, dass Maude ihre Tür öffnete, aus dem schwärenden Zwielicht ihres Schreibzimmers ausbrach und verunsichert um sich blickte.

»Sind Sie das, Brenda?«, fragte sie mich bei einer dieser Gelegenheiten, als sie mich im zweiten Stock herumlungern sah. Was ich da machte, kann ich nicht mehr sagen.

»Nein, ich bin's«, sagte ich.

»Oh, Cyril, ja«, sagte sie. »Natürlich, das Kind. Was um alles in der Welt geht dort unten vor? Hat jemand eingebrochen?«

»Mr Woodbead ist da«, sagte ich. »Er ist gekommen, um sich mit Charles zu besprechen. Ich glaube, sie plündern den Schnapsschrank.«

»Es hilft nichts. Er geht in Gefängnis. Alle wissen das. Daran kann der gesamte Whiskey dieser Welt nichts ändern.«

»Was wird dann aus uns?«, fragte ich ängstlich. Ich war erst sieben und nicht bereit für ein Leben auf der Straße.

»Ich komme schon durch«, sagte sie. »Ich habe ein bisschen eigenes Geld.«

»Aber was ist mit mir?«, fragte ich.

»Warum müssen sie so laut sein?«, sagte sie und überhörte meine Frage. »Das ist wirklich zu viel. Wie soll jemand bei diesem Lärm seine Arbeit erledigen? Übrigens, wo du schon mal da bist, fällt dir ein anderes Wort für ›fluoreszierend‹ ein?«

»Strahlend?«, sagte ich. »Leuchtend? Glühend?«

»Glühend, das ist es«, sagte sie. »Bist ein schlaues Kerlchen für deine elf Jahre.«

»Ich bin sieben«, erklärte ich ihr und fragte mich ein weiteres Mal, ob meine Adoptiveltern begriffen, dass ich ein Kind war und nicht eine Art kleiner Erwachsener, den man ihnen untergeschoben hatte.

»Das macht es noch beeindruckender«, sagte sie, kehrte in ihre Räucherhöhle zurück und schloss die Tür.

»Der Fall« waren die beiden Worte, die fast das ganze Jahr 1952 durch unser Haus geisterten. Sie verschwanden niemals ganz aus unserem Denken und lagen Charles ständig auf der Zunge. Er schien ehrlich beleidigt, öffentlich so gedemütigt zu werden, und er hasste es, seinen Namen in negativem Zusammenhang in der Zeitung zu lesen. Er war es gewohnt, dass man ihn feierte. Die *Evening Press* veröffentlichte einen Artikel, in dem es hieß, die Angaben zu seinem Wohlstand seien über die Jahre deutlich übertrieben worden, und wenn er jetzt verliere und nicht nur für eine Weile im Gefängnis lande, er also auch noch mit einer empfindlichen Geldstrafe belegt werde, dann müsse er wahrscheinlich Bankrott anmelden und sein Haus am Dartmouth Square verkaufen, und in diesem Moment brach ein Sturm der Entrüstung aus ihm hervor, der an König Lear auf der Heide erinnerte, wo er Winde, Wolkenbrüche und den schmetternden Donner anrief, die Türme zu ersäufen, die Hähne zu ertränken und sein weißes Haupt zu versengen, bis das mächt'ge Rund der Welt flach geschlagen war. Max, den er instruierte, gesetzliche Schritte gegen die Zeitung einzuleiten, ignorierte seine Anweisung klugerweise.

Die Dinnerparty war auf einen Donnerstagabend angesetzt, vier Tage nach Prozessbeginn. Max hatte einen einzelnen Geschworenen ausgesucht, den er für besonders beeinflussbar hielt, war ihm gezielt zufällig eines Abends auf dem Aston Quay begegnet und hatte ihn auf ein Glas in einen Pub eingeladen. Dort informierte er den Mann, einen Denis Wilbert aus der Dorset Street, der in der Clanbrassil Street Mathematik, Latein und Erdkunde unterrichtete, dass das enge Verhältnis, das er zu dem zwölfjährigen Conor Llewellyn entwickelt hatte, seinem Topschüler, der trotz der gähnenden Leere in seinem höchst anziehenden Köpflein stets nur die besten Noten erhielt, von den Zeitungen wie von der Gardaí missverstanden werden könnte, und wenn er nicht wolle, dass diese Dinge öffentlich gemacht würden, solle er doch bitte ernsthaft über sein Urteil in Sachen Steuerbehörde vs. Avery nachdenken.

»Und natürlich wäre alles«, fügte Max noch hinzu, »was Sie tun können, um auch die übrigen Geschworenen zu überreden, höchst willkommen.«

Nachdem er damit den ersten Geschworenen in der Tasche hatte, setzte er seinen liebsten in Ungnade gefallenen Garda darauf an, Schmutz auch über den Rest der Truppe zu sammeln. Zu seiner Enttäuschung vermochte der ehemalige Superintendent Lavery jedoch nur wenig zusammenzutragen. Drei hätten Geheimnisse, hieß es: Einer war angezeigt worden, weil er sich vor einem Mädchen auf der Milltown Road entblößt hatte, es war jedoch nicht zu einer Anklage gekommen, da sie eine Protestantin war. Einer hatte ein Abonnement bei einer Agentur in Paris, die ihm jeden Monat Postkarten mit nackten Frauen in Reitstiefeln schickte, und die Dritte (eine von nur zwei weiblichen Geschworenen) hatte ein außereheliches Kind und ihren Arbeitgeber nicht davon unterrichtet, der sie unweigerlich entlassen würde, da es sich um den Hüter der öffentlichen Moral handelte: das irische Parlament, Dáil Éireann.

Statt die Leute einzeln aufzuspüren und verdeckt zu bedrohen, tat Max Woodbead etwas weit Gentlemanhafteres: Er lud sie zu einem Dinner ein. Mit Mr Wilbert, dem pädophilen Lehrer, als Mittelsmann machte er klar, sollten sie die Einladung ablehnen, würden sämtliche Informationen, die er gesammelt hatte, an die Presse gehen. Was er nicht erwähnte, war der Umstand, dass er weder der Gastgeber sein noch mit am Tisch sitzen würde. Diese Ehre fiel dem Mann auf der Anklagebank zu, meinem Adoptivvater Charles Avery.

Kurz bevor die Gäste kamen, bat Charles an diesem Abend mich und Maude in sein Arbeitszimmer. Wir setzten uns in die Ohrensessel vor seinem Schreibtisch, und er legte uns seine Pläne für das anschließende Essen dar.

»Das Wichtigste«, erklärte er uns, »ist, dass wir eine geschlossene Front bilden. Wir müssen den Eindruck erwecken, eine glückliche, liebevolle Familie zu sein.«

»Wir *sind* eine glückliche, liebevolle Familie«, sagte Maude und schien verletzt, weil er etwas anderes andeutete.

»Sehr gut«, sagte Charles. »So wenig es in ihrem Interesse liegen wird, mich für schuldig zu erklären, müssen wir ihr Gewissen beruhigen, indem wir sie glauben lassen, es wäre ein verwerflicher Akt, uns drei auseinanderzureißen. Als wollte man in Irland die Scheidung einführen.«

»Eine Frage hätte ich allerdings«, sagte Maude und steckte sich eine frische Zigarette an, weil die, die sie rauchte, gefährlich nahe an ihr Ende kam. »Sind es Leute von unserem Niveau?«

»Ich fürchte, nein«, antwortete Charles. »Ein Lehrer, ein Hafenarbeiter, ein Busfahrer und eine Frau, die im Tearoom des Dáil Éireann arbeitet.«

»Große Güte«, sagte sie. »Heutzutage lassen sie aber auch jeden auf die Geschworenenbank.«

»Ich denke, das war schon immer so, Liebes.«

»Aber ist es wirklich nötig gewesen, sie in unser Haus einzuladen?«, fragte sie. »Hätten wir sie nicht einfach irgendwo in der Stadt zum Essen ausführen können?«

»Liebling«, antwortete Charles lächelnd. »Oh, meine gutherzige Frau, denk daran, dass dieses Essen ein Geheimnis ist. Wenn es herauskäme, nun, das würde zweifellos einigen Ärger bedeuten. Niemand darf davon erfahren.«

»Natürlich nicht, aber diese Menschen klingen so gewöhnlich«, sagte Maude und rieb sich den Arm, als wehte mit einem Mal ein kalter Wind ins Zimmer. »Werden sie sich gewaschen haben?«

»Im Gericht schienen sie sauber«, sagte Charles. »Sie geben sich wirklich Mühe, ziehen den besten Anzug an und so. Als würden sie in die Kirche gehen.«

Maude sperrte entsetzt den Mund auf. »Sind es etwa Papisten?«, fragte sie.

»Ich habe keine Ahnung«, sagte Charles entnervt. »Ist das wichtig?«

»Solange sie vor dem Essen nicht beten wollen«, murmelte sie und ließ den Blick durch sein Büro gleiten, in das sie so gut wie nie kam. »Oh, sieh mal«, sagte sie und zeigte auf eine Ausgabe von Mark Aurels *Selbstbetrachtungen*. »Ich habe oben die gleiche Ausgabe. Wie komisch.«

»Nun zu dir, Cyril«, sagte mein Adoptivvater und drehte sich zu mir hin. »Heute Abend werden streng die Hausregeln eingehalten, verstehst du? Sag nur etwas, wenn du angesprochen wirst. Mach keine Witze, furze nicht und sieh mich mit so viel Bewunderung an, wie du eben kannst. Ich habe eine Liste mit Dingen auf dein Bett gelegt, die wir als Vater und Sohn zusammen tun. Hast du sie auswendig gelernt?«

»Habe ich«, sagte ich.

»Sag sie mir auf.«

»Wir gehen an den großen Seen von Connemara zusammen angeln. Wir gehen zu den GAA-Spielen in den Croke Park. Wir spielen Langzeitschach, mit nur einem Zug pro Tag. Wir flechten einander die Haare.«

»Keine Witze, habe ich gesagt.«

»Entschuldige.«

»Und nenn uns nicht Charles und Maude, okay? Heute Abend sprichst du uns mit ›Vater‹ und ›Mutter‹ an. Alles andere würde für unsere Gäste sonderbar klingen.«

Ich zog die Brauen zusammen. Ich war nicht sicher, ob ich mich dazu bringen konnte, diese Worte zu benutzen, genau wie ein anderes Kind womöglich nicht in der Lage gewesen wäre, seine Eltern mit ihren Vornamen anzusprechen.

»Ich werde mein Bestes tun ... Vater.«
»Jetzt musst du noch nicht damit anfangen. Warte, bis die Gäste da sind.«
»Ja, Charles«, sagte ich.
»Schließlich bist du kein richtiger Avery.«
»Was soll das eigentlich alles?«, fragte Maude. »Warum müssen wir uns vor diesen Leuten erniedrigen?«
»Damit ich nicht ins Gefängnis muss, Süße«, antwortete Charles fröhlich. »Wir müssen sie umschmeicheln und anbetteln, und wenn alles andere nicht funktioniert, hole ich sie hinterher einen nach dem anderen hier herein und schreibe ihnen einen Scheck aus. So oder so will ich am Ende dieses Abends fest darauf vertrauen können, dass das Urteil ›nicht schuldig‹ lautet.«
»Kommt Mr Woodbead auch zum Essen?«, fragte ich, und Charles schüttelte den Kopf.
»Nein«, sagte er. »Wenn wir die Sache vermasseln, kann er es sich nicht leisten, damit in Verbindung gebracht zu werden.«
»Julian kommt also auch nicht?«, fragte ich.
»Wer ist Julian?«, wollte Charles wissen.
»Mr Woodbeads Sohn.«
»Warum um alles sollte der mit herkommen?«
Ich sah auf den Teppich und bekam schlechte Laune. Ich hatte Julian seit seinem Besuch nur noch ein einziges Mal gesehen, und das war vor fast einem Monat gewesen. Da hatten wir uns sogar noch besser als beim ersten Mal verstanden, obwohl sich zu meiner großen Enttäuschung keine Gelegenheit ergab, die Hosen herunterzulassen und einander anzusehen. Die Vorstellung einer Freundschaft mit ihm berauschte mich, und der Umstand, dass er meine Gesellschaft offenbar ebenfalls genoss, war so verblüffend, dass ich an kaum etwas anderes denken konnte. Aber wir gingen nicht in dieselbe Schule, und damit war es unwahrscheinlich, dass wir uns begegneten, es sei denn, Max brachte ihn

mit zum Dartmouth Square. Niedergeschlagener als ich hätte kaum ein Mensch sein können.

»Ich dachte nur, er würde vielleicht kommen«, sagte ich.

»Tut mir leid, dich enttäuschen zu müssen«, sagte Charles. »Ich hatte schon darüber nachgedacht, ob ich nicht einen ganzen Kindergarten zum Essen einladen sollte, aber dann ist mir wieder eingefallen, dass das heute ein ziemlich wichtiger Abend ist, von dem womöglich unser gesamtes zukünftiges Glück abhängt.«

»Er kommt also nicht?«, fragte ich, um sicherzugehen.

»Nein«, sagte Charles. »Er kommt nicht.«

»Das heißt, Elizabeth auch nicht?«, fragte Maude.

»Elizabeth?«, sagte Charles, richtete sich verblüfft auf und wurde leicht rot.

»Max' Frau.«

»Ich wusste nicht, dass du Elizabeth kennst.«

»Tu ich auch nicht. Jedenfalls nicht gut. Aber wir haben uns ein paarmal bei Wohltätigkeitsveranstaltungen getroffen. Sie ist auf den ersten Blick schon sehr nett.«

»Nein, Elizabeth kommt auch nicht«, sagte Charles, blickte wieder auf den Schreibtisch und trommelte mit den Fingern auf seinen Tintenlöscher.

»Werden unsere Gäste überhaupt wissen, welche Messer und Gabeln sie zu benutzen haben?«, fragte Maude.

»Himmel noch mal«, sagte Charles und schüttelte den Kopf. »Das sind keine Tiere. Was, denkst du, werden sie tun? Das Fleisch mit den Zähnen vom Teller zerren?«

»Gibt es Rind?«, fragte sie. »Ich hatte mich schon auf Fisch eingestellt.«

»Dann freu dich auf die Vorspeise«, sagte Charles.

»Es gibt Muscheln«, sagte ich. »Ich habe sie in der Küche gesehen.«

»Ich bin kein Snob«, sagte Maude. »Ich frage nur, weil diese Leute kein vornehmes Essen gewohnt sind und sich eingeschüchtert fühlen könnten. Wenn sie verschiedene

Bestecke vor sich liegen sehen, denken sie womöglich, wir machen uns über sie lustig, und dann reagieren sie mit noch größerer Verachtung für uns. Du vergisst, dass ich Romane schreibe, Charles. Ich verstehe die menschliche Natur.«

Die Zunge meines Adoptivvaters arbeitete hinter seiner Wange, während er nachdachte. Da war etwas dran. »Es wird ein fünfgängiges Menü geben, und an jedem Platz liegt ein Dutzend Bestecke. Da kann ich kaum Schildchen aufstellen: ›Dies ist das Fischmesser‹, ›dies das Brotmesser‹, ›dies die Dessertgabel‹, oder?«

»Nein«, sagte Maude. »So kleine Schildchen gibt es nicht, schon gar nicht so kurzfristig. So etwas hätten wir bestellen müssen.«

Charles starrte sie an und schien kurz davor, in Gelächter auszubrechen, was Maude und mich fraglos erschreckt hätte, da uns ein solches Geräusch völlig unvertraut gewesen wäre.

»Müssen wir sonst noch etwas wissen?« sagte Maude und sah auf ihre Uhr. »Oder können wir wieder gehen?«

»Halte ich dich auf?«, fragte Charles. »Musst du irgendwohin? Hat der Tabakladen ums Eck vielleicht einen einstündigen Sonderverkauf?«

»Du weißt, dass ich keine Witze mag«, sagte sie, stand auf und strich sich den Rock glatt. Ich sah Charles an und war überrascht, wie er sie anstarrte. Sein Blick wanderte mit unverhohlenem Verlangen an ihr auf und ab. Sie war immer noch eine schöne Frau. Und sie wusste sich zu kleiden. »Wann kommen die Gäste überhaupt? Ich habe mich noch nicht geschminkt.«

»In einer halben Stunde«, sagte Charles, und sie nickte und lief hinaus.

»Würde der Richter nichts dagegen haben?«, fragte ich, nachdem Charles sich wieder seinen Papieren zugewandt hatte und vergessen zu haben schien, dass ich noch da war. Er zuckte leicht zusammen, als er meine Stimme hörte.

»Wogegen würde der Richter etwas haben?«, fragte er.
»Dass du die Geschworenen zum Essen einlädst. Wenn er davon erführe? Würde er nicht denken, das wäre unrechtmäßig?«

Charles lächelte und sah mich mit einem Ausdruck in den Augen an, der abermals fast zärtlich war. »Oh, mein lieber Junge«, sagte er. »Du bist wirklich kein Avery. Der Richter hatte überhaupt erst die Idee zu diesem Essen.«

Die perfekte Familie

»Darf ich sagen, Mr Avery ...«
»Bitte, vergessen wir die Förmlichkeiten. Nennen Sie mich Charles.«
»Darf ich sagen, Charles, dass ich schon seit Langem ein Interesse an den Paragrafen habe?«, sagte Denis Wilbert, der pädophile Lehrer aus der Dorset Street, der mir bei seiner Ankunft die Hand geschüttelt und sie weit länger zwischen seinen verschwitzten Pranken gehalten hatte als nötig, worauf ich gleich ins Bad gelaufen war, um sie zu waschen. »Ich verfolge die Rechtsprechung unseres Landes in der Zeitung, verstehen Sie. Die Arbeit unserer Hüter des Friedens, der Gardaí. Die Prozesse, die Anwälte, die Ankläger und so weiter. Die Berufungen vor dem High Court und die Verfassungsklagen. Ich habe zunächst tatsächlich überlegt, ob ich nicht Jura studieren sollte, bis mir bewusst wurde, dass meine wahre Berufung in der Arbeit mit Kindern lag. Ich bin nie wirklich glücklich, wenn ich nicht in Gesellschaft eines kleinen Jungen bin. In der Gesellschaft so vieler kleiner Jungen wie nur möglich! Aber zu meiner Schande muss ich gestehen, dass es Zeiten gab, da ich geglaubt habe, wenn ein Mann auf der Anklagebank sitzt, dass er sich dann wahrscheinlich eines Verbrechens schuldig gemacht hat ...«

»Oder auch eine Frau«, unterbrach ihn Jacob Turpin, der perverse Hafenarbeiter, der sich gern abends in der Milltown Street herumdrückte und darauf wartete, dass ihm kleine Mädchen begegneten, um ihnen einen schnellen Blick auf seine Unzulänglichkeit zu erlauben.

»Bitte, Mr Turpin«, sagte Wilbert, der sich dank seiner höheren Ausbildung für etwas Besseres hielt. »Wenn Sie nichts dagegen haben, würde ich gern beenden, was ich Charles sagen will, und dann, wenn Sie dem noch etwas Relevantes hinzuzufügen haben, dürfen Sie ...«

»Ich meine doch nur, dass auch Frauen auf der Anklagebank sitzen«, sagte Turpin, dessen hellrotes Haar aus sich heraus zu leuchten schien, sodass es etwas merkwürdig Hypnotisches hatte. »Da war diese junge Frau, die im Büro der CIÉ gearbeitet hat. Die hat was mit den Rechnungen angestellt und fünf Jahre dafür gekriegt. Bei denen würden Sie das sicher nicht sagen, oder? Den Frauen, meine ich.«

»Wie ich sagte«, fuhr Wilbert fort und hob die Stimme, damit er nicht noch einmal unterbrochen wurde. »Ich dachte, wenn ein Mann angeklagt vor Gericht steht, dass er dann wohl nicht nur schuldig, sondern von der ehrlosen Sorte ist und aus der Gesellschaft verbannt werden sollte, in die Wildnis, wie ein Leprakranker oder ein Australier. Aber an diesem Abend, in diesem wundervollen Haus, bei diesem erlesenen Essen im Kreise einer so ehrbaren Familie, sehe ich die Unwahrheit in dieser Vorstellung, das Verlogene, und ich sage mich davon los. Von ganzem Herzen und ohne Vorurteil sage ich mich davon los! Und wenn ich darf, möchte ich mein Glas auf Sie erheben, Charles, und Ihnen alles Gute wünschen für die kommenden Tage, da Sie dieses schwere und ungerechte Martyrium durchstehen müssen.«

»Darauf trinke ich«, sagte Joe Masterson, der Busfahrer aus Templeogue mit dem speziellen Interesse an Reitstiefel-Pornografie, der seit seiner Ankunft am Dartmouth Square kaum etwas anderes getan hatte als zu trinken. Er leerte sein Glas Wein und sah erwartungsvoll zur Flasche mitten auf dem Tisch hin, und als ihm niemand nachschenken zu wollen schien, bediente er sich selbst, was, wie sogar ich wusste, gegen die Etikette einer Dinnerparty verstieß.

»Sie sind sehr gütig«, sagte Charles und griente seinen Gästen zu. »Sie alle. Ich hoffe, dass Sie nicht einen Moment lang denken, die Einladung, mir und Maude heute Abend beim Essen Gesellschaft zu leisten, sei aus etwas anderem entstanden als dem Wunsch, sie alle besser kennenzulernen.«

»Es war ja auch gar nicht Ihre Einladung, oder?«, fragte Charlotte Hennessy, die einzige Frau unter den vier Geschworenen. »Mr Woodbead hat sie ausgesprochen, und niemand von uns wusste, dass wir zu Ihnen kommen würden. Wir dachten alle, wir gingen zu ihm.«

»Wie ich Ihnen bereits erklärte, meine Dame«, sagte Charles, »musste Max in dringenden Geschäften aus der Stadt, und da er Sie alle nicht so schnell erreichen konnte, hat er mich gebeten, ihn als Gastgeber zu vertreten.«

»Sie sind ein Gentleman und ein Gelehrter«, sagte Masterson.

»Aber warum hatte er uns dann von vornherein hierher eingeladen?«, fragte Mrs Hennessy.

»Bei ihm zu Hause wird gerade renoviert«, erklärte Charles. »Deshalb hat er eine Weile hier gewohnt. Natürlich hatte ich nicht eingeplant, heute Abend zu Hause zu bleiben. Es ist eigentlich mein Abend mit dem örtlichen Kapitel von St Vincent de Paul, und um ehrlich zu sein, dachte ich, meine Anwesenheit hier am Tisch könnte mir zum Nachteil ausgelegt werden. Aber ich konnte nicht erlauben, dass Sie hergekommen wären und ohne Essen wieder hätten gehen müssen. So etwas gehört sich bei uns am Dartmouth Square nicht.«

»So viele ungewöhnliche Umstände«, sagte Mrs Hennessy. »So viele Zufälle. Es ist kaum zu glauben.«

»Manchmal ist es so«, antwortete Charles sanft. »Aber ich bin froh, dass es sich so ergeben hat. Jeden Tag dort auf der Anklagebank, wenn ich in Ihre ehrlichen Gesichter sehe, dann muss ich daran denken, wie gern ich Sie alle privat kennenlernen würde, außerhalb der widerlichen Atmosphäre des Gerichtssaals.«

»Ich sage immer«, verkündete Turpin und langte nach unten, um sich zu kratzen, was er dann auch ausgiebig tat, »dass der Mann mit der größten Klasse der ist, der das Klassensystem nicht anerkennt. Es gibt viele in Ihrer Position, die Leute wie uns nicht in ihrem Haus haben wollten.«

»Mit allem Respekt, Mr Turpin«, sagte Wilbert und nahm seine Brille. Das tat er, wie ich feststellte, jedes Mal, wenn er besonders seriös erscheinen wollte. »Ich bin Lehrer in einem angesehenen Internat. Ich habe einen Universitätsabschluss in Mathematik. Mein Vater war Apotheker, und meine Mutter wurde von Radio Éireann darüber interviewt, was das beste Mehl sei, um ein traditionelles irisches Rosinenbrot zu backen. Ich fühle mich jedermann ebenbürtig.«

»Oh, selbstverständlich«, sagte der gescholtene Turpin. »Wo wohnen Sie, Denis? Haben Sie so ein großes Haus wie dieses hier?«

»In der derzeitigen Situation wohne ich mit meiner Mutter zusammen«, antwortete Wilbert, drückte den Rücken durch und war bereit, alle Angriffe abzuwehren. »Sie wird nicht jünger und braucht mich. Ich kümmere mich um sie. Natürlich«, fügte er hinzu, sah mich an und sprach sehr bewusst, »natürlich habe ich mein eigenes Zimmer, und oft ist sie abends beim Bingo, und ich kann tun, was ich will.«

»Haben Sie keine Frau, Mr Wilbert?«, fragte Maude vom anderen Ende des Tisches, und ihre Stimme drang so scharf durch den Raum, dass ich zusammenzuckte. »Wartet nicht irgendwo eine Mrs Wilbert hinter der nächsten Ecke?«

»Traurigerweise nein«, antwortete er und wurde leicht rot. »In der Hinsicht bin ich nicht mit Glück gesegnet.«

»Der glücklichste Tag meines Lebens«, bemerkte Charles und legte Messer und Gabel ab, und ich schwöre, ich sah, wie sich Tränen in seinen Augen sammelten, »war der, an dem Maude sagte, dass sie mich heiraten würde. Ich hatte nicht gedacht, dass ich eine Chance hätte. Aber ich wusste auch, dass ich mit ihr an meiner Seite alles erreichen könnte und unsere Liebe uns durch gute wie durch schlechte Zeiten tragen würde.«

Worauf wir alle uns Maude zuwandten und auf ihre Reaktion warteten. Hätte ich damals gewusst, wer Joan Crawford war, hätte ich gesagt, dass sie uns ihren besten Joan-Crawford-Blick schenkte, mit einer Mischung aus Geringschätzung und Verletzlichkeit, während sie einen langen Zug von ihrer Zigarette nahm und den Rauch so stetig zwischen den Lippen hindurchblies, dass sie ihre wahren Gefühle hinter dem Gifthauch verbergen konnte.

»Ich bin zum zweiten Mal verheiratet«, sagte Masterson. »Meine erste Frau wurde von einem Pferd abgeworfen und hat es nicht überlebt. Sie war Springreiterin, verstehen Sie. Ich habe ihre Turniersachen noch alle im Schrank in unserem Gästezimmer, und manchmal gehe ich hin, reibe über den Samt und rieche daran, im Gedenken an sie. Ich habe meine neue Frau gebeten, die Sachen für mich anzuziehen, aber da ist sie eigen, und um ehrlich zu sein, und ich sage das nur, weil ich das Gefühl habe, unter Freunden zu sein, ich wünschte, ich hätte nicht noch einmal geheiratet. Meine erste Frau war entzückend. Die neue ... also, sie hat einen Mund ... aber mehr will ich nicht sagen.«

»Einen Mund?«, fragte Mrs Hennessy. »Ist das nicht normal? Wie sollte die Ärmste sonst atmen?«

»Ach, Sie wissen schon, was ich meine«, sagte Masterson, lachte und zeigte mit dem Daumen in ihre Richtung, als wollte er sagen: Das ist auch so eine, was? »Sie hat immer was zu erwidern. Ich hab ihr gesagt, wenn sie sich nicht bald zusammenreißt, hole ich den Priester, damit der sie mal richtig zusammenstaucht.«

»Die Frau ist zu beneiden«, sagte Mrs Hennessy und wandte sich von ihm ab. »Habe ich nicht irgendwo gelesen, dass Sie auch schon einmal verheiratet waren, Mr Avery?«, fragte sie und sah Charles an.

»Das weiß ich nicht«, sagte er. »Haben Sie?«

»Jetzt erzähl uns mal was von dir, Cyril«, sagte Wilbert und zwinkerte mir so lüstern zu, dass ich mich auf meinem Stuhl wand. »Gefällt dir die Schule? Bist du ein aufmerksamer Junge?«

»Es geht«, sagte ich.

»Und was ist dein Lieblingsfach?«

Ich überlegte. »Wahrscheinlich Geschichte«, sagte ich.

»Nicht Mathematik?«

»Nein, in Mathematik bin ich nicht sehr gut.«

»Habe ich erwähnt, dass ich einen Universitätsabschluss in Mathematik habe?«, sagte er.

»Ja«, sagten Charles, Maude, Mrs Hennessy, Turpin, Masterson und ich wie aus einem Mund.

»Vielleicht könnte ich dir gelegentlich etwas helfen«, schlug er vor. »Eine kleine Nachhilfe kann viel bewirken. Du könntest abends kommen, wenn Mutter beim Bingo ist, und ...«

»Nein, danke«, sagte ich, steckte einen Bissen Steak in den Mund und hoffte, dass Wilbert seine Aufmerksamkeit einem anderen zuwandte.

»Und Sie haben einen Teeladen, Mrs Hennessy?«, dröhnte Maude unerwartet dazwischen. Masterson legte sich eine Hand auf die Brust, als bekäme er einen Herzanfall. »Das stimmt doch?«

»Nicht ganz«, antwortete sie. »Ich leite den Tearoom im Dáil Éireann.«

»Wie interessant. Sind Sie schon lange dort?«

»Seit 1922, als Ober- und Unterhaus ihre ersten Sitzungen im Leinster House abhielten.«

»Faszinierend«, sagte Charles, und um fair zu sein, muss ich sagen, dass er tatsächlich interessiert klang. »Sie waren also bei der Gründung des Staates dabei?«

»Das war ich, ja.«

»Das muss ein großer Tag gewesen sein.«

»Ja«, sagte Mrs Hennessy, und ihre Stimme wurde ein wenig weicher. »Es war sehr aufregend. Ich werde nie vergessen, wie glücklich wir alle waren. Mr Cosgrave wurde von allen Seiten des Hauses bejubelt, als er aufstand, um seine erste Rede als Präsident des Exekutivrats zu halten.«

»Herr im Himmel, das ist dreißig Jahre her«, sagte Turpin und schüttelte den Kopf. »Wie alt sind Sie denn? Da müssen Sie ja schon ein paar Jährchen auf dem Buckel haben, wie?«

»Ich bin vierundsechzig, Mr Turpin«, antwortete sie freundlich. »Danke für Ihr Interesse.«

»So was in der Art hätte ich auch gedacht«, sagte er und nickte. »Sie sehen aus wie viele Frauen in dem Alter. Mit Ihren Hängebacken, wenn Sie verstehen, was ich meine. Den dunklen Säcken unter den Augen, und die Krampfadern, die müssen Sie bestimmt vom ewigen Stehen im Tearoom haben. Aber nichts für ungut, ich will Sie nicht beleidigen.«

»Wie könnte ich mich durch so galante Worte beleidigt fühlen«, sagte Mrs Hennessy mit einem Lächeln.

»Das ist auf jeden Fall ein spannender Arbeitsplatz«, sagte Charles. »All die wichtigen Männer, die da Tag für Tag ein und aus gehen. Da müssen Sie eine Menge Geheimnisse erfahren.«

»Wenn es so wäre, Mr Avery, denken Sie, ich würde auch nur ein Wort davon über meine Lippen kommen lassen? Ich habe meine Stellung nicht dadurch dreißig Jahre lang gehalten, dass ich indiskret gewesen wäre.«

»Aber Sie gehen bald in den Ruhestand, wie ich gehört habe«, fuhr er fort. »Und bitte kein ›Mr Avery‹ mehr. Ich sagte doch, ich heiße Charles.«

»Ich habe in der Tat vor, mich zum Ende des Jahres pensionieren zu lassen«, gab sie zu und verengte die Augen. »Darf ich fragen, woher Sie das wissen?«

»Also, ich habe mir meine Stellung in der Gesellschaft auch nicht über Indiskretionen verdient«, sagte er und zwinkerte ihr zu. »Sagen wir, ein kleines Vögelchen hat's mir erzählt. Wie steht es eigentlich um die Pensionskasse? Ich hoffe, Sie haben vorgesorgt. Sie könnten noch viele schöne Jahre vor sich haben, und da möchten Sie doch, dass es Ihnen gut geht.«

»Ich denke, dass ich das besonnen geplant habe«, sagte sie mit kalter Stimme.

»Das freut mich zu hören. Geld ist wichtig, wenn man älter wird. Man kann nie wissen, ob man krank wird, und man hört ja schreckliche Dinge, was so alles in den Krankenhäusern passiert. Wenn Sie mal einen Rat brauchen, scheuen Sie sich nicht und kommen Sie zu mir.«

»Ich denke, wir sehen erst einmal, wie der Prozess ausgeht, nicht wahr?«, sagte sie. »Bevor ich mir überlege, bei wem ich mir einen Rat in Finanzsachen hole.«

»Willst du mal Banker werden, Cyril?«, fragte Masterson. »Wie dein Daddy?«

Ich sah Charles an und wartete auf seinen Hinweis, dass ich kein richtiger Avery sei, nur adoptiert, aber er sagte nichts, stocherte nur in seinem Essen herum und warf mir einen Blick zu, der besagte: »Das darfst du beantworten.«

»Ich glaube nicht«, sagte ich, starrte auf meinen Teller und zog meinem Fuß zurück, als Wilbert unter dem Tisch danach suchte. »Ich habe noch nicht wirklich darüber nachgedacht. Ich bin erst sieben.«

»Ein wundervolles Alter«, sagte Wilbert. »Mein Lieblingsalter zwischen sechs und zehn.«

»Er ist ein gut aussehender junger Mann«, sagte Turpin mit einem Blick zu Maude. »Er ist Ihnen wie aus dem Gesicht geschnitten.«

»Er sieht überhaupt nicht aus wie ich«, sagte Maude, was durchaus vernünftig war.

»Ah, doch, doch«, sagte Turpin. »Der Bereich um die Augen und die Nase. Ganz die Mum.«

»Sie sind ein sehr scharfsichtiger Mensch, Mr Turpin«, antwortete Maude und steckte sich eine weitere Zigarette an, obwohl der Aschenbecher neben ihrem Teller bereits überquoll. »Das Justizsystem profitiert zweifellos davon, dass Sie zu den Geschworenen gehören.«

»Ich bin nicht sicher, ob Sie sich dessen bewusst sind«, sagte Charles, »aber meine liebe Frau ist eine von Irlands führenden Romanautorinnen.«

»Oh, Charles, bitte nicht«, sagte sie und wedelte mit der Hand durch die Luft, damit er aufhörte, schickte jedoch nur noch mehr Rauch über den Tisch, worauf Mrs Hennessy den Kopf abwandte und sich räusperte.

»Es tut mir leid, meine Liebe, aber das muss ich unseren Gästen erzählen. Ich bin so stolz auf Maude, verstehen Sie. Wie viele Romane hast du jetzt geschrieben, Schatz?«

Es entstand eine lange Pause. Ich begann, die Sekunden in meinem Kopf zu zählen, und kam bis zweiundzwanzig, bevor sie etwas sagte.

»Sechs, und ich arbeite an meinem siebten.«

»Ist das nicht trotzdem wunderbar?«, sagte Turpin. »Es ist so schön, ein Hobby zu haben. Meine Frau strickt.«

»Meine spielt Akkordeon«, sagte Masterson. »So ein verdammter Lärm. Meine erste Frau, die ritt wie Elizabeth Taylor in *Kleines Mädchen, großes Herz*, und sie sah auch genauso aus, alle haben das gesagt.«

»Da kommen Sie bald aufs Geschirrtuch«, sagte Turpin.

»Aufs Geschirrtuch?«, fragte Maude mit zusammengezogenen Brauen.

»Sie wissen schon, für die Touristen«, erklärte er. »Mit dem Bild von den irischen Schriftstellern drauf.«

»Das wird nie passieren«, sagte Maude. »Frauen werden da nicht abgebildet. Nur Männer. Obwohl wir es sind, die mit den Handtüchern das Geschirr abtrocknen.«

»Wer war noch die Schriftstellerin, die so getan hat, als wäre sie ein Mann?«, fragte Turpin.

»George Eliot«, sagte Wilbert, nahm die Brille ab und putzte sie mit seinem Taschentuch.

»Nein, der *war* ein Mann«, sagte Masterson. »Aber da gab's eine, die war wirklich eine Frau und *sagte*, sie wäre ein Mann.«

»Ja, George Eliot«, wiederholte Wilbert.

»Wer hat je gehört, dass ein Mädchen George hieß?«

»George Eliot war ihr Pseudonym«, sagte Wilbert geduldig, als redete er mit einem zurückgebliebenen, aber attraktiven Jungen in seiner Klasse.

»Wie hieß sie denn wirklich?«

Wilbert öffnete den Mund, doch es kam kein Wort daraus hervor.

»Mary Ann Evans«, sagte Mrs Hennessy, bevor es zu peinlich werden konnte. »Ich habe übrigens einen Ihrer Romane gelesen, Mrs Avery«, fügte sie hinzu. »Es ist reiner Zufall und hat nichts mit dem Prozess Ihres Mannes zu tun. Eines der Mädchen aus dem Tearoom hat ihn mir letztes Jahr zum Geburtstag geschenkt.«

»Oh je«, antwortete Maude und sah aus, als würde ihr schlecht. »Ich hoffe, Sie haben ihn nicht wirklich gelesen.«

»Aber natürlich. Was sonst sollte ich damit tun? Ihn als Untersetzer benutzen? Ich fand, er ist sehr schön geschrieben.«

»Welcher war es?«

»*Die Qualität des Lichts.*«

Maude verzog angewidert das Gesicht und schüttelte den Kopf. »Ich hätte das Manuskript verbrennen sollen«, sagte sie. »Ich weiß nicht, was ich mir beim Schreiben gedacht habe.«

»Nun, ich mochte den Roman«, sagte Mrs Hennessy. »Aber Sie sind die Autorin, und wenn Sie sagen, er ist schlecht, muss ich Ihnen wohl glauben. Ich muss ihn missverstanden haben.«

»Sie sollten das Mädchen entlassen, das Ihnen das Buch geschenkt hat«, bemerkte Maude. »Sie hat offenbar einen sehr schlechten Geschmack.«

»Oh nein, sie ist meine rechte Hand«, antwortete Mrs Hennessy. »Ohne sie wäre ich verloren. Sie ist jetzt seit sieben Jahren bei mir. Tatsächlich soll sie die Leitung des Tearooms übernehmen, wenn ich, wie Mr Avery so richtig bemerkt hat, zum Ende des Jahres in den Ruhestand gehe.«

»Nun, besser, sie arbeitet in einem Tearoom als in einer Bibliothek, nehme ich an«, sagte Maude. »Aber wollen wir hier den ganzen Abend sitzen und Konversation machen, oder kommen wir nun endlich aufs Wesentliche?«

Wir sahen sie alle überrascht an, und ich konnte sehen, wie Charles nervös die Augen aufriss und hoffte, dass sie seine Pläne nicht zerstörte, indem sie etwas Unpassendes sagte.

»Und was soll das Wesentliche sein?«, fragte Wilbert.

Maude drückte ihre Zigarette aus, obwohl sie noch keine neue parat hatte, trank einen ausgiebigen Schluck Wein, sah in die Runde und setzte eine Miene tiefer Trauer auf. »Ich weiß, ich sollte das nicht sagen«, begann sie in einem Ton, den ich bei ihr noch nie gehört hatte. »Ich weiß, ich sollte dieses Thema nicht ansprechen, wo wir doch hier sitzen und dieses wundervolle Essen und diese ungeheuer inspirierte Unterhaltung genießen, aber ich muss es aussprechen. Ich muss! Ich muss Sie wissen lassen, meine Dame und meine Herren Geschworenen, dass mein Mann Charles, was immer ihm vorgeworfen wird, völlig unschuldig ist und ...«

»Maude, Liebes«, sagte Charles, aber sie hob die Hand, um ihn zum Schweigen zu bringen.

»Nein, Charles, ich werde sagen, was ich zu sagen habe. Er ist fälschlich angeklagt, und ich habe Angst, dass er für schuldig befunden wird und ins Gefängnis kommt, denn was wird dann aus uns? Jeder einzelne Tag, jeder einzelne Moment meines Lebens ist von unserer Liebe erfüllt, und was unseren Sohn betrifft, unseren armen, lieben Cyril...«

Ich hob den Blick, schluckte und hoffte um alles in der Welt, dass sie mich nicht mit in das Gespräch hineinzog.

»Cyril kommt plötzlich nachts wieder in unser Bett gekrochen, verloren, in Tränen aufgelöst und voller Angst vor dem, was seinen geliebten Vater erwarten mag. Zweimal schon hat er ins Bett gemacht, doch wir werfen es ihm nicht vor, so viel die Reinigung auch kostet. Es bricht einer Mutter das Herz, so viel Schmerz in einer so jungen Seele zu sehen. Besonders jetzt, wo er so krank ist.«

Alle Köpfe wandten sich mir zu, und meine Augenbrauen hoben sich. War ich krank? Das war mir nicht bewusst. Es stimmte, dass meine Nase seit einiger Zeit etwas lief, aber das warf mich eigentlich nicht um.

»Ich weiß, es ist kein Argument«, fuhr Maude fort, »und Sie alle haben Ihre eigenen Familien, an die Sie denken müssen, aber ich kann nur bewundern, wie tapfer unser Cyril ist. Er geht mit seinem Krebs auf eine so heldenhafte, klaglose Weise um, während sich all diese Widerwärtigkeiten gegen uns richten.«

»Großer Gott!«, rief Mrs Hennessy.

»Krebs, sagen Sie?«, fragte Turpin und sah mich erfreut an.

»Oh«, sagte Wilbert und rutschte auf seinem Stuhl zurück, als wäre ich ansteckend.

»Im Endstadium, fürchte ich«, sagte Maude. »Er hat Glück, wenn er Weihnachten noch erlebt, aber wahrscheinlich weilt er schon zu Halloween nicht mehr unter uns. Und wenn Cyril ohne seinen geliebten Vater an seiner Seite sterben müsste und ich allein in diesem Haus zurückbliebe, ohne die beiden Menschen, an denen mir in dieser Welt am meisten liegt...« Sie schüttelte den Kopf, und Tränen begannen ihr über die Wangen zu rinnen und Pfade durch ihr Make-up zu ziehen. Ihre linke Hand fing an zu zittern, was allerdings auch daran liegen mochte, dass sie es nicht gewohnt war, so lange keine Zigarette zwischen Zeige- und Mittelfinger zu halten. »Nun, ich weiß längst, was ich in dem Fall tun würde«, sagte sie leise. »Ich will das Wort nicht laut aussprechen, denn der Akt als solcher stellt eine Todsünde dar, aber ich glaube, mir bliebe kein anderer Ausweg.«

Tiefes Schweigen erfüllte den Raum. Charles war ein liebender Familienvater, Maude plante ihren eigenen Tod, und ich hatte nur noch wenige Monate zu leben. All das war neu für mich. Einen Moment lang überlegte ich, ob etwas von all dem vielleicht wahr sein mochte, dann erinnerte ich mich, wie lange ich schon keinen Arzt mehr gesehen hatte. Es war unwahrscheinlich, dass eine so verheerende Diagnose gestellt wurde, ohne dass vorher jemand auch nur einmal Fieber oder meinen Blutdruck gemessen hatte.

»Niemand sollte in solch einer Einsamkeit enden«, sagte Turpin.

»Ein Mann muss in einer so schmerzhaften Zeit bei seiner Familie sein«, sagte Masterson.

»Willst du in den Arm genommen werden, Cyril?«, fragte Wilbert.

»Was für einen Krebs hast du denn?«, fragte Mrs Hennessy und sah mich an. »Weil, ich muss sagen, du siehst aus, als wärst du bei bester Gesundheit.«

Ich öffnete den Mund und versuchte, eine Antwort zu formen. Ich wusste nichts über Krebs, nur dass es ein Schreckenswort war, das Erwachsene benutzten, um über den bevorstehenden Tod von Freunden oder auch Feinden zu sprechen, und ich zermarterte mir das Hirn, was wohl die beste Antwort wäre. Fingernagelkrebs? Wimpernkrebs?

Fußkrebs? Gab es das überhaupt, Fußkrebs? Oder vielleicht sollte ich auf Maudes eigene kürzlich überstandene Erkrankung zurückgreifen und sagen, ich hätte Hörkanalkrebs? Glücklicherweise musste ich nichts sagen, denn bevor ich einen Körperteil aussuchen konnte, klingelte es an der Tür, und wir hörten Brenda durch die Diele gehen, um aufzumachen, dann brüllte jemand, wir hörten, wie unsere Haushälterin versuchte, die Person aus dem Wohnzimmer zu halten, doch schon flog die Tür auf, und da stand Max Woodbead, das Haar ungeordnet, das Gesicht rot vor Zorn, und sah von einem zum andern, bis sein Blick auf Charles landete. Er funkelte ihn an, die Augen wutgeweitet, sagte jedoch nichts, sondern rannte zu ihm, warf ihn von seinem Stuhl und verpasste ihm einen Hieb, auf den ein Mann hätte stolz sein können, der nur halb so alt gewesen wäre wie er. Und selbst im Chaos dieses Augenblicks konnte ich nicht anders und sah in die Diele hinaus, ob eventuell auch Julian gekommen war, doch da stand nur Brenda und verfolgte die Prügelei mit so etwas wie Zufriedenheit auf dem Gesicht.

Die Insel Lesbos

»Von allen Frauen in Irland musstest du ausgerechnet die Frau des Mannes vögeln, der dafür sorgen soll, dass du nicht ins Gefängnis gehst«, sagte Maude, nachdem die Gäste gegangen waren. Sie war mit Charles vorn im Salon und trank Whiskey, während ich auf der Treppe saß und lauschte. Wut, Fassungslosigkeit und Verbitterung schwangen in ihrer Stimme, und ich konnte meinen Adoptivvater sehen, wie er vorsichtig mit einem Finger den sich entwickelnden Bluterguss auf seiner Wange betastete. Zwischendurch fuhr immer wieder seine Zunge heraus, wie bei einer Eidechse, und untersuchte den abgebrochenen Schneidezahn und die aufgeplatzte Lippe, von der immer wieder etwas Blut auf sein Kinn lief. Rauchwolken stießen aggressiv in seine Richtung. Er wandte den Kopf ab, sah mich auf den Stufen sitzen und winkte entschuldigend, wobei vier seiner Finger verzagt durch die Luft tanzten, als wäre er ein im Gefängnis sitzender Pianist, der gezwungen war, aus dem Gedächtnis eine von Chopins deprimierenden Sonaten zu spielen. Meine Anwesenheit störte ihn offenbar nicht, wie ihn auch die absurden Geschehnisse des Abends nicht sonderlich aufzuregen schienen. »Max hätte dich retten können«, fuhr Maude mit erhobener Stimme fort. »Und, wichtiger noch, dieses Haus. Was wird jetzt aus uns?«

»Es gibt wirklich keinen Grund, sich Sorgen zu machen«, sagte Charles. »Mein Prozessanwalt wird sich um alles kümmern. Wenn man von der spektakulären Showeinlage einmal absieht, verlief der Abend doch ziemlich gut.«

»Wenn du das wirklich glaubst, bist du ein Idiot.«

»Lass uns nicht so tief sinken und uns gegenseitig beleidigen.«

»Wenn wir Dartmouth Square verlieren...«

»So weit wird es nie kommen«, sagte Charles. »Überlass das nur Godfrey, okay? Du hast ihn noch nicht in Aktion erlebt. Die Geschworenen fressen jedes Wort, das er sagt.«

»Er wird sein Verhältnis zu dir noch einmal überdenken, wenn er hört, dass du Elizabeth Woodbead verführt hast. Sind er und Max nicht eng befreundet?«

»Mach dich nicht lächerlich, Maude. Wer hätte je von einem Rechtsanwalt und einem Prozessanwalt gehört, die etwas anderes als Abscheu füreinander empfinden? Und Elizabeth musste nicht erst verführt werden. Sie war das Raubtier in unserer kleinen *affaire de cœur*. Sie hat mich verfolgt wie die Löwin eine Antilope.«

»Das ist für mich schwer zu glauben«, sagte Maude.

»Ich bin ein gut aussehender, mächtiger Mann, mit dem vermutlich berechtigten Ruf eines überragenden Liebhabers. Frauen lieben das.«

»Was du über Frauen weißt«, antwortete Maude, »passt auf die Rückseite einer Briefmarke, in Großbuchstaben, und daneben ist immer noch Platz für das Vaterunser. Trotz all deiner Flirterei und Verführerei, trotz all der Flittchen, Huren, Freundinnen und Ehefrauen hast du über die Jahre wirklich nichts über uns Frauen gelernt, oder?«

»Was gibt's da zu lernen?«, fragte er und wollte sie möglicherweise ärgern, da sie seine Männlichkeit mit Hohn überzog. »Es ist schließlich nicht so, dass es sich bei euch um sonderlich komplizierte Kreaturen handelt. Im Gegensatz zum Beispiel zu Delfinen oder Bernhardinern.«

»Mein Gott, du bist unerträglich.«

»Und trotzdem hast du mich geheiratet und bist mir über die Jahre eine gute Gefährtin gewesen«, antwortete er mit einem seltenen Unterton von Irritation in der Stimme. Für gewöhnlich lachte er nur über Anwürfe und Beleidigungen, so sicher fühlte er sich in seiner Position. Heute jedoch nicht. Vielleicht wurde er selbst langsam nervös, was die vor ihm liegenden Dinge anging. »Die Eigenschaften, die du für so unerträglich hältst, sind genau die, die dich zehn Jahre bei mir gehalten haben.«

»Max wird jetzt bei Godfrey sein«, sagte sie und ignorierte seine Bemerkung, »und ihm die Geschichte erzählen, und wenn der selbst eine Frau hat, wird er sich auf Max' Seite schlagen.«

»Godfrey hat keine Frau«, sagte Charles und schüttelte den Kopf. »Der ist niemand, der heiratet.«

»Wie meinst du das?«

»Er ist einer von denen, oder?«, antwortete er. »Ein Schwuler. Eine Schwuchtel. Trotzdem ist er verdammt gut in seinem Job. Man könnte meinen, diese Kerle würden nur als Friseure oder Floristen taugen, aber ich habe nie einen passionierteren, kompromissloseren Anwalt erlebt als ihn. Er verliert fast nie, weshalb ich ihn engagiert habe.«

Es gab ein langes Schweigen, bis Maude wieder etwas sagte. »Weiß jemand davon?«, fragte sie.

»Wovon?«

»Von Godfrey? Dass er vom anderen Ufer ist?«

»In der juristischen Bibliothek ist es ein offenes Geheimnis. Offenbar kann er nichts dagegen tun, der Ärmste, es hat sich herumgesprochen. Immerhin ist es ein Straftatbestand.«

»Ekelhaft«, sagte Maude.

»Was ist ekelhaft?«

»Allein der Gedanke.«

Charles lachte. »Sei nicht so prüde«, sagte er.

»Es hat nichts mit Prüderie zu tun, wenn man weiß, was natürlich ist und was nicht.«

»Natürlich?«, fragte Charles. »Hast du mir nicht mal erzählt, dass du ähnliche Gefühle für eine junge Frau aus einem deiner literarischen Zirkel entwickelt hättest?«

»Unsinn«, sagte Maude. »Jetzt fantasierst du.«

»Nein, tu ich nicht. Ich kann mich genau erinnern. Du hast mir erzählt, dass du von ihr geträumt hast, und ihr habt an einem Fluss gepicknickt, und die Sonne schien, und sie schlug vor, ihr solltet euch ausziehen und baden gehen, und hinterher, als ihr nackt am Ufer lagt, da hast du dich ihr zugewandt und…«

»Oh halt den Mund, Charles«, fuhr sie ihn an.

»Sapphische Liebe«, sagte er vergnügt.

»Das ist absolut lächerlich.«

»Eine Reise übers Wasser auf die Insel Lesbos.«

»Das erfindest du«, sagte sie und hob wieder die Stimme.

»Tu ich nicht«, antwortete er. »Und das weißt du ganz genau.«

»Was bedeuten Träume überhaupt? Sie sind nichts als dummer Unsinn.«

»Oder aber das unterbewusste Spiegelbild deines wahren Verlangens.«

»Du bist ein Narr, wenn du das sagst.«

»Das habe nicht ich gesagt, sondern Sigmund Freud.«

»Ja, und er hat auch gesagt, dass wir Iren die einzige Rasse sind, auf die sich die Psychoanalyse nicht anwenden lässt. Also versuch nicht, meine inneren Gedanken aufzudecken. Es wird dir nicht gelingen. Was willst du damit überhaupt andeuten?«

»Gar nichts, meine Liebe. Nur dass du mir, wenn ich anderswo nach körperlicher Zuneigung gesucht habe, keine Vorwürfe machen solltest. Es ist nicht so, als hättest du seit jenem Nachmittag im Gresham irgendein Interesse an dem gezeigt, was ich tue.«

»Was daran liegt, dass ich genau weiß, was für eine Art Mann du bist. Du hattest immer schon eine Neigung zum Perversen. Ich meine das, was du da mal mit den Reifen und dem Gartenschlauch machen wolltest. Mich schaudert's heute noch, wenn ich daran denke.«

»Vielleicht hättest du es ja genossen, wenn du es probiert hättest. Auf jeden Fall denke ich, dass es ein bisschen heuchlerisch von Max ist, so außer sich zu geraten. Als ob er selbst Elizabeth treu gewesen wäre. Der Mann ist noch schlimmer als ich. Der einzige Unterschied besteht darin, dass er offenbar nichts gegen seine Eifersucht tun kann, während ich damit absolut kein Problem habe. Er glaubt, er darf ihn reinstecken, wo immer er mag, aber behüte Gott, dass Elizabeth mal etwas Abwechslung braucht.«

»Darum geht es kaum«, sagte Maude. »Elizabeth ist meine Freundin.«

»Mach dich nicht lächerlich, Schatz. Du hast keine Freundinnen.«

»Dann eben eine Bekannte.«

»Du machst dir unnötig Sorgen, ich verspreche es dir. Max wird morgen früh aufwachen und sich wie ein Esel vorkommen, weil er so ausgerastet ist. Gleich als Erstes wird er hier auftauchen und sich entschuldigen, noch bevor die Verhandlung losgeht.«

»Davon bist du wirklich überzeugt, oder? Du bist noch viel dümmer, als ich immer dachte.«

Ich konnte dem Streit nicht länger zuhören und ging hinauf in mein Zimmer, schloss die Tür hinter mir, machte den Mund weit auf und leuchtete mir vorm Spiegel mit meiner Taschenlampe in den Hals, um mich zu versichern, dass ich tatsächlich keinen Krebs hatte. Da drin schien alles in Ordnung zu sein.

Es war schwer zu sagen, wie die vier Geschworenen auf die Szene reagieren würden, die sie da miterlebt hatten. Kaum dass die Prügelei angefangen hatte, waren Masterson und Turpin aufgesprungen, um Charles und Max anzufeuern, wie Kinder, die einer Spielplatzrauferei zusehen. Sie hatten den Kämpfenden Ratschläge zugerufen, wie sie ihren Gegner überwinden könnten. Währenddessen hatte Wilbert seine Brille abgenommen und den halbherzigen Versuch unternommen, die beiden Männer zu trennen, was ihm nichts als eine blutige Nase eingebracht hatte, woraufhin er in Tränen ausbrach und sich in eine Ecke zurückzog. Er vergrub das Gesicht in den Händen und erklärte, seine Mutter werde nicht glücklich sein, wenn er so nach Hause komme. Mrs Hennessy war einfach nur vom Tisch aufgestanden und hatte den Raum mit stummer Würde verlassen. Ich war ihr hinterhergelaufen, um zu sehen, ob sie die Polizei rufen würde, doch sie griff nur nach ihrem Hut und ihrem Mantel, drehte sich noch einmal um und sah mich dort stehen.

»Du solltest so etwas nicht miterleben müssen, Cyril«, sagte sie, und ihr Gesicht war voller Besorgnis. Aus dem Wohnzimmer war zu hören, wie Stühle umgeworfen wurden und Maude die Kämpfenden aufforderte, auf einen dekorativen Zigarettenspender aufzupassen, der ursprünglich aus St. Petersburg stamme.»Es ist eine Schande, dass sich erwachsene Männer so vor dir benehmen.«

»Kommt Charles ins Gefängnis?«, fragte ich, und sie sah zum Wohnzimmer hinüber, um sich zu versichern, dass der Kampf nicht auf die Diele übergriff.

»Das ist noch nicht entschieden«, sagte sie, kniete sich vor mir hin und strich mir die Haare aus der Stirn, wie Erwachsene das bei Kindern leider tun. »Wir sind zwölf Geschworene und müssen sehen, was es für Beweise gibt, bevor wir zu einem Urteil kommen können. Ich habe keine Ahnung, warum uns Mr Woodbead heute Abend zu diesem aufwendigen Täuschungsmanöver eingeladen hat. Es ist schlimm genug, diesen Trotteln jeden Tag in den Four Courts zuhören zu müssen, auch ohne mit ihnen zu Abend zu essen. Um die Wahrheit zu sagen, bin ich nur gekommen, weil er angedeutet hat... Nun, es ist egal, was er angedeutet hat. Ich bin sicher, er wird seine Drohung nicht wahr machen. Ich hätte ihm einfach sagen sollen, er könne tun, was er für richtig hält. Und jetzt geh ins Bett, du bist ein guter Junge.« Sie neigte den Kopf ein wenig zur Seite und lächelte nachdenklich. »Es ist so komisch«, sagte sie. »Du erinnerst mich an jemanden, aber ich kann nicht sagen, an wen.« Sie überlegte einen Moment lang und zuckte schließlich mit den Achseln. »Nein«, sagte sie. »Ich komme nicht drauf. Aber ich gehe jetzt besser. Morgen früh um neun muss ich wieder im Gericht sein. Gute Nacht, Cyril.«

Damit schüttelte sie mir die Hand, drückte eine Sixpence-Münze hinein und schlüpfte hinaus auf den Dartmouth Square, wo zu ihrem Glück gerade ein Taxi vorbeikam. Es hielt an, und sie verschwand in der Nacht, während ich in der Tür stand, zur Stadt hinübersah und mich fragte, ob es überhaupt jemandem auffallen würde, wenn ich davonlief.

Der Mann von der Steuer

In den nachfolgenden Tagen ging es drunter und drüber. Mit dem Optimismus eines Autors, der am sechsten Band eines Fortsetzungsromans arbeitete, die niemand je lesen wollte, glaubte mein Adoptivvater daran, dass seine Freundschaft mit Max Woodbead den kleinen Zwischenfall überleben würde. Er hätte kaum schlimmer danebenliegen können, denn als Max Monate später Rache nahm, tat er es schnell und gezielt. Bis es allerdings so weit war, arbeitete er weiter als Charles' Anwalt und machte klar, dass er ihn bis zum Ende des Prozesses vertreten werde und erst anschließend ihre Beziehung für immer beendet sei.

Maude und ich fuhren am letzten Tag gemeinsam zu den Four Courts, um bei der Urteilsverkündung dabei zu sein. Ich war von der Erhabenheit der großen Halle fasziniert, und gleichzeitig schüchterte sie mich ein wenig ein. Die Familien von Geschädigten und Tätern trafen hier zusammen und bildeten eine merkwürdige Mischung aus Schurken und Opfern, durch die hindurch sich aktenbeladene Anwälte mit schwarzen Roben und weißen Perücken drängten, gefolgt von nervös wirkenden Assessoren. Meine Adoptivmutter kochte vor Zorn, hatte der Prozess doch so viel Staub aufgewirbelt, dass ihr letzter Roman, *Unter Engeln*, in der Buchhandlung in der Dawson Street seinen Weg vorn auf den Tisch mit den Neuerscheinungen gefunden hatte. Keinem ihrer früheren Bücher war auch nur etwas ähnlich Beunruhigendes gelungen. Morgens beim Frühstück hatte unsere Haushälterin Brenda, die am Vortag noch einkaufen gewesen war, von dieser Entwicklung berichtet, worauf Maude ihre Zigarette im Eigelb ausdrückte und vor Wut zu zittern begann, das Gesicht gedemütigt und blass.

»Diese Vulgarität«, sagte sie. »Diese Popularität. Leser. Ich ertrage es nicht. Ich wusste, dass Charles am Ende meine Karriere zerstören würde.«

Es sollte noch schlimmer kommen. Kurz nachdem wir uns gesetzt hatten, stand eine Frau ein paar Reihen hinter uns auf und trat mit einem Exemplar des Buches in der Hand zu uns. Sie lächelte begierig und wartete darauf, wahrgenommen zu werden.

»Kann ich Ihnen helfen?«, fragte Maude und wandte sich ihr mit der Wärme einer Axtmörderin zu, die kurz hereinkommt, um gute Nacht zu sagen.

»Sie sind doch Maude Avery, oder?«, fragte die Frau. Sie war etwa sechzig, und ihre Haare leuchteten in einem unnatürlichen Blau. Wäre ich ein wenig älter gewesen, hätte ich sie als eine von denen erkannt, die regelmäßig ins Gericht kamen, da es im Raum warm war und die Unterhaltung nichts kostete. Sie kannten die Namen aller Anwälte, Richter und Gerichtsdiener und verstanden das Gesetz wahrscheinlich besser als diese selbst.

»Das bin ich«, sagte Maude.

»Ich hatte gehofft, dass Sie heute hier sein würden«, sagte die Frau mit einem breiten, begeisterten Lächeln. »Während des gesamten Prozesses habe ich nach Ihnen Ausschau gehalten, aber Sie waren nie hier. Ich nehme an, Sie haben geschrieben. Woher haben Sie all diese Ideen? Sie haben eine so wunderbare Vorstellungskraft. Und schreiben Sie mit der Hand oder mit der Maschine? Ich habe eine Geschichte, die würde Millionen verkaufen, aber leider fehlt mir das Talent, um sie aufzuschreiben. Ich sollte sie Ihnen erzählen, Sie schreiben sie auf, und wir teilen uns das Geld. Es geht natürlich um die gute alte Zeit. Die Leute lieben Geschichten aus der guten alten Zeit. Und es gibt einen Hund in der Geschichte. Und am Ende stirbt der arme Kerl natürlich.«

»Könnten Sie mich bitte in Ruhe lassen?«, fragte Maude und bemühte sich, die Fassung zu bewahren.

»Oh«, sagte die Frau, und ihr Lächeln ließ etwas nach. »Sie sind ganz verstört. Sie machen sich Sorgen um Ihren

Mann. Ich war jeden Tag hier, und ich kann Ihnen sagen, dass Sie allen Grund haben, sich zu sorgen. Da besteht keine Hoffnung. Aber gut aussehen tut er trotzdem, was? Nun, wenn Sie das Buch für mich signieren könnten, lasse ich Sie in Ruhe. Hier ist ein Stift. Bitte schreiben Sie: ›Für Marie-Ann, viel Glück bei der Entfernung Deiner Krampfadern. In Liebe ...‹, und dann Ihre Unterschrift mit Datum.«

Maude starrte das Buch an, als hätte sie in ihrem ganzen Leben noch nichts so Widerliches gesehen, und einen Moment lang dachte ich, sie würde es der Frau wegnehmen und quer durch Gerichtssaal werfen, doch bevor sie das hätte tun können, öffnete der Gerichtsdiener eine der Seitentüren, und die Geschworenen und das Gericht kamen herein, und sie verscheuchte die Frau mit einer Handbewegung, wie ein Tourist die Tauben auf dem Trafalgar Square vertreibt.

Ich sah, wie Charles auf der Anklagebank Platz nahm, und zum ersten Mal konnte ich echte Furcht in seinem Gesicht erkennen. Ich glaube, er hatte nie wirklich gedacht, dass es so weit kommen könnte, und trotzdem saß er jetzt dort, und seine Zukunft lag in der Hand von zwölf ihm komplett fremden Menschen, von denen seiner Meinung nach nicht ein einziger das Recht hatte, ein Urteil über ihn zu fällen.

Ich suchte nach Turpin, dem Hafenarbeiter, und fand ihn in der zweiten Reihe. Er trug denselben Anzug wie an dem Abend bei uns am Dartmouth Square. Als er meinen Blick auffing, wurde er etwas rot und sah weg, was ich für ein schlechtes Zeichen hielt. Neben ihm saß Masterson, der mit den Fäusten die Aufwärmbewegungen eines Boxers nachmachte. Wilbert saß in der ersten Reihe und schien deutlich verärgert, dass er nicht zum Sprecher der Geschworenen gemacht worden war. Etwas sagte mir, dass er sein Abschlusszeugnis von der Universität mitgebracht hatte, um es notfalls vorzeigen und sich die Position so sichern zu können. Es hatte jedoch nicht funktioniert, und der Sprecher war nicht mal ein Mann, sondern eine Frau. Wilbert sah aus, als hätte er eine Wespe verschluckt, als der Gerichtsdiener sie aufforderte aufzustehen.

Kurz bevor Mrs Hennessy den Mund öffnete, begriff ich, dass ich keine Ahnung hatte, welches Urteil ich mir von ihr wünschte. Andere Jungen in meiner Lage hätten womöglich ein stummes Gebet zum Himmel gesandt, dass ihr Vater freigesprochen würde. Was sollte aus mir und Maude werden, fragte ich mich, wenn wir allein zurückblieben? Wie sollte ich die Tage in der Schule überstehen, wenn mich ein solcher Skandal umgab? Und doch stellte ich zu meiner eigenen Überraschung fest, dass mir der Ausgang nicht sonderlich wichtig war. Maude riss geräuschvoll ein Streichholz an, um sich eine frische Zigarette anzuzünden, und das Zischen ließ alle in der Stille des Saals zusammenfahren und zu ihr hinübersehen. Sogar mein Adoptivvater sah sie missbilligend an. Sie blieb völlig unbeeindruckt, steckte sich die Zigarette herausfordernd zwischen die Lippen, inhalierte tief, blies eine Rauchwolke mitten in den Saal und schnipste die Asche mit dem Zeigefinger auf den Boden zwischen uns. In diesem Moment sah ich ein Lächeln über Charles' Gesicht huschen, ein Aufflammen seiner Verehrung und Faszination, das womöglich erklärte, warum diese beiden so unterschiedlichen Menschen schon so lange zusammen waren, und zwinkerte Maude ihm nicht sogar zu, kurz bevor ihn Mrs Hennessy in allen Anklagepunkten für schuldig erklärte? Ja, das tat sie. Ich war so gut wie sicher.

Und Max Woodbead? Lächelte er im Moment der Verurteilung? Er hielt mir den Rücken zugekehrt, weshalb ich es nicht sicher sagen konnte, aber ich sah, wie er sich über seine Papiere beugte und den Mund mit einer Hand bedeckte. Entweder versuchte er, seine Freude zu verbergen, oder es hatte sich nach dem Faustkampf ein paar Tage zuvor doch noch ein Zahn gelockert.

Die Pressebank leerte sich schnell, die Leute rannten aus dem Saal hinaus zu den wie Wachen entlang der Ufermauer aufgereihten Telefonzellen, um ihren Redaktionen das Urteil durchzugeben. Der Richter machte ein paar Bemerkungen, die darauf hinausliefen, dass Charles mit einer Freiheitsstrafe zu rechnen habe, worauf mein Adoptivvater aufstand und mit stolzer Stimme fragte, ob er kurz das Wort an das hohe Gericht wenden dürfe.

»Wenn es sein muss«, seufzte der Richter.

»Wäre es möglich«, sagte Charles, »dass ich meine Strafe heute schon antrete? Sobald ich die Anklagebank verlasse?«

»Aber ich habe noch nicht über das Strafmaß entschieden«, antwortete der Richter. »Sie dürfen bis zum ersten Tag der eigentlichen Strafe auf Kaution nach Hause. Auf die Weise hätten Sie ein paar Wochen, Mr Avery, um Ihre Geschäfte zu ordnen.«

»Meine Geschäfte sind es, die mich überhaupt erst in diese Lage gebracht haben, Euer Ehren. Je eher ich mich von ihnen löse, desto besser. Nein, wenn ich schon ins Gefängnis muss, dann besser gleich«, sagte Charles, ein Pragmatiker durch und durch. »Je eher ich meine Strafe antrete, desto früher endet sie, oder?«

»Das ist wohl so«, sagte der Richter.

»Wunderbar«, sagte Charles. »Dann fangen wir am besten gleich heute damit an, wenn es Ihnen nichts ausmacht.«

Der Richter schrieb etwas auf einen Block vor sich und sah zu Godfrey hinüber, Charles' Prozessanwalt, der mit den Achseln zuckte, als wollte er sagen, dass er den Wunsch seines Mandanten respektierte und keine Berufung einlegen werde.

»Möchten Sie sonst noch etwas sagen«, fragte der Richter, »bevor Sie abgeführt werden?«

»Nur, dass ich die Entscheidung des Gerichts demütig annehme«, antwortete er. »Ich werde meine Strafe absitzen, ohne zu klagen, und bin nur froh, dass ich keine Kinder habe, die diesen Moment der Erniedrigung miterleben müssen. Das zumindest ist eine Gnade.« Letzteres ließ wenigstens vier der Geschworenen völlig verblüfft zu ihm hinübersehen.

Als wir den Gerichtssaal verließen, drängte sich eine hungrige Meute Journalisten und Fotografen um uns, doch Maude ignorierte ihre Fragen und Blitzlichter und marschierte ohne den Schutz einer Zigarette durch sie hindurch. Ich tat mein Bestes, um mit ihr Schritt zu halten. Ich war mir bewusst, dass ich schon durch ein kleines Stolpern unter die Stiefel der Presse geraten würde.

»Da ist er!«, rief Maude unerwartet, und ihre Stimme hallte durch die Four Courts, während sie und das Medienvolk abrupt stehen blieben. Alle Köpfe wandten sich in ihre Richtung, so wie eben drinnen im Gerichtssaal, als sie das Streichholz angerissen hatte. »Das ist doch die Höhe!«

Ich folgte ihrem Blick zu einem unscheinbaren mittelalten Mann in einem dunklen Anzug, der ein für meinen Geschmack etwas zu sehr an Hitler erinnerndes Bärtchen trug und inmitten einer Gruppe ähnlich gekleideter Männer stand und ganz offenbar ihre Glückwünsche entgegennahm.

»Wer ist das?«, fragte ich. »Kennst du ihn?«

»Da ist der Mann von der Steuer«, erklärte sie, schritt auf ihn zu und griff mit einer Hand in ihre Tasche. Der Mann drehte sich um und sah sie mit angstgeweiteten Augen auf sich zukommen, den Blick auf ihre Hand gerichtet, die aus der Tasche kam. Vielleicht dachte er in diesem Moment, sie werde eine Pistole hervorziehen und eine Kugel in sein Herz jagen, vielleicht fragte er sich, warum er sein Leben der Untersuchung und Verfolgung vorschriftswidriger Finanztransaktionen innerhalb des irischen Bankensektors gewidmet hatte, wo seine große Liebe doch einstmals der Schauspielerei gehört hatte. Vielleicht hatte er auch keine Ahnung, wer diese Frau war. Auf jeden Fall sagte er kein Wort, als sie mit zorngerötetem Gesicht vor ihm stehen blieb. Ganz sicher verwirrte ihn der Umstand, dass sie mit einem Exemplar von *Unter Engeln* vor ihm herumfuchtelte und es dann, unversehens, auf seinen Kopf niedersausen ließ.

»Sind Sie jetzt glücklich?«, schrie sie. »Sind Sie zufrieden mit sich? Verdammt, Sie haben mich bekannt gemacht!«

1959

Das Beichtgeheimnis

Ein neuer Zimmergenosse

Obwohl es noch einmal sieben Jahre dauern sollte, bis ich Julian Woodbead wieder zu Gesicht bekam, blieb er mir ständig im Kopf. Er wurde zu einer fast schon mythologischen Gestalt, die eines Tages in mein Leben getreten war, um mich mit ihrem Selbstvertrauen und ihrem Charme zu überwältigen und gleich darauf wieder zu verschwinden. Wenn ich morgens aufwachte, dachte ich oft, dass auch er jetzt aufwachen, und seine Hand wie meine in seinen Schlafanzug gleiten würde, wo unsere jugendlichen Erektionen uns inzwischen vermutlich beiden ein Feuerwerk endloser Lust anzubieten hatten. Den ganzen Tag über war er in meinen Gedanken anwesend und kommentierte, was ich tat, war wie ein klügerer, selbstsichererer Zwilling, der weit besser als ich wusste, wie ich mich verhalten und was ich wann sagen sollte. Obwohl wir uns nur zweimal gesehen hatten, und das beide Male nur kurz, stellte ich nie infrage, warum er für mich zu einer so wichtigen Person geworden war. Natürlich war ich noch immer zu jung, um den wahren Grund für meine Faszination zu erkennen – ich sah sie als eine Art Heldenanbetung, wie ich sie aus Büchern kannte und die für Jungen wie mich ziemlich typisch schien, für ruhige Jungen, die viel allein waren und sich in der Gegenwart von Gleichaltrigen unwohl fühlten. Und so verstörte es mich ebenso sehr, wie es mich freute, als wir unerwartet wieder aufeinandertrafen, wobei ich keinen Zweifel daran hegte, dass wir feste Freunde werden würden. Natürlich hätte ich nie damit gerechnet, dass Julian bis Ende des Jahres der bekannteste Teenager des Landes werden würde, aber wer hätte eine solche Entwicklung auch voraussagen können? Gewalt und politische Unruhen bestimmten 1959 nicht unbedingt das tägliche Denken vierzehnjähriger Jungen. Wie die Teenager fast aller Generationen dachten wir allein daran, was es als Nächstes zu essen gab, wie wir unsere Stellung in unserer Altersgruppe verbessern konnten und ob vielleicht jemand die Dinge mit uns anstellen würde, die wir mehrmals täglich mit uns selbst anstellten.

Ich war ein Jahr zuvor als Internatsschüler ins Belvedere College gekommen und hasste es zu meiner Überraschung nicht ganz so sehr, wie ich angenommen hatte. Die Ängstlichkeit meiner Kindheit ließ langsam nach, da ich weder Angriffe noch Beleidigungen fürchten musste, wenn ich durch die vollen Flure des Colleges ging. Ich war einer der Glücklichen, die sich weitgehend selbst überlassen wurden und weder beliebt noch unbeliebt waren – ich war nicht interessant genug, um sich mit mir anzufreunden, aber auch nicht schwach genug, um mich zu schikanieren.

Die Internatsschüler wohnten in sogenannten »Paar-Zimmern« mit zwei Betten, einem großen Schrank und einer Kommode. Im ersten Jahr war mein Zimmerkamerad ein Junge namens Dennis Caine, dessen Vater eine für die 1950er höchst spezielle Person war: Er kritisierte die katholische Kirche, schrieb flammende Zeitungsartikel und wurde von den leicht in Erregung zu versetzenden Produzenten von Radio Éireann regelmäßig interviewt. Es hieß, Browne habe vor, das klerikale Gift aus dem weltlichen System zu entfernen, und er wurde in prokatholischen Zeitungskarikaturen oft als Schlange dargestellt, was angesichts der damit verbundenen Analogie keinerlei Sinn ergab. Dennis war in die Schule aufgenommen worden, bevor die Jesuiten begriffen, wer sein Vater war, und als sie es begriffen, wurde ihm vorgeworfen, bei einer der Prüfungen betrogen zu haben, ohne dass es einen Beweis dafür gegeben hätte. Nach einer absurden Untersuchung wurde er von der Schule verwiesen und in die Wildnis einer konfessionslosen Ausbildung verbannt.

Natürlich wussten alle, dass die Sache ein abgekartetes Spiel war und die Priester die vermeintlichen Beweismittel produziert hatten, um seinem Vater zu zeigen, was mit denen geschah, die sich gegen die Autorität der Kirche stellten. Dennis beteuerte seine Unschuld, aber vielleicht machte es ihm auch nicht allzu viel, schließlich bedeutete der Schuldspruch, dass er das Belvedere und überhaupt die Schule für immer hinter sich lassen konnte. Er verschwand ohne großes Aufhebens.

Und dann kam Julian.

Ein Gerücht hatte die Runde gemacht, dass ein neuer Junge kommen würde, was mitten im Schuljahr ungewöhnlich war. Aus dem Gerücht wurde die Spekulation, dass es sich um den Sohn einer öffentlichen Person handele, der wie Dennis wegen eines entsetzlichen Vergehens von seiner alten Schule verwiesen worden sei. Von Charlie Chaplins Sohn Michael war gar die Rede und von einem von Gregory Pecks Kindern. Für ein paar Stunden wurde es so bizarr, dass es hieß, der ehemalige französische Präsident Georges Pompidou habe das Belvedere für seinen Sohn Alain ausgesucht. Einer der Aufsichtsschüler aus der Sechsten schwor, er habe gehört, wie der Erdkunde- und der Geschichtslehrer die dafür notwendigen Sicherheitsvorkehrungen diskutiert hätten, und so waren die meisten meiner Klassenkameraden, als unser Rektor, Father Squires, am Tag vor Julians Ankunft in der Schulversammlung den Namen unseres neuen Mitschülers verkündete, enttäuscht, dass tatsächlich nichts auf einen Jungen erlauchterer Abkommenschaft hindeutete.

»Woodbead?«, fragte Matthew Willoughby, der unausstehliche Kapitän der Rugbymannschaft.« »Ist das einer von uns?«

»Einer von uns in welcher Hinsicht?«, fragte Father Squires. »Er ist ein menschliches Wesen, wenn du das meinst.«

»Er kommt nicht mit einem Stipendium, oder? Von denen haben wir schon zwei.«

»Tatsächlich ist sein Vater einer der prominentesten Anwälte Irlands, der als Junge ebenfalls in diese Schule gegangen ist. Diejenigen von euch, die Zeitung lesen, könnten den Namen Max Woodbead kennen. Er hat in den letzten Jahren Irlands Topverbrecher vertreten, unter ihnen einige von euren Vätern. Ihr sollt Julian willkommen heißen und ihn freundlich behandeln. Cyril Avery, du wirst sein Zimmergenosse, bei dir ist ein Bett frei. Wollen wir hoffen, dass er sich nicht als so unehrenhaft erweist wie sein Vorgänger.«

Natürlich wusste ich mehr als meine Klassenkameraden über Max Woodbead, doch ich erzählte niemandem etwas über unsere früheren Begegnungen. Mein Interesse an Julian hatte dazu geführt, dass ich in den sieben Jahren seit Charles' Prozess die Karriere und wachsende Berühmtheit seines Vaters verfolgt hatte. Seine Kanzlei war beachtlich gewachsen, und nur noch die wohlhabendsten Mandanten konnten sich seine Dienste leisten. Es gab Berichte, dass er über eine Million Pfund schwer war, was in jenen Tagen eine enorme Summe war. Ihm gehörten ein Landhaus auf der Halbinsel Dingle und eine Wohnung in Knightsbridge, in der seine Geliebte lebte, eine berühmte Schauspielerin. Er selbst wohnte mit seiner Frau Elizabeth und seinen beiden Kindern Julian und Alice in einem Haus am Dartmouth Square in Dublin, ebendem Haus, das einmal Charles und Maude gehört und das er keine sechs Monate nach Charles' Inhaftierung im Mountjoy-Gefängnis gekauft hatte. Es war ein gezielter Racheakt gewesen. Mit seiner Familie dort einzuziehen und Elizabeth zu zwingen, in dem Raum mit ihm zu schlafen, in dem einmal Charles' Bett gestanden hatte, war seine Strafe für sie.

Der andere Grund für Max Woodbeads Berühmtheit war seine wachsende öffentliche Präsenz. Regelmäßig kritisierte er in den Zeitungen und im Radio die Regierung, gleich welcher Couleur sie gerade war. Ganz offensichtlich sehnte er eine Wiederherstellung der irischen Stellung im Empire herbei. Er war in wilder Liebe zur jungen Queen entflammt und hielt Harold Macmillan für den besten Politiker, den es je gegeben hatte. Er wollte die alten Tage angloirischer Aristokratie zurück, mit einem Generalgouverneur in der Kildare Street und einem durch den Phoenix Park wandernden Prinz Philip, der jedes unglückliche Tier erschoss, das die Frechheit besaß, seinen Weg zu kreuzen. Natürlich zog er mit seinen antirepublikanischen Ansichten die Anfeindungen der ganzen Nation auf sich, was ihn in den Medien allerdings umso beliebter machte. Die Schreiberlinge veröffentlichten jede einzelne seiner wilden Äußerungen, lehnten sich zurück, rieben sich entzückt die Hände und warteten auf die empörten Reaktionen. Max war der lebende Beweis dafür, dass es nicht wichtig war, ob die Leute einen liebten oder hassten, Hauptsache, sie wussten, wer man war.

Als ich am nächsten Nachmittag aus dem Lateinunterricht kam, sah ich, dass meine Tür einen Spalt offen stand, hörte drinnen jemanden herumräumen, und ein flaues Gefühl mischte sich in meine Erregung. Julian war da. Ich machte kehrt und lief zurück ins Bad, wo ein bodenlanger Spiegel an der Wand hing, der uns jeden Morgen nach dem Duschen einschüchtern sollte. Ich musterte mich schnell, zog einen Kamm aus der Tasche, fuhr mir damit durchs Haar und vergewisserte mich, dass ich keine Essensreste zwischen den Zähnen stecken hatte. Ich wollte unbedingt einen guten ersten Eindruck machen, war jedoch so nervös, dass ich fürchtete, mich am Ende zu blamieren.

Ich klopfte an, und als niemand antwortete, drückte ich die Tür auf und trat ein. Julian stand neben Dennis' altem Bett, nahm Hosen und Hemden aus seinem Koffer und legte sie in den unteren Teil unserer gemeinsamen Kommode. Er drehte sich um und sah mich ohne großes Interesse an. Obwohl unsere letzte Begegnung weit zurücklag, hätte ich ihn überall wiedererkannt. Er war etwa so groß wie ich, aber muskulöser, und das blonde Haar fiel ihm noch mit der gleichen Trägheit in die Stirn wie früher. Er sah unglaublich gut aus, hatte klare blaue Augen und eine Haut, die im Gegensatz zu der Haut meiner Klassenkameraden keinerlei Aknespuren aufwies.

»Hallo«, sagte er, holte einen Mantel hervor und bürstete ihn sorgfältig mit einer Kleiderbürste glatt, bevor er ihn in den Schrank hängte. »Und wer bist du?«

»Cyril Avery«, sagte ich und streckte die Hand aus, die er einen Moment lang anstarrte, bevor er sie schüttelte. »Das ist mein Zimmer. Das heißt, jetzt ist es wohl unseres. Bis vor ein paar Wochen habe ich es mir mit Dennis Caine geteilt, aber der wurde von der Schule verwiesen, weil er in einer Prüfung betrogen haben soll, wobei alle wissen, dass das nicht stimmt. Jetzt ist es unser Zimmer. Deins und meins.«

»Wenn es dein Zimmer ist«, fragte er, »warum klopfst du dann an?«

»Ich wollte dich nicht erschrecken«, antwortete ich.

»Ich erschrecke nicht so leicht.« Er schloss die Schubladen und musterte mich von Kopf bis Fuß, hob die rechte Hand wie eine Pistole und zielte mit dem Zeigefinger auf eine Stelle rechts von meinem Herzen. »Ein Knopf an deinem Hemd ist offen«, sagte er.

Ich sah nach unten, und tatsächlich, an einer Stelle stand mein Hemd auf wie der Schnabel eines Kükens und ließ die blasse Haut darunter sehen. Wie hatte ich das übersehen können? »Entschuldige«, sagte ich und machte ihn schnell zu.

»Cyril Avery«, sagte er und legte die Stirn leicht in Falten. »Woher kenne ich den Namen?«

»Wir sind uns schon begegnet«, erklärte ich ihm.

»Wann?«

»Als Kinder. Im Haus meines Adoptivvaters am Dartmouth Square.«

»Oh«, sagte er. »Sind wir Nachbarn? Mein Vater hat auch ein Haus am Dartmouth Square.«

»Nein, es ist dasselbe Haus«, sagte ich. »Er hat es von meinem Vater gekauft.«

»Verstehe.« Eine Erinnerung schien sich in seinem Gedächtnis bemerkbar zu machen, dann schnipste er mit den Fingern und zeigte wieder auf mich. »Musste dein Vater nicht ins Gefängnis?«, fragte er.

»Ja«, gab ich zu. »Aber nur für ein paar Jahre. Er ist längst wieder draußen.«

»Wo war er?«

»Im Joy.«

»Wie aufregend. Hast du ihn da besucht?«

»Nicht oft, nein. Es ist nicht der richtige Ort für ein Kind. Wenigstens hat er das immer gesagt.«

»Ich war selbst mal da«, sagte er. »Als Junge. Mein Vater vertrat einen Mann, der seine Frau ermordet hatte. Es roch nach...«

»Toiletten«, sagte ich. »Ich erinnere mich. Du hast es mir erzählt.«

»Habe ich das?«

»Ja.«

»Das weißt du noch? Nach all den Jahren?«

»Nun ja«, sagte ich und spürte, wie mein Gesicht leicht rot anlief. »Wie gesagt, ich war auch da und dachte das Gleiche.«

»Große Geister und so. Was war, als er herauskam? Hat er das Land verlassen?«

»Nein, die Bank hat ihn wieder eingestellt.«

»Wirklich?« sagte er und brach in Lachen aus.

»Ja, und es geht ihm bestens. Seine Position hat jetzt eben eine andere Bezeichnung. Früher war er der Direktor für Investments und Kundenportfolios.«

»Und jetzt?«

»Der Direktor für Kundeninvestments und Portfolios.«

»Die sind nicht nachtragend, was? Klar, ein paar Jahre hinter Gittern sind in dem Bereich wahrscheinlich so was wie eine Ehrenmedaille.«

Mein Blick fiel auf seine Füße, und ich sah, dass er Turnschuhe trug, was in Irland zu der Zeit noch nicht in Mode war.

»Die hat mir mein Vater aus London mitgebracht«, sagte er. »Es ist mein zweites Paar. Ich hatte sie in Größe sechs, aber meine Füße sind gewachsen, jetzt brauche ich acht.«

»Lass die Priester sie nicht sehen«, sagte ich. »Die sagen, nur Protestanten und Sozialisten tragen Turnschuhe. Die konfiszieren sie.«

»Das würde ihnen schwerfallen«, sagte er, trat sich aber trotzdem erst den linken, dann mit dem bestrumpften linken Fuß den rechten Schuh herunter und schoss das Paar unters Bett. »Du schnarchst doch nicht, oder?«

»Nicht, dass ich wüsste«, sagte ich.

»Gut. Ich schon, hat man mir gesagt. Ich hoffe, ich wecke dich nicht auf.«

»Das stört mich nicht. Ich schlafe tief und fest. Wahrscheinlich höre ich dich gar nicht.«

»Vielleicht doch. Meine Schwester sagt, wenn ich erst mal loslege, klinge ich wie ein Nebelhorn.«

Ich lächelte und sehnte mich bereits nach der Schlafenszeit. Ich fragte mich, ob er einer von den Jungen war, die zum Umziehen in eines der Toilettenabteile gingen, oder ob er sich einfach im Zimmer ausziehen würde. Wahrscheinlich Letzteres – ich bezweifelte, dass er irgendeine Art von Befangenheit mit sich herumtrug.

»Wie ist es hier so allgemein?«, fragte er. »Habt ihr auch ein bisschen Spaß?«

»Ist schon in Ordnung«, sagte ich. »Die Jungs sind okay, die Priester sind natürlich gemein, aber ...«

»Damit ist zu rechnen. Hast du schon mal einen Priester erlebt, der dir nicht den Saft aus den Knochen prügeln wollte? Dabei geht denen einer ab.«

Ich sperrte so begeistert wie erschreckt Mund und Augen auf. »Nein«, gab ich zu. »Bisher jedenfalls noch nicht. Ich glaube, das lernen sie im Seminar.«

»Weil sie alle sexuell frustriert sind«, erklärte er mir. »Sex ist ihnen nicht erlaubt, also verprügeln sie kleine Jungs und kriegen dabei einen Ständer. Besser können sie sich tagsüber nicht aufgeilen. Es ist lächerlich. Ich meine, ich bin auch sexuell frustriert, aber deshalb glaube ich doch nicht, dass Kinder zu verprügeln mein Problem lösen könnte.«

»Was denn?«, frage ich.

»Vögeln natürlich«, sagte er, als wäre es das Natürlichste der Welt.

»Richtig«, sagte ich.

»Ist dir das noch nie aufgefallen? Das nächste Mal, wenn dich einer von ihnen schlägt, guck mal nach unten, dann siehst du die Beule in der Hose. Und hinterher verschwinden sie in ihr Zimmer, denken an uns und wichsen sich dumm und dämlich. Kommen sie hier auch in die Duschen?«

»Ja«, sagte ich. »Um sicherzugehen, dass sich alle richtig waschen.«

»Gott segne dein reines Herz«, sagte Julian und sah mich an wie ein unschuldiges Kind. »An deiner persönlichen Hygiene sind die nicht interessiert, Cyril. In meiner letzten Schule gab es einen gewissen Father Cremins, der mich küssen wollte, aber ich habe ihm eins auf die Nase gegeben. Alles war voller Blut. Aber er konnte nichts machen, denn was wäre passiert, wenn ich gesagt hätte, warum ich ihn angegriffen hatte? Also erzählte er allen, er wäre in eine Tür gelaufen.«

»Jungen, die Jungen küssen!«, sagte ich, lachte nervös und kratzte mich am Kopf. »Ich wusste nicht ... Ich meine, scheint doch komisch ... ich meine, wenn's auch ...«

»Ist alles okay, Cyril?«, fragte Julian. »Du bist ja ganz rot geworden.«

»Ich glaube, ich krieg 'ne Erkältung«, sagte ich, und meine Stimme suchte sich genau diesen Moment, um von einer Tonlage in die andere zu kippen. »Ich glaube, ich krieg 'ne Erkältung«, wiederholte ich, und das in meiner tiefsten Lage.

»Steck mich nicht an«, sagte er und wandte sich ab, um seine Zahnbürste und einen Waschlappen auf seinen Nachttisch zu legen, neben eine Ausgabe von *Wiedersehen in Howards End*. »Ich ertrage es nicht, krank zu sein.«

»Wo warst du eigentlich bisher?«, fragte ich nach einer längeren Pause, als es aussah, als hätte er vergessen, dass ich mit ihm im Zimmer war.

»Im Blackrock College.«

»Ich dachte, dein Vater war auch auf dem Belvedere.«

»Ja, war er«, antwortete er. »Aber er ist einer von den Altschülern, die zwar gern in Erinnerungen an ihre großen Tage auf dem Rugbyfeld schwelgen, sich aber auch an die schlechten Dinge erinnern und ihre eigenen Söhne auf eine andere Schule schicken. Vom Blackrock hat er mich genommen, als er rausfand, dass mein Irischlehrer ein Gedicht geschrieben und in der *Irish Times* veröffentlicht hatte, das die Tugendhaftigkeit von Prinzessin Margaret in Zweifel zog. Er erträgt es nicht, wenn etwas gegen die königliche Familie gesagt wird, verstehst du? Obwohl es tatsächlich heißt, dass Prinzessin Margaret ein bisschen eine Schlampe ist. Offenbar steigt sie mit halb London ins Bett, und nicht nur mit Männern. Ich würde trotzdem nicht Nein sagen, du etwa? Sie sieht toll aus. Sicher weit spaßiger als die Queen, denke ich. Kannst du dir vorstellen, wie sich die Queen auf Prinz Philips Schwanz setzt? Ein Albtraum!«

»Ich erinnere mich an deinen Vater«, sagte ich. Verschreckt von der Offenheit, mit der er redete, wollte ich ihn auf unverfänglicheres Terrain lenken. »Er ist bei uns zu Hause mal in eine Dinnerparty geplatzt und hat sich mit meinem Adoptivvater geprügelt.«

»Hat dein Alter zurückgeschlagen?«

»Ja. Aber es hat ihm nicht viel geholfen. Er hat sich eine ganz schöne Abreibung geholt.«

»Tja, der alte Max war als junger Kerl mal Preisboxer«, sagte Julian stolz. »Er ist noch ziemlich schnell mit seinen Fäusten«, fügte er hinzu. »Ich sollte es wissen.«

»Erinnerst du dich nicht, wie wir uns damals kennengelernt haben?«, fragte ich.

»Irgendwo klingelt was bei mir«, sagte Julian. »Vielleicht ganz vage.«

»Mein Zimmer war ganz oben im Haus.«

»Da wohnt jetzt meine Schwester Alice. Ich gehe da nie hoch. Da stinkt's nach Parfüm.«

»Und du?«, fragte ich und war ein wenig traurig, dass er nicht in meinem alten Zimmer schlief. Mir hatte der Gedanke gefallen, etwas mit ihm gemeinsam zu haben. »Wo ist dein Zimmer?«

»Im zweiten Stock. Warum, macht das was?«

»Guckst du auf den Platz hinaus oder nach hinten in den Garten?«

»Auf den Platz.«

»Dann war es das Arbeitszimmer meiner Adoptivmutter. Charles hatte den ersten Stock, Maude den zweiten.«

»Alles klar«, sagte er, und seine Miene hellte sich auf. »Deine Mutter war Maude Avery, richtig?«

»Genau«, sagte ich. »Also, meine Adoptivmutter.«

»Warum sagst du das immer wieder?«

»So bin ich erzogen worden«, erklärte ich ihm. »Ich bin kein richtiger Avery, verstehst du?«

»Wie komisch, das so zu sagen.«

»Mein Adoptivvater besteht darauf, dass ich es allen Leuten sofort erzähle.«

»Ich schlafe also in dem Zimmer, in dem Maude Avery ihre Bücher geschrieben hat?«

»Wenn es das Zimmer ist, aus dem man auf den Platz hinaussieht, ja.«

»Mann«, sagte er beeindruckt. »Das ist schon was. Das will was heißen, meinst du nicht?«

»Ja?«

»Aber natürlich. Maude Averys Schreibzimmer! Das Zimmer von *der* Maude Avery! Dein Vater muss im Geld schwimmen«, fügte er hinzu. »Standen da letztes Jahr nicht gleichzeitig sechs Bücher von ihr auf der Bestsellerliste? Ich habe gelesen, dass es das noch nie gegeben hat.«

»Ich glaube, es waren sogar sieben«, sagte ich. »Aber ja, ich denke, das tut er. Er verdient mehr Geld mit ihren Büchern als mit seiner Arbeit.«

»In wie viele Sprachen ist sie übersetzt?«

»Ich weiß es nicht«, sagte ich. »In sehr viele, und es scheinen immer mehr zu werden.«

»Es ist schade, dass sie gestorben ist, ohne ihren wahren Erfolg zu erleben«, sagte Julian. »Es hätte sie befriedigt zu sehen, wie sehr man sie achtet. Es gibt so viele Künstler, die bis zu ihrem Tod warten müssen, ehe sie richtig anerkannt werden. Weißt du, dass van Gogh zu seinen Lebzeiten nur ein Bild verkauft hat? Und dass Herman Melville völlig unbekannt war und erst entdeckt wurde, als er schon unter der Erde lag? Die Würmer haben ihn verspeist, bevor auch nur irgendwer einen Blick auf *Moby Dick* geworfen hat. Er selbst hat Hawthorne verehrt und ist immer zum Tee zu ihm rüber, aber wer kann dir heute noch einen Roman von Hawthorne nennen?«

»*Der scharlachrote Buchstabe.*«

»Oh, ja. Der über die junge Frau, die herumhurt, während ihr Mann auf See ist. Den habe ich nicht gelesen. Ist er schmutzig? Ich liebe schmutzige Bücher. Hast du *Lady Chatterley* gelesen? Mein Vater hat ein Exemplar in England, und ich habe es ihm aus der Bibliothek geklaut. Eine einzige Sauerei. Es gibt da eine wundervolle Stelle, wo ...«

»Ich glaube, Maude wollte keinen Ruhm«, unterbrach ich ihn. »Im Gegenteil, ich glaube, der Gedanke, literarisch verehrt zu werden, hätte sie entsetzt.«

»Warum? Warum schreiben, wenn dich keiner liest?«

»Wenn die Arbeit einen Wert hat, liegt schon in ihr selbst eine Leistung.«

»Wie lächerlich. Das wäre so, als hätte man eine wundervolle Stimme, sänge aber nur vor lauter tauben Leuten.«

»Ich glaube nicht, dass sie die Kunst so gesehen hat«, sagte ich. »Popularität hat sie nicht interessiert. Sie hatte nicht den Wunsch, dass ihre Romane gelesen werden. Sie liebte die Sprache, verstehst du. Wörter. Ich denke, sie fühlte sich nur dann richtig glücklich, wenn sie stundenlang einen Absatz ansehen und ihn zu etwas wirklich Schönem machen konnte. Veröffentlicht hat sie die Bücher nur, weil ihr der Gedanke nicht gefiel, dass all die harte Arbeit verkommen würde.«

»Was für ein Schwachsinn«, sagte er und tat ab, was ich gesagt hatte, als wäre es der Betrachtung nicht wert. »Wenn ich Schriftsteller wäre, würde ich wollen, dass die Leute meine Bücher lesen. Wenn sie es nicht täten, hätte ich das Gefühl, versagt zu haben.«

»Ich bin nicht sicher, ob ich dem zustimmen würde«, sagte ich und war überrascht, dass ich ihm widersprach und Maudes Ansichten verteidigen wollte.

»Hast du einen der Romane gelesen?«, fragte er mich. »Von deiner Mutter, meine ich?«

»Von meiner Adoptivmutter«, sagte ich. »Und nein, habe ich nicht. Noch nicht.«

»Keinen einzigen?«

»Nein.«

Er lachte und schüttelte den Kopf. »Aber das ist schrecklich. Schließlich war sie deine Mutter.«

» Meine Adoptivmutter. «

» Hör auf, das zu sagen. Du solltest mit *Die Neigung zur Lerche* anfangen. Wundervoll. Oder mit *Das Kodizill der Agnès Fontaine*. Es gibt da eine ganz außerordentliche Szene, in der zwei Mädchen gemeinsam in einem See baden, sie sind beide nackt, und es besteht so eine sexuelle Spannung zwischen ihnen, dass ich dir garantiere, du beendest das Kapitel nicht, ohne deinen Percy für ein gutes altes Fünf-Finger-Tänzchen herauszuholen. Ich liebe Lesben, du nicht? Wenn ich eine Frau wäre, wäre ich ganz bestimmt lesbisch. London ist voll von Lesben, wie ich höre. Und New York. Wenn ich älter bin, fahre ich hin, freunde mich mit ein paar von ihnen an und frage sie, ob ich zusehen kann, wenn sie es miteinander machen. Was denkst du, was sie genau machen? Ich bin nicht ganz sicher. «

Ich starrte ihn an und fühlte mich ein bisschen unsicher auf den Beinen. Ich wusste keine Antwort auf seine Frage und war, um ehrlich zu sein, nicht mal sicher, was eine Lesbe war. So begeistert ich gewesen war, dass Julian ins Belvedere kam, allmählich bekam ich das Gefühl, dass wir auf völlig verschiedenen Bewusstseinsebenen operierten. Das letzte Buch, das ich gelesen hatte, war aus der Reihe *Die Schwarze Sieben* von Enid Blyton gewesen.

» Vermisst du sie? «, fragte er, machte seinen leeren Koffer zu und schob ihn zu den Turnschuhen unters Bett.

» Wie bitte? «, fragte ich, da ich kurz nicht zugehört hatte.

» Deine Mutter. Deine *Adoptiv*mutter, vermisst du sie? «

» Ein bisschen, nehme ich an «, gab ich zu. » Wir waren uns nicht sehr nahe, wenn ich die Wahrheit sagen soll, und sie starb nur ein paar Wochen, bevor Charles aus dem Gefängnis kam, was jetzt fast fünf Jahre her ist. Ich denke nicht mehr sehr oft an sie. «

» Was ist mit deiner richtigen Mutter? «

» Ich weiß nichts über sie «, sagte ich. » Charles und Maude haben immer gesagt, dass sie keine Ahnung hätten, wer sie sei. Dass sie mich von einer kleinen buckligen Redemptoristen-Nonne bekommen hätten, als ich gerade mal ein paar Tage alt war.«

»Woran ist sie gestorben? Maude, meine ich.«

»Krebs«, sagte ich. »Sie hatte vorher schon mal einen Tumor im Hörkanal, und dann ging es in ihrem Hals los und an der Zunge. Sie hat geraucht wie ein Schlot. Ich habe sie so gut wie nie ohne Zigarette in der Hand gesehen.«

»Das wird der Grund gewesen sein. Rauchst du auch, Cyril?«

»Nein.«

»Mir gefällt der Gedanke nicht zu rauchen. Hast du mal ein Mädchen geküsst, das raucht?«

Ich öffnete den Mund, um etwas zu sagen, doch mir fehlten die Worte, und zu meinem Entsetzen spürte ich, wie unser offenherziges Gespräch das Blut in meinen Penis strömen ließ. Ich senkte die Hände vor meinen Schritt und hoffte, er würde nicht so schnell auf meine Erregung aufmerksam werden wie bei den Priestern, die ihn in Blackrock verprügelt hatten.

»Nein«, sagte ich.

»Es ist schrecklich«, sagte er und verzog angeekelt das Gesicht. »Du schmeckst das Mädchen überhaupt nicht, nur das Nikotin.« Er hielt einen Moment inne und starrte mich halb amüsiert an. »Du hast doch schon ein Mädchen geküsst?«

»Natürlich«, lachte ich mit der Unbekümmertheit dessen, der gefragt wird, ob er schon mal das Meer gesehen hat oder mit einem Flugzeug geflogen ist. »Dutzende.«

»Dutzende?«, fragte er und zog die Brauen zusammen. »Also das ist eine Menge. Ich habe bisher nur drei geküsst. Aber eine hat mich die Hand in ihren Büstenhalter stecken lassen, damit ich ihre Brust berühren konnte. Dutzende, sagst du! Wirklich?«

»Nun, vielleicht nicht gleich Dutzende«, sagte ich und wandte den Blick ab.

»Du hast noch überhaupt keins geküsst, oder?«

»Doch«, sagte ich.

»Nein, hast du nicht. Aber das ist okay. Wir sind schließlich erst vierzehn. Es liegt alles noch vor uns. Ich habe vor, ein langes, gesundes Leben zu leben und so viele Mädchen wie nur möglich zu vögeln. Ich würde gern in meinem eigenen Bett sterben, wenn ich hundertfünf bin, und eine Zweiundzwanzigjährige wird dabei auf mir sitzen. Wie stehen die Chancen, hier drin jemanden zu küssen? Nein, hier gibt's nur Jungen. Da würde ich lieber meine Großmutter küssen, und die ist vor neun Jahren gestorben. Aber hör zu, willst du mir helfen, meine Bücher auszupacken? Die in der Kiste da drüben? Kann ich sie zu deinen stellen, oder hättest du lieber, wenn wir sie voneinander getrennt halten?«

»Stellen wir sie zusammen«, sagte ich.

»In Ordnung.« Er trat einen Schritt zurück und sah mich wieder von oben bis unten an, und ich fragte mich, ob da vielleicht noch ein Knopf aufgegangen war. »Weißt du, ich glaube, ich erinnere mich doch an dich«, sagte er. »Hast du mich nicht gefragt, ob du mein Ding sehen kannst?«

»Nein!«, sagte ich entsetzt darüber, dass er mir so etwas vorwarf, wo es doch genau umgekehrt gewesen war – er hatte meinen sehen wollen. »Nein, habe ich nicht.«

»Bist du sicher?«

»Absolut«, sagte ich. »Warum würde ich dein Ding sehen wollen? Ich habe schließlich selbst eins, das ich mir ansehen kann, wann immer ich will.«

»Also, es gab zu der Zeit ganz sicher einen Jungen, der mich gefragt hat. Und ich erinnere mich an das Zimmer. Es war das von Alice.«

»Da könnest du nicht weiter danebenliegen«, sagte ich. »Ich habe absolut kein Interesse an deinem Ding und habe auch nie welches gehabt.«

»Wenn du es sagst. Wobei es wirklich schön ist. Ich kann's kaum erwarten, es so zu benutzen, wie der liebe Gott es

vorgesehen hat. Du nicht? Du wirst ja ganz rot, Cyril«, fügte er hinzu. »Du hast doch nicht etwa Angst vor Mädchen?«
»Nein«, sagte ich. »Bestimmt nicht. Wenn überhaupt, sollten sie vor mir Angst haben. Weil ich will, du weißt schon ... jede Menge Sex. Und so.«
»Gut. Weil ich annehme, dass wir Freunde sein müssen, du und ich, wo wir uns ein Zimmer teilen. Wir könnten manchmal gemeinsam auf die Jagd gehen. Du siehst nicht schlecht aus, und es könnte durchaus ein paar Schönheiten geben, die sich überreden lassen, es mit dir zu machen. Nach mir sind sie natürlich völlig verrückt.«

Der Abgeordnete von Dublin Central

Die Lehrer waren ebenfalls verrückt nach ihm, und bei der großen Osterzeremonie bekam er die Goldmedaille für den Schüler, der sich am stärksten verbessert hatte, was von all denen mit Hohn bedacht wurde, die Julian nicht so hoch schätzten wie ich. Da er im Jahr zuvor nicht am Belvedere gewesen war, schien es ihnen ein Rätsel, wie er sich überhaupt hatte verbessern können, und das Gerücht machte die Runde, dass Max der Schule eine größere Summe habe zukommen lassen unter der Bedingung, dass die Zeugnisse seines Sohnes während der nächsten Jahre nicht weniger als ruhmreich ausfielen. Ich freute mich, denn ein Teil seiner Belohnung bestand darin, mit mir und vier anderen, den Goldmedaillengewinnern in Englisch, Irisch, Mathematik sowie Geschichte und Kunst, einen Ausflug ins Dáil Éireann zu machen, um die Arbeit des irischen Parlaments kennenzulernen.

Ich hatte den Englisch-Preis für einen Aufsatz mit dem Titel *Sieben Arten, mich zu verbessern* bekommen, in dem ich verschiedene Ziele aufgeführt hatte, die, das wusste ich, die Priester beeindrucken würden, wobei ich keinerlei Absicht hatte, sie selbst zu verfolgen (mit Ausnahme des letzten Punktes, der kein Problem für mich darstellten sollte). Sie lauteten in der Abfolge ihrer Anführung:

1. Das Leben des heiligen Franz Xaver studieren und Aspekte seines christlichen Verhaltens ausmachen, die ich selbst umsetzen könnte.
2. Den Jungen in meiner Klasse helfen, die in den Fächern, in denen ich brilliere, zu kämpfen haben.
3. Ein Musikinstrument spielen lernen, vorzugsweise das Klavier, keinesfalls die Gitarre.
4. Die Romane von Walter Macken lesen.
5. Eine neuntägige Andacht für den Seelenfrieden des verstorbenen Papstes Pius XII. abhalten.
6. Einem Protestanten die Irrtümer seines Denkens vor Augen führen.
7. Alle unreinen Gedanken aus meinem Kopf verbannen, besonders diejenigen, die sich auf die intimen Körperregionen des anderen Geschlechts beziehen.

Es war nicht so sehr die Goldmedaille, die ich ersehnte, sondern der Tag außerhalb der Schule. Das Ziel wechselte jedes Jahr, und zuletzt waren es so berauschende Orte wie der Dubliner Zoo gewesen, Howth Head und der Pier von Dún Laoghaire. In diesem Jahr jedoch war die Sache um einiges aufregender, da es um einen Besuch in der Innenstadt ging, einem Ort, der uns trotz seiner Nähe zur Schule zu allen Zeiten und ausnahmslos verboten war. Als Interne durften wir das Belvedere nur am Wochenende verlassen, solange wir in der Obhut eines Elternteils, eines Vormunds oder Priesters waren, was uns alles nicht sonderlich reizvoll schien. In jedem Fall war es absolut untersagt, in die O'Connell Street oder die Henry Street zu gehen, die, wie es hieß, Häfen des Lasters und des Frevels waren, oder in die Grafton

Street und ihre Umgebung, wo Schriftsteller, Künstler und die anderen armen Seelen lebten, die vom Glauben abgefallen waren.

»Ich kenne die Innenstadt ziemlich gut«, erzählte mir Julian auf der kurzen Busfahrt vom Parnell Square zur Kildare Street. »Mein Vater nimmt mich und Alice gelegentlich zum Essen mit hin, weigert sich aber immer, mir das zu zeigen, was ich wirklich sehen möchte.«

»Was zum Beispiel?«, fragte ich.

»Die Harcourt Street«, antwortete er wissend. »Da sind die ganzen Mädchen. Und die Nachtklubs in der Leeson Street. Wobei die natürlich erst abends aufmachen. Ich habe gehört, dass es die Frauen da mit jedem machen, der ihnen einen Snowball kauft.«

Ich sagte nichts und sah aus dem Fenster auf die Plakate am Savoy Cinema, die *Ben Hur* ankündigten. So vernarrt ich in Julian war – seine Art, ständig über Mädchen zu reden, fand ich ziemlich frustrierend. Er war wie wohl die meisten vierzehnjährigen Jungen, denke ich, über alle Maßen auf Sex fixiert, und er schämte sich nicht, mir all die Dinge zu erklären, die er mit den Mädchen tun würde, wenn sie ihn nur ließen. Seine Fantasien erregten und peinigten mich gleichermaßen, da ich wusste, dass er nichts von alledem je mit mir machen würde.

Verbrachte ich in jenen Tagen zu viel Zeit damit, meine Gefühle für Julian zu durchdenken? Wahrscheinlich nicht. Wenn überhaupt, vermied ich es bewusst, sie zu analysieren. Wir schrieben schließlich das Jahr 1959. Ich wusste so gut wie nichts über Homosexualität, nur dass es in Irland als kriminelle Handlung galt, für die man im Gefängnis landen konnte, es sei denn, man war Priester, das war der Vorteil ihres Jobs. Ich war in Julian verliebt, das zumindest begriff ich, wobei ich nicht dachte, dass es mir schaden könnte. Ich nahm stattdessen an, die Gefühle für ihn würden mit der Zeit vergehen und mein Interesse sich den Mädchen zuwenden. Ich hielt mich einfach für einen Spätentwickler. Der Gedanke, dass ich unter dem leiden könnte, was damals als mentale Störung galt, hätte mich in Angst und Schrecken versetzt.

»Der Sitz der Regierung«, sagte Father Squires und rieb sich freudig die Hände, als wir in der Kildare Street aus dem Bus stiegen und an zwei Gardaí vorbeiliefen, die am Tor zum Hof standen und uns mit Blick auf den Kragen unseres Rektors ohne ein Wort durchwinkten. »Denkt an all die großen Männer, Jungs, die schon durch diese Türen geschritten sind. Éamon de Valera, Seán Lemass, Seán T. O'Kelly, Countess Markievicz, die streng genommen kein Mann war, aber das Herz und den Mut eines Mannes hatte. Gar nicht zu reden von Michael Collins und seinen Blauhemden. Wenn ihr da drin einige von den Abtrünnigen seht, wendet den Blick ab, wie ihr es bei einer Medusa tun würdet. Sie gehören zu den West-Brit-Nichtsnutzen, für die dein Daddy eine Menge übrighat, habe ich recht, Julian Woodbead?«

Alle Köpfe wandten sich in Julians Richtung, und er zuckte mit den Schultern. Die Jesuiten standen Max Woodbeads Verehrung des britischen Empires ideologisch ablehnend gegenüber, und seine Liebe zu Queen Elisabeth II. war in ihren Augen geradezu ketzerisch, was sie selbstverständlich nicht davon abhielt, sein Geld zu nehmen.

»Wahrscheinlich«, sagte Julian, der sich grundsätzlich von nichts beeindruckt zeigte, was ein Priester zu ihm sagte. »James Dillon war ein paarmal zum Essen bei uns, wenn Sie das meinen. Ein ganz netter Kerl, würde ich sagen. Könnte allerdings den einen oder anderen Rat brauchen, was Körperhygiene angeht.«

Father Squires schüttelte verächtlich den Kopf. Er ging voran und wurde von einem Parlamentsdiener empfangen, der sich tief vor ihm verbeugte, bevor er uns das Erdgeschoss des Hauses zeigte und uns anschließend eine enge

Treppe zur Zuschauergalerie hinaufführte. Die Kammer, das grüne Hufeisen der Unabhängigkeit, das für alles stand, wofür die Iren über die Jahre gekämpft hatten, lag vor uns, und da war auch der Taoiseach, der große Éamon de Valera selbst, von dem wir kaum geglaubt hatten, dass er außerhalb der Zeitungsartikel und unserer Geschichtsstunden tatsächlich existierte. Er hielt eine Rede über Steuern und Landwirtschaft, und wir hatten das Gefühl, uns in der Nähe eines wahrhaftig großen Mannes aufzuhalten. Wie oft hatten wir von seiner Rolle bei Boland's Mill während des Osteraufstands 1916 gelesen, oder wie er etliche Millionen amerikanische Dollar gesammelt hatte, um drei Jahre später bei der Errichtung der irischen Republik zu helfen. Er war eine lebende Legende, und da stand er in voller Größe und las uninteressiert etwas von einem Stapel Papier ab, als hätten diese großen Ereignisse nichts mit ihm zu tun.

»Ganz ruhig, Jungs«, sagte Father Squires, und seine Augen wurden ganz feucht vor Ehrerbietung. »Hört unseren Taoiseach sprechen.«

Ich tat, was mir gesagt wurde, doch es dauerte nicht lange, bis ich mich langweilte. Er mochte ja ein großer Mann sein, schien aber nicht zu wissen, wann er mit seiner Rede aufhören und sich wieder setzen sollte. Ich beugte mich über das Geländer, ließ meinen Blick über die halb leeren Sitzreihen gleiten und zählte, wie viele Teachtaí Dála schliefen. Siebzehn. Ich suchte nach weiblichen Abgeordneten, doch es waren keine zu entdecken. Matthew Willoughby, der mit der Goldmedaille in Geschichte, hatte ein Notizbuch dabei, schrieb jedes Wort mit, das gesagt wurde, und als die Zeit verstrich und Father Squires noch immer nicht gehen wollte, begannen mir die Augen zuzufallen. Da klopfte mir Julian auf den Arm, nickte in Richtung der Tür hinter uns, und ich wurde wieder wach.

»Was?«, sagte ich und unterdrückte ein Gähnen.

»Gehen wir und sehen uns ein bisschen um«, sagte er.

»Dann kriegen wir Ärger.«
»Na und? Was macht das schon?«
Ich sah zu Father Squires hinüber. Er saß in der ersten Reihe und glühte vor republikanischem Eifer. Unmöglich, dass ihm auffiel, wenn wir unsere Posten verließen.
»Gehen wir«, sagte ich.
Wir standen auf und schlichen uns auf dem Weg hinaus, auf dem wir gekommen waren, ignorierten die Parlamentsdiener, die an der Tür zur Zuschauergalerie Wache standen, damit sie nicht fragten, wohin wir wollten, und liefen die Treppe hinunter, an der unten ein weiterer Garda saß, und zwar auf einem Stuhl genau wie dem, der unten bei uns in der Diele am Dartmouth Square gestanden hatte. Er las Zeitung.
»Wo wollt ihr hin, Jungs?«, fragte er, sah allerdings nicht so aus, als ob es ihn wirklich interessierte. Es gehörte wohl einfach zu seinen Pflichten, dass er uns fragte.
»Aufs Klo«, sagte Julian, griff sich mit einer Hand in den Schritt und tänzelte auf der Stelle. Der Mann verdrehte die Augen.
»Den Gang da hinunter«, sagte er, streckte die Hand aus und entließ uns.
So kamen wir an ihm vorbei und auch an den Toiletten und starrten hinauf zu den Ölporträts der uns unbekannten Würdenträger, die uns von den Wänden herab ansahen, als wüssten sie, dass wir nichts Gutes im Schilde führten. Wir fühlten uns jung, lebendig und unbeobachtet. Ich hatte keine Ahnung, wohin wir gingen, wir wussten es beide nicht, aber es fühlte sich herrlich an, nur auf uns gestellt zu sein und ein Abenteuer zu erleben.
»Hast du Geld bei dir, Cyril?«, fragte Julian, als es keine Gänge mehr gab, die wir erkunden konnten.
»Ein bisschen«, sagte ich. »Nicht viel. Warum?«
»Da drüben gibt es einen Tearoom. Wir könnten uns etwas zu trinken kaufen.«

»Gute Idee«, sagte ich, und wir gingen erhobenen Hauptes hinein, als hätten wir jedes Recht, dort zu sein. Es war ein großer Raum, etwa zehn Meter breit und viermal so lang, und eine Frau saß hinter einem Tisch an der Seite und beobachtete die Leute, die hereinkamen und hinausgingen, während sie offenbar Quittungen zusammenzählte. Zu meiner Überraschung standen zwei gelbe Telefonzellen, wie man sie sonst nur an Straßenecken sah, links und rechts neben ihrem Tisch. In einer telefonierte ein Abgeordneter, dessen Foto ich schon mal in der Zeitung gesehen hatte, die andere war leer. Es gab drei lange Tischreihen und reichlich freie Plätze, und doch umschwärmten die Männer im Tearoom mottengleich einen kleinen Bereich, das Zentrum der Macht. Ich sah eine Gruppe junger Fianna-Fáil-Abgeordneter auf dem Boden bei ein paar Ministern hocken und darauf warten, dass am Tisch etwas frei würde, wobei sie ihr Bestes taten, die Unwürdigkeit ihrer Position zu überspielen.

Natürlich hielten Julian und ich uns von dem Gedränge fern und gingen zu einem freien Tisch beim Fenster, an dem wir uns mit dem Selbstvertrauen junger Kronprinzen niederließen und darauf warteten, dass die junge Kellnerin, die nicht viel älter war als wir, uns bemerkte und zu uns herüberkam. Sie trug eine enge schwarz-weiße Uniform, die oberen zwei Knöpfe ihrer Bluse waren geöffnet, und ich konnte sehen, wie Julian sie hungrig anstarrte. Sie sah sehr gut aus, das ließ sich nicht abstreiten, hatte schulterlanges blondes Haar und eine helle, saubere Haut.

»Lassen Sie mich schnell den Tisch abwischen«, sagte sie, beugte sich vor und fuhr mit einem feuchten Tuch über die Tischplatte, während sie uns kurze Blicke zuwarf. Schließlich verharrte sie bei Julian, der so viel besser aussah als ich, und ich beneidete sie um die Ungezwungenheit, mit der sie ihn betrachten und seine Schönheit genießen konnte. Schließlich sammelte sie noch ein paar Servietten ein, die unsere

Vorgänger auf dem Tisch zurückgelassen hatten. Julian drückte den Rücken durch und reckte den Hals, und es war ziemlich offensichtlich, dass er alles tat, um ihr in die Bluse zu sehen und jeden frei liegenden Quadratzentimeter Brust zu erhaschen, gleichsam abzufotografieren, um den Anblick auch später noch abrufen zu können, wenn er Lust danach verspürte.

»Was darf ich Ihnen bringen?«, fragte sie endlich und richtete sich wieder auf.

»Zwei Guinness«, sagte Julian wie nebenhin, »und gibt es noch was von dem Walnusskuchen, den ihr letzten Dienstag hattet?«

Sie starrte ihn mit einem Ausdruck an, in dem sich Belustigung mit Interesse mischte. Julian war erst vierzehn, benahm sich aber so selbstsicher und erwachsen, dass sie ihn ganz offensichtlich nicht so einfach abtun konnte.

»Walnusskuchen haben wir nicht mehr«, sagte sie. »Da sind eben die letzten Stücke weggegangen. Aber wir hätten noch einen Mandelkuchen, wenn Sie mögen.«

»Oh großer Gott, nein«, sagte Julian und schüttelte den Kopf. »Von Mandeln bekomme ich schreckliche Blähungen, und für den Nachmittag hat sich noch eine Gruppe aus meinem Wahlkreis angesagt. Das Letzte, was ich da brauche, sind Blähungen. Dann werde ich beim nächsten Mal abgewählt, verliere meinen Job und muss wieder unterrichten. Wie heißen Sie übrigens, Sweetheart?«, fragte er, und ich sah auf meine Hände, zählte die Finger einen nach dem anderen ab und wünschte, die Kellnerin würde eine Kanne Tee bringen und uns in Ruhe lassen. »Ich habe Sie hier noch nicht gesehen, oder?«

»Bridget«, sagte sie. »Ich bin noch neu.«

»Wie neu?«

»Das ist mein vierter Tag.«

»Die jungfräuliche Kellnerin«, sagte Julian breit grinsend, und ich sah ihn an, empört über seine Wortwahl. Bridget schien den kleinen Flirt jedoch zu mögen und war bereit, so gut sie konnte dagegenzuhalten.

»Man sollte nicht vom ersten Eindruck ausgehen«, sagte sie. »Elisabeth I. wurde die jungfräuliche Königin genannt, dabei hatte sie mit jedem Mann etwas, der ihr begegnete. Ich habe einen Film mit Bette Davis über sie gesehen.«

»Ich bin eher der Rita-Hayworth-Typ«, sagte er. »Haben Sie *Gilda* gesehen? Gehen Sie viel ins Kino?«

»Ich meine nur«, sagte sie und überging seine Frage, »man sollte nicht nur nach Äußerlichkeiten gehen. Wer sind Sie übrigens? Haben Sie auch einen Namen?«

»Julian«, sagte Julian. »Julian Woodbead. TD für Dublin-Zentrum. Wenn Sie erst mal ein paar Wochen hier sind, werden Sie alle Namen kennen. Wie die anderen Mädchen.«

Sie starrte ihn an, und ich konnte sehen, wie sie es für vollkommen unmöglich hielt, dass ein Junge seines Alters ein gewählter Volksvertreter war, und gleichzeitig war es zu verrückt, dass er eine solche Geschichte nur erfand. Er mochte älter wirken als vierzehn Jahre, wenn auch nicht so alt, dass ein vernünftiger Mensch hätte glauben können, er sei ein TD. Aber immerhin doch alt genug, dass ein Mädchen, das neu im Tearoom arbeitete, nicht infrage zu stellen wagte, was er sagte.

»Stimmt das?«, fragte sie argwöhnisch.

»Im Moment noch«, antwortete er. »Aber in ein, zwei Jahren gibt es eine neue Wahl, und ich glaube, meine Tage sind gezählt. Die Blauhemden setzen mir heftig zu, insbesondere wenn es um die Sozialleistungen geht. Sie sind doch kein Blauhemd, Bridget?«

»Bin ich nicht«, fuhr sie auf. »Wollen Sie mir das bitte glauben? Meine Familie hat immer zu Éamon de Valera gestanden. Mein Großvater war am Ostersonntag im Hauptpostamt, und zwei meiner Onkel haben im Unabhängigkeitskrieg gekämpft.«

»Es muss damals in der Post ziemlich voll gewesen sein«,

meldete ich mich erstmals zu Wort. »Es gibt in Irland kaum einen Mann, eine Frau oder ein Kind, die nicht behaupten, einen Vater oder Großvater zu haben, der damals mit am Fenster gestanden hätte. Es muss praktisch unmöglich gewesen sein, noch eine Briefmarke zu kaufen.«

»Wer ist der denn?«, fragte Bridget Julian und sah mich an wie etwas, das die Katze in einer kalten Winternacht ins Haus geschleppt hat.

»Der Älteste von meiner Schwester«, sagte Julian. »Achten Sie nicht weiter auf ihn. Er weiß nicht, wovon er spricht. Seine Hormone spielen im Moment komplett verrückt, aber was unsere beiden Guinness angeht, Darling, besteht eventuell die Möglichkeit, sie zu bringen, bevor ich verdurste?«

Sie sah sich um, unsicher, was sie tun sollte. »Ich weiß nicht, was Mrs Goggin dazu sagen würde.«

»Und wer ist Mrs Goggin?«, fragte Julian.

»Die Leiterin. Meine Chefin. Sie sagt, ich habe sechs Wochen Probezeit, und dann sehen wir.«

»Klingt wie ein schwieriger Fall.«

»Nein, sie ist sehr nett«, sagte Bridget und schüttelte den Kopf. »Sie hat mir eine Chance gegeben, als es sonst niemand getan hat.«

»Also, wenn sie so nett ist, denke ich nicht, dass sie etwas dagegen hat, wenn sie eine Bestellung vom gewählten Abgeordneten von Dublin-Süd annehmen.«

»Ich dachte, Sie wären Dublin-Zentrum?«

»Da erinnern Sie sich falsch. Ich bin Dublin-Süd.«

»Sie sind ziemlich lustig, aber ich glaube Ihnen kein Wort.«

»Ach, Bridget«, sagte Julian und sah sie traurig an. »Wenn Sie mich jetzt schon lustig finden, sollten Sie warten, bis ich was getrunken habe. Zwei Guinness, mehr wollen wir nicht. Kommen Sie, ich habe einen Durst wie Lawrence von Arabien.«

Sie ließ einen tiefen Seufzer hören, als wäre sie es leid, weiter zu debattieren, ging weg und kam zu meinem großen

Erstaunen ein paar Minuten später mit zwei vollen dunklen Gläsern Guinness Stout zurück, die sie vor uns hinstellte. Der gelbe Schaum leckte faul über den Rand und hinterließ eine Schneckenspur auf der Seite des Glases.

»Genießen Sie es«, sagte sie, »Mr TD, für welchen Wahlkreis auch immer.«

»Das werden wir«, sagte Julian. Er hob sein Glas an die Lippen und nahm einen langen Schluck. Ich sah, wie er das Gesicht ein wenig verzog, als er das Bier herunterzuschlucken versuchte. »Himmel, das schmeckt«, sagte er mit der Glaubwürdigkeit eines Parisers, der in Central London ein Essen lobt. »Genau das habe ich gebraucht.«

Ich nippte an meinem Glas und hatte, wie es der Zufall wollte, ganz und gar nichts gegen den Geschmack. Das Bier war wärmer als angenommen und bitter, ließ mich aber nicht würgen. Ich roch daran, nahm noch einen Schluck und atmete durch die Nase aus. Alles gut, dachte ich, daran könnte ich mich gewöhnen.

»Was denkst du, Cyril?«, fragte er mich. »Habe ich eine Chance?«

»Eine Chance bei was?«

»Eine Chance bei Bridget.«

»Sie ist alt«, sagte ich.

»Mach dich nicht lächerlich. Sie ist höchstens siebzehn. Drei Jahre älter als ich. Das ist ein tolles Alter für ein Mädchen.«

Ich schüttelte den Kopf und verspürte einen leichten Ärger, was in Bezug auf Julian eher selten war. »Was weißt du schon über Mädchen?«, sagte ich. »Du redest doch nur.«

»Ich weiß, dass sie, wenn du die richtigen Sachen zu ihnen sagst, tun, was du willst.«

»Was zum Beispiel?«

»Nun, die meisten würden es nicht bis zum Letzten kommen lassen, aber sie blasen dir einen, wenn du sie nett darum bittest.«

Ich sagte einen Moment lang nichts und überdachte seine Worte. Ich wollte ihm nicht zeigen, wie unbedarft ich war, aber unbedingt wissen, was er meinte. »Blasen?«, fragte ich.
»Ach komm, Cyril. So unschuldig bist du nicht.«
»Das war ein Witz«, sagte ich.
»Nein, war es nicht. Du weißt es nicht.«
»Doch«, sagte ich.
»Also gut. Wie geht es?«
»Ein Mädchen küsst dich«, sagte ich. »Und dann bläst sie dir in den Mund.«
Er starrte mich perplex an, bevor er zu lachen begann. »Warum würde eine, die noch ganz bei Trost ist, so was machen?«, fragte er mich. »Es sei denn, du bist ertrunken, und sie versucht, dich wiederzubeleben. Einen blasen heißt, Cyril, dass sie dein Ding in den Mund nehmen und genüsslich daran saugen.«
Meine Augen wurden ganz groß, und ich spürte eine vertraute Regung in meiner Hose. Nur war sie heftiger als normal, und der Gedanke, dass das jemand mit mir machen könnte, oder ich mit ihm, erfasste meinen gesamten Körper.
»Das stimmt nicht«, sagte ich und wurde rot, denn so erregend es auch klang, konnte ich mir doch kaum vorstellen, dass jemand etwas so Bizarres tun würde.
»Aber natürlich«, sagte Julian. »Du bist so naiv, Cyril. Irgendwann müssen wir dir das austreiben. Du brauchst eine Frau, nichts anderes.«
Ich wandte mich ab, und meine Gedanken wanderten zu dem Bild von Julian, wie er sich jeden Abend vor dem Schlafengehen auszog. Die beiläufige Art, wie er seine Sachen ablegte, die völlige Unbefangenheit, mit der er nackt dastand und sich langsam, provokativ langsam den Pyjama anzog, während ich zu verbergen versuchte, wie ich ihn über den Rand meines Buches ansah, um jedes einzelne Teil seines Körpers in mein Gedächtnis aufzunehmen. Die Vision,

wie er an mein Bett kam, um mir einen zu blasen, füllte meinen Kopf, und ich hatte Mühe, vor Sehnsucht nicht zu wimmern.

»Entschuldigung«, sagte da eine Stimme halb den Tearoom hinunter, und ich wandte mich um und sah eine Frau von etwa dreißig auf uns zumarschieren. Sie trug das Haar hochgesteckt und eine andere Uniform als die Kellnerin vorher, bedeckter, offizieller. Ich warf einen Blick auf das Schildchen über ihrer rechten Brust. CATHERINE GOGGIN, LEITERIN, stand da. »Ist das etwa Guinness, was ihr Jungs da trinkt?«

»In der Tat«, sagte Julian und gönnte ihr kaum einen Blick. Sein Interesse an Mädchen reichte nur bis zu einem bestimmten Alter. Was das betraf, hätte diese Frau genauso gut seine Urgroßmutter sein können.

»Und wie alt seid ihr zwei?«

»Tut mir leid«, sagte Julian, stand auf und nahm seine Jacke von der Rücklehne seines Stuhls. »Keine Zeit für einen Schwatz. Ich muss zu einem Fraktionstreffen. Alles okay, Cyril?«

Ich wollte ebenfalls aufstehen, doch die Frau fasste uns bei den Schultern und drückte uns zurück auf unsere Stühle.

»Wer hat euch das Bier gebracht? Ihr seid doch noch Kinder!«

»Sie sollten wissen, dass ich der TD für Wicklow bin«, sagte Julian, der sich langsam die Ostküste hinunterarbeitete.

»Und ich bin Eleanor Roosevelt«, sagte die Frau.

»Warum steht auf Ihrem Namensschild dann Catherine Goggin?«, fragte Julian.

»Ihr gehört zu den Schülern, die heute Morgen gekommen sind, oder?«, sagte sie und überhörte seine Frage. »Wo ist euer Lehrer? Ihr solltet nicht allein durchs Dáil Éireann schleichen und schon gar keinen Alkohol trinken.«

Bevor wir etwas antworten konnten, sah ich Bridget zu

unserem Tisch laufen, das Gesicht rot und fleckig, gefolgt von einem wutschäumenden Father Squires und den vier übrigen Goldmedaillenträgern.

»Es tut mir leid, Mrs Goggin«, sagte Bridget schnell. »Er hat gesagt, er sei ein TD.«

»Wie konnten Sie das nur glauben?«, fragte Mrs Goggin. »Sehen Sie die beiden doch an, das sind ganz offensichtlich noch Kinder! Nächste Woche bin ich im Urlaub in Amsterdam, Bridget. Muss ich mir da die ganze Zeit Gedanken machen, dass Sie an Minderjährige Alkohol ausschenken?«

»Aufgestanden, alle beide«, sagte Father Squires. Er drängte sich zwischen die beiden Frauen. »Steht auf und beschämt mich nicht noch mehr. Wir werden uns unterhalten, wenn wir zurück im Belvedere sind, darauf könnt ihr euch verlassen.«

Also standen wir erneut auf, beide peinlich berührt vom Verlauf unserer Eskapade, während sich die Leiterin wütend an Father Squires wandte. »Geben Sie den Kindern nicht die Schuld«, sagte sie. »Sie machen nur das, was man von Jungs in dem Alter erwarten kann, oder? Sie sind derjenige, der auf sie hätte aufpassen sollen. Sie so allein im Leinster House herumlaufen zu lassen«, fügte sie hinzu und schüttelte empört den Kopf, »wo die Geschicke der Nation verhandelt werden. Ich glaube nicht, dass ihre Eltern allzu glücklich wären, wenn sie wüssten, dass die beiden hier unten Guinness trinken, während sie etwas lernen sollten. Glauben Sie das, Father?«

Father Squires starrte sie völlig perplex an, genau wie wir alle. Es war unwahrscheinlich, dass je jemand so mit ihm geredet hatte, seit er den Kragen trug, und dass die Person, die ihn da so anredete, auch noch eine Frau war, schien die schlimmste Beleidigung überhaupt. Ich konnte Julian neben mir kichern hören und wusste, dass ihn ihr Mut beeindruckte. Mich ebenfalls.

»Hüten Sie Ihre Zunge, Miss«, sagte Father Squires und

stieß mit einem Finger gegen ihre linke Schulter. »Sie sprechen mit einem Mann im geistlichen Gewand, nicht mit einem Ihrer Freunde aus Kehoe's Pub.«

»Meine Freunde, wenn ich denn welche hätte, hätten sicher mehr Verstand im Kopf, als hier minderjährige Jungs unbeaufsichtigt herumlaufen zu lassen«, sagte sie, ohne sich von ihm einschüchtern zu lassen. »Und ich lasse mich von Ihresgleichen nicht herumstoßen, hören Sie? Das habe ich lange hinter mir. Also passen Sie auf, und fassen Sie mich nicht wieder an. Das hier ist mein Tearoom, Father, ich trage hier die Verantwortung, und Sie bringen jetzt diese beiden auf der Stelle hier hinaus und lassen uns unsere Arbeit machen.«

Father Squires sah aus, als würde er jeden Moment eine ganze Reihe von Herzanfällen, einen Nervenzusammenbruch und zusätzlich einen Schlaganfall bekommen. Dann drehte er sich um und marschierte fassungslos aus dem Tearoom. Er vermochte kaum zu sprechen, der arme Mann, und ich glaube, er sagte kein einziges Wort, bis wir wieder im Belvedere waren, wo er mir und Julian eine Tracht Prügel verpasste. Auf dem Weg aus dem Tearoom jedoch sah ich Catherine Goggin an und musste lächeln. Noch nie hatte ich erlebt, dass jemand einen Priester so abgekanzelt hatte wie sie. Ich hatte gedacht, dass es das nicht mal im Film geben würde.

»Was für eine Strafe mir auch bevorsteht«, sagte ich, »das war es wert.«

Sie sah mich einen Moment lang an und brach dann in Lachen aus.

»Jetzt raus hier, du Lümmel«, sagte sie, streckte die Hand aus und fuhr mir durchs Haar.

»Die hast du sicher«, flüsterte Julian mir ins linke Ohr, als wir den Tearoom verließen. »Und es gibt nichts Besseres als eine Alte, die einem jungen Hund ein paar Tricks beibringen kann.«

Max' rechtes Ohr

Im Frühherbst 1959 schrieb Max Woodbead einen Artikel in der *Irish Times*, in dem er Éamon de Valera und seine Regierung dafür verdammte, dass sie ihre Inhaftierungspolitik gegenüber vermutlichen IRA-Mitgliedern lockerte. Warum sie überhaupt einsperren?, schrieb er, und seine Worte erschienen neben einem besonders widerwärtigen Foto von ihm im Garten unseres ehemaligen Hauses, auf dem er einen dreiteiligen Anzug mit einer luxuriös aus dem Knopfloch wachsenden weißen Rose trug, den Blick auf einen Teller mit Gurkensandwiches vor sich gerichtet. Statt diese Bande fehlgeleiteter Patrioten und ungebildeter Strolche auf die Straße zu lassen, wo sie mit Waffen und Bomben das nächste Gemetzel anrichten, sollte man sie vor einer Wand aufstellen und erschießen, genau wie es unsere einstigen Aufseher mit den Führern des Osteraufstands gemacht haben, als die es wagten, die göttliche Autorität Seiner kaiserlichen Hoheit König Georg V. herauszufordern.

Der Artikel stieß auf große Resonanz, und als sich die Entrüstung immer noch weiter hochschaukelte, wurde Max von Radio Éireann eingeladen, seine Position zu verteidigen. Der Interviewer war ein fanatischer Republikaner, und die beiden gerieten heftig aneinander. Max sagte, der Tag, an dem Irland seine Bindungen an England gekappt habe, sei ein schwarzer Tag gewesen. Die hellsten Köpfe im Dáil Éireann, behauptete er, würden nicht mal den schwächsten Denkern in Westminster das Wasser reichen können. Die, die an der Grenzkampagne teilnahmen und Anschläge in Nordirland verübten, verurteilte er als Feiglinge und Mörder und schlug in einem seiner selbstgefälligeren Momente vor (einem, den er sicherlich eingeübt hatte, um ein Maximum an Provokation zu gewährleisten), die Countys Armagh, Tyrone und Fermanagh mit einem luftwaffenartigen Blitzkrieg zu überziehen, der den terroristischen Aktivitäten des irischen Volkes ein für alle Mal ein Ende setzte. Auf die Frage, warum er so leidenschaftlich proenglische Ansichten vertrete, obwohl er doch in Rathmines geboren sei, wies er mit zitternder Stimme darauf hin, dass seine Familie über Jahrhunderte zu den prominentesten Familien Oxfords gehört habe. Er schien wahrhaft stolz darauf, dass zwei seiner Vorfahren von Heinrich VIII. geköpft worden waren, weil sie sich seiner Ehe mit Anne Boleyn entgegengestellt hätten, und ein weiterer sei von Königin Maria selbst auf dem Scheiterhaufen verbrannt worden (was wohl eher unwahrscheinlich war), nachdem er Symbole römischer Götzenanbetung in der Kathedrale heruntergerissen hatte.

»Ich war der Erste in meiner Familie, der in Irland geboren wurde«, sagte er, »und das nur, weil mein Vater nach Ende des Ersten Weltkriegs herzog, um hier als Anwalt zu arbeiten. Und wie der Herzog von Wellington sagte, den wir alle – ich denke, da stimmen wir überein – für einen großartigen Mann halten: ›Bloß weil jemand in einem Stall geboren wird, ist er noch lange kein Pferd.‹«

»Vielleicht kein Pferd, auf jeden Fall aber ein Esel«, erklärte Father Squires am nächsten Tag im Unterricht, als er wegen der hochverräterischen Gefühle Max Woodbeads auf Julian losschimpfte. »Was dich zu einem Maultier macht.«

»Man hat mich schon Schlimmeres genannt«, sagte Julian und schien nicht im Mindesten beleidigt. »Die Sache ist die, dass es keinen Sinn macht, die politischen Ansichten meines Vaters mit meinen gleichzusetzen. Er hat so viele, verstehen Sie, und ich absolut keine.«

»Weil dein Kopf leer ist.«

»Oh, das würde ich so nicht sagen«, murmelte er. »Ein paar träge Gedanken treiben schon darin herum.«

»Würdest du ihn als stolzer Ire wenigstens für seine Worte verurteilen?«

»Nein«, sagte Julian. »Ich weiß ja nicht mal, worüber Sie sich so aufregen. Ich lese keine Zeitung und besitze auch kein Radio. Ich habe keine Ahnung, was er gesagt hat, um dieses ganze Theater loszutreten. Hatte es etwas damit zu tun, dass Frauen erlaubt werden soll, an der Forty Foot schwimmen zu gehen? Er regt sich immer fürchterlich auf, wenn die Rede darauf kommt.«

»Dass Frauen erlaubt ist...« Father Squires starrte ihn ungläubig an, und ich fragte mich, wie lange es noch dauern würde, bis er den Stock hervorholte. »Hier geht es nicht darum, ob Frauen schwimmen gehen dürfen oder nicht!«, brüllte er. »Wobei eher die Hölle einfriert, als dass es so weit kommt. Es geht hier nicht um ein paar schamlose Flittchen, die ihren Spaß daran haben, halb nackt durch die Gegend zu stolzieren.«

»Für mich scheint das ganz okay«, sagte Julian mit einem halben Lächeln.

»Verstehst du nicht ein einziges Wort von dem, was ich sage? Dein Vater verrät sein eigenes Volk! Schämst du dich nicht dafür?«

»Nein, tu ich nicht. Steht nicht in der Bibel, dass Söhne nicht wegen der Sünden ihrer Väter getötet werden dürfen?«

»Komm mir nicht mit Bibelzitaten, du verdammter West-Brit-Lümmel«, schimpfte Father Squires. Er stand inzwischen so dicht vor unserem Tisch, dass ich den Schweiß roch, der ihm wie ein böses Geheimnis folgte. »Und da steht im Übrigen, dass sie *beide*, Väter *und* Söhne, für ihre *eigenen* Sünden getötet werden sollen.«

»Das klingt ein bisschen hart, und im Übrigen habe ich nichts zitiert. Ich habe die Stelle lediglich paraphrasiert, aber das scheinen Sie nicht begriffen zu haben.«

Das war die Art Hin und Her, die den meisten unserer Klassenkameraden auf die Nerven zu gehen schien, was Julian ziemlich unbeliebt machte. Aber wie er Father Squires die Stirn bot, gefiel mir. Sicher, er war arrogant und ohne Respekt für Autoritäten, doch seine Erklärungen kamen mit einer solchen Unbekümmertheit, dass es mir unmöglich war, ihn nicht bezaubernd zu finden.

So lautstark, wie Max die IRA verdammte, war es vielleicht nicht überraschend, dass ein paar Wochen später, als er morgens aus dem Haus am Dartmouth Square zu einem Termin in den Four Courts eilte, ein Attentat auf ihn verübt wurde. Ein Schütze hatte sich im Park verschanzt (worüber Maude ganz sicher nicht glücklich gewesen wäre) und feuerte zwei Schüsse in seine Richtung ab. Einer schlug ins Holz der Haustür ein, der andere ratschte rechts an seinem Kopf vorbei, riss ihm das Ohr ab und verpasste nur knapp, was, wie ich annahm, als sein Gehirn bezeichnet werden konnte. Max rannte schreiend zurück ins Haus, Blut strömte ihm über das Gesicht, und er verbarrikadierte sich in seinem Büro, bis ein Krankenwagen und die Gardaí kamen. Im Krankenhaus wurde ziemlich klar, dass niemand Sympathien für ihn hegte und schon gar kein Interesse daran hatte, den Attentäter zu finden, weshalb er sich nach seiner Entlassung, halb taub und mit einer entzündeten roten Narbe an der Stelle, wo einmal sein rechtes Ohr gewesen war, einen Leibwächter zulegte, einen kräftigen Kerl, der Ruairí O'Shaughnessy hieß, was ein überraschend gälischer Name war für jemanden, in dessen Hände Max sein Leben legte. Wohin immer Julians Vater fortan auch ging, O'Shaughnessy war dabei, und die beiden wurden zu einem vertrauten Anblick am Inn's Quay. Ohne dass wir etwas davon erfahren hätten, plante die IRA nach ihrem vergeblichen Mordversuch noch etwas weit Einfallsreicheres, um ihn zu bestrafen. Ein weit gewagteres Projekt war in Vorbereitung, dessen Ziel nicht Max selbst war.

Borstal Boy

Wir hatten unsere Flucht aus den Klauen des Belvedere (und Julians kurzzeitige Karriere als TD) so sehr genossen, dass wir beschlossen, unser Glück außerhalb der Schulmauern öfter zu versuchen. Heimlich schlichen wir uns davon, gingen in die Nachmittagsvorstellungen der Kinos in der Innenstadt oder schlenderten durch die Henry Street, wo uns die Platten- und Bekleidungsläden magisch anzogen, wenn wir auch kaum Geld hatten, um uns etwas leisten zu können, und als Julian Frank Sinatras *Songs For Swingin' Lovers!* von einem Marktstand klaute, rannten wir den ganzen Weg zurück zur Schule, getragen vom Rausch und Hochgefühl der Jugend.

So wanderten wir denn ein paar Wochen nach unserem Besuch im Dáil eines Nachmittags wieder einmal die O'Connell Street hinunter, nachdem wir nach einer besonders langweiligen Geografiestunde vom Parnell Square geflohen waren, und ich verspürte ein Glücksgefühl, wie ich es noch nie erlebt hatte. Die Sonne schien, Julian trug ein kurzärmeliges Hemd, das seinen Bizeps betonte, und meine Schamhaare hatten endlich zu sprießen begonnen. Unsere Freundschaft war enger als je zuvor, und vor uns lagen Stunden, in denen wir reden, Vertraulichkeiten austauschen und alles andere aus unserem kleinen Universum ausschließen konnten. Die Welt schien ein Ort voller Möglichkeiten.

»Was sollen wir heute machen?«, fragte ich, blieb neben der Nelsonsäule stehen und nutzte den Schatten des Sockels, um nicht in die Sonne blicken zu müssen.

»Wir könnten ... Moment mal«, sagte Julian. Unversehens blieb er vor den Stufen zu einem öffentlichen Pissoir stehen. »Gib mir zwei Minuten. Der Ruf der Natur.«

Ich wartete, wo ich war, trat mit den Hacken gegen den Denkmalssockel und sah mich um. Zu meiner Rechten lag das Hauptpostamt, von wo Max Woodbeads Erzfeinde, die

Anführer des Aufstandes 1916, Iren und Irinnen angehalten hatten, im Namen Gottes und der toten Generationen dem Ruf der Fahne zu folgen und für ihre Freiheit zu kämpfen.

»Du bist ein gut aussehender Bursche«, knurrte eine Stimme hinter mir, und als ich mich umdrehte, grinste Julian mich wie irre an und brach in Lachen aus, als er den Ausdruck auf meinem Gesicht sah. »Ich war unten an der Rinne«, sagte er und nickte zurück zur Säule, »da kommt dieser Mann, während ich pinkle, und sagt das zu mir.«

»Oh«, erwiderte ich.

»Ich hatte ganz vergessen, dass hier die Schwulen rumhängen«, sagte er und erschauderte. »Unten in den Pissoirs warten sie darauf, dass unschuldige Jungs wie ich zu ihnen runterkommen.«

»Du bist wohl kaum ein unschuldiger Junge«, sagte ich, sah zur Treppe hinüber und fragte mich, wer oder was wohl von da unten erscheinen und Julian oder mich in die Unterwelt zerren mochte.

»Nein, aber auf die Unschuldigen hoffen sie. Rate mal, was ich gemacht habe.«

»Was?«

»Ich habe mich umgedreht und ihm auf die Hose gepisst. Dabei hat er ausgiebig mein Ding anstarren können, aber es hat sich gelohnt. Es wird Stunden dauern, bis seine Hose wieder trocken genug ist, um da rauszukommen. Du hättest hören sollen, wie er mich beschimpft hat, Cyril! Ein dreckiger Schwuler, und *der* beschimpft mich!«

»Du hättest ihm eine reinhauen sollen.«

»Nicht nötig«, sagte er und zog die Brauen zusammen. »Gewalt hat noch nie ein Problem gelöst.«

Ich sagte nichts. Wann immer ich ihm zuzustimmen versuchte, was derartige Themen betraf, schien er ein Stück zurückzurudern, und ich war wieder einmal ratlos, wie ich ihn so falsch hatte einschätzen können.

»Also«, sagte ich, und wir gingen weiter. Ich wollte so

weit wie nur möglich weg von der öffentlichen Toilette und versuchte, nicht darüber nachzudenken, wie schrecklich es war, solche Orte aufsuchen zu müssen, nur um ein wenig Zuneigung zu finden. »Was machen wir heute?«

»Lass mal überlegen«, sagte er gut gelaunt. »Irgendwelche Vorschläge?«

»Wir könnten zu den Enten in St Stephen's Green gehen«, schlug ich vor, »etwas Brot mitnehmen und sie füttern.«

Julian lachte und schüttelte den Kopf. »Das tun wir nicht.«

»Oder wenn wir zur Ha'penny Bridge gehen? Ich habe gehört, wenn man auf ihr auf und ab springt, fängt sie an zu wackeln. Wir könnten den alten Frauen, die rübergehen, einen Schreck einjagen.«

»Nein«, sagte Julian. »Das machen wir auch nicht.«

»Was dann?«, sagte ich. »Schlag du was vor.«

»Hast du schon mal von der Palace Bar gehört?«, fragte er, und mir war sofort klar, dass er den Nachmittag bereits verplant hatte und mir nichts anderes blieb, als mitzumachen.

»Nein«, sagte ich.

»Die ist direkt bei der Westmoreland Street. Alle Studenten vom Trinity gehen da hin. Und alte Knacker, weil's da das beste Porter gibt. Komm, das sehen wir uns an.«

»Einen Pub?«, fragte ich zweifelnd.

»Ja, Cyril, einen Pub«, antwortete er, strich sich das Haar aus der Stirn und grinste. »Wir wollen doch was erleben, oder? Und man weiß nie, wem wir da begegnen. Wie viel Geld hast du?«

Ich griff in meine Tasche und holte mein Kleingeld heraus. Auch wenn ich ihn nie sah, war Charles ziemlich großzügig, was mein Taschengeld anging, jeden Montagmorgen kamen ohne Ausnahme fünfzig Pence auf meinem Schulkonto an. Ein richtiger Avery hätte natürlich ein Pfund bekommen.

»Nicht schlecht«, sagte Julian und rechnete alles in seinem Kopf zusammen. »Ich hab etwa noch mal das Gleiche. Das sollte für einen schönen Nachmittag reichen, wenn wir sparsam damit umgehen.«

»Die werden uns nichts ausschenken«, sagte ich.

»Klar werden sie das. Wir sehen alt genug aus. Ich jedenfalls. Und wir haben Geld, was das Einzige ist, worum es solchen Leuten geht. Das klappt schon.«

»Können wir nicht erst noch zu den Enten gehen?«, fragte ich.

»*Nein*, Cyril«, sagte er und schien zwischen Missmut und Belustigung hin- und hergerissen. »*Fuck*. Wir gehen in den Pub.«

Ich sagte nichts. Das F-Wort wurde von uns nur selten benutzt, und wenn, brachte es absolute Autorität mit sich. Dem F-Wort war nichts entgegenzusetzen.

Kurz bevor wir in den Pub gingen, blieb Julian vor einer Apotheke stehen, grub in seinen Taschen und holte einen Zettel hervor. »Gib mir zwei Minuten«, sagte er. »Ich muss was abholen.«

»Was?«, fragte ich.

»Ein Rezept.«

»Ein Rezept für was? Bist du krank?«

»Nein, mir geht's bestens. Ich musste neulich nur zum Arzt, das ist alles. Es ist nichts Ernstes.«

Ich legte die Stirn in Falten, sah zu, wie er hineinging, und folgte ihm einen Moment später.

»Ich hab dir doch gesagt, du sollst draußen warten«, sagte er, als er mich sah.

»Nein, hast du nicht. Was stimmt mit dir nicht?«

Er verdrehte die Augen. »Nichts«, sagte er. »Nur ein Ausschlag.«

»Was für ein Ausschlag? Wo?«

»Kümmere dich nicht drum.«

Der Apotheker kam von der Arzneimittelausgabe im hinteren Bereich des Ladens zurück und reichte ihm etwas.

»Trag reichlich auf den betroffenen Bereich auf, zweimal am Tag«, sagte er und nahm Julians Geld.

»Wird es brennen?«

»Nicht so sehr, als wenn du es nicht benutzt.«

»Danke«, sagte Julian, steckte das Päckchen in die Tasche und ging hinaus. Mir blieb nichts, als ihm zu folgen.

»Julian«, sagte ich, als wir wieder auf der Straße standen. »Was bedeutet das alles ...?«

»Cyril«, sagte er. »Das geht dich nichts an, verstanden? Vergiss es. Komm, da ist der Pub.«

Ich sagte nichts mehr, da ich seinen Zorn nicht auf mich ziehen wollte, aber ich fühlte mich verletzt und enttäuscht, weil er mich nicht in sein Geheimnis einweihen wollte.

Es gab eine Doppeltür, die wie die beiden Seiten eines gleichschenkligen Dreiecks ins Innere das Pubs führte. Julian hielt den linken Flügel gerade lange genug auf, dass ich ihm nach drinnen folgen konnte. Ein schmaler Korridor führte zu einer langen, bunten Theke, an der fünf, sechs Männer hockten, rauchten und in ihr Guinness starrten, als verberge sich in der dunklen Flüssigkeit die Antwort auf die Frage nach dem Sinn des Lebens. An der Theke vorbei gelangte man zu ein paar Tischen und dahinter zu einem kleinen Hinterzimmer. Der Barmann, ein gereizt wirkender Kerl mit kürbisfarbenem Haar und den dazu passenden Brauen, legte sich ein Handtuch über die Schulter und sah argwöhnisch zu uns herüber, als wir auf den nächsten Tisch zusteuerten.

»Das Hinterzimmer ist für Frauen und Kinder«, flüsterte Julian mir zu. »Und für Männer, die sich vor ihren Frauen verstecken wollen. Wir bleiben hier draußen. Ich habe einen fürchterlichen Durst!«, rief er dann, und ich fuhr zusammen, als sich sämtliche Köpfe im Pub in unsere Richtung drehten. »Nach einem langen Arbeitstag im Hafen genieße ich nichts mehr als ein Pint. Dir geht's genauso, oder, Cyril? Herr Wirt, bringen Sie uns zwei Gläser von dem schwarzen

Zeugs da?«, rief er und lächelte dem Orangenen hinter der Theke zu.

»Aber sofort doch«, sagte er. »Wie alt seid ihr zwei denn? Seht aus wie Kinder.«

»Ich bin neunzehn«, sagte Julian, »und mein Freund hier ist achtzehn.« Er holte sein gesamtes Geld aus der Tasche und nickte mir zu, ich solle es genauso machen, damit der Mann sah, dass wir bezahlen konnten. »Warum fragen Sie?«

»Nur, um was zum Reden zu haben«, sagte der und griff nach einem der Zapfhähne. »Euch ist doch klar, dass ich Jungs in eurem Alter etwas mehr als normal in Rechnung stelle? Ich nenne das Jugendsteuer.«

»Was immer Sie für fair halten«, sagte Julian.

»Ach, leck mich«, sagte der Barmann, aber es klang eher belustigt als verärgert. Ein paar Minuten später brachte er unsere Getränke, stellte sie vor uns hin und verschwand wieder hinter seiner Theke.

»Wie spät ist es jetzt?«, fragte Julian und nickte zur Uhr an der Wand hinüber.

»Fast sechs«, sagte ich.

»Bestens. Wie sehe ich aus?«

»Wie ein griechischer Gott, der vom unsterblichen Zeus vom Olymp hergeschickt wurde, um uns niedere Wesen mit seiner staunenswerten Schönheit zu verhöhnen«, dachte ich, was, in der Übersetzung, irgendwie so aus mir herauskam: »Du siehst okay aus. Warum?«

»Nur so«, sagte er. »Nur ein kleiner Test. Bist ein guter Kerl, Cyril«, fügte er noch hinzu, streckte den Arm aus und legte seine Hand einen Moment lang auf meine. Ein Stromschlag durchfuhr mich, als hätte er sich vorgebeugt und mir seine Lippen auf den Mund gedrückt. Er sah mir in die Augen, erwiderte meinen Blick einen Moment lang und zog leicht die Stirn kraus. Vielleicht konnte er ein Gefühl spüren, für dessen Verständnis selbst ihm die Reife fehlte.

»Du auch, Julian«, fing ich an, und vielleicht wäre ich in

der Hitze des Augenblicks bereit gewesen, mich zu größeren Schwelgereien hinreißen zu lassen und mehr zu verraten, doch bevor ich ein weiteres Wort sagen konnte, schwang die Tür des Pubs auf, und ich sah zwei Mädchen hereinkommen, von denen mir eines, zu meiner Überraschung, bekannt vorkam. Sie blickten sich nervös um, sie waren die einzigen Frauen im Pub, doch dann sahen sie mich und Julian, und die vordere der beiden lächelte und kam auf uns zu.

»Bridget«, sagte Julian. Er hatte schnell seine Hand von meiner genommen und lächelte breit. »Da bist du ja. Ich wusste, du würdest kommen.«

»Nichts wusstest du«, sagte sie und zwinkerte ihm zu. »Aber ich wette, du hast ein paar Vaterunser gebetet, um deine Wünsche wahr werden zu lassen.«

Natürlich, jetzt erkannte ich sie, es war die Kellnerin aus dem Tearoom im Dáil, völlig aufgedonnert, in einem engen roten Kleid, das ihre Brüste betonte, und mit so viel Schminke im Gesicht wie ein Clown. Neben ihr stand ein weiteres Mädchen, vielleicht ein Jahr jünger, kleiner, ohne Schminke, schüchtern und mausgrau, mit schlammbraunem Haar, einer dicken Brille und einem Ausdruck auf dem Gesicht, als hätte sie etwas gegessen, das sie nicht vertrug. Bridgets Gegenstück sozusagen zu Julians Begleitung, also zu mir. Mir wurde das Herz schwer, als ich begriff, warum sie mit dabei war, und ich starrte Julian an, der immerhin genug Scham empfand, um meinem Blick auszuweichen.

»Was wollen die Damen trinken?«, fragte er und klatschte in die Hände, als sie sich setzten.

»Sind die Stühle auch sauber?«, fragte das zweite Mädchen, zog ein Taschentuch aus dem Ärmel und begann, über den Stoff zu wischen.

»Die Hintern einiger der besten Männer und Frauen Dublins haben darauf gesessen«, erklärte Julian. »Setz dich,

Sweetheart, und wenn du dir was fängst, verspreche ich, zahle ich die Rechnung höchstpersönlich.«

»Wie charmant«, sagte sie. »Ein wahrer Gentleman.«

»Wir nehmen zwei Snowballs«, sagte Bridget. »Das ist meine Freundin Mary-Margaret.«

»An Cyril erinnerst du dich, oder?«

»Wie könnte ich ihn vergessen? *Cyril, the Squirrel.*«

»Cyril, das Eichhörnchen!«, wiederholte Julian und brach in Lachen aus über diesen wirklich fantastischen Witz.

»Du hast was Engelhaftes an dir, hat dir das schon mal jemand gesagt?«, fragte sie, beugte sich vor und studierte mein Gesicht. »Er sieht aus, als wäre er noch nie geküsst worden«, fügte sie in Julians Richtung hinzu, und ich kam mir vor wie ein Objekt unter einem Mikroskop, das von zwei Doktoren untersucht wird.

»Ich trinke einen Orangensaft«, sagte Mary-Margaret und hob die Stimme ein wenig.

»Zwei Snowballs«, wiederholte Bridget.

»Zwei Snowballs!«, rief Julian zur Theke hinüber und deutete dann auf unsere Gläser, die gefährlich leer aussahen. »Und noch zwei Pints!«

»Ich muss früh raus morgen«, sagte Mary-Margaret. »Father Dwyer hält die Sechs-Uhr-Messe, und er macht das doch so schön.«

»Du hast noch keinen Tropfen getrunken«, sagte Bridget, »und von einem Glas wirst du nicht gleich zur Alkoholikerin.«

»Eins«, sagte Mary-Margaret. »Aber nur eins. Ich bin keine Trinkerin, Bridget. Das weißt du.«

»Wie geht's dir, Mary-Margaret?«, sagte Julian. »Das ist mein Freund Cyril.«

»Das hast du bereits gesagt. Denkst du, ich hab ein Gedächtnis wie ein Goldfisch?«

»Und, was denkst du?«

»Was denke ich worüber?«

»Über Cyril? Das Eichhörnchen?«

»Was soll ich über ihn denken?«, fragte sie und musterte mich von oben bis unten, als wäre ich ein Wesen aus der schwarzen Lagune und sie hätte das Pech, nahe am Ufer zu stehen, während ich an Land kroch.

»Eben hat ihn ein Schwuler in einem öffentlichen Klo gefragt, ob er ihm einen blasen dürfte.«

Ich sperrte entsetzt den Mund auf, Mary-Margaret ihren ungläubig, und Bridget war voller Entzücken.

»Das stimmt nicht«, sagte ich, und meine Stimmbänder suchten sich abermals einen unglücklichen Moment aus, um zu versagen. »Das hat er erfunden.«

»Das ist nicht mein Niveau«, sagte Mary-Margaret und sah Bridget an. In diesem Moment kamen die Snowballs, und sie schnüffelte an ihrem und trank ihn fast mit einem Zug aus, ohne eine Reaktion zu zeigen. »Sind das vulgäre Jungen? Ich mag keine vulgären Jungen, wie du weißt. Ich nehme noch so einen, wenn die beiden gehen.«

»Noch zwei Snowballs!«, rief Julian.

Im nachfolgenden Schweigen sah Mary-Margaret mich an und schien, wenn überhaupt, noch weniger beeindruckt von mir als zuvor, was ich kaum für möglich gehalten hätte.

»Cecil, richtig?«, sagte sie.

»Cyril«, sagte ich.

»Und weiter?«

»Cyril Avery.«

»Hm«, sagte sie mit einem leisen Schniefen. »Das ist nicht der schlimmste Name, den ich je gehört habe.«

»Danke.«

»Ich bin nur mitgekommen, weil Bridget mich darum gebeten hat. Ich wusste nicht, dass wir zu viert sein würden.«

»Ich auch nicht«, sagte ich.

»Das ist nicht mein Niveau.«

»Wie war's heute im Tearoom?«, fragte Julian. »Ist Präsident Eisenhower vorbeigekommen, um Hallo zu sagen?«

»Mr Eisenhower ist der amerikanische Präsident«, sagte Mary-Margaret und sah ihn verächtlich an. »Unser Präsident ist Mr O'Kelly. So ungebildet kannst selbst du nicht sein, oder?«

»Das sollte ein Scherz sein, Mary-Margaret«, sagte Julian und sah zur Decke.

»Ich mache mir nichts aus Scherzen.«

»Ich hab noch nie von einem Präsidenten Eisaflower gehört«, sagte Bridget mit einem Achselzucken.

»Eisenhower«, sagte ich.

»Eisaflower«, wiederholte sie.

»Genau«, sagte ich.

»Arbeitest du auch im Tearoom, Mary-Margaret?«, fragte Julian.

»Tu ich nicht«, sagte sie beleidigt darüber, dass jemand so etwas auch nur annehmen konnte. »Ich bin mitverantwortlich für die Bargeldtransaktionen in der Devisenabteilung der Bank of Ireland am College Green.«

»Bist du nicht«, sagte Julian.

»Bin ich«, sagte sie.

»Bist du nicht. Das hast du dir ausgedacht.«

»Warum sollte ich das tun?«, fragte sie.

»Also gut, sag was auf Norwegisch.«

Mary-Margaret sah ihn an, als begriffe sie nicht, was er meinte, und drehte sich zu Bridget hin, die sich vorbeugte, verspielt auf Julians Arm klopfte und ihre Hand dort anschließend liegen ließ, was in mir das Bedürfnis weckte, ein zurückgelassenes Messer vom nächsten Tisch zu nehmen und sie ihr abzuhacken.

»Hör nicht auf ihn«, sagte Bridget spöttisch. »Er denkt, er ist der Größte.«

»Das Nonplusultra«, sagte er mit einem Zwinkern.

»Das Nonminusultra.«

»Nonplusultra«, sagte ich ruhig. »Das heißt Nonplusultra.«

»Die Norweger haben norwegische Kronen«, verkündete Mary-Margaret, verzog das Gesicht und sah in die Ferne. »Die mag ich nicht sehr, wenn ich ehrlich bin. Wenn du die zählst, verfärben sie deine Finger, und das ist nicht mein Niveau. Ich ziehe internationale Währungen vor, die nicht abfärben. Australische Banknoten sind sehr sauber, und auch die Geldscheine ihrer nächsten Nachbarn, der Neuseeländer.«

»Heiliger Herr im Himmel, du weißt faszinierende Dinge«, sagte Julian. Wir hatten gerade unsere Gläser wieder ausgetrunken und eine neue Runde bekommen, auf meine Bestellung hin, nachdem Julian unsere leeren Gläser angesehen und mich angestoßen hatte.

»Das ist ein verbreiteter Irrglaube«, sagte ich. »Neuseeland ist ganz und gar nicht Australiens nächster Nachbar.«

»Aber natürlich«, sagte Mary-Margaret. »Erzähl keinen Unsinn.«

»Das ist kein Unsinn. Papua-Neuguinea liegt näher dran. Das haben wir in Erdkunde gehabt.«

»So ein Land gibt's gar nicht«, sagte sie.

»Doch«, widersprach ich ihr, unsicher, weil ich es nicht würde beweisen können. »Das gibt es.«

»Hör auf, mit dem armen Mädchen zu flirten, Cyril«, sagte Julian. »Sie wird über dich herfallen wie ein Bär über einen Bienenstock, wenn du weiter so herumschweinigelst.«

»Ich arbeite in der Devisenabteilung der Bank of Ireland am College Green«, wiederholte sie, nur für den Fall, dass wir vergessen hatten, was sie uns ein paar Minuten zuvor erzählt hatte. »Ich denke, ich weiß ein bisschen mehr über die internationale Geografie als du.«

»Nicht, wenn du noch nie was von Papua-Neuguinea gehört hast.«

»Ich hab mir ein neues Paar Nylons gekauft«, sagte Bridget wie aus heiterem Himmel. »Ich habe sie heute zum ersten Mal an. Was meint ihr?« Damit drehte sie sich nach links und reckte ihre Beine ins Blickfeld. Ich hatte kaum Vergleichsmöglichkeiten, aber es war klar, dass der Anblick beeindruckend war, wenn man so was mochte. Bridget war von Kopf bis Fuß eine Wucht, das ließ sich nicht abstreiten. Ich blickte Julian an, und mir war klar, dass er völlig vernarrt in sie war. Ich kannte diesen Gesichtsausdruck nur zu gut, da ich meist selbst so aussah.

»Sie sind absolut umwerfend«, sagte Julian mit einem Zwinkern. »Aber ich wette, du könntest sie auch ausziehen.«

»Frechdachs«, sagte sie, gab ihm einen Klaps auf den Arm und wandte sich mir zu. »Und wie geht's dir so, Cyril?«, fragte sie. »Gibt es Neuigkeiten?«

»Nicht wirklich«, sagte ich. »Ich hab eine Auszeichnung für meinen Aufsatz über Papst Benedikt XV. und seine Friedensbemühungen während des Ersten Weltkriegs bekommen.«

»Und das erzählst du mir erst jetzt?«, sagte Bridget.

»Du hast mich vorher nicht gefragt«, sagte ich.

»Himmel, das ist ein Pärchen«, sagte Julian und sah zwischen Mary-Margaret und mir hin und her.

»Bilde ich mir das nur ein, oder stinkt es hier?«, fragte Mary-Margaret und verzog das Gesicht.

»Wer's zuerst gerochen«, sagte Julian. »Hast du diese Woche schon gebadet?«

»Ihr müsst das doch auch riechen!«, fauchte sie ihn an.

»Es riecht ein bisschen nach Pisse«, sagte Bridget.

»Bridget!«, sagte Mary-Margaret entsetzt.

»Weil wir direkt über der Treppe sitzen«, sagte Julian. »Da unten ist die Männertoilette. Du musst nur den Kopf ein wenig drehen, Maria-Magdalena, da um die Ecke gucken, und schon siehst die all die alten Knaben mit ihren Dingern in der Hand.«

»Ich heiße Mary-Margaret«, sagte Mary-Margaret, »nicht Maria-Magdalena.«

»Mein Fehler.«

»Und ich würde es vorziehen, wenn du nicht von ›Dingern‹ reden würdest.«

»An denen ist an sich nichts Schlechtes«, sagte Julian. »Ohne sie säßen wir alle nicht hier, und ich wäre ohne meins komplett verloren. Es ist mein bester Freund, nach Cyril. Wobei ich es dir überlasse zu überlegen, womit ich mehr Spaß habe.«

Ich lächelte, das Bier zeigte erste Folgen, und ich hielt es für ein ziemliches Kompliment, höher in Julians Achtung zu stehen als sein eigener Penis.

»Bridget«, sagte Mary-Margaret und wandte sich wieder ihrer Freundin zu. »Ich mag dieses schmutzige Gerede nicht. Das ist nicht mein Niveau.«

»Jungs sind besessen von ihren Dingern«, sagte Bridget und schüttelte den Kopf. »Sie reden über nichts anderes.«

»Stimmt nicht«, sagte Julian. »Erst letzte Woche habe ich mich mit einem aus der Matheklasse über quadratische Gleichungen unterhalten. Obwohl, wenn ich recht darüber nachdenke, standen wir dabei an der Rinne, und ich muss zugeben, dass ich einen schnellen Blick riskiert habe, um zu sehen, wie lang meiner im Vergleich zu seinem war.«

»Von wem sprichst du?«, fragte ich und spürte, wie es bei mir im Schritt zu kribbeln begann.

»Peter Trefontaine.«

»Und wie war seiner?«

»Klein«, sagte Julian, »und irgendwie komisch nach links gebogen.«

»Würdet ihr bitte aufhören?«, sagte Mary-Margaret. »Ich muss morgen früh in die Messe.«

»Zu Father Dwyer, ja, das hast du erwähnt. Ich wette, der hat einen Winzigen.«

»Bridget, ich gehe, wenn dieser Junge weiter...«

»Hör auf, Julian«, sagte Bridget, »du bringst Mary-Margaret in Verlegenheit.«

»Nicht in Verlegenheit«, sagte ihre Freundin. »Ich bin angewidert. Das ist ein Unterschied.«

»Reden wir also nicht mehr von unseren Dingern«, sagte Julian und nahm einen großen Schluck Bier. »Obwohl es euch interessieren könnte, dass vor vielen Jahren, als unser Cyril und ich hier noch Kinder waren, dass er mich da gefragt hat, ob er mein Ding sehen könnte.«

»Habe ich nicht!«, rief ich entsetzt. »Er war es, der *mich* gefragt hat!«

»Dafür musst du dich nicht schämen, Cyril«, sagte er lächelnd. »Das war nichts als jugendlicher Übermut. Deswegen bist du nicht schwul oder so.«

»Ich habe ihn nicht gefragt, ob ich sein Ding sehen kann«, wiederholte ich, und Bridget musste so lachen, dass sie etwas von ihrem Snowball auf den Tisch spuckte.

»Wenn das die Art von Unterhaltung ist, die wir...«, sagte Mary-Margaret.

»Ich habe ihn nicht gefragt«, setzte ich noch einmal nach.

»Gerechterweise sollte gesagt werden, dass ich ein sehr schönes Ding habe«, sagte Julian. »Cyril kann es bestätigen.«

»Woher soll ich das wissen?«, sagte ich wütend und lief rot an.

»Weil wir uns ein Zimmer teilen«, antwortete er. »Tu nicht so, als hättest du noch nie geguckt. Ich habe mir auch deins angesehen. Ist ganz hübsch, wenn auch nicht so groß wie meins. Aber größer als Peter Trefontaines, selbst wenn er nicht gerade ausgefahren ist, was, seien wir ehrlich, ziemlich oft der Fall ist. Das musst du doch zugeben, Cyril?«

»Ich glaub's ja nicht«, sagte Mary-Margaret und sah aus, als würde sie gleich in Ohnmacht fallen. »Bridget, ich will nach Hause.«

»Genau betrachtet, Mary-Margaret, bist du die Einzige hier am Tisch, die mein Ding noch nicht gesehen hat«, sagte Julian. »Womit du aus dem Rahmen fällst.«

Es wurde still, während wir alle langsam begriffen, was er da sagte. Mein Magen verkrampfte sich leicht, und mir wurde bewusst, dass wir zwar oft gemeinsam aus dem Belvedere flohen, Julian manchmal aber auch allein verschwand oder, was noch viel schlimmer wäre, womöglich auch mit einem anderen Jungen, mit dem er auf Mädchenjagd gehen konnte. Der Gedanke, dass er außerhalb unseres Lebens, unserer Freundschaft, noch ein anderes Leben führte, verletzte mich, und dass Bridget sein Ding gesehen hatte, wie mir langsam dämmerte, ob das nun bedeutete, dass sie es nur angestarrt oder auch berührt hatte, ihm einen geblasen oder bis zum Letzten gegangen war, dieser Gedanke war kaum zu ertragen. Zum ersten Mal, seit ich ein Kind war, fühlte ich mich auch wie eines.

»Du hast ein schreckliches Mundwerk«, sagte Bridget halb verlegen, halb erregt.

»Deins ist einfach nur wunderbar«, erwiderte er, beugte sich lächelnd vor, und ehe einer von uns begriff, was da geschah, küssten sich die beiden. Ich sah in mein Glas, zitterte ein wenig, als ich es an die Lippen hob, und trank es in einem Zug aus. Dann sah ich mich im Pub um, als wäre alles ganz normal.

»Ist die Decke nicht herrlich gemustert?«, sagte ich und hielt den Blick nach oben gerichtet, damit ich nicht mit ansehen musste, wie sich die beiden gegenseitig betatschten.

»Meine Mutter ist in der Legion of Mary«, erklärte Mary-Margaret. »Ich weiß nicht, was die von einem solchen Verhalten denken würde.«

»Entspann dich«, sagte Julian, nachdem die beiden voneinander abgelassen hatten und er sich mit einem zufriedenen Gesichtsausdruck auf seinem Stuhl zurücklehnte. Einem Gesichtsausdruck, der besagte: »Ich bin jung, ich sehe gut aus, ich mag Mädchen, und die Mädchen mögen mich. Der Spaß wird kein Ende haben, wenn ich erst die Fesseln meines Schülerdaseins abgeworfen habe.«

»Magst du den Tearoom, Bridget?«, fragte ich verzweifelt, um das Thema zu wechseln.

»Was?«, sagte sie und sah mich verwundert an. Der leidenschaftliche Kuss schien sie verunsichert zu haben. Sie sah aus, als wünschte sie sich nichts mehr, als dass ich und Mary-Margaret sie und Julian allein ließen, damit sie hingehen konnten, wo sie schon mal gewesen waren, und tun, was immer sie dort bereits getan hatten. »Was für einen Tearoom?«

»Den, in dem du arbeitest«, sagte ich. »Welchen Tearoom denn sonst? Den im Dáil Éireann.«

»Ach ja«, sagte sie. »Da lachen wir uns den ganzen Tag halb tot, Cyril. Nein, war ein Scherz, vergiss es. Die TDs sind ein schmieriger Haufen, und die meisten können es nicht lassen und schlagen dir auf den Hintern, wenn du vorbeikommst. Aber sie geben auch gutes Trinkgeld, weil sie wissen, wenn sie's nicht tun, setzt Mrs Goggin sie am nächsten Tag an einen miesen Tisch in der Ecke, und sie können sich nicht länger bei einem der Minister einschleimen.«

»War das die, die uns an dem Tag im Dáil die Predigt gehalten hat?«, fragte Julian.

»Ja, die.«

»Gott, was für ein Knochen.«

»Oh nein«, sagte Bridget und schüttelte den Kopf. »Mrs Goggin ist eine von den Guten. Sie verlangt eine Menge von ihren Leuten, arbeitet selbst aber mehr als alle anderen und will nie etwas von dir, was sie nicht auch selbst tun würde. Sie hat keine Allüren, ganz im Gegensatz zu den anderen im Haus. Nein, auf die lasse ich nichts kommen.«

»Na gut«, sagte der gescholtene Julian. »Dann auf Mrs Goggin.« Er hob sein Glas.

»Auf Mrs Goggin«, sagte Bridget und hob ebenfalls ihr Glas, und was blieb Mary-Margaret und mir da, als mitzumachen?

»Habt ihr in der Bank of Ireland auch eine Mrs Goggin?«, fragte Julian.

»Nein, wir haben einen Mr Fellowes.«

»Magst du ihn?«

»Ich habe keine Meinung über meine Vorgesetzten. Das gehört sich nicht.«

»Hat sie immer so gute Laune?«, fragte Julian seine Bridget.

»Es stinkt hier unerträglich nach Pisse«, sagte die. »Können wir uns woanders hinsetzen?«

Wir sahen uns um, aber der Pub war mittlerweile voller Feierabendtrinker, und wir hatten Glück, überhaupt einen Platz zu haben.

»Sonst ist nichts frei«, sagte Julian. Er gähnte ein wenig, als er sein nächstes Guinness in Angriff nahm. »Herrgott, wir haben Glück, dass wir den Tisch so lange behalten können. Die Stammgäste hätten alles Recht, uns zu vertreiben.«

»Würdest du bitte den Namen unseres Herrn nicht so sinnlos verwenden«, sagte Mary-Margaret.

»Ach, ist er etwa nach dem Mittagessen vor deinem Schreibtisch in der Devisenabteilung der Bank of Ireland am College Green aufgetaucht und hat dir gesagt, dass er das nicht mag?«

»Hast du die Zehn Gebote nicht gelesen?«

»Nein, aber den Film habe ich gesehen.«

»Bridget, das geht jetzt wirklich zu weit«, sagte Mary-Margaret. »Sollen wir hier den ganzen Abend sitzen und uns diesen Quatsch anhören?«

»Er macht doch nur Spaß, Mary-Margaret«, sagte Bridget. »Stör dich nicht dran.«

»Der Herr hat's gegeben, der Herr hat's genommen«, sagte Mary-Margaret bitter, was für mich nichts mit dem zu tun hatte, worüber wir gerade sprachen.

»Aber ich bin der Herr«, sagte Julian.

»Was?«, fragte Mary-Margaret verwirrt.

»Ich sagte, ich bin der Herr. Ich bin von meinem Vater geschickt worden, der auch der Herr ist, um die Leute auf den rechten Pfad zu bringen. Was wir wollen, Daddy und ich, ist, dass sich alle ausziehen und übereinander herfallen wie läufige Hunde. Adam und Eva waren nackt, wie ihr alle aus dem Buch der Anfänge wisst. Kapitel eins, Vers eins: ›Und siehe, da war ein Mann, und siehe, da war eine Frau, und beide trugen keinen Faden am Leib, und siehe, die Frau legte sich hin, und der Mann machte alle möglichen irren Sachen mit ihr, und sie hatte dicke Titten, und sie lechzte danach.‹«

»Das steht nicht in der Bibel«, sagte Mary-Margaret. Sie beugte sich über den Tisch, ballte die Fäuste und war offensichtlich bereit, Julian an die Gurgel zu gehen.

»Vielleicht nicht das mit den dicken Titten, aber der Rest wortwörtlich so, glaube ich.«

»*Squirrel*«, sagte sie und sah mich an. »Bist du wirklich mit diesem Menschen befreundet? Bringt er dich vom rechten Weg ab?«

»Ich heiße *Cyril*«, sagte ich.

»'tschuldigung, worüber reden wir da?«, fragte Bridget, bei der die Snowballs langsam Wirkung zeigten. »Ich war gerade ganz woanders.«

»Im Übrigen«, sagte Julian, »hat jemand gesehen, wer da drüben an der Theke steht?«

Wir wandten die Köpfe, und mein Blick strich über die sechs oder sieben Statuen auf ihren Hockern und ihre Gesichter im Spiegel hinter der Theke.

»Wer?«, fragte Bridget und griff nach Julians Hand. »Wer ist es? Ich habe gehört, Bing Crosby ist für ein Golfturnier in der Stadt. Ist er hier?«

»Seht doch, ganz am Ende«, sagte Julian und nickte in Richtung eines beleibten Mannes mit Hängebacken und dunklem Haar, der auf dem letzten Hocker vor der Buntglasabtrennung saß. »Ihr erkennt ihn nicht, oder?«

»Der sieht aus wie Father Dwyer«, sagte Mary-Margaret. »Aber ein Mann seines Standes würde sich nicht mal tot in einer solchen Kneipe sehen lassen.«

»Er erinnert mich ein bisschen an Onkel Diarmuid«, sagte Bridget. »Aber der ist vor zwei Jahren gestorben, also kann er es auch nicht sein.«

»Das ist Brendan Behan«, sagte Julian und klang erstaunt, dass wir ihn nicht erkannten.

»Wer?«, fragte Bridget.

»Brendan Behan«, wiederholte er.

»Der Schriftsteller?«, fragte ich. Ich hatte lange nichts gesagt, und Julian sah mich mit einem Ausdruck an, als hätte er vergessen, dass ich noch da war.

»Aber klar, der Schriftsteller«, sagte er. »Wen sonst könnte ich meinen? Brendan Behan, den Milchmann?«

»Hat der nicht *Borstal Boy* geschrieben?«, fragte Mary-Margaret.

»Und *Der Spaßvogel*«, sagte Julian. »Das ist einer der wichtigsten Menschen in Dublin.«

»Ist er nicht ein fürchterlicher Säufer?«, fragte sie.

»Fragte das Mädchen bei ihrem vierten Snowball.«

»Father Dwyer sagt, das ist ein schreckliches Stück, und dann gibt es noch das Buch, das er über das Gefängnis geschrieben hat, Daddy wollte es nicht im Haus haben.«

»Mr Behan! Mr Behan!«, rief Julian, drehte sich ganz zu ihm hin und wedelte mit den Armen durch die Luft. Und tatsächlich, der Mann wandte den Kopf in unsere Richtung, sah uns an, und seine herablassende Miene hellte sich auf, vielleicht weil wir noch so jung waren.

»Kenne ich euch?«, sagte er freundlich.

»Nein, aber wir kennen Sie«, sagte Julian. »Mein Freund und ich hier gehen aufs Belvedere, und wir schätzen das geschriebene Wort, auch wenn es die Jesuiten nicht tun. Würden Sie sich zu uns setzen? Es wäre mir eine Ehre, Ihnen ein Pint zu spendieren. Cyril, kauf Mr Behan ein Bier.«

»Gekauft«, sagte Behan. Er rutschte von seinem Platz, kam herüber, zog einen kleinen Hocker vom nächsten Tisch heran und setzte sich zwischen Mary-Margaret und mich. Julian und Bridget ließ er ihre Zweisamkeit. Kaum dass er sich gesetzt hatte, wandte er sich Mary-Margaret zu und sah ihr in die Augen, bevor er den Blick auf ihre Brüste senkte.

»Ein schönes Paar!«, sagte er und sah in die Runde, als frische Getränke kamen. Julian nahm mir das Geld aus der Hand und gab es dem Barmann. »Klein, aber nicht zu klein. Genau richtig für die Hand eines Mannes. Ich hab immer schon geglaubt, dass es einen direkten Zusammenhang zwischen der Größe einer Männerhand, dem Umfang der Titten seiner Frau und ihrem ehelichen Glück gibt.«

»Bei allen Heiligen!«, sagte Mary-Margaret und schien in Ohnmacht fallen zu wollen.

»Ich habe Ihr Buch gelesen, Mr Behan«, sagte Julian, bevor sie ihn schlagen konnte.

»Bitte«, sagte Behan, hob eine Hand und lächelte uns glückselig an. »Keine Formalitäten bitte. Nennt mich Mr Behan.«

»Mr Behan also«, sagte Julian und grinste.

»Warum hast du es gelesen? Wusstest du nichts Besseres mit deiner Zeit anzufangen? Wie alt bist du?«

»Fünfzehn«, sagte Julian.

»Fünfzehn?«, fragte Bridget und tat schockiert. »Mir hast du gesagt, du wärst neunzehn.«

»Bin ich auch«, sagte Julian fröhlich.

»Als ich fünfzehn war«, sagte Behan, »war ich zu sehr mit meinem Schniedel beschäftigt, als dass ich mir noch über Bücher hätte Gedanken machen können. Nicht schlecht, junger Mann.«

»Das ist nicht mein Niveau«, sagte Mary-Margaret und leerte ihren fünften Snowball, und da sie so entsetzt war über den Verlauf, den die Unterhaltung nahm, blieb ihr nichts, als einen weiteren zu bestellen.

»Mein Vater wollte es verbieten lassen«, fuhr Julian fort. »Er hasst alles, was mit dem Republikanismus zu tun hat, und da bin ich neugierig geworden.«

»Wer ist dein Vater?«

»Max Woodbead.«

»Der Anwalt?«

»Genau der.«

»Dem die IRA das Ohr weggeschossen hat?«

»Ja«, nickte Julian.

»Gütiger Himmel«, sagte Behan, schüttelte den Kopf und hob lachend das Bier, das wir ihm bestellt hatten. Er trank ein gutes Viertel davon, ohne mit der Wimper zu zucken. »Da musst du ein paar Pfund haben. Am besten halten wir uns den Rest des Abends an deine Gesellschaft.«

»Darf ich Ihnen eine Frage stellen, Mr Behan?«, sagte Bridget und beugte sich mit einem Ausdruck auf dem Gesicht vor, als wollte sie fragen, wie er auf seine Ideen komme oder ob er mit der Hand oder der Maschine schreibe.

»Wenn du mich fragst, ob ich dich heirate, lautet die Antwort Nein, aber wenn ich dich nur hinten im Gässchen mal schnell rannehmen soll, dann ja«, sagte Behan. Es folgte ein langes Schweigen, bis er zu lachen begann und noch einen Schluck Guinness nahm. »Ich mach doch nur Spaß, Darling. Aber lass uns mal deine Beine sehen. Komm schon, zeig her. Lass den Hund das Karnickel sehen. Meine Güte, die sind gar nicht schlecht, und du hast zwei davon, was immer eine Hilfe ist. Und sie reichen so weit hoch.«

»Und treffen sich in der Mitte«, sagte Bridget, was mich, Julian und Mary-Margaret ungläubig den Mund aufsperren ließ. Julian sah im Übrigen aus, als wollte er vor lauter Geilheit von seinem Platz aufspringen und nachsehen.

»Das ist dein Freund, was?«, fragte Behan und nickte zu Julian hin.

»Weiß ich noch nicht«, sagte Bridget und warf Julian einen Blick zu. »Ich hab mich noch nicht entschieden.«

»Ich schmier ihr immer noch Honig ums Maul«, sagte Julian. »Ich mach's mit dem alten Woodbead-Charme.«

»Sie kriegt den alten Behan-Charme, wenn du nicht aufpasst. Und was ist mit dir, junger Mann?«, fragte er mich. »Du siehst aus, als wärst du gern überall auf der Welt, nur nicht hier.«

»Das stimmt nicht«, sagte ich, um Julian nicht zu enttäuschen. »Ich amüsiere mich bestens.«

»Tust du nicht.«

»Doch.«

»Doch was?«

»Tu ich, Mr Behan?«, sagte ich unsicher, was er meinte.

»Ich sehe direkt in dich rein«, sagte er, beugte sich vor und sah mir in die Augen. »Du bist wie aus Glas für mich. Bis in die Tiefen deiner Seele kann ich sehen, und in ihre dunkle Höhle voller unzüchtiger Gedanken und unmoralischer Fantasien. Bist ein guter Kerl.«

Wieder schwiegen alle und fühlten sich unwohl, mit Ausnahme von Behan selbst.

»Bridget«, brach Mary-Margaret endlich das Schweigen, wobei ihre Worte inzwischen leicht verwischt klangen. »Ich glaube, es ist an der Zeit, dass ich nach Hause gehe. Ich will hier nicht länger bleiben.«

»Trink noch einen Snowball«, sagte Bridget, die so betrunken war wie wir alle. Sie fuhr, ohne auch nur hinzugucken, mit einem Finger durch die Luft, und zu meinem Erstaunen kam zwei Minuten später schon eine neue Runde.

»Ist das alles wahr, was Sie in Ihrem Buch schreiben?«, fragte Julian. »In *Borstal Boy*, meine ich.«

»Gott bewahre, ich hoffe nicht«, sagte Behan und schüttelte den Kopf, als er nach seinem nächsten Glas griff. »Ein Buch wäre schrecklich langweilig, wenn alles so geschehen wäre, wie es drinsteht. Meinst du nicht? Das gilt besonders für eine Autobiografie. Ich kann mich sowieso nur noch an die Hälfte von dem erinnern, was ich geschrieben habe, aber ich nehme an, dass ich ein paar Leute verleumdet habe. Wollte dein Daddy es deswegen verbieten?«

»Ihm gefällt Ihre Vergangenheit nicht.«

»Haben Sie eine sensationelle Vergangenheit, Mr Behan?«, fragte Bridget.

»Mehrere. Welcher Teil hat ihm nicht gefallen?«

»Dass Sie versucht haben, den Hafen von Liverpool in die Luft zu sprengen«, sagte Julian. »Der Teil, wegen dem Sie in der Erziehungsanstalt gelandet sind.«

»Dein Daddy ist also kein Sympathisant?«

»Er will, dass die Briten zurückkommen und die Kontrolle übernehmen«, sagte Julian. »Er ist in Dublin geboren und aufgewachsen, schämt sich aber dafür.«

»Was es nicht alles gibt. Und du? Was ist mit dir, mein Junge?«, fragte er und wandte mir seine Aufmerksamkeit zu.

»Mir ist das alles egal«, sagte ich. »Politik interessiert mich nicht.«

»Sag ihm, wer deine Mutter ist«, sagte Julian und stieß mich gegen den Arm.

»Ich weiß nicht, wer meine Mutter ist«, antwortete ich.

»Wie kannst du nicht wissen, wer deine Mutter ist?«, fragte Behan.

»Er ist adoptiert«, sagte Julian.

»Du weißt nicht, wer deine Mutter ist?«

»Nein«, sagte ich.

»Warum sagt er dann...«

»Sag ihm, wer deine *Adoptiv*mutter ist«, sagte Julian, und ich blickte auf den Tisch, auf einen Fleck, den ich mit dem Daumen wegzuwischen versuchte.

»Maude Avery«, sagte ich leise.

»Maude Avery?«, fragte Behan, stellte sein Glas ab und starrte mich so ungläubig wie bewegt an. »Die Maude Avery, die *Neigung zur Lerche* geschrieben hat?«

»Ja, die«, sagte ich.

»Sie war eine der besten Schriftstellerinnen, die Irland je hervorgebracht hat«, sagte er und schlug ein paarmal mit der Hand auf den Tisch. »Ich glaube, ich erinnere mich jetzt an dich. Du warst auf der Beerdigung. Ich war auch da.«

»Natürlich war ich auf ihrer Beerdigung«, sagte ich. »Sie war meine Adoptivmutter.«

»Sie wird ihren Frieden bei Gott, unserem Herrn, finden«, sagte Mary-Margaret mit missionarischer Stimme, wofür ich nur einen verächtlichen Blick übrighatte.

»Ich kann dich noch in deinem kleinen dunklen Anzug in der ersten Reihe sitzen sehen«, sagte Behan. »Direkt neben deinem Vater.«

»Seinem Adoptivvater«, sagte Julian.

»Hör auf, Julian«, sagte ich in einem seltenen Moment des Unmuts ihm gegenüber.

»Du hast eine der Lesungen übernommen.«

»Das habe ich«, sagte ich.

»Und ein Lied gesungen.«

»Nein, das war ich nicht.«

»Es war eine schöne Melodie. Du hast uns alle zu Tränen gerührt.«

»Noch mal: Das war ich nicht. Ich kann nicht singen.«

»Yeats sagte, es war, als lauschte man einem Engelschor, und O'Casey, er habe zum ersten Mal in seinem Leben weinen müssen.«

»Ich habe nicht gesungen.«

»Bist du dir bewusst, wie sehr wir alle deine Mutter geschätzt haben?«

»Ich kannte sie nicht sehr gut«, sagte ich und wünschte, Julian hätte das Thema nicht auf Maude gebracht.

»Wie kannst du das behaupten?«, fragte Behan. »Wenn sie deine Mutter war?«

»Meine Adoptivmutter«, sagte ich zum soundsovielten Mal.

»Wann hat sie dich adoptiert?«

»Als ich drei Tage alt war?«
»Mit drei Jahren?«
»Drei *Tagen*.«
»Mit drei Tagen? Dann war sie praktisch deine Mutter.«
»Wir waren uns nicht sehr nahe.«
»Hast du ihre Bücher gelesen?«
»Nein«, sagte ich.
»Kein einziges?«
»Kein einziges.«
»Ich hab's ihm gesagt«, warf Julian ein, der sich anscheinend aus der Unterhaltung ausgeschlossen fühlte.
»Nicht mal *Neigung zur Lerche*?«
»Warum sagen immer alle, dass ich das lesen soll? Nein, nicht mal *Neigung zur Lerche*.«
»Soso«, sagte Behan. »Nun, du solltest es lesen, wenn du auch nur ein wenig Interesse an irischer Literatur hast.«
»Das habe ich«, sagte ich.
»Gütiger Himmel«, sagte er und sah zwischen Julian und mir hin und her. »Dein Vater ist Max Woodbead, deine Mutter Maude Avery. Was ist mit den Mädchen? Wer sind eure Eltern? Der Papst? Die Queen? Doris Day?«
»Ich geh aufs Klo«, sagte ich, stand auf und sah in die Runde. »Ich muss pinkeln.«
»Das wollen wir nicht wissen«, sagte Mary-Margaret.
»Fick dich«, sagte ich und kicherte unkontrollierbar.
»Weißt du«, sagte Behan und lächelte sie nett an, »wenn du etwas lockerer werden willst, solltest du vielleicht mit ihm runtergehen. Ich wette, er kriegt dich irgendwie wieder richtig hin. Du musst zwischendurch mal loslassen, genau wie er. Die beiden da«, sagte er und nickte zu Julian und Bridget hin, »die sind schon bestens dabei, würde ich sagen. Er steht ohne Frage kurz davor, sie unter den Tisch zu ziehen und es ihr da zu besorgen.«
Ich stieg über meinen Stuhl, bevor ich ihre Antwort hören konnte, und stolperte nach unten, urinierte lang und

wütend gegen die Wand und wünschte, wir wären nie in die Palace Bar gekommen. Wie lange wollte dieser Behan noch bei uns sitzen? Und warum hatte Julian mir nicht gesagt, dass er einen Vierer geplant hatte? Hatte er Angst gehabt, dass ich, wenn ich es gewusst hätte, nicht mitgekommen wäre? Tatsache war, ich wäre mitgekommen. Es war immer noch leichter, dazusitzen und zu sehen, was er alles anstellte, als in unserem Zimmer im College zu hocken und mir das alles nur vorzustellen.

Als ich zurück nach oben kam, saß Behan wieder auf seinem Barhocker, und Bridget rieb Maria-Magdalenas Arm und betupfte ihre Augen mit einem Taschentuch.

»Das ist eine so vulgäre Frage«, sagte sie. »Was für eine Frau würde so etwas tun?«

»Reg dich nicht auf, Mary-Margaret«, sagte Bridget. »Das ist was Amerikanisches. Wahrscheinlich hat er drüben davon gehört.«

»Cyril, ich glaube, die nächste Runde geht auf dich«, sagte Julian, nickte zu den Mädchen hin und verdrehte die Augen.

»Wir bleiben hier doch nicht den ganzen Abend, oder?«, fragte Bridget.

»Ich bleibe keine Minute länger«, sagte Mary-Margaret. »Öffentlich von einem Mann so angeredet zu werden. Meine Geschlechtsteile gehen nur mich und sonst keinen was an.« Sie schwang sich zur Seite, zeigte zum ersten Mal seit ihrer Ankunft etwas Leben und schrie zu seinem Hocker hinüber: »Man sollte Sie zurück in Ihre Erziehungsanstalt schicken und da verrotten lassen, Sie widerlicher Kerl!«

Behans Schultern bebten vor Lachen, und er prostete uns mit seinem Bier zu, während der Rest der Männer johlte und Sätze rief wie »Jetzt zeigt sie's dir, Brendan!« und »Nicht schlecht, kleine Schlampe!«, und Mary-Margaret sah aus, als wollte sie gleich wieder in Tränen ausbrechen oder einen Wutanfall kriegen und die Palace Bar in sämtliche Einzelteile zerlegen, Stück für Stück.

»Dublin ist eine große Stadt«, sagte Julian, der den Abend zusammenzuhalten versuchte. »Wir könnten uns aufs Gras vorm Trinity College setzen und zugucken, wie die Schwulen Kricket spielen.«

»Das machen wir«, sagte Bridget. »Es ist ein schöner Abend, und die Jungs am College sehen immer so gut aus in ihren weißen Sachen.«

»Wenn das Gras zu kalt wird, halt ich dich warm, darauf kannst du dich verlassen«, sagte Julian, und sie kicherte, als wir aufstanden.

Wir tranken den letzten Schluck aus den Gläsern und wandten uns der Tür zu. Ich drängte voran und versuchte, näher an Julian heranzukommen. Ich wollte ihn unbedingt fragen, ob wir nicht irgendwo hingehen könnten, nur wir zwei, streifte dabei aber aus Versehen Mary-Margarets Arm.

»Ich muss doch bitten«, fuhr sie mich an.

»'tschuldigung«, sagte ich und versuchte, sie nicht anzusehen.

Schon standen wir auf der Straße, Mary-Margaret und ich gebeugt unter der Last unseres jämmerlichen Zustands, während Julian und Bridget sich praktisch gegenseitig als Haltegerüst benutzten.

»Was hast du gesagt, Cyril?«, fragte Julian und sah zu mir herüber, während sich Bridget an seinen Hals drückte und ihn, soweit ich sehen konnte, wie ein betrunkener Vampir zu beißen schien.

»Ich hab nichts gesagt.«

»Oh. Ich dachte, du hättest gesagt, du wolltest Mary-Margaret zu ihrer Bushaltestelle bringen und dann selbst den Bus zurück zur Schule nehmen.«

»Nein«, sagte ich und schüttelte verwirrt den Kopf. »Ich hab nicht mal den Mund aufgemacht.«

»Ich glaube, du willst mich verführen«, sagte Bridget, zwinkerte ihm zu und drückte sich noch enger an seinen

Körper. Ich wandte mich ab und sah einen Wagen um die Ecke zur Dame Street kommen und mit erstaunlicher Geschwindigkeit auf uns zusteuern. Er raste die Westmoreland Street herunter, kam mit quietschenden Bremsen neben uns zum Stehen, und die hinteren Türen flogen auf.

»Was zum Teufel?«, sagte Julian, als zwei Männer mit Strumpfmasken vom Rücksitz sprangen, ihn grob packten und hinter den Wagen zerrten, wo ein dritter Mann den Kofferraum geöffnet hatte. Und bevor noch irgendwer protestieren konnte, hatten sie Julian bereits hineinbefördert, knallten den Kofferraumdeckel zu, stürzten zurück in den Wagen und schossen davon. Das Ganze hatte nicht länger als eine halbe Minute gedauert, und während der Wagen die O'Connell Street hinunterraste und aus unserem Blickfeld verschwand, konnte ich nur dastehen, hinterherstarren und mich wundern, was für ein Irrsinn da gerade vor meinen Augen stattgefunden hatte. Geistesgegenwärtig packte ich Mary-Margaret, die sich vorbeugte und auf den Bürgersteig übergab. Ein halbes Dutzend Snowballs fanden ihren Weg zurück in die Welt. Dann zog Mary-Margaret mich mit sich zu Boden, auf sie drauf, und wir lagen in verdächtiger Position, bis eine alte Frau vorbeikam, mich mit ihrem Schirm schlug und sagte, wir seien keine Tiere, und wenn wir nicht aufhörten mit dem, was wir da taten, rufe sie die Gardaí und lasse uns wegen öffentlicher Unsittlichkeit einsperren.

Lösegeld

Wenn die reine Anzahl von Rechtschreibfehlern in der Lösegeldforderung auch auf ein gewisses Analphabetentum von Julians Entführern schließen ließ, musste man ihnen doch zugutehalten, dass sie große Höflichkeit bewiesen:

*Hallo. Wir haben den Jungen. Und wir wissen sein
Daddy ist ein reicher Mann und ein Verrähter am
vereihnigten Irland deswegen wollen wir £ 100.000
oder wir geben im eine Kugel in den Kopf.
Warten sie auf weitere Anweihsungen.
Danke & mit freundlichen Grüssen.*

Innerhalb von Stunden machte jede Nachrichtensendung im Land mit der Entführung auf, und ein schreckliches Foto von Julian in seiner Schuluniform, auf dem er wie ein Engelchen aussah, war überall in den Medien zu sehen. Auf Anweisung des Polizeichefs wurden kaum Informationen herausgegeben, nur die Identität des fünfzehnjährigen Jungen wurde bestätigt, und dass es sich um den Sohn eines der berühmtesten Anwälte Irlands handele und er am hellichten Tag mitten in Dublin entführt worden sei. Auf einer hastig einberufenen Pressekonferenz wich der Polizeichef allen Fragen in Bezug auf die IRA und die Grenzkampagne aus. Er sagte nur, kein Garda werde ruhen, bis sie den Jungen gefunden hätten, obwohl es mittlerweile spät am Tag sei und sie erst am nächsten Morgen um neun ernsthaft mit ihrer Suche beginnen könnten.

Bridget, Mary-Margaret und ich wurden in die Polizeiwache in der Pearse Street gebracht, und als ich fragte, warum sie auf dem Flur sitzen bleiben mussten, während ich in einen eigenen Raum kam, hieß es, man wolle damit sicherstellen, dass ich die beiden nicht in den Räumlichkeiten der Gardaí belästigte. Mir war nicht nachvollziehbar, warum man mich plötzlich für einen pubertierenden Vergewaltiger hielt, doch aus irgendeinem sonderbaren Grund fasste ich das als Kompliment auf. Sie gaben mir eine Tasse warmen, stark gesüßten Tee und eine halbe Packung Marietta-Kekse, und erst als ich mich beruhigte, begriff ich, dass ich, seit das Auto mit Julian im Kofferraum davongerast war, am ganzen Körper gezittert hatte. Fast eine Stunde saß ich dort allein, und als sich die Tür endlich öffnete, kam zu meiner Überraschung mein Adoptivvater herein.

»Charles«, sagte ich, stand auf und bot ihm meine Hand an, was seine bevorzugte Begrüßungsart war. Nur einmal hatte ich versucht, ihn zu umarmen, auf Maudes Beerdigung, und er war vor mir zurückgewichen, als hätte ich Lepra. Ich hatte ihn seit Monaten nicht gesehen, und seine Haut war überraschend dunkel, als wäre er gerade aus einem Auslandsurlaub zurück. Sein Haar, das einen recht würdigen Grauton angenommen gehabt hatte, war nun wieder pechschwarz. »Was machst du hier?«

»Ich bin nicht ganz sicher«, sagte er und sah sich mit der Neugier von jemandem um, der noch nie in einer Polizeizelle gesessen hatte, wobei er doch eigentlich ein paar Jahre wegen seines Steuerbetrugs im Joy geschmort hatte. »Die Gardaí sind zu mir in die Bank gekommen, und ich muss zugeben, das war erst mal ein Schreck, weil ich dachte, ich wäre wieder in Schwierigkeiten! Aber nein, sie haben gesagt, dass du hier wärst und sie ein Elternteil oder einen Vormund bräuchten, um mit der Befragung beginnen zu können, und ich denke, ich komme beidem am nächsten. Wie geht es dir, Cyril?«

»Nicht sehr gut«, erklärte ich ihm. »Mein bester Freund ist vor ein paar Stunden von der IRA entführt und weiß Gott wo hingeschafft worden. Ich weiß nicht mal, ob er noch lebt oder tot ist.«

»Das ist ziemlich hart«, sagte er und schüttelte den Kopf. »Und hast du gehört, dass Seán Lemass der neue Taoiseach ist? Was hältst du von ihm? Ich mag nicht, wie viel Öl er sich ins Haar schmiert. Es lässt ihn heimtückisch aussehen.«

In diesem Moment öffnete sich die Tür, und ein älterer Garda mit einer Mappe und einer Tasse Tee kam herein und stellte sich als Sergeant Cunnane vor.

»Sind Sie der Vater des Jungen?«, fragte er Charles, während wir uns setzten.

»Sein Adoptivvater«, antwortete er. »Cyril ist kein richtiger Avery, wie Sie wahrscheinlich sehen können. Meine Frau und ich haben ihn in einem Akt christlicher Mildtätigkeit bei uns aufgenommen, als er noch ein Baby war.«

»Ist Ihre Frau auch auf dem Weg hierher?«

»Das wäre eine Überraschung«, antwortete er. »Maude ist vor ein paar Jahren gestorben. Krebs. Als sie ihn im Ohr hatte, konnte sie ihn noch besiegen, doch als die Krankheit auf ihren Kehlkopf und ihre Zunge übergriff, war es vorbei. Da ist endgültig der Vorhang gefallen.«

»Das tut mir leid«, sagte der Sergeant, aber Charles winkte ab.

»Das muss es nicht, nein«, sagte er. »Die Zeit heilt alle Wunden, und es ist nicht so, als hätte ich keine anderen Optionen. Aber sagen Sie mir, Sergeant, was geht hier vor? Ich habe auf der Herfahrt ein paar Dinge im Radio gehört, tappe sonst jedoch völlig im Dunkeln.«

»Es scheint, dass Ihr Sohn ...«

»Mein Adoptivsohn.«

»Es scheint, dass Cyril und sein Freund Julian heute in Übertretung der Schulvorschriften das Gelände des Belvedere College verlassen haben, um sich mit zwei älteren Mädchen in der Palace Bar in der Westmoreland Street zu treffen.«

»Sind das die beiden, die draußen auf dem Flur sitzen? Die eine war in Tränen aufgelöst, die andere, die mit den Titten, zu Tode gelangweilt.«

»Ja, das sind sie«, sagte Sergeant Cunnane und wandte peinlich berührt den Blick ab.

»Welche war deine, Cyril?«, fragte Charles, »die Verheulte oder die mit den hübschen Dingern?«

Ich biss mir auf die Lippe, unsicher, was ich sagen sollte. Genau genommen gehörte keine von beiden zu mir, aber wenn wir nun mal zusammengebracht werden mussten, gab es nur eine Antwort.

»Die Verheulte«, sagte ich.

Er ließ ein »Tss!« hören, und auf seinem Gesicht war die Enttäuschung zu erkennen. »Wissen Sie«, sagte er und wandte sich wieder dem Sergeant zu, »wenn ich darauf hätte wetten sollen, hätte ich auch ›die Verheulte‹ gesagt, aber für ihn habe ich gehofft, dass es die Titten wären. Manchmal frage ich mich, was ich falsch gemacht habe. Es ist nicht so, dass ich ihm beigebracht hätte, Frauen zu respektieren.«

»Mr Avery«, sagte der Sergeant, und es gelang ihm, die Fassung zu bewahren, »wir müssen Ihrem Sohn ... Ihrem Cyril ... Cyril, ein paar Fragen stellen. Könnten Sie ruhig bleiben, während wir das tun?«

»Aber selbstverständlich«, sagte er. »Das alles ist schrecklich genug. Wer ist dieser Julian überhaupt?«

»Mein Zimmergenosse«, sagte ich. »Julian Woodbead.«

Er zuckte auf seinem Stuhl zusammen. »Doch nicht Max Woodbeads Kleiner?«

»So ist es, Sir«, sagte der Sergeant.

»Ha!«, rief er und fing völlig unerwartet an, in die Hände zu klatschen. »Wie witzig, Sergeant. Also dieser Kerl, Max Woodbead, der war vor Jahren mein Anwalt. Da war er natürlich noch nicht so bekannt wie heute. Mit mir hat er sich einen Namen gemacht, könnte man sagen. Wir waren mal dicke Freunde, aber ich muss die Hände heben und zugeben, ich habe ein paar falsche Entscheidungen an der ehelichen Front getroffen, sagen wir, dass ich den alten Gartenschlauch in einen fremden Vorgarten verlegt habe, in den von Max, um genau zu sein, und als er dahinterkam, hat er mir ordentlich eine verpasst.« Charles schlug mit der Faust auf den Tisch, was uns beide zusammenzucken ließ. Der Tee des Sergeant schwappte über den Rand seiner Tasse. »Und soll ich Ihnen was sagen? Ich hab's ihm nie vorgeworfen. Nicht einen Moment lang. Er hatte alles Recht dazu. Aber als ich im Gefängnis saß, hat er mein Haus gekauft, für einen Spottpreis, und meine Frau und meinen Adoptivsohn auf die Straße gesetzt, und Maude ging es damals nicht gut. Das war eine üble Sache, und das werde ich ihm nie verzeihen. Aber nachdem ich das gesagt habe: Es ist schrecklich, einen Sohn zu verlieren. Eltern sollten niemals ihre Kinder begraben müssen. Ich hatte einmal eine Tochter, aber sie hat nur ein paar Tage gelebt...«

»Mr Avery, bitte«, sagte der Sergeant und rieb sich die Schläfen, als spürte er die Anfänge einer Migräne. »Niemand hat bisher jemanden verloren.«

»Mir fällt da gerade ein Zitat ein. Von Oscar Wilde, glaube ich. Kennen Sie es?«

»Wenn Sie sich bitte zurückhalten könnten, Sir, während ich mit Cyril spreche?«

Charles wirkte verdutzt, als könnte er nicht verstehen, wo das Problem lag. »Aber da sitzt er doch«, sagte er und deutete auf mich. »Fragen Sie ihn, was Sie wollen. Ich werde Sie nicht aufhalten.«

»Danke«, sagte Sergeant Cunnane. »Also, Cyril, du bist nicht in Schwierigkeiten, aber du musst mir gegenüber ehrlich sein, okay?«

»Ja, Sir«, sagte ich und war ängstlich darauf bedacht, ihn zufriedenzustellen. »Aber darf ich Sie fragen, ob Sie ebenfalls glauben, dass Julian tot ist?«

»Nein, das glaube ich nicht«, sagte er. »Es ist noch früh, und wir wissen noch nicht mal, wohin die Entführer das Geld geschickt haben wollen. Sie werden ihn noch eine Weile festhalten. Er ist ihre Sicherheit, verstehst du. Es gibt keinen Grund für sie, ihm was anzutun.«

Ich atmete erleichtert aus. Bei der Vorstellung, Julian könnte ermordet werden, wurde mir schwindelig vor Angst. Ich war nicht sicher, ob ich es überleben würde, wenn die Geschichte schlecht ausging.

»Jetzt sag mir, Cyril, warum ihr am Nachmittag in die Stadt gegangen seid?«

»Das war Julians Idee«, sagte ich. »Ich dachte, wir würden uns die Läden ansehen oder vielleicht ins Kino gehen, aber er hatte sich mit Bridget verabredet und wollte, dass ich mitkam. Sie hatte noch jemanden mitgebracht, damit wir zu viert wären. Ich hätte genauso gern die Enten im Stephen's Green gefüttert.«

»Oh großer Gott noch mal«, sagte Charles und wandte den Blick zum Himmel.

Der Sergeant schenkte ihm keine Beachtung und schrieb auf, was ich sagte. »Woher kannte er Miss Simpson?«

»Wer ist Miss Simpson?«

»Bridget.«

»Oh.«

»Wo haben sie sich kennengelernt?«

»Im Tearoom im Leinster House«, sagte ich. »Wir haben vor ein paar Wochen einen Schulausflug dorthin gemacht.«

»Und sie haben sich gut verstanden?«

Ich zuckte mit den Schultern und war nicht sicher, was ich darauf antworten sollte.

»Ist diese Bridget zu euch in die Schule gekommen?«, fragte er. »War sie mit Julian bei euch im Zimmer?«

»War sie nicht«, sagte ich und wurde rot. »Ich wusste nicht mal, dass Julian mit ihr in Kontakt geblieben war. Sie müssen sich geschrieben haben, er hat nie etwas darüber gesagt.«

»Nun, da wissen wir bald mehr«, sagte Sergeant Cunnane. »Wir haben einen Beamten drüben, um alles zu durchsuchen. Er sollte bald zurück sein.«

Ich riss erschrocken die Augen auf und fühlte, wie mir der Magen wegsackte. »Um was zu durchsuchen?«, fragte ich.

»Euer Zimmer. Für den Fall, dass es etwas gibt, das uns helfen könnte, Julian zu finden.«

»Durchsuchen Sie nur seinen Teil des Zimmers?«

»Nein«, sagte er und zog die Brauen zusammen. »Wir wissen ja gar nicht, welcher Teil seiner ist, oder? Tut mir leid, Cyril, aber wir sehen auch durch deine Sachen. Du hast doch nichts zu verbergen?«

Ich sah mich nach einem Mülleimer um. Vielleicht musste ich mich übergeben.

»Bist du in Ordnung?«, fragte der Sergeant. »Du bist etwas blass.«

»Mir geht's gut«, sagte ich und hatte Schwierigkeiten, die Worte klar herauszubringen. »Ich mache mir nur Sorgen um ihn. Er ist mein bester Freund.«

»Jesus Christus, Cyril«, sagte Charles und schien leicht abgestoßen. »Würdest du bitte aufhören, so zu reden? Du klingst wie eine Schwuchtel.«

»Hast du Julian je mit Fremden gesehen?«, fragte der Sergeant und ignorierte den letzten Einwurf meines Vaters.

»Nein«, sagte ich.

»Waren sonst fremde Leute auf dem Schulgelände?«

»Nur die Priester.«

»Du darfst mich nicht anlügen, Cyril«, sagte er und richtete den Finger auf mich. »Weil ich weiß, wenn du lügst.«

»Wenn das stimmt, müssen Sie wissen, dass ich *nicht* lüge«, sagte ich. »Ich habe niemanden gesehen.«

»In Ordnung. Wir haben allerdings Grund zu der Annahme, dass die Männer, die Julian entführt haben, ihre Tat seit Längerem geplant hatten. Sein Vater hat Todesdrohungen von der IRA erhalten, nachdem er vor Monaten in seinem Artikel in der *Sunday Press* geschrieben hat, *God Save the Queen* sei das größte Musikstück aller Zeiten.«

»Ich muss etwas gestehen«, sagte Charles und beugte sich mit ernstem Ausdruck vor.

»Und das wäre, Mr Avery?«, fragte Sergeant Cunnane und sah ihn skeptisch an.

»Ich habe das nie jemandem erzählt, aber in diesem Raum, der eine Art Beichtstuhl ist, wie ich annehme, habe ich das Gefühl, es aussprechen zu dürfen, besonders da ich unter Freunden bin. Es ist so, dass ich denke, die Queen ist eine sehr attraktive Frau. Ich meine, sie ist jetzt dreiunddreißig, glaube ich, und das sind fünf Jahre mehr, als ich normalerweise erlaube, aber in ihrem Fall würde ich eine Ausnahme machen. Sie hat so etwas Verspieltes, finden Sie nicht auch? Ich würde sagen, sie müsste erst warm werden, aber wenn man das Korsett erst mal aufgeschnürt hätte...«

»Mr Avery«, sagte der Sergeant, »es geht hier um eine ernste Sache. Dürfte ich Sie bitten, nichts mehr zu sagen?«

»Aber bitte sehr«, sagte Charles, lehnte sich zurück und verschränkte die Arme vor der Brust. »Cyril, beantworte die Fragen, bevor der Mann uns alle einsperrt.«

»Aber er hat mich nichts gefragt«, protestierte ich.

»Das ist mir egal. Antworte ihm.«

Ich sah den Sergeant verwirrt an.

»Cyril, hat dich mal jemand angesprochen und gefragt, wo du und Julian zu einer bestimmten Zeit zu finden sein würdet?«

»Nein, Sergeant«, sagte ich.

»Wer könnte gewusst haben, dass ihr in die Palace Bar wolltet?«

»Ich wusste es ja selbst nicht, bis wir da waren.«

»Aber Julian wusste es?«

»Ja, er hatte es geplant.«

»Vielleicht hat *er* der IRA den Tipp gegeben«, schlug Charles vor.

»Warum hätte er das tun sollen?«, fragte Sergeant Cunnane und sah Charles an, als wäre er ein völliger Schwachkopf.

»Sie haben recht. Das ergäbe keinen Sinn. Machen Sie weiter.«

»Und Miss Bridget Simpson«, fuhr der Sergeant fort, »sie muss es auch gewusst haben, oder?«

»Ich nehme es an.«

»Was ist mit Ihrer Freundin, Miss Muffet?«

»Miss Muffet?« Ich starrte ihn an. »Mary-Margaret heißt Muffet?«

»Ja.«

Ich versuchte, nicht zu lachen. Ein solcher Name – das schien ganz und gar nicht ihr Niveau. »Ich weiß nicht, was sie wusste oder nicht wusste«, sagte ich.

Es klopfte an der Tür, ein junger Garda sah herein, und der Sergeant entschuldigte sich und ließ mich und Charles allein.

»Nun«, sagte Charles, nachdem wir ein, zwei Minuten geschwiegen hatten. »Wie geht's dir so?«

»Gut«, sagte ich.

»In der Schule ist alles in Ordnung?«

»Ja.«

»Die Arbeit ist die Hölle. Den ganzen Tag und die halbe Nacht bin ich beschäftigt. Habe ich dir erzählt, dass ich wieder heirate?«

»Nein«, sagte ich überrascht. »Wann?«

»Nächste Woche, genau genommen. Sie ist ein sehr nettes Mädchen namens Angela Manningtree. Brüste bis zur nächsten Straßenecke und Beine bis runter auf den Boden. Sechsundzwanzig, arbeitet im öffentlichen Dienst, in der Schulbehörde, oder wenigstens wird sie das bis zur Hochzeit noch tun. Ist auch ziemlich intelligent, was ich, ehrlich gesagt, bei einer Frau sehr mag. Du musst sie bei Gelegenheit kennenlernen.«

»Werde ich zur Hochzeit eingeladen?«, fragte ich.

»Oh nein«, sagte er. »Das wird eine ganz kleine Sache. Nur Freunde und Verwandte. Aber ich stelle dich ihr vor, wenn du das nächste Mal Schulferien hast. Ich bin nicht ganz sicher, was Angelas tatsächliches Verhältnis zu dir sein wird. Sie wird weder deine Stiefmutter sein noch deine Stiefadoptivmutter. Vielleicht befrage ich einen Juristen, um die richtige Bezeichnung zu finden. Max ist der beste Anwalt, den ich kenne, aber ich nehme an, das ist jetzt nicht der richtige Zeitpunkt. Du hast übrigens einen Ratsch über dem Auge. Weißt du das?«

»Ja, ich weiß.«

»Hat ihn dir einer der Entführer verpasst, als du mit aller Kraft dafür gekämpft hast, deinen Freund aus ihren Klauen zu befreien?«

»Nein«, sagte ich. »Das war eine alte Frau mit einem Schirm.«

»Natürlich.«

Die Tür öffnete sich, Sergeant Cunnane kam wieder herein und blätterte durch ein paar Seiten.

»Cyril«, sagte er, »hatte Julian neben dieser Bridget noch weitere amouröse Interessen?«

»Hatte er was?«

»Eine Freundin.«

»Nein«, sagte ich. »Zumindest nicht, dass ich wüsste.«

»Die Sache ist, wir haben da eine Anzahl Briefe in eurem Zimmer gefunden, adressiert an Julian. Sie sind ... auf ihre Weise ziemlich anzüglich. Erotisch, verstehst du? Obszön. Es geht darum, was dieses Mädchen für ihn empfindet und was sie gern mit ihm machen würde. Das Problem ist nur, sie sind nicht unterschrieben.«

Ich starrte auf den Tisch und versuchte, an alles zu denken, was mein Gesicht davon abhalten könnte, in Flammen aufzugehen. »Davon weiß ich nichts«, sagte ich.

»Ich sag dir was«, fuhr der Sergeant fort. »Wenn meine Frau auch nur halb so viel Fantasie hätte wie dieses Mädchen, würde ich vorzeitig in Rente gehen.«

Er und Charles brachen beide in Lachen aus, und ich sah auf meine Schuhe und betete, dass die Befragung bald ein Ende hätte.

»Jedenfalls scheint das alles völlig harmlos«, sagte er, »und hat wahrscheinlich nichts mit der Entführung zu tun. Trotzdem, wir müssen allen Spuren folgen.« Er blätterte weiter und bewegte beim Lesen die Lippen, dann zog er plötzlich die Stirn kraus, weil er offenbar etwas nicht verstand.

»Was soll das heißen, denken Sie?«, fragte er, hielt Charles den Brief hin und deutete auf eine Stelle. Mein Adoptivvater flüsterte ihm etwas ins Ohr. »Beim Leibhaftigen«, sagte der Sergeant und schüttelte ungläubig den Kopf. »So etwas habe ich noch nie gehört. Was für Frauen würden so etwas tun?«

»Nur die besten«, sagte Charles.

»Meine Frau bestimmt nicht, aber sie kommt auch aus Roscommon. Nun, wer immer diese Kleine ist, sie braucht es jedenfalls ziemlich dringend.«

»Ach, noch mal jung sein«, seufzte Charles.

»Darf ich jetzt gehen?«, fragte ich.

»Du darfst«, sagte Sergeant Cunnane und sammelte seine Blätter ein. »Ich melde mich, wenn ich noch Fragen habe. Und mach dir keine Sorgen, Junge, wir tun alles, um deinen Freund zu finden.«

Ich ging hinaus und sah den Flur hinauf und hinunter, aber Bridget und Mary-Margaret waren nirgends zu sehen, und so wartete ich auf Charles, der überrascht schien, dass ich noch da war. Gemeinsam gingen wir hinaus auf die Pearse Street.

»Leb wohl«, sagte er und schüttelte mir die Hand. »Bis zum nächsten Mal.«

»Eine schöne Hochzeit«, sagte ich.

»Das ist sehr nett von dir! Ich hoffe, sie finden deinen Freund. Max tut mir leid, wirklich. Hätte ich einen Sohn und die IRA hätte ihn entführt, wäre ich völlig von der Rolle. Auf Wiedersehen, Cyril.«

»Auf Wiedersehen, Charles.«

Damit wandte ich mich nach rechts, überquerte die Straße und die O'Connell-Street-Brücke und lief in Richtung Belvedere College, wo mich, da war ich sicher, eine gehörige Strafe erwartete.

Gewöhnliche anständige Sünden

Nachdem sie Anweisung gegeben hatten, wo die hunderttausend Pfund zu deponieren seien, sie diese aber nicht bekamen, zeigten die Entführer ihre Enttäuschung, indem sie am folgenden Dienstag den kleinen Zeh von Julians linkem Fuß ins Haus am Dartmouth Square schickten. In einer unnötig grausamen Geste adressierten sie das Paket an seine jüngere Schwester Alice, die, als sie das blutgetränkte Papier geöffnet hatte, wahrscheinlich genauso hysterisch schreiend aus dem Haus rannte wie bei dem unerklärten Vorfall sieben Jahre zuvor.

Wir wollen unser Geld
Oder nächstes mal isses was schlimmeres.
Beste Grühse.

Als Antwort ließ Max erklären, dass er eine solche Summe nicht so schnell auftreiben könne. Die *Dublin Evening Mail* widersprach dem rundheraus und behauptete, er habe flüssige Mittel von mehr als einer halben Million, die in gerade mal vierundzwanzig Stunden von der Bank abgehoben werden könnten. Elizabeth Woodbead, Julians Mutter und die ehemalige Geliebte meines Adoptivvaters, erschien in den Fernsehnachrichten, Tränen strömten ihr über das Gesicht, und sie bettelte um die Freilassung ihres Sohnes. Um den Hals trug sie ein klobiges Medaillon, und einige der Jungen in meiner Klasse spekulierten, dass Julians abgeschnittener Zeh darin sei, was zu abscheulich schien, um wirklich wahr zu sein.

Drei Tage später entdeckten die Woodbeads ein zweites Päckchen, das jemand nachts vor der Tür abgelegt hatte, und diesmal warteten sie auf die Polizei, bevor sie es öffneten. Es enthielt Julians rechten Daumen. Max weigerte sich immer noch, zu zahlen, und im Belvedere College traf sich eine Gruppe von uns, die sich für den Fall interessierte, und debattierte darüber, warum er so herzlos war.

»Er ist ganz offensichtlich ein Geizkragen«, sagte James Hogan, ein ungewöhnlich großer Junge, der dafür bekannt war, ernsthaft in die Schauspielerin Joanne Woodward verknallt zu sein, mit der ihn seit mehr als einem Jahr eine einseitige Briefbeziehung verband. »Stellt euch vor, es wäre euch egal, dass euer eigener Sohn verstümmelt wird!«

»Von Verstümmelung kann man da kaum sprechen«, sagte Jasper Timson, ein eifriger Klavier- und Akkordeonspieler, der im Zimmer neben uns wohnte und mich ärgerte, weil er ständig etwas unter vier Augen mit Julian zu bereden hatte. Einmal war ich in unser Zimmer gekommen, und die beiden hatten mit einer Wodkaflasche zwischen sich auf Julians Bett gesessen und brüllend gelacht, woraufhin ich vor Eifersucht beinahe eine Schlägerei vom Zaun gebrochen hätte. »Ich denke, Julian wird auch mit neun Fingern und neun Zehen weiterleben können.«

»Ob er weiterleben kann, ist kaum die Frage, Jasper«, sagte ich und war bereit, auf ihn loszugehen, sollte er weiter so gedankenlos daherreden. »Es muss schrecklich für ihn sein. Ganz zu schweigen davon, wie schmerzhaft.«

»Julian kann einiges wegstecken.«

»Du kennst ihn doch kaum.«

»Zufällig kenne ich ihn ziemlich gut.«

»Nein, tust du nicht. Du bist nicht sein Zimmergenosse.«

»Ich weiß, wenn er jemanden Mund-zu-Mund beatmen müsste, dann mit einem Zungenkuss.«

»Nimm das zurück, Timson!«

»Oh, halt's Maul, Cyril! Du bist nicht seine verdammte Frau, also führ dich auch nicht so auf.«

»Ist euch klar, dass die Körperteile langsam größer werden?«, sagte James. »Da frage ich mich doch, ob sein Ding größer als sein Daumen ist.«

»*Viel* größer«, sagte ich, ohne weiter nachzudenken, und

plötzlich starrten mich alle an, unsicher, wie sie auf diese intime Enthüllung reagieren sollten. »Wir wohnen im selben Zimmer«, sagte ich und lief rot an. »Und so ein Ding ist im Allgemeinen größer als ein Daumen.«

»Peters nicht«, sagte Jasper und meinte damit seinen eigenen Zimmergenossen Peter Trefontaine, über dessen komisch zur Seite gebogenes Ding Julian an unserem schicksalhaften Nachmittag in der Palace Bar gewitzelt hatte. »Es ist winzig, und trotzdem wedelt er ständig damit herum, als könnte er stolz darauf sein.«

Die dritte Lieferung kam genau eine Woche nach der Entführung und enthielt, grausamer noch als die ersten beiden, Julians rechtes Ohr.

Jetzt siet er genau wie sein Daddie aus,

stand auf der Rückseite einer Postkarte, auf der zwei rothaarige Kinder links und rechts von einem torfbeladenen Esel im Moorland von Connemara standen.

Aber dass ist unsere lezte Wahnung.
Wenn wir unser Geld nicht kriehgen kommt
als Nächstes sein Kopf.
Also höhrt auf uns und noch ein schönes Wochen-
Ende.

Eine zweite Pressekonferenz wurde anberaumt, diesmal im Shelbourne Hotel, und alle Sympathien, die die versammelten Medien bis dahin für Max gehegt hatten, waren eindeutig verschwunden, nachdem Julian schon drei Körperteile verloren hatte. Die allgemeine Stimmungslage im Land besagte, dass da einem Mann sein Geld wichtiger war als das eigene Kind. So aufgebracht war die Nation, dass bei der Bank of Ireland ein Spendenkonto eingerichtet worden war, um das Lösegeld zusammenzubekommen.

»Ich habe zuletzt viel Kritik eingesteckt, was mein Verhalten in dieser Sache betrifft«, erklärte Max, der aufrecht hinter seinem Tisch saß und eine Union-Jack-Krawatte trug. »Aber da müsste die Hölle schon einfrieren, bevor ich einer Gruppe bösartiger Republikaner, die denken, ihre Sache damit befördern zu können, dass sie einen minderjährigen Jungen entführen und foltern, bevor ich denen auch nur einen Penny von meinem hart verdienten Geld gebe. Wenn ich es täte, würden sie Gewehre und Bomben damit kaufen und sie gegen die britischen Streitkräfte einsetzen, die völlig zu Recht das Land nördlich der Grenze besetzt halten und auch wieder in den Süden kommen sollten. Ihr könnt meinen Sohn in kleine Stücke schneiden«, fügte er irgendwie unklug hinzu, »und ihn in hundert Briefumschlägen verschicken, und ihr kriegt trotzdem nicht, was ihr verlangt.« Es gab eine lange Pause, während er in den Papieren vor sich herumsuchte (ganz offenbar war er von seinem vorbereiteten Manuskript abgewichen), bevor er fortfuhr: »Natürlich will ich nicht, dass ihr das tut«, sagte er. »Das war metaphorisch gemeint.«

Währenddessen führte Sergeant Cunnane die größte Menschenjagd in der Geschichte des Staates an, und Julian war binnen einer Woche zur womöglich berühmtesten Person Irlands geworden. In jedem County folgten die Gardaí den Spuren, überprüften Farmhäuser und verlassene Scheunen nach allem, was ihnen einen Hinweis auf den Aufenthaltsort der Entführer geben konnte. Ohne Erfolg.

Die Schule ging wie normal weiter, und die Priester bestanden darauf, dass wir vor jeder Stunde für unseren fehlenden Klassenkameraden beteten, was acht Gebete pro Tag bedeutete, unser gewohntes Morgen- und Abendgebet nicht mitgerechnet. Wie es schien, hörte Gott jedoch nicht zu, oder er stand aufseiten der IRA. Bridget gab der *Evening Press* ein Interview, in dem sie sagte, sie und Julian verbinde ein »höchst inniges Verhältnis« und dass sie noch nie einen so höflichen und respektvollen Freund gehabt habe. »Kein einziges Mal hat er versucht, mir zu nahe zu treten«, sagte sie schluchzend, und ich rechnete damit, dass ihre Nase zu wachsen anfing, so unfassbar waren ihre Lügen. »Ich glaube nicht, dass ihm überhaupt je etwas Unreines in den Sinn gekommen ist.«

Nachts, wenn ich allein in Julians Bett lag, eine Hand hinter dem Kopf, die andere vorn in meiner Pyjamahose, begann ich mich damit abzufinden, wer ich war. Solange ich zurückdenken konnte, hatte ich gewusst, dass ich anders war als die übrigen Jungen. Es war eine Krankheit, von der die Priester immer wieder sagten, es sei die schändlichste aller Sünden, und wenn ein Junge gottlos genug sei, anzügliche Gedanken über einen anderen Jungen zu hegen, komme er direkt in die Hölle und werde auf ewig dort in den rasenden Flammen brennen, während der Teufel lachend zusehe und mit seinem Dreizack auf ihn einsteche. Wie oft war ich in diesem Zimmer eingeschlafen, den Kopf voller greller Fantasien und nach Julian lechzend, der keine drei Meter von mir entfernt lag, den Mund im Traum halb geöffnet. Aber jetzt waren es keine sexuellen Fantasien mehr, sondern von Grausamkeit erfüllte Bilder, die vor meinen Augen aufschienen. Ich überlegte, was seine Entführer in diesem Moment mit ihm tun mochten, welchen Körperteil sie ihm wohl als Nächsten abschnitten und wie schrecklich es für ihn gewesen sein musste, als sie sich mit einer Säge oder einer Zange an seinem Körper zu schaffen gemacht hatten. Ich kannte Julian als tapfere Seele, einen unbeschwerten Menschen, der sich von nichts und niemandem die Laune verderben ließ, aber welcher Fünfzehnjährige konnte solch eine Marter durchstehen und hinterher noch derselbe sein?

Nach langer Gewissensprüfung beschloss ich, beichten zu gehen. Vielleicht hielt es Gott ja für angebracht, Mitleid mit meinem Freund zu haben, wenn ich für seine Freilassung betete und meine Sünden gestand. Das tat ich allerdings nicht in der Kirche des Belvedere College, wo mich die Priester erkannt, wahrscheinlich das Beichtgeheimnis gebrochen und mich von der Schule verwiesen hätten. Stattdessen wartete ich bis zum Wochenende und ging in die Stadt, in Richtung Pearse Street, zu der großen Kirche beim Bahnhof.

Ich war noch nie dort gewesen und ein wenig eingeschüchtert von ihrer Pracht und Größe. Der Altar war für die Messen des nächsten Tages vorbereitet, die Kerzen leuchteten auf Messingständern in langen Reihen. Es kostete einen Penny, eine zu entzünden, und ich warf zwei Ha'pennies in eine Schachtel, nahm eine und stellte sie in die vorderste Reihe. Die Flamme flackerte einen Moment lang, bevor sie sich beruhigte. Ich kniete mich auf den harten Boden und betete, was ich nie zuvor ernsthaft getan hatte. »Bitte lass Julian nicht sterben«, bat ich Gott. »Und bitte mach, dass ich nicht mehr homosexuell bin.« Erst als ich wieder aufstand, wurde mir bewusst, dass ich zwei Gebete gebetet hatte, und so ging ich zurück und steckte noch eine Kerze an, was mich einen weiteren Penny kostete.

Es saßen noch ein paar Dutzend andere Leute auf den Bänken und starrten ins Nichts, sie waren alle alt, und ich ging an ihnen vorbei und suchte nach einem Beichtstuhl, in dem Licht brannte. Als ich einen sah, ging ich hinein, schloss die kleine Tür hinter mir und wartete in der Dunkelheit, dass sich die Klappe hinter dem Gitter öffnete.

»Vergib mir, Father, denn ich habe gesündigt«, sagte ich leise, als sie aufging. Gleichzeitig drang ein so starker Körpergeruch durch die Öffnung, dass ich zurückfuhr und mit dem Kopf gegen die Wand schlug. »Ich habe drei Wochen nicht mehr gebeichtet.«

»Wie alt bist du, mein Sohn?«, fragte die Stimme von der anderen Seite. Sie klang recht betagt.

»Vierzehn«, sagte ich, »nächsten Monat werde ich fünfzehn.«

»Vierzehnjährige Jungen müssen öfter als alle drei Wo-

chen zur Beichte gehen«, sagte er. »Ich weiß, wie ihr Burschen seid. Habt nichts Gutes im Kopf, von morgens bis abends. Versprichst du mir, dass du in Zukunft öfter gehst?«
»Das werde ich, Father.«
»Guter Junge. Und nun, was für Sünden hast du dem Herrn zu gestehen?«
Ich schluckte. Seit der ersten heiligen Kommunion vor sieben Jahren war ich einigermaßen regelmäßig zur Beichte gegangen, hatte aber kein einziges Mal die Wahrheit gesagt. Wie alle anderen hatte ich mir eine Sammlung normaler, gewöhnlicher Sünden ausgedacht, sie ohne großes Nachdenken heruntergerattert und meine Buße akzeptiert, die aus zehn *Gegrüßet seist Du, Maria* und einem *Vaterunser* bestand. Heute jedoch wollte ich ehrlich sein, wollte alles gestehen, und wenn Gott auf meiner Seite war, wenn es ihn wirklich gab und er den Leuten verzieh, sofern sie ernsthaft zerknirscht waren, würde er mir meine Schuld verzeihen und Julian ohne weiteren Schaden befreien.
»Father, ich habe im letzten Monat in einem kleinen Laden sechsmal Süßigkeiten gestohlen.«
»Grundgütiger«, sagte der Priester aufgebracht. »Warum hast du das getan?«
»Weil ich gern Süßes mag«, sagte ich, »es mir aber nicht leisten kann.«
»Das klingt durchaus logisch, denke ich. Sag mir, wie du es gemacht hast.«
»Hinter der Ladentheke sitzt eine alte Frau«, sagte ich. »Alles, was sie tut, ist dasitzen und Zeitung zu lesen. Da ist es leicht, was zu nehmen, ohne dass sie es merkt.«
»Das ist eine schlimme Sünde«, sagte der Priester. »Du weißt, dass die gute Frau wahrscheinlich von dem lebt, was sie in ihrem Laden verdient.«
»Ich weiß, Father.«
»Versprichst du mir, so etwas nie wieder zu tun?«
»Ich verspreche es, Father.«

»Na schön. Guter Junge. Noch etwas?«

»Ja, Father«, sagte ich. »In unserer Schule gibt es einen Priester, den ich nicht mag, und ich nenne ihn in meinem Kopf den ›Schwanz‹.«

»Den was?«

»Den ›Schwanz‹.«

»Was in Gottes Namen soll das bedeuten?«

»Wissen Sie das nicht, Father?«, fragte ich.

»Würde ich dich fragen, wenn ich es wüsste?«

Ich schluckte. »Es ist ein anderes Wort für ... Sie wissen schon, sein Ding.«

»Sein Ding? Was meinst du damit, sein Ding? Was für eine Art Ding?«

»Sein Ding, Father«, sagte ich.

»Ich weiß nicht, wovon du redest.«

Ich beugte mich vor und flüsterte durch das Gitter: »Ein Penis, Father.«

»Heiliger Gott«, sagte er. »Habe ich das recht verstanden?«

»Wenn Sie denken, dass ich ›Penis‹ gesagt habe, dann ja, Father.«

»Nun, das habe ich gedacht. Aber warum in Gottes Namen würdest du einen Priester in deiner Schule einen Penis nennen? Ein Mann kann kein Penis sein, nur ein Mann. Das ergibt für mich keinen Sinn.«

»Es tut mir leid, Father. Deshalb beichte ich es.«

»Also, was immer dahintersteckt, hör damit auf. Nenne ihn bei seinem richtigen Namen und erweise dem Mann Achtung. Ich bin sicher, er behandelt euch gut.«

»Das tut er nicht, Father. Er ist gemein und schlägt uns die ganze Zeit. Im letzten Jahr hat er einen Jungen krankenhausreif geschlagen, weil er im Unterricht niesen musste.«

»Das ist mir egal. Du nennst ihn bei seinem richtigen Namen, oder dir wird nicht vergeben, verstehst du mich?«

»Ja, Father.«
»Gut. Ich habe fast schon Angst zu fragen, ob es noch etwas gibt.«
»Das tut es, Father.«
»Also weiter. Ich halte mich an meinem Stuhl fest.«
»Es ist ein bisschen heikel, Father«, sagte ich.
»Dafür ist eine Beichte da, mein Sohn«, sagte er. »Keine Sorge, du sprichst nicht mit mir, du sprichst mit Gott, und der sieht alles, und er hört alles. Du kannst vor ihm keine Geheimnisse haben.«
»Muss ich es dann sagen, Father? Weiß er es nicht sowieso?«
»Ja, er weiß es. Aber er will, dass du es laut aussprichst.«
Ich holte tief Luft. Diesen Moment hatte ich seit Langem kommen sehen, und jetzt war es so weit. »Ich glaube, ich bin ein bisschen komisch, Father«, sagte ich. »Die anderen Jungen in meiner Klasse reden die ganze Zeit von Mädchen, aber ich denke überhaupt nie an Mädchen, ich denke immer nur an Jungen und stelle mir vor, dass ich alle möglichen schmutzigen Sachen mit ihnen mache und sie ausziehe und überall abküsse und mit ihren Dingern spiele. Und da gibt es diesen einen Jungen, und er ist mein bester Freund und schläft im Bett neben mir, und ich kann nicht aufhören, an ihn zu denken, und manchmal, wenn er schläft, ziehe ich meine Pyjamahose herunter und reibe mein Ding und veranstalte eine fürchterliche Schweinerei in meinem Bett, und hinterher, wenn ich glaube, jetzt könnte ich schlafen, denke ich an andere Jungen und was ich mit ihnen machen will, und wissen Sie, was es heißt, einem einen zu blasen, Father? Weil ich angefangen habe, Geschichten über die Jungen zu schreiben, die ich mag, und insbesondere über meinen Freund Julian, und ich habe angefangen, solche Wörter zu gebrauchen ...«
In diesem Moment krachte es mir gegenüber laut, und ich hob verblüfft den Kopf. Der Schatten des Priesters war verschwunden, stattdessen drang ein Lichtstrahl herein.

»Bist du das, Gott?«, sagte ich und sah nach der Lichtquelle. »Ich bin's, Cyril.«

Von draußen vor dem Beichtstuhl hörte ich Rufe und öffnete die kleine Tür, um nach draußen zu sehen. Der Priester war aus seinem Gehäuse gefallen, lag auf dem Boden und hielt sich die Brust. Er musste mindestens achtzig Jahre alt sein, und die Gemeindemitglieder beugten sich über ihn und riefen um Hilfe, während sein Gesicht rot anlief. Eine der Bodenkacheln neben seinem Kopf war zerbrochen.

Ich sah ihn an, mein Mund öffnete sich verwirrt, und der alte Priester hob langsam einen knorrigen Finger und deutete damit auf mich. Seine Lippen öffneten sich, und ich sah, wie gelb seine Zähne waren, während der Speichel ihm übers Kinn lief.

»Ist mir vergeben, Father?«, fragte ich, und sein Körper zuckte zusammen, es war wie ein einziger mächtiger Krampf, er ließ ein Brüllen hören, und damit war es vorbei. Er weilte nicht mehr unter uns.

»Gott, vergib uns, der Father ist tot«, sagte ein älterer Mann, der auf dem Boden gekniet und den Kopf des Priesters gehalten hatte.

»Denken Sie, er hat mir vergeben?«, fragte ich. »Bevor er so gebrüllt hat, meine ich?«

»Das hat er, da bin ich sicher«, sagte der Mann. Er nahm meine Hand und ließ den Kopf des Priesters ziemlich hart auf den Marmorboden fallen. Ein blechernes Geräusch hallte durch die Kirche. »Er wäre sicher glücklich zu wissen, dass seine letzte Tat auf dieser Erde darin bestand, Gottes Verzeihen weiterzugeben.«

»Danke«, sagte ich und fühlte mich ziemlich erleichtert. Als ich die Kirche verließ, kamen die Sanitäter herein. Es war ein ungewöhnlich sonniger Tag, und es kam mir tatsächlich so vor, als wäre ich von meinen Sünden befreit, sosehr ich auch wusste, dass die in mir schlummernden Gefühle so schnell nicht vergehen würden.

Am nächsten Morgen, nach dem Aufwachen, hörte ich, dass Julian gefunden worden war. Eine Sonderkommission war Hinweisen gefolgt, die zu einem Farmhaus in Cavan führten, wo man ihn in einem Bad eingeschlossen hatte. Die drei Entführer schliefen. Einer wurde in dem entstehenden Aufruhr getötet, die anderen beiden waren in Gewahrsam genommen worden. Julian fehlten ein Zeh, ein Daumen und ein Ohr, aber der Rest war intakt, und er war in ein Krankenhaus gebracht worden, wo man sich um ihn kümmerte.

Wäre ich ein Mensch mit größeren religiösen Skrupeln gewesen, hätte ich vielleicht geglaubt, Gott hätte meine Gebete erhört, es war jedoch so, dass ich bis zum Schlafengehen bereits neue Sünden begangen hatte, und so sprach ich den Erfolg der guten Ermittlungsarbeit der Gardaí zu. Das schien mir die wahrscheinlichere Erklärung.

1966

Im Reptilienhaus

Wie weiche Kissen

Obwohl die Routine manchmal fürchterlich trostlos war, lag in ihrer Vertrautheit auch etwas merkwürdig Beruhigendes. Jeden Morgen klingelte mein Wecker genau um sechs Uhr, und ich widmete mich einer kleinen, leichten Selbstbefriedigung, bevor ich um Viertel nach sechs aufstand. Der Erste im gemeinsamen Bad zu sein, hatte den Vorteil, dass nicht plötzlich das Wasser kalt wurde, und wenn ich herauskam, mit nackter Brust, ein Handtuch um die Hüften gewickelt, stand Albert Thatcher da, der junge Buchhalter, der im Zimmer neben meinem wohnte, mit schläfrigem Blick und seinem Slip mit Eingriff, was kein so unangenehmer Start in den Tag war. Albert und ich wohnten seit mehr als einem Jahr in der Wohnung einer ältlichen Witwe, Mrs Hogan, in der Chatham Street. Wir waren kurz nacheinander eingezogen und verstanden uns ziemlich gut. Das Arrangement war allerdings recht merkwürdig. Mrs Hogans verstorbener Mann hatte die Wohnung dreißig Jahre zuvor als Mietobjekt gekauft, und nach seinem Tod war oben eine Wand entfernt worden, um zwei vermietbare Zimmer zu schaffen. Mrs Hogan und ihr Sohn Henry wohnten im Haus nebenan – sie war stumm, er blind, und doch überwachten sie unser Kommen und Gehen mit der Effizienz zweier Geheimagenten. Wie siamesische Zwillinge waren die beiden nie einzeln anzutreffen. Henrys Arm war ständig mit dem seiner Mutter verbunden. Jeden Morgen ging sie mit ihm in die Messe, abends machten sie einen Spaziergang die Straße hinauf und hinunter.

Zu den seltenen Gelegenheiten, zu denen sie nach oben kamen, sei es, um nach der fälligen Miete zu fragen oder um die Hemden zu bringen, die Mrs Hogan gegen ein entsprechendes Geld für uns bügelte, hörten wir ihre Schritte langsam die Treppe heraufkommen, die Stumme führte den Blinden, und Henry, der sich für nichts zu interessieren schien, stellte die Fragen, die seine Mutter, eine unverbesserliche Wichtigtuerin, beantwortet haben wollte.

»Mum sagt, letzten Dienstag vor einer Woche kamen merkwürdige Geräusche von hier oben«, sagte er bei einem dieser typischen Wortwechsel, während Mrs Hogan heftig nickte und den Hals reckte, um zu sehen, ob wir im Wohnzimmer Marihuana anbauten oder Prostituierte in unseren Betten lagen. »Mum mag keine merkwürdigen Geräusche. Die beunruhigen sie ganz fürchterlich.«

»Das können wir nicht gewesen sein«, antwortete ich. »Dienstag vor einer Woche war ich im Kino und habe *Das Kanonenboot am Yangtse-Kiang* mit Steve McQueen gesehen, und Albert war tanzen, im Astor Ballroom in Dundrum.«

»Mum sagt, die Geräusche haben sie aufgeweckt«, sagte Henry, und seine Augen verdrehten sich, als versuchten sie irgendwo Halt zu finden in der Welt, die ihnen entglitten war. »Mum mag es nicht, aufgeweckt zu werden. Mum braucht ihren Schlaf.«

»Sind Sie auch aufgeweckt worden, Henry?«, fragte Albert vom Sofa aus, wo er *Einer flog übers Kuckucksnest* las, und der unglückliche junge Mann fuhr überrascht zusammen und drehte den Kopf in Richtung der Stimme. Vielleicht war ihm nicht bewusst gewesen, dass sich noch jemand im Raum befand.

»Wenn Mum wach ist, bin ich auch wach«, sagte er, beleidigt jetzt, als hätten wir ihm vorgeworfen, kein guter Sohn zu sein. »Sie leidet unter ihren Hämorrhoiden, es ist ein Martyrium. Wenn ihr die Hämorrhoiden zusetzen, machen wir beide kein Auge zu.«

Die fraglichen Geräusche waren wahrscheinlich nicht von mir, sondern von Albert gekommen, der so etwas wie ein Frauenheld war. Es verging kaum eine Woche, ohne dass er ein Mädchen mitbrachte, für ein bisschen »Fummelei und Sex«, was für mich ziemlich quälend war, da sich das Kopfteil seines Betts auf der anderen Seite der Wand befand, und wenn er ein Mädchen ritt, hielt mich das endlose Klopfen wach, genau wie die arme Mrs Hogan wegen ihrer Hämorrhoiden. Dass ich dazu noch ein bisschen verknallt in Albert war, half auch nicht unbedingt. Wobei das wohl vor allem an unserer Nähe lag, besonders gut aussehen tat er nicht.

Ich verließ die Wohnung um halb acht und ging ins Bildungsministerium in der Marlborough Street. Unterwegs kaufte ich mir einen Tee und ein Frucht-Scone und saß um Viertel nach acht an meinem Schreibtisch im ersten Stock. Ich arbeitete dort seit fast drei Jahren, seit ich das Belvedere College im vollen Glanz meines Mittelmaßes verlassen hatte. Ich hatte die Stelle nicht zuletzt der Vermittlung Angelas zu verdanken, der in Trennung lebenden dritten Frau meines Adoptivvaters (wir hatten uns darauf geeinigt, sie im Gespräch so zu bezeichnen), die vor ihrer Ehe mit Charles eine beliebte Kollegin im Ministerium gewesen war. Nach ihrer Heirat war sie, wie es das Gesetz vorschrieb, aus dem Beruf ausgeschieden.

Kaum ein Jahr nach ihrer Hochzeit war es mit den beiden allerdings schon wieder vorbei gewesen. Charles hatte mich in einer untypischen Anwandlung von Großzügigkeit eingeladen, mit in einen zweiwöchigen Urlaub nach Südfrankreich zu kommen. Ich hatte Angela vorher nur einmal kurz gesehen, doch von unserer Ankunft in Nizza an verstanden wir uns prächtig – so prächtig, dass ich eines Morgens aufwachte, als sie zu mir ins Bett kletterte, nackt, wie der Herrgott sie geschaffen hatte, und da auch ich keinen Faden am Leibe trug, wurde das Ganze zu so etwas wie einer West-End-Posse. Ich schrie überrascht auf und flüchtete, da ich jemanden an der Tür hörte, in den Schutz des Schranks, allerdings dauerte es nicht lang, bis Charles ihn öffnete und mich in der Ecke kauern sah.

»Es ist komisch, Cyril«, sagte er mit vernichtender Stimme, während ich mir in meiner Ecke die Hände vor das Geschlecht hielt, »aber ich hätte eine Menge mehr Respekt vor dir, wenn ich hereingekommen wäre und du hättest gerade auf ihr gelegen. Aber so etwas würdest du niemals tun, oder? Du läufst davon und versteckst dich. Ein richtiger Avery wäre da anders.«

Ich erwiderte nichts, was ihn noch mehr zu enttäuschen schien, und er richtete seine Wut gegen Angela, die immer noch im Bett lag, das Laken bis zu den Hüften hinuntergeschoben, die Brüste frei sichtbar. Das ganze Szenario schien sie zu langweilen, sie fuhr sich mit dem Finger um die linke Brustwarze und pfiff dazu ziemlich unmelodisch *You've Got To Hide Your Love Away*. Ein Streit entspann sich, den es nicht nachzuerzählen lohnt, und das Ergebnis war, dass beide nach ihrer Rückkehr nach Dublin ihre eigenen Wege gingen und sich bei Gericht in London um eine schnelle Scheidung bemühten. (Charles hatte den Weitblick gehabt, für den Fall einer solchen Eventualität in England zu heiraten. Seine Vorgeschichte war nun mal nicht gerade beispielhaft.) Währenddessen faulenzte ich herum und wusste nicht viel mit meiner Zeit anzufangen. Angela jedoch, nachdem sie mich so in Verlegenheit gebracht hatte, versuchte mir etwas Gutes zu tun und legte bei ihrem ehemaligen Arbeitgeber ein Wort für mich ein. Ich bekam einen Anruf, wurde zu einem Vorstellungsgespräch eingeladen, und ohne auch nur für einen Moment gedacht zu haben, dass ich im öffentlichen Dienst landen könnte, saß ich mit einem Mal im Ministerium.

Die Arbeit selbst war unglaublich langweilig, und meine Kollegen gingen mir immer wieder auf die Nerven. Privater und politischer Tratsch war das, was sie durch die Tage brachte. Das Büro, in dem ich saß, hatte eine hohe Decke und mitten an einer Wand einen alten gemauerten Kamin mit einem Porträt des Ministers darüber, auf dem er nur ein einziges Kinn hatte. In jeder Ecke des Raumes stand ein Schreibtisch, von dem man zu einem Tisch in der Mitte sah, der für Abteilungskonferenzen benutzt wurde. Was aber kaum vorkam.

Unsere vermeintliche Leiterin war Miss Joyce, die seit der Gründung des Ministeriums 1921, also fünfundvierzig Jahre zuvor, hier arbeitete. Sie war dreiundsechzig und wie meine verstorbene Adoptivmutter Maude eine zwanghafte Raucherin. Sie bevorzugte Chesterfield Regulars (Rot), die sie in Kartons zu je hundert aus den Vereinigten Staaten importierte und in einer mit eleganten Schnitzereien und einem Bild des Königs von Siam geschmückten hölzernen Dose auf ihrem Schreibtisch aufbewahrte. Es gab in unserem Büro kaum persönliche Gegenstände, aber sie hatte zur Verteidigung ihrer Sucht zwei Plakate neben ihrem Platz an die Wand gehängt. Auf dem einen war Rita Hayworth in einem Nadelstreifenblazer und mit weißer Bluse zu sehen, die behauptete: ALLE MEINE FREUNDE WISSEN, DASS CHESTERFIELD MEINE MARKE IST. In der linken Hand hielt sie eine noch nicht brennende Zigarette und starrte in die Ferne, wo sich vermutlich Frank Sinatra oder Dean Martin in Erwartung zukünftiger erotischer Abenteuer bereithielt. Das zweite Plakat, das sich an den Rändern leicht auflöste (und einen klar erkennbaren Lippenstiftfleck im Gesicht des Protagonisten aufwies), zeigte Ronald Reagan hinter einem Schreibtisch voller Zigarettenschachteln und mit einer Chesterfield im Mund. Ich schicke all meinen Freunden Chesterfields. Frohere Weihnachten kann ein Raucher kaum haben – die Milde Chesterfields und keinerlei unangenehmen Nachgeschmack, stand darunter, und tatsächlich schien er Schachteln für Leute wie Barry Goldwater und Richard Nixon in Geschenkpapier zu wickeln, die sich, da war ich sicher, begeistert zeigen würden.

Miss Joyce saß in der Ecke zu meiner Rechten, dem Teil des Raums mit dem besten Licht. Zu meiner Linken saß Miss Ambrosia, eine unglaublich geistlose, unkonzentrierte junge Frau von etwa fünfundzwanzig Jahren, die mich mit ihren Flirtattacken erschreckte und regelmäßig von ihren sexuellen Heldentaten erzählte. Normalerweise hatte sie mindestens fünf Männer an der Angel, von Barkeepern und Tanzlokaleigentümern bis hin zu Varietéartisten und Anwärtern auf den russischen Thron, und sie schämte sich nicht, mit ihnen eine Art nymphomanischen Jongleursakt zu vollführen. Jeden Monat saß sie ohne Ausnahme einen Tag lang heulend an ihrem Schreibtisch und behauptete, »eine vollkommen verdorbene Frau« zu sein und fortan keinen Mann mehr zu wollen, doch für gewöhnlich ging dann zur Teezeit ein Ruck durch sie, und sie lief zur Damentoilette, um wenig später völlig gelöst zurückzukommen und uns zu informieren, dass Tante Jemima für ein paar Tage zu Besuch gekommen sei und sie sich noch nie so sehr darüber gefreut habe. Das verdutzte mich immer wieder, und so fragte ich sie eines Tages, wo ihre Tante Jemima denn lebe, da sie doch offenbar einmal im Monat nach Dublin komme. Darauf brachen meine Kollegen in Lachen aus, und Miss Joyce sagte, sie habe auch einmal eine Tante Jemima gehabt, doch die sei das letzte Mal im Zweiten Weltkrieg zu Besuch gekommen und sie vermisse sie absolut nicht.

Der Vierte in unserer Gruppe war Mr Denby-Denby. Er saß mir direkt gegenüber und starrte mich meist an wie ein Serienmörder, der sich gerade überlegt, wie er sein Opfer am besten ausweidet. Er war ein ziemlich extravaganter Typ Mitte fünfzig, der bunte Westen mit dazu passenden Fliegen trug, und so, wie er redete und sich gab, entsprach er dem traditionellen Bild des Homosexuellen, obwohl er eine solche Neigung nie zugegeben hätte. Sein bauschiges Haar hatte einen seltsam kränklichen Gelbton, fast schon hellgrün, wobei seine Augenbrauen eher maisgelb waren. Immer wieder, genauso regelmäßig wie Miss Ambrosia von Tante Jemima besucht wurde, kam er mit noch hellerem Haar als gewöhnlich ins Büro, es leuchtete praktisch, und wir drei sahen ihn an und versuchten, uns das Lachen zu verkneifen. Er erwiderte unsere Blicke trotzig, und sein Ausdruck sagte: Untersteht euch, auch nur ein Wort zu sagen. Eines Nachmittags dann fiel ich vor Staunen fast vom Stuhl, als er eine Mrs Denby-Denby in Blackrock erwähnte und dazu eine ganze Schar kleiner Denby-Denbys, neun insgesamt, *neun!*, die er und seine Frau mit stupender Regelmäßigkeit von Mitte der 1930er bis in die späten 1940er produziert hatten. Die Möglichkeit, dass er mit einer Frau den Geschlechtsakt vollzog, überraschte mich, und die Tatsache, dass er es mindestens neun Mal, *neun Mal!*, getan haben musste, war kaum zu fassen. Es gab mir Hoffnung für meine eigene Zukunft.

»Da kommt er«, sagte Mr Denby-Denby und richtete sich auf seinem Stuhl auf, als ich eines schönen Frühlingsmorgens durch die Tür trat. Ich trug ein neues Jackett, das ich mir in der Erwartung gekauft hatte, dass es bald Frühling werden würde. »Einundzwanzig Jahre und noch ungeküsst. Wissen Sie, an wen Sie mich erinnern, Mr Avery? An Botticellis heiligen Sebastian, an genau den. Haben Sie das Bild mal gesehen? Das müssen Sie doch. Und Sie, Miss Joyce? Es hängt in den Staatlichen Museen in Berlin. Fast nackt steht er da, mit einem halben Dutzend Pfeile im Körper. Absolut göttlich. Es gibt noch eine weniger gute Version von Sodoma, aber lassen wir das.«

Ich warf ihm einen verärgerten Blick zu, meinen ersten des Tages, setzte mich an meinen Tisch und schlug die *Irish Times* auf, die dort jeden Morgen auf mich wartete und die ich auf alles durchsah, was mit unserer Arbeit zu tun hatte. Von meinem ersten Tag an war mir Mr Denby-Denby ein Dorn im Auge gewesen, denn obwohl er im Grunde noch verschlossener war als ich, beschämte und verwirrte mich seine Bereitschaft, kaum ein Geheimnis aus seiner wahren sexuellen Orientierung zu machen.

»Sehen Sie sich diese Lippen an, Miss Joyce«, fuhr er fort, legte sich eine Hand aufs Herz und ließ sie auf der fuchsienfarbenen Weste tanzen, als würde er gleich vor Verlangen die Besinnung verlieren. »Wie weiche Kissen. Von der Art, von der Sie, Miss Ambrosia, wahrscheinlich träumen und die Sie bei Switzer's kaufen würden, wenn Sie das Geld dafür zusammenbekämen.«

»Warum sollte ich mir ein Kissen kaufen, Mr Denby-Denby?«, fragte Miss Ambrosia. »Mein Kopf liegt doch meist in einem anderen Bett.«

»Oh, hört doch!«, rief Mr Denby-Denby, und ich verdrehte die Augen. Im Büro nebenan arbeiteten drei ruhige Gentlemen, Mr Westlicott sen., Mr Westlicott und Mr Westlicott jun., ein Familientriumvirat, das den gleichen Formalitäten wie wir folgte und sich gegenseitig mit Mr Westlicott ansprach. Ich hoffte sehr, dass einer von ihnen pensioniert oder von einem Bus überfahren würde und ich hinüberwechseln könnte. Oder vielleicht adoptierte mich einer von ihnen, und dann war ich auch ein Mr Westlicott. Womöglich würde die zweite Adoption erfolgreicher sein als die erste.

»Weniger Gerede bitte und mehr Arbeit«, sagte Miss Joyce und steckte sich eine Chesterfield an, aber niemand achtete auf sie.

»Erzählen Sie uns doch, Mr Avery«, sagte Mr Denby-Denby, lehnte sich vor, schob die Ellbogen auf den Tisch und legte den Kopf in die Hände. »Welchen Unsinn haben Sie am Wochenende angestellt? Wohin will ein gut aussehender junger Welpe heutzutage, wenn er an der Leine zerrt?«

»Ich war mit meinem Freund Julian bei einem Rugbyspiel«, antwortete ich und tat mein Bestes, meine raue Männlichkeit herauszukehren. »Am Sonntag bin ich zu Hause geblieben und habe *Ein Porträt des Künstlers als junger Mann* gelesen.«

»Oh, ich lese keine Bücher«, sagte Mr Denby-Denby und tat den letzten Teil meiner Antwort ab, als hätte ich mein Interesse an nahöstlicher Symbolik oder den Ursprüngen der Trigonometrie erklärt.

»Ich lese gerade Edna O'Brien«, sagte Miss Ambrosia und senkte die Stimme, damit es keiner der Westlicotts mitbekam und sich wegen ihrer Vulgarität beschwerte. »Eine einzige Schweinerei.«

»Lassen Sie das den Minister nicht hören«, sagte Miss Joyce und blies einen perfekten Ring in die Luft. Es war unmöglich, ihm nicht hinterherzusehen, wie er zur Lampe aufstieg und sich langsam auflöste, bevor er sich in unsere Lungen schlich, um sie zu vergiften. »Sie wissen, was er von Frauen hält, die schreiben.«

»Er mag auch keine Frauen, die lesen«, sagte Miss Ambrosia. »Er hat mir mal gesagt, dass das Lesen die Frauen nur auf dumme Gedanken bringt.«

»Das tut's«, sagte Miss Joyce. »Da stimme ich dem Minister voll und ganz zu. Mein Leben wäre weit einfacher gewesen, hätte ich nicht lesen gelernt, aber mein Daddy bestand darauf. Er war ein sehr moderner Mann, mein Daddy.«

»Ich *liebe* Edna O'Brien«, erklärte Mr Denby-Denby und reckte begeistert die Hände in die Höhe. »Wäre ich kein glücklich verheirateter Mann, könnte ich mich auf Jahre im Körper dieser Frau verlieren. Ich erkläre bei Gott und allem, was mir heilig ist, dass in diesen Breiten nie eine besser aussehende Frau geboren wurde.«

»Sie hat ihren Mann verlassen, wissen Sie«, sagte Miss Joyce und verzog das Gesicht. »Was für ein Mensch tut denn so etwas?«

»Das ist schon okay«, sagte Miss Ambrosia. »Ich werde eines Tages auch einen Mann verlassen. Ich habe immer schon das Gefühl, dass meine zweite Ehe weit erfolgreicher sein wird als die erste.«

»Also ich finde das schockierend«, sagte Miss Joyce. »Und sie dann auch noch mit den beiden Kindern, um die sie sich kümmern muss.«

»Wann immer ich Edna O'Brien ansehe«, fuhr Mr Denby-Denby fort, »habe ich den Eindruck, dass sie jeden einzelnen Mann, der ihr begegnet, übers Knie legen und ihm den Hintern versohlen möchte, bis er ihr Respekt erweist. Oh, der nackte Hintern unter dieser Alabasterhand zu sein!«

Miss Ambrosia prustete ein paar Tropfen Tee über ihren Tisch, und selbst Miss Joyce erlaubte sich etwas, das an ein Lächeln grenzte.

»Aber wie auch immer«, sagte Mr Denby-Denby nach einer kleinen Pause und schüttelte den Kopf. »Sie haben uns gerade von Ihrem Wochenende erzählt, Mr Avery. Bitte sagen Sie, dass es nicht nur Rugby und James Joyce gab.«

»Ich könnte etwas erfinden«, erklärte ich ihm, senkte die Zeitung und sah ihn an.

»Nur zu. Ich würde zu gern wissen, was für verkommene kleine Fantasien in Ihrem Kopf zum Leben erwachen. Ich wette, da wird selbst ein Zigeuner rot.«

Da hatte er mich durchschaut. Wenn ich ihm tatsächlich von den Fantasien erzählt hätte, die mich nachts wach hielten, wären die Frauen womöglich in Ohnmacht gefallen, und er wäre lustentbrannt quer durch den Raum gesprungen. Aber ich hatte mit meinem letzten Geständnis dieser

Art immerhin einen Priester umgebracht und wollte nicht noch mehr Blut an den Händen haben.

»Als ich einundzwanzig war«, fuhr der lächerliche Gockel fort, blickte in Richtung des Kamins und versuchte, einen Ausdruck auf sein Gesicht zu zaubern, der sich nur als entrückt bezeichnen ließ, »war ich jeden Abend unterwegs. Da war kein Mädchen in Dublin vor mir sicher.«

»Wirklich?«, fragte Miss Ambrosia und sah ihn mit einem Blick an, der meinen persönlichen Zweifel widerspiegelte.

»Oh, ich weiß, was Sie denken, Missy«, sagte Mr Denby-Denby. »Sie sehen mich an und denken, wie kann dieser leicht füllige Mann im Herbst seines Lebens, so großartig sein blonder Haarschopf auch noch sein mag, jemals für junge Frauen attraktiv gewesen sein? Ich versichere Ihnen, wenn Sie mich in meinen jungen Jahren hätten sehen können, nun, damals war ich ein stattlicher Mann. ›Schließt eure Töchter ein!‹, riefen die Leute in Dublin, wenn sie Desmond Denby-Denby kommen sahen. Aber natürlich sind diese Tage vorbei. Für jeden alternden Schmetterling gibt es eine junge Raupe. Sie, Mr Avery, sind diese junge Raupe, und Sie müssen Ihre Larvenzeit genießen, denn sie wird allzu bald zu Ende gehen.«

»Um wie viel Uhr muss der Minister heute im Dáil sein?«, fragte ich Miss Joyce und hoffte, dem Gespräch damit ein Ende setzen zu können. Sie öffnete ihren Kalender, fuhr mit dem Finger über die linke Hälfte der Seite und schnipste etwas Asche in ihren Fürstin-Gracia-Patricia-von-Monaco-Aschenbecher.

»Um elf«, sagte sie. »Hier steht allerdings, dass Miss Ambrosia ihn heute Morgen begleitet.«

»Ich kann nicht«, sagte Miss Ambrosia und schüttelte den Kopf.

»Warum um alles in der Welt nicht?«, wollte Miss Joyce wissen.

»Tante Jemima.«

»Ah«, sagte Miss Joyce, und Mr Denby-Denby verdrehte die Augen.

»Ich gehe«, sagte ich. »Es ist ein sonniger Tag, und ich bin froh, wenn ich aus dem Büro komme.«

Miss Joyce zuckte mit den Schultern. »Also, wenn Sie meinen«, sagte sie. »Ich würde ja selbst gehen, aber ich habe keine allzu große Lust.«

»Perfekt«, sagte ich und lächelte. Den Minister ins Dáil zu begleiten, bedeutete eine Fahrt im Ministerauto zum Leinster House, wo ich ihn mit seinen Kumpanen allein lassen und auf den Moment warten würde, da er zu seinem Nachmittagsschläfchen ins Unterhaus ging. Dann konnte ich direkt ins Kino und mich anschließend mit Julian in der Palace Bar oder dem Kehoe's auf ein Bier oder zwei treffen. Ein vollkommener Tag.

»Ich denke, ich sollte erwähnen«, sagte Miss Ambrosia nach ein paar seltenen schweigsamen Minuten, in denen tatsächlich gearbeitet wurde, »dass ich ernsthaft darüber nachdenke, in Beziehung zu einem Juden zu treten.«

Ich nahm gerade einen Schluck Tee, den ich, als sie das sagte, beinahe quer über meinen Tisch gespuckt hätte. Miss Joyce hob den Blick zum Himmel, schüttelte den Kopf und sagte: »Mögen die Heiligen uns schützen«, während Mr Denby-Denby in die Hände klatschte und rief: »Was für wundervolle Neuigkeiten, Miss Ambrosia! Es gibt nichts Köstlicheres als einen kleinen Judenjungen. Wie heißt er denn? Anshel? Daniel? Eli?«

»Peadar«, sagte Miss Ambrosia. »Peadar O'Múrchú.«

»Großer Gott«, antwortete Mr Denby-Denby, »das ist ungefähr so jüdisch wie Adolf Hitler.«

»Oh schämen Sie sich!«, rief Miss Joyce und schlug mit der Hand auf den Tisch. »Schämen Sie sich, Mr Denby-Denby!«

»Aber das stimmt doch, oder?«, sagte er und wirkte kein

bisschen schuldbewusst, als er sich wieder an Miss Ambrosia wandte. »Erzählen Sie uns von ihm, Kleines. Was macht er, wo wohnt er, wie sieht er aus, zu was für Leuten gehört er?«

»Er ist Buchhalter«, sagte Miss Ambrosia.

»Nun, natürlich ist er das«, sagte Mr Denby-Denby mit einer wegwerfenden Handbewegung. »Sie sind alle Buchhalter, Juweliere oder Pfandleiher.«

»Er wohnt bei seiner Mutter in der Nähe der Dorset Street. Er ist weder groß noch klein, hat aber einen hübschen Kopf mit lockigem schwarzen Haar, und er küsst ganz wunderbar.«

»Das klingt ja himmlisch. Ich denke, Sie sollten zuschlagen, Miss Ambrosia. Und Sie sollten Fotos machen und sie mitbringen, damit wir uns ein Bild von ihm machen können. Ist er untenrum kräftig, was denken Sie? Natürlich beschnitten, aber dafür kann er nichts. Das sind die Eltern, die ihren Jungen verstümmeln, bevor er etwas dagegen einwenden kann.«

»Also das geht jetzt eindeutig zu weit«, sagte Miss Joyce mit erhobener Stimme. »Wir müssen uns in diesem Büro zügeln, das müssen wir wirklich. Wenn der Minister hereinkäme und uns hören würde ...«

»... würde er sehen, dass wir uns um Miss Ambrosia sorgen und hoffen, sie in die richtige Richtung zu lenken«, sagte Mr Denby-Denby. »Was denken Sie, Mr Avery, sollte Miss Ambrosia eine fleischliche Beziehung mit ihrem lockigen Juden eingehen? Ein großer Schwanz macht den Unterschied, meinen Sie nicht auch?«

»Das ist mir so egal«, sagte ich, stand auf und ging zur Tür, damit niemand sah, wie ich rot anlief. »Wenn Sie mich entschuldigen würden, ich bin gleich wieder da.«

»Was denken Sie, wohin Sie jetzt schon wieder gehen?«, sagte Miss Joyce. »Sie sind erst seit zehn Minuten hier.«

»Der Ruf der Natur«, sagte ich und verschwand den Flur hinunter auf die Männertoilette, die zum Glück leer war.

Ich betrat ein Abteil, zog die Hose herunter und betrachtete mich sorgfältig. Der Ausschlag war Gott sei Dank so gut wie weg. Die Rötung hatte sich verloren, und es juckte nicht mehr. Die Creme vom Arzt hatte geholfen. (»Seien Sie auf der Hut vor schmutzigen Frauen«, hatte er gesagt, als er sich zu meinen Genitalien hinabbeugte und meinen schlaffen, in seinem elenden Zustand herabhängenden Penis mit dem Bleistift anhob. »Dublin ist voller schmutziger Frauen. Suchen Sie sich eine hübsche, saubere katholische Frau, wenn Sie Ihre Lust nicht im Zaum halten können.«) Ich drückte die Spülung und ging hinaus, um mir die Hände zu waschen, und da stand Mr Denby-Denby an einem der Waschbecken, die Arme vor der Brust verschränkt und mit einem Lächeln im Gesicht, das mir das Gefühl gab, er könnte bis in die Tiefen meiner Seele sehen, bis zu einem Ort, den ich selbst nur ungern besuchte. Ich sah ihn einen Moment lang an, sagte nichts und drehte den Hahn dann so weit auf, dass wir beide nass wurden.

»Habe ich Sie am Samstagabend womöglich gesehen?«, fragte er mich ohne weitere Vorrede.

»Entschuldigung?«, sagte ich.

»Am Samstagabend«, wiederholte er. »Da bin ich am Grand Canal spazieren gegangen und zufällig an einem kleinen Etablissement vorbeigekommen, über das ich in den letzten Jahren immer wieder Gerüchte gehört habe. Gerüchte, die besagen, dass es von Gentlemen frequentiert wird, die einer gewissen perversen Veranlagung folgen.«

»Ich weiß nicht, was Sie meinen«, sagte ich und hielt den Blick gesenkt.

»Mrs Denby-Denbys ältere Schwester wohnt in der Baggot Street«, fuhr er fort, »und ich war auf dem Weg zu ihr, um ihr die Rente zu bringen. Die Ärmste kommt nicht mehr aus dem Haus. Arthritis«, fügte er hinzu und formte das Wort ohne erkennbaren Grund fast lautlos mit den Lippen. »Widersprechen Sie mir nicht.«

»Also ich weiß nicht, wen Sie glauben, da gesehen zu haben. Ich war es ganz sicher nicht. Ich war mit meinem Freund Julian unterwegs. Das habe ich Ihnen schon gesagt.«

»Nein, Sie sagten, Sie wären nachmittags mit ihm bei einem Rugbyspiel gewesen, und den Abend hätten Sie lesend zu Hause verbracht. Ich weiß so gut wie nichts von derartigen Sportereignissen, aber doch zumindest, dass sie nicht im Dunklen stattfinden. Da geschehen andere Dinge.«

»Tut mir leid, ja«, sagte ich und wurde nervös. »Das meine ich doch. Ich war zu Hause und habe *Finnegans Wake* gelesen.«

»Eben war es noch das *Porträt des Künstlers*. Wenn Sie ein Buch erfinden, Cyril, nehmen Sie keins, das niemand, der auch nur ein Gramm Verstand besitzt, lesen würde. Nein, es war fast Mitternacht und...«

»Sie bringen Ihrer Schwägerin um Mitternacht ihre Rente?«, fragte ich.

»Sie bleibt lange auf. Sie leidet unter Schlaflosigkeit.«

»Tja, Sie müssen mich mit jemandem verwechseln«, sagte ich und versuchte, an ihm vorbeizugehen, doch er tanzte nach links und rechts, wie Fred Astaire, und verstellte mir den Weg.

»Was wollen Sie eigentlich von mir, Mr Denby-Denby?«, fragte ich. »Julian und ich waren nachmittags beim Rugby und anschließend ein paar Gläser trinken. Zu Hause habe ich dann ein, zwei Stunden gelesen.« Ich zögerte und fragte mich, ob ich den nächsten Satz richtig herausbringen würde. Ich hatte ihn noch nie laut ausgesprochen. »Und dann, wenn Sie es unbedingt wissen wollen, war ich mit meiner Freundin noch essen.«

»Ihrer was?«, fragte er und hob amüsiert eine Braue. »Ihrer Freundin? Von der haben wir ja noch nie etwas gehört.«

»Mein Privatleben hat auf der Arbeit nichts verloren«, antwortete ich.

»Wie heißt sie denn, Ihre Freundin?«, wollte er wissen.
»Mary-Margaret Muffet«, sagte ich.
»Ist sie Nonne?«
»Warum würde ich mit einer Nonne ausgehen?«, fragte ich verblüfft.

»Ich scherze«, sagte er und hielt seine Hände vor mich hin. Lavendel stieg mir in die Nase. »Und was macht unsere kleine Miss Muffet so, wenn ich fragen darf? Wenn sie nicht gerade auf ihrem Hintern sitzt? Oder Sie anhimmelt?«

»Sie arbeitet in der Devisenabteilung der Bank of Ireland am College Green.«

»Oh, welcher Glanz. Mrs Denby-Denby arbeitete im Büro bei Arnott's, als ich sie kennenlernte. Ich dachte, besser ginge es nicht, doch wie ich sehe, ziehen Sie das Bankenwesen dem Handel vor. Sie sind wie eine der Jungfern aus einem Roman von Mrs Gaskell. Das macht es aber nicht einfacher, wissen Sie?«

»Es macht *was* nicht einfacher?«, fragte ich.

»Das Leben«, sagte er mit einem Achselzucken. »Ihr Leben.«

»Dürfte ich vielleicht jetzt gehen?«, fragte ich und sah ihm in die Augen.

»Ich sage das nur, weil ich mich, glauben Sie es oder nicht, um Ihr Wohlergehen sorge«, sagte er, wich zur Seite und folgte mir zur Tür. »Ich weiß, dass Sie es waren, den ich da gesehen habe, Cyril. Sie haben einen sehr charakteristischen Gang, und ich sage nur, dass Sie vorsichtig sein müssen, das ist alles. Sehr vorsichtig. Die Gardaí veranstalten manchmal eine Razzia in diesem Etablissement, wenn sie gerade in Stimmung sind für eine kleine, hirnlose Hetzjagd, und wenn Sie da in Schwierigkeiten kommen, nun, ich muss Ihnen nicht extra sagen, dass Ihre Stellung im Ministerium ernsthaft in Gefahr geriete. Denken Sie nur, was Ihre Mutter dazu sagen würde!«

»Ich habe keine Mutter«, sagte ich und schlüpfte durch

die Seitentür auf den Parkplatz hinaus, wo ich den Minister bereits kommen sah. Ich hob eine Hand, um ihn zu begrüßen. Als wir davonfuhren, drehte ich mich noch einmal um und sah Mr Denby-Denby am Eingang stehen und mir mit einem wahrhaft erbärmlichen Ausdruck auf dem Gesicht hinterherblicken. Aus der Entfernung sah sein Haar heller denn je aus, wie ein Leuchtfeuer, das ein sinkendes Schiff zur rettenden Küste leitet.

Das große Schrumpfen

Die Umstände meiner neuerlichen Begegnung mit Mary-Margaret Muffet waren weder romantisch noch verheißungsvoll. Ein Journalist der *Sunday Press* namens Terwilliger schrieb eine wöchentliche Serie über Verbrechen, die das Land seit der Staatsgründung schockiert hatten, und wollte auch Julians Entführung und Verstümmelung mit hineinnehmen, vielleicht die schändlichste aller Straftaten der letzten Jahre, da sie sich gegen einen Minderjährigen gerichtet hatte. Er fand die Kontaktdaten der vier »Hauptbeteiligten«, sah man von den zwei noch lebenden Entführern ab, die seit 1959 im Joy saßen, aber nur Mary-Margaret und ich waren verfügbar, um mit ihm zu sprechen.

Julian reiste zu diesem Zeitpunkt mit seiner neuesten Freundin Suzi durch Europa, einem fürchterlichen Stück Edelschmuck, das er in der Carnaby Street aufgegabelt hatte, als er sich einen Homburg kaufen wollte, wie auch Al Capone einen trug. Ich hatte sie nur einmal getroffen, als sie in Dublin waren, um Max und Elizabeth zu besuchen. Sie kaute auf ihren Nägeln und sonst nur auf Roastbeefstücken, die sie anschließend in eine eigens zu dem Zweck mitgeführte durchsichtige Plastiktüte spuckte. Sie schlucke nichts herunter, erklärte sie mir, sie sei viel zu sehr ihrer

Karriere als Model verpflichtet, als dass sie irgendetwas in ihren Magen kommen lasse.

»Streng genommen stimmt das nicht ganz«, sagte Julian mit dem erwartbaren Grinsen, und ich tat so, als hätte ich ihn nicht gehört. Stattdessen fragte ich sie, ob sie Twiggy kenne, und sie verdrehte die Augen.

»Sie heißt *Leslie*«, sagte sie, als wäre ich das ignoranteste Wesen des gesamten Planeten.

»Aber du kennst sie?«

»Natürlich kenne ich sie. Wir haben ein paarmal zusammengearbeitet.«

»Wie ist sie so?«

»Eigentlich ganz nett. Zu nett, um in dem Geschäft lange den Kopf oben zu behalten. Glaub mir, Cecil, in einem Jahr erinnert sich niemand mehr an ihren Namen.«

»Ich heiße Cyril«, sagte ich. »Und was ist mit den Beatles? Kennst du die auch?«

»John ist ein Freund«, sagte sie. »Paul nicht. Nicht mehr, und er weiß, warum. George war mein Letzter vor Julian.«

»Dein Letzter was?«

»Ihr letzter Stecher«, sagte Julian, nahm die gräulichen Überreste des Essens seiner Freundin und stellte sie auf den Tisch hinter uns. »Kannst du das glauben? George Harrison ist direkt vor mir bei ihr rein!«

Ich hatte Mühe, dass es mir nicht hochkam.

»Nein, da war erst noch ein anderer«, sagte Suzi ungezwungen.

»Was? Wer? Ich dachte, ich wäre der Nächste gewesen.«

»Nein, du konntest nicht, weißt du nicht mehr?«

»Oh ja«, sagte er und grinste leicht. »Hatte ich vergessen.«

»Du konntest nicht?«, fragte ich fasziniert. »Warum?«

»Sackratten«, sagte er mit einem Achselzucken. »Die hatte ich mir bei weiß Gott was für einer geholt. Suzi ist komplett auf Abstand geblieben, bis ich sie eindeutig los war.«

»Was hätte ich sonst tun sollen?«, sagte sie. »Wofür hältst du mich?«

»Was ist mit Ringo?«, fragte ich, um von Julians Filzläusen wegzukommen. »Was ist mit ihm?«

»Gar nichts ist mit ihm«, sagte sie und tat seinen Namen mit einer Geste ab, als verscheuchte sie eine lästige Fliege. »Ich bin nicht sicher, ob er's wert wäre. Ich meine, der trommelt doch nur. Das könnte man auch einem Affen beibringen.«

Das Gespräch ging noch einige Zeit so weiter. Suzi hatte dezidierte Meinungen zu Cilla Black, Mick Jagger, Terence Stamp, Kingsley Amis und dem Erzbischof von Canterbury, die bis auf einen allesamt Geliebte von ihr waren. Am Ende des Abends missfiel sie mir noch mehr, als mir zuvor schon die bloße Vorstellung ihrer Existenz missfallen hatte, was ich mir vorab kaum hatte vorstellen können.

Natürlich sagte ich Mr Terwilliger, als er anrief, nichts von alldem, sondern nur, dass Julian außer Landes und nicht erreichbar sei. Er war sehr enttäuscht, da Julian die Hauptattraktion darstellte, und er meinte, das sei jetzt schon die zweite schlechte Nachricht, da Julians frühere Geliebte, Bridget Simpson, ebenfalls nicht verfügbar sei.

»Sie hat ihn wahrscheinlich längst vergessen«, sagte ich. »Ich könnte mir denken, dass sie seitdem eine ganze Reihe weiterer Julians verbraucht hat.«

»Da irren Sie sich«, sagte der Journalist. »Miss Simpson ist tot.«

»Tot?«, wiederholte ich und richtete mich abrupt auf meinem Bürostuhl auf, wie es Miss Ambrosia tat, wenn sie feststellte, dass Tante Jemima zu Besuch kam. »Wie, tot? Ich meine, wie ist sie gestorben?«

»Ihr Fahrlehrer hat sie ermordet. Offenbar wollte sie nicht mit seinem Schaltknüppel spielen, und da ist er mit ihr bei Clontarf gegen eine Mauer gefahren. Sie hat es nicht überlebt.«

»Großer Gott«, sagte ich und wusste nicht, wie ich darauf reagieren sollte. Ich hatte sie nicht sehr gemocht, aber das war Jahre her. Es schien mir ein grausames Ende.
»Damit bleiben nur Sie und Miss Muffet«, sagte er.
»Wer?«, fragte ich.
»Mary-Margaret Muffet«, sagte er, und ich hörte, dass er den Namen von einem Zettel ablas. »Sie war doch damals Ihre Freundin?«
»Das war sie nicht!«, rief ich, und seine Unterstellung erschreckte mich noch mehr als die Nachricht von Bridgets Tod. »Ich kannte sie kaum. Sie war eine Freundin von Bridget, sonst nichts. Ich weiß nicht einmal, woher die beiden sich kannten. Sie war nur mit dabei, damit wir an jenem Abend zwei Paare waren.«
»Verstehe«, sagte er. »Nun, sie ist bereit, sich mit mir zu treffen. Denken Sie, Sie könnten mit dazukommen? Es wäre wunderbar, wenn sich unter meiner Regie ein Gespräch zwischen Ihnen beiden ergeben könnte, eine Art Reminiszenz an die Geschehnisse damals. Sie wissen, wie das sonst oft läuft. Sie erzählt mir das eine, wenn ich mit ihr spreche, und Sie sagen später etwas völlig anderes, und der Leser weiß nicht, was er denken soll.«
Ich war nicht sicher, ob ich da mitmachen wollte, allerdings gefiel mir der Gedanke nicht, dass Mary-Margaret, an die ich mich nur vage erinnerte, ganz allein befragt wurde und womöglich über Julian herzog. So stimmte ich dem gemeinsamen Treffen schließlich zu und schüttelte ihr wenige Tage später argwöhnisch die Hand. Zu meiner Erleichterung unterschieden sich unsere Erinnerungen an jenen Tag des Jahres 1959 nicht sehr. Wir erzählten Terwilliger, was uns noch einfallen wollte, wobei Mary-Margaret klarmachte, dass sie die überraschende Einbeziehung von Brendan Behan in den Abend nicht weiter diskutieren wolle, und zwar aus dem einfachen Grund, dass sich der Mann äußerst vulgär geäußert habe und seine Worte nicht in eine

Zeitung gehörten, die Kinder in die Hände bekommen könnten.

Anschließend schien es nur höflich, sie zu fragen, ob sie eine Tasse Kaffee mit mir trinken wolle, und wir gingen in Bewley's Café in der Grafton Street, setzten uns in eine der Nischen am Rand und taten unser Bestes, ein Gespräch in Gang zu bringen.

»Eigentlich mag ich Bewley's nicht so«, sagte Margaret, zog eine Handvoll Servietten aus dem Spender auf dem Tisch und legte sie auf den Sitz unter ihren Hintern. Sie trug ihr Haar in einem Knoten hinten auf dem Kopf, und obwohl sie in etwa so aufregend gekleidet war wie eine Ordensschwester, ließ sich nicht abstreiten, dass sie recht hübsch war. »Die Sitze können schrecklich klebrig sein. Ich glaube, die Bedienungen machen sie nicht sauber, wenn die Leute sie vollgekrümelt haben. Das ist ganz und gar nicht mein Niveau.«

»Aber sie haben guten Kaffee«, sagte ich.

»Ich trinke keinen Kaffee.« Sie nippte an ihrem Tee. »Kaffee ist etwas für Amerikaner und Protestanten. Iren trinken Tee. So hat man uns schließlich großgezogen. Gib mir eine gute Tasse Lyons, und ich bin zufrieden.«

»Ich persönlich mag gelegentlich auch eine Tasse Barry's.«

»Nein, der ist aus Cork. Ich trinke nur Tee aus Dublin. Das Risiko bei etwas, das sie mit dem Zug hergebracht haben, ist mir zu groß. In Switzer's Café gibt es sehr guten Tee. Warst du dort schon mal, Cyril?«

»Nein«, gab ich zu. »Warum, bist du da oft?«

»Jeden Tag«, sagte sie und strahlte vor Stolz. »Es liegt sehr praktisch für uns Angestellte bei der Bank of Ireland am College Green, und es hat eine bessere Klientel, was mir im Übrigen angemessen scheint. Ich denke nicht, dass unsere Direktoren sehr glücklich wären, mich in einem alten Straßencafé sitzen zu sehen.«

»Verstehe«, sagte ich. »Nun, du siehst auf jeden Fall toll aus. Das war ein verrückter Tag, oder? Der Tag, an dem Julian entführt wurde.«

»Sehr verstörend«, antwortete sie und erschauderte ein wenig. »Monate danach hatte ich noch Albträume, und als sie anfingen, seine Körperteile zu schicken ...«

»Das war schrecklich«, stimmte ich ihr zu.

»Wie geht es ihm überhaupt?«, fragte sie. »Habt ihr noch Kontakt?«

»Oh ja«, sagte ich und bestätigte eifrig den Fortbestand unserer Verbindung. »Er ist immer noch mein bester Freund, und es geht ihm gut, danke, dass du fragst. Im Moment ist er in Europa, aber er schickt hin und wieder eine Karte, und ich werde ihn sehen, wenn er zurückkommt. Manchmal telefonieren wir auch. Ich habe die Nummer seiner Eltern, hier, sieh doch.« Ich holte mein Adressbuch hervor, blätterte durch die Ws und zeigte ihr die Adresse am Dartmouth Square, die einmal meine gewesen war. »Er hat auch meine Nummer, und wenn er mich nicht erreicht, hinterlässt er eine Nachricht bei meinem Mitbewohner.«

»Ganz ruhig, Cyril«, sagte sie. »Es war ja nur eine Frage.«

»Entschuldige«, sagte ich verlegen.

»Er hat es also verkraftet?«, fragte sie.

»Was verkraftet?«

»Die Entführung natürlich.«

»Oh ja. Er ist nicht der Typ, der sich von so was unterkriegen lässt.«

»Und dass er einen Zeh, einen Finger und ein Ohr verloren hat?«

»Ihm bleiben immer noch jeweils neun, ich meine, natürlich keine neun Ohren. Da hat er nur noch eins, aber das ist sicher mehr, als viele andere Leute haben.«

»Wer?«, fragte sie und zog die Brauen zusammen. »Wer hat weniger Ohren als er?«

Ich dachte nach, und mir wollte niemand einfallen. »Sein

Vater hat auch nur eines«, sagte ich. »Das zumindest haben sie gemeinsam. Die IRA hat es ihm Monate vor der Entführung weggeschossen.«

»Was für ein fürchterlicher Haufen, die IRA«, sagte sie. »Ich hoffe, du hast mit denen nichts zu tun, Cyril Avery?«

»Ganz sicher nicht«, sagte ich und schüttelte den Kopf. »Ich interessiere mich nicht für solche Sachen. Für Politik.«

»Ich nehme an, er lahmt etwas.«

»Wer?«

»Julian. Wo er nur noch neun Zehen hat. Ich nehme an, da lahmt er etwas.«

»Ich glaube nicht«, sagte ich und war unsicher, ob es so war oder nicht. »Und wenn, ist es mir nie aufgefallen. Ehrlich gesagt ist das Einzige, was ihn wirklich stört, sein Ohr. Natürlich hört er nur noch halb so gut, und er sieht etwas komisch aus ohne, aber er hat sich die Haare wachsen lassen, und sie verdecken die rechte Seite, sodass es niemandem wirklich auffällt. Er sieht immer noch toll aus.«

Mary-Margaret erschauderte abermals. »Die Direktoren der Bank of Ireland erlauben ihren männlichen Angestellten keine langen Haare«, sagte sie, »und ich mache ihnen keinen Vorwurf deswegen. Für mich sieht es auch ein bisschen zu tuntig aus. Im Übrigen bevorzuge ich Männer mit zwei Ohren. Nur eins wäre wirklich nicht mein Niveau.«

Ich nickte, sah mich im Café nach dem nächsten Notausgang um und fing zu meinem Entsetzen den Blick eines Priesterschülers auf, der zusammen mit zwei älteren Geistlichen ein paar Plätze entfernt saß, eine Cola trank und ein Stück Kuchen aß. Ich erkannte ihn aus dem Metropole Cinema, wo ich einige Abende zuvor *Ein Mann zu jeder Jahreszeit* gesehen und in der letzten Reihe neben ihm gesessen hatte. Er hatte sich seinen Mantel auf den Schoß gelegt, und ich hatte ihm im Dunkeln einen heruntergeholt. Danach stank es fürchterlich ranzig, und die Leute drehten sich um und starrten uns an, weshalb uns nichts blieb, als Reißaus zu nehmen, als Richard Rich in den Zeugenstand trat und Thomas Morus verriet. Im Café liefen wir beide rot an und wandten den Blick ab.

»Was ist los?«, fragte Mary-Margaret. »Dir steigt ja plötzlich das Blut in den Kopf.«

»Ich bin ein bisschen erkältet«, erklärte ich ihr. »Das Fieber kommt und geht.«

»Steck mich bloß nicht an«, sagte sie. »Ich will nicht krank werden. Ich muss an meinen Job denken.«

»Ich glaube nicht, dass es ansteckend ist«, erwiderte ich und nahm einen Schluck Kaffee. »Es hat mir übrigens sehr leidgetan, das mit Bridget zu hören. Das muss dich tief getroffen haben.«

»Nun«, sagte sie mit fester Stimme, stellte ihre Tasse ab und sah mir in die Augen. »Natürlich hat es mir leidgetan, von ihrem Tod zu hören, und die Umstände waren entsetzlich, aber um die Wahrheit zu sagen, hatte ich schon einige Zeit vorher die Verbindung zu ihr abgebrochen.«

»Oh, verstehe«, sagte ich. »Hattest du dich mit ihr zerstritten?«

»Sagen wir einfach, wir waren zu verschieden.« Sie zögerte einen Moment lang, schien dann jedoch alle Vorsicht in den Wind zu schlagen. »Die Wahrheit ist, Cyril, dass Bridget Simpson ein Flittchen war und ich mich mit einer solchen Person nicht mehr abgeben wollte. Ich verlor irgendwann den Überblick, mit wie vielen Männern sie sich einließ, und habe ihr gesagt, ›Bridget‹, habe ich gesagt, ›wenn du da nicht Ordnung schaffst, wirst du schrecklich enden‹, aber sie wollte nicht hören. Sie sagte, das Leben sei zum Leben da und dass ich verklemmt sei. Ich! Verklemmt! Kannst du dir das vorstellen? Wo ich doch vor allem Spaß will. Auf jeden Fall fing sie dann auch noch mit verheirateten Männern an, und da war für mich Schluss. Ich sagte, genug ist genug, und dass ich nichts mehr mit ihr zu tun haben wolle, wenn sie mit dieser Art Unsinn weitermache.

Und das Nächste, was ich hörte, war, dass sie bei einem Unfall in Clonmel getötet worden war.«

»Ich dachte, es war in Clontarf«, sagte ich.

»Jedenfalls in einem von den Clons. Natürlich war ich auf ihrer Beerdigung und hab eine Kerze für sie angezündet. Ihrer Mutter habe ich gesagt, es solle ihr ein Trost sein, dass Bridget uns alle etwas Wichtiges gelehrt habe. Dass wer ein so liederliches Leben lebt, mit einem schrecklichen Tod rechnen kann.«

»Wie hat sie das aufgenommen?«

»Die arme Frau war so von Trauer geschüttelt, dass sie kein Wort herausbrachte. Sie hat mich nur schockiert angestarrt. Wahrscheinlich macht sie sich Vorwürfe, weil sie ihrer Tochter keinerlei Sittsamkeit beigebracht hat.«

»Vielleicht dachte sie auch, dass du ein bisschen gefühllos wärst?«

»Nein, das glaube ich nicht«, sagte sie und schien ein wenig verdutzt, dass ich das sagte. »Lies die Bibel, Cyril Avery. Da steht alles drin.«

Wir saßen eine Weile schweigend da, und ich sah, wie der Priesterschüler aufstand, zur Tür ging und mir auf seiner Flucht einen nervösen Blick zuwarf. Einen Moment lang empfand ich so etwas wie Mitleid mit ihm und dann auch mit mir. Und dann fragte ich mich, ob er mir wohl signalisieren wollte, dass er ins Kino ging, und wenn ja, wie schnell ich aus Bewley's Café herauskommen und ihm folgen konnte.

»Darf ich dich etwas fragen, Cyril?«, sagte Mary-Margaret, und ich sah sie an und versuchte, ein Gähnen zu unterdrücken. Ich fragte mich, warum ich nach dem Interview nicht gleich wieder ins Büro und dieser Sache hier aus dem Weg gegangen war.

»Sicher«, sagte ich.

»Wo gehst du zur Messe?«

»Wo ich zur Messe gehe?«

»Ja, du hast doch zwei Ohren im Gegensatz zu deinem Freund. In welche Kirche gehst du?«

Ich machte überrascht den Mund auf und suchte nach einer Antwort, kam aber auf keine und machte ihn wieder zu. Ich ging nicht in die Kirche. Das letzte Mal war sieben Jahre her, und da hatte ich mit meinem Geständnis, was für perverse Gedanken mir durch den Kopf gingen, einen Priester ins Jenseits befördert.

»In die Kirche«, wiederholte ich und versuchte, Zeit zu gewinnen. »Bist du denn eine große Kirchgängerin?«

»Selbstverständlich«, sagte sie und runzelte die Stirn so sehr, dass sich fünf tiefe Linien in sie gruben, wie auf einem Notenblatt. »Für was hältst du mich? Ich gehe täglich in die Kirche in der Baggot Street. Da feiern sie eine sehr schöne Messe. Warst du mal in der Kirche in der Baggot Street?«

»Nein«, sagte ich. »Nicht, dass ich mich erinnern könnte.«

»Oh, du musst mal hingehen. Die Atmosphäre ist wundervoll. Der Geruch des Weihrauchs, vermischt mit dem Geruch der Toten, das nimmt dir den Atem.«

»Klingt wunderbar.«

»Das ist es. Und der Father predigt so schön. Er spuckt Gift und Galle, und ich denke, dass Irland genau das im Moment braucht. Was da draußen dieser Tage alles herumläuft. Ich sehe sie die ganze Zeit in der Bank. Studentinnen vom Trinity College, die so gut wie nichts am Leib tragen und die Hände hinten in den Jeanstaschen ihrer Freunde stecken haben. Du hast doch keine Denim-Jeans, Cyril?«

»Eine«, sagte ich. »Aber die ist ein wenig zu lang. Ich trage sie nicht oft.«

»Wirf sie weg. Kein Mann sollte sich in Denim-Jeans sehen lassen. Natürlich sehe ich an meinem Devisenschalter in der Bank of Ireland am College Green alles, was es gibt auf der Welt. In der letzten Woche hatte ich es mit einer geschiedenen Engländerin zu tun, kannst du das glauben? Ich scheue mich nicht zu sagen, dass ich sie meine Missbilligung habe spüren lassen. Und erst gestern kam ein junger Mann, der sich eher wie ein Mädchen benahm. Oh, wie der geredet hat! Er war natürlich einer von denen«, fügte sie hinzu und knickte die Hand am Handgelenk ab. »Ich hab mich geweigert, ihn zu bedienen. Ich habe ihm gesagt, er soll zur Allied Irish Bank gehen, wenn er sein Geld umtauschen will. Da bedienen sie solche Leute. Das Theater, das er gemacht hat. Weißt du, wie er mich genannt hat?«

»Nicht wirklich«, sagte ich.

»Ein M-i-s-t-s-t-ü-c-k«, sagte sie, beugte sich vor und buchstabierte das Wort leise. Dann schüttelte sie den Kopf und wandte den Blick ab. »Ich bin immer noch nicht ganz darüber weg«, fügte sie nach einer Weile hinzu. »Jedenfalls habe ich einen der Sicherheitsmänner gerufen, damit er ihn hinauswarf, und weißt du, was er daraufhin gemacht hat?«

»Nein«, sagte ich. »Ich war nicht dabei.«

»Angefangen zu heulen hat er! Er sagte, sein Geld sei so gut wie das von jedem anderen auch, und dass er es leid sei, wie ein Bürger zweiter Klasse behandelt zu werden. Worauf ich gesagt habe, wenn es nach mir ginge, wäre er überhaupt kein Bürger. Natürlich haben dann alle über ihn gelacht, die Kunden auch, und er setzte sich auf eine der Bänke und blickte so elend aus der Wäsche, als läge der Fehler bei uns! Die Schwulen sollten alle eingesperrt werden, wenn du mich fragst. Steck sie auf eine der Inseln vor der Westküste, wo sie niemandem was zuleide tun können, nur sich selbst. Aber wo waren wir gerade, Cyril? Ach ja, in welche Kirche gehst du?«

»In die in der Westland Row«, sagte ich, weil mir nichts Besseres einfiel.

»Oh, so ein schönes Gebäude«, sagte sie und überraschte mich damit, dass sie die Kirche nicht als zu groß oder zu breit abtat oder darüber zu klagen begann, dass sie zu viele Buchstaben im Namen habe. »So schöne Steinmetzarbeiten. Sie steht jedes Jahr am Gründonnerstag auf der Liste meiner *Visita Iglesia*. Habe ich dich je dort gesehen?«

»Möglich ist alles«, sagte ich, »aber das meiste eher unwahrscheinlich.«

»Ganz genau das sage ich auch immer«, fügte sie hinzu, nahm noch einen Schluck Tee und verzog das Gesicht. Wie es schien, hatte sich jetzt auch noch der Tee gegen sie verschworen. »Was stellst du so mit dir an?«

»Wie bitte?«

»Ich nehme an, du hast irgendwo einen guten Job?«

»Ach ja, richtig«, sagte ich und erzählte ihr von meinem Job im Bildungsministerium, worauf ihre Augen sofort ganz groß wurden.

»Also das ist eine tolle Laufbahn«, sagte sie. »Fast so gut wie eine Stelle in einer Bank. Mit dem öffentlichen Dienst kann man einfach nichts falsch machen. Zum einen können sie dich nicht hinauswerfen, selbst in schlechten Zeiten nicht oder wenn du völlig unfähig bist. Daddy wollte immer, dass ich in den öffentlichen Dienst gehe, aber ich habe gesagt, ›Daddy, ich bin eine unabhängige junge Frau, ich möchte meine eigene Position‹, und habe sie in der Devisenabteilung der Bank of Ireland am College Green auch tatsächlich gefunden. Trotzdem denke ich immer, das Tolle am öffentlichen Dienst ist, dass du da mit zwanzig eintreten kannst, und dann verbringst du jeden einzelnen Tag deines Lebens an ein- und demselben Schreibtisch, und bevor du es merkst, bist du ein alter Mann, es liegt alles hinter dir, und du musst nur noch sterben. Das muss einem eine große Sicherheit geben.«

»So habe ich das noch gar nicht gesehen«, sagte ich, und der Gedanke erfüllte mich mit einer unangenehmen Mischung aus Todesahnung und Verzweiflung. »Aber du wirst recht haben.«

»Habe ich dir je erzählt, dass mein Onkel Martin im öffentlichen Dienst war?«

»Nein«, sagte ich. »Aber so oft haben wir uns auch noch nicht unterhalten.«

»Er war ein wunderbarer Beamter. Und ein reizender Mann, obwohl er ein nervöses Zucken in der Backe hatte, und ich mag keine Männer mit einem nervösen Zucken. Da fühle ich mich unwohl.«

»Arbeitet er noch?«, fragte ich. »Vielleicht kenne ich ihn?«

»Nein«, sagte sie und tippte sich gegen die Schläfe. »Er ist dement.« Mary-Margaret senkte die Stimme fast zu einem Flüstern. »Die Hälfte der Zeit kann er sich nicht erinnern, wer er ist, und das letzte Mal, als ich ihn gesehen habe, dachte er, ich wäre Rita Hayworth!« Sie brach in Lachen aus und sah sich um, bevor ihr Gesicht vor Abscheu wieder zu Stein wurde. »Sieh dir das an«, sagte sie.

Ich wandte den Kopf in die Richtung, in die sie starrte, wo eine junge Schöne den Mittelgang von Bewley's heraufkam. Das Mädchen trotzte der Hitze, indem sie so wenig Stoff auf dem Leib trug wie nur möglich, und die Augen jedes einzelnen Mannes folgten ihr, als sie vorbeikam. Nun ja, fast jedes Mannes.

»Ganz das junge Lämmchen«, sagte Mary-Margaret und schob die Lippen vor. »Das wäre ganz und gar nicht mein Niveau.«

»Würdest du gern einen Sahnekuchen zu deinem Tee haben?«, fragte ich.

»Nein, danke, Cyril. Ich vertrage keine Sahne.«

»Verstehe.« Ich sah auf die Uhr. Wir saßen hier schon seit sieben Minuten, und ich hatte das Gefühl, das sei lange genug. »Nun, ich gehe allmählich wohl besser zurück«, sagte ich.

»Zurück wohin?«

»Zur Arbeit.«

»Oh, hört, hört«, sagte sie. »Mr Ui-Ui.«

Ich hatte keine Ahnung, wie sie das meinte. Es schien mir kein so absurder Gedanke, zurück zur Arbeit zu gehen, schließlich hatten wir erst drei Uhr nachmittags.

»Es war schön, dich wiederzusehen, Mary-Margaret«, sagte ich und streckte die Hand aus.

»Moment mal, erst gebe ich dir meine Telefonnummer«, sagte sie, griff in ihre Tasche und holte einen Stift und ein Stück Papier heraus.

»Warum?«, fragte ich.

»Wie willst du mich anrufen, wenn du meine Nummer nicht hast?«

Ich runzelte die Stirn und wusste nicht, worum es ihr ging. »Entschuldige«, sagte ich. »Soll ich dich anrufen? Gibt es etwas, das du mich fragen willst? Dann kann ich natürlich auch noch einen Moment länger bleiben.«

»Nein, das ein oder andere Thema heben wir uns für das nächste Mal auf.« Sie kritzelte eine Nummer auf ihren Zettel und gab ihn mir. »Es ist besser, wenn du mich anrufst, als andersrum. Ich bin nicht der Typ, der einen Mann anruft. Aber ich werde auch nicht neben dem Telefon sitzen und auf dich warten, mach dir keine Illusionen, und wenn Daddy rangeht, sag ihm, du arbeitest im Bildungsministerium, sonst fertigt er dich kurz und knapp ab.«

Ich starrte auf das Stück Papier in meiner Hand und wusste nicht, was ich sagen sollte. So etwas hatte ich noch nicht erlebt.

»Ruf mich Samstagnachmittag an«, sagte sie, »und wir überlegen uns was für Samstagabend.«

»In Ordnung«, sagte ich, unsicher, worauf sie hinauswollte, aber mir deutlich bewusst, dass ich kein Mitspracherecht bei der Sache hatte.

»Es gibt da einen Film, den ich gern sehen würde«, sagte sie. »Er läuft im Metropole. *Ein Mann zu jeder Jahreszeit.*«

»Den habe ich schon gesehen«, sagte ich, ohne ihr zu erzählen, dass ich aus dem Saal gegangen war, als Richard Rich seinen Mentor für Wales verriet, weil ich mir den Geruch von Sperma von den Händen waschen musste.

»Aber ich noch nicht«, sagte sie, »und ich will ihn sehen.«

»Es laufen noch viele andere Filme«, sagte ich. »Ich sehe später in der Zeitung nach, was es sonst noch gibt.«

»Ich will *Ein Mann zu jeder Jahreszeit* sehen«, sagte sie, beugte sich vor und blitzte mich an.

»Verstehe.« Ich stand auf, bevor sie ein Messer nehmen und mit mir machen konnte, was die IRA mit Julian gemacht hatte. »Dann rufe ich dich am Samstag an.«

»Um vier. Keine Minute früher.«

»Um vier«, sagte ich, drehte mich um und verließ das Café. Ich war so sehr ins Schwitzen geraten, dass mir das Hemd auf dem Rücken festklebte. Die Sonne schien, und auf dem Weg zurück zur Arbeit überdachte ich die Situation. Ohne es je vorgehabt zu haben oder überhaupt zu wollen, schien mir mit einem Mal eine Freundin zugeflogen zu sein, und diese Freundin hieß Mary-Margaret Muffet. Ganz offenbar war ich ihr Niveau. Einerseits versetzte mich die Vorstellung in Angst und Schrecken, da ich nicht wusste, wie ich mich einem Mädchen gegenüber verhalten sollte, das sich für meine Freundin hielt (und hatte auch kein Interesse, es herauszufinden), andererseits war es eine tolle Entwicklung, denn es bedeutete, dass ich wie alle anderen sein konnte und niemandem mehr verdächtig sein würde. Und Gott sei Dank musste ich nicht in ein Priesterseminar, was ich seit einem Jahr als Lösung all meiner Probleme vage in Betracht gezogen hatte.

Zurück im Büro, ignorierte ich das endlose Gespräch meiner Kollegen über Jacqueline Kennedy und setzte mich an einen langen Brief an Julian, in dem ich ihm schrieb, dass ich mich in ein schönes Mädchen verliebt hätte, das mir in Bewley's Café aufgefallen sei. Ich beschrieb sie auf die denkbar vorteilhafteste Weise und implizierte, dass wir seit ein paar Monaten auf jede mögliche Weise miteinander verkehrten. Ich tat alles, um sexuell so leichtfertig wie er zu klingen, und beendete meinen Brief mit der Bemerkung, das einzige Problem an einer Freundin sei, dass man sich nicht an all die anderen Mädchen heranmachen könne, die es da draußen gebe. Das könnte ich nicht, erklärte ich ihm. Dafür liebe ich sie zu sehr. Dennoch, fügte ich hinzu, dass ich auf Diät bin, heißt nicht, dass ich die Speisekarte nicht weiterhin studiere. Ich schickte den Brief an das Western-Union-Büro in Salzburg, wo er mit seiner Suzi war, und hoffte, dass ihn seine Neugier bald schon zurück nach Dublin bringen würde und wir zu viert ausgehen könnten, und vielleicht freundeten sich die Mädchen ja miteinander an und sagten, wir sollten allein was trinken gehen, damit sie über Stricken, Kochen und so weiter reden konnten – und Julian und ich wären wieder für uns, so wie es sein sollte.

Innerhalb weniger Wochen wurden Mary-Margaret und ich ein festes Paar, und sie gab mir jeden Sonntag eine Liste mit den Dingen, die wir in der kommenden Woche tun würden. Dienstags und donnerstags hatte ich frei, musste die übrigen Abende aber mit ihr verbringen. Meist saßen wir auf dem Sofa vorn im Wohnzimmer, während ihr Daddy fernsah, in Schokolade gehüllte Paranüsse aß und dabei unablässig verkündete, dass er in Schokolade gehüllte Paranüsse leid sei.

Nach etwa einem Monat wurde mir bewusst, dass es zwischen uns zu noch nichts Sexuellem gekommen war, und ich beschloss, einen Versuch zu starten. Schließlich war ich einem Mädchen noch nie wirklich näher gekommen, und es bestand immerhin die Möglichkeit, dass es mir gefiel. Ich musste es nur probieren. So beugte ich mich denn, als ihr Daddy eines Abends ins Bett gegangen war, zu ihr hinüber und drückte meine Lippen ohne Vorwarnung auf ihre.

»Entschuldigung«, sagte sie und wich aufgebracht auf dem Sofa zurück. »Was machst du denn da, Cyril Avery?«

»Ich habe versucht, dich zu küssen«, sagte ich.

Sie schüttelte langsam den Kopf und sah mich an, als hätte ich gerade zugegeben, Jack the Ripper oder ein Mitglied der Labour Party zu sein. »Ich dachte, du würdest mich zumindest ein kleines bisschen respektieren«, sagte sie. »Ich hatte ja keine Ahnung, dass ich die ganze Zeit mit einem sexuell Perversen ausgehe.«

»Ich glaube nicht, dass es das trifft«, sagte ich.

»Wie würdest du dich dann beschreiben? Ich sitze hier, versuche, mir *Perry Mason* anzusehen, und habe keine Ahnung, dass du die ganze Zeit schon planst, mich zu vergewaltigen.«

»Ich habe nichts in der Art geplant«, protestierte ich. »Es war nur ein Kuss, sonst nichts. Sollten wir uns nicht küssen, wenn wir ein Paar sind? Das ist doch nichts Schlimmes, Mary-Margaret.«

»Nun ja, vielleicht«, überlegte sie. »Aber in Zukunft könntest du wenigstens den Anstand haben zu fragen. Es gibt nichts weniger Romantisches als Spontaneität.«

»Okay«, sagte ich. »Darf ich dich also küssen?«

Sie überlegte wieder und nickte schließlich. »Du darfst«, sagte sie. »Aber sorg dafür, dass du Augen und Mund geschlossen hältst. Und ich will deine Hände nicht in meiner Nähe. Ich ertrage es nicht, wenn mich jemand anfasst.«

Ich tat, was sie verlangte, drückte meine Lippen auf ihre und murmelte ihren Namen, als verlöre ich mich in der Leidenschaft einer großen Liebesgeschichte. Sie blieb steif sitzen, und ich wusste, dass sie immer noch zusah, wie Perry Mason einen Mann im Zeugenstand in die Mangel nahm. Nach etwa dreißig Sekunden dieser unkontrollierbaren Erotik zog ich mich zurück.

»Du küsst toll«, sagte ich.

»Ich hoffe, du willst damit nicht andeuten, dass ich eine Vergangenheit habe«, sagte sie.

»Ich meine nur, dass du sehr schöne Lippen hast.«

Sie verengte die Augen und schien unsicher, ob auch das etwas war, das ein sexuell Perverser sagte. »Das reicht für einen Abend«, sagte sie. »Wir wollen doch nicht, dass die Pferde mit uns durchgehen, oder?«

»Auf keinen Fall.« Ich sah auf meinen Schritt. Da hatte sich nichts gerührt. Wenn überhaupt, konnte man von einem großen Schrumpfen reden.

»Und glaub nicht, dass eins zum andern führt, Cyril Avery«, warnte sie mich. »Ich weiß, da draußen gibt es Mädchen, die alles tun, um einen Mann zu halten, aber das ist nicht mein Niveau. Ganz und gar nicht mein Niveau.«

»Einverstanden«, sagte ich, und das meinte ich vollkommen ernst.

Überall die Blicke der Leute

Es war eine schwierige Zeit, um Ire zu sein, einundzwanzig Jahre alt und vor allem ein Mann, der sich zu anderen Männern hingezogen fühlte. Dass ich all diese Eigenschaften auf mich vereinte, forderte ein Maß an List und Tücke von mir, das meiner Natur im Grunde widersprach. Ich hatte mich nie für einen unehrlichen Menschen gehalten, hatte nicht daran geglaubt, dass ich zu größeren Lügen und Täuschungen fähig wäre, doch je näher ich die Architektur meines Lebens betrachtete, desto bewusster wurde mir, wie unaufrichtig seine Fundamente waren. Der Glaube, dass ich den Rest meines Lebens auf dieser Erde damit zubringen würde, die Menschen anzulügen, lastete schwer auf mir, und mitunter dachte ich ernsthaft darüber nach, mir das Leben zu nehmen. Messer machten mir Angst, Schlingen und Pistolen ebenso, aber ich wusste, dass ich kein guter Schwimmer war. Würde ich zum Beispiel nach Howth hinausfahren und mich ins Meer stürzen, zöge die Strömung mich schnell unter Wasser, und ich könnte nichts tun, um mich zu retten. Das war eine Möglichkeit, die ich immer im Hinterkopf hatte.

Ich hatte nur wenige Freunde, und wenn ich meine Beziehung zu Julian ernsthaft überdachte, musste ich zugeben, dass sie von kaum mehr als meiner zwanghaften, unerklärten Liebe am Leben erhalten wurde. Über die Jahre hatte ich unsere Verbindung eifersüchtig bewahrt und den Umstand verdrängt, dass er mich ohne meine Entschlossenheit, ihn zu halten, vielleicht schon vor langer Zeit hinter sich gelassen hätte. Ich besaß keine Familie, keine Geschwister, keine Cousins und wusste nichts über die Identität meiner leiblichen Eltern. Ich hatte nur sehr wenig Geld und fing an, die Wohnung in der Chatham Street zu hassen. Albert Thatcher hatte mittlerweile eine feste Freundin, und wenn sie bei ihm übernachtete, waren die Geräusche ihrer Liebesspielchen so grässlich wie erregend, und ich sehnte mich nach einer eigenen Wohnung und einer Tür mit nur einem Schlüssel.

Verzweifelt wandte ich mich an Charles und bat ihn um ein Darlehen von hundert Pfund. Ich hatte eine Wohnung über einem Laden in der Nassau Street entdeckt, aus der man auf den Rasen vom Trinity College blickte, konnte sie mir mit meinem erbärmlichen Gehalt aber nicht leisten. Das Darlehen, erklärte ich ihm, würde mir erlauben, zwei Jahre dort zu wohnen, während ich genug Geld sparte, um mir selbst ein besseres Leben aufzubauen. Wir saßen im Jachtklub in Dún Laoghaire, als ich ihm die Idee unterbreitete, aßen Hummer und tranken Moët & Chandon, aber er wies mich umgehend zurück und erklärte, er leihe Freunden kein Geld, da solche Akte der Menschenfreundlichkeit immer böse endeten.

»Aber wir sind doch mehr als nur Freunde«, sagte ich und ergab mich ganz seiner Gnade. »Du bist schließlich mein Adoptivvater.«

»Ach komm schon, Cyril«, sagte er und lachte, als hätte ich einen Witz gemacht. »Du bist jetzt fünfundzwanzig.«

»Ich bin einundzwanzig.«

»Dann eben einundzwanzig. Natürlich bist du mir wichtig, wir kennen uns seit langer Zeit, aber du bist doch kein ... «

»Ich weiß«, sagte ich und hob die Hand, bevor er den Satz beenden konnte. »Macht nichts.«

Am meisten Sorgen machte mir jedoch meine überwältigende, unstillbare und unkontrollierbare Lüsternheit, dieses Verlangen, das so intensiv war wie Hunger und Durst, aber im Gegensatz dazu von der Angst vor der Entdeckung begleitet wurde. Nachts trieb es mich hinaus zum Ufer des Grand Canal, in die dichten Baumgruppen im Herzen des Phoenix Park, die kleinen Gässchen, die von der Baggot Street abzweigten, und zu den versteckten Durchgängen von der Ha'penny Bridge hin zur Christ Church Cathedral. Die Dunkelheit verbarg meine Verbrechen und überzeugte mich, dass ich degeneriert war, pervers, ein Mr Hyde, der sein menschliches Ich in der Chatham Street zurückließ, sobald die Sonne unterging und sich die Wolken langsam vor den Mond schoben.

Meine Lüsternheit tatsächlich zu befriedigen, war kein großes Problem. Es war nicht schwer, im Stadtzentrum einen jungen Mann mit ähnlichen Vorlieben zu finden, ein einfacher Austausch von Blicken genügte, um einen Vertrag zu schließen und ohne ein Wort in ein kaum auffindbares Versteck zu verschwinden, wo wir uns, immer sorgfältig darauf bedacht, dem anderen nicht in die Augen zu sehen, ausgiebig befummelten, wo unsere Hände am Körper des anderen zogen und ihn liebkosten, sich unsere Lippen hungrig vorantasteten, wir mit dem Rücken an Bäumen lehnten, gemeinsam im Gras lagen oder flehentlich voreinander knieten. Wir betatschten unsere Körper, bis einer von uns nicht mehr konnte und auf die Erde zwischen unseren Füßen spritzte, und so groß der Drang dann auch war, so schnell wie möglich davonzulaufen, verlangte der Anstand doch, noch so lange zu warten, bis auch der andere seinen Höhepunkt erreicht hatte. Und schon wandten wir uns mit einem schnellen Danke in entgegengesetzte Richtungen, liefen nach Hause, schickten stumme Stoßgebete zum Himmel, dass uns bitte die Gardaí nicht auf den Fersen wären, und schworen, dass es das letzte Mal gewesen sei, dass wir für immer damit durch waren, doch dann vergingen ein paar Stunden, das Verlangen kehrte zurück, und schon am folgenden Abend bewegten sich unsere Vorhänge wieder, wenn wir nach draußen linsten, um zu sehen, wie das Wetter war.

In die Parks ging ich nicht gern, denn da waren für gewöhnlich ältere Männer mit Autos, die nach Jungen suchten, die sie hinten in ihrem Wagen vögeln konnten, und ihr Guinness-Atem und ihr Schweiß genügten, um jede Lust zu ersticken, die ich womöglich hätte empfinden können. Trotzdem landete ich dort, wenn ich allzu verzweifelt war, und fürchtete den Tag, an dem auch ich auf der Suche nach junger Haut am Park vorbeifahren würde. Ich ging nicht mehr hin, als die alten Männer anfingen, mir Geld anzubieten. Sie hielten neben mir, und wenn ich sie zurückwies, sagten sie, ich könne mir ein Pfund verdienen, wenn ich täte, was sie von mir wollten. Ein- oder zweimal, als die Zeiten besonders hart waren, nahm ich ihr Geld, aber Sex ohne Verlangen erregte mich nicht. Ich musste es wollen.

Nur einmal traute ich mich, jemanden mit in die Chatham Street zu nehmen, und das, weil ich betrunken war, ganz zittrig vor Lüsternheit, und mich der Mann, den ich kennengelernt hatte (er war etwas älter als ich, vielleicht dreiundzwanzig oder vierundzwanzig), so sehr an Julian erinnerte, dass ich dachte, ich könne die ganze Nacht mit ihm verbringen und mir vorstellen, dass sich mein Freund endlich meinem Verlangen ergeben hätte. Der Mann hieß Ciarán, wenigstens war das der Name, den er mir nannte, und wir waren in einer Souterrain-Kneipe bei der Harcourt Street zusammengetroffen, einer Bar mit geschwärzten Scheiben, die ihren Gästen suggerierte, sie müssten tun, was die Beatles sangen: *You've Got to Hide Your Love Away*.

Ich ging gelegentlich dorthin, es war ein guter Ort, um unter dem Vorwand, ein Bier trinken zu wollen, jemanden zu treffen, der so scheu und ängstlich war wie ich selbst. Ich sah ihn, als er von der Toilette kam, und wir tauschten einen Blick gegenseitiger Anerkennung. Ein paar Minuten später fragte er, ob er sich zu mir setzen könne.

»Klar«, sagte ich und nickte zu dem leeren Stuhl hin, der neben mir stand. »Ich bin allein.«

»Wir sind alle allein«, antwortete er mit einem schiefen Lächeln. »Wie heißt du?«

»Julian«, sagte ich, und der Name war bereits aus meinem Mund, bevor ich über die Klugheit meiner Wahl nachdenken konnte. »Und du?«

»Ciarán.«

Ich nickte, nahm einen Schluck von meinem Smithwick's und versuchte, ihn nicht zu intensiv anzustarren. Er sah unglaublich gut aus, weit besser als die Männer, bei denen ich normalerweise landete, und dass er sich entschieden hatte, mich anzusprechen, bedeutete, dass er interessiert war. Eine Weile sagten wir nichts. Ich zermarterte mir das Hirn, wie ich eine vernünftige Unterhaltung beginnen könnte, doch mein Kopf war leer, und ich war froh, als er die Führung übernahm.

»Ich war hier noch nie«, sagte er und sah sich um, und die Vertrautheit, mit der er dem Mann hinter der Theke zunickte, machte klar, dass das nicht stimmte. »Ich hab gehört, dass hier was los sein soll.«

»Ich auch nicht«, sagte ich. »Ich bin zufällig vorbeigekommen und wollte was trinken. Ich wusste nicht mal, dass es hier unten eine Kneipe gibt.«

»Stört es dich, wenn ich dich frage, was du arbeitest?«, fragte er.

»Ich arbeite im Zoo«, sagte ich, was meine gewohnte Antwort auf diese Frage war. »Im Reptilienhaus.«

»Ich habe Angst vor Spinnen«, sagte Ciarán.

»Spinnen sind Arachniden«, sagte ich und tat so, als wüsste ich, wovon ich redete. »Reptilien sind Echsen, Leguane und so weiter.«

»Verstehe«, sagte er. Ein Stück hinter ihm saß ein alter Mann, dem der Bauch über den Gürtel der Hose hing und der sehnsuchtsvoll in unsere Richtung starrte. Ich sah ihm an, wie sehr er sich wünschte, zu uns kommen und ganz natürlich bei uns Platz nehmen zu können, aber wir waren vierzig Jahre jünger, und so kam er nicht, sondern blieb, wo er war, und überdachte die willkürliche Grausamkeit des Universums.

»Ich bleibe wahrscheinlich nicht lange«, sagte Ciarán schließlich.

»Ich auch nicht«, sagte ich. »Ich muss morgen früh raus.«

»Wohnst du hier in der Gegend?«

Ich zögerte. Wie gesagt, ich hatte noch nie jemanden mit in die Chatham Street genommen. Aber das hier war anders. Es war einfach zu gut, um ihn ziehen zu lassen. Und dann die Ähnlichkeit mit Julian. Ich wusste, dass ich mehr wollte als nur ein bisschen verbotenes Fummeln in einer dunklen Gasse, die nach Urin, Pommes und der Kotze der vergangenen Nacht stank. Ich wollte wissen, wie es sich anfühlte, ihn zu halten, ihn wirklich zu halten und von ihm gehalten zu werden, wirklich gehalten.

»Nicht weit von hier«, sagte ich langsam. »Bei der Grafton Street. Aber es ist da etwas schwierig. Wie ist es bei dir?«

»Nicht möglich, fürchte ich«, sagte er. Mir wurde bewusst, wie schnell wir uns verstanden und wie wenig Diskussion erforderlich war, um klarzumachen, dass wir miteinander ins Bett wollten. Heterosexuelle Männer wären begeistert, wenn sich Frauen so verhielten.

»Vielleicht könnten wir einen Spaziergang machen«, sagte ich und war bereit, mich auf das Gewohnte einzulassen, wenn sonst nichts ging. »Es ist kein so schlechter Abend draußen.«

Er überlegte nur kurz und schüttelte den Kopf. »Tut mir leid«, sagte er und legte mir unter dem Tisch die Hand aufs Knie, was mich elektrisierte. »Ich bin nicht der Typ für draußen, um ehrlich zu sein. Aber macht nichts. Wer nicht wagt, der nicht gewinnt, habe ich recht? Ein anderes Mal vielleicht.«

Er stand auf, und ich wusste, dass ich kurz davorstand, ihn zu verlieren, und so traf ich eine schnelle Entscheidung. »Wir können es bei mir probieren«, sagte ich. »Aber wir müssen leise sein.«

»Bist du sicher?«, fragte er.

»Wir müssen *sehr* leise sein«, wiederholte ich. »Ich habe einen Mitbewohner, und meine Vermieterin und ihr Sohn wohnen mit im Haus. Ich weiß nicht, was passieren würde, wenn sie uns erwischten.«

»Ich kann leise sein«, sagte er. »Oder es zumindest versuchen«, fügte er mit einem Lächeln hinzu, was mich lachen ließ, trotz allen Unwohlseins.

Wir verließen das Lokal und gingen zurück in Richtung St Stephen's Green. Es gab eine Unzahl guter Gründe, ihn nicht über meine Schwelle zu lassen, aber keiner war stark genug, mich davon abzuhalten. Dann standen wir vor der hellroten Tür, und mir blieb nichts, als den Schlüssel ins Schloss zu stecken. Nervös, wie ich war, hatte ich Schwierigkeiten, ihn richtig hineinzubekommen.

»Warte einen Moment«, flüsterte ich und beugte mich so nahe zu ihm hin, dass sich unsere Lippen beinahe berührten. »Lass mich sehen, ob die Luft rein ist.«

Das Licht im Flur war aus und die Tür zu Alberts Zimmer geschlossen, was bedeutete, dass er wahrscheinlich schlief. Ich drehte mich um, winkte Ciarán zu, und wir schlichen nach oben. Ich öffnete meine Tür, schob ihn ins Zimmer und schloss hinter uns ab. Schon lagen wir auf dem

Bett, zerrten wie Teenager an unseren Kleidern, und alle Vorsätze, leise zu sein, waren vergessen. Wir taten, weswegen wir hergekommen und wozu wir geboren waren.

Es war eine völlig neue Erfahrung für mich. Für gewöhnlich ging es darum, es möglichst schnell hinter sich zu bringen und davonzulaufen, und endlich einmal wollte ich mir Zeit lassen. Ich hatte es noch nie im Bett gemacht, und das Gefühl der Wäsche auf meiner Haut war unglaublich erregend. Ich hatte noch nie mit den Händen über das Bein eines Mannes gestrichen, noch nie das Kräuseln der Haare unter meinen Fingern gespürt, hatte nie erlebt, wie es war, mit meinen nackten Füßen seine Füße zu berühren oder ihn umzudrehen und mit der Zunge über seine Wirbelsäule zu fahren, während er den Rücken vor Lust durchbog. Im trüben durch die Vorhänge dringenden Laternenlicht spürten wir die Aufrichtigkeit dessen, was wir taten, und bald schon hatte ich Julian vergessen, und da war nur noch Ciarán.

Als die Nacht zum Morgen wurde, empfand ich etwas, das es bis dahin beim Sex nicht gegeben hatte, etwas, das über die reine Lust und hektische Dringlichkeit des Orgasmus hinausging. Ich empfand Wärme, Freundschaft und Glück, und all das für einen Fremden, für einen Mann, dessen wirklichen Namen ich wahrscheinlich nicht einmal kannte.

Schließlich drehte er sich zu mir hin, lächelte und schüttelte den Kopf mit dem vertrauten Ausdruck des Bedauerns. »Ich gehe jetzt wohl besser«, sagte er.

»Du könntest bleiben«, antwortete ich und war überrascht, diese Worte aus meinem Mund kommen zu hören, »und gehen, wenn mein Mitbewohner sein morgendliches Bad nimmt. Dann merkt niemand was.«

»Ich kann nicht«, sagte er, stand auf, und ich sah zu, wie er seine im Zimmer verstreuten Kleider einsammelte. »Meine Frau erwartet mich. Sie denkt, ich habe Nachtschicht.«

Seine Worte versetzten mir einen Stich, und mir wurde

bewusst, dass ich den goldenen Ring an seiner linken Hand auf meinem Rücken gespürt und mir nichts dabei gedacht hatte. Er war verheiratet. Natürlich war er das. Und als er sein Hemd zuknöpfte und nach seinen Schuhen suchte, sah ich, dass ihm die Enthüllung nichts bedeutete.

»Wohnst du schon lange hier?«, fragte er, während er sich anzog. Das Schweigen war schlimmer als alles.

»Eine Weile«, sagte ich.

»Ist nicht schlecht«, sagte er, bevor er innehielt und den Blick über die Wände fahren ließ. »Bilde ich mir das nur ein, oder sieht der Riss da aus wie der Shannon in den Midlands?«

»Das denke ich auch immer«, sagte ich. »Ich habe meine Vermieterin gefragt, ob sie ihn nicht wegmachen lassen könnte, aber sie meint, es kostet zu viel und er war schon immer da, also macht's nichts.«

Ich streckte mich aus, zog die Decke ans Kinn, um meine Nacktheit zu bedecken, und wünschte mir, dass er nichts mehr sagen würde und ging.

»Hör zu, könnten wir das nicht wieder mal machen, wenn du magst?«, fragte er auf seinem Weg zur Tür.

»Ich kann nicht«, sagte ich und wiederholte damit seine Worte. »Tut mir leid.«

»Kein Problem«, antwortete er mit einem Achselzucken. Es war nichts mehr als Sex für ihn gewesen, Sex, wie er ihn wahrscheinlich oft hatte. Morgen würde es jemand anders sein, wieder ein anderer am Wochenende und noch einer in der nächsten Woche. Einen Moment später war er weg, und einem Teil von mir war es egal, ob Albert, Mrs Hogan oder ihr blinder Sohn die Türen öffneten und ihn sahen oder hörten, aber es blieb ruhig. Es schien, als wäre er unbemerkt entkommen.

In Irland gibt es keine Homosexuellen

Ein paar Tage später machte ich einen Termin bei einem Arzt. Seine Name war Dr. Dourish, und er hatte seine Praxis in einer Reihe roter Ziegelhäuser in Dundrum, einem Teil der Stadt, den ich nicht gut kannte. Es gab eine Reihe Ärzte, die mit dem öffentlichen Dienst verbunden und preislich günstig waren; da ich ihren Regeln im katholischen Irland jedoch nicht traute, hatte ich Angst, mich vor einem von ihnen zu entblößen, ob nun im wörtlichen oder übertragenen Sinn. Was, wenn er meinem Arbeitgeber mein Geheimnis verriet? Deshalb also Dundrum, wobei ich auf einen jungen Arzt gehofft hatte, mit Verständnis für meine Situation, und enttäuscht war, als ich feststellte, dass der Mann bereits in seinen Sechzigern war. Er stand kurz vor der Pensionierung und wirkte so freundlich wie ein Teenager, der am Montagmorgen geweckt wird, weil er in die Schule muss. Die ganze Zeit über rauchte er Pfeife und pflückte sich winzige Tabakkrümel von den gelben Zähnen, die er in einen übervollen Aschenbecher auf seinem Schreibtisch warf. An der Wand hing ein St-Brigid's-Kreuz, das mir einen kleinen Schreck versetzte, ganz zu schweigen von der Statue des Heiligen Herzens Jesu hinter seinem Schreibtisch, deren flackernde Beleuchtung etwas Gespenstisches hatte.

»Mr Sadler, richtig?«, fragte er und griff nach der Mappe, die seine Assistentin ihm gegeben hatte. Selbstverständlich hatte ich ihr nicht meinen richtigen Namen genannt.

»So ist es«, sagte ich. »Tristan Sadler. So heiße ich. Schon immer, seit dem Tag meiner Geburt.«

»Was kann ich heute für Sie tun?«

Ich wandte den Blick ab, sah zu dem an der Wand stehenden Bett hinüber und wünschte, ich könnte mich darauflegen, wie bei einem Psychiater, und er würde sich hinter mich stellen. Ich wollte ihm von meinen Sorgen berichten, ohne den Ausdruck auf seinem Gesicht sehen zu müssen. Der unvermeidliche Abscheu.

»Denken Sie, ich könnte mich hinlegen?«, fragte ich.

»Warum?«

»Es wäre mir lieb.«

»Nein«, sagte er und schüttelte den Kopf. »Das ist nicht für Patienten. Darauf halte ich meinen Mittagsschlaf.«

»Ach so. Dann bleibe ich besser, wo ich bin.«

»Wenn es möglich wäre.«

»Ich wollte mit Ihnen sprechen«, sagte ich. »Ich glaube, mit mir ist etwas nicht in Ordnung.«

»Nun, natürlich ist mit Ihnen etwas nicht in Ordnung. Warum wären Sie sonst hier? Was ist es?«

»Es ist ein wenig heikel.«

»Ah«, sagte er, lächelte und nickte. »Darf ich Sie fragen, wie alt Sie sind?«

»Ich bin einundzwanzig.«

»Geht es vielleicht um eine Sache intimer Art?«

»Ja.«

»Das hatte ich angenommen«, sagte er. »Sie haben sich was gefangen, stimmt's? Die Frauen in dieser Stadt sind mit dem Teufel im Bunde, wenn Sie mich fragen. Schmutzige kleine läufige Hündinnen. Wir hätten ihnen niemals das Stimmrecht geben dürfen. Das hat sie auf dumme Gedanken gebracht.«

»Nein«, antwortete ich. Ich hatte natürlich in letzter Zeit schon ein, zwei Dinge gehabt, aber dafür hatte ich einen anderen Arzt auf der Northside, der mir etwas verschrieb, was das Problem schnell beseitigte. »Nein, das ist es nicht.«

»Also gut«, sagte der Arzt mit einem Seufzen. »Was ist es dann? Spucken Sie's aus, junger Mann.«

»Ich glaube ... die Sache ist die, Herr Doktor, dass ich mich nicht ganz so entwickelt habe, wie ich sollte.«

»Ich kann Ihnen nicht folgen.«

»Ich nehme an, ich meine, weil ich mich nicht so für Mädchen interessiere, wie ich sollte. Wie andere junge Männer in meinem Alter.«

»Ich verstehe«, sagte er, und sein Lächeln verblich. »Nun, das ist nicht so unnormal, wie Sie vielleicht denken. Einige Jungs sind Spätentwickler. Ist es nicht so wichtig für Sie? Sex, meine ich?«

»Doch, doch, er ist sehr wichtig für mich«, erklärte ich ihm. »Wahrscheinlich das Wichtigste. Ich denke den ganzen Tag daran, von der Minute, in der ich aufwache, bis zum Einschlafen. Und dann träume ich davon. Manchmal habe ich sogar Träume, in denen ich schlafen gehe und in meinem Traum davon träume.«

»Wo liegt das Problem?«, fragte er, und ich sah, wie ihm mein Drumherumreden zunehmend auf die Nerven ging. »Finden Sie keine Freundin, ist es das? Sie sehen doch nicht schlecht aus. Ich bin sicher, es gibt viele Mädchen, die gern mit Ihnen ausgehen würden. Sind Sie zu schüchtern? Wissen Sie nicht, wie Sie sie ansprechen sollen?«

»Ich bin nicht schüchtern«, sagte ich, fand meine Stimme und war entschlossen, es auszusprechen, was die Folgen auch sein mochten. »Und ich habe auch eine Freundin, vielen Dank. Aber ich will nicht wirklich eine, darum geht es. Ich denke nicht an Mädchen, verstehen Sie. Ich denke an Jungen.«

Es folgte ein langes Schweigen, und ich traute mich nicht, ihn anzusehen, sondern konzentrierte mich auf den zerschlissenen alten Teppich vor meinen Schuhen. Wie viele Leute hatten hier schon gesessen und aus Angst, Trauer oder Niedergeschlagenheit mit den Füßen gescharrt? Das Schweigen währte so lange, dass ich schon dachte, Dr. Dourish sei vor Schreck gestorben, womit ich ein zweites Leben auf dem Gewissen gehabt hätte. Dann hörte ich, wie er seinen Stuhl nach hinten schob, ich hob den Blick und sah ihn zu einem Schrank hinübergehen. Er schloss ihn auf, nahm eine kleine

Schachtel aus dem obersten Fach, machte die Tür wieder zu, schloss ab, setzte sich und legte das geheimnisvolle Päckchen zwischen uns hin.

»Zunächst mal«, sagte Dr. Dourish, »dürfen Sie nicht denken, dass Sie mit dieser Heimsuchung allein sind. Es gibt viele junge Männer, die über die Jahre von ähnlichen Gefühlen geplagt wurden, von den alten Griechen bis in unsere Tage. Seit allem Anbeginn gibt es Perverse, Degenerierte und Gestörte, also sollten Sie niemals glauben, Sie wären etwas Besonderes. Es gibt sogar Orte, wo man damit durchkommt und sich niemand daran stört. Das Wichtigste für Sie jedoch, Tristan, ist es, niemals zu vergessen, dass Sie diesen ekelhaften Trieben nicht nachgeben dürfen. Sie sind ein guter, anständiger, irischer, katholischer junger Mann und ... Sie sind doch katholisch?«

»Ja«, sagte ich, obwohl ich mich keiner Religion zugehörig fühlte.

»Gut. Aber unglücklicherweise sind Sie mit einer schrecklichen Krankheit gestraft, die manche Menschen völlig grundlos befällt. Denken Sie trotzdem nicht einen Augenblick, dass Sie ein Homosexueller sind, weil das nicht der Fall ist.«

Ich wurde leicht rot, als er das gefürchtete, geächtete Wort gebrauchte, das in Gesellschaft so gut wie nie ausgesprochen wurde.

»Es stimmt schon«, fuhr er fort, »in der ganzen Welt gibt es Homosexuelle. In England gibt es jede Menge, Frankreich ist voll von ihnen, und ich war zwar noch nie in Amerika, stelle mir aber vor, dass auch da mehr als nur ein paar Fälle herumlaufen. Ich denke nicht, dass diese Leute in Russland oder Australien sehr verbreitet sind, aber wahrscheinlich gibt es etwas anderes, ähnlich Abstoßendes, was die Sache dann wieder wettmacht. *Aber in Irland, Tristan, in Irland gibt es keine Homosexuellen*, das dürfen Sie nie vergessen. Sie mögen sich schon eingeredet haben, dass Sie einer wären, doch das stimmt nicht, so einfach ist das. Da liegen Sie falsch.«

»So einfach fühlt es sich aber nicht an, Herr Doktor«, sagte ich vorsichtig. »Ich denke wirklich, dass ich einer sein könnte.«

»Hören Sie mir denn nicht zu?«, sagte er und lächelte, als wäre ich ein völliger Dummkopf. »Ich sage Ihnen doch, dass es in Irland keine Homosexuellen gibt. Und wenn es in Irland keine gibt, wie um alles in der Welt könnten Sie dann einer sein?«

Ich überlegte und tat mein Bestes, die Logik seiner Argumentation zu begreifen.

»Also«, fuhr er fort, »warum denken Sie, dass Sie einer von denen sind? Ein dreckiger Schwuler, meine ich?«

»Das ist ganz einfach«, sagte ich. »Ich fühle mich körperlich und sexuell zu Männern hingezogen.«

»Das macht Sie ganz sicher nicht zu einem Homosexuellen«, sagte er und öffnete die Hände zu einer billigenden Geste.

»Nein?«, fragte ich ein wenig verdutzt. »Ich dachte, schon.«

»Nein, nein, ganz und gar nicht«, sagte er und schüttelte den Kopf. »Sie sehen einfach zu viel fern, das ist alles.«

»Aber ich habe keinen Fernseher.«

»Gehen Sie ins Kino?«

»Ja.«

»Wie oft?«

»Für gewöhnlich einmal in der Woche.«

»Das wird es sein. Was war der letzte Film, den Sie gesehen haben?«

»*Alfie. Der Verführer lässt schön grüßen.*«

»Den kenne ich nicht. War er gut?«

»Mir hat er gefallen«, sagte ich. »Mary-Margaret fand ihn ekelhaft, sie meinte, dass Michael Caine sich schämen sollte. Sie sagt, er ist ein Schmutzfink ohne Selbstachtung.«

»Wer ist Mary-Margaret?«
»Meine Freundin.«

Er lachte, beugte sich vor, füllte seine Pfeife und entzündete sie mit ein paar kurzen, kräftigen Zügen, bei denen der Tabak rot aufglühte, schwarz wurde und wieder rot glühte. »Wenn Sie sich nur selbst hören könnten, Tristan«, sagte er. »Wenn Sie eine Freundin haben, sind Sie definitiv kein Homosexueller.«

»Aber ich mag meine Freundin nicht«, sagte ich. »Sie ist voreingenommen und kritisiert alles und jeden. Ständig sagt sie mir, was ich tun soll, und kommandiert mich herum wie einen Hund. Und ich sehe sie niemals an und denke, dass sie hübsch wäre. Ich kann mir nicht mal vorstellen, dass ich mir wünschen könnte, sie ohne Kleider zu sehen, und wenn ich sie küsse, habe ich das Gefühl, mich übergeben zu müssen. Manchmal wünschte ich, dass sie einen anderen kennenlernt und mich sitzen lässt, damit ich nicht derjenige sein muss, der Schluss macht. Und dann riecht sie so seltsam. Sie sagt, sich zu oft zu waschen, das sei ein Zeichen von Hochmut.«

»Aber geht es uns nicht allen so mit den Frauen?«, sagte Dr. Dourish mit einem Achselzucken. »Ich weiß schon gar nicht mehr, wie oft ich mir vorgestellt habe, abends etwas in Mrs Dourishs heiße Schokolade zu geben, damit sie am nächsten Morgen nicht mehr aufwacht. Und ich habe Zugang zu allem, was ich dazu bräuchte. Ich könnte ein Rezept ausschreiben, und kein Gericht dieses Landes würde es infrage stellen. Aber das macht mich doch nicht zu einem Homosexuellen. Wie könnte es das? Ich liebe Judy Garland, Joan Crawford und Bette Davis. Ich verpasse keinen von ihren Filmen.«

»Ich will einfach, dass es aufhört«, sagte ich und hob frustriert die Stimme. »Ich will aufhören, an Männer zu denken, und wie alle anderen sein.«

»Weshalb Sie zu mir gekommen sind«, antwortete er,

»und ich freue mich, Ihnen sagen zu können, dass Sie hier richtig sind, weil ich Ihnen helfen kann.«

Ich fasste etwas Mut und sah ihn hoffnungsvoll an. »Wirklich?«, fragte ich.

»Oh ja«, sagte er und nickte zu dem kleinen Päckchen hin, das er zwischen uns auf den Schreibtisch gelegt hatte. »Seien Sie so gut und machen es auf.«

Ich tat, was er sagte, und eine kleine Spritze mit einer langen, spitzen Nadel, etwa so groß wie mein Zeigefinger, fiel heraus.

»Wissen Sie, was das ist?«, fragte Dr. Dourish.

»Ja«, sagte ich. »Eine Spritze.«

»Guter Junge. Und jetzt möchte ich, dass Sie mir vertrauen, ja? Geben Sie mir die Spritze.« Ich reichte sie ihm, und er nickte zum Bett hin. »Gehen Sie da rüber und setzen Sie sich aufs Bett.«

»Ich dachte, es wäre nicht für Patienten?«

»Bei Degenerierten mache ich eine Ausnahme. Aber ziehen Sie sich zuerst die Hose aus.«

Ich war besorgt, was als Nächstes kommen mochte, tat jedoch, was er sagte, ließ die Hose auf die Schuhe herunterrutschen und setzte mich, wie er es wollte, auf das Bett. Dr. Dourish trat zu mir, die Spritze auf recht bedrohliche Weise in der rechten Hand.

»Jetzt ziehen Sie die Unterhose aus«, sagte er.

»Das würde ich lieber nicht«, sagte ich.

»Tun Sie, was ich sage«, forderte er mich auf, »sonst kann ich Ihnen nicht helfen.«

Ich zögerte, verlegen und nervös, folgte ihm am Ende aber und versuchte, ihn nicht anzusehen. Vom Bauchnabel abwärts saß ich nackt da.

»Nun«, sagte der Arzt, »werde ich Ihnen ein paar Namen nennen, und Sie reagieren darauf so, wie es sich für Sie natürlich anfühlt. Verstanden?«

»Verstanden.«

»Bing Crosby«, sagte er, und ich rührte mich nicht, sondern sah auf die Wand gegenüber und dachte an den Abend, als ich mit Mary-Margaret im Adelphi an der Abbey Street gewesen war und die Wiederauflage von *Die oberen Zehntausend* gesehen hatte. Der Film hatte sie angeekelt, und sie hatte gefragt, was für ein Flittchen sich wohl für einen anderen Mann scheiden lassen konnte, um dann am Tag ihrer zweiten Hochzeit zu ihrem ersten Mann zurückzukehren. Das zeige einen Mangel an moralischer Überzeugung, hatte sie behauptet. Was nicht ihr Niveau war.

»Richard Nixon«, sagte Dr. Dourish, und ich verzog das Gesicht. Ich hatte gehört, dass sich Nixon 1968 wieder für die Präsidentschaftswahl aufstellen lassen wollte, und hoffte, er werde es nicht tun. Sein Gesicht morgens in der Zeitung sehen zu müssen, verdarb mir das Frühstück.

»Warren Beatty«, sagte er, und diesmal leuchtete mein Gesicht auf. Ich liebte Warren Beatty, seit ich ihn mit Natalie Wood in *Fieber im Blut* gesehen hatte, und ich hatte ganz vorn in der Schlange gestanden, als *Versprich ihr alles* im Jahr zuvor im Carlton angelaufen war. Bevor ich jedoch weiter über seine Schönheit nachdenken konnte, sprang ich, hochgerissen von einem unerwarteten, heftigen Schmerz, vom Bett auf, fiel über die eigenen Füße, weil meine Hose sich gegen mich verschwor, schlug auf den Boden, krümmte mich in Höllenqualen und hielt mein Geschlecht gepackt. Als ich mich endlich traute, die Hände wieder wegzunehmen, war ein kleiner roter Punkt auf meinem Hodensack zu sehen, der dort vorher nicht gewesen war.

»Sie haben mir da reingestochen!«, rief ich und sah Dr. Dourish an, als wäre er wahnsinnig. »Sie haben mir mit Ihrer Spritze in die Hoden gestochen!«

»Das habe ich tatsächlich«, sagte er und verbeugte sich leicht, als nähme er meine Worte dankbar entgegen. »Und jetzt setzen Sie sich, Tristan, damit ich es wieder tun kann.«

»Ganz sicher nicht«, sagte ich, rappelte mich auf und

überlegte, ob ich ihm erst einen Boxhieb versetzen oder gleich davonlaufen sollte. Ich muss einen komischen Anblick geboten haben, wie ich da mit herabhängendem Schwanz mitten in seiner Praxis stand, die Hose auf den Schuhen und das Gesicht rot vor Zorn.

»Sie wollen doch geheilt werden, oder?«, fragt er in wohlwollendem, onkelhaftem Ton und ignorierte meine Schmerzen.

»Doch, das will ich, ja«, sagte ich. »Aber nicht so. Das tut weh!«

»Aber es ist die *einzige* Möglichkeit«, sagte er. »Wir trainieren Ihr Gehirn, Lustgefühle in Bezug auf Männer mit extremen Schmerzen zu verbinden. Dann erlauben Sie sich diese ekelhaften Gedanken nicht mehr. Denken Sie an Pawlows Hund. Die Behandlung folgt einem ähnlichen Prinzip.«

»Ich kenne weder einen Mr Pawlow noch seinen Hund«, sagte ich, »aber wenn nicht einem von beiden ebenfalls mit einer Spritze in die Hoden gestochen wurde, werden sie keine Vorstellung davon haben, was ich gerade fühle.«

»Gut«, sagte Dr. Dourish mit einem Achselzucken. »Fahren Sie mit Ihren verkommenen Fantasien fort. Leben Sie ein Leben, das von abscheulichen, unmoralischen Gedanken beherrscht wird. Seien Sie für den Rest Ihrer Tage ein Ausgestoßener. Sie haben die Wahl. Aber denken Sie daran, Sie sind hergekommen, um mich um Hilfe zu bitten, und ich biete sie Ihnen an. Es ist Ihre Sache, ob Sie die Hilfe annehmen oder nicht.«

Ich dachte darüber nach, und als der Schmerz zurückging, sehr langsam zurückging, schlich ich zurück zum Bett und setzte mich, zitternd und den Tränen nahe. Ich packte die Bettkante und schloss die Augen.

»Sehr gut«, sagte er. »Versuchen wir es noch einmal. Papst Paul VI.«

Nichts.

»Charles Laughton.«

Nichts.

»George Harrison.«

Falls draußen andere Patienten darauf warteten, an die Reihe zu kommen, wage ich zu behaupten, dass sie aufsprangen und davonrannten, als sie meine Schreie durch den Putz dringen hörten. Als ich eine halbe Stunde später hinaustaumelte, kaum in der Lage zu gehen und das Gesicht tränennass, war die Praxis leer. Nur Dr. Dourishs Assistentin saß hinter ihrem Tisch und stellte mir ein Rezept aus.

»Das macht fünfzehn Pence«, sagte sie und hielt es in meine Richtung. Vorsichtig, sehr, sehr vorsichtig griff ich in die Tasche, um das Geld herauszuholen, aber noch bevor ich es in Händen hielt, öffnete sich die Tür des Behandlungsraumes, und aus Angst, dass er »Harold Macmillan! Adolf Hitler! Tony Curtis!« rufen konnte, überlegte ich, ob ich fliehen sollte.

»Und noch drei Pence für eine Spritze, Annie«, sagte Dr. Dourish. »Die nimmt Mr Sadler mit.«

»Das wären dann achtzehn«, sagte Annie, und ich legte das Geld auf den Tisch und humpelte hinaus, froh, die frische Luft Dundrums atmen zu dürfen. Ich ging die Straße in Richtung Einkaufszentrum hinunter, setzte mich auf eine Bank, versuchte, eine annehmbare Stellung zu finden, und vergrub das Gesicht in den Händen. Ein junges Paar, die Frau zeigte die erste Rundung einer Schwangerschaft, blieb stehen, als es mich sah. Die beiden fragten, ob alles in Ordnung sei und ob es etwas gebe, was sie für mich tun könnten.

»Es geht schon«, sagte ich. »Trotzdem vielen Dank.«

»Sie sehen aber nicht gut aus«, sagte die junge Frau.

»Weil ich mich nicht so fühle. Gerade hat mir ein Mann innerhalb einer Stunde etwa zwanzig Mal mit einer Spritze in die Hoden gestochen. Es tut höllisch weh.«

»Das sollte man denken«, sagte der Mann ziemlich locker. »Ich hoffe, Sie haben nicht auch noch dafür gezahlt.«

»Achtzehn Pence.«

»Damit hätten Sie sich mit ein bisschen Überlegung auch einen ziemlich schönen Abend machen können«, sagte die Frau. »Brauchen Sie einen Arzt? Ein Stück weiter die Straße hinunter ist einer, falls Sie...«

»Der genau war es«, sagte ich. »Ich brauche nur ein Taxi, das ist alles. Ich will nach Hause.«

»Helen«, sagte der Mann. »Halt nach einem Taxi Ausschau. Der arme Mann kann ja kaum stehen.« Und kaum hatte sie sich umgedreht und die Hand gehoben, hielt auch schon ein Wagen am Straßenrand.

»Nichts rechtfertigt eine solche Behandlung«, sagte die Frau, als ich hinten in den Wagen kletterte. Sie hatte ein nettes Gesicht, und ein Teil von mir wollte sich an ihrer Schulter ausweinen und sich alle Sorgen von der Seele reden. »Was immer mit Ihnen nicht stimmt, machen Sie sich keine Sorgen. Es wird alles ein gutes Ende nehmen.«

»Ich wünschte, ich hätte Ihre Zuversicht«, sagte ich und zog die Tür zu, als das Taxi losfuhr.

Bevor das ganze Auto in Flammen steht

Ein paar Wochen später wurde der Minister mit heruntergelassener Hose erwischt.

Er war ein vermeintlich glücklich verheirateter Mann, der seine Frau und seine Kinder jeden Sonntagmorgen mit in die Kirche schleppte und für gewöhnlich hinterher, ganz gleich, wie das Wetter war, auf dem Platz davor stand, die Hände seiner Wähler schüttelte und ihnen versprach, sie alle beim gälischen Footballspiel am nächsten Wochenende zu sehen. Sein Wahlkreis lag auf dem Land, aber dieses eine Mal war er in Dublin geblieben, um sich in den frühen Stunden des Sonntags dabei ertappen zu lassen, wie er sich von einem sechzehnjährigen Drogenabhängigen, der gerade erst wegen Störung der öffentlichen Ordnung sechs Monate im Finglas Child and Adolescent Centre abgesessen hatte, in seinem Auto einen blasen ließ. Der Minister wurde festgenommen und auf die Wache in der Pearse Street gebracht, wo er sich weigerte, seinen Namen zu nennen, und es auf die autoritäre Tour versuchte, indem er die Beamten nach ihren Dienstnummern fragte und damit drohte, dass sie alle am Ende des Tages ohne Job dastünden. Als er sich dem Ausgang zuwandte, sperrten sie ihn in eine Zelle und ließen ihn dort schmoren.

Es dauerte etwa eine Stunde, bis ihn jemand identifizierte. Ein junger Garda, der den Leuten in der Ausnüchterungszelle Tee bringen sollte, warf einen Blick auf das fette, verschwitzte Gesicht des Ministers, erkannte ihn aus den Abendnachrichten und informierte seinen Sergeant, der kein Fan der gegenwärtigen Regierung war und diskret einen Journalistenfreund anrief. Als alle Formalitäten erledigt waren, eine Kaution gezahlt und er entlassen wurde, drängten sich bereits die Reporter vor der Tür, die Kameras hörten nicht auf zu klicken, und er wurde mit Fragen und Anschuldigungen bombardiert.

Am nächsten Morgen warteten die Medien vor dem Ministerium in der Marlborough Street, und ich hatte Mühe, mir meinen Weg ins Büro zu bahnen, wo Miss Joyce, Miss Ambrosia und Mr Denby-Denby eingeschlossen saßen wie im Auge des Orkans.

»Da sind Sie ja, Mr Avery«, sagte Miss Joyce, als ich meine Tasche abstellte. »Was hat Sie so lange aufgehalten?«

»Es ist gerade mal kurz nach neun«, sagte ich und warf einen Blick auf die Uhr. »Warum, was ist geschehen?«

»Haben Sie es nicht gehört?«

Ich schüttelte den Kopf, und Miss Joyce gab ihr Bestes, um es mir zu erklären. Dazu benutzte sie jeden nur geläufigen Euphemismus, um die notwendigen Worte zu vermeiden, wurde immer nervöser und unverständlicher, bis Mr Denby-Denby genervt die Arme in die Luft warf und Klartext sprach.

»Der Garda klopft ans Fenster seines Wagens«, sagte er und hob die Stimme, »sieht die beiden drinnen mit heruntergelassenen Hosen, und der Junge hat den Schwanz des Ministers im Mund. Aus der Sache kommt er nicht wieder raus. Das fliegt ihm um die Ohren. Ohne da jetzt einen Witz machen zu wollen.«

Ich sperrte Mund und Nase auf, ungläubig und belustigt zugleich, und vielleicht war es nicht ganz glücklich, dass meine Lippen immer noch ein O bildeten, als der Minister höchstpersönlich hereinkam, bleich, verschwitzt und gereizt. Er reckte einen Finger in meine Richtung und brüllte los.

»Sie da!«, sagte er. »Wie heißen Sie noch wieder?«

»Avery«, erwiderte ich. »Cyril Avery.«

»Versuchen Sie, witzig zu sein, Avery?«

»Nein«, sagte ich. »Entschuldigen Sie, Sir.«

»Weil ich Ihnen eins sage: Ich habe heute schon genug Witze gehört, und wahrscheinlich schlage ich dem nächsten die Nase platt, der hier witzig sein will, verstanden?«

»Ja, Sir«, sagte ich, blickte auf meine Schuhe und gab mir Mühe, nicht loszulachen.

»Miss Joyce«, sagte er und wandte sich an unsere vermeintliche Leiterin. »Wo stehen wir im Moment? Haben Sie schon was herausgegeben? Wir müssen diese Sache in den Griff bekommen, bevor sie außer Kontrolle gerät.«

»Ich habe etwas entworfen«, sagte sie und nahm ein Blatt von ihrem Schreibtisch. »Ich war jedoch nicht sicher, für welche Sprachregelung Sie sich entscheiden würden. Und Miss Ambrosia hat die Stellungnahme Ihrer Frau fertig.«

»Lesen Sie vor«, sagte er.

Miss Ambrosia stand auf, räusperte sich, als müsste sie im Theater vorsprechen, und las laut aus ihrem Notizbuch vor.

»Der Minister und ich sind seit mehr als dreißig Jahren verheiratet, und in all der Zeit hatte ich nie Grund, an seiner Treue zu zweifeln, an seinem tief empfundenen Katholizismus oder seiner beständigen Liebe zu Frauen. Der Minister war immer entzückt von der weiblichen Gestalt.«

»Oh Himmel noch mal«, sagte er, stürmte ans Fenster, sah die Menge, die sich auf der Straße versammelt hatte, und wich zurück, damit ihn niemand entdeckte. »Das können Sie so nicht formulieren, Sie dummes Stück. Das klingt, als wäre ich ein Schürzenjäger, der seine Hose nicht oben behalten kann.«

»So ist es ja wohl auch«, sagte Mr Denby-Denby. »Und beschimpfen Sie Miss Ambrosia nicht, hören Sie? Das lasse ich nicht zu.«

»Halten Sie den Mund, Sie«, sagte der Minister.

»In all der Zeit«, setzte Miss Ambrosia noch einmal an und änderte ihren Vorschlag leicht, »hatte ich nie einen Grund, an seiner Treue und Männlichkeit zu zweifeln.«

»Grundgütiger, das ist ja noch schlimmer. Wissen Sie überhaupt, was Männlichkeit ist? Na ja, wenn ich mir Sie so ansehe, würde ich sagen, nur zu gut.«

»Das geht jetzt ein bisschen weit«, sagte Miss Ambrosia und setzte sich wieder. »Wenigstens sitze ich nicht im Auto und blase kleinen Jungs einen.«

»Ich habe niemandem einen geblasen!«, brüllte der Minister. »Wenn überhaupt, dann hat mir einer einen geblasen. Wobei es natürlich sowieso nicht so war, weil es nie passiert ist.«

»Das ist ein toller Satz«, sagte Mr Denby-Denby. »Den sollten wir eindeutig in die Pressemeldung aufnehmen: ›Ich blase minderjährigen Jungen keinen. Die blasen mir einen.‹«

»Gibt es hier jemanden, der schreiben kann?«, fragte der Minister. Er sah uns der Reihe nach an und ignorierte die letzte Bemerkung. »Das hier soll das Bildungsministerium sein. Gibt es hier jemanden, der tatsächlich *gebildet* ist?«

»Herr Minister«, sagte Miss Joyce in dem Ton, den sie immer anschlug, wenn sie versuchte, eine Situation zu beruhigen. Ich nahm an, dass sie das über die Jahrzehnte ihrer Arbeit oft hatte tun müssen. »Sagen Sie uns, was Sie von uns erwarten, und wir tun es. Schließlich ist das unser Job. Aber wir brauchen Ihre Anweisung. Das ist *Ihr* Job.«

»Richtig«, sagte er, setzte sich kurzzeitig besänftigt an den Tisch mitten im Raum und sprang gleich wieder auf, wie ein Mann mit schlimmen Hämorrhoiden. »Als Erstes will ich, dass der Garda, der mich festgenommen hat, selbst festgenommen wird und aus der Polizei rausfliegt. Unwiderruflich, ohne Auszahlung noch bestehender Urlaubsansprüche, ohne Pension. Geht zu Lenihan im Justizministerium und sagt ihm, das soll er noch vor Mittag erledigen.«

»Mit welcher Begründung?«, fragte Miss Joyce.

»Wegen ungesetzlicher Inhaftierung eines Regierungsmitglieds«, sagte er, das Gesicht wieder zornesrot. »Und ich will, dass alle in der Wache in der Pearse Street beurlaubt werden, bis wir wissen, wer die Sache an die Presse weitergegeben hat.«

»Herr Minister, das Justizministerium untersteht nicht dem Bildungsministerium«, sagte Miss Joyce ruhig. »Sie können denen nichts befehlen.«

»Brian wird tun, um was immer ich ihn bitte. Wir kennen uns seit Ewigkeiten, wir zwei. Er steht zu mir, kein Problem.«

»Da bin ich nicht so sicher«, sagte sie. »Tatsächlich kam die erste Nachricht, die ich heute Morgen erhalten habe, von meinem Kollegen im Justizministerium, der klarmachte, dass Mr Lenihan keinen Anruf von Ihnen annehmen werde.«

»Der verdammte Dreckskerl!«, schrie der Minister, schlug eine Akte von meinem Tisch und schickte etwa dreihundert Blatt Ministerialmemos auf den Boden. »Dann gehen Sie eben selbst da rüber und sagen es ihm, verdammt noch mal! Sagen Sie ihm, ich kann genug Schmutz über ihm ausgießen, um ihn für immer darunter zu begraben, wenn er nicht tut, was ich sage.«

»Das kann ich nicht tun, Sir«, sagte sie. »Das geht gegen das Protokoll, und als Mitglied des öffentlichen Dienstes kann ich mich ganz sicher nicht an dem Erpressungsversuch eines Kabinettsmitglieds durch an ein anderes beteiligen.«

»Ihr verdammtes Protokoll ist mir scheißegal, hören Sie? Sie tun, was ich Ihnen sage, oder Sie sind bis zum Ende des Tages auch nicht mehr hier. Und das ist die Sprachregelung, die Sie für die da draußen haben: Der Junge im Auto war der Sohn eines alten Freundes, der im Moment etwas schwierige Zeiten durchmacht. Ich habe ihn zufällig getroffen und ihm angeboten, ihn nach Hause zu fahren. In der Winetavern Street habe ich angehalten, um mit ihm über eine mögliche Stelle als Kellner im Leinster House zu sprechen, und während wir redeten, fiel ihm seine Zigarette runter, auf den Boden, und er hat sich vorgebeugt, um sie aufzuheben, damit nicht der ganze Wagen in Flammen aufgehen würde. Wenn überhaupt, war das eine heroische Tat, für die er belobigt werden sollte.«

»Und während er das tat«, sagte Mr Denby-Denby, »öffnete sich Ihr Gürtel, Ihre Hose rutschte herunter, und seine ebenfalls, und irgendwie ist dabei dann Ihr Schwanz in seinen Mund gerutscht. Das klingt vernünftig. Warum sollte irgendjemand eine solche Erklärung je infrage stellen.«

»Sie. Raus hier!«, sagte der Minister, zeigte auf Mr Denby-Denby und schnipste mit den Fingern. »Raus hier, hören Sie mich? Sie sind gefeuert!«

»Sie können mich nicht feuern«, antwortete Mr Denby-Denby, stand äußerst würdevoll auf und klemmte sich seine Zeitung unter den Arm. »Ich bin Beamter. Auf Lebenszeit. Gott, hilf mir. Ich hole mir jetzt eine Tasse Tee und ein Stückchen Kuchen und überlasse es Ihnen, sich zu überlegen, wie Sie sich da herauswinden wollen, weil ich, ernsthaft, keine Lust mehr habe, mir diesen Schwachsinn anzuhören.

Machen wir uns nichts vor, Schätzchen, von uns zweien werde ich der Einzige sein, der heute Abend noch einen Job hat.«

Der Minister sah ihm hinterher, und für einen kurzen Moment sah es so aus, als würde er ihn umreißen und seinen Kopf auf den Boden schmettern, doch er war einfach nur sprachlos. Wahrscheinlich hatte schon lange niemand mehr so mit ihm gesprochen. Miss Ambrosia und ich sahen uns an, und wir konnten nicht anders, wir bissen uns auf die Lippen und versuchten, nicht laut loszuprusten.

»Ein Wort von einem von euch ...«, sagte der Minister und zeigte auf uns. Wir flüchteten uns hinter unsere Schreibtische und senkten die Köpfe.

»Herr Minister«, sagte Miss Joyce ruhig und schob ihn zurück zum Tisch in der Mitte. »Wir können jede Pressemitteilung herausgeben, die Sie möchten. Wir können sagen, was immer Sie wollen, aber das Wichtige ist, dass Sie sich den Wählern reuevoll und zerknirscht zeigen und sich nicht noch lächerlicher machen, als Sie es bereits getan haben. Wobei Ihnen das Ihr politischer Ratgeber sagen sollte, nicht ich.«

»Wie bitte?«, sagte er und staunte über ihre Unverfrorenheit.

»Sie haben ganz richtig gehört, Sir. Niemand wird Ihnen die groteske Geschichte glauben, die Sie uns gerade erzählt haben, zumindest niemand, der ein bisschen Hirn in seinem Schädel hat, also wohl höchstens ein paar von Ihren Kollegen. Ich verspreche Ihnen, der Taoiseach wird Sie mit der Peitsche aus dem Parlament jagen, wenn Sie mit dieser Geschichte dort auftauchen. Wollen Sie das? Wollen Sie Ihre politische Laufbahn für immer zerstören? Die Öffentlichkeit vergibt und vergisst, Mr Lemass aber nie. Wenn Sie sich die Hoffnung auf ein zukünftiges Comeback bewahren wollen, sollten Sie gehen, bevor Sie gegangen werden. Glauben Sie mir, langfristig werden Sie mir dankbar sein.«

»Hört, hört«, sagte er voller Verachtung. »Sie denken, Sie können mir plötzlich alles sagen, wie? Sie denken, Sie haben die Wahrheit gepachtet.«

»Das habe ich ganz sicher nicht, Herr Minister«, sagte sie. »Aber eines weiß ich, dass ich nämlich keinen Minderjährigen dafür bezahlen würde, mich mit dem Mund zu befriedigen, wahrscheinlich irgendeinen armen, benachteiligten Kerl, und das mitten in der Nacht auf einer öffentlichen Straße. Das weiß ich wirklich ganz sicher.« Sie stand auf, ging zurück zu ihrem Schreibtisch und drehte sich noch einmal zu ihm um, als wäre sie überrascht, dass er noch da war. »Wenn es sonst nichts mehr gibt, Herr Minister, würde ich empfehlen, Sie begeben sich auf der Stelle ins Büro des Taoiseach. Wir haben zu tun. Wir müssen uns auf Ihren Nachfolger vorbereiten, der im Laufe des Tages zu uns kommen wird.«

Er sah sich bestürzt um, das Gesicht weiß, die Nase rot pulsierend, und vielleicht begriff er endlich, dass es vorbei war. Er ging hinaus, und ein paar Minuten später kam Mr Denby-Denby mit einem Stück Sahnekuchen und einer Tasse Kaffee zurück. »Wen, glaubt ihr, bekommen wir als Nächsten?«, fragte er, und die Geschehnisse der letzten Stunde waren bereits zu einer Fußnote seiner Memoiren geworden. »Doch wohl nicht Haughey? Bei dem wird mir ganz anders. Der Kerl sieht für mich immer aus, als hätte er oben in den Dubliner Bergen ein paar Leichen verscharrt.«

»Mr Avery«, sagte Miss Joyce, ohne weiter auf Mr Denby-Denby zu achten. »Würde es Ihnen etwas ausmachen, hinüber nach Leinster House zu gehen und zu beobachten, wie sich die Dinge weiter entwickeln? Wenn Sie etwas hören, rufen Sie mich an. Ich werde den ganzen Tag hier an meinem Schreibtisch sein.«

»In Ordnung, Miss Joyce«, sagte ich, nahm meinen Mantel und meine Tasche und war zunächst froh, hinüber nach Leinster House zu kommen, wo tatsächlich etwas passieren würde. Während ich jedoch die O'Connell Street hinunterging, fühlte ich mich hin- und hergerissen. Zwar mochte ich den Minister nicht, der mich immer nur mit Verachtung behandelt hatte, andererseits wusste ich sehr gut, wie schwer es für ihn gewesen sein musste, seine wahren Neigungen zu verbergen. Wie lange schon hatte er seine Frau, seine Freunde und seine Familie belogen? Er war weit über sechzig, also ein ganzes Leben lang.

In Leinster House waren die Gänge und Nischen voller Abgeordneter und Berater, und sie flüsterten und tratschten wie die Fischweiber. Wohin ich mich auch wandte, hörte ich die Worte »Schwuchtel«, »warmer Bruder« und »dreckiger Schwuler«. Es herrschte eine gemeine, feindliche Atmosphäre, jeder Einzelne sagte sich von seinem ehemaligen Kollegen los und machte klar, dass er nie mit diesem Perversen befreundet gewesen war und sowieso darauf hatte drängen wollen, dass er bei der nächsten Wahl von der Liste der Kandidaten gestrichen wurde. Ich bog in einen Gang, von dessen Wänden die Porträts von William T. Cosgrave, Éamon de Valera und John Costello scheinheilig auf mich herabblickten, und sah einen der Pressevertreter des Taoiseach in meine Richtung kommen. Er glühte vor Zorn, nachdem er die letzten Stunden vermutlich damit verbracht hatte, die Medien abzuwehren. Er ging an mir vorbei, blieb stehen und drehte sich um. Er sah mich an.

»Sie da«, fauchte er. »Ich kenne Sie doch, oder?«

»Ich glaube nicht«, antwortete ich, obwohl wir uns sicher schon ein Dutzend Mal begegnet waren.

»Doch, das tu ich. Sie sind aus dem Bildungsministerium. Avery, habe ich recht?«

»Das ist richtig, Sir«, sagte ich.

»Wo ist er? Ist er mit Ihnen unterwegs?«

»Er ist in der Marlborough Street«, sagte ich, da ich annahm, dass er den Minister meinte.

»Mit der Hose auf den Schuhen, vermute ich?«

»Nein«, sagte ich und schüttelte den Kopf. »Wenigstens war sie noch oben, als ich ihn vor einer Stunde gesehen habe. Wo sie jetzt ist, kann ich nicht sagen.«

»Versuchen Sie, Witze zu machen, Avery?«, fragte er und kam so nah an mein Gesicht heran, dass ich den kalten Zigarettenrauch und Whiskey in seinem Atem riechen konnte, untermalt mit dem ranzigen Gestank von Käse und Zwiebelchips. Einige Leute blieben stehen und versammelten sich um uns. Sie hofften auf ein mögliches Drama. »Was für ein toller Tag«, war in ihren Gesichtern zu lesen. »Heute ist jede Menge los!«

»Wie sehen Sie überhaupt aus?«, fuhr er fort. »Was für einen Mantel haben Sie da an? Ist der rosa?«

»Kastanienbraun eigentlich«, sagte ich. »Ich habe ihn bei Clerys gekauft. Im Ausverkauf, für den halben Preis.«

»Oh, von Clerys haben Sie ihn, wie?« Er sah sich unter den Zusehenden um und grinste, um mich bloßzustellen.

»Ja, so ist es«, sagte ich.

»Ich vermute, er hat Sie ganz persönlich eingestellt? Der Minister? Ein Vorstellungsgespräch auf dem Sofa, bei verschlossener Tür? Habt ihr ›Versteck-die-Wurst‹ gespielt?«

»Nein, Sir«, sagte ich, und seine Unterstellung ließ mich rot anlaufen. »Ich habe die Stelle durch eine Bekannte bekommen. Die jetzt von ihm getrennt lebende dritte Frau meines Adoptivvaters hat früher hier gearbeitet…«

»Ihres was?«

»Meines Adoptiv…«

»Sie sind auch einer von denen, oder?«, fragte er. »Ich sehe das gleich.«

»Von wem, Sir?«, fragte ich und zog die Brauen zusammen.

»Auch so ein dreckiger Schwuler. Wie Ihr Boss.«

Ich schluckte und sah die etwa vierzig Leute an, die um uns herumstanden, parlamentarische Sekretäre, Abgeordnete, Minister und dann, und er blieb stehen, um zu sehen, was die Ansammlung bedeutete, der Taoiseach selbst, Seán Lemass. »Nein, Sir«, flüsterte ich. »Ich habe eine Freundin, Mary-Margaret Muffet. Sie arbeitet in der Devisenabteilung des Bank of Ireland am College Green und trinkt jeden Morgen in Switzer's Café eine Tasse Tee.«

»Klar, selbst Oscar Wilde hatte eine Frau. Das macht ihr alle, damit niemand Verdacht schöpft. Es muss ja hoch hergehen im Bildungsministerium. Wissen Sie, was ich mit den Schwulen machen würde, wenn ich sie einfangen könnte? So wie Hitler würde ich's machen. Sie zusammentreiben, einsperren und vergasen. Allesamt.«

Ich spürte, wie sich Wut und Demütigung in meinem Bauch zusammenballten. »Wie kann man so etwas Schreckliches sagen?«, erwiderte ich. »Sie sollten sich schämen.«

»Oh, sollte ich das?«

»Ja, das sollten Sie.«

»Ach, fick dich.«

»Ficken Sie sich selbst!«, rief ich und war nicht gewillt, mich weiter von diesem Kerl beschimpfen zu lassen. »Und putzen Sie sich um Himmels willen die Zähne, wenn Sie sich so nah an jemanden heranwagen, Sie fettes, altes Arschloch. Ich werde gleich ohnmächtig, so stinken Sie aus dem Maul.«

»Was hast du da gesagt?«, fragte der Pressemensch und starrte mich überrascht an.

»Ich sagte«, wiederholte ich und hob die Stimme, ermutigt durch die von mir so empfundene Zustimmung der Menge, »Sie sollen sich Ihre Zähen putzen, wenn Sie …«

Ich kam nicht bis ans Ende meines Satzes, da er mich mit einem schnellen Hieb gegen den Kopf zu Boden streckte. Jahre angestauter Wut kochten in mir hoch, während ich mich wieder hochrappelte, die rechte Hand zur Faust ballte und in seine Richtung schwang. Er bewegte sich jedoch gerade noch rechtzeitig zur Seite, und statt sein Kinn zu treffen, das mein Wunschziel gewesen war, traf ich mit den

Knöcheln gegen eine Säule und stieß einen Schmerzensschrei aus. Ich massierte mir die Hand und fuhr herum, um es ein zweites Mal zu probieren, und wieder erwischte er mich, diesmal über dem rechten Auge, und ich konnte sehen, wie Geldscheine zwischen den Abgeordneten hin und her wechselten.

»Drei zu eins auf den jungen Burschen«, sagte einer.

»Zehn zu eins wäre fairer. Sieh ihn doch an, der ist bereits angezählt.«

»Lasst ihn in Ruhe!«, kam eine Stimme aus dem Nichts, eine Frauenstimme, und die Leiterin des Tearooms erschien und teilte die Menge wie Moses das Rote Meer. »Was geht hier vor?«, rief sie mit all der Autorität, die daraus herrührte, dass sie schon länger hier war als jeder Einzelne von ihnen und auch noch hier sein würde, wenn man diese Kerle längst wieder aus ihren Ämtern gewählt hätte. »Sie da, Charles Haughey«, sagte sie und deutete auf den Landwirtschaftsminister, der eher am Rand stand und eine Pfundnote in der Hand hielt, die er schnell zurück in sein Portemonnaie steckte. »Was machen Sie mit diesem armen Jungen?«

»Keine Sorge, Mrs Goggin«, schnurrte Haughey, trat vor und legte ihr eine Hand auf den Arm, die sie sofort abschüttelte. »Wir sind nur ein wenig ausgelassen, das ist alles.«

»Ausgelassen?«, fragte sie und hob die Stimme. »Sehen Sie ihn an. Ihm quillt Blut aus der Braue. Und das hier, am Sitz der parlamentarischen Demokratie. Schämen Sie sich nicht, Sie alle?«

»Beruhigen Sie sich, gute Frau«, sagte Haughey.

»Ich beruhige mich, wenn Sie und Ihre Strolche diesen Korridor verlassen, hören Sie? Gehen Sie, oder ich schwöre bei Gott, ich jage Ihnen die Gardaí auf den Hals.«

Ich hob den Kopf und sah, wie das Lächeln aus Haugheys Gesicht wich. Er sah aus, als wollte er mit ihr machen, was der Pressemann mit mir gemacht hatte, doch dann schloss er einen Moment die Augen, wartete, bis er sich wieder unter Kontrolle hatte, öffnete sie und war perfekt gefasst.

»Kommt, Männer«, sagte er und wandte sich den Umstehenden zu, die bereit schienen, seinen Anweisungen zu folgen. »Lasst den Jungen in Ruhe. Soll die Zicke aus dem Tearoom ihm das Blut herunterwaschen. Und wenn du mich das nächste Mal siehst, Schätzchen«, fügte er hinzu, streckte die Hand aus, fasste Mrs Goggins Kinn und spuckte ein wenig, als er weitersprach, »hältst du deine Zunge im Zaum. Ich bin ein geduldiger Mann, aber ich mag keine Widerrede von Huren. Ich weiß, wer du bist, und ich weiß, wie du bist.«

»Sie wissen nichts über mich«, sagte sie und machte sich von ihm los. Sie versuchte, unerschrocken zu klingen, doch ich hörte die Angst in ihrer Stimme.

»Ich weiß alles über alle«, sagte er mit einem Lächeln. »Das ist mein Job. Einen guten Tag noch. Ich wünsche einen angenehmen Nachmittag.«

Ich setzte mich langsam auf und lehnte mich gegen die Wand. Die Menge zerstreute sich, und ich hob die Hand an den Mund. Ich schmeckte Blut, meine Handfläche war rot, meine Oberlippe aufgeplatzt.

»Kommen Sie mit«, sagte Mrs Goggin und half mir auf die Füße. »Kommen Sie in den Tearoom, da verarzte ich Sie. Es besteht kein Grund zur Sorge. Wie heißen Sie übrigens?«

»Cyril«, sagte ich.

»Nun, keine Sorge, Cyril. Wir sind für uns, da sieht Sie niemand. Alle gehen in die Kammer, um die Rede des Ministers zu hören.«

Ich nickte, folgte ihr nach drinnen und musste an den Nachmittag vor sieben Jahren denken, als Julian und ich auf unserem Schulausflug durch diese Türen getreten waren, er sich als Abgeordneter ausgegeben hatte und wir ein Guinness tranken. Ich war sicher, dass das die Frau war, die gekommen war, um uns auszuschelten, weil wir für den Alkohol noch zu jung waren, die dann am Ende aber Father

Squires attackierte, weil er nicht auf uns aufgepasst hatte. Unerschrocken vor Autoritäten, jetzt hatte sie mir schon zweimal geholfen.

Ich setzte mich auf einen Platz am Fenster, und sie kam einen Augenblick später mit einem Glas Brandy, einer Schüssel Wasser und einem feuchten Tuch, mit dem sie mir das Blut aus dem Gesicht wischte. »Machen Sie sich keine Sorgen«, sagte sie. »Es ist nur ein Kratzer.«

»Mich hat noch nie jemand geschlagen«, sagte ich.

»Trinken Sie den Brandy. Das wird Ihnen guttun.« Als sie das Tuch wegnahm, sah sie mir in die Augen, zog kurz die Brauen zusammen und lehnte sich zurück, als sähe sie da etwas Bekanntes, dann schüttelte sie den Kopf und tauchte das Tuch noch einmal in die Schüssel. »Was war der Grund?«

»Es ist diese Geschichte mit dem Bildungsminister«, erklärte ich ihr. »Der Pressechef hatte wahrscheinlich einen üblen Morgen und wollte an jemandem seine Wut auslassen. Er dachte, ich sei einer von denen, wissen Sie.«

»Von denen?«

»Ein Schwuler.«

»Und, stimmt es?«, fragte sie so beiläufig, als wollte sie wissen, wie das Wetter draußen war.

»Ja«, sagte ich. Es war das erste Mal, dass ich es laut einem anderen Menschen gegenüber zugab. Das Wort hatte meinen Mund verlassen, bevor ich auch nur versuchen konnte, es zurückzuhalten.

»Nun, das gibt's«, sagte sie.

»Ich habe es noch nie jemandem erzählt.«

»Wirklich? Warum dann mir?«

»Ich weiß es nicht«, sagte ich. »Ich hatte einfach das Gefühl, es könnte gehen, das ist alles. Dass es Sie nicht stören würde.«

»Warum sollte es mich stören?«, fragte sie. »Es hat mit mir nichts zu tun.«

»Warum hassen die uns so sehr?«, fragte ich nach einer längeren Pause. »Wenn diese Männer selbst nicht schwul sind, was stört es sie dann, wenn es ein anderer ist?«

»Ein Freund hat mir mal erklärt, dass wir hassen, was wir in uns selbst fürchten«, sagte sie mit einem Achselzucken. »Vielleicht hat es damit zu tun.«

Ich sagte nichts, nippte an meinem Brandy und fragte mich, ob es sich überhaupt noch lohnte, am Nachmittag zurück ins Büro zu gehen. Wahrscheinlich würde es nicht lange dauern, bis die Nachricht von dem, was eben geschehen war, Miss Joyce erreichte, und wenn auch kein Regierungsmitglied einen Mitarbeiter des öffentlichen Dienstes hinauswerfen konnte, so fanden sich immer Mittel und Wege. Meine Stellung war vermutlich um einiges schwächer als die von Mr Denby-Denby oder die des Ministers. Als ich den Blick hob, sah ich, dass sich Mrs Goggins Augen mit Tränen gefüllt hatten. Sie holte ein Taschentuch hervor und wischte sie weg.

»Es ist nichts«, sagte sie und versuchte ein Lächeln. »Ich finde diese Art Gewalt nur sehr verstörend. Ich habe so etwas schon einmal erlebt und weiß, wohin es führen kann.«

»Sie sagen doch niemandem etwas?«, fragte ich.

»Sage was nicht?«

»Was ich Ihnen gerade erzählt habe. Das ich nicht normal bin.«

»Großer Gott«, sagte sie, lachte und stand auf. »Seien Sie nicht albern. Keiner von uns ist normal. Nicht in diesem verdammten Land.«

Die Muffets

Ich sagte Mary-Margaret nicht, dass ich meine Stelle verloren hatte, denn das wäre nicht ihr Niveau gewesen, aber angesichts meines Kontostandes begann ich mir Sorgen zu machen, wie ich am nächsten Ersten meine Miete zahlen sollte. Da ich nicht wollte, dass mir Albert komische Fragen stellte oder die Hogans sich wunderten, warum ich am helllichten Tag zu Hause war, verließ ich die Wohnung in der Chatham Street jeden Morgen zur gewohnten Zeit und wanderte ziellos durch die Stadt, bis die Kinos aufmachten. Mit ein paar Pence kam ich in eine der frühen Vorstellungen, und wenn ich mich hinterher auf den Toiletten versteckte, konnte ich wieder hinein, sobald das Licht ausging, und auch den restlichen Nachmittag bleiben.

»Da ist im Moment was nicht ganz richtig mit dir, Cyril«, sagte Mary-Margaret, als ich sie am Abend ihres Geburtstags von dem wenigen Geld, das mir geblieben war, zum Essen ausführte. Ich hatte ein neues italienisches Restaurant am Merrion Square ausgesucht, das ausgezeichnet besprochen worden war, doch nachdem sie die Karte studiert hatte, sagte sie, sie habe zu große Achtung vor ihrem Magen, als ihn mit ausländischem Essen vollzustopfen. Sie bleibe lieber bei Schweinekoteletts, Kartoffeln und einem Glas Leitungswasser. »Fühlst du dich nicht wohl?«

»Doch, doch«, sagte ich. »Immer mal wieder.«

»Was soll das heißen?«

»Nichts«, sagte ich und schüttelte den Kopf. »Nein, mir geht's gut. Es gibt nichts, worüber man sich Sorgen machen sollte.«

»Aber was für ein Mensch wäre ich, wenn ich mich nicht um dich sorgte?«, sagte sie in einem seltenen Moment des Mitgefühls. »Ich mag dich sehr, Cyril. Das solltest du langsam wissen.«

»Jaja«, sagte ich. »Und ich mag dich auch sehr.«

»Du solltest jetzt sagen, dass du mich liebst.«

»Okay«, sagte ich. »Ich liebe dich. Wie sind deine Koteletts?«

»Nicht ganz durch, und die Kartoffeln sind sehr salzig.«

»Du hast sie selbst gesalzen. Ich hab's gesehen.«

»Ich weiß, aber trotzdem. Ich würde ja dem Kellner etwas sagen, aber wie du weißt, mache ich ungern allzu großen Wirbel.« Sie legte Messer und Gabel zur Seite, sah sich um und senkte die Stimme. »Es gibt da etwas, über das ich mit dir reden möchte. Ich spreche es nicht gern an, wo wir einen so schönen Abend miteinander verbringen, doch du wirst es früher oder später sowieso erfahren.«

»Ich bin ganz Ohr«, sagte ich. Zu meiner Überraschung sah ich, dass sie den Tränen nahe war, wobei sie es sich nie erlaubte, tatsächlich welche zu vergießen. Ihr Anblick rührte mich, und ich griff nach ihrer Hand.

»Nicht, Cyril«, sagte sie und wich zurück. »Zeig etwas Anstand.«

»Was wolltest du mir sagen?«, fragte ich mit einem Seufzer.

»Ich bin etwas mitgenommen«, erklärte sie mir. »Aber du musst versprechen, dass sich zwischen uns, wenn ich es dir sage, nichts ändert.«

»Ich bin ziemlich sicher, dass sich zwischen uns niemals etwas ändern wird«, sagte ich.

»Gut. Also du kennst doch meine Cousine Sarah-Anne?«

»Nicht persönlich«, sagte ich und überlegte, warum alle in dieser Familie das Bedürfnis zu verspüren schienen, ihren Töchtern Doppelnamen zu geben. »Ich glaube, du hast sie einmal oder zweimal erwähnt, bin aber nicht sicher, ob ich sie je kennengelernt habe. Ist das die, die Nonne werden will?«

»Nein, natürlich nicht, Cyril«, sagte sie. »Das ist Josephine-Shauna. Weißt du, was dein Problem ist?«

»Dass ich nie zuhöre?«

»Ja.«

»Also welche ist dann Sarah-Anne?«

»Die, die draußen in Foxrock wohnt. Sie ist Grundschullehrerin, was mir immer schon ein wenig komisch vorgekommen ist, da sie nicht schriftlich dividieren und praktisch auch nicht lesen kann.«

»Oh ja«, sagte ich und erinnerte mich an eine junge Frau, die ich auf einer Gartenparty kennengelernt und die schamlos mit mir geflirtet hatte. »Sie ist sehr hübsch, habe ich recht?«

»Hübsch sein ist nicht alles«, sagte Mary-Margaret und rümpfte die Nase.

»Wie meinst du das?«, fragte ich.

»Ich meine, was ich meine«, sagte sie.

»Hm.«

»Nun, es gab schlechte Nachrichten, was Sarah-Anne betrifft«, fuhr sie fort.

Damit hatte sie meine Aufmerksamkeit. Das war nicht, worüber Mary-Margaret beim Essen üblicherweise redete, wie niveaulos etwa sich die jungen Leute heute anzogen oder dass sie bei lautem Rock'n'Roll das Gefühl habe, der Teufel schreie ihr in die Ohren.

»Erzähl«, sagte ich.

Sie sah sich um, versicherte sich, dass uns keiner hören konnte, und beugte sich vor. »Sarah-Anne ist gefallen«, sagte sie.

»Gefallen?«

»Gefallen«, bestätigte sie und nickte.

»Und hat sie sich wehgetan?«

»Was?«

»Wenn sie gefallen ist? Hat sie sich was gebrochen? Hat ihr niemand wieder hochgeholfen?«

Sie sah mich an, als hätte ich den Verstand verloren. »Versuchst du, Witze zu machen, Cyril?«, fragte sie.

»Nein«, sagte ich verdutzt. »Ich weiß offenbar einfach nicht, was du meinst, das ist alles.«

»Sie ist *gefallen*!«

»Das sagtest du, aber...«

»Oh Himmel noch mal«, zischte sie. »Sie bekommt ein Baby.«

»Ein Baby?«
»Ja, in fünf Monaten.«
»Ist das alles?«, fragte ich und wandte mich wieder meiner Lasagne zu.
»Wie meinst du das: Ist das alles? Reicht das nicht?«
»Viele Leute kriegen Babys«, sagte ich. »Wenn es keine Babys gäbe, gäb's auch keine Erwachsenen.«
»Sei nicht albern, Cyril.«
»Wieso albern?«
»Sarah-Anne ist nicht verheiratet.«
»Ah, jetzt verstehe ich«, sagte ich. »Ich nehme an, das rückt die Sache in ein anderes Licht.«
»Natürlich tut es das«, sagte Mary-Margret. »Ihre armen Eltern sind außer sich. Tante Mary wird rund um die Uhr überwacht, weil sie damit gedroht hat, ein Tranchiermesser in ihren Kopf zu stoßen.«
»In welchen? Ihren oder den von Sarah-Anne?«
»Wahrscheinlich in beide.«
»Und weiß sie, wer der Vater ist?«
Mary-Margaret sperrte entsetzt Mund und Nase auf. »Natürlich weiß sie das«, sagte sie. »Was denkst du denn, was für eine Frau sie ist? Du musst eine sehr niedrige Meinung von den Muffets haben.«
»Ich kenne sie doch kaum«, protestierte ich. »Wie soll ich da eine schlechte Meinung von ihr haben?«
»Der Vater ist ein junger Kerl aus Rathmines. Arbeitet in einer Tuchfabrik, was ganz und gar nicht mein Niveau wäre. Selbstverständlich hat er eingewilligt, sie zu heiraten, das ist das eine, aber der früheste Termin, den sie in der Kirche kriegen können, wäre in sechs Wochen, und dann sieht man es schon.«
»Wenigstens tut er das Richtige«, sagte ich.
»Nachdem er das Falsche getan hat. Die arme Sarah-Anne, sie war immer so ein gutes Mädchen. Ich weiß nicht, was in sie gefahren ist. Ich hoffe, das lässt dich nicht auf

dumme Gedanken kommen, Cyril. Glaub bloß nicht, dass ich mich auf derartige Sachen einlasse.«

»Das tue ich nicht, glaub mir«, sagte ich und legte Messer und Gabel aus der Hand. Allein der Gedanke verdarb mir den Appetit. »Das Letzte, was ich will, ist, dich zu verführen.«

»Gut, du kannst den Siebzehnten des nächsten Monats in deinen Kalender eintragen. Da findet die Hochzeit statt.«

»Sehr gut«, sagte ich. »Was schenkst du ihr?«

»Wie meinst du das?«

»Dein Hochzeitsgeschenk. Ich denke, etwas für das Baby könnte nützlich sein.«

»Ha!«, sagte sie und schüttelte den Kopf. »Ich werde ihr *nichts* schenken.«

»Warum nicht?«, fragte ich. »Wer geht zu einer Hochzeit, ohne dem Paar ein Geschenk mitzubringen?«

»Wenn es eine normale Hochzeit wäre, würde ich ihnen natürlich etwas mitbringen«, erklärte sie mir. »Aber es ist keine normale Hochzeit, oder? Ich möchte da keine Zustimmung signalisieren. Die beiden haben sich die Suppe eingebrockt, jetzt können sie sie auch auslöffeln.«

Ich seufzte und spürte, wie sich ein Schweißfilm in meinem Nacken bildete. »Warum musst du gleich immer alles so verurteilen?«, fragte ich.

Sie sah mich an, als hätte ich ihr eine Ohrfeige gegeben. »Was hast du da gerade gesagt, Cyril Avery?«

»Ich habe dich gefragt, warum du immer gleich alles so verurteilen musst. Es ist schlimm genug, in diesem Land zu leben, so scheinheilig, wie sich die Leute hier überall verhalten. Aber sind das nicht die Alten, die nicht begreifen, dass sich die Welt geändert hat? Wir sind noch jung, Mary-Margaret. Kannst du nicht versuchen, ein wenig Mitgefühl für jemanden zu entwickeln, der eine schwere Zeit durchmacht?«

»Oh, du bist ja so modern, Cyril«, sagte sie, lehnte sich

zurück und schob die Lippen vor. »Ist das deine Art, mir zu sagen, dass du bei mir ranwillst? Dass du mich mit in deine Wohnung nehmen, in dein Schlafzimmer zerren, deinen Burschen rausholen, in mich reinstecken und lospumpen willst, bis du es mir richtig besorgt hast?«

Jetzt war es an mir, sie erstaunt anzusehen. Ich konnte kaum glauben, dass sie so etwas sagen konnte, dass sie überhaupt die Worte dafür hatte.

»Weil, wenn du das denkst, Cyril«, fuhr sie fort, »denk noch mal neu. Das tue ich mit niemandem, und wenn wir verheiratet sind, dann auch nur an einem Samstagabend, wenn das Licht aus ist. Ich bin anständig erzogen, weißt du.«

Ich nahm mir vor, samstags immer etwas vorzuhaben, wenn wir einmal verheiratet wären. Und wer redete eigentlich vom Heiraten? Ich erschrak. Wann war das denn entschieden worden? Wir hatten nie darüber geredet. Hatte ich ihr einen Antrag gemacht und es wieder vergessen?

»Ich sage nur, dass wir im Jahr 1966 leben«, sagte ich, »und nicht mehr in den 1930ern. Frauen werden ständig schwanger. Ich weiß ja nicht mal, was mit meiner eigenen Mutter war, oder?«

»Was redest du da?«, fragte sie und verzog das Gesicht. »Du weißt genau, was mit deiner Mutter war. Das ganze Land weiß es. Werden ihre Bücher jetzt nicht sogar in der Universität gelesen?«

»Mit meiner richtigen Mutter, meine ich.«

»Deiner was?«

Ich starrte sie überrascht an und begriff, dass ich in all der Zeit, die wir zusammen waren, nie erwähnt hatte, dass ich adoptiert war. Ich holte es nach, und sie wurde sichtlich blass.

»Du bist was?«, fragte sie.

»Adoptiert«, sagte ich. »Ich bin adoptiert worden. Vor langer als Zeit. Als Kind.«

»Warum hast du mir das nie gesagt?«

»Ich dachte nicht, dass es besonders wichtig wäre«, sagte ich. »Glaub mir, da könnte ich dir Schlimmeres erzählen.«

»Nicht besonders wichtig? Wer sind denn deine richtigen Eltern?«

»Ich habe keine Ahnung.«

»Interessiert dich das nicht? Willst du es nicht herausfinden?«

Ich zuckte mit den Schultern. »Nicht wirklich«, sagte ich. »Faktisch waren Charles und Maude meine Eltern.«

»Bei allen Heiligen«, sagte sie. »Deine Mutter könnte also auch eine Gefallene sein?«

Ich starrte sie an und war mit einem Mal voller Wut. »Realistisch betrachtet«, sagte ich, »war sie ziemlich sicher eine.«

»Oh mein Gott. Warte, bis ich das Daddy erzähle. Nein, ich werde es ihm nicht erzählen. Und du auch nicht, hörst du?«

»Ich hatte es nicht vor«, sagte ich.

»Er wäre schockiert. Da könnte er eine seiner Attacken bekommen.«

»Ich sage schon nichts«, erklärte ich ihr, »obwohl ich wirklich nicht denke, dass es so wichtig ist. Viele Leute sind adoptiert.«

»Ja, aber von solchen Leuten abzustammen. Das ist ein übler Zug in der Familie.«

»Deine Cousine ist in genau dieselbe Situation geraten«, sagte ich.

»Das ist etwas anderes«, fuhr sie mich an. »Sarah-Anne hat einen Fehler gemacht, das ist alles.«

»Vielleicht hat meine Mutter ja auch nur einen Fehler gemacht«, sagte ich. »Würdest du das nicht in Betracht ziehen?«

Mary-Margaret schüttelte den Kopf, völlig unbefriedigt. »Da ist was mit dir, Cyril Avery«, sagte sie. »Da gibt es was, das du mir nicht sagst. Aber dem gehe ich auf den Grund. Das verspreche ich dir.«

Der Fall Horatios

Mein Mitbewohner Albert verlobte sich mit seiner Freundin Dolores an einem Montagabend Anfang März. Ich feierte mit ihm, seiner Verlobten und ihren trinkfesten Brüdern und Schwestern in Neary's Pub. Stunden später konnte ich nicht schlafen, weil das Kopfteil seines Bettes wieder mal gegen die Wand schlug, und ich vermochte mich gerade genug zu zügeln, um nicht bei ihnen hineinzumarschieren und sie mit einem Eimer Wasser abzukühlen. Die Geräusche ihrer nicht enden wollenden Leidenschaft weckten ein verzweifeltes Verlangen nach menschlichem Kontakt in mir, dem ich schließlich frustriert nachgab. Ich stieg in meine Sachen, die ich kurz zuvor erst ausgezogen hatte, lief hinunter auf die Chatham Street und wurde bereits von vorfreudiger Erregung erfasst. Ich glaubte, Schritte hinter mir zu hören, und drehte mich um, doch zu meiner Erleichterung war die Straße leer.

Manchmal trieben sich ein paar junge Männer meines Alters in den engen, gepflasterten Straßen von Stag's Head herum, heute war dort jedoch niemand zu sehen. Ich überquerte die Dame Street, bog rechts in die Crown Alley und sah zwei junge Männer an der Mauer stehen und die Köpfe zusammenstecken. Schnell duckte ich mich in einem Hauseingang und war bereit, mich mit der Rolle des Voyeurs abzufinden, wenn es denn nichts anderes gab. Aber statt Reißverschlüsse und nervöses Küssen zu hören, redeten sie miteinander, mit einem nördlichen Akzent, und das mit solcher Eindringlichkeit, dass ich wünschte, ich wäre weitergegangen, statt zu lauschen.

»Ich will nur zusehen«, sagte der Größere der beiden, ein junger Kerl, der reizbar und gefährlich wirkte. »Wie oft in unserem Leben werden wir so was sehen können.«

»Das ist mir egal«, sagte der andere. »Wenn wir zu nahe dran sind, könnten wir gefasst werden.«

»Uns kriegt keiner.«

»Das kannst du nicht wissen. Willst du der sein, der es dem Boss erklärt, wenn wir in Schwierigkeiten kommen?«

Ich machte einen kleinen Schritt, mein Schuh rutschte über das Pflaster, und sie drehten sich in meine Richtung, worauf mir keine Wahl blieb. Ich trat endgültig aus dem Eingang, ging an ihnen vorbei und hoffte inständig, dass sie mich in Ruhe ließen.

»Was hast du da gemacht?«, fragte der Jüngere und trat in meine Richtung. »Hast du uns belauscht?«

»Lass ihn, Tommy«, sagte sein Freund, und ich ging weiter, schneller noch, und zu meiner großen Erleichterung folgten sie mir nicht. Ich lief über die Ha'penny Bridge in Richtung eines der verborgenen Durchgänge bei der Abbey Street, wo ich in der Vergangenheit schon ein paar heimliche Begegnungen gehabt hatte, und da stand jemand wartend an eine Laterne gelehnt und rauchte eine Zigarette. Er tippte sich mit dem Finger an die Mütze, als er mich sah. Ich ging auf ihn zu, doch dann sah ich, dass er alt genug war, um mein Großvater zu sein, drehte mich auf dem Absatz um und verfluchte mein Pech. Langsam begann ich, mich mit der Vorstellung abzufinden, unbefriedigt zurück nach Hause zu gehen, erinnerte mich jedoch an die öffentliche Bedürfniseinrichtung am nördlichen Ende der O'Connell Street, in der Julian vor sieben Jahren angebaggert worden war.

Ich hatte erst zwei einschlägige Begegnungen in einer öffentlichen Toilette gehabt, das erste Mal aus Zufall, wenn man bei einvernehmlichen Sex denn von Zufall sprechen kann. Damals war ich siebzehn, kam am Trinity College vorbei und musste mich unbedingt erleichtern, weshalb ich hineinlief und oben im zweiten Stock des Kunstbaus eine Toilette fand. Ich stellte mich an die Rinne, während sich ein Student nicht weit entfernt die Hände wusch. Ich spürte, wie er zu mir herüberstarrte. Ich sah nervös zu ihm hin und bekam, als er mir zulächelte, eine Erektion, worauf mir der Urin von der Wand auf die Hose sprühte. Der Student lachte, nickte zu einem der Toilettenabteile hin, und ich folgte ihm zu meiner offiziellen Defloration. Zum zweiten Mal kam es zu einer ebenso enttäuschenden Nacht wie dieser, in der ich schließlich in einem Pissoir in der Baggot Street landete, und das Ganze war äußerst unbefriedigend, da mir der Bursche, kaum dass ich ihn berührte, wie der Vesuv in die Hand spritzte. Überhaupt stieß mich die schäbige Atmosphäre dieser Orte eher ab, aber ich war verzweifelt, und so lief ich in Richtung der Nelsonsäule und wollte es nur hinter mich bringen, damit ich wieder nach Hause und ins Bett kam.

Wieder hatte ich das deutliche Gefühl, verfolgt zu werden, blieb stehen und sah mich ängstlich um. Doch da war niemand, nur weiter hinten machten es sich ein paar Betrunkene vor der Mauer der Hauptpost mit Decken und Pappkartons bequem. Trotzdem, ich blieb argwöhnisch, ging weiter, erreichte mein Ziel und sah, dass das Tor zur Straße offen stand und mich mit seinem verführerischen Licht anlockte.

Ich lief die Stufen hinunter, trat in den schwarz-weiß gekachelten Raum und sah enttäuscht, dass niemand da war. Ich seufzte, schüttelte den Kopf und wollte mich schon geschlagen geben und wieder gehen, als sich das Schloss eines der Abteile leise drehte. Die Tür öffnete sich, und ein verängstigt wirkender Bursche von etwa achtzehn Jahren sah hinaus. Er trug eine Brille, hatte sich eine Mütze in die Stirn gezogen und schielte zu mir herüber wie ein nervöser Welpe, der sich verlaufen hatte. Ich erwiderte seinen Blick und wartete auf ein Zeichen, dass wir aus dem gleichen Grund hier waren. Es war natürlich möglich, dass er sich tatsächlich nur erleichtert hatte, sich die Hände waschen und gehen wollte. Etwas zu sagen und damit falsch zu liegen, konnte direkt in die Katastrophe führen.

Ich gab ihm dreißig Sekunden, und er bewegte sich keinen Zentimeter, starrte mich nur an, doch dann sah ich, wie seine Augen meinen Körper hinauf- und hinunterwanderten. Ich wusste, ich musste mir keine Sorgen machen.

»Ich habe nicht viel Zeit«, sagte ich und stellte zu meiner Überraschung fest, dass ich nach allem, was ich an diesem Abend schon erlebt hatte, nicht mehr in Stimmung war. Ich stand in diesem Keller, im Gestank von Pisse und Fäkalien, dazu verurteilt, bei einem mir völlig fremden Menschen eine verzweifelte Form von Zuneigung zu suchen. Meine Schultern sanken weg, und ich fasste meine Nasenwurzel mit Daumen und Zeigefinger. »Es ist nicht fair, oder?«, sagte ich nach einer Weile leise, unsicher, ob ich es ihm, mir oder dem Universum sagte.

»Ich habe Angst«, sagte der junge Kerl, und ich riss mich zusammen und empfand Mitleid mit ihm. Er zitterte, und es war offensichtlich, dass er so etwas noch nicht gemacht hatte.

»Hast du dich je umbringen wollen?«, fragte ich ihn und sah ihm in die Augen.

»Was?«, fragte er verwirrt.

»Es kommt vor«, erklärte ich ihm, »dass ich am liebsten ein Brotmesser nehmen und es mir ins Herz stoßen würde.«

Er antwortete nicht, sondern sah sich verunsichert um, bevor er sich mir wieder zuwandte und nickte.

»Letztes Jahr habe ich es versucht«, sagte er. »Nicht mit einem Brotmesser. Mit Tabletten. Aber es hat nicht funktioniert, sie haben mir den Magen ausgepumpt.«

»Gehen wir einfach nach Hause«, sagte ich.

»Ich kann nicht nach Hause. Sie haben mich rausgeworfen.«

»Wer?«

»Meine Eltern.«

»Warum?«, fragte ich.

Er blickte verlegen zu Boden. »Sie haben etwas gefunden«, sagte er. »Eine Zeitschrift, die ich in England bestellt hatte.«

»Dann machen wir einen Spaziergang«, sagte ich. »Wir können gehen und reden. Magst du? Magst du irgendwohin gehen und einfach reden?«

»In Ordnung«, sagte er und lächelte mich an. Ich verspürte eine spontane Zuneigung zu ihm, kein Verlangen, keine Lust, nur Zuneigung.

»Wie heißt du?«, fragte ich.

Er überlegte. »Peter«, war das, was aus ihm herauskam.

»Ich heiße James«, sagte ich und streckte die Hand aus, und er nahm sie und lächelte wieder. In diesem Augenblick begriff ich, dass ich bei allen Begegnungen, die ich bisher mit Fremden gehabt hatte, meinem Gegenüber nie in die Augen gesehen hatte. Ich konnte mich an einige Gesichter, Haarschnitte, Schuhe erinnern, aber an die Augenfarbe?

In diesem Augenblick hörte ich Schritte die Treppe herunterkommen. Ich drehte mich um, die Hand immer noch in seiner, als ein uniformiertes Mitglied der An Garda Síochána vor mir auftauchte, ein selbstgefälliges Grinsen auf dem fetten, überheblichen Gesicht, in das sich der Abscheu mischte, den er für mich und meine Art empfand.

»Wen haben wir denn da?«, fragte er. »Zwei Schwuchteln, richtig?«

»Garda«, sagte ich und ließ die Hand des Jungen los. »Das ist nicht das, wonach es aussehen mag. Wir haben uns nur unterhalten.«

»Weißt du, wie oft ich das schon gehört habe, du dreckiger Schwuler?«, fragte er und spuckte vor meinen Füßen auf den Boden. »Und jetzt dreht euch um, damit ich euch die Handschellen anlegen kann, und keine Tricks, sonst prügele ich euch die heilige Scheiße aus dem Leib, und niemand in diesem Land, niemand wird mir einen Vorwurf daraus machen.«

Bevor ich mich bewegen konnte, hörte ich wieder Schritte, und dann, zu meinem Entsetzen, erschien ein weiteres, ein vertrautes Gesicht in der Tür, und mir wurde klar, dass ich mich beim Verlassen des Hauses in der Chatham Street nicht getäuscht hatte. Jemand *war* mir den ganzen Weg bis hierher gefolgt. Eine, die wusste, dass ich nicht ganz ehrlich mit ihr war.

»Mary-Margaret«, sagte ich und starrte sie an, als sie die Hände vor den Mund schlug und uns ungläubig der Reihe nach ansah.

»Das hier ist eine Herrentoilette«, bemerkte Peter, was ziemlich sinnlos war. »Hier sollten keine Frauen sein.«

»Ich bin keine Frau!«, fuhr sie ihn so wütend an, wie ich sie noch nie erlebt hatte. »Ich bin seine Verlobte!«

»Sie kennen diesen Burschen also?«, fragte der Garda und sah sie an, worin der Junge seine Chance erkannte. Er rannte los, stieß den älteren Mann zur Seite und holte auf seinem Weg zur Tür beinahe auch noch Mary-Margaret von den Füßen. Er war die Treppe hinauf und weg, bevor einer von uns reagieren konnte.

»Komm zurück, aber sofort!«, brüllte der Garda und sah die Treppe hinauf, aber er wusste, es hatte keinen Sinn, ihm hinterherzulaufen. Er war weit über fünfzig und in schlechter Verfassung und der Junge längst halb die O'Connell Street hinunter und für immer verschwunden.

»Nun, einen von euch habe ich jedenfalls«, sagte der Garda und wandte sich wieder mir zu. »Bist du bereit, die nächsten drei Jahre hinter Gittern zu verbringen, mein Sohn? Weil das nämlich das ist, was solchen wie dir blüht.«

»Cyril!«, rief Mary-Margaret und brach in Tränen aus. »Ich wusste, dass irgendwas nicht stimmt. Ich wusste es. Aber nicht das. Das hätte ich nicht gedacht. Ich hätte nie gedacht, dass du ein Perverser bist.«

Ich hörte sie kaum, während sich die Zukunft im Zeitraffer vor meinen Augen abspulte: die Zeitungsartikel, der Prozess, der unvermeidliche Schuldspruch, die Demütigungen, denen ich im Joy ausgesetzt sein würde. Die Möglichkeit, dass sie mich dort sogar umbrachten. Solche Geschichten machten immer wieder die Runde.

»Oh Cyril, Cyril!«, heulte Mary-Margaret, das Gesicht in den Händen verborgen. »Was wird Daddy sagen?«

»Bitte«, sagte ich und wandte mich an den Garda. »Lassen Sie mich gehen. Ich schwöre, ich tu so was nie wieder.«

»Um nichts in der Welt«, sagte er, trat einen Schritt zurück und schlug mir ins Gesicht.

»Noch mal, Garda!«, rief Mary-Margaret mit rotem Gesicht, gedemütigt und voller Zorn. »Dieser versaute Dreckskerl!«

Er tat, worum er gebeten wurde, und schlug so fest zu, dass ich gegen die Wand knallte und mit der Backe auf einer Abtrennung landete. Ich hörte ein Knacken und spürte, wie meine linke Gesichtshälfte wie taub wurde, hob den Blick, und wir alle sahen, wie mir ein Zahn aus dem Mund fiel, über den Boden hüpfte und am Rand eines offenen Abflusses liegen blieb. Er lag da mit der Frechheit eines Golfballes, der bis an den Rand des Lochs gerollt war, sich aber entschieden hatte, nicht hineinzufallen.

Ich sah meinen Angreifer an, der sich die Knöchel der rechten Hand rieb, wich zurück, aus Angst, dass er noch einmal zuschlagen könnte, und überlegte, ob ich ihn meinerseits angreifen und fliehen sollte, wusste in meiner Bedrängnis jedoch, dass es sinnlos wäre. Vielleicht konnte ich ihn überwinden, aber Mary-Margaret würde mich anzeigen, und dann bekamen sie mich am Ende sowieso. Also ergab ich mich.

»Schön«, sagte ich geschlagen, und der Garda packte mich bei der Schulter. Wir stiegen sie Treppe hinauf auf die Straße, und ich atmete die kühle Nachtluft ein und blickte hinüber zur Uhr am Kaufhaus Clerys, nach der alle Dubliner ihre Uhren stellten. Es war gerade halb zwei Uhr morgens. Vor drei Stunden noch hatte ich mit meinen frisch verlobten Freunden im Pub gestanden. Vor nur einer Stunde im Bett gelegen. Ich sah Mary-Margaret an, die mich hasserfüllt anstarrte, und zuckte mit den Schultern.

»Es tut mir leid«, sagte ich. »Ich kann nichts daran ändern. Ich bin, wie ich bin. So bin ich auf die Welt gekommen.«

»Fick dich!«, brüllte sie.

Bevor mir meine Überraschung über ihre Ausdrucksweise bewusst wurde, hörte ich einen außerordentlichen Lärm über mir, als öffnete sich der Himmel zu einem übel dröhnenden Donner. Alle drei sahen wir erschrocken nach oben.

»Jesus, Maria und Joseph!«, rief Mary-Margaret. »Was in Gottes Namen war das?«

Der Lärm schien einen Moment lang nachzulassen, dann wurde es wieder lauter, und ich sah Admiral Nelson auf seiner Säule wackeln, sein Ausdruck wütender denn je. Er schien zum Leben erwacht und sprang von seinem Sockel, Arme und Kopf riss es von seinem zerspringenden Körper.

»Vorsicht!«, rief der Garda. »Die Säule kommt runter!«

Er ließ mich los, wir stoben auseinander, Steine gingen nieder, ich hörte eine Explosion, und die Trümmer regneten auf die O'Connell Street.

Das war's, dachte ich. Das ist der Moment meines Todes.

Ich rannte, so schnell ich konnte, und entkam irgendwie den auf die Erde krachenden, in tausend Stücke zerberstenden Steinblöcken und mir auf Kopf und Nacken regnenden Splittern. Als ich endlich stehen blieb und mich umsah, herrschte wieder Friede, doch die Stelle, wo wir gestanden hatten, war in eine Rauchwolke gehüllt. In der Hitze des Augenblicks musste ich an die Male denken, die ich als Kind uneingeladen in Maude Arbeitszimmer gegangen war und sie im Nebel nicht hatte finden können.

»Mary-Margaret!«, rief ich, lief zurück, und meine Stimme wurde zu einem Brüllen.

Als ich mich der Stelle näherte, wo wir gestanden hatten, stolperte ich über einen Körper, sah nach unten, und da lag der Garda, der mich verhaftet hatte, flach auf dem Rücken, die Augen weit offen und nicht mehr von dieser Welt. Ich tat mein Bestes, Mitleid mit ihm zu empfinden, aber es gelang mir nicht. Er war tot, und ich konnte nichts dafür, und das war alles. Es würde keine Verhaftung geben und auch keine öffentliche Demütigung.

Ich hörte etwas zu meiner Linken, und da lag Mary-Margaret unter einem großen Brocken. Nelsons Nase drückte sich in ihre Wange, als schnüffelte er an ihrem Parfüm. Eines seiner Augen lag auf der Erde und starrte sie an. Sie atmete noch, doch ich sah, so wie sie keuchte, hatte sie nicht mehr lang.

»Mary-Margaret«, sagte ich und nahm ihre Hand. »Es tut mir leid. So leid.«

»Du versautes Stück«, zischte sie, und Blut sickerte aus ihrem Mund, während sie darum kämpfte, die Worte herauszubringen. »Nicht mein Niveau!«

»Ich weiß«, sagte ich. »Ich weiß.«

Und dann war auch sie nicht mehr, und ich lief die O'Connell Street hinunter nach Hause. Es hatte keinen Sinn zu bleiben. Aber eines wusste ich sicher: Das war das Ende. Es würde keine Männer mehr geben, keine Jungen. Von jetzt an gab es für mich nur noch Frauen, und ich würde sein wie alle anderen.

Ich würde normal sein, und wenn es mich umbrachte.

1973

Den Teufel im Zaum

Kaum zu glauben

Julian kam kurz vor acht in meine Wohnung, trug ein Batikhemd, das er bis halb die Brust hinunter aufgeknöpft hatte, dazu eine hoch geschnittene Jeans mit Schlag und eine Nehru-Jacke. Obwohl er kurz geschorene Haare wie Steve McQueen in *Papillon* hatte, vermied er doch die dazugehörenden Koteletten, die zu große Aufmerksamkeit auf sein fehlendes rechtes Ohr gelenkt hätten. Um den Hals trug er eine Kette aus Muscheln und Perlen, die er, wie er mir sagte, von einem hundertjährigen Standbesitzer in Rishikesh gekauft hatte, wohin er mit seiner Freundin gereist war, um Maharishi Mahesh Yogi zu besuchen. Die Farben passten zum Glitzern des psychedelischen Rings an seiner rechten Hand, den er Brian Jones geklaut hatte, als sie vor zwei Wochen in Arthur's Nightclub an der East 54th Street gemeinsam von einem LSD-Trip heruntergekommen waren.

»Abgesehen davon war es die letzten Monate ziemlich ruhig«, sagte er und sah mit einem Stirnrunzeln an mir hinunter. »Aber warum bist du noch nicht angezogen? Wir kommen zu spät.«

»Ich bin angezogen«, sagte ich. »Sieh mich doch an.«

»Du hast was an, ja«, stimmte er mir zu. »Aber nicht das, was ein Achtundzwanzigjähriger mit etwas Stilgefühl abends tragen würde, schon gar nicht zu einem Junggesellenabschied. Von wem hast du das überhaupt, von deinem Dad?«

»Den habe ich nie kennengelernt«, sagte ich.

»Dann eben von deinem Adoptivvater«, antwortete er mit einem Seufzen. »Ernsthaft, Cyril, musst du das jedes einzelne Mal ...«

»Charles und ich haben keine gemeinsamen Sachen zum Anziehen«, unterbrach ich ihn. »Wir haben völlig verschiedene Größen.«

»Egal, so gehst du nicht los. Ich sage dir, wenn du so aussiehst, komme ich nicht mit. Los, du musst doch was haben, das dich nicht wie Richard Nixons weniger modebewussten jüngeren Bruder aussehen lässt.«

Damit marschierte er an mir vorbei in mein Schlafzimmer. Panik stieg in mir auf, wie man sie empfinden mochte, wenn man einen kaputten Stecker in eine beschädigte Steckdose drückte. Meine Gedanken überschlugen sich, während ich mich zu erinnern versuchte, ob womöglich etwas Verfängliches offen im Zimmer herumlag. Hoffentlich, betete ich, befand sich die Herbstausgabe von *Modern Male* mit dem dunkelhäutigen, nur ein Paar hellrote Handschuhe tragenden Boxer auf dem Cover sicher in der zweiten Schublade meines Nachtschränkchens, zusammen mit dem Exemplar von *Hombre*, das ich kurz nach Weihnachten auf eine vorsichtig formulierte Anzeige hinten auf der letzten Seite der *Sunday World* hin bestellt hatte. Zwei Wochen hatte ich angstvoll auf die Ankunft des Umschlags gewartet, weil ich fürchtete, irgendein religiöser, mit Röntgenaugen ausgestatteter Eiferer am Dubliner Flughafen könnte die Sendung packen, die degenerierte Zeitschrift herausreißen und völlig außer sich die Gardaí an meine Tür schicken. Und dann war da auch noch die Ausgabe der *Vim*, die ich vor sechs Monaten bei einem Tagesausflug nach Belfast aus einem als Unionisten-Treff getarnten Pornoladen geklaut hatte. Bei der Grenzkontrolle auf der Heimfahrt hatte ich sie hinten in meine Hose gestopft, und zum Glück schien es den Zöllnern zu reichen, von einer ältlichen Großmutter vor mir zwei Vorratspackungen Kondome zu konfiszieren, die ihre üblen Absichten mit dem Outfit einer Ordensschwester zu kaschieren versucht hatte.

Ich hatte geplant, die Zeitschriften am nächsten Morgen in eine Papiertüte zu stecken und ein paar Straßen von meiner Wohnung entfernt in einem Mülleimer zu entsorgen, als ein letztes Lebewohl an das Leben, das ich nun hinter mir ließ. Und jetzt stand ich da und hatte Angst, mich zu rühren, während mein Freund mein Schlafzimmer durchstöberte. Aber er hatte ja keinen Grund, an meinen Nachttisch zu gehen, und so durfte eigentlich nichts passieren. Trotzdem, irgendwas war da, irgendein Verdacht, dass ich nicht so vorsichtig gewesen war, wie ich es hätte sein sollen, und als mir dieser Gedanke eben noch durch den Kopf ging, tauchte er schon im Türrahmen auf und hielt eine Zeitschrift in der Hand, und zwar mit einem solchen Abscheu, als wäre es ein verschmutztes Taschentuch oder ein gebrauchtes Kondom.

»Was zum Teufel ist das denn, Cyril?«, fragte er und starrte mich fassungslos an.

»Was ist was?«, sagte ich und tat mein Bestes, so unschuldig wie nur möglich zu klingen.

»*Tomorrow's Man*«, sagte er und rezitierte, was quer über dem Cover stand. »*Die internationale Bodybuilding-Zeitschrift.* Sag mir jetzt nicht, dass du mit so was angefangen hast. Das ist doch nur was für Schwule.«

Ich reckte mich ausgiebig und tat müde, um die pulsierende Röte zu erklären, die mir ins Gesicht stieg.

»Ich habe zugenommen in letzter Zeit«, sagte ich, »und dachte, so könnte ich es wieder loswerden.«

»Wo? An den Augenbrauen? Da ist kein Gramm Fett an dir, Cyril. Wenn überhaupt, siehst du unterernährt aus.«

»Genau. Sorry. Das meine ich doch«, erklärte ich ihm. »Ich will zulegen. Muskeln. Viele Muskeln. Sehr viele Muskeln.«

»Gerade hast du gesagt, du willst abnehmen.«

»Nein, das meinte ich nicht«, sagte ich und schüttelte den Kopf. »Ich kann heute einfach nicht klar denken.«

»Na, das ist verständlich, wenn man bedenkt, was morgen auf dich wartet. Jesus, kuck dir diese Type an«, sagte er und zeigte auf das junge Muskelpaket, das die Titelseite schmückte. Das Model trug nicht mehr am Leib als ein grünes Posiertäschchen, hielt die Hände hinter dem Kopf verschränkt, spannte die Muskeln an und stierte in die Ferne, offenbar in Gedanken verloren. »Kaum zu glauben, was?«

Ich nickte und hoffte, dass er die verdammte Zeitschrift weglegen und zu der Frage zurückkehren würde, was ich heute Abend anziehen sollte. Stattdessen blätterte er durch die Seiten, schüttelte den Kopf und brach über einige der abgebildeten Männer in Lachen aus, die, wenn ich ehrlich war, auch nicht ganz nach meinem Geschmack waren, die ich aber für ihre Bereitschaft schätzte, sich vor der Kamera auszuziehen.

»Erinnerst du dich an Jasper Timson?«, fragte er.

»Aus der Schule?« Jasper war ein lästiger Junge aus unserem Jahrgang gewesen, der Akkordeon gespielt und ständig versucht hatte, Julian von mir loszueisen, an den ich aber dennoch gelegentlich beim Wichsen gedacht hatte.

»Ja. Der ist auch einer von denen.«

»Ein was?«, fragte ich unschuldig. »Ein Schwimmer?«

»Nein, ein Schwuler.«

»Das kann ja wohl nicht sein!«, sagte ich.

»Doch, ist aber so«, versicherte er mir. »Er hat sogar einen Freund. Die beiden leben zusammen. In Kanada.«

»Großer Gott«, sagte ich und schüttelte ungläubig den Kopf. Er hatte einfach so einen »Freund«, und die beiden »lebten zusammen«? Konnte es wirklich so einfach sein?

»Ehrlich gesagt, wusste ich schon immer, dass er einer von denen ist, habe es aber nie jemandem verraten«, sagte Julian.

»Woher wusstest du es? Hat er es dir gesagt?«

»Nicht mit Worten. Aber er hat mal versucht, mich anzumachen.«

Meine Augen wurden ganz groß. »*Das kann nicht sein*«, wiederholte ich mit einer Pause zwischen den einzelnen Worten. »Wann? Wie? Warum?«

»Es war in unserem dritten oder vierten Jahr, ich weiß nicht mehr genau. Jemand hatte eine Flasche Wodka in die Schule geschmuggelt, die ein paar von uns nach einer Matheprüfung ausgetrunken haben. Erinnerst du dich nicht?«

»Nein«, sagte ich mit einem Stirnrunzeln. »Da war ich wohl nicht dabei.«

»Vielleicht warst du nicht eingeladen.«

»Und was ist passiert?«, fragte ich und versuchte, mich durch die halbe Beleidigung nicht zu tief treffen zu lassen.

»Nun, wir beide haben auf meinem Bett gesessen«, sagte er. »Die Rücken an der Wand. Wir waren ziemlich betrunken und redeten eine Menge Scheiß, und plötzlich beugte er sich rüber und steckte mir seine Zunge in den Hals.«

»Das meinst du jetzt nicht ernst?«, rief ich entsetzt und gleichzeitig erregt. Das Zimmer begann sich leicht um mich zu drehen, während ich die neue Information zu verdauen versuchte. »Was hast du gemacht? Hast du ihm eine verpasst?«

»Natürlich nicht«, sagte er und zog die Brauen zusammen. »Warum hätte ich das tun sollen? Ich bin ein friedlicher Mensch, Cyril. Das weißt du.«

»Ja, aber ...«

»Ich habe seinen Kuss erwidert, das habe ich getan. Es schien mir einfach das Höflichste zu sein.«

»Du hast was getan?«, fragte ich und fürchtete, mein Kopf könnte sich auf meinen Schultern um dreihundertsechzig Grad herumdrehen und die Augen würden mir aus dem Kopf fallen, wie bei dem kleinen Mädchen im *Exorzisten*.

»Ich habe ihn zurückgeküsst«, wiederholte Julian mit einem Achselzucken. »Ich hatte das noch nie gemacht. Mit einem Jungen, meine ich. Also dachte ich, was soll's. Sehen wir mal, wie das ist. Ich versuche alles mal. In Afrika habe ich ein Krokodilsteak gegessen.«

Ich starrte ihn an, erstaunt und am Boden zerstört. Julian Woodbead, der eine, den ich mein ganzes Leben geliebt und der nie auch nur das kleinste romantische Interesse an mir gezeigt hatte, ausgerechnet Julian hatte Jasper Timson geküsst, den Jungen, dessen größte Leidenschaft es war, sein verficktes Akkordeon zu spielen! Tatsächlich, wenn ich mich recht erinnerte, war ich einmal ins Zimmer gekommen, und die beiden hatten bloß gekichert. Das musste direkt danach gewesen sein. Ich setzte mich, um die Erektion zu verbergen, die sich in meiner Hose gebildet hatte.

»Ich glaub's ja nicht«, sagte ich.

»Jetzt dreh mal nicht durch«, sagte Julian leichthin. »Wir haben 1973, man muss auch ein bisschen mit der Zeit gehen. Der Kuss hat nicht lange gedauert, und ich habe nichts dabei empfunden. Damit war die Sache gegessen. Wer nicht wagt, der nicht gewinnt. Jasper wollte natürlich mehr, aber ich habe abgelehnt. Ich hab ihm gesagt, dass ich kein dreckiger Schwuler bin, und er meinte, das sei ihm egal, und ob ich nun einer sei oder nicht, er wolle mir einen lutschen.«

»Großer Gott!«, sagte ich, setzte mich auf und zitterte praktisch vor Wut und Verlangen. »Du hast ihn doch nicht gelassen, oder?«

»Natürlich habe ich ihn nicht gelassen, Cyril. Was denkst du? Wobei es ihm nicht viel auszumachen schien, er hat's nie wieder versucht. Eine gute Sache ist allerdings dabei herausgekommen: Er hat gesagt, wenn ich rumlaufe und Leute küssen will, sollte ich mir die Zähne putzen, ich röche nach Tayto-Chips. Das war ein guter Rat. Ich habe ihn über die Jahre beherzigt und bin weit damit gekommen.«

»Aber du warst mit Jasper bis zuletzt noch befreundet«,

sagte ich und dachte daran, wie eifersüchtig ich gewesen war, wenn ich die beiden zusammen sah.

»Klar war ich das«, sagte Julian. Er sah mich an, als wäre ich verrückt. »Warum nicht? Er war doch witzig, unser Jasper, oder? Letztes Jahr, als ich in Toronto war, habe ich seine Nummer herausgesucht, aber er und sein Freund hatten irgendeinen versauten Wochenendtrip geplant. Das hier würde ihm gefallen«, sagte er, warf die Ausgabe von *Tomorrow's Man* auf einen Sessel und ging zurück ins Schlafzimmer, wo er meinen Kleiderschrank öffnete und kritisch begutachtete, was darin hing. »Du solltest das Schundheft wegwerfen, Cyril. Es gibt Leute, die so etwas in den falschen Hals kriegen. Ja, was haben wir denn hier? Das hier vielleicht?« Er hielt ein lila Hemd mit weißem Kragen in die Höhe, das ich vor Monaten im Dandelion Market gekauft, aber noch nie getragen hatte.

»Meinst du?«, fragte ich.

»Das ist auf jeden Fall besser als deine Großvater-Montur. Komm schon, zieh es an, und dann lass uns los. Das Bier trinkt sich nicht selbst.«

Ich fühlte mich leicht verlegen, als ich mein Hemd auszog, und dass er auch noch zusah, als ich das andere anzog, machte mich nervös.

»Wie sieht es aus?«, fragte ich.

»Besser. Wenn ich mehr Zeit hätte, könnten wir in die Stadt gehen und dir was Richtiges kaufen. Aber es geht auch so.« Er legte einen Arm um mich, und ich atmete vorsichtig den Duft seines Rasierwassers ein. Meine Lippen befanden sich unerträglich nahe an seinem Mund. »Wie fühlst du dich? Bereit für den großen Tag?«

»Ich nehme es an«, sagte ich, was sicher nicht die zuversichtlichste Antwort war. Wir gingen hinaus und in Richtung Baggot Street. Ich wohnte jetzt seit ein paar Jahren allein in der Waterloo Road und arbeitete als Rechercheur für RTÉ, den irischen Rundfunk, für religiöse Programme und Landwirtschaftssendungen. Von beidem hatte ich so gut wie keine Ahnung, aber ich hatte schnell begriffen, dass es vor allem darum ging, jemandem das Mikrofon hinzuhalten, und der redete dann, bis die Klappe fiel.

Wir gingen zu Doheny & Nesbitt's, wo sich bereits einige meiner Kollegen zu meinem Junggesellenabschied versammelt hatten, und es machte mich ein wenig nervös, ihnen Julian vorzustellen. Ich hatte oft von ihm erzählt, die verschiedenen Meilensteine unserer Freundschaft beschrieben und dabei über die Jahre zwei komplett unehrliche Porträts von mir geschaffen, eines für meinen ältesten und ein anderes für meine neuen Freunde, und sie hatten nur wenige Pinselstriche gemeinsam. Offenbarungen von der einen wie von der anderen Seite konnten das ganze Gebäude zum Einsturz bringen und damit auch die Pläne, die ich für die Zukunft hegte.

»Es hat mit leidgetan, das mit Rebecca zu hören«, sagte ich, als wir den Grand Canal überquerten, und ich tat mein Bestes, meine Freude darüber zu unterdrücken, dass Julian mit seiner letzten Freundin gebrochen hatte. »Ich fand, ihr passt gut zusammen.«

»Oh, das ist Schnee von gestern«, sagte er mit einer wegwerfenden Handbewegung. »Seitdem hat es eine Emily gegeben, eine Jessica, und im Moment bin ich bei einer neuen Rebecca. Rebecca Nummer zwei. Kleinere Titten, aber eine absolute Granate im Bett. Natürlich wird auch das nicht zu lange gehen. Noch ein, zwei Wochen, würde ich sagen, höchstens.«

»Warum langweilen dich Menschen so schnell?«, fragte ich, denn ich kapierte seinen Ansatz einfach nicht. Hätte ich das Glück gehabt und einen Menschen gefunden, mit dem es im Bett funktionierte und mit dem ich auch noch Hand in Hand durch die Straßen Dublins spazieren könnte, ohne verhaftet zu werden, ich hätte ihn nie wieder gehen lassen.

»Ich *langweile* mich nicht unbedingt«, sagte er und schüttelte den Kopf. »Aber die Welt ist voller Frauen, und ich habe kein Interesse daran, für den Rest meines Lebens an einer einzigen zu kleben. Natürlich ist es schon vorgekommen, dass ich nichts gegen eine längere Beziehung gehabt hätte, aber die Frauen bestehen alle auf die Monogamie, und dafür bin ich nicht gemacht. Es mag dich überraschen, Cyril, aber ich habe noch nie eine meiner Freundinnen betrogen.«

»Nein, du servierst sie einfach ab.«

»Genau. Und ist das nicht ehrlicher? Aber die Sache ist die, und ich denke, insgeheim denken alle so, nur gestatten sie es sich nicht: Die Welt wäre ein weit gesünderer Ort, wenn wir uns gegenseitig erlaubten, genau das zu tun, was wir wollen, wann wir es wollen und mit wem wir es wollen, statt unser Sexleben mit puritanischen Regeln einzuschränken. Dann könnten wir mit dem Menschen zusammenleben, den wir am meisten lieben, seine Gesellschaft und Zuneigung genießen, aber auch hinausgehen und mit anderen, willigen Partnern schlafen, und vielleicht könnten wir zu Hause sogar darüber reden.«

»So gesehen«, sagte ich, »könnten auch wir zwei heiraten und bis ans Ende unserer Tage zusammenleben.«

»Ja«, sagte er und lachte. »Wahrscheinlich schon.«

»Stell dir das vor!«

»Ja.«

»Das ist alles leichter gesagt als getan«, erklärte ich ihm, weil ich nicht zu lange bei dieser Vorstellung verweilen wollte. »Dir würde es doch sicher auch nicht gefallen, wenn deine Freundin mit einem anderen schliefe.«

»Wenn du das denkst«, sagte er, »kennst du mich ganz und gar nicht. Es wäre mir ganz ehrlich völlig egal. Eifersucht ist so ein sinnloses Gefühl.«

Wir kamen an Toners vorbei, einem der ältesten Pubs in der Stadt, und er marschierte quer über die Straße. Die

Autos hielten und ließen ihn durch, und als ich ihm einen Moment später folgte, fingen alle an zu hupen. Wir kamen zum Doheny & Nesbitt's, ich hörte den Lärm der Leute drinnen und hielt nach meinen Kollegen Ausschau. Ich erwartete drei von ihnen: Martin Horan und Stephen Kilduff, zwei Rechercheure, die sich mit mir das Büro teilten, und Jimmy Byrnes, einen Live-Reporter, der sich für eine von Irlands größten Berühmtheiten hielt, bloß weil er ein paarmal in *7 Days* aufgetreten war. Als ich sie an einem Ecktisch sitzen sah, hob ich grüßend die Hand, doch mein Lächeln verblasste schnell, als ich sah, dass noch ein Vierter bei ihnen saß, Nick Carlton, ein Kameramann von *Wanderly Wagon*, dabei hatte ich alles getan, damit er nichts von diesem Abend erfuhr.

»Cyril!«, riefen sie, und ich fragte mich, wie es aussähe, wenn ich gleich wieder zur Tür hinauslaufen und die Baggot Street hinunterflüchten würde. Bizarr, nahm ich an, und so stellte ich ihnen Julian vor, und er nahm die Bestellungen für die nächste Runde entgegen und ging zur Theke, wo sich die Menge vor ihm teilte wie das Rote Meer vor Moses.

»Nick«, sagte ich und sah ihn an, als ich mich setzte. »Mit dir hatte ich heute Abend gar nicht gerechnet.«

»Das ist tatsächlich nicht die Art Etablissement, die ich normalerweise aufsuche, das gebe ich zu«, sagte er, steckte sich eine Superking an und hielt sie in der linken Hand, rechtwinklig zum Arm, den er auf dem Tisch aufstützte. »Aber ich dachte, ich komme mal mit und sehe mir an, wie die andere Hälfte der Bevölkerung so lebt.«

Tatsächlich beneidete ich Nick Carlton. Ich kannte sonst keinen Homosexuellen, der seine Sexualität nicht nur akzeptierte, sondern stolz überall zur Schau stellte, und das so gut gelaunt und ohne jede Scham, dass es niemanden zu stören schien. Natürlich machten die Leute hinter seinem Rücken Witze über ihn, um ihre eigene strikte Heterosexualität zu unterstreichen, trotzdem nahmen sie ihn auf ihre

Unternehmungen mit und schienen in ihm eine Art Maskottchen zu sehen.

»Und ich bin sehr glücklich, dass ich hier bin«, sagte er mit einem Blick zu Julian hin, der mit einem Tablett Bier zurückkam. »Warum hat mir keiner verraten, dass du Ryan O'Neal mitbringen würdest?«

»Ryan O'Neal war vor ein paar Wochen in der *Late Late Show*«, sagte Jimmy. »Ich war überrascht, dass du nicht gekommen bist, um dich heimlich in seiner Garderobe zu verstecken, Nick.«

»Ich hatte strikte Anweisungen von oben, ihn in Ruhe zu lassen«, sagte Nick. »Diese Spielverderber. Im Übrigen hatte Miss O'Mahoney an dem Abend ihr Geburtstagsfest, und sie hätte es mir nie verziehen, wenn ich mich da nicht gezeigt hätte.«

Die Jungs lachten, und ich konzentrierte mich auf mein Guinness, das ich gleich zu einem Drittel austrank.

»Habe ich dich nicht schon mal in *7 Days* gesehen?«, fragte Julian Jimmy, und der strahlte übers ganze Gesicht, weil ihn jemand wiedererkannte. »Ihr seid hier alle im Showbiz, oder? Vermutlich kennt ihr all die Stars im RTÉ.«

»Ich habe mal Fürstin Gracia Patricia von Monaco kennengelernt«, sagte Stephen.

»Und ich Tom Docherty«, sagte Martin.

»Ich schreibe gelegentlich ein Skript für Mr Crow«, sagte Nick.

Vielleicht war es seine Aufmachung, wie er redete, wie er sich gab. Vielleicht war es der Sex, den er ständig ausstrahlte, als wäre er gerade erst aus dem Bett eines Models aufgestanden und hätte das Haus verlassen, ohne zu duschen. Ob Mann oder Frau, hetero der schwul, alle wollten von Julian gemocht werden.

»Mr Crow«, sagte Julian und überlegte einen Moment. »Das ist der Kerl, der aus der Uhr am *Wanderly Wagon* kommt, richtig?«

»Ja«, sagte Nick und aalte sich ein wenig in seinem Ruhm. »Warum, magst du die Sendung?«
»Ich hab sie schon mal gesehen.«
»Das ist ein Kinderprogramm«, sagte ich.
»Yeah, aber irre. Seid ihr alle auf Droge, wenn ihr das dreht?«
»Dazu kann ich unmöglich was sagen«, antwortete Nick mit einem Zwinkern. »Aber um es mal so auszudrücken: Es ist immer eine gute Idee zu klopfen, bevor man in die Garderobe von jemandem platzt.«
»Und was machst du, Julian?«, fragte Stephen und bot ihm eine Zigarette an, die er ablehnte. Julian rauchte nicht. Er hatte eine Rauchphobie und sagte allen Frauen, sie müssten aufhören, wenn sie eine Beziehung mit ihm wollten.
»Nicht sehr viel, um ehrlich zu sein«, sagte er. »Mein alter Herr ist stinkreich, und er zahlt mir monatlich was, und so ziehe ich los, reise herum und schreibe hin und wieder einen Artikel für *Travel & Leisure* oder *Holiday*. Im letzten Jahr war ich mit Prinzessin Margaret und Noël Coward auf Mauritius und habe was über die Tierwelt da geschrieben.«
»Hast du sie flachgelegt?«, fragte Nick leichthin.
»Hab ich, ja«, sagte Julian, als wäre es gar nichts. »Aber nur einmal. Glaub mir, das hat gereicht. Ich halte nicht viel davon, herumkommandiert zu werden.«
»Ihn auch?«
»Nein, aber er war höflich genug zu fragen. Sie nicht. Sie schien einfach anzunehmen, dass ich deshalb mit dabei war.«
»Großer Gott!«, sagte Jimmy hingerissen.
»Deshalb hast du wahrscheinlich so einen gesunden Teint«, sagte Nick. »Die ganze Zeit hängst du auf privaten Inseln mit den Geldadel-Huren und neureichen Chi-chi-Männern herum. Ob du mich vielleicht beim nächsten Mal mitnehmen könntest?«
Julian brach in Lachen aus und zuckte mit den Schultern.

»Warum nicht?«, sagte er. »In meinem Koffer ist immer Platz für was Kleines.«

»Wer sagt, dass ich was Kleines bin?«, fragte Nick und tat beleidigt.

»Gib mir genug zu trinken, vielleicht find ich's dann raus«, sagte Julian, und der ganze Tisch, mit Ausnahme von mir, wusste sich kaum noch zu halten.

»Ich will ja nicht über allzu offensichtliche Dinge reden«, sagte Nick, als sich das allgemeine Hallo wieder legte, »aber ist dir bewusst, dass dir ein Ohr fehlt?«

»Ja, doch«, sagte Julian. »Und sieh.« Er hielt die rechte Hand in die Höhe, um zu zeigen, dass er nur noch vier Finger daran hatte. »Da fehlt auch einer. Und der kleine Zeh links.«

»Ich erinnere mich an deine Entführung«, sagte Martin, denn natürlich hatte ich ihnen längst vom dramatischsten Ereignis in Julians (und auch meinem) Leben erzählt. »Damals haben wir in der Schule Wetten abgeschlossen, welcher Körperteil als Nächster mit der Post kommen würde.«

»Lass mich raten«, sagte Julian. »Ihr alle habt gehofft, dass es mein Schwanz sein würde.«

»Ja«, sagte Martin mit einem Achselzucken. »Tut mir leid.«

»Ist schon okay. Das wollten alle. Zum Glück ist er noch da, wo er hingehört.«

»Da bräuchten wir Beweise«, sagte Nick, worauf Stephen einen Mundvoll Guinness über den Tisch spuckte und mich nur knapp verfehlte.

»Entschuldigung«, sagte er und griff nach einer Serviette, um die Sauerei aufzuwischen.

»Tatsächlich meinten die Entführer damals, als Nächstes würden sie mir ein Auge herausholen«, sagte Julian. »Zum Glück hat man mich vorher gefunden. Letztes Jahr habe ich Damien gefragt, ob er glaubt, dass sie das damals so durchgezogen hätten, und er sagte Ja.«

»Wer ist Damien?«, fragte ich, weil ich ihn noch nie von einem Freund mit diesem Namen erzählen gehört hatte.

»Einer der Entführer«, sagte Julian. »Erinnerst du dich an den Kerl, der mich in den Kofferraum geworfen hat? Der.«

Wir blieben alle einen Moment lang stumm, und ich starrte ihn fassungslos an. »Augenblick mal«, sagte ich. »Willst du behaupten, dass du mit einem von diesen IRA-Typen Kontakt hast?«

»Ja«, sagte er und zuckte mit den Schultern. »Wusstest du das nicht? Wir sind schon seit einer Weile Brieffreunde, und hin und wieder besuche ich ihn im Gefängnis.«

»Aber warum?«, fragte ich mit erhobener Stimme. »Warum willst du den sehen?«

»Es war eine sehr intensive Erfahrung«, sagte er, als wäre nichts dabei. »Ich habe mit den Jungs eine äußerst anstrengende Woche verbracht, und du darfst nicht vergessen, dass sie nicht viel älter waren als wir. Die waren fast genauso verschreckt wie ich. Ihr Führungskommando, oder wie man das auch nennen will, hatte ihnen die Entführung befohlen, und sie wollten es richtig machen. Um ein paar Positionen innerhalb des Machtgefüges aufzusteigen, sozusagen. Im Grunde haben wir uns die meiste Zeit ganz gut verstanden.«

»Auch als sie Teile von dir abgeschnitten haben?«, fragte ich.

»Nein, nein. Da nicht. Wobei Damien nicht daran beteiligt war. Der musste sich übergeben, als sie mir das Ohr abgeschnitten haben. Aber heute verstehen wir uns ziemlich gut. In zehn Jahren wird er entlassen, und ich wage zu behaupten, dass ich ihn dann auf ein Bier einlade. Vergeben und vergessen, das ist mein Motto.«

»Gut für dich«, sagte Nick. »Einfach nur seinen Groll zu pflegen, das hat keinen Sinn.«

Ich fühlte mich deutlich unwohl neben ihm, denn obwohl wir uns nicht sehr gut kannten, hatte er die Seite von mir erlebt, die den anderen unbekannt war. Kurz nachdem ich beim RTÉ gelandet war, wurde aus dem fadenscheinigen Grund, dass Dana den Eurovision Song Contest gewonnen hatte, eine Party veranstaltet, und eine große Gruppe von uns landete in den frühen Morgenstunden in einem Pub in der Innenstadt. Ich war bereits ziemlich hinüber, fand mich irgendwann in der Gasse hinter dem Pub wieder und pinkelte gegen eine Mauer. Einen Moment später kam auch Nick heraus, den ich nie besonders anziehend gefunden hatte, aber deprimiert und scharf, wie ich war, ergriff ich die Gelegenheit, und bevor er überhaupt mit dem anfangen konnte, weswegen er gekommen war, hatte ich ihn schon gepackt, drückte ihn gegen die Mauer und küsste ihn, während ich seine Hand packte und sie nach unten zu meinem Schwanz führte. Etwa eine halbe Minute machte er mit, dann schüttelte er den Kopf und schob mich weg.

»Tut mir leid, Cyril«, sagte er und sah mich fast schon mitleidig an. »Du scheinst ein netter Kerl zu sein, aber du bist einfach nicht mein Typ.«

Ich war fast schlagartig nüchtern. Ich war noch nie von jemandem zurückgewiesen worden und völlig entgeistert. In jenen Tagen nahmen Homosexuelle, was und wo sie es bekommen konnten, und waren glücklich damit. Attraktivität war ein Bonus, aber keine Voraussetzung. Als ich tags darauf spät aufwachte, kehrte die Erinnerung an den Vorfall langsam wie ein schrecklicher Albtraum zurück, und ich war entsetzt und überlegte, ob ich gleich wieder beim RTÉ kündigen sollte. Aber ich hatte so lange gebraucht, einen Job zu finden, der genug abwarf, um allein leben zu können, und die Vorstellung, wieder mit jemandem zusammenziehen zu müssen, war mir unerträglich. Also tat ich, als wäre das alles nie geschehen, und war Nick in den drei Jahren seither möglichst aus dem Weg gegangen. Aber natürlich wurde ich das Bewusstsein nicht los, dass er jedes Mal, wenn er mich ansah, tiefer in mich hineinblickte als irgendjemand sonst auf der Welt.

»Wenn ich es also richtig verstehe«, sagte Martin an mich und Julian gewandt, »kennt ihr euch seit der Schule, richtig?«

»Wir haben uns sechs Jahre ein Zimmer geteilt«, sagte Julian.

»Ich wette, dass Cyril das gefallen hat«, sagte Nick, und ich warf ihm einen bösen Blick zu.

»Zum ersten Mal haben wir uns allerdings schon mit sieben gesehen«, sagte ich und wollte damit unterstreichen, wie lange wir uns tatsächlich schon kannten. »Sein Vater kam damals zu uns, um mit meinem Adoptivvater zu reden, und da saß Julian unten bei uns in der Diele.«

»Cyril erzählt mir das immer wieder«, sagte Julian. »Aber ich erinnere mich nicht.«

»Ich schon«, sagte ich leise.

»Ich erinnere mich nur, wie mich ein anderer Junge in dem Alter gefragt hat, ob wir uns unsere Schwänze zeigen sollten, aber Cyril behauptet eisern, dass er es nicht war.«

Die drei Jungs prusteten in ihre Gläser, und Nick hob eine Hand vor die Augen. Ich konnte sehen, wie er vor Lachen bebte, machte mir aber nicht die Mühe, wieder einmal irgendetwas abzustreiten.

»Und du bist sein Trauzeuge?«, fragte Stephen, als die Witzeleien aufhörten.

»Das bin ich«, sagte Julian.

»Wie weit bist du mit deiner Rede?«

»Fast fertig. Ich hoffe, sie ist nicht zu heikel. Stellenweise wird es etwas derb.«

»Ach, Julian«, sagte ich und verzog das Gesicht. »Ich hab dich doch gebeten, sie sauber zu halten.«

»Keine Sorge, zu schlimm wird es nicht«, sagte er und grinste. »Alice bringt mich um, wenn ich zu weit gehe. Aber trinken wir auf Cyril«, sagte er, hob sein Glas, und die anderen hoben ihre. »Auf einen lebenslangen Freund, der in vierundzwanzig Stunden zudem mein Schwager sein wird. Meine Schwester ist ein Glückspilz.«

»Sie muss in ihrem vorherigen Leben etwas Wundervolles getan haben«, sagte Nick, als er mit mir anstieß.

Alice

Obwohl Alice und ich uns über die Jahre gelegentlich begegnet waren, hatte unsere romantische Beziehung erst vor etwa anderthalb Jahren begonnen, und zwar auf einer Party aus Anlass von Julians Südamerikareise. Sechs Monate lang wollte er durch die Anden ziehen, und wahrscheinlich war es seine ruchloseste Eskapade überhaupt, immerhin reiste er mit seinen derzeitigen Freundinnen, einem finnischen Zwillingspärchen namens Emmi und Peppi, das, wie er behauptete, bei der Geburt zusammengewachsen und erst mit vier Jahren von einem amerikanischen Chirurgen voneinander getrennt worden war. Es stimmte, wann immer ich die beiden ansah, schienen sie sich in einem leicht unnatürlichen Winkel zueinander hinzulehnen.

Alice war nur zwei Jahre jünger als ich, und aus der etwas ungelenken Pubertierenden war längst eine unglaublich schöne junge Frau geworden, eine weibliche Version Julians, mit seinen eleganten Wangenknochen und den tiefblauen Augen der Mutter, die meinen Adoptivvater Charles so fasziniert hatten, aber ohne eine Spur von der Knollennase oder den Echsenaugen, die sie von Max hätte erben können. So promiskuitiv wie ihr Bruder war sie jedoch nicht. Sie war sieben Jahre mit einem Medizinstudenten namens Fergus ausgegangen, und die Beziehung hatte erst am Morgen ihres Hochzeitstages ein Ende gefunden, als er in dem Moment anrief, als sie und Max vom Dartmouth Square in die Kirche fahren wollten. Er könne es nicht, sagte er, er könne sie nicht heiraten. »Kalte Füße« habe er, so lautete seine erwartbare wie langweilige Erklärung, und innerhalb weniger Tage war er nach Madagaskar verschwunden, wo er, wie es hieß, heute noch als Assistenzarzt in einer Lepraklinik arbeitete. Ein paar Tage später traf ich Julian zufällig in der Grafton Street, und ich sehe noch sein gequältes Gesicht vor mir, als er mir erzählte, was passiert war. Er liebte seine Schwester sehr, und die Vorstellung, dass ihr jemand wehtat, war ihm unerträglich.

»Du musst nicht den ganzen Abend bei mir sitzen bleiben«, sagte Alice, während wir hinüber in die Ecke des Pubs sahen, wo Julian wie der Belag eines finnischen Sandwichs eingeklemmt zwischen den beiden Schwestern saß und von ein paar Freunden neidisch beäugt wurde, die gern ein Stück abgebissen hätten. »Wenn du lieber rüber zu den Jungs gehst, ich bin hier mit meinem Buch absolut glücklich.«

»Die kenne ich alle nicht«, sagte ich. »Wo hat er die nur alle her? Sie sehen aus wie die Besetzung von *Hair*.«

»Ich denke, die gehören zu dem, was man ganz allgemein die Schickeria nennt«, sagte sie und hätte dabei kaum verächtlicher klingen können. »Der offiziellen Definition nach sind es selbstverliebte, narzisstische, körperlich anziehende, aber geistig leere Individuen, deren Eltern so viel Geld haben, dass sie selbst nicht arbeiten müssen. Stattdessen ziehen sie von Party zu Party, wollen unbedingt gesehen werden und zerfallen nach und nach innerlich wie eine sich entladende Batterie, weil sie weder Ehrgeiz noch Verständnis oder Witz besitzen.«

»Du bist offenbar kein Fan von ihnen«, sagte ich und zuckte nur mit den Schultern. »Trotzdem klingt ein solches Leben noch besser, als jeden Tag um sieben aufzustehen, durch die Stadt zu laufen und acht Stunden hinter einem Schreibtisch sitzen zu müssen. Was liest du im Moment?«, fragte ich. Ich sah die Ecke eines Buches aus ihrer Tasche ragen, und sie griff hinein und zog ein Exemplar von John McGaherns *Das Dunkle* hervor. »Ist das nicht verboten?«

»Ich glaube schon, ja«, sagte sie. »Was willst du damit sagen?«

»Dass ich es nicht kenne. Wovon handelt es?«

»Von einem Jungen und seinem üblen Vater. Ich sollte es Julian zum Lesen geben.«

Ich erwiderte nichts. Falls es ernsthafte Spannungen zwischen ihrem Bruder und seinem Vater gab, hatte ich nie davon gehört.

»Aber erzähl du, Cyril«, sagte sie. »Bist du noch im öffentlichen Dienst?«

»Oh nein«, sagte ich. »Da bin ich vor Langem schon raus. Das war nichts für mich. Ich bin jetzt beim RTÉ.«

»Das muss interessant sein.«

»Ja, manchmal schon«, log ich. »Und was ist mit dir? Arbeitest du?«

»Meiner Ansicht nach schon, aber Max würde es anders ausdrücken.« Während ich darauf wartete, dass sie fortfuhr, wurde mir bewusst, dass sie ihren Vater, wie ich meinen, beim Vornamen nannte. »Ich arbeite und schreibe seit ein paar Jahren am University College an einer Doktorarbeit in Englischer Literatur. Ich wollte ans Trinity, aber der Erzbischof hat mich nicht gelassen.«

»Hast du ihn gefragt?«

»Das habe ich«, sagte sie. »Den ganzen Weg bis zu seinem Palast in Drumcondra bin ich gelaufen und habe rotzfrech an die Tür geklopft. Seine Haushälterin wollte mich natürlich gleich in die Gosse stoßen, weil ich ein Kleid trug, das meine Schultern sehen ließ, aber er bat mich herein, und ich hab ihm meine Bitte vorgetragen. Er schien es für etwas merkwürdig zu halten, dass ich eine berufliche Laufbahn einschlagen wollte, und meinte, wenn ich so viel Energie darauf verwenden würde, einen Mann zu finden, wie auf mein Studium, hätte ich längst ein Heim, eine Familie und drei Kinder.«

»Charmant«, sagte ich und musste lachen. »Und was hast du geantwortet?«

»Ich habe gesagt, wenn dich dein Verlobter am Morgen deiner Hochzeit verlässt, während zweihundert Freunde und Verwandte einen Kilometer entfernt in einer Kirche warten, dann ist eine Heirat nicht mehr unbedingt das, worauf man zustrebt.«

»Tja«, sagte ich und blickte etwas betreten auf meine Schuhe. »Wahrscheinlich nicht.«

»Er meinte allerdings, dass ich ein reizendes Mädchen sei«, sagte sie mit einem Lächeln. »Das immerhin spricht für mich. Aber egal, heute bin ich froh darüber, am College zu sein. Ich habe dort viele gute Freunde gefunden, in etwa einem Jahr habe ich meinen Doktor, und die Fakultät hat mir für das Semester danach eine Lehrstelle angeboten. In etwa fünf Jahren könnte ich Professorin sein, wenn ich mich von Ärger fernhalte und mich nicht ablenken lasse.«

»Möchtest du das?«, fragte ich. »Dein Leben am University College verbringen?«

»Ja«, sagte sie und sah sich um, irritiert von dem wilden Lärm, den Julians Freunde veranstalteten. »Manchmal habe ich das Gefühl, dass ich nicht dafür gemacht bin, unter Menschen zu sein. Als wäre ich irgendwo auf einer Insel glücklicher, allein mit meinen Büchern und etwas zu schreiben. Ich könnte mein eigenes Obst und Gemüse anbauen und müsste mit keiner Menschenseele reden. Manchmal sehe ich ihn an«, fügte sie hinzu und nickte zu ihrem Bruder hinüber, »und dann kommt es mir vor, als wären wir mit unterschiedlichen Lebenskräften geboren worden. Nur dass er nicht nur seine eigene Kraft allein für sich hat, sondern noch die Hälfte von meiner.«

Sie sagte das nicht verbittert oder mit Selbstmitleid, nein, so wie sie ihn ansah, war klar, dass sie ihn mindestens so sehr liebte wie ich, und ich verspürte eine große Nähe zu ihr. Und ihre Vorstellung von einem sicheren Hafen gefiel mir ebenfalls. Einem Ort, an den man sich flüchten konnte, um in Ruhe gelassen zu werden.

»Denkst du, das ist wegen dem... nun, was geschehen ist?«, fragte ich. »Ich meine deinen Wunsch, dich aus der Welt herauszunehmen.«

»Wegen dem, was Fergus mir angetan hat?«

»Ja.«

Sie schüttelte den Kopf. »Nein, ich glaube nicht«, sagte sie. »Ich war als Kind schon ein ziemlicher Einzelgänger, und das hat sich nicht wesentlich geändert. Wobei es natürlich nicht geholfen hat. So eine Demütigung erfährt kaum jemand. Weißt du, dass Max trotzdem auf den Empfang nach der Trauung bestanden hat?«

»Was?«, sagte ich und war nicht sicher, ob sie einen Witz machen wollte.

»Es stimmt tatsächlich«, fuhr sie fort. »Er meinte, die Hochzeit habe ihn bereits ein Vermögen gekostet, und er habe nicht vor, das Geld einfach zum Fenster hinauszuwerfen. Also brachte er mich in dem Daimler, den er für mich und Fergus gemietet hatte, zum Hotel, und als wir ausstiegen, stand das Personal am roten Teppich aufgereiht. Ich konnte sehen, dass einige ins Grübeln kamen, wie eine so junge Frau einen solchen Mann heiraten konnte, der alt genug war, ihr Vater zu sein. Sie dachten vermutlich alle, dass ich deshalb so elend aussah. Es gab einen Champagnerempfang, und ich musste von einem zum anderen gehen, die Leute begrüßen und mich für Fergus entschuldigen. Danach saß ich am Kopf der Tafel, während alle nach Herzenslust aßen und tranken, und Max hielt sogar seine Rede, kannst du dir das vorstellen? Er las sie vom Blatt ab und änderte kein Wort, wahrscheinlich weil er tagelang daran gearbeitet hatte. *Das ist der glücklichste Tag meines Lebens*, sagte er. *Alice verdient es. Ich habe nie eine glücklichere Braut ge-*

sehen. Und immer so weiter. Es war fast schon wieder witzig.«

»Warum hast du das mitgemacht?«, fragte ich. »Warum bist du nicht einfach nach Hause gegangen? Oder, du weißt schon, hast einen Flug zum Mars oder sonst wohin gebucht?«

»Tja, ich war ziemlich verstört, denke ich. Ich wusste absolut nicht, was ich tun sollte. Ich habe Fergus geliebt, weißt du. Sehr sogar, und natürlich war ich noch nie an meinem Hochzeitstag sitzen gelassen worden«, fügte sie mit einem kleinen Lächeln hinzu, »was bedeutete, dass ich nicht wusste, wie man sich in so einem Fall verhält. Also habe ich getan, was mir gesagt wurde.«

»Scheiß Max«, sagte ich und überraschte uns beide damit, dass ich laut fluchte, was ich sonst selten tat.

»Scheiß Fergus«, antwortete Alice.

»Scheiß alle beide. Was meinst du, sollen wir uns noch einen von diesen scheiß Drinks genehmigen?«

»Scheiße, ja«, sagte sie und grinste, und ich stand auf und ging zur Theke hinüber.

»Du wirst ihn vermissen, nehme ich an«, sagte Alice, als ich mit zwei Gläsern Wein zurückkam. »Sechs Monate sind eine lange Zeit.«

»Das werde ich«, sagte ich. »Er ist mein bester Freund.«

»Meiner auch. Was macht das aus uns?«

»Rivalen?«, schlug ich vor, und sie lachte. Ich fühlte mich zu ihr hingezogen, keine Frage. Nicht körperlich, aber emotional. Es hatte mit ihrer Art zu tun. Zum ersten Mal in meinem Leben war ich zufrieden damit, mit einer Frau zusammenzusitzen, während Julian anderswo im Raum war. Mein Blick wanderte nicht ständig zu ihm hinüber, und ich empfand auch keine Eifersucht auf die, die seine Aufmerksamkeit hatten.

Es war eine komplett neue Empfindung für mich, und ich genoss sie sehr.

»Bist du beim RTÉ schon mal einer Berühmtheit begegnet?«, fragte mich Alice nach kurzem Schweigen, während ich noch nach etwas Originellem suchte, das ich hätte sagen können.
»Paul McCartney war mal da«, sagte ich.
»Oh, ich liebe Paul McCartney! Ich habe die Beatles 1963 im Adelphi gesehen und bin hinterher sogar ins Gresham Hotel und hab so getan, als wäre ich ein Gast, nur um ihnen nahe zu sein.«
»Hat es funktioniert?«
»Nein. Das war die Enttäuschung meines Lebens.« Sie zögerte und lächelte mir zu. »Also zumindest bis zu besagtem Ereignis. Aber eins muss ich dir noch erzählen, Cyril.«
»Okay?«
»Wegen meiner Doktorarbeit«, sagte sie. »Ich schreibe sie über die Bücher deiner Mutter.«
»Wirklich?«, sagte ich und zog eine Braue hoch.
»Ja. Ist dir das unangenehm?«
»Nein«, sagte ich. »Aber du solltest wissen, dass Maude meine Adoptivmutter war, nicht meine leibliche Mutter.«
»Ja, das weiß ich«, sagte sie. »Woher haben sie dich eigentlich bekommen? Lagst du eines Tages vor ihrer Tür? Oder bist du mit der Flut am Pier von Dún Laoghaire angespült worden?«
»Der Familiengeschichte nach hat mich eine kleine, bucklige Redemptoristen-Nonne gebracht«, erklärte ich ihr. »Sie wollten ein Kind oder haben zumindest immer gesagt, dass sie eins wollten. Und da war dann eines.«
»Und deine richtigen Eltern? Hast du sie je kennengelernt?«
»Ich habe mich nicht einmal nach ihnen auf die Suche gemacht. Es interessiert mich nicht so, um ehrlich zu sein.«
»Warum nicht?«, wollte sie wissen. »Bist du ihnen böse?«
»Nein, ganz und gar nicht. Ich hatte eine einigermaßen glückliche Kindheit, was im Nachhinein betrachtet eher

seltsam ist, da sich weder Charles noch Maude besonders für mich interessierten. Aber sie haben mich nicht geschlagen oder hungern lassen oder so was. Ich war kein Dickens'sches Waisenkind, wenn du verstehst, was ich meine. Und was meine leibliche Mutter betrifft, nun, ich wage zu sagen, dass sie getan hat, was sie tun musste. Ich nehme an, sie war nicht verheiratet … Das ist für gewöhnlich der Grund, dass Babys zur Adoption freigegeben werden, oder? Nein, ich hege da keinen Groll. Warum auch?«

»Das ist gut zu hören. Es gibt nichts Nervtötenderes als einen erwachsenen Mann, der seine Eltern, ob nun die leiblichen oder nichtleiblichen, für alles verantwortlich macht, was in seinem Leben schiefgegangen ist.«

»Du nimmst an, dass in meinem Leben etwas schiefgegangen ist?«

»Etwas in deinem Blick sagt mir, dass du nicht glücklich bist. Oh, entschuldige, das ist eine sehr persönliche Bemerkung. Das hätte ich nicht sagen sollen.«

»Nein, ist schon in Ordnung«, sagte ich, obwohl ich ein wenig geknickt war, dass sie mich so durchschaute.

»Fergus war so. Immer hat er anderen die Schuld an den Dingen gegeben, die er selbst hätte lösen sollen. Das war eine der wenigen Sachen, die ich nicht an ihm mochte, wenn ich ehrlich bin.«

»Bist du noch wütend auf ihn?«, fragte ich, wobei ich mir bewusst war, dass auch das eine sehr persönliche Frage war. Gleichzeitig schien es mir allerdings die passende Fortführung unseres Gesprächs zu sein.

»Oh, ich hasse ihn«, sagte sie, und ich sah, wie ihre Wangen rot anliefen und sie die Finger ihrer linken Hand in den rechten Handteller grub, als suchte sie nach etwas, das ihr den Schmerz nahm. »Ich verabscheue ihn. Eine Woche oder zwei habe ich nicht viel empfunden. Ich denke, ich stand noch unter Schock. Aber dann ist die Wut in mir hochgekocht, und sie ist immer noch da. Manchmal kann ich sie nur schwer kontrollieren. Ich glaube, es war etwa um die Zeit, als die Leute zu fragen aufhörten, wie es mir ging, und mein Leben wieder in seine alten Bahnen zurückfand. Wäre er noch in Dublin gewesen, nun, es hätte gut sein können, dass ich zu ihm hin wäre und die Tür eingetreten und ihn im Schlaf erstochen hätte. Er hatte Glück, in Madagaskar bei seinen Leprakranken zu sein.«

Ich schnaubte mir etwas von meinem Wein durch die Nase und musste ein Taschentuch nehmen, um sie mir zu putzen und das Gesicht abzuwischen. »Entschuldige«, sagte ich und konnte doch nicht aufhören zu lachen. »Ich lache nicht über dich, es ist nur, wie du das sagst.«

»Schon gut«, sagte sie und lachte auch, und ich konnte sehen, dass es ihr guttat. »Es *ist* ziemlich komisch, wenn man es sich überlegt. Ich meine, wenn er mich für Jane Fonda verlassen hätte, wäre das was anderes gewesen. Aber für einen Haufen Leprakranker? Ich wusste nicht mal, dass es die noch gab, ich kannte die Krankheit überhaupt nur aus Max' Lieblingsfilm *Ben Hur*, den ich tausendmal mit ihm ansehen musste.«

»Nun, letztlich hat er den Schaden«, sagte ich.

»Oh, bitte nicht das«, fuhr sie auf und war plötzlich wieder ernst. »Das sagen die Leute immer wieder, aber es stimmt nicht. Nicht er hat den Schaden, sondern ich. Ich habe ihn geliebt.« Sie zögerte einen Moment lang und wiederholte den Satz dann noch einmal und betonte das zentrale Wort dabei ganz besonders. »Und ich vermisse ihn immer noch, trotz allem. Ich wünschte nur, er wäre ehrlich mit mir gewesen. Hätte er mir ein paar Tage vorher gesagt, dass er mich nicht genug liebte, um mich zu heiraten, wenn wir uns hätten hinsetzen und darüber reden können, und wenn er dann tatsächlich noch alles hätte abblasen wollen, gut, es wäre nicht leicht gewesen, aber wenigstens wäre ich an der Entscheidung beteiligt gewesen und hätte mich nicht so gedemütigt fühlen müssen. Aber die Art, wie er mich verlassen hat? Einfach anzurufen, als ich mein Kleid schon anhatte, um mir von seinen lächerlichen ›kalten Füßen‹ zu erzählen? Was für ein Mann tut so etwas? Und zu was für einer Art Frau macht es mich, dass ich mich ihm, wenn er jetzt hier hereinkäme, wahrscheinlich in die Arme werfen würde?«

»Es tut mir leid, dass dir das passiert ist, Alice«, sagte ich. »Niemand sollte so grausam behandelt werden.«

»Zum Glück«, sagte sie, senkte den Blick und wischte sich über die Augen, aus deren Lidern Tränen hervorzudringen drohten, »hat mich deine Mutter aufgefangen. Deine Adoptivmutter. Ich habe mich in meine Arbeit gestürzt, und seitdem lebe und atme ich Maude Avery und finde großen Trost in ihren Büchern. Sie ist eine so wundervolle Schriftstellerin.«

»Das war sie«, sagte ich. Zumindest hatte ich mittlerweile fast alle ihre Romane gelesen.

»Sie scheint völlig zu verstehen, was die Einsamkeit mit uns macht, wie sie uns aushöhlt und dazu zwingt, Entscheidungen zu treffen, von denen wir wissen, dass sie falsch für uns sind. Und mit jedem neuen Roman dringt sie tiefer in das Thema ein. Es ist unglaublich. Hast du Mallesons Biografie über sie gelesen?«

»Einen Blick habe ich darauf geworfen«, sagte ich, »aber ganz habe ich sie nicht gelesen. Die Frau, die er beschreibt, schien so ganz anders als die, die ich kannte. Als wäre sie eine Romanfigur und kein Mensch aus Fleisch und Blut gewesen.«

»Du kommst auch in der Biografie vor, das weißt du, oder?«

»Ja, sicher.«

Wir schwiegen einen Moment lang, bis Alice sagte: »Ich finde es immer noch erstaunlich, in dem Haus zu wohnen, das mal ihres war. Und deins, nehme ich an. Es war widerwärtig, was Max da getan hat. Ihr das Haus wegzukaufen, als dein Vater ins Gefängnis musste. Und zu einem solchen Spottpreis.«

»Charles hatte es verdient«, sagte ich mit einem Achselzucken. »Wenn er deine Mutter nicht verführt hätte, hätte Max sich nicht rächen wollen.«

»Meine Mutter spielt in der Geschichte gern das unschuldige Opfer«, sagte Alice. »Aber das ist natürlich Unfug. Keine Frau wird je wirklich ›verführt‹. Es ist eine gemeinsame Entscheidung von Verführer und Verführtem, und ironischerweise musste gerade die Person darunter leiden, die nichts damit zu tun hatte.«

»Maude.«

»Genau. Maude. Sie verlor ihr Zuhause. Ihren Schreibraum. Ihre Zuflucht. Wie wichtig es ist, einen Ort zu haben, an dem man sich sicher fühlt, begreift man erst, wenn man ihn verloren hat. Besonders als Frau. Und nicht lange danach ist sie gestorben.«

»Ja, aber das lag am Rauchen«, sagte ich, und die Wende, die das Gespräch nahm, begann mich leicht zu verunsichern. Die Trauer und das Mitleid, das Alice meiner Adoptivmutter entgegenbrachte, hatte ich in ähnlicher Weise während der zwanzig Jahre seit ihrem Tod nie empfunden, und das beschämte mich. »Sie ist nicht an gebrochenem Herzen oder etwas in der Art gestorben.«

»Aber geholfen hat es sicher nicht. Denkst du nicht, dass es da eine Verbindung gab? Dass der Krebs sie besiegen konnte, weil sie das alles verloren hatte?«

»Nein, ich denke, sie ist gestorben, weil sie während ihres gesamten Erwachsenenlebens vom Aufwachen morgens bis zum Einschlafen abends unablässig geraucht hat.«

»Vielleicht hast du recht«, sagte Alice in versöhnlichem Ton. »Natürlich, du kanntest sie und ich nicht. Vielleicht hast du recht«, wiederholte sie. Ein weiteres langes Schweigen folgte, und ich dachte schon, dass wir mit Maude durch wären, aber nein, eine Sache gab es noch.

»Ich habe sie einmal getroffen, weißt du?«, sagte sie. »Als Kind. Ich war fünf oder sechs, als Max mich und Julian mit an den Dartmouth Square nahm, weil er etwas mit deinem Vater zu besprechen hatte. Ich denke, es war etwa zur Zeit des Prozesses. Jedenfalls musste ich zur Toilette und ging die Treppe hoch, um eine zu suchen. Aber natürlich war das Haus so groß, und es gab so viele Etagen, dass ich mich verlief und in ihrem Arbeitszimmer landete. Erst dachte ich, es würde brennen, weil alles so voller Rauch war...«

»Ja, das war ihr Arbeitsraum«, sagte ich.

»Ich konnte kaum was erkennen. Aber nach und nach gewöhnten sich meine Augen daran, und ich sah eine Frau in einem gelben Kleid an einem Schreibtisch sitzen und mich anblicken. Sie zitterte leicht. Im Übrigen rührte sie sich nicht, sondern hob nur die Hand, zeigte in meine Richtung und sagte ein einziges Wort, es war eine Frage: *Lucy?*, und ich erstarrte, stumm vor Schreck und unsicher, was ich tun sollte. Da stand sie auf, kam langsam auf mich zu, und auch wenn sie bleich wie ein Geist war, sah sie mich an, als wäre *ich* einer, und als sie die Hand nach mit ausstreckte, war mein Entsetzen so groß, dass ich aus dem Zimmer lief, schreiend die Treppe hinunterrannte und aus dem Haus flüchtete. Ich kam erst auf der anderen Seite des Dartmouth Square wieder zum Stehen, wo ich mich hinter einem Baum versteckte und auf meinen Vater und meinen Bruder wartete. Ich bin ziemlich sicher, dass ich mir vor Angst in die Hose gemacht habe.«

Ich starrte sie an, erstaunt und erfreut. Ich hatte mich immer an das seltsame kleine Mädchen in dem hellrosa Mantel erinnert, das da durchs Haus gerannt war, als wäre der Hund von Baskerville hinter ihr her, jedoch nie herausbekommen, was sie so erschreckt hatte. Jetzt endlich wusste ich es. Es hatte etwas Tröstendes, die Geschichte damit ablegen zu können.

»Lucy war ihre Tochter«, sagte ich. »Sie muss gedacht haben, du wärest sie.«

»Ihre *Tochter*? In Mallesons Biografie ist nirgends von einer Tochter die Rede.«

»Sie ist tot zur Welt gekommen«, erklärte ich. »Maude muss eine schreckliche Schwangerschaft gehabt haben. Weshalb sie danach auch keine Kinder mehr bekommen konnte.«

»Verstehe«, sagte Alice, und ich konnte sehen, dass diese Information etwas war, das für ihre Doktorarbeit wichtig sein mochte. »Auf jeden Fall war das mein einziges Zusammentreffen mit ihr«, fuhr sie fort. »Bis ich beschloss, mich mit ihrem Werk zu beschäftigen, zwei Jahrzehnte später.«

»Sie wäre bestürzt, wenn sie davon wüsste«, sagte ich. »Sie hat jede Form von öffentlicher Aufmerksamkeit gehasst.«

»Wenn ich die Arbeit nicht schreiben würde, täte es jemand anderes«, antwortete sie mit einen Schulterzucken. »Und es wird andere geben. Sie ist einfach zu wichtig, um *nicht* über sie zu schreiben, denkst du nicht auch? Wie war sie überhaupt? Entschuldige, ich sammle hier keine Informationen für meine Arbeit. Es interessiert mich persönlich.«

»Das ist schwer zu sagen«, antwortete ich und hätte gern das Thema gewechselt. »Die ersten acht Jahre meines Lebens habe ich mit ihr verbracht, aber man hätte unsere Beziehung niemals eng nennen können. Sie wollte ein Kind, weshalb sie und Charles mich adoptierten, aber ich denke, sie wollte es genauso, wie sie einen Perserteppich wollte oder eine Lampe aus dem Versailler Schloss. Einfach, um eins zu haben, verstehst du? Sie war keine schlechte Frau, sicher nicht, aber ich kann nicht sagen, dass ich sie je richtig kennengelernt hätte. Als Charles dann ins Gefängnis kam, waren wir ein paar Monate allein zusammen, doch dann starb sie, und wir hatten nie die Gelegenheit, so miteinander zu reden, wie Eltern und Kinder das tun sollten.«

»Vermisst du sie?«, fragte Alice.

»Manchmal«, sagte ich. »Wobei ich kaum an sie denke,

wenn ich ehrlich bin. Nur wenn die Leute auf ihre Bücher zu sprechen kommen. Sie stehen mittlerweile so hoch in der allgemeinen Wertschätzung, dass mir gelegentlich Studenten schreiben, weil sie Hilfe bei ihren Arbeiten wollen.«

»Und erzählst du dann von ihr?«

»Nein. Es steht alles in den Büchern. Ich kann kaum etwas hinzufügen, was jemandem von Nutzen sein könnte.«

»Du hast recht«, sagte Alice. »Warum manche Schriftsteller das Bedürfnis haben, öffentlich über ihre Arbeit zu sprechen oder Interviews zu geben, verstehe ich nicht. Wenn du das, was du sagen wolltest, nicht auf die Seiten gebracht hast, solltest du sie noch mal überarbeiten.«

Ich lächelte. Ich war kein großer Leser, und ich wusste so gut wie nichts über moderne Literatur, aber dass es bei Alice anders war, gefiel mir. Sie war Maude ohne die Kälte.

»Schreibst du auch selbst?«, fragte ich, und sie schüttelte den Kopf.

»Nein, das könnte ich nicht«, sagte sie. »Dazu fehlt mir die Fantasie. Ich bin eine Leserin, ganz einfach, und ich frage mich, wie lange ich hier noch sitzen muss. Am liebsten würde ich nach Hause gehen und mit John McGahern ins Bett gehen. Im metaphorischen Sinn natürlich.« Sie wurde fast sofort rot und griff nach meinem Arm. »Es tut mir leid, Cyril«, sagte sie. »Das war nicht nett von mir. Ich meine nicht, dass ich nicht gern mit dir zusammen bin. Im Gegenteil.«

»Ist schon gut«, sagte ich. »Ich weiß, was du meinst.«

»Du bist so anders als Julians übrige Freunde«, sagte sie. »Die sind langweilig und vulgär, und wenn ich mit dabei bin, sagen sie Sachen, um mich zu schockieren. Sie denken, weil ich Bücher lese und eher zurückhaltend bin, muss ich kreischen, wenn sie grob werden, doch da liegen sie falsch. Ich bin nur schwer zu erschrecken.«

»Das freut mich zu hören«, sagte ich.

»Hast du mit den finnischen Zwillingen geredet?«

»Nein«, sagte ich. »Warum sollte ich? Das nächste Mal, wenn ich Julian sehe, wird es sie nicht mehr geben.«

»Stimmt. Das Leben ist zu kurz, um sich da zu bemühen. Und was ist mit dir, Cyril? Hast du dein eigenes finnisches Zwillingspärchen, das du irgendwo versteckst? Schwedinnen? Norwegerinnen? Oder einfach nur ein einzelnes Mädchen, weil du eher altmodisch bist?«

»Nein«, sagte ich und war nicht unbedingt glücklich darüber, dass sie auf mein Liebesleben zu sprechen kam, oder besser gesagt, auf mein nicht existentes Liebesleben. »Nein, ich bin in dem Bereich nicht gerade der Glücklichste, fürchte ich.«

»Das glaube ich keinen Moment lang. Du siehst gut aus und hast einen guten Job. Du müsstest jedes Mädchen bekommen können.«

Ich sah mich um. Die Musik war so laut, dass niemand mithören konnte, und etwas in mir war es plötzlich leid, immer nur mit Ausflüchten zu leben.

»Darf ich dir etwas sagen?«, fragte ich.

»Ist es was Skandalöses?«, sagte sie mit einem Lächeln.

»Ich denke schon. Es ist etwas, das ich Julian nie erzählt habe, aber irgendwie ... Ich weiß nicht, warum, aber ich habe das Gefühl, dass ich es dir anvertrauen kann.«

Ihr Gesichtsausdruck änderte sich, das Amüsement machte Neugier Platz. »Okay«, sagte sie. »Was ist es?«

»Versprichst du mir, dass du es deinem Bruder nicht erzählst?«

»Was soll sie ihrem Bruder nicht erzählen?«, fragte Julian, der in dem Moment plötzlich hinter mir auftauchte, und ich schreckte zusammen, während er sich über uns beugte und seiner Schwester einen schnellen Kuss auf die Wange gab und dann auch mir.

»Nichts«, sagte ich. Die Chance war vergeben, ich löste mich von ihm und spürte, wie mein Herzschlag dramatisch schneller wurde.

»Nein, komm schon, sag's mir!«

»Ich wollte nur sagen, dass ich dich vermissen werde, wenn du weg bist.«

»Nun, das sollte man doch meinen! Beste Freunde findet man schließlich nicht so leicht. Okay, und wer trinkt noch ein Glas?«

Alice hob ihres in seine Richtung, er lief hinüber zur Theke, und ich sah auf meine Schuhe.

»Und?«, fragte sie. »Was ist es?«

»Was ist was?«

»Du wolltest mir etwas sagen.«

Ich schüttelte den Kopf. Vielleicht bei einer anderen Gelegenheit. »Ich hab's gerade gesagt«, antwortete ich. »Dass ich ihn vermissen werde, das ist alles.«

»Was ist daran so skandalös? Ich hatte auf etwas weit Interessanteres gehofft.«

»Entschuldige«, seufzte ich. »Ich nehme an, Männer sagen so was im Allgemeinen nicht über ihre Freunde. Wir sollen uns locker geben und keine Gefühle zeigen.«

»Wer sagt das?«

»Alle«, erklärte ich ihr.

Ein paar Tage später war Julian unterwegs nach Südamerika, ich saß abends zu Hause, und das Telefon klingelte.

»Cyril Avery«, meldete ich mich, nachdem ich den Hörer abgenommen hatte.

»Oh, gut«, sagte eine Stimme. Eine weibliche Stimme. »Ich hatte gehofft, dass es die richtige Nummer ist.«

Ich runzelte die Stirn. »Mit wem spreche ich?«, fragte ich.

»Mit der Stimme deines Gewissens. Du und ich, wir müssen uns mal unterhalten. Du warst ein sehr ungehorsamer Junge, nicht wahr?«

Ich sagte nichts, sondern nahm den Hörer einen Moment lang vom Ohr und starrte ihn verwirrt an, bevor ich antwortete: »Mit wem spreche ich?«

»Das hörst du doch. Ich bin's, Alice. Alice Woodbead.«
Ich zögerte einen Moment und wusste nicht, warum um alles in der Welt sie mich anrief.
»Was gibt's?«, fragte ich und bekam plötzlich Angst. »Es ist nicht wegen Julian, oder? Ist was passiert?«
»Nein, dem geht's gut. Was sollte schon sein?«
»Ich weiß nicht. Ich bin nur überrascht, dass du anrufst, das ist alles.«
»Du meinst, du hast nicht am Telefon gesessen und darauf gewartet, dass ich anrufe?«
»Nein. Hätte ich das tun sollen?«
»Du weißt wirklich, wie man einer Frau schmeichelt, was?«
Mein Mund öffnete und schloss sich mehrmals. »Tut mir leid«, sagte ich. »Das kam wohl irgendwie falsch rüber.«
»Ich fange langsam an, mir dumm vorzukommen.«
»Nein, nein«, sagte ich schnell, und mir wurde bewusst, dass ich mich ziemlich unfreundlich verhielt. »Entschuldige, du hast mich auf dem falschen Fuß erwischt.«
»Warum, was machst du gerade?«
Nicht viel, ich sitze hier, blättere durch eine Pornozeitschrift und frage mich, ob ich mir vor dem Essen noch schnell einen herunterholen sollte. Das wäre die ehrliche Antwort gewesen.
»Ich lese *Schuld und Sühne*«, sagte ich.
»Habe ich nie gelesen, wollte ich aber immer. Ist es gut?«
»Schon in Ordnung. Wenig Schuld, aber ziemlich viel Sühne.«
»Das ist die Geschichte meines Lebens. Hör zu, Cyril, sag Nein, wenn du möchtest...«
»Nein«, sagte ich.
»Was?«
»Du hast gesagt, ich soll Nein sagen, wenn ich möchte.«
»Ja, aber lass mich doch erst meine Frage stellen. Großer Gott, du machst es einem wirklich nicht leicht.«

»Entschuldige. Was willst du mich fragen?«

»Ich hab mich gefragt...« Sie verstummte, hustete und klang mit einem Mal weniger selbstsicher. »Nun, ich habe mich gefragt, ob du vielleicht mal abends zum Essen kommen magst.«

»Zum Essen?«

»Ja, zum Essen. Du isst doch, oder?«

»Ja«, sagte ich. »Das muss ich. Sonst werde ich hungrig.«

Sie machte eine Pause. »Veralberst du mich?«

»Nein«, sagte ich. »Ich bin derartige Gespräche nur nicht gewohnt, deshalb sage ich wahrscheinlich dumme Sachen.«

»Das macht nichts. Ich rede grundsätzlich dummes Zeug. Wir haben also geklärt, dass du isst, um Hungeranfälle zu vermeiden. Würdest du mit mir essen mögen? Vielleicht an diesem Wochenende?«

»Nur wir zwei?«

»Und die anderen Leute im Restaurant. Ich koche nicht für dich, so häuslich bin ich nicht. Aber wir müssen sonst mit niemandem reden, es sei denn, wir wissen uns gegenseitig nichts mehr zu sagen.«

Ich überlegte. »Ich denke, das könnte ich machen«, sagte ich.

»Ich glaube, ich muss mich jetzt erst mal setzen«, antwortete sie. »Deine Begeisterung überwältigt mich.«

»Entschuldigung«, sagte ich wieder. »Ja. Essen. Du und ich. In einem Restaurant. An diesem Wochenende. Das klingt gut.«

»Ausgezeichnet, und ich werde nicht so tun, als wäre die Verabredung mühsamer gewesen, als dir einen Zahn zu ziehen, und freue mich darauf. Ich lasse dich rechtzeitig vor Samstag wissen, wo und wann. In Ordnung?«

»In Ordnung.«

»Bis dann, Cyril.«

»Bis dann, Alice.«

Ich legte auf und sah mich um, unsicher, was ich empfinden sollte. War das ein Rendezvous? Lud sie mich zu einem Rendezvous ein? Durften Frauen das überhaupt? Ich schüttelte den Kopf und ging zurück in mein Zimmer. Ich hatte keine Lust mehr, mir einen herunterzuholen. Und auch keinen Hunger mehr.

Ein paar Tage später dann saß ich Julians Schwester in einem Restaurant gegenüber, wir redeten Belangloses, und schließlich streckte sie die Hand aus, legte sie auf meine und sah mir direkt in die Augen.

»Darf ich dir offen etwas sagen, Cyril?«, fragte sie, und der Geruch ihres Lavendelparfüms gab der Luft eine angenehme Note.

»Klar«, sagte ich nervös und wusste nicht, worauf sie hinauswollte.

»Bei Julians Abschiedsparty, da habe ich eine starke Verbindung zu dir gespürt und gehofft, du würdest anrufen. Ehrlich gesagt, habe ich dich früher schon gemocht, wenn wir uns gesehen haben, aber natürlich war ich da mit Fergus zusammen. Aber dann hast du nicht angerufen, und deshalb habe ich mich gemeldet. Es gehört sich nicht, ich weiß. Auf jeden Fall weiß ich nicht, ob du eine Freundin hast, wobei ich annehme, wahrscheinlich nicht, sonst wärst du heute wohl nicht hier, aber wenn du eine hast oder dich wirklich nicht für mich interessierst, könntest du es mir dann bitte sagen, weil ich keine Missverständnisse zwischen uns möchte? Nicht nach allem, was ich bereits durchgemacht habe. Ich mag dich ziemlich, verstehst du.«

Ich blickte auf meinen Teller und atmete tief durch. Mir war sofort klar, dass dies einer der entscheidenden Momente meines Lebens war. Ich konnte ihr die Wahrheit sagen, wie ich es in der Woche zuvor eigentlich gewollt hatte, konnte mich ihr anvertrauen und um ihre Freundschaft bitten. Tat ich es, standen die Chancen nicht schlecht, dass sie mir ein besserer Freund sein würde, als es ihr Bruder je gewesen war. Aber in diesem Moment fehlte mir der Mut, ehrlich zu sein. Ich fühlte mich einfach nicht so weit, und ein paarmal miteinander auszugehen, würde niemandem wehtun. Ich war gern mit ihr zusammen, und es war ja nicht so, als wollten wir gleich heiraten oder so.

»Nein, ich habe keine Freundin«, sagte ich, sah sie an und musste lächeln. »Und natürlich bin ich an dir interessiert. Welcher normale Mann wäre das nicht?«

Acht Worte

Ich stelle mir vor, dass alle am Tisch annahmen, ich wäre noch Jungfrau, wobei es tatsächlich wohl eher so aussah, dass ich mehr sexuelle Begegnungen gehabt hatte als jeder Einzelne von ihnen, selbst Julian, wenn auch unter weit weniger romantischen Umständen. Dennoch hatten sie Dinge erlebt, die mir völlig unbekannt waren, Genüsse, die, da war ich sicher, intensiver waren als die flüchtige Erregung eines schnell vergessenen Höhepunkts.

Ich hatte zum Beispiel keinerlei Erfahrung mit Vorspiel und Verführung und wie es sich anfühlen mochte, einen Fremden in einer Kneipe kennenzulernen und ihn mit der Möglichkeit im Kopf in ein Gespräch zu verwickeln, dass sich etwas Interessantes entwickeln könnte. Wenn ich nicht innerhalb von zehn Minuten mit einem Mann so weit war, passierte nichts mehr, und meine pawlowsche Reaktion auf einen Orgasmus war, die Hose hochzuziehen und davonzulaufen. Ich hatte es noch nie tagsüber gemacht, Sex war eine schändliche Aktivität für mich, zu der es hastig, versteckt und in der Dunkelheit kam. Ich verband Geschlechtsverkehr mit Nachtluft, draußen, das Hemd noch an, die Hose auf den Füßen. Ich kannte das Gefühl von Baumrinde, die sich in meine Hände drückte, während ich jemanden im Park vögelte, kannte den Geruch von Harz an meinem Gesicht, während sich ein Fremder von hinten gegen mich drückte. Sex wurde nicht von lustvollen Seufzern begleitet, sondern vom Rascheln der Nager im Dickicht und von nahem Autolärm, gar nicht zu reden von der Angst, dass sich das gnadenlose Heulen der Garda-Sirenen daruntermischte, die von einem traumatisierten Spaziergänger gerufen worden waren, der gerade seinen Hund ausführte. Ich hatte keine Vorstellung davon, wie es war, einen Geliebten in den Armen zu halten, Worte der Zuneigung und Zärtlichkeiten mit ihm auszutauschen und sanft und sorglos in den Schlaf zu fallen. Ich war nie mit jemandem aufgewacht und hatte mein hartnäckiges Morgenverlangen mit einem sich zu mir bekennenden Partner befriedigen können. Ich hatte mehr Sexualpartner gehabt als alle, die ich kannte, doch der Unterschied zwischen Sex und Liebe ließ sich für mich in acht Worten zusammenfassen:

Ich liebe Julian. Ich treibe es mit Fremden.

Und so fragte ich mich, was sie mehr überrascht hätte: das alles zu erfahren oder zu hören, dass ich, tatsächlich, mit einer Frau geschlafen hatte. Nur einmal, zugegeben, aber zu dem außergewöhnlichen Ereignis war es drei Wochen zuvor gekommen, als Alice zu meiner Überraschung darauf bestand, dass wir miteinander ins Bett gingen, und ich ihr, was noch überraschender war, zustimmte.

Während der achtzehn Monate, die wir zusammen waren, hatte ich alle körperliche Intimität vermeiden können und war ausnahmsweise einmal dankbar, in Irland zu leben, einem Land, in dem ein Homosexueller, wie ein Priesterseminarist, seine sexuellen Vorlieben unter dem düsteren Gewand des katholischen Glaubens verbergen konnte. Wir schrieben das Jahr 1973, und Alice und ich waren Kinder unserer Zeit, die vor dem Thema Sexualität zurückschreckten – und wenn nicht, gaben wir Julian die Schuld.

»Er steigt ständig mit anderen ins Bett«, schimpfte ich ein paar Wochen vor unserer Hochzeit. Wir saßen im Doyle's am College Green und waren beide leicht erregt von zwei Stunden *Der Clou* mit Robert Redford und Paul Newman in T-Shirt, Frack und mit pomadisierten Haaren. Ich war in einer dieser Stimmungen, da mich mein Groll über seine unbeirrbar heterosexuelle Potenz dazu verleitete, ihn herabzusetzen. »Im Prinzip schläft er, mit wem er will, was ziemlich ekelhaft ist, wenn man es recht überlegt. Aber macht es ihn glücklich?«

»Willst du mich verulken, Cyril?«, antwortete Alice, die über die Absurdität meiner Frage nur lachen konnte. »Es ist wie ein Rausch für ihn. Wäre es das für dich nicht?«

Ich wusste, sie machte Spaß, trotzdem lachte ich nicht. Sex und das Reden darüber drückten sich wie scheue, nervöse Gäste einer Party an den Rändern unseres Lebens herum. Es war offensichtlich, dass einer von uns früher oder später in den sauren Apfel beißen, hinübergehen und Hallo sagen musste. Ich selbst wollte das allerdings nicht unbedingt sein.

»Habe ich erzählt«, sagte sie, ohne mich dabei anzusehen, »dass Max und Samantha nächstes Wochenende nach London fahren?«

»Nein«, sagte ich. Samantha war Max' zweite Frau. Ähnlich wie mein eigener Adoptivvater, der sich in dem Jahr mit einer Frau verlobte, die, wenn auch nur kurz, die vierte Mrs Avery werden sollte, hatte sich Alices Vater in England wegen unangemessenen Verhaltens von Elizabeth scheiden lassen. Der Fairness halber sollte gesagt werden, dass er sein *eigenes* Verhalten als unangemessen bezeichnet hatte, nicht ihres – das einzig Unangemessene, das ihr neben ihrer kurzen Affäre mit Charles anzukreiden war, lag darin, so lange bei diesem Dreckskerl geblieben zu sein. Kurz nach dem vorläufigen Scheidungsurteil hatte Max eine angehende Schauspielerin geheiratet, die eine verblüffende und tief verstörende Ähnlichkeit mit Alice besaß. Das Thema war ein absolutes Tabu, obwohl ich oft versucht war, Julian zu fragen, ob ihm die Ähnlichkeit aufgefallen sei und was er davon halte.

»Wir sollten auch mal nach London fahren«, sagte sie.

»Ich denke, wir können uns noch auf viele Urlaube freuen, wenn wir erst mal verheiratet sind«, sagte ich. »Wir könnten nach Spanien fahren. Spanien ist sehr beliebt. Oder nach Portugal.«

»Nach Portugal?«, sagte sie und hob mit gespielter Begeisterung eine Augenbraue. »Denkst du wirklich? Ich habe mich nie als jemanden gesehen, der erwachsen werden und nach Portugal reisen könnte!«

»Also gut, dann nach Amerika«, sagte ich lachend. »Oder Australien. Alles ist möglich. Wir müssen ewig lange sparen, wenn wir so weit weg wollen, aber ...«

»Es ist kaum zu glauben, dass ich sechsundzwanzig und noch nie aus Irland hinausgekommen bin.«

»Ich bin achtundzwanzig«, stellte ich fest, »und war auch noch nirgends. Was haben die beiden in London überhaupt vor?«

»Oh, Samantha trifft sich mit Ken Russell.«

»Wer ist Ken Russell?«

»Der Filmregisseur. Du weißt schon, *Die Teufel*, *Liebende Frauen*. Oliver Reed und Alan Bates ringen miteinander und lassen ihre Dinger sehen.«

»Oh ja«, sagte ich. »Ein Softporno, oder?«

»Ich denke, das hängt vom Alter ab«, sagte sie. »Für die Generation unserer Eltern ja, wahrscheinlich schon. Für uns ist das Filmkunst.«

»Ich frage mich, wie unsere Kinder es nennen werden«, sagte ich. »Drollig und schrecklich angestaubt, nehme ich an.«

»Kinder?«, sagte sie und sah mich hoffnungsvoll an. »Komisch, dass wir noch nie über Kinder gesprochen haben. Wenn man bedenkt, dass wir in ein paar Wochen heiraten werden.«

»Ja, das stimmt«, sagte ich, und mir wurde bewusst, dass ich noch nie im Leben darüber nachgedacht hatte, wie es sein würde, Vater zu sein. Ich hielt inne, überlegte und stellte fest, dass mir die Vorstellung ziemlich gefiel. Vielleicht hatte ich mir bisher nur nie erlaubt, darüber nachzudenken, weil ich wusste, wie unmöglich es sein würde.

»Hättest du gern eine Familie, Cyril?«, fragte Alice.

»Nun, ja«, sagte ich. »Ja, ich glaube, wahrscheinlich schon. Ich hätte gern eine Tochter. Oder viele Töchter.«

»Wie ein Gentleman aus einem Jane-Austen-Roman. Du könntest jeder von ihnen nach deinem Tod tausend Pfund und hundert Morgen in Hertfordshire hinterlassen.«

»Und wenn sie darum streiten, besteht ihre Strafe in einem Nachmittag mit der örtlichen Miss Bates.«

»Ich glaube, ich hätte lieber einen Sohn«, sagte Alice und wandte den Blick ab. Ich sah, wie er hinüber zu einem unglaublich gut aussehenden jungen Mann glitt, der in diesem Moment in den Pub kam. Sie musterte seinen Körper, während er sich an die Theke lehnte, die Bierhähne betrachtete und seine Wahl traf. Plötzlich schluckte sie, und zum ersten Mal sah ich wirkliche Lust in ihren Augen. Ich nahm es ihr nicht übel – ich selbst wäre über die Leichen meiner engsten Freunde gestiegen, um an den Burschen heranzukommen. Das Lächeln, mit dem sie zurück zu mir sah, war voller Resignation, weil sie *jenes* wollte, sich aber für *dieses* entschieden hatte, und *dieses* hatte sich in dem Bereich, auf den es wirklich ankam, noch nicht wirklich bezahlt gemacht. Ein Schuldgefühl erfasste mich, und ich wusste nichts zu sagen. Mit einem Schlag kamen mir die Austen-Witze absurd und peinlich vor.

»Worüber haben wir gerade geredet?«, fragte sie endlich und hatte nicht nur den Faden verloren, sondern jedwede Art von Orientierung. Sie war in einen Abgrund gestürzt und hatte den Abend mit sich gerissen.

»Über Kinder«, sagte ich, »und dass du einen kleinen Jungen möchtest und ich ein Mädchen.«

Ich mochte ja nicht viel über Schwangerschaften wissen, aber mir war durchaus klar, dass man keinen Sohn oder eine Tochter bekommen konnte, ohne es vorher zu tun. Der Priester in der Schule hatte einmal etwas gemurmelt wie, wenn Mammy und Daddy sich sehr, sehr liebten, würden sie sich nahe zueinanderlegen, und der Heilige Geist käme auf sie herab und schüfe das Wunder eines neuen Lebens. (Charles hatte es beim Versuch eines Mann-zu-Mann-Gespräches mit mir ziemlich anders erklärt. »Zieh ihr die Montur aus«, hatte er gesagt, »und spiel ein bisschen mit ihren Titten herum, weil die Frauen das mögen. Dann steck deinen Schwanz in ihre Muschi und rammel ein paarmal vor und zurück. Halt dich nicht zu lange darin auf, eine Muschi ist kein verdammter Bahnhof. Tu, was du zu tun hast, und weiter im Text.« Kein Wunder, dass er so viele Frauen verschliss, der alte Romantiker.)

Ich versuchte mir vorzustellen, wie es sein würde, Alice auszuziehen, und sie würde mich ausziehen, und wir würden gemeinsam im Bett liegen, nackt. Und sie sah meinen Penis an, streichelte ihn, lutschte daran und steckte ihn in sich hinein.

»Was ist?«, fragte Alice.

»Nichts, warum?«

»Du verfärbst dich komisch. Du siehst als, als müsstest du dich gleich übergeben.«

»Wirklich?«

»Ernsthaft, Cyril. Du bist praktisch grün.«

»Mir wird, wo du es so sagst, tatsächlich ein bisschen schwindelig«, sagte ich und griff nach meinem Glas.

»Dann solltest du kein Bier trinken. Möchtest du etwas Wasser?«

»Ja, ich hole mir ein Glas.«

»Nein«, sie schrie praktisch, sprang auf und stieß mich auf meinen Stuhl zurück. »Nein, ich mach das schon.«

Sie ging hinüber zur Theke, und ich folgte ihr mit meinem Blick und fragte mich, warum sie so unbedingt das Wasser holen wollte, und dann sah ich, dass der junge Kerl dort noch immer stand, sie neben ihn trat und ihm versteckte Blicke zuwarf. Der Barmann hatte zu tun, und sie standen geduldig da, Seite an Seite. Es dauerte einen Moment, dann beugte er sich zu ihr hin und sagte etwas, und sie gab ihm eine schnelle Antwort. Was immer sie sagte, ließ ihn in Lachen ausbrechen, und ich wusste, dass nicht nur er in ihre Richtung geflirtet hatte. Alice war nicht auf den Mund gefallen, sie hatte Witz, das war eines der Dinge, die ich am meisten an ihr liebte.

Ja, ich *liebte* sie. Auf meine Weise. Auf meine eigene selbstbezogene, feige Weise.

Ich sah, wie sie sich unterhielten, und dann kam der Barmann, nahm ihre Bestellungen auf, und sie redeten über etwas anderes. Er musste sie gefragt haben, ob sie allein da sei, denn sie schüttelte den Kopf und nickte in meine Richtung, und als er mich da sitzen sah, wie ich darauf wartete, dass sie zurückkam, wirkte er enttäuscht. Ich konnte sein Gesicht erkennen, als er sich Alice erneut zuwandte. Die beiden waren so in sich versunken, dass sie nichts sonst um sich herum wahrnahmen. Der junge Mann sah nicht nur gut aus, sondern es lag auch Wärme und Herzlichkeit in seinem Ausdruck. Ich wusste nichts von ihm, nahm aber an, dass er die Frau, die er liebte, zärtlich und sanft behandeln würde. Einen Augenblick später kam sie mit meinem Wasser zurück, setzte sich, und ich tat, als hätte ich nichts von dem kurzen Intermezzo mitbekommen.

»Es gibt da etwas, worüber ich mit dir sprechen möchte«, sagte sie plötzlich und wirkte ein wenig gereizt. Ihre Wangen waren leicht gerötet. »Und ich spucke es jetzt einfach aus, weil es nicht so aussieht, als würdest du die Sache in die

Hand nehmen, egal, wie viele Hinweise ich fallen lasse. Ich habe dir erzählt, dass Max und Samantha nach London fahren, weil das Haus dann leer ist. Ich denke, du solltest mich besuchen kommen, Cyril. Komm zum Essen, wir trinken ein paar Gläser von Max' bestem Wein und, du weißt schon, gehen zusammen ins Bett.«

Ich sagte nichts, spürte aber eine Schwere an meinem Körper zerren, als wäre ich in die Hände der guten Bürger Amsterdams geraten, die verurteilten Homosexuellen, wir sprechen vom siebzehnten Jahrhundert, Mühlsteine um den Hals gebunden, sie in einen der Kanäle geworfen und ertränkt hatten.

»Okay«, sagte ich. »Verstehe. Interessante Idee.«

»Hör zu, ich weiß, wie religiös du bist«, sagte sie. »Aber wir werden schließlich bald heiraten.«

Natürlich war ich überhaupt nicht religiös. Religion war mir egal, und abgesehen davon, dass ich mir vorstellte, »Jesus mit langem Haar und Bart« müsste eine ziemlich heiße Erscheinung sein, dachte ich nie an ein Leben nach dem Tod und interessierte mich auch nicht dafür, wie wir geschaffen worden waren. Das war eine der Betrügereien, die ich, seit Alice und ich miteinander ausgingen, als Entschuldigung benutzt hatte, um dem Sprung in ihr Bett zu entgehen. Der Nachteil war, dass ich, um glaubwürdig zu erscheinen, jeden Sonntag in die Messe musste, und da ich Angst hatte, dass sie die Mary-Margaret geben und mir heimlich folgen könnte (so unwahrscheinlich es angesichts ihres so anderen Naturells sein mochte, die Möglichkeit bestand), begab ich mich tatsächlich jeden Sonntag um halb zwölf in die Kirche an der Westland Row, in der ich vierzehn Jahre zuvor durch die Beichte meiner Perversionen einen Priester getötet hatte. Verständlicherweise setzte ich mich nie auf *die* Seite der Kirche. Einmal hatte ich es getan, und mein Blick war auf die gesprungene Fliese gefallen, die man nach seinem Sturz nicht ersetzt hatte. Der Anblick ließ mich immer noch erschaudern. Stattdessen blieb ich weiter hinten und machte ein kleines Nickerchen, bis mir einmal eine alte Frau auf den Arm boxte und mich ansah, als wäre allein ich für den Niedergang der westlichen Zivilisation verantwortlich.

»Ich weiß nicht«, sagte ich nach einer längeren Pause. »Ich möchte schon, wirklich. Aber du weißt, was der Papst sagt...«

»Mir ist egal, was er sagt«, fuhr Alice auf. »Den Papst will ich ja nicht vögeln.«

»Jesus Christus, Alice!«, sagte ich und musste kichern. So wenig religiös ich tatsächlich war, das klang ein wenig ketzerisch, selbst für mich.

»Nein, den auch nicht. Hör zu, Cyril. Nennen wir das Kind beim Namen. Wir heiraten bald, und wenn alles gut geht, werden wir für die nächsten fünfzig Jahre oder so eine sehr glückliche, sehr erfolgreiche Ehe führen. Jedenfalls möchte ich das gern, du nicht auch?«

»Ja, sicher«, sagte ich.

»Weil«, fügte sie hinzu und senkte ihre Stimme etwas, »wenn du Zweifel hast, irgendwelche Zweifel, ist immer noch Zeit, es zu sagen.«

»Aber ich habe keine Zweifel, Alice«, sagte ich.

»Das Letzte, was ich brauche, ist ein weiterer Anruf, wenn ich bereits mein Kleid anhabe. Das verstehst du doch, Cyril? Ich weiß nicht, wie ich überlebt habe, was Fergus mir angetan hat, und ich sage dir jetzt, dass ich das nicht noch einmal überstehe. Das wäre mein Ende.«

Ich starrte sie an und wusste nicht, woher das alles plötzlich kam. Hatte sich das schon seit Längerem in ihr zusammengebraut? Hatte sie einen *Verdacht*? Ich sah, wie der gut aussehende junge Bursche an der Theke sein Glas austrank und nach seiner Jacke griff.

Jetzt hast du die Möglichkeit, dachte ich. Sag ihr die Wahrheit. Vertraue darauf, dass sie es versteht, dir deine Betrügerei vergibt, dein Freund bleibt, dir hilft und dich immer

noch liebt. Und dann sag ihr, wir können ein andermal darüber reden, aber jetzt in diesem Moment musst du hinüber zur Theke und dem Mann deine Telefonnummer geben, bevor es zu spät ist.
»Cyril?«, sagte Alice und klang mit einem Mal besorgt.
»Was ist?«
»Nichts«, sagte ich. »Warum?«
»Du weinst.«
»Ich weine doch nicht«, sagte ich, aber als ich mir mit einer Hand über die Wangen fuhr, waren sie zu meiner Überraschung nass. Tränen rannen über mein Gesicht. Ich hatte es nicht gemerkt, wischte sie weg und versuchte, mich zusammenzunehmen.
»Alice«, sagte ich und sah sie intensiver an, als ich je in meinem Leben einen Menschen angesehen hatte, beugte mich vor und nahm ihre Hand.
»Warum hast du geweint?«
»Hab ich nicht.«
»Doch, hast du!«
»Ich weiß es nicht. Ich muss erkältet sein, Alice...«
»Was ist es?«, fragte sie nervös. »Sag es mir, Cyril. Was immer es ist, sag es mir. Ich verspreche, es ist okay.«
»Wäre es das wirklich?«
»Jetzt machst du mir Angst.«
»Entschuldige, Alice. Es ist alles meine Schuld.«
»Was ist deine Schuld? Cyril, was hast du getan?«
»Es ist das, was ich nicht getan habe. Was ich nicht gesagt habe.«
»Warum, was hast du nicht gesagt? Cyril, du kannst mir alles sagen, ich verspreche es. Du siehst so unglücklich aus. Nichts kann so schlimm sein, oder?«
Ich sah auf den Tisch, und sie setzte nicht weiter nach. Sie wartete darauf, dass ich etwas sagte. »Wenn ich es dir erzähle«, begann ich endlich, »wirst du mich hassen, und ich will nicht, dass du mich hasst.«

»Aber ich könnte dich niemals hassen. Ich liebe dich.«

»Ich habe einen schrecklichen Fehler gemacht«, sagte ich.

Sie setzte sich gerade hin, und ihre Miene verdunkelte sich. »Gibt es jemand anders?«, fragte sie. »War da was mit jemand anderem?«

»Nein«, sagte ich, obwohl es so war, nur eben nicht öffentlich. »Das ist es nicht.«

»Was dann? Himmel, Cyril, sag's mir einfach!«

»Also gut«, sagte ich. »Die Sache ist die: Schon als Junge...«

»Ja.«

»Schon als Junge wusste ich...«

»Entschuldigung.«

Wir sahen beide auf, und vor uns stand der junge Mann von der Theke. Ich hatte gedacht, er wäre gegangen, aber da stand er, mit einem breiten Grinsen auf dem Gesicht, und wirkte kaum verlegen.

»Es tut mir leid, wenn ich euch unterbreche«, sagte er.

»Was?«, fragte Alice und sah ihn genervt an. »Was ist?«

»Es ist nur... Hör zu, normalerweise mache ich das nicht«, sagte er. »Aber ich dachte, dass da eben zwischen uns was gefunkt hat, und da hab ich mir überlegt, ob du mir nicht deine Telefonnummer geben magst, das ist alles. Wenn's dir nichts ausmacht. Vielleicht könnte ich dich abends mal einladen.«

Sie starrte ihn ungläubig an. »Willst du mich auf den Arm nehmen?«

»Nein«, sagte er und runzelte die Stirn. »Entschuldige, habe ich das falsch verstanden? Es schien nur so, als ob...«

»Ich sitze hier mit meinem Verlobten«, sagte sie und wandte sich mir zu. »Kannst du das nicht sehen? Machst du das öfter, Frauen einladen, wenn sie mit ihren Verlobten zusammensitzen? Für wen hältst du dich?«

»Oh«, sagte er und sah mich erschrocken an. »Das tut

mir schrecklich leid. Ich hatte nicht gedacht ... Ehrlich, ich hatte angenommen, ihr wärt Geschwister.«

»Warum um alles in der Welt sollten wir das sein?«, fragte Alice.

»Ich weiß nicht«, sagte er und war jetzt komplett aus der Fassung. »Irgendwas an der Art, wie ihr da sitzt. Wie ihr euch anseht. Ich hab nicht gedacht, dass ihr *so* zusammen seid.«

»Nun, das sind wir aber, und es ist ziemlich rüpelhaft, etwas anderes zu behaupten.«

»Ja«, sagte er. »Tut mir leid. Ich entschuldige mich bei euch beiden.«

Damit drehte er sich um, ging hinaus, und Alice sah ihm kopfschüttelnd hinterher. Lass ihn nicht gehen, hätte ich sagen sollen. Lauf ihm nach, bevor er für immer verschwindet.

»Kannst man so was glauben?«, sagte sie und sah mich an.

»Er hat einen Fehler gemacht«, sagte ich. »Er hat es nicht böse gemeint.«

»Ich bin überrascht, dass du ihm nicht eins verpasst hast.«

Ich starrte sie an. »Hättest du das gewollt? Ich bin nicht unbedingt der Schlägertyp.«

»Nein, natürlich nicht. Nur ... oh, ich weiß auch nicht, was ich rede. Dieser Abend läuft völlig schief. Aber vergessen wir das alles, und jetzt sag mir endlich, was du mir sagen wolltest.«

»Ich kann mich nicht mal mehr richtig erinnern«, log ich und wünschte, ich hätte einfach gehen können.

»Natürlich kannst du das. Du sagtest, schon als kleiner Junge ...«

»Schon als kleiner Junge war ich nicht sicher, ob ich jemals jemanden glücklich machen könnte«, sagte ich schnell, um die Sache abzutun. »Das ist alles. Es klingt blöde, okay? Können wir es bitte dabei belassen?«

»Aber du machst mich ständig glücklich«, sagte sie.
»Tu ich das?«
»Sonst würde ich dich nicht heiraten.«
»Verstehe«, sagte ich.
»Aber hör zu. Wo wir schon ehrlich miteinander sind, es gibt da auch etwas, das ich dir sagen will. Und ich spuck's jetzt einfach aus, okay?«
»Okay«, sagte ich und fühlte mich fürchterlich elend.
»Die Sache ist, ich denke, wir sollten miteinander schlafen. *Bevor* wir heiraten. Nur um sicher zu sein.«
»Sicher in welcher Hinsicht?«
»Darf ich dich was fragen?«, sagte sie.
»Du darfst mich alles fragen.«
»Wirst du mir die Wahrheit sagen?«
Ich fragte mich, ob sie mein Zögern bemerkte. »Sicher«, sagte ich.
»Hast du je mit einer Frau geschlafen, Cyril?«
Ich wusste, dass ich wenigstens bei dieser Frage ehrlich sein konnte.
»Nein«, sagte ich, sah auf den Tisch und rieb mit dem Daumen über einen unsichtbaren Fleck im Holz. »Nein, das habe ich nicht.«
»Das hatte ich mir schon gedacht«, sagte sie, und es lag so etwas wie Erleichterung in ihrem Ton. »Ich war so gut wie sicher, dass du noch mit niemandem geschlafen hast. Das ist die Kirche, siehst du. Die hat euch Jungs alle verkorkst. Julian nicht, Julian ist anders. Obwohl ich annehme, dass er seine eigenen Probleme hat bei seinem ständigen Bedürfnis nach Bestätigung. Sie haben euch glauben gemacht, Sex sei etwas Schmutziges, was nicht stimmt. Es ist etwas ganz Natürliches, ein Teil unseres Lebens. Ohne gäbe es uns alle nicht, und es kann wunderschön sein, wenn man's richtig macht. Und selbst nicht ganz richtig gemacht, ist es immer noch besser, als einen rostigen Nagel ins Auge zu bekommen. Oh, ich will damit nicht sagen, dass es alle stän-

dig und überall miteinander machen sollten, so wie Julian, aber wenn du jemanden wirklich magst...«

»Ich nehme an, das heißt, dass *du* schon mal mit jemandem geschlafen hast«, sagte ich.

»Das habe ich, ja«, sagte sie, »und ich schäme mich nicht, es zuzugeben. Das ist doch kein Problem? Du wirst mich doch deswegen nicht verurteilen?«

»Nein, bestimmt nicht«, sagte ich. »Es ist mir gleich, wie sorglos sich manche Leute auf ewig ins Feuer der Hölle stürzen.«

»*Was?*«

»Ich mache nur Spaß.«

»Das hoffe ich doch.«

»Aber gab es viele?«, fragte ich neugierig.

»Macht das etwas?«

»Wohl eher nicht. Wissen würde ich es trotzdem gern.«

»Drücken wir es so aus«, sagte sie. »Mehr als bei der Queen. Weniger als bei Elizabeth Taylor.«

»Wie viele?«, fragte ich noch einmal.

»Willst du das wirklich wissen, oder gibst du jetzt den Perversen?«

»Ein bisschen von beidem.«

»Drei, wenn es dir denn so wichtig ist«, sagte sie. »Mein Erster war ein Freund von Julian, als ich achtzehn war. Mein Zweiter...«

»Ein Freund von Julian?«, unterbrach ich sie. »Wer?«

»Vielleicht sollte ich das nicht sagen. Ich nehme an, er könnte auch ein Freund von dir gewesen sein.«

»*Wer?*«, wiederholte ich.

»An seinen Nachnamen erinnere ich mich nicht«, sagte sie. »Ich hatte ihn zufällig kennengelernt, abends mit Julian, direkt nachdem wir die Abschlussnoten bekommen hatten. Es war eine Party bei jemandem zu Hause. Er hieß Jasper, und er spielte Akkordeon. Natürlich sollte niemand öffentlich Akkordeon spielen, man sollte dafür auf eine Insel verbannt werden, aber wie sich herausstellte, spielte er ziemlich gut. Ich weiß noch, wie ich dachte, dass er sehr sexy Finger hatte.«

»*Doch nicht Jasper Timson!*«, sagte ich und beugte mich erschrocken vor.

»Genau der!«, sagte sie und klatschte erfreut in die Hände. »Ein Volltreffer! Oh, ich nehme an, das heißt, du kennst ihn tatsächlich.«

»Natürlich kenne ich ihn«, sagte ich. »Wir sind zusammen zur Schule gegangen. Willst du ernsthaft sagen, dass Jasper Timson dich entjungfert hat?«

»Nun ja«, sagte sie mit einem Achselzucken. »Irgendwer musste es schließlich machen, oder? Und er war so süß. Und sah gut aus. Und er war *da*, was damals irgendwie schon genug für mich war. Hör zu, Cyril, du hast gesagt, es macht dir nichts.«

»Tut es auch nicht. Du weißt, dass er heute in Toronto lebt, mit seinem ...«, ich machte eine Pause und schrieb mit den Fingern An- und Abführungszeichen in die Luft, »seinem *Freund*.«

»Ja, Julian hat es mir erzählt«, sagte Alice, lehnte sich zurück und kicherte leise.

»Den hat er auch mal zu küssen versucht.« Ich hatte Mühe, nicht laut loszulachen.

»Hat er? Das überrascht mich nicht. Das würde es eher, wenn er es *nicht* versucht hätte. Jedenfalls wusste ich damals schon, dass er homosexuell war. Er hatte mir anvertraut, dass er selbst den Verdacht hätte, sich aber nicht sicher sei. Nun ja, wir waren beide jung, wir mochten uns, und ich wollte lieber heute als morgen meine Jungfräulichkeit loswerden, also habe ich vorgeschlagen, wir sollten es mal probieren.«

»Und was hat er dazu gesagt?«, fragte ich staunend.

»Oh, er war gleich mit dabei, und wir sind ins Bett gehüpft. Und es war schön. Wir bekamen beide, was wir wollten. Ich wurde entjungfert, und er fand heraus, dass er definitiv an Sex interessiert war. Allerdings nicht mit einer Frau. Wir schüttelten uns die Hände und gingen unserer Wege, im metaphorischen Sinn. Wir haben uns nicht wirklich die Hände geschüttelt. Ich meine, vielleicht schon, aber ich kann es mir heute nicht mehr vorstellen. Wahrscheinlich haben wir uns auf die Wangen geküsst. Ich denke, das war ihm lieber als die Stelle, an der er mich vorher geküsst hatte. Auf jeden Fall«, fuhr sie fort und klang, als wollte sie das Thema möglichst schnell beenden, »kam nach Jasper noch ein Junge, mit dem ich ein paar Monate ging, ein angehender Schauspieler, der ganz eindeutig nicht schwul war, es sei denn, er bestrafte sich damit, dass er versuchte, mit praktisch jeder Frau in Dublin ins Bett zu gehen. Und dann natürlich noch Fergus.«

»Natürlich«, sagte ich. »Der gute alte Fergus.«

»Wir sind nur auf dieses Thema gekommen«, sagte Alice, »weil ich gesagt habe, dass wir miteinander schlafen sollten, wenn Max und Samantha in London sind.«

»Gütiger Himmel, du bist wirklich scharf drauf, oder?«, sagte ich.

»Halt den Mund, Cyril«, sagte sie und schlug mir auf die Hand. »Du machst dich über mich lustig. Aber was meinst du selbst?«

»In welchem Zimmer schläfst du?«

»Was?«

»Am Dartmouth Square. Vergiss nicht, dass ich da aufgewachsen bin.«

»Oh ja, natürlich. Also, mein Zimmer ist im zweiten Stock.«

»Julian meinte, du hättest mein altes Zimmer. Ganz oben.«

»Ich bin eins tiefer gezogen. Die Stufen!«

»Also da nicht«, sagte ich schnell. »Das war Maudes Zimmer. Das wäre... Da könnte ich es nicht. Wirklich nicht.«

»Gut. Wir können auch nach ganz oben gehen, wenn dir das lieber ist. In dein altes Zimmer. Wie klingt das?«

Ich überlegte und nickte widerwillig. »Also gut«, sagte ich. »Ja, gut, wenn es so wichtig für dich ist.«

»Es sollte uns *beiden* wichtig sein.«

»Das ist es ja«, sagte ich, setzte mich aufrecht und dachte: Verdammt, wenn Jasper Timson – der insofern noch schwuler war als ich, als dass er mit einem *Freund* zusammenlebte – es konnte, dann konnte ich es auch. »Ich bin dabei. Ich meine, mit drin. Nein, das klingt alles falsch, ich meine ...«

»Entspann dich, Cyril. Ist schon gut. Sagen wir am Samstag? So gegen sieben.«

»Samstag«, stimmte ich ihr zu. »So gegen sieben.«

»Nimm ein Bad, bevor du kommst.«

»Klar bade ich vorher«, fuhr ich auf. »Wofür hältst du mich?«

»Manchmal tun Männer das nicht.«

»Bade *du*«, sagte ich. »Denk dran, ich weiß, wo du warst.«

Sie lächelte. »Ich wusste, dass du es wollen würdest, wenn du siehst, wie wichtig es mir ist. Das mag ich so an dir, Cyril. Du bist nicht wie die anderen. Du achtest auf meine Gefühle.«

»Nun ja ...«, sagte ich, und mir war klar, dass die kommenden Tage lang für mich werden würden.

Für den Rest der Woche ließ ich die Hände von mir und hielt mich von den Seitenstraßen und Parks fern, in denen ich sonst regelmäßig nachts auf die Pirsch ging. Wenn der große Moment kam, wollte ich so scharf wie nur möglich sein. Ich versuchte, den Gedanken aus meinem Kopf zu vertreiben, dass, was immer am Samstag passieren würde – selbst wenn es wirklich gut ging – trotzdem immer noch fünfzig Ehejahre vor uns lagen. In meiner Dummheit sagte ich mir, dass ich mich mit diesem Problem noch befassen könnte, wenn die Zeit kam.

Und wie sich herausstellte, ging es am Samstagabend besser, als ich es je erwartet hätte. Ich empfand eine aufrichtige Wärme für sie, eine Zuneigung, die ans Romantische, wenn auch nicht unbedingt Sexuelle grenzte, und ich hatte oft schon die langen Küsse und Knutschereien genossen, in die wir gelegentlich verfielen. Ich bestand natürlich darauf, das Licht auszumachen, weil ich ihren Körper zuerst erfühlen wollte, bevor ich mit seiner Realität konfrontiert wurde, und wenn er auch nicht so war, wie ich es mir wünschte, dazu war er zu weich und nicht so muskulös und hart, wie ich es mochte, die Haut zarter, als ich es mir je hätte vorstellen können, verlor ich mich doch in seiner Neuheit und erbrachte eine Leistung, die meiner Meinung nach am besten mit »vollkommen angemessen« zu charakterisieren war.

»Nun, es ist immerhin ein Anfang«, sagte Alice danach.

Sie hatte keinen wie auch immer gearteten Höhepunkt erreicht, ich allerdings schon. Was mir, in Anbetracht der Umstände, eine ziemliche Ironie schien.

Ein Zeichen

Als ich aufwachte, strahlte die Sonne hell durchs Fenster und brannte sich durch meine Augenlider. Ich hatte mir bei meiner Rückkehr einige Stunden zuvor nicht mal die Mühe gemacht, die Vorhänge zuzuziehen, sondern war voll angezogen bäuchlings aufs Sofa gefallen, und jetzt gab mir mein schwerer Kopf, zusammen mit dem Bewusstsein, in welcher Klemme ich steckte, das Gefühl, meine letzte Stunde sei gekommen. Ich schloss die Augen und wollte unbedingt wieder einschlafen, schleppte meinen Kadaver dann aber schnellstens ins Bad, wobei ich nicht wusste, ob ich pinkeln oder mich übergeben sollte. Am Ende tat ich beides gleichzeitig, bevor ich nervös in den Spiegel sah. Dracula hätte weniger Angst vor seinem Spiegelbild haben müssen. Ich sah aus wie das Opfer eines willkürlichen nächtlichen Gewaltakts, ausgeraubt und tot geglaubt zurückgelassen, bevor ich unerklärlicherweise von einem heimtückischen Arzt zurück ins Leben geholt worden war.

Ich hoffte, eine lange, heiße Dusche könnte mich wiederherstellen, doch ein plötzliches Ende des Welthungers wäre wohl wahrscheinlicher gewesen. Es war Viertel vor elf, und ich sollte um zwölf in der Kirche sein. Ich stellte mir Alice am Dartmouth Square vor, wie sie ihr Kleid anzog, umgeben von Brautjungfern, die alle versuchten, keine unpassenden Bemerkungen darüber zu machen, wie es gewesen war, als sie das letzte Mal dort zusammengekommen waren.

Plötzlich begriff ich, worin die Lösung all meiner Probleme bestand. Allerdings würde ich dadurch meine Freunde verlieren, alle, auch Julian, den *vor allem*, wobei sie mit der Zeit begreifen würden, dass ich im Interesse aller gehandelt hatte. Und dann würde mir vergeben werden. Ich nahm eine Handvoll Münzen von meinem Nachttisch, schleppte mich, bevor ich es mir anders überlegen konnte, zum Telefon im Korridor und wählte die Nummer. Als Max antwortete, drückte ich den Knopf, hörte, wie die Münzen durchfielen, schluckte und zermarterte mir das Hirn, um die richtigen Worte zu finden.

»Hallo?«, sagte er und klang so, als hätte er trotz der frühen Stunde schon ein, zwei Gläser getrunken. »Max Woodbead?« Im Hintergrund hörte ich Lachen, Frauenstimmen, und wie angestoßen wurde. »Hallo?«, sagte er noch einmal. »Wer ist da? Nun sagen Sie doch was, Himmel noch mal. Ich habe nicht den ganzen Tag Zeit.«

Aber ich sagte nichts, legte auf und kehrte in mein Zimmer zurück. So ging es nicht.

Zwanzig Minuten später war ich unterwegs zur Kirche in Ranelagh und knurrte alle an, die zufällig in meine Richtung lächelten, vor allem die Burschen, die aus ihren Autos riefen, dass ich heute lebenslang bekäme. Mir wurde wieder schlecht, ich blieb stehen und stellte fest, dass ich noch eine gute halbe Stunde hatte, und so machte ich einen Umweg und ging in einen Teeladen an der Ecke Charlemont. Es war voll, doch in der Ecke, beim Fenster, gab es noch einen freien Tisch, und ich setzte mich und bestellte einen großen, starken Kaffee und zwei Gläser Wasser mit Eis. Ich nippte daran, entspannte mich etwas und sah hinaus zu den Studenten auf ihrem Weg in die Stadt, zu den Geschäftsleuten, die unterwegs waren ins Büro, zu den Hausfrauen, die ihre Einkaufstrolleys zu Quinnsworth zogen. Hätte mein Leben irgendwann eine andere Richtung nehmen können? Wie konnte Jasper Timson, dieser gottverdammte Akkordeonspieler, mit seinem Freund in Toronto leben, während ich kurz davorstand, eine Frau zu heiraten, an der ich keinerlei sexuelles Interesse hatte? Hatte es ihn gegeben, diesen Moment, in dem ich all meinen Mut zusammennehmen und einmal im Leben das Richtige hätte tun können?

Genau jetzt, sagte ich mir. *Das hier ist der Moment! Noch ist Zeit!*

»Gib mir ein Zeichen«, flüsterte ich dem Universum zu. »Etwas, das mir den Mut gibt davonzulaufen.«

Ich fuhr zusammen, als mich eine Hand an der Schulter berührte. Neben mir stand eine Frau mit einem Kind und sah auf die leeren Plätze an meinem Tisch.

»Würde es Ihnen etwas ausmachen?«, sagte sie. »Sonst ist nirgends etwas frei.«

»Kein Problem«, erwiderte ich, obwohl ich lieber allein geblieben wäre.

Das Kind, ein Junge von acht oder neun Jahren, setzte sich mir gegenüber hin, und ich sah ihn düster an, da ihn mein Hochzeitsanzug zu amüsieren schien. Er war selbst sehr ordentlich angezogen, trug ein weißes Hemd unter einem blauen Pullunder, und sein Haar war makellos gescheitelt. Er hätte der kleine Bruder des jungen Nazis in *Cabaret* sein können, der *Tomorrow Belongs To Me* sang. Das war der letzte Film, den Alice und ich gemeinsam gesehen hatten. Der Junge hatte vier Bücher dabei, legte sie vor sich auf den Tisch und überlegte offenbar, welches er zuerst lesen sollte.

»Darf ich Sie um einen Gefallen bitten?«, fragte die Frau. »Könnten Sie vielleicht ein paar Minuten ein Auge auf Jonathan haben? Ich muss nur eben auf die Toilette und schnell telefonieren. Dann bestelle ich mir einen Tee. Heiraten Sie heute? Sie sehen so aus.«

»In etwa einer Stunde«, sagte ich und war sicher, sie zu kennen, konnte im Moment aber nicht sagen, woher. »Und wer ist Jonathan?«

»Ich natürlich. Ich bin Jonathan«, sagte der Junge und hielt mir seine Hand hin. »Jonathan Edward Goggin. Und wer sind Sie, wenn ich fragen darf?«

»Cyril Avery«, antwortete ich und starrte die kleine, ganz leicht nach Seife riechende Hand an, bevor ich nachgab und sie schüttelte. »Kein Problem«, sagte ich zu seiner Mutter. »Ich lasse ihn von niemandem entführen. Darin habe ich Erfahrung.«

Es war offensichtlich, dass sie nicht verstand, was ich meinte. Ungeachtet dessen steuerte sie auf die Türen auf der anderen Seite des Raumes zu, während ich mich wieder ihrem Sohn zuwandte, der mit seinen Büchern beschäftigt war. »Was liest du da?«, fragte ich ihn schließlich.

»Also«, erklärte er mit einem so tiefen Seufzer, als trüge er die gesamte Last dieser Welt auf seinen Schultern. »Ich habe mich noch nicht *ganz* entschieden. Ich war heute Morgen in der Bibliothek, wissen Sie, es ist mein Bibliothekstag, und Mrs Shipley, die Bibliothekarin, hat mir die drei hier empfohlen. Normalerweise ist sie eine ausgezeichnete Ratgeberin, was gute Geschichten betrifft, und deshalb bin ich ihren Empfehlungen gefolgt. Das hier scheint von einem Kaninchen zu handeln, das einen kleinen Fuchs zum Freund hat, aber ich verstehe nicht, wie das funktionieren soll, denn wie nett das Kaninchen auch sein mag, am Ende wird der Fuchs es auffressen. Und in dem da geht es um eine Gruppe von Kindern, die entfernt miteinander verwandt sind, nehme ich an, das sind sie für gewöhnlich, und sie klären in ihren Sommerferien Verbrechen auf, aber ich habe auf dem Herweg darin herumgeblättert und das Wort *Nigger* gefunden, und in meiner Klasse in der Schule ist ein schwarzer Junge, der sagt, das ist ein sehr übles Wort, und er ist ein *extrem* guter Freund von mir, wahrscheinlich mein drittbester, und deshalb lese ich dieses Buch vielleicht nicht, nur um sicherzugehen. Das da ist irgendein Unsinn über den Aufstand von 1916, und die Sache ist die, dass ich kein politischer Mensch bin, das war ich noch nie. Also lese ich vielleicht das hier, das ich mir selbst ausgesucht habe.« Er hielt das vierte Buch in die Höhe, und ich sah auf dem Umschlag einen Jungen aufrecht dastehen, einen Hahn unter dem einen und eine geheimnisvolle Schachtel unter dem anderen Arm, während im Hintergrund Flüchtlinge vorbeizuziehen schienen. *Das silberne Schwert*, stand oben rechts in der Ecke.

»Wovon handelt es?«, fragte ich.

»Das weiß ich noch nicht«, sagte er. »Ich hab ja noch nicht angefangen. Aber auf dem Umschlag steht, es geht um den Krieg und um Kinder, die vor den Nazis fliehen. Kennen Sie sich mit den Nazis aus? Ich weiß alles über sie. Das waren die *Schlimmsten*. Schreckliche, schreckliche Leute ohne alles Menschliche. Aber hören Sie, Mr Avery ...«

»Nenn mich ruhig Cyril«, sagte ich.

»Nein, das könnte ich nicht. Sie sind so alt, und ich bin noch ein Kind.«

»Ich bin *achtundzwanzig*!«, sagte ich entsetzt und ein bisschen beleidigt.

»Wow«, sagte er und lachte. »Das ist *uralt*. Wie ein Dinosaurier. Aber hören Sie, was ich sagen wollte, als Sie mich so grob unterbrochen haben: Am liebsten mag ich Geschichten über Sachen, die wirklich passiert sind, und den Krieg hat's wirklich gegeben, oder? Also will ich alles darüber erfahren. Haben Sie mitgekämpft, Mr Avery?«

»Nein«, sagte ich. »Was daran liegt, dass ich erst ein paar Monate nach dem Krieg geboren wurde.«

»Das kann ich nur schwer glauben«, sagte Jonathan kopfschüttelnd. »Sie sehen so alt aus, dass ich, wenn Sie gesagt hätten, Sie wären schon im Ersten Weltkrieg mit dabei gewesen, nicht vor Überraschung vom Stuhl gefallen wäre.«

Damit brach er in Lachen aus, und er lachte so lang und so heftig, dass mir nichts blieb, als mit einzustimmen.

»Hör zu, du kleines Arschloch«, sagte ich endlich, obwohl ich immer noch mitlachte, und er kicherte nur noch. »Ich habe einen Kater, deshalb ist meine Laune nicht die beste.«

»Sie haben ein schlimmes Wort gesagt«, erklärte er.

»Stimmt«, gab ich zu. »Das habe ich in den Schützengräben von Verdun gelernt.«

»Verdun war eine Schlacht im Ersten Weltkrieg«, verkündete er. »Sie dauerte elf Monate, und General Hindenburg, der später der deutsche Präsident wurde, war der Oberbefehlshaber. Ich wusste doch, dass Sie uralt sind. Und was ist mit Ihrem Kater?«

»Das sagt man, wenn man so viel getrunken hat, dass man sich am nächsten Morgen nach dem Aufwachen wie ein Schiffswrack auf dem Boden des Meeres fühlt.«

Ich sah mich nach seiner Mutter um, doch sie war noch nirgends zu sehen.

»Freuen Sie sich auf Ihre Hochzeit?«, fragte Jonathan. »Heiraten die Leute nicht normalerweise viel jünger? Haben Sie vorher keine Frau zum Heiraten gefunden?«

»Ich bin ein Spätentwickler«, sagte ich.

»Was heißt das?«

»Warte ein paar Jahre. Ich bin sicher, das wirst du noch rechtzeitig verstehen.«

»Und Sie heiraten eine Frau?«

»Nein, einen Zug. Den Elf-Uhr-Vier aus Castlebar.«

Er zog die Stirn kraus. »Wie können Sie einen Zug heiraten?«, fragte er.

»Es steht nichts davon in der Verfassung, dass ich es nicht könnte.«

»Wahrscheinlich nicht, und wenn Sie den Zug lieben und der Zug liebt Sie, dann denke ich, dass Sie ihn heiraten sollten.«

»Ich heirate doch nicht wirklich einen Zug, Jonathan«, sagte ich seufzend und nahm einen großen Schluck Eiswasser. »Natürlich heirate ich eine Frau.«

»Ich wusste es. Sie sind albern.«

»Das bin ich«, gab ich zu. »Ich bin der albernste Kerl, den du je gesehen hast. Ein absoluter, beschissener Narr, um die Wahrheit zu sagen.«

»Das war wieder ein schlimmes Wort. Ich wette, Sie schlafen heute Nacht mit Ihrer Frau, oder?«

»Was weißt du von solchen Sachen?«, fragte ich. »Du bist erst etwa sechs.«

»Ich bin acht, und ich werde in drei Wochen neun, und ich weiß alles darüber«, sagte er und schien in keiner Weise verlegen. »Meine Mutter hat mir alles erklärt.«

»Lass mich raten«, sagte ich. »Wenn Mammy und Daddy sich sehr lieben, legen sie sich eng nebeneinander, und der Heilige Geist kommt über sie und erschafft das Wunder des neuen Lebens.«

»Machen Sie keine Witze«, sagte Jonathan. »So geht das nicht.« Worauf er mir eine sehr detaillierte Beschreibung der Art und Weise gab, wie Mann und Frau miteinander Unzucht trieben, und ein paar Dinge hatte selbst ich noch nicht gewusst.

»Woher um alles in der Welt weißt du das alles?«, fragte ich ihn.

»Meine Mutter sagt, dass eines der Probleme dieses Landes darin besteht, dass niemand über Sex reden will, weil die katholische Kirche so einen Einfluss hat, und sie sagt, sie möchte, dass ich mit dem Verständnis aufwachse, dass der Körper einer Frau etwas ist, was man lieben und ehren und nicht fürchten soll.«

»Ich wünschte, sie wäre meine Mutter gewesen«, murmelte ich.

»Wenn ich erwachsen bin, will ich ein sehr rücksichtsvoller Liebhaber sein«, sagte Jonathan und nickte heftig mit dem Kopf.

»Das ist ein guter Vorsatz, und was sagt dein Vater zu diesen Dingen?«

»Oh, ich habe keinen Vater«, sagte er.

»Natürlich hast du einen Vater. Du hast keine Ahnung von Sex, wenn du nicht weißt, dass jeder eine Mutter und einen Vater hat.«

»Ich meine, ich *kenne* meinen Vater nicht«, sagte Jonathan. »Ich bin unehelich.«

»Ich hasse das Wort.«

»Ich auch. Aber ich trage es wie eine Ehrenmedaille. Wenn ich es den Leuten selbst sage, reden sie nicht hinter meinem Rücken darüber. Dann können sie sich nicht in eine Ecke drücken und sagen: ›Wisst ihr, dass Jonathan Edward Goggin unehelich ist?‹, weil ich es ihnen längst gesagt habe. Eins zu null für mich. Und wann immer ich jemand Neues kennenlerne, achte ich darauf, es ihm bald zu sagen.«

»Macht das deiner Mutter nichts?«

»Sie hätte es lieber, wenn ich es nicht erzählen würde, aber sie sagt, dass ich tun muss, was sich für mich richtig anfühlt, und sie nicht meine Entscheidungen für mich trifft. Sie sagt, sie ist meine Mutter, nicht mein Großvater.«

»Was um alles in der Welt soll das nun wieder bedeuten?«

»Keine Ahnung«, sagte Jonathan. »Aber sie sagt, eines Tages erklärt sie es mir.«

»Du bist ein merkwürdiges Kerlchen, Jonathan«, sagte ich. »Hat dir das schon mal einer gesagt?«

»Allein in diesem Jahr schon neunzehn Leute«, sagte er, »und wir haben erst Mai.«

Ich lachte und sah auf die Uhr. In fünf Minuten würde ich gehen müssen.

»Wie heißt die Frau, die Sie heiraten?«, fragte Jonathan.

»Alice«, sagte ich.

»In meiner Klasse gibt es auch eine Alice«, sagte er und machte große Augen, weil es ihn offenbar begeisterte, dass wir das gemeinsam hatten. »Sie ist wirklich, wirklich, wirklich hübsch. Sie hat lange blonde Haare und Augen wie Opale.«

»Ist sie deine Freundin?«, fragte ich.

»Nein!«, rief er so laut, dass sich die übrigen Gäste umdrehten und zu uns hersahen, worauf er knallrot wurde. »Nein, sie ist überhaupt nicht meine Freundin!«

»Entschuldige«, lachte ich. »Ich hatte vergessen, dass du erst acht bist.«

»Meine Freundin heißt Melanie«, sagte er.

»Oh, verstehe. Na gut.«

»Eines Tages heirate ich sie.«

»Ehrlich? Schön für dich.«

»Danke. Ist es nicht witzig, dass Sie heute Morgen heiraten, und ich erzähle Ihnen von dem Mädchen, dass ich mal heiraten werde, wenn ich erwachsen bin?«

»Das ist sehr witzig«, sagte ich. »Alles, was du brauchst, ist ein bisschen Liebe. *Love is all you need.*«

»Der Beatles-Song«, sagte Jonathan schnell. »*All You Need Is Love*, eine Lennon-McCartney-Komposition, obwohl ihn eigentlich John Lennon geschrieben hat. *Magical Mystery Tour*, 1967, Seite B, das fünfte Stück.«

»Du bist also ein Beatles-Fan?«, fragte ich.
»Natürlich. Sie nicht?«
»Natürlich.«
»Wer ist Ihr liebster Beatle?«
»George«, sagte ich.
»Interessant.«
»Und deiner?«
»Pete Best.«
»Interessant.«
»Ich bin immer für den Außenseiter«, sagte Jonathan.

Wir saßen da, sahen einander an, und alles in allem war ich ein wenig enttäuscht, als seine Mutter zurückkam.

»Es tut mir so leid«, sagte sie und wirkte leicht durcheinander. »Mein Telefonanruf hat länger gedauert als erwartet. Ich versuche, einen Flug nach Amsterdam zu buchen, aber die Fluggesellschaft ist fürchterlich umständlich. Jetzt muss ich morgen in deren Büro, und das wird mich den halben Tag kosten.«

»Ist schon gut«, sagte ich und stand auf. »Aber jetzt gehe ich besser.«

»Er heiratet eine Frau, die Alice heißt«, sagte Jonathan.

»Ach ja?«, sagte sie. »Glückliche Alice.« Sie hielt inne und sah mich an. »Wir kennen uns doch, oder?«, fragte sie. »Sie kommen mir fürchterlich bekannt vor.«

»Ich glaube auch«, sagte ich. »Haben Sie nicht mal im Tearoom vom Dáil Éireann gearbeitet?«

»Ja, da bin ich immer noch.«

»Ich war früher im Ministerium angestellt. Da sind wir uns gelegentlich begegnet. Einmal hat mich der Pressechef vom Taoiseach verprügelt, und Sie haben sich um mich gekümmert.«

Sie überlegte und schüttelte den Kopf. »Ich erinnere mich nur vage«, sagte sie. »Aber Schlägereien gibt's da ständig. Sind Sie sicher, dass Sie mich meinen?«

»Ganz bestimmt«, sagte ich, war jedoch froh, dass sie

sich nicht erinnerte, schließlich hatte ich ihr gestanden, dass ich schwul war. »Sie waren sehr nett zu mir.«

»Gut. Trotzdem, Sie erinnern mich an jemanden, den ich vor langer Zeit einmal kannte. Vor sehr langer Zeit.«

Ich zuckte mit den Schultern, wandte mich Jonathan zu und verbeugte mich leicht, bevor ich ging.

»Es war ein Vergnügen, Sie kennenzulernen, junger Mann«, sagte ich.

»Viel Glück in Ihrer Ehe mit Ihrer Verlobten, mit Alice«, sagte er.

»Er ist ein interessanter Kerl«, sagte ich, als ich hinter seiner Mutter herging. »Da haben Sie noch alle Hände voll zu tun.«

»Ich weiß«, sagte sie und lächelte. »Er ist mein Schatz, und den lasse ich niemals gehen. Oh!«

»Was?«, fragte ich, denn sie erschauderte plötzlich. »Ist alles in Ordnung?«

»Ja«, sagte sie. »Ich hatte nur gerade so ein komisches Gefühl, wie ein kalter Schauer.«

Ich lächelte, verabschiedete mich und ging zur Tür. Ich scheiß auf dich, sagte ich zum Universum. Alles, was ich wollte, war ein Zeichen, etwas, das mir den Mut gegeben hätte, davonzulaufen, und nicht mal das bekommt man. Mir blieb keine Wahl.

Es war Zeit zu heiraten.

Jemand anders lieben

Ich ging durch die Seitentür in die Sakristei und sah Julian am Tisch sitzen und den Plan für die Messe lesen. Für jemanden, der genauso wenig geschlafen hatte wie ich, wirkte er bemerkenswert frisch. Er hatte sich die Haare schneiden lassen und die Stoppeln abrasiert, die ihm in letzter Zeit so gut gefallen hatten. Es überraschte mich, dass er eine Lesebrille trug, was er in der Öffentlichkeit kaum je tat, und er nahm sie ab, als er mich sah, und steckte sie in seine Brusttasche. Es muss wohl nicht extra gesagt werden, dass ihm sein Anzug wie eine zweite Haut auf den Leib geschneidert war.

»Da bist du ja«, sagte er mit einem Grinsen. »Der Verurteilte. Wie geht's dem Kopf?«

»Schrecklich«, sagte ich. »Und deinem?«

»Nicht so schlimm, wie es hätte sein können. Ich habe ein paar Stunden geschlafen, bin dann im Countess-Markievicz-Pool ein paar Bahnen geschwommen und zum Friseur gegangen. Der hat mir heiße Handtücher aufs Gesicht gelegt, mich rasiert und dabei Simon-&-Garfunkel-Songs gesummt. Es was unglaublich entspannend.«

»Das hast du alles in den letzten neun Stunden untergebracht?«, fragte ich beeindruckt.

»Ja, warum nicht?«

Ich schüttelte den Kopf. Wie konnte jemand so viel trinken wie er, so lange aufbleiben und dann aufstehen, all das erledigen und immer noch so attraktiv aussehen?

»Ich habe das Gefühl, ich werde krank«, sagte ich. »Ich denke, ich gehe besser wieder ins Bett.«

Sein Lächeln verblasste, er sah mich nervös an, brach dann jedoch in Lachen aus. »Himmel«, sagte er. »Lass das, Cyril. Einen Moment lang dachte ich, du meinst es ernst.«

»Was lässt dich glauben, dass ich es nicht ernst meine?«, murmelte ich. »Aber egal, ich bin hier, oder nicht?«

»Dir ist doch klar, dass ich dich umbringen müsste, wenn du meine Schwester im Stich ließest? Du warst letzte Nacht ganz schön in Form. Ich nehme an, das waren die Nerven. Deinen Freund Nick hat es ziemlich mitgenommen, wie du mit ihm geredet hast.«

»Der ist nicht mein Freund«, sagte ich. »Und woher willst du wissen, wie er sich fühlt?«

»Oh, ich bin ihm heute Morgen zufällig begegnet, in der Grafton Street. Wir haben einen schnellen Kaffee zusammen getrunken.«

Ich setzte mich und schloss die Augen. Klar, das war typisch. Natürlich hatten sie sich getroffen. Ich hätte es wissen müssen.

»Was ist?«, sagte er und setzte sich neben mich. »Brauchst du ein Aspirin?«

»Ich hab schon vier geschluckt.«

»Wie wäre es mit einem Glas Wasser?«

»Ja, bitte.« Er ging zum Waschbecken, fand aber kein Glas, und so nahm er einen großen goldenen Kelch, füllte ihn bis an den Rand und legte einen bronzenen Hostienteller darauf, bevor er ihn mir gab. »Gesegnet seist du, mein Sohn«, sagte er.

»Danke, Julian«, sagte ich.

»Bist du sicher, dass du okay bist?«

»Es geht schon«, sagte ich und versuchte, aufgekratzt zu wirken. »Der glücklichste Tag meines Lebens.«

»Es ist kaum zu glauben, dass wir in einer Stunde oder so Schwager sein werden, was? Nachdem wir schon so lange befreundet sind, meine ich. Ich weiß nicht, ob ich es dir je gesagt habe, Cyril, aber es hat mich wirklich glücklich gemacht, als du mich gefragt hast, ob ich dein Trauzeuge sein wollte. Und Alice, ob sie dich heiraten will.«

»Wen sonst hätte ich fragen sollen?«, sagte ich.

»Nun, Frauen gibt es genug.«

»Ich meinte, wen sonst, wenn nicht dich«, sagte ich. »Du bist schließlich mein bester Freund.«

»Und du meiner. Sie sah so glücklich aus, als ich heute Morgen aus dem Haus bin.«

»Wer?«

»Alice natürlich!«

»Klar. Sicher. Ist sie schon hier?«

»Nein, der Priester sagt, er gibt uns ein Zeichen, sobald

sie und Max ankommen. Deinen Vater habe ich aber schon gesehen. Und die neue Mrs Avery. Die ist schon ein ziemlicher Kracher, was?«

»Meinen Adoptivvater«, sagte ich. »Und ja, ein Kracher, sie arbeitet als Model.«

»Nicht schlecht!«

Ich verdrehte die Augen. »Was ist daran so Besonderes?«, fragte ich.

»Models sind harte Arbeit und alle komplett verrückt. Ich hab Twiggy mal angebaggert, und die wollte absolut nicht.«

»Dann *muss* sie verrückt sein«, sagte ich.

»So habe ich es nicht gemeint. Trotzdem, sie hat mich angeguckt wie etwas, in das sie hineingetreten war. Selbst Prinzessin Margaret war nicht so rotzig. Aber gut für Charles. Er kommt immer noch an. Ich hoffe, ich habe auch so viel Glück, wenn ich mal in dem Alter bin.«

Ich spürte, wie das Wasser meinem Magen nicht bekam und mir Schweißperlen auf die Stirn traten. Was machte ich hier überhaupt? All die Jahre voller Kummer und Scham begannen mich einzuholen. All die Lügen, zu denen ich mich gezwungen gefühlt hatte, all meine Ausflüchte hatten mich in *diese* Situation gebracht, und nun war ich nicht nur im Begriff, mein Leben zu zerstören, sondern auch das einer jungen Frau, die das ganz und gar nicht verdiente.

Julian spürte meine Verzweiflung, kam zu mir und legte einen Arm um mich, und es fühlte sich so natürlich an, meinen Kopf an seine Schulter zu lehnen. Ich wollte nichts, als die Augen zuzumachen und einzuschlafen, während er mich hielt. Der Duft seines Rasierwassers war dezent, und darunter lag noch ein anderer, nach der Creme, die der Friseur benutzt haben musste. »Was ist denn los, Cyril?«, fragte er sanft. »Du scheinst nicht du selbst zu sein. Es ist verständlich, an seinem Hochzeitstag nervös zu sein, aber du weißt doch, wie sehr Alice dich liebt, oder?«

»Ja, das weiß ich«, sagte ich.

»Und du liebst sie doch auch?« Sein Ton wurde etwas härter, als ich nicht gleich antwortete. »Du liebst meine Schwester doch, Cyril, oder?«

Ich neigte den Kopf ein wenig, um den Anschein eines Nickens zu erwecken.

»Ich wünschte nur, meine Mutter wäre hier«, sagte ich, und das Gefühl überraschte mich. Ich war mir dessen bisher nicht bewusst gewesen.

»Maude?«

»Nein, meine wirkliche Mutter. Die Mutter, die mich geboren hat.«

»Oh, ich verstehe«, sagte er. »Hast du sie gefunden? Davon hast du nie gesprochen.«

»Nein«, antwortete ich. »Ich wünschte einfach nur, sie wäre hier, um mir zu helfen und mit mir zu reden. Es muss unglaublich schwierig für sie gewesen sein, mich wegzugeben. Ich frage mich, wie schwer sie daran zu tragen hatte. Das würde ich gern wissen.«

»Nun, ich bin hier«, sagte Julian, »und wenn es etwas gibt, worüber du sprechen möchtest, dafür ist ein Trauzeuge da. Und ein bester Freund erst recht.«

Ich sah ihn an und begann völlig unerwartet zu weinen.

»Himmel noch mal, Cyril«, sagte Julian und klang jetzt ernsthaft besorgt. »Du fängst an, mir Angst zu machen. Was ist los mit dir? Komm schon, du kannst mir alles sagen, das weißt du. Ist es der Alkohol? Musst du dich übergeben?«

»Nein, nicht der Alkohol«, sagte ich und schüttelte den Kopf. »Aber ich ... ich kann es dir nicht sagen.«

»Aber sicher kannst du das. Denk an all die Dinge, die ich dir über die Jahre erzählt habe. Gott, wenn wir einiges davon aufschreiben würden, käme ich nicht unbedingt gut dabei weg. Du hast doch nicht was mit einer anderen? Hinter Alices Rücken? Es ist doch nicht so was?«

»Nein«, sagte ich. »Nein, es gibt keine andere.«

»Und wenn, nun gut, dann hättest du eben deine Erfahrungen gemacht. Alice ist auch nicht unbedingt eine Heilige, und eine Ehe beginnt erst mit dem Jawort. Anschließend solltest du ihr treu sein, denke ich, warum müsste man sonst überhaupt heiraten? Aber wenn du auf dem Weg in den Hafen der Ehe ein paarmal ausgerutscht bist ...«

»Das ist es nicht«, sagte ich und hob die Stimme.

»Was dann? Was ist es, Cyril? Sag es mir, um Himmels willen.«

»Ich liebe sie nicht«, sagte ich, sah zu Boden und stellte fest, dass Julians Schuhe an den Seiten etwas abgeschürft waren. Er hatte vergessen, sie zu putzen. Vielleicht war er doch nicht so perfekt.

»Was hast du gerade gesagt?«, fragte er mich.

»Ich sagte, ich liebe sie nicht«, wiederholte ich leise. »Ich mag sie sehr. Sie ist die liebevollste, aufmerksamste, anständigste Frau, die ich in meinem Leben kennengelernt habe, und ehrlich gesagt, verdient sie etwas Besseres als mich.«

»Du fängst jetzt nicht an, hier in Selbsthass zu versinken, oder?«

»Aber ich liebe sie nicht«, wiederholte ich.

»Klar liebst du sie, verdammt«, sagte er und nahm den Arm von meiner Schulter.

»Nein«, sagte ich und spürte eine tiefe Erregung, als ich die Worte aus meinem Mund kommen hörte. »Ich weiß, was Liebe ist, denn ich empfinde sie für jemand anderen, aber nicht für sie.« Es war, als hätte ich meinen Körper verlassen, schwebte ein Stück über uns und sähe fasziniert und neugierig auf uns hinab, gespannt, wie die Szene ausgehen würde – immer noch wahnhaft genug, um mich zu fragen, ob es nicht doch eine Möglichkeit gab, mit einem anderen Woodbead nach Hause zu gehen und nicht mit der, die ich heiraten sollte.

Julian ließ sich lange Zeit. »Aber du hast mir gerade erklärt«, sagte er langsam und hob jedes Wort sorgfältig hervor, »dass es keine andere Frau für dich gibt.«

»Die Wahrheit ist, dass diese Liebe zurückreicht, solange ich denken kann«, sagte ich und hielt meine Stimme so fest, wie ich konnte. »Bis in die Kinderzeit. Ich weiß, es klingt dumm, an so etwas Abgedroschenes wie Liebe auf den ersten Blick zu glauben, aber mir ist es passiert. Ich habe mich verliebt und die Person nie wieder loslassen können.«

»Aber wer ist es?«, fragte er, und seine Worte waren kaum mehr als ein Flüstern, als ich ihm mein Gesicht zuwandte. »Wer? Ich verstehe dich nicht.«

Unsere Blicke trafen sich, und mir wurde bewusst, dass mein ganzes Leben, alles, mich an diesen Punkt geführt hatte, in diese Sakristei, in der wir nebeneinandersaßen, und ohne zu überlegen, beugte ich mich vor, um ihn zu küssen. Ein paar Sekunden, nicht mehr als drei oder vier, drückten sich unsere Lippen aufeinander, und ich spürte diese seltsame Mischung aus Empfindsamkeit und Männlichkeit, die ihn ausmachte. Unsere Lippen öffneten sich um eine Winzigkeit, fast automatisch, seine wie meine.

Ich schob meine Zunge vor.

Und dann war es vorbei.

»Was zum Teufel?«, rief Julian. Er sprang auf, stolperte zurück zur Wand und fiel dabei fast über die eigenen Füße. Er klang weniger wütend als völlig perplex.

»Ich kann sie nicht heiraten, Julian«, sagte ich, sah ihn an und fühlte mich mutiger, als ich es je getan hatte. »Ich liebe sie nicht.«

»Was redest du da? Soll das ein Witz sein?«

»Ich liebe sie nicht«, sagte ich. »Dich, dich liebe ich. Solange ich zurückdenken kann. Seit dem Moment, als ich am Dartmouth Square die Treppe herunterkam und dich in der Diele sitzen sah. Unsere ganze Schulzeit über. Jeden einzelnen Tag.«

Er starrte mich an, die Dinge schienen sich zusammenzufügen, er drehte sich weg und sah durchs Fenster der Sakristei in den Park hinaus. Ich sagte nichts. Mein Herz schlug so heftig in meiner Brust, dass es sich anfühlte, als stünde ich kurz vor einem Infarkt, und doch hatte ich keine Angst. Stattdessen schien mit eine große Last von den Schultern genommen. Ich war erregt. Und frei. Weil es unmöglich war, dass er mich jetzt noch seine Schwester heiraten ließ. Nicht mit diesem Wissen. Was immer geschehen würde, mochte schmerzhaft sein, aber wenigstens verdammte ich mich nicht zu einem Leben mit einer Frau, nach der ich keinerlei Verlangen verspürte.

»Du bist eine Tunte«, sagte er und drehte sich zu mir um, halb fragend, halb feststellend.

»Ich nehme es an, ja«, sagte ich. »Wenn du es so nennen willst.«

»Seit wann?«

»Immer schon. Frauen interessieren mich nicht. Das haben sie noch nie. Ich habe es immer nur... du weißt schon, mit Männern gemacht. Nun, bis auf einmal vor ein paar Wochen, mit Alice. Ich dachte, ich sollte es probieren.«

»Willst du mir sagen, dass du mit Männern *Sex* hast?«, sagte er, und der Unglaube in seiner Stimme überraschte mich. Er selbst überstand schließlich kaum vierundzwanzig Stunden, ohne mit einer Frau ins Bett zu steigen.

»Natürlich«, sagte ich. »Ich bin kein Eunuch.«

»Mit wie vielen schon? Vieren? Fünfen?«

»Himmel, kommt es darauf an?«, fragte ich und musste an ein ähnliches Gespräch mit Alice denken, und wie wenig ich hatte beantworten können, warum ich es von ihr hatte wissen wollen.

»Ja, darauf kommt es an. Vielleicht ist es nur eine Phase, und...«

»Ach komm, Julian«, sagte ich. »Ich bin achtundzwanzig und habe meine Phasen hinter mir.«

»Wie viele also?«
»Ich weiß es nicht. Zweihundert vielleicht? Wahrscheinlich mehr.«
»ZWEIHUNDERT?«
»Du hast sicher mit weit mehr Frauen geschlafen.«
»Gottverdammt noch mal«, sagte er. Er schien langsam in Panik zu geraten und begann, im Kreis auf dem Teppich herumzulaufen. »Das kannst du verdammt noch mal nicht ernst meinen. Seit wenigstens zwanzig Jahren hast du mich angelogen.«
»Ich habe dich nicht angelogen«, sagte ich und hoffte voller Verzweiflung, dass er sagen würde, es sei schon okay und am Ende komme alles in Ordnung. Dass er sich kümmern werde. Dass Alice mich verstehen und das Leben wieder in seine gewohnten Bahnen zurückkehren werde.
»Wie würdest du es denn nennen?«
»Ich wusste nicht, wie ich es dir sagen sollte.«
»Und da hast du dir gedacht, du wartest bis *heute* damit? Bis *jetzt*? Gott im Himmel«, sagte er und schüttelte den Kopf. »Und ich dachte, der verdammte Fergus wäre das größte Arschloch überhaupt.«
»Das mit Fergus war was ganz anderes.«
»Genau, der ist ein verdammter *Heiliger*, verglichen mit dir.«
»Julian, du kannst mich nicht hassen, weil ich schwul bin. Das ist nicht fair. Wir haben 1973, Gott noch mal.«
»Du glaubst, ich hasse dich, weil du *schwul* bist?«, fragte er und sah mich an, als hätte er in seinem Leben noch nie etwas so Absurdes gehört. »Es ist mir scheißegal, ob du schwul bist. Das hätte mich nicht gestört. Keine Sekunde, wenn du dir die Mühe gemacht hättest, es mir zu sagen. Wenn du mich wie einen echten Freund behandelt hättest und nicht wie jemanden, auf den du bloß scharf bist. Ich hasse dich, weil du mich all die Jahre belogen hast, Cyril, und schlimmer noch, weil du Alice belogen hast. Es wird ihr

das Herz brechen. Hast du überhaupt eine Ahnung, wie das mit Fergus für sie gewesen ist?«

»Sie wird es verstehen«, sagte ich leise.

»Sie wird was?«

»Sie wird es verstehen«, wiederholte ich. »Sie ist ein sehr einfühlsamer Mensch.«

Julian lachte ungläubig. »Steh auf, Cyril«, sagte er.

»Was?«

»Steh auf.«

»Warum?«

»Weil ich es gesagt habe, und wenn du mich so liebst, wirst du mich doch glücklich machen wollen, oder? Also steh auf.«

Ich zog die Brauen zusammen und wusste nicht, was als Nächstes geschehen würde, folgte seiner Bitte jedoch.

»Gut«, sagte ich. »Ich stehe.«

Aber nicht lange. Einen Augenblick später schon lag ich auf dem Boden, auf dem Rücken ausgestreckt, leicht benommen und mit einem solchen Schmerz im Unterkiefer, dass ich mich fragte, ob er gebrochen war. Ich hob eine Hand ans Gesicht und schmeckte das Blut innen an meiner Backe.

»Julian«, sagte ich und sah, den Tränen nahe, zu ihm hoch. »Es tut mir leid.«

»Das ist mir so was von egal«, sagte er. »Nie in meinem ganzen Leben habe ich jemanden so verachtet wie dich in diesem Moment, und ich schwöre dir bei Gott, dass ich dir nicht das Genick breche, hat nur den einen Grund, dass ich nicht den Rest meines Lebens hinter Gittern verbringen will.«

Ich schluckte und fühlte mich jämmerlich. Ich hatte alles verdorben. Julian trat zur Seite, rieb sich das Kinn und schien zu überlegen. Ich rappelte mich hoch, befühlte meinen Kiefer und nahm wieder Platz.

»Ich sollte jetzt gehen«, sagte ich.

»Gehen?«, sagte er, drehte sich zu mir hin und legte die Stirn in Falten. »Wohin?«

»Nach Hause«, sagte ich mit einem Achselzucken. »Es hat doch keinen Sinn, hierzubleiben. Ich habe genug angerichtet. Aber du wirst es ihr sagen müssen«, fügte ich hinzu. »Ich kann es nicht. Ich kann ihr nicht in die Augen sehen.«

»Ihr sagen müssen? Wem sagen müssen? Alice?«

»Natürlich«, sagte ich.

»Du meinst, *ich* werde es ihr sagen?«

»Sie liebt dich«, sagte ich. »Sie wird dich heute bei sich wollen, nicht mich.«

»Ich sage ihr überhaupt nichts«, erwiderte Julian, hob die Stimme und bewegte sich mit einer solchen Heftigkeit auf mich zu, dass ich ganz klein wurde auf meinem Stuhl. »Ich will dir sagen, was hier heute geschieht, du dummes kleines Arschloch, und was nicht. Wenn du denkst, ich lasse es zu, dass meine Schwester ein zweites Mal vor ihrer Familie und ihren Freunden gedemütigt wird, bist du auf dem Holzweg.«

Ich starrte ihn an und wusste nicht, worauf er hinauswollte. »Was soll ich denn tun?«, fragte ich ihn.

»Das, was du versprochen hast«, sagte er. »Wir gehen da zusammen raus, du und ich. Nebeneinander werden wir am Altar stehen und warten, während Max meine Schwester den Gang hinaufführt. Und wir werden beide so scheißglücklich grinsen wie noch nie irgendjemand zuvor in seinem Leben, und wenn dich der Priester fragt, ob du *Ja* sagst, tust du es mit einer Überzeugung, als hinge dein Leben davon ab, und hinterher geht ihr, du und Alice, als Mann und Frau den Gang hinunter, und du, mein Freund, wirst ihr ein guter und treuer Ehemann sein, und wenn ich je, *jemals* hören sollte, dass du was mit einer Schwuchtel hinter ihrem Rücken hast, komme ich und schneide dir höchstpersönlich die Eier mit dem rostigsten Taschenmesser ab, das ich finden kann. Habe ich mich klar ausgedrückt, Cyril?«

Ich starrte ihn an und schluckte. Es war unmöglich zu glauben, dass er auch nur irgendwas von alledem ernst meinte.

»Das kann ich nicht«, sagte ich und mühte mich, nicht in Tränen auszubrechen. »Wir reden da vom Rest meines Lebens.«

»Und von Alices Leben. Du wirst sie verdammt noch mal heiraten, Cyril, verstehen wir uns?«

»Du meinst, du willst, dass deine Schwester mich heiratet, obwohl du weißt, was du jetzt weißt?«

»Natürlich *will* ich es nicht, und wenn sie hier hereinkäme und sagte, dass sie dich nicht wollte, würde ich sie in die Luft heben und auf den Schultern tragen. Aber sie kommt her, um zu heiraten, und genau das wird passieren. Sie liebt dich, verdammt noch mal, Cyril, wenn man denn glauben kann, dass jemand einen so derart unmoralischen Menschen tatsächlich lieben kann.«

»Und was ist mit uns?«, fragte ich. Seine Worte trafen mich wie Pfeile.

»Mit uns? Was meinst du, mit *uns*? Wovon redest du?«

»Von dir und mir. Werden wir weiter Freunde sein?«

Er starrte mich an und fing an zu lachen. »Du bist unglaublich«, sagte er. »Du bist absolut *un-glaub-lich*. Wir sind keine Freunde, Cyril. Das waren wir nie. Ich habe dich ja nicht mal *gekannt*, das ist es doch. Der, den ich für Cyril Avery gehalten habe, den hat's nie gegeben. Damit *können* wir überhaupt keine Freunde sein. Wenn wir uns aus familiären Gründen sehen, werde ich nett zu dir sein, damit niemand was merkt. Aber glaub bloß nicht, dass ich je etwas anderes für dich empfinden werde als völligen, tiefsten Abscheu. Und wenn du in euren Flitterwochen tot umfällst, vergieße ich nicht eine Träne um dich.«

»Bitte sag das nicht, Julian«, bettelte ich und fing wieder an zu weinen. »Bitte, das kannst du nicht so meinen. Ich liebe dich.«

Er ging auf mich los, riss mich vom Stuhl, drückte mich gegen die Wand und hielt mich mit einer Hand beim Kragen, während er die andere zur Faust ballte und zum Schlag bereit in Schulterhöhe brachte. Er zitterte vor Wut. Hätte er in dem Moment die Beherrschung verloren, hätte er mich umgebracht, ich weiß es.

»Wenn du das noch einmal zu mir sagst«, zischte er. »Wenn du irgend so etwas nur noch einmal zu mir sagst, sind das die letzten Worte, die über deine Lippen kommen, das schwöre ich. Hast du verstanden?«

Ich sackte in mich zusammen und nickte, als er mich losließ.

»Was zum Teufel ist mit euch los?«, fragte er mich. »Warum müsst ihr ständig lügen? Alles verbergen? Warum sagt ihr nicht einfach die Wahrheit? Was verdammt ist falsch daran, von Beginn an ehrlich zu sein?«

Ich lachte bitter und wandte den Blick ab. »Du hast ja keine Ahnung, wovon du redest«, sagte ich und war mit einem Mal bereit, mich zu wehren. »Du hast keine Ahnung, Julian. Leute wie du können nicht verstehen, wie es sich anfühlt.«

Es klopfte an der Tür, und der Priester sah mit einem fröhlichen Lächeln auf dem Gesicht herein.

»Die Braut wartet auf Sie, junger Mann«, sagte er, und sein Grinsen verblasste etwas, als er meinen leicht mitgenommenen Zustand registrierte. Ich sah Julian an, darum flehend, dass er mich gehen ließ, doch er wandte den Blick ab und ging in Richtung Tür.

»Kämm dir die Haare«, sagte er, und das waren die letzten Worte, die er für Jahre an mich richten sollte. »Vergiss nicht, wo du bist und wozu du hergekommen bist.«

Verrückter nackter Mann

Drei Stunden später, endlich ein ehrbarer verheirateter Mann, stand ich in der Horseshoe Bar des Shelbourne Hotel dem irischen Präsidenten, Éamon de Valera, gegenüber und machte Konversation. Seine Anwesenheit war ein unglaublicher Coup von Max, dessen Besessenheit, auf der sozialen Leiter höher aufzusteigen, in den letzten Jahren noch krankhafter geworden war. Allerdings war der große Mann nicht zur eigentlichen Zeremonie erschienen, was er mit einem Termin bei seinem Fußpfleger begründet hatte. Der ehemalige Taoiseach Jack Lynch war ebenfalls anwesend und hielt sich in vorsichtiger Entfernung von Charles Haughey, der in Thekennähe stand und den etwas unheimlichen Eindruck einer dieser lebenden Statuen auf dem Rummelplatz erweckte, deren Körper völlig unbeweglich sind, während sie ihren Blick langsam durch den Raum gleiten lassen. Der Sport war mit Jimmy Doyle aus Tipperary vertreten, der sechsmal in Folge die nationale Hurling-Meisterschaft für sein County gewonnen hatte, die Literatur mit Ernest Gébler und J. P. Donleavy, und Rosalyn, die neue Frau meines Adoptivvaters, schleimte sich an einem Tisch in der Ecke bei Maureen O'Hara ein, die freundlich lächelte, jedoch immer wieder auf die Uhr sah und sich zweifellos fragte, ob es nicht an der Zeit war, den Portier um ein Taxi zu bitten.

Ich fand es unmöglich, mich auf irgendwelche Worte zu konzentrieren, da ich mit den Gedanken ganz bei Julian war. Er stand neben dem nervös wirkenden Erzbischof Ryan, während eine Brautjungfer ihr Bestes tat, ihn in ein Gespräch zu verwickeln. Für gewöhnlich hätte er fraglos mit ihr geflirtet (Julian, nicht der Erzbischof) und überlegt, ob er sie noch vor dem Essen für einen Quickie mit auf sein Zimmer nehmen oder bis hinterher warten sollte, um etwas mehr Zeit und Energie investieren zu können, doch ausnahmsweise schien er völlig uninteressiert. Wann immer ich seinen Blick auffing, war nichts als Enttäuschung und Mordlust darin zu erkennen, und schon wandte er sich wieder ab und bestellte einen weiteren Drink. Ein Teil von mir wollte ihn beseitenehmen und ihm erklären, warum ich getan hatte, was ich getan hatte, oder eben nicht, aber ich wusste, es hatte keinen Sinn. Es gab nichts, was ich ihm sagen konnte, damit er mir verzieh, nichts, womit ich mich entschuldigen konnte. Unsere Freundschaft, so wie sie gewesen war, gab es nicht mehr.

Endlich entkam ich dem Präsidenten, der mir ziemlich plastisch erklärt hatte, wie es um seine Fußballen bestellt war, und sah mich nach einer ruhigen Ecke um, wo ich mir eine Kanapee-Gabel ins Herz stechen konnte. Wohin ich mich jedoch auch wandte, überall wurde ich von einem unserer dreihundert Gäste angesprochen. Es waren Menschen, die mir zum großen Teil völlig unbekannt waren, aber alle wollten mir die Hand schütteln und mich wissen lassen, dass ich nun fünfzig Jahre lang meine Frau zu befriedigen würde versuchen müssen.

»Das wird die Nacht der Nächte, was, Junge?«, sagten die alten Männer mit einem argwöhnischen Lächeln, das ich ihnen am liebsten aus den faltigen Gesichtern geschlagen hätte. »Schluckst ein paar Pint, damit die Energie auch da ist, was?«

»Sie werden eine Familie gründen«, sagten ihre Frauen und kämpften bei dem Gedanken, dass ich Alice im Laufe der kommenden Jahre regelmäßig schwängern würde, praktisch mit dem Milcheinschuss. »Drei in drei Jahren, das würde ich Ihnen raten. Einen Jungen, ein Mädchen und dann noch mal das eine oder das andere. Das ist die Familie eines Gentleman. Dann beenden Sie das schmutzige Geschäft.« Eine beugte sich sogar vor und flüsterte mir ins Ohr: »Danach würde ich zu getrennten Schlafzimmern raten. Um den Teufel im Zaum zu halten.«

Ich fühlte mich von Menschen und Lärm eingekreist, der

Geruch von Parfüm und Alkohol war überwältigend, der Zigarettenqualm nahm mir die Luft. Ich war ein Kind, das in einem Karnevalszug gefangen war und nicht hinausfand, mein Herz schlug immer schneller, während sich die Leute enger und enger um mich drängten. Schließlich gelang es mir, mich ein Stück in Richtung Hotelhalle vorzukämpfen, ich wandte mich um und stand Alice gegenüber, die sich ähnlich benommen und unwohl zu fühlen schien. Sie lächelte, doch ich sah einen ängstlichen Schatten über ihr Gesicht gleiten.

»Wir hätten es kleiner halten sollen, meinst du nicht auch?«, sagte ich, beugte mich zu ihr hin und musste dennoch die Stimme heben, damit sie mich verstand. »Die Hälfte der Leute kenne ich nicht mal.«

»Das sind Freunde von Max«, sagte sie kopfschüttelnd. »Die Liste sah gar nicht so schlimm aus, aber ich finde kaum Zeit, um mit meinen Freunden zu sprechen. Der Altersdurchschnitt liegt klar über sechzig. Der Mann da hinten trägt doch tatsächlich einen Kolostomiebeutel außen über der Hose.«

»Nicht mehr. Ein Kind ist dagegengerannt, und da ist er geplatzt.«

»Großer Gott. Es ist eine *Hochzeit*.«

»Wir könnten einen Feueralarm auslösen«, schlug ich vor, »und dann suchen wir aus, wen wir wieder hereinlassen. Eine Chance hat nur, wer noch Haare und Zähne hat und sich auf Fotos gut macht.«

Alice lächelte gezwungen, schien aber wenig glücklich.

»Ich wusste, ich hätte ihn nicht einfach machen lassen sollen«, murmelte sie. »Ich hätte gewarnt sein sollen vom ... oh Gott, Cyril, entschuldige.«

»Was ist?«, fragte ich.

»Ist egal.«

»Nein, sag schon.«

Sie war so anständig, verlegen zu sein. »Ich wollte sagen,

dass ich vom letzten Mal hätte gewarnt sein sollen«, sagte sie. »Bis mir bewusst wurde, wie unpassend es ist, ich meine, ausgerechnet heute.«

»Glaub mir«, sagte ich, »das ist nichts im Vergleich zu den Dingen, die ich heute schon gesagt habe.«

»Und die Leute geben mir ständig Geld«, fügte sie hinzu. »In Umschlägen. Ich weiß nicht, was ich damit tun soll. Also gebe ich ihm alles.« Sie nickte zur Theke hinüber.

»*Charlie Haughey?*«, sagte ich und hob entsetzt die Stimme. »Du gibst *ihm* unser ganzes Geld? Das sehen wir nie wieder! Der schickt alles in den Norden zur IRA!«

»Julian«, sagte sie und schüttelte den Kopf. »Ich hab's Julian gegeben.«

»Oh. Gut. Das wird das Richtige sein.«

»Ich habe übrigens noch einen hier«, sagte sie und zog einen Umschlag aus den geheimnisvollen Falten ihres Kleides. »Könntest du ihn eben zu ihm bringen?«

»Nein«, sagte ich schneller als beabsichtigt. Ich würde mich ihrem Bruder auf keinen Fall nähern. »Ich wollte gerade etwas Luft schnappen.«

»Ist alles in Ordnung? Du bist etwas rot.«

»Es ist so stickig hier drin. Ich bin gleich wieder da.«

Ich wollte gehen, aber sie legte mir eine Hand auf den Arm. »Warte«, sagte sie. »Ich muss mit dir reden.«

»Warum?«, fragte ich, und die Dringlichkeit ihrer Stimme alarmierte mich. »Stimmt was nicht? Was hat er dir gesagt?«

»Wer hat mir *was* gesagt?«

»Niemand.«

»*Was* hat mir niemand gesagt? Wovon redest du, Cyril?«

Ich sah quer durch den Raum hinüber zu Julian, der uns wütend beobachtete, und fing an, mich über ihn zu ärgern. Wenn du nicht gewollt hättest, dass ich sie heirate, dachte ich, hättest du mich aufhalten können. Und jetzt, wo ich es getan habe, sieh mich verdammt noch mal nicht so an.

Sie öffnete den Mund, um etwas zu sagen, und in diesem Moment kam ihre Mutter Elizabeth Arm in Arm mit einem Freund, der jung genug war, um ihr Enkel zu sein, und ich sah meine Chance zur Flucht.

»Geh nicht«, schnurrte Elizabeth, nahm meine Hand und hielt mich fest. »Du kennst Ryan noch nicht.«

»Richtig«, sagte ich und schüttelte dem Jungen die Hand. Er war jung, gewiss, aber wenn ich ehrlich sein soll, hielt ich ihn nicht für etwas Besonderes. Er sah ein wenig aus wie Mickey Rooney in den *Andy-Hardy*-Filmen. Nur nicht so groß. In einiger Entfernung konnte ich Charles sehen, wie er die beiden beobachtete und womöglich an sein berüchtigtes Schäferstündchen mit Elizabeth dachte, damals im Jahr 1952, als der ganze Ärger begonnen hatte.

»Die Ehe ist eine veraltete Institution, meint ihr nicht auch?«, sagte Ryan und sah mich und Alice an, als wäre er gerade mit zwei Scheißhaufen in menschlicher Form konfrontiert worden.

»Merkwürdig, so etwas zu sagen«, erwiderte Alice. »Zu einer Braut bei ihrer Hochzeit, meine ich.«

»Ryan macht nur Spaß«, sagte Elizabeth und brach in Lachen aus. Sie verdiente eindeutig den Preis als erste Betrunkene auf dieser Hochzeitsfeier. »Er kommt aus Vermont«, fügte sie hinzu, als erklärte das alles.

»Ich war mal in Vermont«, sagte Charles, trat zwischen die beiden und benutzte seine Ellbogen, um sie zu trennen. »Ich war ein paar Wochen in Newport. Geschäftlich«, fügte er dramatisch hinzu.

»Newport ist auf Rhode Island«, sagte Ryan. »Das ist ein anderer Staat.«

»Ich weiß«, sagte Charles peinlich berührt. »Sie verstehen mich falsch. Ich war einmal in Vermont, und dann auch in Newport, Rhode Island. Bei einer anderen Gelegenheit.«

»Das ist Charles Avery«, sagte Elizabeth, außer sich vor

Freude über die Gelegenheit, ihren kleinen Schatz herumzeigen zu können. » Und *das* ist Ryan Wilson.«

»Hey«, sagte Ryan.

»Guten Tag«, sagte Charles.

»Charles ist Cyrils Vater«, sagte Elizabeth.

»Adoptivvater«, sagten Charles und ich wie aus einem Mund.

»Er ist kein echter Avery«, fügte Charles nach einer kurzen Pause hinzu. »Aber was bringt Sie her, junger Mann? Sind Sie zu einer Art Studentenaustausch hier?«

»Nein, ich bin Elizabeths Geliebter«, sagte er klar und deutlich, und man muss zu seiner Ehre sagen, dass selbst Charles von dieser so unirischen Offenheit beeindruckt war.

»Na dann«, sagte er und klang ernüchtert. Ich wusste nicht, was er erwartet hatte. Es war ja nicht so, dass er ein Interesse daran gehabt hätte, die Sache mit Elizabeth neu zu entfachen. Schließlich hatte er mir einmal erklärt, dass er es für einen Fehler halte, wenn ein Mann eine Frau heiratete, die alt genug sei, seine Frau zu sein.

»Ich bin gleich wieder da«, flüsterte ich Alice zu.

»Warte«, sagte sie, drehte sich zu mir hin und ergriff meinen Arm. »Ich muss mit dir reden.«

»Wenn ich wieder da bin!«

»Es ist wirklich wichtig. Gib mir nur ...«

»Himmel, Alice«, sagte ich irritiert, machte mich los und erhob zum ersten Mal überhaupt die Stimme gegen sie.

»Wow, Kumpel!«, sagte Ryan, und ich schenkte ihm einen verächtlichen Blick.

»Fünf Minuten«, sagte ich zu Alice. »Der Ruf der Natur.«

Als ich den Raum verließ, drehte sich mein Kopf, als hätte er seinen eigenen Willen, und ich sah zu Julian hinüber, doch der hielt mir den Rücken zugekehrt und lehnte auf der Theke, den Kopf in beiden Händen. Etwas an der Art, wie seine Schultern zitterten, ließ mich darauf schließen, dass er weinte, doch das tat ich als unmöglich ab. Ich hatte Julian in seinem ganzen Leben noch nicht weinen sehen, nicht einmal, als er aus der liebenden Umarmung seiner IRA-Entführer zurück nach Hause gekommen war, mit einem Daumen, einem Zeh und einem Ohr weniger.

Vorn in der Hotelhalle konnte ich wieder atmen, aber als ich Dana mit ausgestreckten Armen auf mich zukommen sah, um mich zu umarmen, auf ihren dunklen Lippen irgendeinen unaussprechlichen musikalischen Glückwunsch, drehte ich mich auf dem Absatz um und lief zur Treppe, nahm immer zwei Stufen auf einmal und rannte hinauf zum Stolz des Hauses, dem Penthouse im fünften Stock, in dem die Hochzeitssuite in der Mitte des Korridors den Ehrenplatz einnahm. Ich tastete nach dem Schlüssel, schloss die Tür schnell hinter mir, riss mir die Krawatte herunter und ging ins Schlafzimmer, wo ein kühler Wind durch das offene Fenster wehte. Ich atmete tief ein und aus, bis ich spürte, dass sich mein Herz wieder beruhigte. Seufzend setzte ich mich auf die Ecke des Betts, doch es lag eine weiche Decke voller romantischer Rosenblätter darauf, was meine Verzweiflung nur noch weiter wachsen ließ, sodass ich gleich wieder aufstand und zum Sofa hinüberging.

Ich drehte den goldenen Ring am vierten Finger meiner linken Hand. Er rutschte etwas zu leicht herunter, und ich hielt ihn in der Hand und spürte sein Gewicht, bevor ich ihn auf den Nachttisch neben eine ungeöffnete Flasche Rotwein legte. Alice und ich hatten den ganzen Samstagnachmittag damit zugebracht, unsere Ringe zu kaufen, und es hatte Spaß gemacht. Wir hatten mehr Geld ausgegeben als geplant, und abends beim Essen hatte ich mich zu fragen begonnen, ob unsere Freundschaft am Ende vielleicht doch zu so etwas wie Liebe erblühen könnte. Aber natürlich machte ich mir da etwas vor, denn Liebe war das eine, Lust etwas ganz anderes.

Ein Teil von mir bedauerte, dass ich Julian etwas gesagt hatte, ein anderer Teil hasste den Umstand, dass ich so lange mein wahres Ich hatte verstecken müssen. In der Sakristei hatte er gesagt, wenn ich ihm die Wahrheit vom Beginn an gesagt hätte, wäre meine Homosexualität kein Thema für ihn gewesen, aber das glaubte ich nicht. Nicht eine Sekunde. Schon ganz zu Anfang im Belvedere College hätte er den Wechsel in ein anderes Zimmer beantragt, wenn ich ihm die Wahrheit gesagt hätte, und selbst wenn er nett und verständig gewesen wäre, hätte sich die Sache schnell herumgesprochen, und die anderen Jungen hätten mir das Leben zur Qual gemacht. Die Priester hätten mich aus der Schule geworfen, und ich wäre ohne ein Zuhause gewesen. Wenn sich nur Charles und Max nie kennengelernt hätten, sagte ich mir. Wenn sich die Wege der Averys und der Woodbeads nie gekreuzt hätten. Meine Veranlagung wäre vielleicht die gleiche, aber wenigstens würde ich dann jetzt nicht in dieser schrecklichen Klemme stecken. Oder hätte es einfach einen anderen Julian gegeben? Gab es da draußen noch jemanden wie ihn, dem ich hätte verfallen können? Noch eine Alice? Es war unmöglich zu sagen, und allein der Versuch, das alles zu verstehen, ließ meinen Kopf bereits platzen.

Ich ging zur Doppeltür, die auf den Balkon führte, und linste vorsichtig hinaus, wie ein Kind der Königsfamilie, nachdem sich die Menge unten zerstreut hatte. Über die Baumwipfel hinaus in den Park von St Stephen's Green sehen zu können, war etwas, was mir bisher nicht vergönnt gewesen war. Aber das war Dublin, die Hauptstadt des Landes. Mein Geburtsort, den ich liebte, inmitten eines Landes, das ich hasste. Eine Stadt voller gutherziger Unschuldiger, elender Heuchler, ehebrecherischer Männer, hinterhältiger Priester, Armer, die keine Hilfe vom Staat bekamen, und Millionäre, die ihm das Blut aussaugten. Ich senkte den Blick und sah die Autos das Green umkreisen, Pferdekutschen voller Touristen und die Taxis, die vorm Hotel vorfuhren. Die Bäume leuchteten in vollem Grün, und ich wünschte, ich hätte die Arme ausbreiten und davonfliegen, hoch über die Wipfel aufsteigen und auf den See hinunterblicken können, bevor ich wie Ikarus zu den Wolken aufstieg, glücklich, von den Strahlen der Sonne versengt zu werden und zu nichts zu zerfallen.

Die Sonne schien, und ich zog die Jacke aus, die Weste, und warf beides zurück ins Zimmer auf die Lehne eines Sessels. Die Schuhe drückten, und ich trat sie herunter, zog die Socken aus, und das Gefühl des Balkons unter meinen nackten Füßen hatte etwas seltsam Belebendes. Ich atmete die frische Nachmittagsluft ein und spürte, wie ich ruhiger wurde.

Hätte der Balkon weiter über die Straße gereicht, hätte ich vortreten und links die Ecke vom Dáil Éireann sehen können, wo Julian und ich eines unserer ersten gemeinsamen Abenteuer erlebt hatten. Weiter dahinter, weiter, als ich hätte sehen können, lag der Dartmouth Square mit dem Haus, in dem ich großgezogen worden war, dem Haus, das Maude und ich in Schande verlassen hatten, nachdem Charles ins Gefängnis gekommen war, dem Haus, in dem ich Julian zum ersten Mal gesehen und verblüfft verfolgt hatte, wie Alice schreiend aus dem Schreibzimmer meiner Adoptivmutter geflohen war. In dem ich mich verliebt hatte, noch bevor ich überhaupt wusste, was diese Worte bedeuteten.

Versunken in meinen Erinnerungen spürte ich, wie die frische Luft meine Stimmung hob, und es kam mir völlig normal vor, auch das Hemd auszuziehen und dem Wind zu erlauben, über meine Brust zu streichen. Tatsächlich war es so angenehm, ja hypnotisch, dass ich auch den Gürtel öffnete und aus der Hose stieg, ganz ungehemmt und ohne Scham, bis ich Dutzende Meter über den Straßen Dublins stand und nichts trug als meine Unterwäsche.

Ich sah nach rechts, doch die Gebäude am nördlichen Ende des Green verstellten den Blick auf die Wohnung in der Chatham Street, in der ich einst mit Albert Thatcher gewohnt hatte, der Abend für Abend das Kopfteil seines Bettes gegen die Wand rammelte. Sieben Jahre zurückzugehen, dachte ich, und alles anders machen zu können.

Wenn schon, denn schon, sagte ich mir. Was hatte ich zu verlieren? So zog ich auch die Unterwäsche aus und trat sie zurück ins Zimmer. Etwas schwindelig fühlte ich mich dort auf dem Balkon, lehnte mich übers Geländer und blickte über die Stadt, nackt wie am Tag meiner Geburt.

Hätte ich ewig weit in die Ferne sehen können, hätte ich jenseits von Dublins Grenzen, hinter Kildare, Tipperary und Cork City, ganz hinten im Zeh des Landes Goleen erkannt, wo, was ich in diesem Moment nicht wusste, genau jetzt meine Großeltern begraben wurden, Seite an Seite, nachdem sie im Anschluss an die Beerdigungsmesse für Father James Monroe, den Mann, der meine Mutter etwa achtundzwanzig Jahre zuvor aus dem Ort gejagt hatte, von einem zu schnell fahrenden Wagen erfasst worden waren. Meine sechs Onkel hätte ich nebeneinander am Grab stehen sehen, wie immer nach Alter und Dummheit aufgereiht, und auch meinen Vater, den Mann, der mich in den Bauch meiner Mutter gepflanzt hatte. Ganz nahe stand er, nahm die Beileidsbezeugungen der Nachbarn entgegen und fragte sich, ob später von ihm erwartet wurde, alle zu einem Drink einzuladen, wenn sie in Flanavan's Pub gingen.

Das alles hätte ich gesehen, hätte ich überhaupt sehen können, doch ich sah nichts, rein gar nichts, ich hatte mein ganzes bisheriges Leben blind, taub, stumm und unwissend verbracht, ohne alle Sinne, bis auf den einen, der meinen sexuellen Trieb steuerte und mich in diese schreckliche Lage gebracht hatte, aus der es, da war ich sicher, kein Zurück gab.

Es war so leicht, meinen Körper auf das Geländer zu heben und die Beine auf die andere Seite zu schwingen. So leicht, dass ich mich fragte, warum ich es nicht vor Jahren schon getan hatte. Ich sah auf die Straße hinunter, sah meine Nacktheit darüberschweben, und keine Seele hob den Kopf und sah zu mir hinauf. Ich rückte ein wenig hin und her, meine Hände hielten das schmiedeeiserne Geländer und begannen, nach und nach, ihren Griff zu lösen.

Lass los, sagte ich mir.

Lass los.

Lass dich einfach fallen...

Ich holte tief Luft, und der letzte Gedanke, dem ich erlaubte, mir durch den Kopf zu gehen, galt nicht meiner Mutter, meinen Adoptiveltern, Julian oder einem der mir fremden Menschen, die ich über die Jahre im Dunkeln hatte vögeln müssen. Mein letzter Gedanke galt Alice. Ich entschuldigte mich für das, was ich ihr angetan hatte, für das, was jetzt nötig war, um sie wieder von mir zu befreien. Und irgendwie war ich mit mir im Einklang, als ich die Hände schließlich löste und meinem Körper erlaubte, sich vorzubeugen.

Da rief eine Kinderstimme unten von der Straße: »Sieh doch, Mum, der Mann hat nichts an!«

Erschrocken fuhr ich zurück. Meine Hände packten das Geländer, ich hörte Rufe von den Menschen unten auf St Stephen's Green, Schreie, Aufregung und Delirium, Übermut und Entsetzen. Ich sah hinunter auf die zusammenlaufende Menge, der bis dahin ausgebliebene Schwindel erfasste mich und ließ mich beinahe hinabstürzen, was ich plötzlich nicht mehr wollte. Ich brauchte alle Kraft und Konzentration, um die Beine zurück auf den Balkon zu schwingen und dabei das Kreischen und Gelächter von unten zu ignorieren, der zu mir heraufgaffenden Stadt. Ich fiel zurück in den Raum, lag keuchend auf dem Teppich und begriff nicht wirklich, warum ich nackt war. Einen Augenblick später klingelte das Telefon.

Ich hob ab und rechnete mit der Stimme des Hoteldirektors oder eines Garda Síochána, der auf die Straße unten gerufen worden war. Aber nein, es war Alice. Ruhig, völlig

ohne jede Ahnung von dem, was ich gerade versucht hatte, die Stimme voller Leidenschaft und Liebe.
»*Da* bist du«, sagte sie. »Was machst du da oben? Ich dachte, es dauert nur ein paar Minuten?«
»Entschuldige«, sagte ich. »Ich hatte meine Brieftasche hier liegen lassen. Ich komme gleich wieder nach unten.«
»Nein«, sagte sie. »Komm nicht runter, ich komme hoch. Ich will mit dir über etwas reden. Es ist wichtig.«
Das wieder, dachte ich. »Was hat Julian gesagt?«, fragte ich.
Es entstand eine lange Pause. »Wir reden oben«, sagte sie. »Wenn wir allein sind.«
»Lass mich zu dir nach unten kommen.«
»*Nein*, Cyril«, sagte sie. »Bleib, wo du bist, okay? Ich bin schon unterwegs.«
Und damit war sie weg. Ich legte auf und betrachtete meinen auf dem Boden liegenden Hochzeitsanzug. In ein paar Minuten schon würde sie zur Tür hereinkommen, und andere waren wahrscheinlich noch schneller, wenn die Leute von der Straße berichteten, was sie gesehen hatten. Also tat ich das Einzige, was mir einfallen wollte, griff nach meinem Koffer für die Flitterwochen, zog schnell andere Sachen an, öffnete das Handgepäck und nahm das Einzige heraus, was ich brauchte: meine Brieftasche und meinen Pass. Die Mütze tief in die Stirn gezogen, warf ich einen Blick auf meinen Ehering, beschloss aber, ihn nicht mitzunehmen. Ich verließ das Zimmer und lief nicht zur Treppe, sondern ans andere Ende des Korridors, zu dem Aufzug, den das Personal für den Zimmerservice benutzte.
Bevor sich die Türen hinter mir schlossen, warf ich noch einen Blick zurück und war sicher, das Weiß des bauschigen Hochzeitskleides auftauchen zu sehen, in dem Alice das Ende der Treppe erreichte. Dann umfing mich Stille, und ich wurde ins Gedärm des Hauses befördert, aus dem ich durch den Dienstboteneingang auf die Kildare Street gelangte. Die

hoch zum Dach des Hotels starrende Menge war noch größer geworden. Alle warteten darauf, dass der verrückte Nackte wieder herauskam, die Hälfte in der Hoffnung, dass er gerettet wurde, die andere, dass er sprang.

Für mich gab es hier nichts mehr zu tun, das wusste ich. Es blieb nichts anderes, als endlich die Stadt zu verlassen.

II

Exil

1980

In den Anbau

An der Amstel

Es gab Streit, ein Stück weit die Straße hinunter. Ein Riese von einem Mann in einem schweren Mantel mit Pelzbesatz und, absurderweise, einer Sherlock-Holmes-Mütze auf dem Kopf. Neben ihm ein Junge, vielleicht ein Drittel so groß, in Jeans und dunkelblauer Jacke, mit einem weißen T-Shirt darunter. Die beiden stritten laut, der Junge schrie den älteren Mann an, fuchtelte wild mit den Armen und wusste seine Wut kaum mehr zu bändigen. Der Ton des Mannes war kontrollierter, wirkte aber fraglos bedrohlich. Dann wandte sich der Junge ab und wollte davonlaufen, doch bevor er mehr als ein, zwei Meter weg war, packte ihn der Mann beim Kragen, drückte ihn hoch an die Mauer und schlug ihm heftig in den Magen. Der Junge sackte zu Boden, zog die Knie an den Leib, um sich vor weiteren Schlägen zu schützen, und rollte über den nassen Bürgersteig. Er drehte den Kopf, sein Körper ruckte vor, und er übergab sich in den Rinnstein. Als nichts mehr aus ihm herauskam, packte ihn der Mann, zog ihn auf die Füße und sagte ihm etwas ins Ohr, bevor er ihn zurück in sein Erbrochenes stieß und in der Dunkelheit verschwand. Die ganze Zeit über hatte ich tatenlos dagestanden, weil ich in keine Straßenschlägerei verwickelt werden wollte, aber jetzt war der Junge allein, und ich lief zu ihm. Er blickte verängstigt auf, als ich näher kam, und ich sah Tränen über sein Gesicht strömen. Er war jung, höchstens fünfzehn.

»Geht es?«, fragte ich und streckte die Hand aus, um ihm aufzuhelfen, aber er zuckte zurück, als würde auch ich ihm nur wehtun wollen. Er rutschte rückwärts an die Mauer. »Kann ich dir helfen?«

Er schüttelte den Kopf, kämpfte sich unter Schmerzen auf die Beine und schlurfte davon, einen Arm gegen den Leib gedrückt. An der Ecke bog er in Richtung Amstel. Ich sah ihm hinterher, bevor ich den Schlüssel ins Schloss meiner Tür steckte und ins Haus trat. Der ganze Vorfall hatte vielleicht ein, zwei Minuten gedauert, und ebenso schnell vergaß ich ihn wieder. Ich dachte nicht weiter nach, was wohl der Grund für den Streit gewesen sein mochte oder wohin der Junge ging.

Am Schopf aus der Scheiße

So unglaublich es ist, das Fahrradfahren lernte ich erst in Amsterdam.

Den Leuten kam der Anblick vermutlich vor wie eine Szene aus einem Charlie-Chaplin-Film: ein durch den Vondelpark radelnder Mann Mitte dreißig, hinter dem noch andere Männer herliefen, um ihn aufzufangen, falls er stürzen sollte. Doch genau so verbrachte ich im Sommer 1980 manchen Wochenendnachmittag. Nachdem ich nicht weit vom Rijksmuseum eine Massenkarambolage verursacht hatte und auf dem Frederiksplein beinahe unter die Räder einer Straßenbahn geraten wäre, wurde mir geraten, mein *Verkeersdiploma* nachzuholen, das die meisten Kinder in der siebten Klasse machten. Ich fiel dreimal durch, was ein Rekord war, wie mir der ungläubig dreinblickende Lehrer erklärte, und nach einer besonders bösen Kollision mit einem

Laternenpfahl musste mein rechtes Knie genäht werden. Erst dann bestand ich endlich die Prüfung und wurde in die unsichere Freiheit des Straßenverkehrs entlassen.

Meine erste längere Fahrradtour unternahm ich ein paar Wochen später. Ich verließ die Stadt und fuhr nach Naarden, wo ich nach etwa anderthalb Stunden zum ersten Mal Bastiaans Eltern, Arjan und Edda, traf. Bastiaan wollte nach der Arbeit den Zug aus Utrecht nehmen und hatte versprochen, bereits da zu sein, um uns einander vorzustellen, und so war ich etwas nervös, als ich früher als gedacht ankam. Ich hatte noch nie die Eltern eines Geliebten kennengelernt und war nicht sicher, wie ich mich verhalten sollte. Selbst wenn ich mit dem einzigen Mitglied meiner Familie, mit Charles, noch Kontakt gehabt hätte, und ich nahm an, dass er noch lebte, bezweifelte ich doch sehr, dass er ein solches Treffen auch nur in Erwägung gezogen hätte.

Eine lange Straße voller Steinbrocken und Schlaglöcher führte zum Bauernhof der van den Berghs, und mein wackliges Zwischen-den-Hindernissen-hindurch-Manövrieren wurde von zwei heranstürmenden Hunden bedroht, die, kaum dass sie mich entdeckt hatten, in wildes Gebell ausbrachen und nicht im Geringsten erkennen ließen, ob sie mich freudig begrüßen oder wütend in Stücke reißen wollten. Eigentlich mochte ich Hunde, aber ich hatte nie einen besessen, und ihre unklare Motivlage und ihr wildes Herumgespringe führten dazu, dass ich wieder einmal das Gleichgewicht verlor und in einem riesigen, dampfenden Kuhfladen landete, dessen Gestank und Textur darauf schließen ließen, dass er erst vor Kurzem das Gedärm einer alten, inkontinenten Kuh verlassen hatte. Ich sah auf meine brandneuen Chinos und das *Parallel-Lines*-T-Shirt, das mein ganzer Stolz gewesen war, und ich hätte heulen können über die braunen Streifen auf Debbie Harrys vollkommenem Gesicht.

»Ihr verdammten Scheißviecher«, murmelte ich, als die Hunde näher kamen, völlig unschuldig taten und zufrieden über ihren kleinen Sieg mit den Schwänzen wedelten. Der Größere der beiden hob ein Bein und pinkelte auf mein am Boden liegendes Rad, was nun wirklich zu weit ging. Vom Haus der van den Berghs schallte ein Wortschwall herüber, und ich kniff die Augen zusammen und sah eine Frau vor der Tür stehen, die Hände in die Hüften gestützt. Aus der Entfernung konnte ich nicht verstehen, was sie rief, doch dann winkte sie, und ich nahm an, es war Bastiaans Mutter, und mir blieb nichts, als mein Rad aufzurichten und mit meinen Angreifern im Schlepptau in ihre Richtung zu gehen. Als ich näher kam, sah ich, wie ihr Blick leicht amüsiert über meine verdreckten Sachen glitt.

»Sie müssen der Ire sein«, sagte sie und knabberte an ihrer Unterlippe.

»Cyril«, sagte ich und streckte meine verschmierte Hand erst gar nicht aus. »Und Sie müssen Mevrouw van den Bergh sein.«

»Nennen Sie mich Edda«, sagte sie. »Sie wissen, dass Sie voller Kuhscheiße sind, oder?«

»Ja«, sagte ich. »Ich bin vom Fahrrad gefallen.«

»Wer fällt denn vom Fahrrad? Haben Sie getrunken?«

»Nein. Heute zumindest nicht. Gestern Abend waren es ein paar Bier, aber ich bin ziemlich sicher ...«

»Das ändert nichts«, unterbrach sie mich. »In Holland fahren auch Betrunkene Rad, ohne herunterzufallen. Ich bin mal eingeschlafen, hatte den Kopf auf dem Lenker und habe trotzdem sicher nach Hause gefunden. Kommen Sie rein. Arjan ist hinten auf dem Feld, ist aber gleich zurück.«

»Ich kann nicht«, sagte ich und betrachtete meine verschmierten Sachen. »So auf jeden Fall nicht. Vielleicht fahre ich besser nach Hause und komme ein anderes Mal wieder.«

»Das hier ist ein Bauernhof, Cyril«, sagte sie mit einem Achselzucken. »Hier gibt's nichts, was es nicht gibt. Kommen Sie, folgen Sie mir.«

Wir gingen ins Haus, und ich trat mir die Schuhe von

den Füßen, weil ich keine unnötige Schweinerei verursachen wollte. Sie führte mich durchs Wohnzimmer und einen schmalen Flur zu einem Bad hinunter, neben dem ein Schrank mit Handtüchern stand, und gab mir eins, das sich anfühlte, als sei es schon zehntausend Mal benutzt, gewaschen und getrocknet worden. »Da können Sie duschen. Gleich nebenan ist Bastiaans altes Zimmer, da liegen noch ein paar von seinen Sachen im Schrank. Ziehen Sie was davon an, wenn Sie fertig sind.«

»Danke«, sagte ich, schloss die Tür hinter mir, sah in den Spiegel und formte mit den Lippen das Wort »Scheiße«, und das mit allem mir zur Verfügung stehenden Nachdruck. Ich zog mich schnell aus und stieg unter die Dusche. Der Wasserdruck war erbärmlich, und für die Temperatur gab es nur zwei Einstellungen, eiskalt und kochend heiß. Trotzdem gelang es mir, die Kuhscheiße von Gesicht und Händen zu waschen, und ich schrubbte mich ab, bis von dem daliegenden Stück Seife nichts mehr übrig war. Irgendwann drehte ich mich um, ließ mir das Wasser über Rücken und Beine rinnen und konnte erstaunt die Gestalt von Mevrouw van den Bergh ausmachen, die meine verdreckten Sachen vom Boden aufhob und sich über den Arm legte. Bevor sie ging, drehte sie sich noch einmal zu mir hin, musterte offen meinen nackten Körper, nickte befriedigt und ging hinaus. Wie seltsam, dachte ich. Als ich fertig war, linste ich hinaus in den Flur, um sicherzugehen, dass niemand da war, eilte ins Zimmer nebenan und zog die Tür hinter mir zu.

Es hatte etwas leicht Erotisches, mich allein in Bastiaans Kinderzimmer aufzuhalten, und ich konnte nicht anders und legte mich auf das Bett, in dem er vor seinem Wechsel an die Universität achtzehn Jahre geschlafen hatte. Ich versuchte mir vorzustellen, wie er als Teenager dort eingeschlummert war, von barbrüstigen Schwimmern und wild behaarten holländischen Popstars geträumt und seine Sexualität akzeptiert hatte, anstatt vor ihr davonzulaufen. Mit fünfzehn hatte er in diesem Bett seine Unschuld verloren, mit einem Jungen aus der örtlichen Fußballmannschaft, der nach einem Pokalfinale über Nacht geblieben war. Als er mir davon erzählte, verfiel er in eine so wohlige Erinnerung, dass er feuchte Augen bekam, und ich fühlte mich zwischen unwilliger Anerkennung und überwältigendem Neid hin- und hergerissen, waren meine eigenen frühen Erfahrungen doch in keiner Weise damit zu vergleichen. Und dass der Junge von damals, Gregor, immer noch vage in Bastiaans Leben existierte, war ebenfalls erstaunlich. Ich selbst hatte niemals jemanden ein zweites Mal getroffen.

Bastiaan erzählte von Beginn an völlig offen von seinem Liebesleben. Er hatte nicht mit so vielen Leute geschlafen wie ich, höchstens mit einem runden Dutzend, aber mit den meisten hatte sich eine Art von Beziehung angeschlossen, manchmal romantischer Natur, manchmal blieb es bei einer reinen Freundschaft. Einige der Männer lebten noch in Amsterdam, und wann immer sie sich zufällig auf der Straße trafen, umarmten und küssten sie sich, und ich stand betreten daneben. Eine so offene Zurschaustellung von Gefühlen zwischen Männern beunruhigte mich nach wie vor, da ich gewohnheitsmäßig annahm, dass die Leute um uns herum über uns herfallen könnten. Dabei hätte es sie nicht weniger stören können.

Obwohl er so offen war – Bastiaan log niemals und verheimlichte nichts –, fand ich selbst es schwierig, ihm gegenüber in Bezug auf meine Vergangenheit ehrlich zu sein. Es war nicht so, dass ich mich schämte, über die Jahre so viele Sexualpartner gehabt zu haben, doch mir war bewusst geworden, wie tragisch meine pathologische Promiskuität wirklich war. Ich hatte es mit zahllosen Männern getrieben, aber was eine Liebesaffäre betraf, war ich noch ohne jede Erfahrung. Erst nach und nach, und während ich ihn langsam lieben und ihm vertrauen lernte, vermochte ich mir die

Geschichte meiner einst zwanghaften Liebe zu Julian Woodbead von der Seele zu reden, wobei ich ihm aus Angst, ihn zu verschrecken, einige der erbärmlichsten Episoden ersparte, und nachdem wir einen Monat zusammen waren und klar wurde, dass es sich bei uns beiden nicht nur um eine vorübergehende Schwärmerei handelte, erzählte ich ihm auch von meiner lächerlichen dreistündigen Ehe. Er hörte mir staunend zu, so entsetzt wie belustigt, schüttelte schließlich ungläubig den Kopf und konnte nicht begreifen, wie ich mir und Alice etwas so Unsägliches hatte antun können.

»Was ist bloß los mit euch?«, fragte er und sah mich an, als wäre ich ernsthaft geistesgestört. »Was geht vor in Irland? Seid ihr alle völlig durchgeknallt da drüben? Gönnt ihr euch gegenseitig kein Glück im Leben?«

»Nein«, hatte ich darauf erwidert und es schwierig gefunden, ihm mein Land zu erklären. »Nein, ich fürchte, das tun wir nicht.«

Ich stand auf, nahm eine Jeans und ein Hemd aus dem Schrank und zog mich an. Beides war mir ein bisschen zu weit, Bastiaan war größer gebaut und muskulöser als ich, aber es fühlte sich aufregend an, seine Sachen zu tragen. Ganz zu Anfang, nachdem ich das zweite Mal bei ihm übernachtet hatte, war nicht genug Zeit geblieben, um vor der Arbeit nach Hause zu fahren und mich umzuziehen, und er bot mir eine Unterhose von sich an. Sie den ganzen Tag zu tragen, war ein so erotisches Erlebnis gewesen, dass ich mich Stunden später auf der Toilette selbst befriedigen musste, was angesichts meines Arbeitsplatzes ein erschreckendes Sakrileg war. Auch jetzt erregten mich seine Sachen auf ähnliche Weise, doch ich widerstand dem Drang, Hand an mich zu legen, da seine Mutter jeden Moment unangekündigt hereinkommen konnte. Wir kannten uns etwa zehn Minuten, und sie hatte mich bereits nackt gesehen, da musste sie nicht auch noch Zeuge werden, wie ich mir einen runterholte.

Ich ging hinaus in den Flur und trat in die Küche, wo ein sanft wirkender Mann saß und Zeitung las. Sein Gesicht war tief zerfurcht, und er trug einen Mantel, obwohl er im Haus war, zog ihn jedoch aus, als er mich sah.

»Edda sagt, Sie sind in einem Fladen gelandet«, sagte er, faltete seine Zeitung zusammen und legte sie vor sich auf den Tisch. Sein Hemd hatte lange Ärmel, wie ich sah, trotz des warmen Wetters.

»Das stimmt«, gab ich zu.

»So was kommt vor«, sagte er achselzuckend. »Wir fallen in unserem Leben oft in die Scheiße. Die Kunst ist, sich wieder herauszuziehen.«

Ich nickte, ohne zu wissen, ob er das philosophisch meinte oder einer einfachen Tatsache Ausdruck verlieh.

»Mein Sohn sollte langsam hier sein«, sagte er, als ich mich ihm vorstellte. »Ich hoffe, Sie denken nicht, wir haben ihm keine Manieren beigebracht.«

»Er muss aufgehalten worden sein«, sagte ich. »Mit dem Pünktlichsein hat er seine Schwierigkeiten.«

»Das hatte er immer schon«, sagte Arjan.

Edda kam und stellte zwei große Kaffeetassen auf den Tisch. Ich setzte mich und sah mich um. Wenn das Haus auch klein war, schien doch jede kleine Ecke mit über die Jahre angesammelten Raritäten gefüllt. Ob die Wände tapeziert oder gestrichen waren, ließ sich angesichts all der Familienfotos unmöglich sagen. Die Regalbretter bogen sich unter der Last der Bücher, und auf einem Ständer neben einem Plattenspieler stand eine enorme Menge Langspielplatten. Kein Wunder, sagte ich mir, dass mein Freund dieses Haus als ein so ruhiger, ausgeglichener Mensch verlassen hatte, ganz im Gegensatz zu der völlig verkorksten Kreatur, als die ich mein Erwachsenenleben in Dublin begonnen hatte. Allerdings wunderte es mich, wie ein Paar, das so viel Schrecken in dieser Welt erlebt hatte, später so viel Schönheit darin hatte entdecken können.

Natürlich kannte ich ihre Geschichte. Bei unserem vierten Treffen und etlichen Gläsern Bier in meiner Lieblingskneipe, dem MacIntyre's an der Herengracht, hatte Bastiaan mir erzählt, wie seine Eltern, die Worte des Schewa Brachot noch im Ohr, 1942 eine Stunde nach ihrer Hochzeitszeremonie zusammen mit dreihundert anderen Juden von den Nazis zusammengetrieben und ins holländische Durchgangslager in Westerbork geschafft worden waren. Fast einen Monat blieben sie dort und sahen sich nur gelegentlich, wenn sich bei der Arbeit zufällig ihre Wege kreuzten. Dann wurde Arjan nach Bergen-Belsen und Edda nach Auschwitz gebracht, wo sie beide irgendwie überlebten, bis sie von den Engländern, respektive den Russen, gegen Ende des Krieges befreit wurden. Erst 1946 fanden sie sich wieder, durch Zufall, am selben Ort, in derselben Kneipe, die De Twee Paarden geheißen hatte. Ihre Familien waren ausgelöscht worden, Edda hatte eine Arbeit als Kellnerin gefunden, und Arjan kam eines Abends mit seinem ersten Wochenlohn und suchte das Vergessen. Fast genau neun Monate später war Bastiaan das Ergebnis ihres freudigen, unerwarteten Wiedersehens, und er blieb ihr einziges Kind.

Obwohl ich sicher bin, dass Bastiaan seinen Eltern erzählt hatte, wo ich seit zwei Jahren arbeitete, taten sie überrascht, als ich es erwähnte. Ich hatte diesen Moment ziemlich gefürchtet, da ich mir ihrer Geschichte so bewusst war, doch sie schienen interessiert, wenn sie auch behaupteten, das Haus nie besucht zu haben, ohne zu erklären, warum. Aber nachdem wir dann etwa zehn Minuten über völlig andere Dinge gesprochen hatten, überraschte mich Arjan damit, dass er noch einmal auf das Thema zurückkam. Er sagte, er sei in den späten 1930er-Jahren in dieselbe Schulklasse wie Peter van Pels gegangen, während Edda einmal bei einem Geburtstagsfest von Margot Frank gewesen sei, wobei sie nach allem, was sie sagen könne, Anne nie kennengelernt habe.

»Peter und ich haben in derselben Mannschaft Fußball gespielt«, erklärte Arjan und sah aus dem Fenster auf die Felder hinaus, wo sich die Hunde wieder voller Energie gegenseitig jagten. »Er wollte Stürmer sein, aber unser Trainer bestand darauf, dass er in der Verteidigung spielte. Er war kein besonders guter Fußballer, aber er war fit, so fit, dass er allen davonrannte. Meine Schwester Edith kam jeden Sonntagmorgen, um uns zuzusehen, weil sie ihn mochte. Sie war jedoch zu schüchtern, um es zu sagen. Er war sowieso zu alt für sie. Mein Vater hätte eine Beziehung nie erlaubt. Peter kam immer zu spät zum Training, was mich zunehmend ärgerte. Dann eines Tages beschloss ich, es mit ihm auszufechten, aber das war, natürlich, genau der Tag, an dem er für immer verschwand. Im Hinterhaus.«

Mich rührte und erschreckte, was er sagte. Zu wissen, dass dieser Mann, der mir da gegenübersaß, jemandem so persönlich verbunden gewesen war, dessen Bild ich jeden Tag sah und dessen Geschichte fast schon zu einem Teil meines eigenen Lebens geworden war. Ich sah zu Edda hinüber, aber sie hielt mir den Rücken zugewandt. Schließlich drehte sie sich um, räusperte sich, sah mich aber nicht an, während sie sprach. Als wäre sie eine Schauspielerin auf einer Bühne, die einen Monolog rezitierte.

»Herr Frank hatte ein Gewürzunternehmen«, sagte sie. »Er war ein wirklicher Herr, ein lieber Freund meines Vaters. Wann immer wir zu ihm kamen, erkundigte er sich nach der Gesundheit meiner Mutter, denn sie war oft krank. Sie litt unter Asthmaanfällen, und er hatte ein Glas Bonbons für Kinder wie mich hinter Frau Gies' Schreibtisch stehen. Jahre später, nachdem das Tagebuch veröffentlicht worden war, sah ich Herrn Frank einmal auf dem Dam und wollte ihn ansprechen und an die kleine Edda erinnern, die als Kind so oft in seinem Kontor gewesen war, doch dann zögerte ich. Ich sah, wie er zwischen den Touristen herging, unerkannt, und von einigen von ihnen angerempelt wurde.

Dann drückte ihm ein Mann mit einem Ajax-T-Shirt eine Kamera in die Hand und bat ihn, ein Foto von sich und seiner Frau zu machen, und hinterher nahm er ihm den Fotoapparat wieder ab, ohne auch nur Danke zu sagen, als wäre Herr Frank nur zu seinen Diensten da. Ich fragte mich, was die Leute, irgendeiner von ihnen, getan hätten, wenn ihnen klar geworden wäre, wer dieser Mann auf dem Platz da war. Schließlich verschwand er mit gesenktem Kopf aus meinem Blick. Es war das einzige Mal, dass ich ihn nach dem Krieg gesehen habe.«

Es gab so viele Fragen, die ich den beiden gern gestellt hätte, doch ich war nicht sicher, wie aufdringlich sie meine Neugier gefunden hätten. In den vier Jahren, die ich inzwischen in Amsterdam lebte und arbeitete, hatte ich Dutzende Überlebende aus den Todeslagern kennengelernt und stand mit vielen von ihnen durch meine Arbeit im Museum in beruflicher Verbindung, aber dieser Moment mit Edda und Arjan war etwas Persönlicheres. Diese beiden Menschen hatten das Schlimmste durchmachen müssen und es überlebt, und ich liebte ihren Sohn, und er schien zu meinem großen Erstaunen auch mich zu lieben.

»Wie können Sie das ertragen?«, fragte Edda, setzte sich und hob die Stimme, teils aus Wut, teils aus Verwirrung. »Da zu arbeiten, meine ich? Jeden Tag an einem solchen Ort zu sein? Ist das nicht schmerzlich? Oder noch schlimmer: Sind Sie mittlerweile immun dagegen?«

»Nein«, sagte ich und wählte meine Worte sorgfältig. »Es fasziniert mich. Da ich in Irland aufgewachsen bin, wusste ich sehr wenig über das, was im Krieg geschehen ist. Sie haben uns nichts beigebracht, und jetzt lerne ich jeden Tag mehr. Unser Lehrplan im Museum wächst ständig weiter. Es kommen so viele Schulklassen, und es ist meine Aufgabe, dabei zu helfen, dass sie verstehen, was passiert ist.«

»Aber wie können Sie das?«, fragte sie und schien ehrlich verblüfft. »Wo Sie es doch selbst nicht verstehen?«

Ich antwortete nicht. Es war richtig, dass ich es nicht so verstehen konnte wie sie, es nicht so fühlen konnte, aber seit ich in Amsterdam war und die Stelle als Nachwuchskurator des Museums bekommen hatte, war mein Leben erstmals nicht mehr ohne Bedeutung. Ich war fünfunddreißig und hatte endlich das Gefühl, irgendwo hinzugehören. Dass ich von Nutzen war. Das Museum war mir wichtiger, als ich es auszudrücken vermochte. Es war ein von historischen Gefahren durchdrungener Ort, an dem ich mich, paradoxerweise, völlig sicher fühlte.

»Natürlich ist es wichtig«, fuhr sie seufzend fort. »Das stelle ich nicht in Abrede. Aber den ganzen Tag mit diesen Geistern zu verbringen.« Sie erschauderte, und Arjan streckte die Hand aus und legte sie auf ihre. Sein Ärmel schob sich ein Stück hoch, und als ich hinsah, zog er ihn wieder herunter.

»Warum interessiert Sie das überhaupt?«, fragte Edda. »Gibt es keine irischen Juden, die Sie bevormunden können?«

»Nicht viele«, gab ich zu. Ihre Wortwahl verletzte mich.

»Es gibt nirgends mehr viele«, sagte Arjan.

»Ich weiß alles über Ihr Land«, sagte sie. »Ich habe viel darüber gelesen, habe die Leute erzählen hören. Es kommt mir sehr zurückgeblieben vor. Wie ein Volk ohne Verständnis für die eigenen Mitmenschen. Warum lassen Sie die Priester alles für Sie entscheiden?«

»Weil es immer so war, denke ich.«

»Was für eine lächerliche Antwort«, sagte sie mit einem irritierten Lachen. »Nun, wenigstens haben Sie diesem Land den Rücken gekehrt. Ich denke, das war klug von Ihnen.«

»Ich habe ihm nicht den Rücken gekehrt«, sagte ich und war überrascht über meinen sich unerwartet regenden Patriotismus, den ich immer für engstirnigen Unsinn gehalten hatte. »Ich bin weggegangen, das ist alles.«

»Ist das etwas anderes?«

»Ich denke, ja.«

»Eines Tages gehen Sie zurück, nehme ich an. Alle irischen Jungs kehren am Ende zu ihrer Mutter zurück, oder?«

»Wenn sie ihre Mütter kennen, vielleicht.«

»Also ich könnte das nicht so wie Sie«, sagte sie. »Ich mag nicht mal mehr zu Besuch nach Amsterdam. Seit Jahren war ich nicht in der Westerkerk, dabei bin ich als Mädchen so gern auf den Turm gestiegen. Es ist wie mit...«, und jetzt sah sie ihren Mann an. »Elspeths Sohn. Wie hieß er noch?«

»Henrik«, sagte Arjan.

»Ja, Henrik. Der Sohn einer Freundin von uns. Ein Historiker. Er arbeitet seit zwei Jahren im Museum in Auschwitz. Wie kann er so etwas tun? Wie kann er das ertragen? Es macht mich ratlos.«

»Würden Sie in Betracht ziehen, bei uns einen Vortrag zu halten?«, fragte ich. Der Gedanke hatte sich kaum halb in meinem Kopf gebildet und bereits in Worte geformt, bevor ich ihn richtig durchdenken konnte. »Vielleicht vor ein paar Kindern, die zu uns kommen?«

»Ich glaube nicht, Cyril«, sagte Arjan und schüttelte den Kopf. »Was könnte ich ihnen auch schon erzählen? Dass Peter van Pels ein guter Fußballer war? Und sich meine Schwester, wie Anne Frank, in ihn verliebt hatte? Das alles ist fast vierzig Jahre her, vergessen Sie das nicht. Ich habe nichts zu sagen, das jemanden interessieren könnte.«

»Dann könnten Sie vielleicht über Ihre Zeit...«

Er stand auf und stieß seinen Stuhl so heftig zurück, dass er über den Kachelboden kreischte und mich zusammenfahren ließ. Ich sah zu ihm auf und war beeindruckt von seiner Größe und wie hart er daran gearbeitet hatte, in Form zu bleiben. Er war ähnlich gebaut wie der Mann, der den Jungen vor ein paar Tagen vor meiner Wohnung geschlagen hatte, aber seine Statur täuschte über seine sanfte Natur hinweg, und ich schämte mich für meinen Vergleich. Niemand sagte etwas, bis sich Arjan umdrehte, langsam zur Spüle hinüberging und die Teetassen ausspülte.

»Sie sollten den Kontakt zu Ihrem Zuhause nicht verlieren«, sagte Edda schließlich und griff nach meiner Hand. Ihr Ton wurde weicher. »All Ihre Erinnerungen reichen dorthin zurück. Vielleicht sollten Sie Bastiaan einmal mit hinnehmen. Würde er es mögen?«

»Er sagt, dass er Dublin sehen möchte«, antwortete ich, sah zur Uhr und hoffte, dass er bald kam. »Vielleicht irgendwann. Wir werden sehen. Ehrlich gesagt, bin ich glücklich in Amsterdam. Holland fühlt sich für mich mehr wie ein Zuhause an, als Irland es je getan hat. Ich bin nicht sicher, ob ich zurückkönnte. Als ich gegangen bin ...«

Und da, zu meiner Erleichterung, und bevor ich zu viel von mir offenbaren musste, hörte ich Schritte auf den Stufen vor der Haustür. Es klopfte dreimal, der Riegel wurde zurückgezogen, und da war Bastiaan, mit gerötetem Gesicht, weil er sich beeilt hatte, kam herein und umarmte Mutter und Vater mit einer Liebe, wie sie mir zwischen Eltern und Kindern völlig fremd war. Und dann wandte er sich mir zu und lächelte mich auf eine Weise an, die mir sagte, dass er in diesem Moment niemanden auf der Welt lieber sah als mich.

Am Rokin

Ich saß am Fenster einer Kneipe am Rokin und wartete auf meine Freundin Danique. Sie war es, die mich ursprünglich als Nachwuchskurator eingestellt hatte, bevor sie selbst ihre Stelle im Anne-Frank-Haus kündigte und eine Stelle im United States Holocaust Memorial Museum in Washington annahm. Jetzt war sie für ein, zwei Wochen zurück in Amsterdam, weil jemand in ihrer Familie heiratete. Ich hatte vergessen, ein Buch mitzunehmen, starrte aus dem Fenster, und mein Blick wurde von einer Bar auf der anderen Seite der Straße angezogen, einem beliebten Treffpunkt für Strichjungen. Es war ein finsterer Schuppen, in dem mittelalte Männer zwischen halb leeren Bierflaschen herumschlichen, ihre Eheringe tief in den Manteltaschen vergraben. Während meiner ersten Monate in der Stadt, in den dunkelsten Tiefen nach meiner Flucht aus Dublin, war ich ein- oder zweimal dort gewesen und hatte im schnellen, unkomplizierten Sex das Vergessen gesucht. Zwei Männer traten aus dem Eingang, von denen mir einer bekannt vorkam. Es war der Kerl, der vor ein paar Wochen auf der Straße vor meiner Wohnung den Jungen geschlagen hatte. Ich erkannte ihn an seiner Statur, dem fellbesetzten Mantel und der lächerlichen Sherlock-Holmes-Mütze. Er holte eine Zigarette aus der Tasche und steckte sie an, während der andere Mann, ein Mittvierziger mit bleicher Haut und einem Manchester-United-T-Shirt, ein Portemonnaie in seine Gesäßtasche steckte. Kurz darauf öffnete sich die Tür wieder, und es überraschte mich nicht, auch den Jungen aus der Bar kommen zu sehen, dessen Haar in einem unnatürlichen Ton irgendwo zwischen Braun und Blond gefärbt war. Sherlock legte ihm väterlich eine Hand auf die Schulter, schüttelte Man-Utd. die Hand, hob den Arm, und kurz darauf hielt ein Taxi, und der Junge und sein Kunde stiegen hinten ein. Als sie weg waren, sah der Mann über die Straße, und unsere Blicke trafen sich für einen Moment. Er starrte mich an, kalt und aggressiv, und ich wandte mich ab und war froh, meine Freundin mit einem Lächeln auf mich zukommen zu sehen.

Die Wut des Exils

In meiner ersten Zeit in Amsterdam fühlte ich mich zunehmend von den Vierteln angezogen, in denen es Kunstgalerien und Raritätenläden, Bücherstände und Straßenkünstler gab. Ich besuchte Konzerte, ging ins Theater und verbrachte lange Nachmittage im Rijksmuseum, studierte Ausstellung um Ausstellung und versuchte, meinen Horizont zu erweitern. Fast ohne jedes kunstgeschichtliche Wissen verstand ich nicht immer, was ich da vor mir hatte, und vermochte die Bilder und Skulpturen nicht in ihren Kontext einzuordnen, aber die Werke begannen mich zu berühren, und meine Einsamkeit wurde bald von einem sich entwickelnden Interesse an Kunst und Kreativität gemildert.

Das war vielleicht auch einer der Gründe, warum mich meine Arbeit im Anne-Frank-Haus so anregte. Das Museum barg die Geschichten vieler und die Worte einer einzelnen Person, was eine unvorhersehbare Wirkung auf jeden Besucher hatte, der durch die Tür trat. Ich hatte in Dublin kein wirklich kulturorientiertes Leben geführt, obwohl ich im Haus einer Schriftstellerin und ihres Mannes aufgewachsen war. Bücher waren Maudes Leben gewesen, und ich fing an, mich darüber zu wundern, warum sie sich nie darum bemüht hatte, mich für Literatur zu interessieren. Natürlich hatte es Bücher am Dartmouth Square gegeben, zahllose Bücher, doch kein einziges Mal war Maude mit mir an den Regalen entlanggegangen und hatte mir Romane und Erzählungen gezeigt, die sie inspiriert hatten, geschweige denn, dass sie mir eines dieser Werke in die Hand gedrückt und darauf bestanden hätte, dass ich es lese, um hinterher mit mir darüber zu reden. Und als ich das Haus erst einmal verlassen hatte, lebte ich ein zutiefst abgeschiedenes und verlogenes Leben. Meine kompletten Zwanziger ließen sich so charakterisieren. Ich ging in dieser Zeit gezielt allem aus dem Weg, was mich zurück in die komplizierten Jahre meiner Kindheit gezogen hätte.

Die Kanäle zwischen Herengracht und Amstel waren mein Lieblingsviertel, und auf dem Heimweg von der Arbeit ging ich am Abend oft im MacIntyre's etwas essen. Während der Jahre, die ich durch Europa gezogen war, hatte ich bewusst alle irischen Pubs gemieden, doch die Mischung aus Holländischem und Irischem dort gefiel mir. Die Einrichtung erinnerte mich an zu Hause. Essen und Atmosphäre hatten jedoch eindeutig andere Ursprünge.

Die Gäste waren hauptsächlich schwule Männer, und doch war es weniger eine Aufreißkneipe als ein lockerer Treffpunkt. Gelegentlich kamen ein paar Stricher herein und versuchten, die Aufmerksamkeit der älteren Männer zu erregen, die allein mit einer Ausgabe des *Telegraf* an ihren Tischen saßen. Meist jedoch warf Jack Smoot, der Besitzer, sie hinaus, bevor sie etwas erreicht hatten. Er schickte sie zurück in die Paardenstraat und zum Rembrandtplein und warnte sie nachdrücklich davor, wieder herzukommen.

»Wenn hier und da mal etwas läuft, ist nichts dagegen einzuwenden«, erklärte er mir eines Abends, nachdem er einen großen, dunkelhaarigen Jungen in unvorteilhaft engen Jeansshorts hinausgeworfen hatte. »Aber ich lasse es nicht zu, dass das MacIntyre's zu einer Anlaufstelle für Stricher wird.«

»Von denen ist keiner Holländer, oder?«, fragte ich ihn und sah hinaus, wo der Junge mit den hängenden Schultern stand und auf die Gracht starrte. »Der gerade kam mir griechisch oder türkisch vor.«

»Die meisten kommen aus Osteuropa«, sagte Smoot. »Sie kommen her, um Geld zu machen, sind aber längst nicht so erfolgreich wie die Mädchen. Niemand ist interessiert daran, Jungen in Unterwäsche in einem Fenster in De Wallen zu sehen. Sie haben vielleicht fünf gute Jahre, wenn sie Glück haben, dann sieht man ihnen ihr Alter an, und niemand will sie mehr. Wenn Sie ihn wollen...«

»Großer Gott«, sagte ich und lehnte mich beleidigt zurück. »Natürlich will ich ihn nicht. Er ist ja noch ein Kind. Aber kann er nicht anders Geld verdienen? Er sah aus, als hätte er Hunger.«

»Wahrscheinlich.«

»Warum ihn also hinauswerfen? Vielleicht hätte er genug verdient, um sich etwas zu essen zu kaufen.«

»Wenn ich einen reinlasse, muss ich es allen erlauben«, sagte Smoot, »und ich habe den Laden hier nicht für Stricher aufgebaut. Das hätte ihm nicht gefallen.«

»Wem nicht?«, sagte ich, doch er überhörte meine Frage und ging zurück hinter die Theke, wusch sich die Hände und sah für den Rest des Abends nicht mehr zu mir herüber.

Ich ging regelmäßig ins MacIntyre's und hatte mich mit Jack Smoot etwas angefreundet. Er war etwa zwanzig Jahre älter als ich, und sein rasierter Kopf, seine Augenklappe und der Stock wegen seines steifen linken Beines gaben ihm etwas Einschüchterndes. Als ich eines Freitagabends mit einer Kollegin aus dem Anne-Frank-Haus einmal länger geblieben war, lud er mich ein, die Nacht mit ihm oben in seiner Wohnung zu verbringen, aber ich lehnte ab, und ihm schien die Zurückweisung näherzugehen, als ich gedacht hätte. Ich nahm an, dass er es regelmäßig bei seinen Stammgästen versuchte, manchmal mit Erfolg, manchmal ohne. Ich kam extra am nächsten Abend wieder, hoffte, dass es nicht peinlich enden würde, und stellte zu meiner Erleichterung fest, dass er sich verhielt, als wäre nichts geschehen. Seitdem ließ er mich für gewöhnlich in Ruhe essen, trank aber ab und zu ein Glas mit mir, bevor ich ging, und einmal überraschte er mich mit dem Geständnis, dass er Ire sei.

»Nun, zumindest halb«, sagte er. »Ich bin da geboren, mit zwanzig aber weggezogen.«

»Du hast überhaupt keinen Akzent«, sagte ich.

»Das war harte Arbeit«, sagte er und trommelte nervös mit den Fingern auf den Tisch. Seine Nägel waren völlig heruntergebissen.

»Und wo kommst du her?«, fragte ich.

»Aus der Gegend von Ballincollig«, sagte er und wandte den Blick ab. Seine Zunge arbeitete hinter der Wange, und ich spürte, wie sich sein ganzer Körper verspannte.

»Wo ist das? In Kerry?«
»Cork.«
»Verstehe«, sagte ich. »Da war ich nie.«
»Da hast du nicht viel verpasst.«
»Fährst du noch oft hin?«
Er lachte, als wäre meine Frage völlig abwegig, und schüttelte den Kopf. »Nein«, sagte er. »Ich war seit fünfunddreißig Jahren nicht mehr in Irland, und es wäre eine ganze Söldnerarmee nötig, um mich wieder hinzubringen. Ein fürchterliches Land. Schreckliche Leute. Üble Erinnerungen.«

»Trotzdem«, sagte ich, und seine Bitternis verunsicherte mich etwas, »führst du einen irischen Pub.«

»Weil ich damit Geld verdiene«, sagte er. »Diese Kneipe ist eine kleine Goldgrube. Das Land mag ich ja hassen, Cyril, aber ich habe nichts dagegen, dass die Leute herkommen und etwas Geld in meine Kasse bringen. Und hin und wieder findet einer her und hat was in der Stimme oder seinem Ausdruck ...« Er verstummte, schüttelte den Kopf und schloss die Augen, und ich begriff, was für Narben auch er davongetragen hatte und wie gering die Chancen waren, dass sie je ganz verheilten.

»Was?«, fragte ich, als er offenbar nicht fortfahren wollte. »Mit was in der Stimme?«

»Etwas, das mich an jemanden erinnert, den ich einmal kannte«, sagte er, hob den Blick mit einem verhaltenen Lächeln, und ich beschloss, nicht weiter nachzufragen. Was für Erinnerungen er auch mit sich herumtrug, es waren seine privaten, persönlichen, und sie gingen mich nichts an.

»Sei's drum. Jedenfalls mag ich Leute wie dich, Cyril«, sagte er schließlich. »Leute, die weggegangen sind. Die, die dableiben, verachte ich. Die freitagmorgens mit dem ersten Aer-Lingus-Flug herkommen und nichts anderes im Sinn haben, als sich volllaufen zu lassen, ins Rotlichtviertel zu gehen und sich eine Hure zu suchen, auch wenn sie für gewöhnlich schon zu besoffen sind, um noch einen hochzukriegen. Am Sonntagmorgen fliegen sie zurück zu ihren Beamtenjobs, haben montags einen fürchterlichen Kater und sind überzeugt, die Huren hätten die fünf Minuten mit ihnen genossen, bloß weil sie die ganze Zeit blöd gegrinst und ihnen am Ende einen Kuss gegeben haben. Ich wette, im Anne-Frank-Haus siehst du keine irischen Touristen.«

»Nicht oft«, gab ich zu.

»Weil sie alle hier sind. Oder in anderen Kneipen.«

»Weißt du, ich habe auch mal einen Beamtenjob im öffentlichen Dienst gemacht, als ich jünger war«, sagte ich.

»Es überrascht mich nicht zu sehr, das zu hören«, sagte er. »Aber du bist weggegangen, also kann es dir nicht sehr gefallen haben.«

»Es war okay. Ehrlich gesagt, wäre ich vielleicht heute noch da, wenn ... also, es gab einen Vorfall, nach dem ich nicht bleiben konnte. Was mir ziemlich egal war. Ich hab dann was beim RTÉ bekommen, und das war weit interessanter.«

Smoot nahm einen Schluck aus seinem Glas und sah aus dem Fenster. Radfahrer kamen vorbei, und hin und wieder ertönte eine Klingel, die einen allzu sorglosen Fußgänger warnte. »Witzigerweise«, sagte er, »kenne ich jemanden, der im Dáil arbeitet.«

»Einen Abgeordneten?«

»Nein, eine Frau.«

»Es gibt auch weibliche Abgeordnete«, sagte ich.

»Wirklich?«

»Klar, du alter Sexist. Nun, wenigstens ein paar. Nicht viele.«

»Sie ist keine Abgeordnete. Sie arbeitet hinter den Kulissen. Als wir uns kennenlernten, mochte ich sie nicht wirklich. Ehrlich gesagt, habe ich sie gehasst. Sie war so was wie ein Kuckuck in meinem Nest. Aber dann, wie es sich ergab, hat sie mir das Leben gerettet. Ohne sie würde ich heute hier nicht sitzen und mich mit dir unterhalten.«

Der Pub war gut besetzt, fühlte sich aber ruhig an. »Wie?«, fragte ich. »Was ist geschehen?«

Er sagte nichts, sondern schüttelte nur den Kopf und atmete tief durch, als kämpfte er gegen Tränen an. Als er mich ansah, war sein Gesicht voller Schmerz.

»Seid ihr noch Freunde?«, fragte ich. »Besucht sie dich manchmal?«

»Sie ist mein bester Freund«, sagte er und rieb sich mit den Daumen über die Augenwinkel. »Und ja, sie kommt alle ein, zwei Jahre. Spart genug Geld und fliegt nach Amsterdam, und dann sitzen wir hier an diesem Tisch und heulen wie die Babys, während wir über die Zeit damals sprechen. Was du verstehen musst in Bezug auf Irland«, sagte er, beugte sich vor und deutete mit dem Finger auf mich. »Nichts wird sich in dem verdammten Land je ändern. Irland ist ein zurückgebliebenes Loch, das von üblen, bösartigen, sadistischen Priestern und einer Regierung geführt wird, die ihnen so hörig ist, dass sie praktisch an der Leine gehalten wird. Der Taoiseach tut, was der Erzbischof von Dublin sagt, und für seinen Gehorsam kriegt er ein Leckerchen, wie ein folgsames Hündchen. Das Beste, was Irland passieren könnte, wäre eine Riesenwelle aus dem Atlantik, die das Land wie eine biblische Flut überschwemmt und alle Männer, Frauen und Kinder für immer wegspült.«

Ich lehnte mich zurück, erstaunt über die Vehemenz, mit der er das sagte. Smoot war im Grunde ein gutmütiger Mensch, und ihn so voller Wut zu erleben erschütterte mich.

»Komm«, sagte ich. »Das geht vielleicht etwas weit, oder?«

»Im Gegenteil, wenn überhaupt, dann nicht weit genug«, entgegnete er, und jetzt machte sich doch ein leichter corkscher Akzent in seiner Stimme bemerkbar, und vielleicht merkte auch er das, denn er schüttelte sich, als bestürzte ihn die Tatsache, dass da noch irgendwo, tief und unauslöschlich, etwas in seiner Seele verborgen lag. »Schätze dich glücklich, Cyril«, fügte er hinzu. »Du hast es geschafft. Du musst nie wieder zurück.«

Bastiaan

Ich hatte Bastiaan zum ersten Mal im MacIntyre's Pub gesehen. Er fiel mir kaum auf, als ich hereinkam, saß an einem Ecktisch, vor sich ein Glas Jupiler, und las die holländische Ausgabe eines Romans von Maude. Obwohl ich keinen Überblick darüber hatte, in welche Sprachen ihre Bücher übersetzt waren, und schon gar nicht von den sich daraus ergebenden Einkünften, die allesamt an Charles gingen, wusste ich doch aus gelegentlich an sie erinnernden Zeitungsartikeln, dass sie rund um die Welt gelesen wurde und an etlichen Universitäten auf dem Lehrplan stand. In einem Bahnhof in Madrid hatte ich Exemplare von *Neigung zur Lerche* entdeckt, in einem Untergrund-Theater in Prag eine Bühnenversion von *Das Kodizill der Agnès Fontaine* gesehen und nahe bei Ingmar Bergman in einem Café in Stockholm gesessen, während er Notizen an den Rand von *Der Geist meiner Tochter* schrieb, drei Jahre vor seinem Triumph mit einer Adaption des Romans an der Kungliga Operan. Ihr Ruhm schien von Jahr zu Jahr weiter zu wachsen. Maude wand sich vermutlich vor Ärger in ihrem Grab.

Bastiaan war völlig versunken in seine Lektüre und nur noch wenige Seiten vom Ende entfernt. Der Epilog führte einen Mann und eine Frau Jahrzehnte nach dem Ersten Weltkrieg in einem Londoner Hotel wieder zusammen, und ihr überreiztes Wiedersehen war meine Lieblingsszene in sämtlichen Büchern meiner Adoptivmutter. Ich setzte mich an die Theke, trank ein Bier und versuchte, mein Interesse nicht zu offensichtlich zu zeigen. Als er die letzte Seite gelesen hatte, legte er das Buch vor sich auf den Tisch und blickte es eine Weile an, bevor er die Brille abnahm und sich die Nasenwurzel massierte. Ich war mir bewusst, dass ich ihn anstarrte, konnte aber nicht anders. Er trug sein dunkles Haar kürzer, als es Mode war, hatte einen Zweitagebart und sah unglaublich gut aus. Ich nahm an, dass er etwa so alt war wie ich, vielleicht ein, zwei Jahre jünger, und ich spürte das vertraute Ziehen in meiner Brust, das mich immer dann erfüllte, wenn ich einen attraktiven Mann sah, mit dem eine Beziehung so gut wie unmöglich schien.

Einen Moment später jedoch sah er zu mir herüber und lächelte. Ich sagte mir, steh auf, geh hin und setz dich zu ihm – Gott, über das Buch hätte ich einen so guten Aufhänger für eine Unterhaltung gehabt. Doch aus irgendeinem Grund wandte ich mich ab, und dann, bevor ich noch genug Mut fassen konnte, stand er auf, winkte Smoot zu und ging hinaus. Enttäuscht sah ich ihm hinterher.

»Deine Schüchternheit bringt dich noch um, Cyril«, sagte Jack Smoot und stellte ein frisches Bier vor mir hin.

»Ich bin nicht schüchtern«, sagte ich schüchtern.

»Aber klar doch. Du hast Angst, zurückgewiesen zu werden. Ich sehe es dir an. Du hast nicht viel Erfahrung mit Männern, oder?«

»Nicht viel«, stimmte ich zu. Mit Sex ja, aber nicht mit Männern, hätte ich am liebsten hinzugefügt.

»Das hier ist nicht Dublin, weißt du«, sagte er. »Das hier ist Amsterdam. Wenn du jemanden siehst, den du magst, gehst du hin und sagst Hallo. Du redest mit ihm. Besonders wenn er dich auch zu mögen scheint, und Bastiaan mag dich, das ist mal klar.«

»Wer ist Bastiaan?«, fragte ich.

»Der Mann, den du die ganze Zeit angestarrt hast.«

»Ich glaube nicht, dass er mich auch nur bemerkt hat«, sagte ich und wünschte, er würde mir widersprechen.

»Glaub mir, das hat er.«

Am nächsten Abend ging ich wieder ins MacIntyre's, doch zu meiner Enttäuschung war der Ecktisch leer, und ich setzte mich und las *Garp und wie er die Welt sah* weiter – diesmal auf Holländisch, um meine Sprachkenntnisse zu verbessern. Etwa zwanzig Minuten später jedoch kam er, sah sich um, ging zur Theke, bestellte zwei Bier und setzte sich mir gegenüber an meinen Tisch.

»Ich bin zurückgekommen, weil ich gehofft habe, dass du hier wärst«, sagte er als Erstes.

»Ich auch«, sagte ich.

»Ich dachte, wenn du mich nicht ansprichst, sollte ich es tun.«

Ich sah ihm in die Augen und wusste bereits, dass da der wichtigste Mann saß, den ich in meinem Leben kennenlernen würde. Wichtiger als Charles Avery. Wichtiger als Julian Woodbead. Der Einzige, den ich immer lieben und der mich immer zurücklieben würde.

»Entschuldige«, sagte ich. »Ich bin etwas schüchtern, das ist alles.«

»In Amsterdam darfst du nicht schüchtern sein«, sagte er und wiederholte damit ziemlich genau Smoots Worte vom Abend zuvor. »Es ist gegen das Gesetz. Du kannst schon für weniger ins Gefängnis kommen.«

»Wenn das so wäre, würde ich viel Zeit hinter Gittern verbringen.«

»Wie heißt du?«, fragte er.

»Cyril Avery.«

»Dein Akzent. Bist du Ire?« Seine Miene verdunkelte sich etwas. »Bist du nur zu Besuch?«

»Nein, ich wohne hier«, erklärte ich ihm, »und ich bleibe.«

»Arbeitest du in Amsterdam?«

»Im Anne-Frank-Haus. Als Kurator.«

Er zögerte kurz. »Okay«, sagte er.

»Und du?«, fragte ich. »Was machst du?«

»Ich bin Arzt«, sagte er. »In der Forschung, um es genau zu sagen. Ansteckungskrankheiten.«
»Also Windpocken, Kinderlähmung und so?«
Er antwortete nicht gleich. »So in etwa, ja. Allerdings ist das nicht ganz der Bereich, der mich interessiert.«
»Und welcher wäre das?«
Bevor er etwas sagen konnte, kam Smoot, zog sich einen Stuhl heran und grinste wie ein emsiger Kuppler, der seine Arbeit getan hatte.
»Ihr habt euch also gefunden«, sagte er und hörte gar nicht auf zu grinsen. »Ich wusste, dass ihr es am Ende schaffen würdet.«
»Jack sagt mir immer, dass Irland schrecklich ist«, sagte Bastiaan. »Kann das stimmen? Ich war nie da.«
»So schlimm ist es auch wieder nicht«, sagte ich und überraschte mich selbst mit der Bereitschaft, mein Heimatland zu verteidigen. »Jack war schon lange nicht mehr zu Hause.«
»Irland ist nicht mein Zuhause«, sagte Smoot, »und du warst auch lange nicht mehr da.«
»Wann zuletzt?«, fragte Bastiaan.
»Vor sieben Jahren.«
»Es ist kein guter Ort für Leute wie uns«, sagte Smoot.
»Leute wie uns?«, fragte Bastiaan und sah ihn an. »Was, Wirte, Kuratoren und Ärzte?«
»Sieh dir das an«, sagte Smoot, ohne die Frage zu beantworten, hob seine Augenklappe und zeigte uns einen Narbenklumpen, wo sein Auge hätte sein sollen. »Das macht Irland mit Menschen wie uns. Und das«, fügte er hinzu, hob seinen Stock und schlug damit dreimal auf den Boden, woraufhin die übrigen Gäste zu uns hersahen. »Seit fünfunddreißig Jahren bin ich nicht mehr normal auf zwei Beinen gegangen. Verdammtes Irland.«
Ich seufzte tief. Ich war an diesem Abend nicht in der Stimmung für Smoots Bitterkeit, sah ihn streng an und hoffte,

er würde mich verstehen und gehen, aber Bastiaan lehnte sich interessiert vor und betrachtete seine Wunden.

»Wer hat dir das angetan, mein Freund?«, fragte er.

»Ein fetter alter Dreckskerl aus Ballincollig«, sagte Smoot, und sein Gesicht verdunkelte sich. »Er nahm Anstoß daran, dass sein Sohn zu mir nach Dublin gekommen war, und so folgte er ihm, wartete vor unserer Wohnung, bis er es hineinschaffte, schlug dem Jungen den Schädel ein und richtete seine Wut auch gegen mich. Ich wäre verblutet, wäre nicht noch jemand da gewesen.«

Bastiaan schüttelte entsetzt den Kopf. »Was ist mit ihm geschehen?«, fragte er. »Ist er im Gefängnis gelandet?«

»Ist er nicht«, sagte Smoot. Er drückte den Rücken durch, und ich sah, dass der Schmerz der Erinnerung fast zu viel für ihn war, selbst nach so vielen Jahren. »Die Geschworen haben ihn gehen lassen, aber das war keine große Überraschung. Zwölf weitere fette, alte irische Dreckskerle, die seinen Sohn für geisteskrank erklärten, was ihm das Recht gab, ihn zu erschlagen und mich so zuzurichten. Wenn ihr wissen wollt, was er mir genommen hat, seht euch die Wand da drüben an.« Er nickte zu einem Foto hin, das nicht weit von uns am Mauerwerk hing. Es war mir bisher noch nicht aufgefallen. »Seán MacIntyre. Ich habe ihn geliebt. Sein Vater hat ihn ermordet.« Ich starrte das Bild an, zwei Männer, die nebeneinanderstanden, einer lächelte in die Kamera, der andere, ein jüngerer Smoot, starrte hinein, während rechts von ihnen eine Frau vom Rahmen entzweigeschnitten wurde. »Ein paar Monate später lag Seán in seinem Grab.«

Ich sah zur Theke hinüber und hoffte, er würde wieder gehen. Zu meiner Erleichterung kamen in diesem Moment zwei Touristen herein, und Smoot sah sich um und seufzte.

»Ich mach wohl besser weiter«, sagte er, nahm seinen Stock und humpelte zurück, um sie zu bedienen.

»Hast du schon was gegessen?«, fragte ich Bastiaan und wollte möglichst schnell aus dem Pub, nur für den Fall, dass Smoot auf die Idee kam, sich wieder zu uns zu setzen. »Würdest du mit mir etwas essen gehen wollen?«

»Aber sicher«, sagte er und grinste mich an. »Denkst du, ich bin hergekommen, um mir Jack Smoots fehlendes Auge anzusehen?«

Ignac

Wir entdeckten Ignac vor der Tür unserer Wohnung am Weesperplein an einem eiskalten Samstagabend, wenige Wochen vor Weihnachten.

Bastiaan war zwei Monate zuvor mit eingezogen, und die einfache Freude darüber, mit ihm zusammenzuleben, ließ mich überlegen, warum ich mich je darum gesorgt hatte, was andere Leute denken mochten. Vor sieben Jahren hatte ich Dublin verlassen, war seitdem nicht wieder zurückgekehrt und hatte auch mit niemandem aus meiner Vergangenheit dort Kontakt gehabt. Tatsächlich hatte ich keine Ahnung, wie es ihnen ging, ob sie noch lebten oder längst tot waren. Umgekehrt wussten auch sie nicht, was aus mir geworden war. Der Gedanke, dass ich niemals zurückkehren könnte, lag mir jedoch auf der Seele, denn sosehr ich Amsterdam liebte, war Irland für mich immer noch meine Heimat, und gelegentlich sehnte ich mich danach, die Grafton Street hinunterzugehen und den Sternsingern vor Switzer's zu-zuhören oder an einem kühlen Sonntagmorgen den Pier von Dún Laoghaire entlangzuschlendern und anschließend in einem Pub dort etwas zu essen.

Zu meiner Überraschung musste ich vor allem immer wieder an Charles denken. Er mochte ja ein miserabler Adoptivvater gewesen sein, und ich war vielleicht nie ein richtiger Avery gewesen, aber ich war in seinem Haus aufgewachsen, und ich hegte liebevolle Gefühle für ihn, Gefühle, die durch unsere Entfremdung nur noch gestärkt zu werden schienen. An Julian dachte ich weniger oft, und wenn, ohne Verlangen oder Lust. Stattdessen fragte ich mich, ob er mir meine Lügen und das schreckliche Verbrechen vergeben hatte, das ich seiner Schwester angetan hatte. Den Gedanken an Alice versuchte ich in aller Regel aus dem Weg zu gehen, ich verdrängte sie, wenn sie in mir aufkamen. Wenn ich mir auch sonst keine Vorwürfe machte, dass ich jemanden vor den Kopf gestoßen haben könnte, was Alice betraf, war es anders, der Schmerz, den ich ihr bereitet hatte, setzte mir immer noch zu. Trotzdem, in meiner Naivität nahm ich an, dass für beide Woodbeads genug Zeit vergangen war, um die alten Geschichten hinter sich zu lassen und mich vergessen zu haben. Ich hätte mir unmöglich vorstellen können, was in meiner Abwesenheit alles geschehen war.

Es hatte etwas Bezauberndes, an einem kalten Abend wie diesem am Fluss entlangzulaufen. Das Amstel-Hotel warf sein Licht auf die Radfahrer, die die Sarphatistraat hinauf- und hinunterkamen, und hinter den beschlagenen Scheiben der vorbeiziehenden Rundfahrtboote saßen und standen die Touristen und fotografierten. Bastiaan und ich konnten uns auf dem Nachhauseweg bei den Händen halten, und niemand zuckte auch nur mit der Wimper. In Dublin wären die Leute auf uns losgegangen und hätten uns halb totgeschlagen, und die Gardaí, wenn sie uns schließlich vom Pflaster gekratzt hätten, hätten uns ins Gesicht gelacht und gesagt, dass unser Unglück allein unsere Schuld sei. In Amsterdam wünschten wir entgegenkommenden Fremden ein schönes Weihnachtsfest, machten ein paar Bemerkungen dazu, wie kalt es war, und fühlten uns ganz und gar nicht bedroht. Und vielleicht ließ der Umstand, dass wir in einem solchen Frieden lebten, den im Schnee vor unserer Tür liegenden verwundeten Jungen zu einem besonders verstörenden Anblick werden.

Ich erkannte ihn nach den beiden früheren Vorfällen

sofort wieder. Er trug dieselben Sachen, in denen ich ihn schon am Abend seiner Auseinandersetzung mit seinem Sherlock-Zuhälter gesehen hatte, und sein Haar war noch genauso wahllos gefärbt wie an jenem Tag, als er ins Taxi des Manchester-United-Fans gestiegen war. Aber sein Gesicht über dem rechten Wangenknochen war geschwollen, und die dunkle, blutunterlaufene Stelle unter dem Auge würde über die nächsten Tage alle Regenbogenfarben annehmen. Getrocknetes Blut reichte von der Lippe bis hinunter aufs Kinn, und ich konnte sehen, dass er einen seiner unteren Schneidezähne verloren hatte. Bastiaan trat schnell zu ihm hin und fühlte seinen Puls, wobei es offensichtlich war, dass der Junge noch lebte. Er war nur übel zugerichtet.

»Sollen wir einen Krankenwagen rufen?«, fragte ich.

»Ich kann mich um ihn kümmern«, sagte Bastiaan und schüttelte den Kopf. »Es sind hauptsächlich äußere Blessuren, aber wir müssen ihn mit nach oben nehmen.«

Ich zögerte, unsicher, ob ich einen Fremden mit in unsere Wohnung nehmen wollte.

»Was?«, fragte er und sah mich an.

»Ist das nicht gefährlich?«, fragte ich. »Dir ist doch klar, dass er ein Stricher ist?«

»Ja, und zwar einer, der übel zusammengeschlagen wurde. Willst du ihn hier draußen erfrieren lassen? Komm schon, Cyril, hilf mir, ihn zu tragen.«

Ich gab widerwillig nach. Es war nicht so, dass mir der Junge nicht leidtat, aber ich hatte gesehen, wozu sein Zuhälter fähig war, und wollte nicht unbedingt in etwas verwickelt werden. Bastiaan hatte sich bereits über den Jungen gebeugt und drehte sich verdrossen zu mir um. Sein Blick fragte, worauf ich denn wartete, und so schleppten wir ihn hinauf in unsere Wohnung und setzten ihn in einen Sessel. Müde öffnete der Junge ein Auge, sah zwischen uns hin und her und murmelte etwas Unverständliches.

»Bring mir meine Tasche«, sagte Bastiaan und nickte

zum Flur hin. »Im Schrank. Die schwarze Ledertasche über meinen Anzügen.«

Ich tat, was er sagte, und sah von der Tür aus zu, wie Bastiaan ruhig mit dem Jungen redete und ihn zu verstehen versuchte. Irgendwann fuhr der Junge hoch, schlug um sich und schrie unverständliche Worte in unsere Richtung, aber Bastiaan hielt ihn fest, bis er zurück in seinen Halbschlaf verfiel.

»Wie alt ist er, denkst du?«, fragte ich.

»Fünfzehn. Höchstens sechzehn. Er ist so dünn. Er kann nicht mehr als sechzig Kilo wiegen, und sieh.« Er hob den rechten Arm des Jungen und zeigte mir eine Reihe kleiner Narben und die Einstichwunden von Injektionsnadeln. Er holte eine Flasche aus seiner Tasche, tränkte einen Wattebausch mit der Flüssigkeit und rieb über die roten Stellen. Der Junge zuckte leicht, als die kalte Flüssigkeit auf seine Haut traf, wachte jedoch nicht auf.

»Sollen wir die Polizei rufen?«, fragte ich, aber Bastiaan schüttelte den Kopf.

»Das führt zu nichts«, sagte er. »Die Polizei wird ihm die Schuld geben. Sie stecken ihn in eine Ausnüchterungszelle, geholfen wird ihm nicht.«

»Braucht er einen Arzt?«

Bastiaan sah mich an, belustigt, aber auch leicht irritiert. »Ich bin Arzt, Cyril«, sagte er.

»Ich meine, einen richtigen Arzt.«

»Ich *bin* ein richtiger Arzt!«

»Einen praktizierenden Allgemeinmediziner«, korrigierte ich mich. »Eine Notaufnahme. Du weißt, was ich meine. Du bist in der Forschung! Wann hast du das letzte Mal mit einem Fall wie diesem zu tun gehabt?«

»Er braucht nicht mehr, als ich bereits für ihn getan habe. Das Beste ist, ihn schlafen zu lassen. Er wird Schmerzen haben, wenn er aufwacht, aber ich kann ihm ein Rezept ausschreiben.« Er hob das T-Shirt des Jungen an und tastete die vorstehenden Rippen nach Brüchen ab. Ich konnte dunkellila Flecken sehen, wo er geschlagen worden war. Bastiaan überprüfte auch die Unterseite seines linken Armes, doch da war nichts, er zog ihm Schuhe und Strümpfe aus, aber auch zwischen den Zehen gab es keine Einstichwunden.

»Er wird heute Nacht hierbleiben müssen«, sagte Bastiaan, stand auf und ging ins Bad, um sich die Hände zu waschen. »So können wir ihn nicht wieder hinaus auf die Straße schicken.«

Ich biss mir auf die Lippe und wusste nicht, ob ich ihm zustimmen sollte, hielt meine Bedenken aber zurück, bis er wieder ins Zimmer kam.

»Was, wenn er mitten in der Nacht aufwacht, ist verwirrt und weiß nicht, wo er sich befindet und was passiert ist? Vielleicht denkt er, wir haben ihn zusammengeschlagen. Er könnte bei uns reinkommen und uns umbringen.«

»Denkst du nicht, dass du etwas zu dramatisch wirst?«, fragte Bastiaan.

»Nein, denke ich nicht. Möglich ist es. So was liest man ständig in der Zeitung. Und was, wenn der Zuhälter zurückkommt und nach ihm sucht?«

»Der wird erst wieder nach ihm sehen, wenn seine Wunden verheilt und abgeschwollen sind und er ihn wieder verkaufen kann. Cyril, keine Angst. Sieh ihn dir an. Er ist kaum bei sich. Der könnte keiner Fliege was zuleide tun.«

»Trotzdem ...«

»Wenn es dich beruhigt, schließen wir die Schlafzimmertür ab, und das Wohnzimmer können wir auch abschließen. Wenn er in der Nacht aufwacht und wegwill, höre ich ihn an der Klinke rütteln und sehe nach ihm.«

»Also gut«, sagte ich, nicht ganz beruhigt. »Aber nur für heute Nacht, okay?«

»Nur für heute Nacht«, sagte er und küsste mich. »Morgen früh ist er nüchtern, und wir bringen ihn an einen Ort, der besser ist für ihn.«

Ich gab nach. Mit Bastiaan war nicht zu reden, wenn er jemandem helfen wollte. Es lag ihm im Blut, und so betteten wir den Jungen aufs Sofa, steckten ihm ein paar Kissen unter den Kopf und breiteten eine Decke über ihn. Als Bastiaan das Licht ausmachte, sah ich den Jungen noch einmal an. Sein Atem ging jetzt gleichmäßiger, und im Schlaf hatte er den Daumen an die Lippen gehoben. Im schwachen Mondlicht, das durch den halb geöffneten Vorhang drang, sah er aus wie ein Kind.

Am Morgen wachte ich auf, überrascht, dass in der Nacht nichts zu hören gewesen war, und auch jetzt war es immer noch ruhig. Mein erster Gedanke war, der Junge sei tot: dass er in aller Frühe aufgewacht, etwas genommen und eine Überdosis erwischt hatte. Wir hatten seine Taschen nicht durchsucht, und Gott allein wusste, was er alles dabeihatte. Ich weckte Bastiaan, der mich schläfrig ansah, sich aufrichtete und den Kopf kratzte.

»Wir sehen wohl besser nach«, sagte er.

Vorsichtig schloss er die Tür auf, und ich hielt den Atem an und machte mich auf eine schreckliche Szene gefasst. Zu meiner Erleichterung lebte der Junge, war wach und saß in eine Decke gewickelt auf dem Sofa. Er schien jedoch wütend, atmete geräuschvoll durch die Nase und sah uns feindlich an.

»Sie haben mich eingeschlossen«, sagte er, und ich sah, dass ihm das Kinn immer noch wehtat, denn er betastete es mit der Hand.

»Nur zu unserer Sicherheit«, sagte Bastiaan. Er ging hinüber zum Fenster und setzte sich langsam. »Wir hatten keine Wahl, und es war auch zu deiner Sicherheit.«

»Ich müsste längst weg sein. Es kostet mehr, wenn ich die ganze Nacht bleibe. Sie haben mich eingeschlossen, also müssen Sie zahlen. Zweihundert Gulden.«

»Was?«, sagte ich.

»Zweihundert Gulden!«, schrie er. »Ich will mein Geld!«

»Halt deinen verdammten Mund, wir geben dir kein Geld«, sagte Bastiaan in völlig ruhigem Ton. Der Junge sah ihn verdutzt an, und Bastiaan lächelte. »Wie fühlt sich dein Gesicht an?«

»Tut weh.«

»Und die Rippen.«

»Noch mehr.«

»Das braucht ein paar Tage. Wer hat dich so zugerichtet?«

Der Junge sagte nichts, sah auf das Muster der Decke und zog die Brauen zusammen. Ich nahm an, dass er nicht wusste, wie er mit der Situation umgehen sollte.

»Sie müssen zahlen«, sagte er nach einem längeren Schweigen, jetzt aber mit jammernder Stimme. »Es ist nicht fair, wenn Sie nicht zahlen.«

»Wofür?«, fragte ich. »Was denkst du, was hier letzte Nacht geschehen ist?«

Er sprang auf, lief durchs Zimmer und suchte nach seinen Socken und Schuhen, setzte sich damit aufs Sofa und massierte sich die Zehen, bevor er sie anzog.

»Ihr seid Mistkerle, wenn ihr mich nicht bezahlt«, sagte er, und ich hörte, wie schwer die Worte aus ihm herauskamen. Er war nicht weit davon entfernt, in Tränen auszubrechen. »Und ihr seid zu zweit, also will ich doppelt so viel. Fünfhundert Gulden!«

»Vor einer Minute waren es noch zweihundert«, sagte ich. »Wäre das Doppelte nicht vierhundert?«

»Zinsen!«, rief der Junge. »Und eine Steuer, weil Sie mich über Nacht eingeschlossen haben! Mit jeder Minute, die Sie nicht zahlen, steigt der Preis.«

»Wir geben dir kein Geld«, sagte Bastiaan. Er stand auf und trat auf ihn zu. Als der Junge jedoch in Angriffsstellung ging, hob er die Hände und setzte sich wieder.

»Sechshundert!«, sagte der Junge jetzt, und seine Stimme war voller Wut. Wäre die ganze Szene nicht so absurd gewesen, hätte ich gelacht, denn dieses Kind hatte ganz und gar nichts Bedrohliches. Bastiaan hätte ihn mit einer Hand umstoßen können.

»Wir geben dir kein Geld«, wiederholte er, »und was immer du denken magst, hier war gestern Abend nichts. Wir haben dich nicht hergebracht, weil wir Sex mit dir wollten, sondern dich draußen gefunden. Du lagst im Schnee vor unserer Tür. Du bist zusammengeschlagen worden.«

»Sie lügen«, sagte der Junge und wandte den Blick ab. »Sie haben mich beide gefickt, und ich will mein Geld. Siebenhundert Gulden!«

»Wir müssen noch eine Hypothek aufnehmen, wenn es so weitergeht«, sagte ich und hob die Arme.

»Ich kann dir helfen, wenn du willst«, sagte Bastiaan. »Ich bin Arzt.«

»Ein Arzt, der kleine Jungs fickt, wie?«, rief der Junge. »Sie und Ihr Freund hier?«

»Wir haben dich nicht angerührt«, sagte ich. Seine Widerborstigkeit machte mich ungeduldig, und ich wünschte mir, dass er endlich ginge. »Noch so ein Satz, und du bist wieder auf der Straße.«

Der Junge reckte die Zunge aus dem Mundwinkel und sah zum Fenster hinüber. Das Licht schien in seinen Augen zu schmerzen, und er wandte sich wieder mir zu. »Warum haben Sie mich denn hier hochgebracht, wenn Sie nichts von mir wollten?«, fragte er. »Wollen Sie nur was von diesem alten Mann?«

»Er ist nicht alt«, sagte ich. »Er ist dreiunddreißig.«

»Warum haben Sie mich nicht draußen gelassen?«

»Weil es Winter ist«, sagte Bastiaan. »Du warst verletzt und hast gefroren. Denkst du, da würde ich dich auf der Straße liegen lassen? Ich habe dir doch gesagt, dass ich Arzt bin. Ich tu, was ich kann, um Leuten zu helfen. Die Einstiche in deinem Arm ... Was für Drogen nimmst du?«

»Ich nehme keine Drogen«, sagte der Junge gereizt.

»Doch, das tust du«, sagte Bastiaan. »Du spritzt dir etwas, das ist offensichtlich. Da müssen wir was machen. Und was ist mit Krankheiten?«

»Was soll damit sein?«

»Hast du welche? Gonorrhö, Chlamydiose...«

»Natürlich nicht«, sagte er. »Ich mach's nicht mit Frauen. Die Krankheiten kriegt man nur von den dreckigen Nutten in den Fenstern, das weiß doch jeder. Bei Männern holt man sich nichts.«

»Die Welt ist eine Kloake«, sagte Bastiaan. »Glaub mir, ich weiß, wovon ich spreche. Das ist mein Beruf. Es ist mir egal, wovon du lebst, das ist deine Entscheidung, aber wenn du Hilfe brauchst, wenn du Hilfe willst, kann ich sie dir geben. Du hast die Wahl.«

Der Junge überlegte einen Moment, sprang plötzlich auf und holte aus. Er zielte auf Bastiaans Kinn, aber der war zu schnell und zu stark für ihn, packte seinen Arm und drehte ihn ihm auf den Rücken.

»Beruhige dich«, sagte er.

»Sie beruhigen sich«, sagte der Junge und brach in Tränen aus.

Bastiaan stieß ihn von sich weg zurück aufs Sofa, wo er sich wieder setzte und das Gesicht in den Händen vergrub. »Bitte geben Sie mir etwas Geld«, sagte er endlich und sah uns an.

»Wie wäre es, wenn wir dir stattdessen etwas zu essen kaufen?«, sagte Bastiaan. »Hast du Hunger?«

Der Junge lachte bitter. »Klar habe ich Hunger«, sagte er. »Ich habe immer Hunger.«

»Wie heißt du?«, fragte ich ihn.

Der Junge dachte lange nach, bevor er antwortete. Es schien, als würde er abwägen, ob er ehrlich sein sollte oder nicht. »Ignac«, sagte er endlich, und ich wusste, dass er die Wahrheit sagte.

»Wo kommst du her?«

»Ljubljana.«
»Wo ist das?«, fragte ich.
»In Slowenien«, sagte der Junge herablassend. »Haben Sie keine Ahnung von Geografie?«
»Nicht wirklich«, sagte ich achselzuckend und sah, wie Bastiaan ein Lächeln unterdrückte. »Wie lange bist du schon in Amsterdam?«
»Sechs Monate«, sagte er.
»Okay«, sagte Bastiaan. Er stand auf und nickte entschlossen. »Gehen wir was essen, alle zusammen. Ich bin hungrig, Cyril ist hungrig. Wir gehen essen, und du kommst mit, Ignac, okay?«
»Wenn ich mitgehe«, sagte Ignac, »darf ich dann hinterher wieder her?«
»Sicher nicht«, sagte ich.
»Wo schläfst du denn normalerweise?«, fragte Bastiaan.
»Es gibt da ein paar Zimmer«, sagte der Junge unbestimmt. »Beim Dam. Die Jungs aus der Music Box und dem Pinocchio gehen da tagsüber hin, wenn die Männer uns nicht wollen.«
»Dann solltest du dahin gehen«, sagte Bastiaan.
»Unmöglich«, sagte Ignac.
»Warum? War es ein Freier oder dein Zuhälter, der dich zusammengeschlagen hat?«
Der Junge antwortete nicht, sondern starrte auf den Boden. Er begann leicht zu zittern, und ich ging ins Schlafzimmer, um ihm einen Pullover zu holen. Bastiaan folgte mir, setzte sich aufs Bett und wollte sich Schuhe anziehen. Einen Moment später hörten wir die Wohnungstür knallen und, als wir in den Flur gerannt kamen, Ignac die Treppe hinunterrennen. Ich sah Bastiaan an, der sich an die Wand lehnte und enttäuscht den Kopf schüttelte.
»Tja«, sagte er, »wir haben es versucht.«
»Mein Portemonnaie«, sagte ich und sah zum Tisch neben der Tür hinüber, wo ich es immer liegen ließ, wenn

ich abends nach Hause kam, zusammen mit meinem Schlüssel. Natürlich war es weg. »Der kleine Scheißer.«

Ein überraschender Besucher

Drei Tage später waren wir abends allein zu Hause und sahen fern. Ich musste wieder an den Jungen denken.
»Was glaubst du, was er mit dem Geld gemacht hat?«, sagte ich.
»Wer?«, fragte Bastiaan. »Mit welchem Geld?«
»Ignac«, sagte ich. »Mit dem Geld, das er mir geklaut hat. Glaubst du, er hat sich was zu essen gekauft?«
»Weit wird er damit nicht gekommen sein. Es waren nur ein paar Hundert Gulden. Weit weniger, als er wollte. Wahrscheinlich hat er sie für Drogen ausgegeben, und ich bin sicher, dass er Schulden hat. Wir machen uns was vor, wenn wir denken, er hätte sich Obst und Gemüse gekauft.«
Ich nickte. Ich liebte Amsterdam, aber diese Geschichte hatte einen bitteren Nachgeschmack hinterlassen.
»Denkst du, wir sollten umziehen?«, fragte ich.
»Wohin?«, fragte Bastiaan.
»Ich weiß nicht. In einen ruhigeren Teil der Stadt. Oder vielleicht nach Utrecht. So weit entfernt ist es gar nicht.«
»Aber die Lage hier ist so günstig«, sagte Bastiaan. »Wir wohnen nah am Krankenhaus und am Anne-Frank-Haus. Warum sollten wir umziehen?«
Ich stand auf, ging ans Fenster und sah hinunter auf die Straße, wo die Leute auf und ab gingen, allein, zu zweit, in Gruppen. Jeder Einzelne von ihnen, dachte ich, könnte unterwegs sein zu einem Strichjungen, für eine Stunde, für die ganze Nacht.
Das Klopfen an der Tür überraschte mich, wir bekamen nie Besuch. Ich ging in den Flur, um aufzumachen. Draußen

stand Ignac, blasser als noch vor ein paar Tagen, die Blutergüsse waren etwas zurückgegangen. Er schien große Angst zu haben. In der Hand hielt er mein Portemonnaie und hob es zitternd in meine Richtung.
»Das ist Ihres«, sagte er. »Es tut mir leid.«
»Okay«, sagte ich und nahm es, völlig erstaunt, ihn zu sehen.
»Es ist aber leer«, sagte er. »Das tut mir auch leid. Ich habe das Geld ausgegeben.«
»Verstehe«, sagte ich und sah hinein. »Warum bringst du es dann zurück?«
Er zuckte mit den Achseln, wandte sich ab und sah die Treppe hinunter. Als er wieder aufsah, stand Bastiaan neben mir und war ebenso überrascht wie ich, ihn vor der Tür stehen zu sehen.
»Kann ich heute Nacht hierbleiben?«, fragte er uns. »Bitte?«

Sklavenzeit

Obwohl ich schon Dutzende Male an diesem Tisch gesessen und das alte Foto angesehen hatte, überraschte es mich dennoch, als ich endlich begriff, warum es mir so vertraut vorkam.
»Dieses Foto«, sagte ich zu Bastiaan, als er sich setzte und zwei frische Bier auf den Tisch stellte, gefolgt von Ignac, der uns unser Essen aus der Küche brachte. »Das mit Smoot und Seán MacIntyre. Siehst du das Haus, vor dem sie stehen?«
»Ja«, sagte er, beugte sich vor und sah genauer hin. »Was ist damit?«
»Das Haus hinter den beiden«, erklärte ich ihm. »Mitte der 60er habe ich da gewohnt. Das ist die Chatham Street.

Wenn du genauer hinguckst, kannst du oben mein Schlafzimmerfenster sehen.«

Bastiaan und Ignac reckten die Köpfe, schienen jedoch beide nicht sonderlich beeindruckt.

»Also ich finde das schon interessant«, sagte ich und lehnte mich auf meinem Stuhl zurück. »Seit ich hier sitze, sehe ich das Bild, und es ist mir nie aufgefallen.«

Ignac stand immer noch da, und ich sah zu ihm auf. »Was?«, fragte ich.

»Habt ihr kein Trinkgeld für euren Kellner?«, fragte er.

»Wie wäre es als Trinkgeld, dass wir dich nicht rausschmeißen?«, sagte Bastiaan, und wir prusteten, als Ignac zurück hinter die Theke ging und sie abzuwischen begann. Ich sah ihm eine Weile zu, bevor ich mich meinem Essen zuwandte. Die fürchterliche Haarfarbe war verschwunden. Er hatte sich einen Igel geschnitten und etwas zugenommen. Alles in allem sah er weit gesünder aus als zu dem Zeitpunkt, da wir ihn bei uns aufgenommen hatten.

»Wie lange wärst du schon gern Vater?«, fragte ich, und Bastiaan sah mich überrascht an.

»Wie meinst du das?«

»Nun, all die Mühe, die du dir mit ihm gibst, seit er bei uns am Weesperplein wohnt. Du machst das so gut, wirklich. Besser als ich.«

»Wir sind beide nicht sein Vater«, sagte Bastiaan. »Das dürfen wir nicht vergessen.«

»Ich weiß. Aber es fängt an, sich so anzufühlen. Oder wenigstens so, als wären wir Ersatzväter. Schließlich ist er jetzt schon drei Monate bei uns.«

»Drei Monate und zwei Wochen.«

»Und sieh nur, wie er sich verändert hat. Keine Drogen, kein Sichverkaufen mehr. Er isst gesunde Sachen und hat einen Job, und das hat er weitgehend dir zu verdanken. Also sag mir, wie lange wärst du schon gern Vater? Findest du es komisch, dass wir nie darüber gesprochen haben?«

»Immer schon, nehme ich an«, sagte er nach einer längeren Pause. »Es hat mir nie was ausgemacht, schwul zu sein, nie, selbst als Teenager nicht.«

»Das lag daran, dass du es mit den örtlichen Fußballern hast treiben können«, sagte ich. »Mich hätte es auch nicht gestört, mit deinen Erfahrungen.«

»Mit *einem* Fußballer, Cyril«, sagte er. »*Einem*. Und es war der Torwart.«

»Das zählt trotzdem. Der war sicher schnell mit den Händen.«

»Also noch mal: Es hat mir nichts ausgemacht, schwul zu sein, das Einzige, was mich immer gestört hat, war, dass ich wahrscheinlich nie Kinder haben würde. Wäre ich eine Frau, hätte ich schon eine ganze Reihe. Was ist mit dir?«

»Soll ich ehrlich sein?«, sagte ich. »Ich habe kaum darüber nachgedacht. Meine Kindheit war schrecklich. Meine Erfahrungen mit Eltern, wenn sie sich tatsächlich mal als solche benommen haben, waren so sonderbar, dass ich selbst keine Lust darauf hatte. Das Komische ist, jetzt, wo wir einen Sohn haben, oder zumindest so tun, gefällt es mir ziemlich gut.«

Zu Anfang, als wir die Möglichkeit, Ignac bei uns aufzunehmen, noch nicht wirklich entschieden hatten, war ich sehr zögerlich gewesen. Ich hatte Angst gehabt, dass er uns bestehlen oder irgendwann nachts im Drogenrausch nach Hause kommen und an einem von uns einen nicht wiedergutzumachenden Gewaltakt begehen würde. Aber Bastiaan überredete mich, ihm zu helfen, allein aus dem Grund, dass er uns um Hilfe gebeten hatte. Das schien ihm eine logische Gleichung. Aus den paar Tagen, die er, darauf einigten wir uns zunächst, in unserem Gästezimmer schlafen sollte, um sich vor seinem Zuhälter zu verstecken, wurden mehrere Wochen, und am Ende setzten wir uns zusammen und beschlossen, ihn auf Dauer bei uns zu behalten. Jack Smoot erklärte sich bereit, ihn zeitweise im MacIntyre's arbeiten zu lassen, und den Rest der Zeit blieb er zu Hause, las und schrieb Dinge in ein Notizbuch, das er in seinem Zimmer versteckte.

»Du willst doch kein Schriftsteller werden, oder?«, fragte ich ihn einmal.

»Nein«, sagte er. »Ich schreibe nur gern Geschichten, sonst nichts.«

»Aber das ist ein *Ja*«, sagte ich.

»Ein *Vielleicht*.«

»Du musst wissen, dass meine Adoptivmutter Schriftstellerin war«, sagte ich.

»War sie gut?«

»Sogar sehr gut. Maude Avery? Vielleicht hast du schon mal von ihr gehört?« Er schüttelte den Kopf. »Nun, wenn du so weiterliest wie bisher, wirst du ihrem Namen bald begegnen.«

»Hat es ihr gefallen?«, fragte er mich. »Das Schreiben? Hat es sie glücklich gemacht?«

Das war eine Frage, die ich, wie mir bewusst wurde, unmöglich beantworten konnte.

Je näher Bastiaan und ich Ignac kamen, desto mehr erzählte er über seine Vergangenheit. Erst scheute er davor zurück und war unsicher, ob er uns trauen könnte, aber wie bei seiner Schreiberei kamen die Worte doch irgendwann aus ihm heraus. Er erzählte uns, dass er ein paar Wochen nach dem Tod seiner Mutter nach Amsterdam gekommen sei, als seine Großmutter väterlicherseits, in deren Obhut er gegeben worden war, ihm eine Zugfahrkarte schenkte und sagte, dass sie sich weiter nicht mehr um ihn kümmern werde. Sie habe kein Geld, erklärte sie ihm, und noch weniger Interesse daran, einen weiteren Teenager großzuziehen, nachdem sie mit ihrem eigenen Sohn, Ignac' Vater, so spektakulär gescheitert sei. Als wir ihn nach seinem Vater fragten, machte er klar, dass er darüber nicht sprechen wollte.

Die Fahrkarte brachte ihn nach Amsterdam, und er war noch keine Woche in der Stadt gewesen, als er seinen ersten Freier traf. Er sagte, er sei nicht schwul, sondern möge Mädchen, habe aber noch nie mit einem geschlafen und wolle es auch nicht unbedingt, nicht nach all den Dingen, die seit Ljubljana mit seinem Körper geschehen waren. Seine Erfahrungen schienen ihn nicht verlegen zu machen, und wir gaben ihm auch unsererseits nicht das Gefühl, dass er sich etwas vorzuwerfen habe, aber es war offensichtlich, wie sehr er hasste, in was er da hineingeraten war. Wir fragten ihn nach seinen Freunden, und er meinte, so viele Jungen er in der Stadt auch kenne, letztlich seien es doch nicht seine Freunde. Es waren Ausreißer, Flüchtlinge oder Waisen aus den verschiedensten Ländern, die nach Amsterdam gekommen waren, um Geld zu verdienen, und in deren Gesellschaft er sich Tag für Tag aufgehalten hatte.

»Ich musste essen«, sagte er mit einem Achselzucken und mied dabei unsere Blicke, »und ich habe Geld damit verdient.«

Mit den Drogen hatte er angefangen, um die langen Morgende und Nachmittage herumzubringen, bevor die Männer abends in die Kneipen kamen. Tagsüber gab es nichts zu tun, und so verbrachte er seine Zeit mit anderen Strichjungen in den Coffeeshops, redete Unsinn und rauchte Gras, bevor er auf heftigere Substanzen umstieg. Bastiaan hatte das Thema vom ersten Tag an in Angriff genommen, als er bei uns einzog. Er brachte ihn zu einem Kollegen im Krankenhaus, der Ignac dabei half, in ein gesünderes Leben zurückzufinden. Mittlerweile war er clean und nüchtern, seine Haut glänzte wieder, und seine ganze Befindlichkeit hatte sich definitiv verbessert.

Sherlock, seinen Zuhälter, hatte ich, seit Ignac bei uns eingezogen war, nur einmal gesehen. Das war vor ein, zwei Wochen gewesen, als ich mich mit Ignac nach der Arbeit verabredet hatte. Wir wollten Bastiaan zum Essen treffen, und als wir den Singel hinuntergingen, freute es mich, den federnden Gang des Jungen zu sehen.

»Erzähl mir von Irland«, sagte er, und es war das erste Mal, dass er Interesse an meiner Heimat zeigte.

»Was willst du wissen?«

»Wie es da ist. In nächster Zeit wirst du doch nicht wieder hinziehen, oder?«

»Oh Gott, nein«, sagte ich und erschauderte bei der Vorstellung, nicht zuletzt aus Angst, mich dem Chaos zu stellen, das ich dort zurückgelassen hatte, auch wenn seitdem sieben Jahre vergangen waren. »Ich bezweifle, dass ich je wieder zurückgehe.«

»Wenn du's tust, nimmst du mich dann mit? Ich würde es gerne sehen.«

»Ignac, ich habe doch gerade gesagt, dass ich nicht wieder hinwill. Nie.«

»Ja, aber du lügst. Das höre ich an deiner Stimme. Du würdest gern zurück.«

»Da gibt's für mich nichts mehr«, sagte ich. »Meine Freunde, meine Familie ... niemand würde was mit mir zu tun haben wollen.«

»Warum? Was hast du getan, was so schrecklich war?«

Ich sah keinen Grund, warum ich ihm nicht die Wahrheit hätte sagen sollen. »Ich habe meinen besten Freund zwanzig Jahre belogen und ihm nie gesagt, dass ich ihn liebte, und dann habe ich seine Schwester geheiratet und sie während der Hochzeitsfeier verlassen, ohne mich auch nur zu verabschieden.«

»Scheiße«, sagte er und biss sich auf die Lippe, um nicht loslachen zu müssen. »Das klingt nicht gut.«

»Nein, und Bastiaan würde in Dublin kein Krankenhaus finden, das an seiner Art Forschungsarbeit interessiert ist.«

»Gibt es in Irland keine Geschlechtskrankheiten?«, fragte er mit einem Kichern, und trotz seiner eigenen Vergangenheit war deutlich zu hören, wie jung er wirklich war.

»Doch, natürlich«, sagte ich, »aber wir tun so, als existierten sie nicht. Niemand spricht je darüber. So macht man das in Irland. Wenn du dir etwas holst, gibt dir der Arzt eine gute Dosis Penizillin, und auf dem Heimweg gehst du beichten und erzählst dem Priester deine Sünden.«

»So schlimm, wie du sagst, kann es nicht sein«, sagte er, und ich wollte ihm zur Erklärung noch ein paar Einzelheiten schildern, als er derart plötzlich auf der Straße stehen blieb, dass ich schon fünf Meter weiter war, bis ich es merkte und zu ihm zurückging.

»Was ist?«, fragte ich. »Was ist los?« Ich hob den Blick und sah den Riesen mit dem pelzbesetzten Mantel auf uns zukommen, die Sherlock-Holmes-Mütze fest auf dem Kopf. Ich hätte Ignac in den nächsten Hauseingang gezogen, doch in diesem Moment hob auch der Riese den Blick, sah uns und verzog das Gesicht zu einem breiten Lächeln. Einen Moment später stand er vor uns und umarmte seinen ehemaligen Schützling, der in seinen Armen versteinerte.

»Ich dachte schon, du wärst in der Amstel ertrunken«, sagte der Mann. »Ich dachte, du hättest dich so zugedröhnt, dass du reingefallen wärst, bevor ich dich hätte reinwerfen können. Oder dass du mit einem russischen Ölmagnaten durchgebrannt wärst und vergessen hättest, wer sich die ganze Zeit um dich gekümmert hat.«

Ignac öffnete den Mund, um zu antworten, aber ich sah, wie viel Angst er hatte. Ich nahm seinen Arm und zog ihn ein paar Schritte zurück.

»Wir müssen gehen«, sagte ich.

»Wer ist das?«, fragte der Mann und musterte mich mit einer Mischung aus Wohlwollen und offener Ablehnung von Kopf bis Fuß. »Ich glaube nicht, dass wir uns bereits kennen. Ich heiße Damir.«

Er hielt mir seine riesige Hand hin, und ich schüttelte sie kurz, nur um allen Ärger zu vermeiden.

»Wir müssen weiter«, sagte ich.

»Wir alle müssen weiter«, antwortete er mit einem Lächeln. »Sagen Sie mir Ihren Namen. Ich habe Ihnen meinen auch genannt. Zeigen Sie Manieren, mein Freund.«
»Cyril«, sagte ich. »Cyril Avery.«
»Nun, Cyril. Lassen Sie mich Ihnen eine Frage stellen: Sind Sie ein Kapitalist oder ein Kommunist?«
Ich runzelte die Stirn, unsicher, worauf er hinauswollte. »Ich denke, weder das eine noch das andere.«
»Dann sind Sie ein Kapitalist«, antwortete er. »Das sind die meisten Leute, wenn sie ehrlich sind. Und der Natur des Kapitalismus entsprechend sind wir uns selbst die Nächsten, aber wenn wir eine Dienstleistung oder eine Sache kaufen, müssen wir den Händler bezahlen, der uns damit versorgt hat. Das wissen Sie, oder?«
»Ich habe Ignac nicht gekauft«, sagte ich und machte mir gar nicht erst die Mühe, so zu tun, als wüsste ich nicht, wovon er sprach. »Und er gehört auch Ihnen nicht, weshalb Sie ihn nicht einfach verkaufen könnten. Die Zeit der Sklavenhaltung ist vorbei.«
»Ist sie das?«, fragte Damir lachend. »Ich wünschte, da könnte ich Ihnen zustimmen.« Er sah mich einen Moment lang an und wandte sich an den Jungen. »Wo warst du die letzten Monate?«, fragte er, und sein Ton wurde etwas kälter. »Weiß du, wie viel Geld du mich gekostet hast?«
»Ich schulde dir nichts«, sagte Ignac.
»Nur weil du deine eigenen Freier gefunden hast, bedeutet das noch lange nicht...«
»Ich hatte niemanden. Seit Monaten nicht. Ich mache das nicht mehr.«
Der Mann legte die Stirn in Falten. »Wer hat dir das gesagt?«, wollte er wissen.
»Was?«
»Dass du das nicht mehr machst. Du tust, als wäre es deine eigene Entscheidung.«
»Das ist es auch«, sagte Ignac, und ein verzücktes Lä-

cheln verzog Damirs Gesicht. Wer immer an uns vorbeikam, musste denken, wir wären die besten Freunde. »Ich habe alles getan, was du wolltest, und du hast dein Geld bekommen. Ich will jetzt aufhören.«

»Und ich will ein Haus auf den Bahamas und Bo Derek im Arm halten«, sagte Damir mit einem Schulterzucken. »Aber stattdessen habe ich eine schäbige Wohnung beim Erasmuspark und eine Frau, bei der ich nur im Dunklen einen Steifen kriege, wenn ich ihr hässliches Gesicht nicht sehen muss. Du arbeitest weiter für mich, Ignac. Ich sage, wenn es vorbei ist.«

»Es ist jetzt vorbei«, sagte ich, und als er mich wieder ansah, war sein Lächeln verschwunden.

»Du hältst deine verdammte Schnauze, Schwuchtel«, sagte er und stieß mir mit seinen dicken Fingern heftig gegen die Schulter. »Das ist eine Sache zwischen mir und meinem...«

»Was immer er für Sie getan hat«, sagte ich mit erhobener Stimme und spürte, wie mir das Herz in der Brust schlug, »er will es nicht mehr, okay? Es muss zahllose andere Jungen geben, die Sie an seiner Stelle ausbeuten können.« Ich hielt kurz inne, wurde ruhiger und hoffte darauf, dass noch ein Rest Gutartigkeit in dem Mann steckte. »Können Sie ihn nicht einfach in Ruhe lassen? Er will ein anderes Leben führen. Sonst nichts.«

»Es gibt Hunderte andere Jungen«, sagte der Mann und fuhr Ignac mit einem Finger über die Wange, »aber keinen, der so hübsch ist wie der hier. Sie müssen das doch verstehen, Cyril. Sie ficken ihn schließlich seit drei Monaten. Also schulden Sie mir...« Er sah auf den Kanal hinaus, und seine Lippen bewegten sich stumm, als versuchte er, etwas zusammenzurechnen. »Ich bräuchte Papier und einen Stift, um es genau auszurechnen«, sagte er. »Im Kopfrechnen war ich nie sehr gut. Aber ich sage Ihnen was: Ich werde die Summe zusammenrechnen und Ihnen mitteilen. Ich will Ihnen nicht zu viel berechnen.«

»Da ist nichts in der Art zwischen uns«, sagte Ignac. »Ich wohne nur bei ihm.«

»Und du erwartest, dass ich dir das glaube?«, fragte Damir und lachte. »Halten wir uns nicht gegenseitig zum Narren. Sag mir, wohnst du gern bei diesem Mann?«

»Ja«, sagte Ignac.

»Und das willst du auch weiter?«

»Ja«, wiederholte er.

»Also gut. Kein Problem. Gegen ein so glückliches Arrangement habe ich nichts. Aber er wird dafür zahlen müssen. Schließlich gehörst du mir und nicht ihm. Und Sie, Cyril Avery«, sagte er und wandte sich wieder mir zu, »Sie haben Schulden bei mir, und Schulden müssen gezahlt werden. Das ist die Natur des Kapitalismus.«

»Von mir bekommen Sie gar nichts«, sagte ich.

»Aber natürlich werde ich das. Fragen Sie Ignac, was ich mit Leuten mache, die nicht bezahlen, was sie mir schulden. Das ist nicht angenehm. Nun«, sagte er, sah auf seine Uhr und schüttelte den Kopf. »Ich fürchte, ich habe noch eine andere Verabredung. Aber ich melde mich wieder. Auf Wiedersehen, Cyril. Und du, Ignac, mach keinen Unsinn.«

Damit schob er sich zwischen uns durch und ging davon. Wir sahen zu, wie er um eine Ecke verschwand, und Ignac machte ein entsetztes Gesicht.

»Ich wusste, dass es nicht für immer so weitergehen würde«, sagte er. »Das tut es nie.«

»Wenn du damit meinst, dass du nicht mehr bei mir und Bastiaan wohnen kannst«, sagte ich, »dann vertrau mir, Ignac, das wird sich nicht ändern.«

»Doch, das wird es. Er wird keine Ruhe geben, bis er den letzten Cent aus euch herausgepresst hat. Und selbst wenn ihr nichts mehr habt, wird er noch mehr wollen. Der lässt euch niemals in Ruhe.«

»Wie viele Jungen gehen für ihn anschaffen?«, fragte ich.

»Ein paar Dutzend, vielleicht mehr. Die Zahl ändert sich ständig.«

»Dann hat er genug zu tun. Er wird dich vergessen. Er ist einfach nur wütend, weil du ihn hast stehen lassen. Ich bezweifle, dass wir je wieder von ihm hören. Er weiß ja auch gar nicht, wo er dich finden soll.«

»Amsterdam ist eine kleine Stadt«, sagte Ignac, »und du hast ihm deinen Namen gegeben.«

»Du hast keinen Grund, dir Sorgen zu machen«, sagte ich und glaubte mir selbst kein Wort.

Zwei Türme und ein Schiff, das zwischen ihnen hindurchsegelt

Es wurde gerade dunkel, als Bastiaan und ich vierzehn Tage später ins MacIntyre's gingen. Die Frau, die Smoot als seinen besten Freund beschrieben hatte, war aus Dublin zu Besuch, und wir hatten verabredet, an diesem Abend alle zusammen essen zu gehen, was mich leicht nervös machte. Ich war nicht sicher, ob ich Geschichten darüber hören wollte, wie sich die Heimat entweder verändert hatte oder gleich geblieben war, selbst von einer Fremden nicht. Sie hatte ein Auto gemietet, um einen Tagesausflug zu machen, sollte aber bald schon wieder zurück in ihrem Hotel sein, von wo wir sie abholen würden. So war der Plan. Als wir dann in die Herengracht bogen, sah ich aus der Gegenrichtung eine Gestalt auf uns zuschwanken.

»Das ist er«, sagte ich und spürte, wie mir der Magen wegsackte, während ich Bastiaan am Ärmel zog.

»Wer?«, fragte er.

»Ignac' Zuhälter. Der Kerl, von dem ich dir erzählt habe.«

Bastiaan sagte nichts, doch ich spürte, wie er unseren

Schritt leicht beschleunigte, und ein, zwei Minuten später standen wir alle vor dem Pub. Die Tür war zu und verschlossen, was hieß, dass Smoot und Ignac wahrscheinlich oben waren und die Tageseinnahmen in den Safe legten.

»Mein alter Freund Cyril«, sagte Damir, als er mich erkannte. Er stank so heftig nach Whiskey, dass ich einen Schritt zurückwich. »Man hat mir gesagt, dass ich Sie hier finden würde.«

»Wer?«, fragte ich.

»Die sehr netten Leute im Anne-Frank-Haus. Es war nicht schwer, Sie ausfindig zu machen. Die irische Schwuchtel mit seinem kleinen Jungen. All Ihre Freunde im Museum wissen davon. Sie müssen schon sehr verknallt in ihn sein, um so viel über ihn zu reden.«

»Warum verpissen Sie sich nicht einfach?«, sagte Bastiaan ruhig.

»Und wer ist das?«, fragte Damir. Er sah ihn an, und es war klar, dass mein Freund ihn etwas mehr einschüchterte als ich.

»Es ist völlig egal, wer ich bin«, antwortete Bastiaan. »Verschwinden Sie einfach, okay? Ignac geht nirgends mit Ihnen hin.«

Damir zuckte mit den Achseln und steckte sich eine Zigarette an. »Beruhigt euch, ihr zwei«, sagte er. »Ich bin nicht hier, um Ärger zu machen. Im Gegenteil, ich komme mit guten Nachrichten. In meiner Großzügigkeit habe ich beschlossen, euch nichts für die Zeit in Rechnung zu stellen, in der ihr mir Ignac vorenthalten habt, obwohl mich das in ernsthafte finanzielle Schwierigkeiten gebracht hat. Aber ich bin gütig, was das betrifft, und habe beschlossen, euch eure Schulden zu erlassen. Allerdings habe ich einen Kunden, der Ignac bereits kennt und der, das muss ich sagen, ein paar sehr einfallsreiche Pläne mit ihm hat. Da ist viel Geld für mich drin, und deshalb muss er jetzt mit mir kommen. Er hatte seine Ferien, und die sind jetzt vorbei. Er arbeitet hier, oder?«, fügte er hinzu und nickte zum Pub hin. »Jedenfalls hat man mir das gesagt.«

»Nein«, sagte ich.

»Aber natürlich tut er das«, sagte Damir und verdrehte die Augen. »Es hat keinen Sinn zu lügen, ich bin ein gut informierter Mann.« Er streckte die Hand aus und versuchte, die Tür zu öffnen, ohne Erfolg. »Macht auf«, sagte er.

»Wir haben keinen Schlüssel«, sagte Bastiaan. »Das ist nicht unser Pub.«

Damir achtete nicht weiter auf ihn, schlug ein paarmal gegen die Tür und rief nach drinnen. Ich hob den Kopf und sah Smoot die Vorhänge in der Wohnung oben zur Seite ziehen. Er blickte zu uns herunter und erwartete wahrscheinlich eine Gruppe später Trinker, sah stattdessen jedoch zwei vertraute Gesichter und einen unbekannten Fremden.

»Da oben gibt's Zimmer, oder?«, fragte Damir und sah jetzt ebenfalls nach oben. »Wohnt da der Eigentümer?«

»Sie müssen viele Jungen haben«, sagte Bastiaan. »Warum können Sie Ignac nicht einfach in Ruhe lassen? Er will ein anderes Leben führen.«

»Weil er diese Wahl nicht hat.«

»Warum nicht?«

»Zehn Jahre«, sagte er. »In zehn Jahren sieht er nicht mehr aus wie heute, dann kann er machen, was er will. Aber jetzt... jetzt hat er zu tun, was ich ihm sage.«

»Aber warum?«, fragte Bastiaan noch einmal.

»Weil es das ist, was Söhne für ihre Väter tun«, sagte Damir.

Mir wurde leicht schwindelig bei diesen Worten, und ich sah Bastiaan an, der die Stirn runzelte. Natürlich, wenn ich nun recht darüber nachdachte, hatte der Mann zwar keine körperliche Ähnlichkeit mit Ignac, aber ihre Akzente ähnelten sich.

»Sie haben Ihren eigenen Sohn an Freier verkauft?«, fragte ich entsetzt.

»Ich habe ihn bei seiner Mutter gelassen«, sagte er. »Aber die dumme Frau ist gestorben, und meine Mutter, die faule Schlampe, wollte sich nicht um ihn kümmern. Also habe ich seine Fahrt hierher bezahlt und ihn aus einer unruhigen Heimat in eine sichere Stadt geholt.«

»An dem, was er für Sie tun muss, ist nichts Sicheres«, sagte Bastiaan. »Wie können Sie das Ihrem eigenen Sohn antun?«

Bevor Damir antworten konnte, öffnete sich die Tür, und ein Mädchen namens Anna, eine der Bedienungen, kam heraus, um nach Hause zu gehen. Sie erkannte uns, aber nicht unseren Begleiter, der an ihr vorbei in den Pub drängte und uns auf der Straße zurückließ, unsicher, was wir tun sollten.

»Wir haben geschlossen!«, rief Anna.

»Wo ist Ignac?«, fragte der Mann.

»Geh nach Hause«, sagte Bastiaan zu der jungen Frau. »Wir klären das schon.«

Sie zuckte mit den Schultern und ging die Straße hinunter. Wir folgten Damir nach drinnen, wo er um die leere Theke herumlief.

»Er muss schon weg sein«, sagte ich und hoffte, dass er mir glaubte, doch Damir schüttelte den Kopf und sah zur Treppe hinter der Theke, die hoch in Smoots Wohnung führte. Er lief darauf zu.

»Ich rufe die Polizei«, rief ich ihm hinterher.

»Rufen Sie, wen Sie wollen!«, brüllte er zurück und verschwand aus unserem Blick.

»Scheiße«, sagte Bastiaan und rannte ihm nach.

Wir eilten die Treppe hinauf, wo der Mann erfolglos an der Klinke der Wohnungstür rüttelte. Als er sie nicht aufbekam, wich er einen Schritt zurück und trat so heftig dagegen, dass sie aufflog, innen gegen die Wand knallte und ein Bücherregal umstürzen ließ. Das Wohnzimmer war leer. Damir stolperte hinein, gefolgt von mir und Bastiaan, und aus der Küche waren ängstliche Stimmen zu hören. Ich war schon ein paarmal hier oben gewesen. In einem Schrank war ein Safe, in dem Smoot jeden Abend seine Einnahmen verschloss, bevor er sie am nächsten Tag zur Bank brachte.

»Komm da raus, Ignac!«, brüllte Damir. »Ich bin ein geduldiger Mensch, aber selbst ich habe meine Grenzen. Es ist Zeit, dass du mit mir kommst!«

Er hob seine Hand, knallte damit mehrfach auf den Tisch, und Smoot und Ignac erschienen in der Tür. Der Junge hatte offenbar entsetzliche Angst, aber Smoots Ausdruck sorgte mich noch mehr. Er wirkte wütend und traurig, doch auch merkwürdig ruhig, als wüsste er, was zu tun war.

»Gehen Sie«, sagte ich und griff nach dem Ärmel des Mannes, doch er stieß mich grob weg. Ich stolperte über den Teppich und fiel rückwärts auf den Boden, wo ich auf dem Ellbogen landete.

»Ich komme nicht mit!«, schrie Ignac. Er sah so jung aus, und seine Stimme war voller Panik. Smoot verschwand in der Küche hinter sich. Damir lachte nur, packte Ignac beim Kragen und schlug ihm grob ins Gesicht. Ignac fiel, aber sein Vater zog ihn hoch und schlug ihn noch einmal.

»Du tust, was ich dir sage!«, bellte er und zerrte den Jungen durchs Wohnzimmer, und als Bastiaan Ignac von ihm loszumachen versuchte, wischte Damir ihn mit seiner freien Hand aus dem Weg.

Ich sah in der Ecke des Zimmers einen Hurlingschläger mit einem rot-weißen Aufkleber und zwei Türmen stehen, zwischen denen ein Schiff hindurchsegelte, eine unerwartete Erinnerung an zu Hause, die Smoot mitgebracht haben musste, als er Irland den Rücken kehrte. Ich packte den Schläger mit beiden Händen und wollte damit auf Damir los, der sich umdrehte, wie ein Tier die Zähne bleckte und seinen Sohn zu Boden stieß. »Komm schon«, sagte er und winkte mich heran. »Schlag mich, wenn du dich traust.«

Ich holte aus, tat mein Bestes, bedrohlich zu wirken, und

schlug ihm wenig wirkungsvoll auf den Arm. Damir stürzte sich auf mich, warf mich zu Boden, packte den Schläger, zerbrach ihn mühelos über dem Knie und warf die Einzelteile quer durchs Zimmer. Zum ersten Mal bekam ich Angst, dass er seine Wut nicht nur an Ignac, sondern auch an uns auslassen könnte. Er war allein, aber ausgesprochen groß und kräftig, und ich war nicht sicher, ob wir gemeinsam gegen ihn ankommen würden. Trotzdem durfte ich nicht zulassen, dass er Ignac mitnahm. Als er sich umdrehte, stand Bastiaan mit geballten Fäusten vor ihm.

»Nicht!«, rief ich, denn so stark Bastiaan auch sein mochte, gegen diesen Riesen hatte er keine Chance. Der Kerl zögerte kaum, sondern rannte mit solcher Wucht in ihn hinein, dass Bastiaan rücklings auf den Boden schlug, und als Damir auf ihn eintrat, hörte ich Rippen brechen. Ich rief seinen Namen, doch bevor er antworten konnte, hatte Damir ihn bereits wieder hochgerissen und warf ihn die Treppe in den Pub hinunter.

»Genug!«, rief er, als er sich umdrehte. »Ignac, du kommst mit, verstanden?«

Der Junge sah mich an und nickte traurig. »Gut«, sagte er. »Ich komme. Aber tu bitte keinem mehr weh.«

Damir kam zu mir und sah auf mich herab, da ich noch auf dem Boden lag. »Das war's«, sagte er ruhig, »und wenn du meinem Jungen noch mal zu nahe kommst, schneide ich dir den Kopf ab und werfe ihn in die Gracht, hast du mich verstanden?«

Ich schluckte, zu verängstigt, um etwas zu sagen, doch wie sich sein Ausdruck dann plötzlich veränderte, verblüffte mich. Die Wut verschwand, seine ganze Bedrohlichkeit, und an ihrer Stelle waren nur noch Schmerz und Unglaube. Ich starrte ihn an, dann Ignac, der die Hände voller Angst vors Gesicht geschlagen hatte. Damir schlang die Arme um seinen Körper, als versuchte er, nach etwas zu greifen, dann gaben die Beine unter ihm nach, er fiel, versuchte, sich am

Wohnzimmertisch festzuhalten, und schlug stöhnend neben mir auf den Boden. Ich robbte weg, rappelte mich hoch und sah ihn an. Er lag auf dem Bauch, und in seinem Rücken steckte ein Messer. Ich wandte mich nach rechts, und da stand Smoot.

»Geht«, sagte er ruhig.

»Jack!«, rief ich. »Was hast du getan?«

»Geht, ihr beide. Verschwindet von hier.«

Ich ging zur Tür und sah zu Bastiaan hinunter, der sich auf die Füße kämpfte und den Hinterkopf rieb. Ignac bückte sich und sah seinem Vater ins Gesicht. Die Augen des Mannes standen weit offen und starrten ins Nichts. Ein fester Stich hatte genügt. Er war tot.

»Ich konnte das nicht noch einmal geschehen lassen«, sagte Smoot leise, und ich sah ihn verwirrt an.

»Was geschehen lassen? Himmel, du hast ihn umgebracht. Was machen wir jetzt?«

Smoot sah sich um und schien zu meinem Erstaunen absolut ruhig. Er lächelte sogar. »Ich weiß genau, was zu tun ist«, sagte er. »Und ich brauche euch nicht dafür. Geht einfach, okay. Hier sind die Schlüssel vom Pub. Schließt hinter euch ab und werft sie in den Briefkasten.«

»Wir können doch nicht einfach...«

»Geht!«, schrie er und tat einen Schritt in meine Richtung. Speichel flog ihm von den Lippen. »Ich weiß, was ich tue.«

Mir wollte keine andere Möglichkeit einfallen, und so nickte ich, nahm Ignac beim Arm und ging mit ihm nach unten. Bastiaan saß auf einem Stuhl und keuchte.

»Was ist passiert?«, fragte er mich. »Was geht da oben vor?«

»Ich erklär's dir später«, sagte ich. »Komm jetzt, wir müssen hier weg.«

»Aber...«

»Jetzt sofort«, sagte auch Ignac, trat zu ihm und half ihm aufzustehen. »Wenn wir jetzt nicht gehen, dann nie.«

Und so gingen wir. Wir traten hinaus auf die Straße und taten, was Jack Smoot gesagt hatte, schlossen die Tür hinter uns ab und warfen den Schlüssel in den Briefkasten. Zwanzig Minuten später waren wir zu Hause und saßen die halbe Nacht da, hin- und hergerissen zwischen Schuldgefühlen, Hysterie und Verwirrung. Als Bastiaan und Ignac schließlich ins Bett gingen, konnte ich immer noch nicht schlafen, und so lief ich zurück über den Fluss, über die Brücken zur Gracht, wo ich zusah, wie ein Auto vor dem MacIntyre's vorfuhr, ein Mietwagen, was an der Beschriftung auf der Fahrzeugseite zu erkennen war, und im Mondlicht sah ich, wie eine dunkel gekleidete Gestalt ausstieg, den Kofferraum öffnete und dreimal an die Tür des Pubs klopfte. Als diese sich öffnete, sah ich Smoot, der die Gestalt hereinwinkte, und ein paar Minuten später kamen sie zurück auf die Straße und schleppten etwas Schweres, offenbar einen Teppich, in den Ignac' toter Vater eingerollt war. Sie hatten Mühe, ihn zu halten, warfen ihn in den Kofferraum, schlugen die Klappe zu und stiegen in den Wagen.

Im Wegfahren fiel das Mondlicht auf das Gesicht des Fahrers. Es ging zu schnell, als dass ich absolut sicher sein konnte, doch in dem Moment dachte ich, dass Smoots Komplize bei der Beseitigung der Leiche eine Frau war.

1987

Patient 741

Patient 497

Jeden Mittwochmorgen um elf Uhr verließ ich unsere Wohnung an der West 55th Street und ging zum Columbus Circle, von wo ich mit der B-Line einundvierzig Straßen nach Norden fuhr, um von dort durch den Central Park zum Mount Sinai Hospital zu gehen. Nach einem schnellen Kaffee fuhr ich mit dem Lift in den siebten Stock und meldete mich bei Shaniqua Hoynes, der äußerst engagierten und energischen Schwester, die die Ehrenamtlichen betreute und mich, offen gesagt, in Angst und Schrecken versetzte. An meinem ersten Tag hatte ich vor lauter Nervosität das Mittagessen ausgelassen, und sie hatte mich dabei erwischt, wie ich einen Schokoriegel von ihrem Schreibtisch nahm, mich heftig beschimpft und entschieden, dass ich kein vertrauenswürdiger Mensch sei.

Shaniqua gehörte zu der Mannschaft, die Bastiaan unterstellt war, und sie begann stets mit derselben Frage: »Sind Sie sicher, dass Sie heute in der richtigen Verfassung sind?«, und wenn ich daraufhin sagte, ja, das sei ich, griff sie zum niemals schrumpfenden Stapel der Patientenmappen, nahm die Liste, die ganz oben lag, und fuhr mit dem Finger über die Seite, bevor sie mir zwei Nummern nannte: die des Patienten, den ich an diesem Tag besuchen würde, und die seines Zimmers. Gelegentlich gab sie mir auch ein paar Informationen dazu, wie weit die Krankheit bereits fortgeschritten war, in aller Regel jedoch kehrte sie mir sofort wieder den Rücken zu und scheuchte mich aus ihrem Büro.

Typischerweise bekamen viele der Patienten im siebten Stock keinerlei Besuch, da in jenen Tagen selbst die Krankenhausmitarbeiter noch große Angst hatten, ihnen zu nahe zu kommen. Die Gewerkschaften stellten bereits infrage, ob das Personal einer so großen Gefahr überhaupt ausgesetzt werden dürfe. Und so trugen sich diese Kranken in ihrer Niedergeschlagenheit und extremen Isolation in die Liste ein und hofften, dass einer der ehrenamtlichen Mitarbeiter ihnen eine Stunde Gesellschaft leisten könne. Ich wusste nie, was ich zu erwarten hatte. Manchmal waren sie dankbar und wollten mir ihre Lebensgeschichte erzählen, manche brauchten aber auch nur jemanden, an dem sie ihren Frust abreagieren konnten.

Patient 497 in Zimmer 706 gehörte zu den Älteren. Er war etwas über sechzig und hatte pralle, übertrieben dicke Lippen. Er sah müde zu mir hin, als ich hereinkam, und ließ einen erschöpften Seufzer hören, bevor er wieder aus dem Fenster auf die nördliche Wiese des Parks hinaussah. Zwei Tropfe standen neben seinem Bett, und die Flüssigkeit sickerte durch die Schläuche in seine Adern, während im Hintergrund leise ein Herzmonitor piepste, dessen Kabel wie durstige Egel unter seinem Krankenhaushemd verschwanden. Er war blass, aber seine Haut schien noch in Ordnung, soweit ich es sehen konnte.

»Ich bin Cyril Avery«, sagte ich, stellte mich ans Fenster und zog mir schließlich einen Stuhl heran. Ich setzte mich und griff nach seiner Hand, um eine körperliche Verbindung zwischen uns herzustellen, doch er zuckte zurück. Obwohl ich von Bastiaan gründlich darüber aufgeklärt worden war, wie das Virus übertragen wurde, war ich doch immer noch nervös, wenn ich eines der Krankenzimmer betrat, und vielleicht merkte man mir trotz aller Mühe den Versuch an, unerschrocken zu erscheinen. »Ich bin ein Ehrenamtlicher hier im Mount Sinai.«

»Sie sind hier, um mich zu besuchen?«

»Ja.«

»Das ist sehr nett von Ihnen. Sind Sie Engländer?«, fragte er und musterte mich. Offenbar missfiel ihm meine ziemlich unauffällige Kleidung.

»Nein, Ire.«

»Noch schlimmer«, sagte er und machte eine wegwerfende Handbewegung. »Meine Tante hat einen Iren geheiratet. Der ist ein absoluter Mistkerl und ein wandelndes Klischee. Ständig betrunken, ständig schlägt er sie. Die arme Frau hat in acht Jahren neun Kinder von ihm bekommen. Ein solches Verhalten, das hat was Tierisches, oder?«

»Nun, wir sind nicht alle gleich.«

»Ich hab die Iren nie gemocht«, sagte er und schüttelte den Kopf. Ich wandte den Blick ab, als ich sah, wie sich eine Schneckenspur aus Speichel über sein Kinn zog. »Eine degenerierte Rasse. Niemand in Irland redet über Sex, dabei denken sie an nichts anderes. Es gibt auf diesem Planeten keine Nation, die derart besessen davon ist, wenn Sie mich fragen.« Sein Akzent war reines New York, Brooklyn, und ich wünschte, er hätte Shaniqua seine Rassenvorurteile genannt, als sie ihn auf ihre Liste setzte. Das hätte uns beiden einigen Ärger ersparen können.

»Waren Sie je da?«, fragte ich ihn.

»Oh großer Gott, ich war überall«, sagte er. »In der ganzen Welt. Ich kenne Seitenstraßen und versteckte Kneipen in Städten, von denen Sie noch nicht mal gehört haben. Und jetzt liege ich hier.«

»Wie fühlen Sie sich? Kann ich Ihnen etwas bringen?«

»Was denken Sie, wie ich mich fühle? Als wäre ich bereits tot, aber mein Herz pumpt einfach weiter Blut durch meinen Körper, nur um mich zu quälen. Geben Sie mir etwas Wasser?«

Ich sah mich um.

»Da! Da vorn!«, fuhr er mich an, und ich griff nach dem Krug auf seinem Nachttisch, hielt ihn in die Nähe seines Mundes, und er saugte an dem Strohhalm, der darinsteckte. Die riesigen Lippen waren voller weißer Flecken, und ich sah, wie die gelben Zähne dahinter eingesunken waren. Während er das Wasser durch den dünnen Plastikhalm saugte, was ihm eine enorme Kraft abzufordern schien, starrte er mich mit hasserfüllten Augen an.

»Sie zittern«, sagte er, als er den Krug wegstieß.

»Tu ich nicht.«

»Doch, Sie zittern. Sie haben Angst vor mir, und Sie haben recht damit.« Er lachte, aber ohne jede Leichtigkeit. »Sind Sie 'ne Tunte?«, fragte er schließlich.

»Nein«, sagte ich. »Aber ich bin schwul, wenn Sie das meinen.«

»Ich wusste es. Ich seh's an der Art, wie Sie mich anstarren. Sie haben Angst, Ihre eigene Zukunft vor sich zu sehen. Wie sagten Sie noch, heißen Sie? Cecil, richtig?«

»Cyril.«

»Das ist ein Tuntenname, wie es tuntiger kaum geht. Sie klingen wie einer aus einem Roman von Christopher Isherwood.«

»Ich bin keine Tunte«, wiederholte ich. »Ich sagte Ihnen doch, ich bin schwul.«

»Gibt es da einen Unterschied?«

»Ja, natürlich.«

»Nun, lassen Sie mich Ihnen etwas sagen, Cyril.« Er versuchte, sich ein wenig in seinem Bett aufzusetzen, aber es gelang ihm nicht. »Ich hatte nie ein Problem mit Tunten. Schließlich habe ich im Theater gearbeitet. Alle dachten immer, mit mir wäre was nicht in Ordnung, weil ich Mösen mochte, und jetzt denken alle, ich bin auch eine Tunte, wegen dieser Krankheit. Sie denken, ich hab's all die Jahre versteckt, dabei ist das verdammt noch mal nicht die Wahrheit, und ich weiß nicht, was mir mehr auf die Nerven geht: dass sie mich für eine Tunte halten oder dass sie denken, ich hätte nicht die Eier in der Hose, es zuzugeben. Glauben Sie mir, wenn ich eine Tunte gewesen wär, hätte ich's denen gesagt, und ich wäre die gottverdammt beste Tunte überhaupt gewesen. Ich hätte nie deswegen gelogen.«

»Ist es denn wirklich so wichtig, was die Leute denken?«, fragte ich ihn. Ich war seine Aggressivität bereits leid, aber entschlossen, mich nicht von ihm vertreiben zu lassen. Denn das wollte er schließlich, mich loswerden, damit er sich wieder allein gelassen fühlen konnte.

»Ja, schon, wenn Sie in einem Krankenhausbett liegen und spüren, wie das Leben aus Ihnen weicht«, sagte er. »Und die einzigen Leute, die durch Ihre Tür kommen, sind Ärzte, Schwestern und Gutmenschen, die Sie in Ihrem Leben noch nie gesehen haben.«

»Was ist mit Ihrer Familie?«, fragte ich. »Haben Sie...«

»Ach, Scheiße.«

»Okay«, sagte ich leise.

»Ich habe eine Frau«, sagte er. »Seit vier Jahren habe ich sie nicht gesehen. Und vier Söhne. Allesamt selbstsüchtige Arschlöcher. Wobei ich annehme, dass ich mir das selbst zuzuschreiben habe. Ich war kein großer Vater. Aber zeigen Sie mir einen erfolgreichen Mann, der etwas anderes von sich behaupten kann.«

»Und sie besuchen Sie nicht?«

Er schüttelte den Kopf. »Für die bin ich bereits tot«, sagte er. »Als die Diagnose klar war, war's das. Sie haben ihren Freunden erzählt, ich hätte auf einer Kreuzfahrt im Mittelmeer einen Herzinfarkt gehabt und dass ich auf See begraben worden sei. Ihr Einfallsreichtum ist wirklich bewundernswert.« Er schüttelte den Kopf und lächelte. »Nicht, dass es wichtig wäre«, sagte er leise. »Sie schämen sich zu Recht für mich.«

»Nein, tun sie nicht.«

»Wissen Sie, das Witzige ist, dass ich während der letzten vierzig Jahre etwa tausend Frauen gefickt habe«, sagte er, »und nicht einmal in der ganzen Zeit habe ich mir irgendwas geholt. Nichts. Nicht mal, als ich in der Navy war. Die meisten anderen bestanden bei ihrer Entlassung zu fünfzig Prozent aus Penizillin. Also war es wohl unvermeidlich, dass es, als es mich dann erwischt hat, gleich was Richtiges war. Ihr Jungs habt da für einiges gradezustehen.«

Ich biss mir auf die Lippe. Das war ein weiteres bekanntes Muster, ein heterosexueller Patient, der auf die Homosexuellen schimpfte, weil er die Schuld bei uns sah, schließlich hatten wir das Virus und die daraus entstehende Krankheit verbreitet. Ich wusste aus Erfahrung, dass es keinen Sinn hatte, da eine Diskussion anzufangen. Die Patienten sahen über ihr eigenes Leiden nicht hinaus. Und warum sollten sie auch?

»Was haben Sie im Theater gemacht?«, fragte ich, um das Thema zu wechseln.

»Ich war Choreograf«, sagte er mit einem Achselzucken. »Ich weiß, ich weiß. Der einzige nicht schwule Choreograf in New York City, was? Aber es stimmt. Ich habe mit all den Großen gearbeitet. Richard Rogers, Stephen Sondheim, Bob Fosse. Bob hat mich übrigens vor ein paar Wochen besucht. Er war der Einzige. Das war nett von ihm. Die anderen haben sich die Mühe nicht gemacht. All die hübschen jungen Tänzerinnen. Sie tun alles dafür, um auf die Bühne zu kommen, und ich habe dem gern nachgegeben. Nicht, dass ich den ganzen Besetzungscouch-Scheiß gemacht hätte. Das war nicht nötig. Sie werden es nicht glauben, wenn Sie mich so sehen, aber ich war zu meiner Zeit ein gut aussehender Bursche. Ich konnte mir die Mädchen aussuchen. Und wo sind sie jetzt? Sie haben Angst, mir zu nahe zu kommen, oder vielleicht haben sie gehört, dass ich schon tot bin. Bisher hatten meine Söhne mehr Erfolg damit, mich zu töten, als Aids. Wenigstens waren sie schnell.«

»Ich gehe nicht oft ins Theater«, sagte ich.

»Dann sind Sie ein Banause. Aber ich wette, Sie gehen ins Kino, oder?«

»Ja«, gab ich zu. »Ziemlich oft.«

»Sie haben einen Freund?«

Ich nickte. Ich sagte nicht, dass er der Chef der Abteilung für Ansteckungskrankheiten des Krankenhauses war, ihn sicher schon Dutzende Male gesehen hatte und für seine Behandlung verantwortlich war. Bastiaan hatte gleich zu Anfang klargemacht, dass ich den Patienten gegenüber nichts über unsere persönliche Beziehung sagen sollte.

»Sie gehen auch mit anderen ins Bett?«, fragte er.

»Nein«, sagte ich. »Nie.«

»Aber sicher doch.«

»Wirklich nicht.«

»Was für 'ne Tunte fickt nicht wild herum? Wir leben in den Achtzigern, Himmel noch mal.«

»Ich habe es Ihnen doch schon gesagt«, erwiderte ich. »Ich bin keine Tunte.«

»Das behaupten Sie immer wieder«, antwortete er und machte eine schlecht gelaunte Bewegung mit der Hand. »Wenn Sie's nicht tun, ist mein Rat, es auch weiter so zu halten und zu hoffen, dass er's genauso macht. Dann könnten Sie auf der sicheren Seite sein. Aber wenn Sie's nicht tun, dann wird er garantiert seinen Spaß haben. Es ist unmöglich, dass sich die einzigen zwei monogamen Tunten in New York gefunden haben.«

»Sie kennen ihn nicht«, sagte ich.

»Alle Tunten sind gleich. Nur, dass es einige besser verstecken als andere.«

Er fing an zu husten, und ich wich instinktiv auf meinem Stuhl zurück, nahm die Maske, die ich um den Hals hängen hatte, und zog sie vors Gesicht. »Du kleines Arschloch«, sagte er und sah mich verächtlich an, als er wieder zu Atem gekommen war.

»Entschuldigen Sie«, sagte ich, zog sie wieder herunter und spürte, wie mein Gesicht vor Scham rot anlief.

»Ich mache nur Spaß. Ich würde es an Ihrer Stelle genauso machen. Ehrlich gesagt, wäre ich gar nicht hier, wenn ich Sie wäre. Warum sind Sie überhaupt hier? Warum tun Sie das? Sie kennen mich nicht. Warum sind Sie gekommen?«

»Ich will etwas tun, ich möchte helfen«, sagte ich.

»Vielleicht wollen Sie jemandem beim Sterben zusehen. Das macht Sie scharf, oder?«

»Nein«, sagte ich. »Ganz sicher nicht.«

»Haben Sie je jemanden sterben sehen?«

Ich überlegte. Ich hatte schon einige Menschen sterben sehen: den Priester in der Kirche in der Pearse Street, der aus dem Beichtstuhl gefallen war, meine erste Verlobte, Mary-Margaret Muffet, und Ignac' Vater natürlich, an jenem schrecklichen Abend in Amsterdam, bevor wir uns entschieden, Holland für immer zu verlassen. An Aids hatte ich noch niemanden sterben sehen. Noch nicht.

»Nein«, sagte ich.

»Dann bleib und sieh's dir an, Kumpel. Bei mir geht's nicht mehr lange. Bei keinem von uns. So wie ich die Krankheit einschätze, ist sie der Anfang vom Ende der Welt. Und *ihr* seid es, denen *wir* das zu verdanken haben.«

Drei Arten von Lügen

Das Restaurant lag in der 23rd Street, nicht weit vom Flatiron Building, und von meinem Platz aus konnte ich einige Paare durch den Madison Square Park gehen sehen. An derselben Stelle hatte mir nur ein paar Wochen zuvor eine alte Frau ins Gesicht gespuckt, als Bastiaan aus einer spontanen Regung heraus seinen Arm um mich gelegt und mich auf die Wange geküsst hatte.

»Zur Hölle mit euch«, hatte uns die Frau angezischt, die alt genug war, um sich an die Große Depression zu erinnern. Ihr Ton war so geifernd, dass die Leute ringsum stehen blieben und uns anstarrten. »Verdammte Aids-Bande.«

Ich hätte die Gegend gern eine Weile gemieden, aber Bastiaans Freund Alex, einer der Ärzte, die unter ihm am Mount Sinai tätig waren, wusste nichts von dem Vorfall und hatte das Restaurant ausgesucht.

Ich versuchte, die Erinnerung zu verdrängen, während Alex' Frau Courteney, eine Journalistin, ihren Kummer herunterspülte, weil sie an ebendiesem Tag bei einer Beförderung übergangen worden war. Eigentlich hatte das Essen eine Feier werden sollen, sowohl sie als auch Alex waren sicher gewesen, dass sie den Job bekommen würde. Jetzt war es eine Art Totenmahl.

»Ich glaube, ich sollte kündigen«, sagte sie, während sie mit der Gabel durch ihr Essen fuhr und nur gelegentlich einen Bissen nahm. »Was Nützliches mit meinem Leben anfangen, vielleicht als Gehirnchirurg oder Müllmann. Meine gesamte Arbeit habe ich darauf ausgerichtet, Chefkorrespondent im Weißen Haus zu werden, und wofür? Ich habe so viel Zeit investiert, um die Leute da kennenzulernen, und stattdessen gibt dieser Dreckskerl einem Typen den Job, der noch kein Jahr bei der Zeitung ist und dir wahrscheinlich nicht mal sagen kann, wie der Landwirtschaftsminister heißt. Es ist eine so verdammte, ungerechte Scheiße.«

»Ich wüsste auch nicht zu sagen, wie der Landwirtschaftsminister heißt«, sagte Alex.

»Du musst ihn auch nicht kennen«, sagte sie. »Du bist kein Journalist. Und er heißt Richard Lyng«, fügte sie brummend hinzu, was ich genauso von ihr erwartet hatte.

»Hast du mit ihm gesprochen?«, fragte ich.

»Natürlich. Nun, es war weniger ein Gespräch als ein Streit. Lautes Geschrei, Beschimpfungen, das ganze Pro-

gramm. Und ich habe, glaube ich, etwas nach ihm geworfen.«
»Was?«
»Eine Pflanze. Gegen die Wand. Woraufhin er meinte, er glaube nicht, dass ich das richtige Temperament für eine so verantwortliche Position hätte.«
»Wie kann er nur darauf gekommen sein?«, fragte Bastiaan und setzte mit seinem Sarkasmus sein Leben aufs Spiel.
»Sehr witzig«, sagte Courteney und sah ihn wütend an. »Er konnte mir keinen guten Grund nennen, warum ich den Job nicht bekommen habe. Nun, *gekonnt* hätte er schon, er wollte nur nicht. Ich weiß genau, was passiert ist. Das Weiße Haus hat ihn unter Druck gesetzt und meine Ernennung verhindert. Die mögen mich da nicht. Reagans Leute denken, dass ich Ärger machen würde. Ich kann einfach nicht glauben, dass er klein beigegeben hat. Was ist nur aus unserer journalistischen Integrität geworden?«
»Manchmal kann man etwas deshalb nicht glauben«, sagte Alex, »weil es nicht den Tatsachen entspricht.«
»Aber er *hat* klein beigegeben«, sagte Courteney. »Ich *weiß* es. Ich hab's ihm ins Gesicht gesagt, und er hat es nicht abgestritten. Er konnte mir nicht mal in die Augen sehen, der kleine Scheißer, sondern murmelte etwas davon, dass sich die Zeitung wichtige Beziehungen zu einflussreichen Leuten bewahren müsse, und als ich da weiter nachgefragt habe, hat er gar nichts mehr gesagt.«
»Wie ist er übrigens so, unser Präsident, meine ich?«, fragte Bastiaan, der sich weit stärker für diese Dinge interessierte als ich. Er las jeden Tag die Zeitung, ganz im Gegensatz zu mir. »Ist er so dumm, wie es die Leute sagen?«
»Er ist überhaupt nicht dumm«, sagte Courteney und schüttelte den Kopf. »Niemand wird Präsident der Vereinigten Staaten, wenn er dumm ist. Er mag ein kleines bisschen weniger intelligent sein als seine Vorgänger, aber dumm? Nein. Ehrlich gesagt, halte ich ihn in vieler Hinsicht für

ziemlich klug. Er weiß genau, was er tut, und benutzt seinen Charme, um sich aus schwierigen Situationen herauszumanövrieren. Das lieben die Leute. Sie verzeihen ihm alles.«

»Ich kann mir nicht mal vorstellen, mit Reagan aneinanderzugeraten«, sagte ich. »Am nächsten war ich an so was mal dran, als mir ein Pressereferent im irischen Parlament einen Kinnhaken versetzt hat. Die Leiterin des Tearooms musste mich vor ihm retten.«

»Was hast du Reagan denn getan, das ihn so gegen dich eingenommen hat?«, fragte Bastiaan, der meine Geschichte schon öfter gehört hatte.

»Vielleicht sollten wir das nicht weiter vertiefen«, sagte sie und senkte die Stimme. »Du und Alex, ihr wollt heute Abend nicht über die Arbeit reden. Ich lass nur Luft ab.«

»Die Arbeit?«, sagte er. »Warum? Was hat das mit unserer Arbeit zu tun?«

»Sie hat ihn bei einer Pressekonferenz nach seiner Einstellung zur Aids-Krise befragt«, sagte Alex. »Obwohl alle Reporter die strenge Anweisung haben, die Krankheit dem Präsidenten gegenüber nicht zu erwähnen.«

»Und was hat er gesagt?«

»Nichts. Er hat so getan, als hätte er mich nicht gehört.«

»Vielleicht hat er das ja tatsächlich nicht«, wandte ich ein. »Du weißt, er ist ein alter Mann. Ich glaube, er ist achtzig oder so.«

»Er hat mich gut verstanden.«

»Hatte er seine Hörgeräte drin?«

»Er hat mich *gut verstanden*!«

»Hatte er Batterien drin?«

»Cyril!«

»Er hat dich also ignoriert?«, fragte Bastiaan.

»Er hat mich angestarrt und leicht gelächelt, wie er es immer tut, wenn er seinen Gedanken nachhängt und du genau weißt, er würde jetzt lieber in Wyoming über die Prärie reiten, als vor einer Horde von Journalisten zu stehen. Und dann hat er auf jemanden von der *Washington Post* gezeigt, der ihm eine langweilige Frage zur Iran-Kontra-Affäre stellte. Nein, was ich wissen wollte, war weit kontroverser, etwas, worüber längst noch nicht genug geschrieben worden ist.«

»Reagan wird uns nie bei unserem Kampf helfen«, sagte Alex. »In anderthalb Jahren ist die nächste Wahl, dann kommt Dukakis, Jesse Jackson, Gary Hart oder einer von denen ins Weiße Haus, unter Garantie. Und dann stehen die Chancen deutlich besser, dass wir gehört werden. Reagan kann Schwule nicht ausstehen, das wissen alle. Er will nicht mal zugeben, dass es sie gibt.«

»Die Gesellschaft kann diesen Lebensstil nicht billigen, genauso wenig wie ich«, zitierte ich den Präsidenten mit einem Satz, der, wie ich fand, die Situation ziemlich gut auf den Punkt brachte, und ich sah, dass am Tisch nebenan vier Leute saßen, die voller Verachtung zu uns herübersahen.

»Scheiß auf die Gesellschaft«, sagte Courteney. »Was hat die Gesellschaft denn in letzter Zeit für uns getan?«

»Maggie Thatcher sagt, es gibt gar keine Gesellschaft«, sagte ich. »Für sie gibt es nur individuelle Männer und Frauen, und Familien.«

»Scheiß auf Thatcher«, sagte Courteney.

»Das Merkwürdige ist«, sagte Bastiaan, »dass Reagan vor seiner Zeit als Politiker jahrelang in Film und Fernsehen gearbeitet hat. Da muss er doch von Homosexuellen umgeben gewesen sein.«

»Ja, aber ihm ist wahrscheinlich nie aufgefallen, dass sie schwul waren«, sagte Alex. »Kennt ihr die Geschichte, dass Charlton Heston nicht wusste, dass Gore Vidal eine Liebesgeschichte zwischen Ben Hur und Messala ins Drehbuch geschrieben hatte? Er dachte, die beiden wären einfach alte Freunde aus dem Kindergarten in Jerusalem. Reagan war sicher genauso naiv. Es ist schließlich nicht sehr wahrscheinlich, dass es mal einer bei ihm versucht hat, oder?«

Ich nahm unglücklicherweise gerade einen Schluck Wein,

als Alex das sagte, und hatte Mühe, ihn nicht über den Tisch zu spucken. Wieder fielen mir die Leute neben uns auf, besonders eine der Frauen, die verächtlich den Kopf schüttelte.

»Ein wahrhaft großer Amerikaner«, hörte ich ihren Mann mit lauter, aggressiver Stimme sagen.

»Was ist mit Rock Hudson?«, fragte Bastiaan, dem unsere Nachbarn nicht auffielen. »Die beiden waren doch befreundet, oder?«

»Als Rock Hudson starb, kommentierte das Reagan trotz ihrer jahrzehntelangen Freundschaft mit keinem Wort«, sagte Alex. »Was den Präsidenten angeht, ist es eine Schwulenkrankheit, die Schwule auslöscht, und das ist für ihn nicht unbedingt das Schlimmste, was er sich vorstellen kann. Seit vor sechs Jahren der erste Fall in Amerika diagnostiziert wurde, hat er absolut nichts dazu gesagt. Zumindest in der Öffentlichkeit ist ihm kein einziges Mal das Wort HIV oder Aids über die Lippen gekommen.«

»Jedenfalls bin ich hinterher zum Stabschef«, fuhr Courteney fort, »und der hat mir klargemacht, dass das Thema nicht auf der Agenda des Präsidenten steht. Inoffiziell erklärte er mir, dass die Regierung niemals größere Mittel für die Erforschung einer Krankheit bereitstellen werde, die von der Mehrheit der Bevölkerung als etwas betrachtet wird, dem vor allem Homosexuelle zum Opfer fallen. ›Normale Leute mögen keine Tunten‹, sagte er und grinste mich an, als könnte er nicht verstehen, warum ich mich so aufrege. ›Was soll das heißen?‹, fragte ich ihn daraufhin. ›Dass sie alle sterben müssen, weil sie nicht beliebt sind? Die Mehrheit der Mitglieder des Repräsentantenhauses ist auch nicht beliebt, aber niemand schlägt vor, sie alle umzubringen.‹«

»Was hat er dazu gesagt?«

»Im Grunde hat er nur mit den Schultern gezuckt, als wäre es ihm egal. Aber später kam ich aus dem Presseraum und wollte in den Westflügel, um ein Zitat über etwas vollkommen anderes gegenzuchecken, als mir Reagan zufällig auf dem Flur begegnete. Ich glaube, er hatte mich vergessen, jedenfalls habe ich ihm ein paar einfache Bälle zugeworfen, und er ist tatsächlich stehen geblieben. Als ich dann seine Aufmerksamkeit hatte, fragte ich ihn, ob ihm bewusst sei, dass seit seinem Amtsantritt in den Vereinigten Staaten mehr als achtundzwanzigtausend Aids-Fälle registriert worden und fast fünfundzwanzigtausend Erkrankte gestorben seien. Mehr als neunundachtzig Prozent. ›Ich weiß nicht, ob das wirklich stimmt‹, sagte er«, und jetzt machte Courteney Reagan noch besser nach als ich zuvor, »›und Sie wissen ja, was man über Statistiken sagt, oder?‹«

»Was sagt man über Statistiken?«, fragte ich.

»Ich habe ihn unterbrochen, was man ja bei einem Präsidenten nicht tun soll, und gefragt, ob die Regierung nicht ernsthaft auf eine Pandemie derart enormen Ausmaßes reagieren müsse, zumal die Welle keinerlei Anzeichen erkennen lasse, in näherer Zukunft abzuklingen.«

»Es gibt drei Arten von Lügen«, sagte Alex und sah mich an. »Lügen, dreiste Lügen und die Statistik.«

»Und hat er dir geantwortet?«, fragte Bastiaan.

»Natürlich nicht«, sagte Courteney. »Er grunzte nur etwas Unverständliches, lächelte, zuckte ein wenig mit dem Kopf und sagte schließlich: ›Nun, ihr Mädels im Presseraum kennt doch den ganzen Klatsch, nicht wahr?‹ Und dann fragte er mich, ob ich *Radio Days* schon gesehen hätte und was ich von Woody Allen halte. ›Das soll einer der führenden Leute in der Filmbranche sein?‹, fragte er mich und kratzte sich das Kinn. ›Zu meiner Zeit hätte er in der Poststelle gearbeitet.‹ Im Prinzip ignorierte er meine Frage einfach, und als ich noch mal darauf zurückkommen wollte, kam der Pressesprecher den Gang heruntergelaufen und sagte dem Präsidenten, er werde im Oval Office gebraucht. Als Reagan gegangen war, drohte mir der Sprecher damit, mir meinen Presseausweis wegzunehmen.«

»Und du denkst, er hat mit deinem Chef über deine Beförderung gesprochen?«, fragte Bastiaan. »Du denkst, das war seine Strafe?«

»Er oder jemand anderes aus der Regierung. Tatsache ist, dass sie keine Fragen zu dem Thema wollen. Besonders nicht von jemandem, der so eng damit verbunden ist, jemandem, der mit einem Aids-Arzt verheiratet ist und weiß, was in der Sache wirklich läuft.«

»Bitte nenn mich nicht so«, sagte Alex und verzog das Gesicht. »Ich hasse den Ausdruck. Er reduziert einen so.«

»Aber das bist du doch, oder? Ein Aids-Arzt? Das seid ihr beide. Es hat keinen Sinn, das schönzufärben.«

»Tatsache ist, solange die heterosexuelle Gemeinschaft nicht akzeptiert, dass die Krankheit auch sie betrifft«, sagte Bastiaan und legte Messer und Gabel ab, »wird es nicht besser werden. Im Mount Sinai liegt im Moment ein Patient, Patient 741, du kennst ihn, Alex, richtig?« Alex nickte. »Warst du auch schon bei ihm?«, fragte er mich und sah mich an.

»Nein«, sagte ich. Ich hatte ein ziemlich gutes Gedächtnis für die Patientenzahlen, und ich war sicher, dass ich noch niemanden über siebenhundert besucht hatte.

»Er ist im letzten Jahr von einer Ärztin der Whitman-Walker-Klinik in Washington zu mir geschickt worden. Der Mann hatte seit ein paar Wochen fürchterliche Kopfschmerzen und dann einen Husten bekommen, den er einfach nicht wieder loswurde. Antibiotika hatten ihm nicht geholfen, und seine Ärztin machte verschiedene Untersuchungen, hatte einen Verdacht, was es sein könnte, und schickte ihn zu mir. Als er kam, wusste ich, dass sie recht hatte, ich musste ihn nur ansehen, wollte den armen Kerl jedoch nicht unnötig in Panik versetzen, solange ich nicht hundertprozentig sicher war. Also habe ich die üblichen Tests vorgenommen.«

»Wie alt ist er?«, fragte Courteney.

»Etwa in unserem Alter. Keine Frau, keine Kinder, aber

nicht schwul. Er hatte diese Art von Besitzanspruchsdenken und Arroganz an sich, wie es wirklich nur gut aussehende Heteros tun. Er erzählte mir, dass er schon sein ganzes Leben um die Welt reise und Sorge habe, sich irgendwo etwas eingefangen zu haben, Malaria oder so, und ich fragte ihn, ob er sexuell aktiv sei. ›Natürlich bin ich das‹, sagte er und lachte, als wäre die Frage lächerlich. ›Seit meiner Teenagerzeit.‹ Ich fragte ihn, ob er viele Partnerinnen gehabt habe, und er zuckte mit den Schultern und meinte, da habe er den Überblick verloren. ›Mindestens ein paar Hundert‹, erklärte er mir. ›Auch Männer?‹, fragte ich, und er schüttelte den Kopf und sah mich an, als hätte ich den Verstand verloren. ›Sehe ich aus, als würde ich es mit Männern treiben?‹, fragte er, und ich machte mir nicht die Mühe, seine Frage zu beantworten. Als eine Woche später die Ergebnisse kamen, setzte ich mich mit ihm hin und erklärte ihm, es tue mir sehr leid, aber ich hätte das HI-Virus in seinem Blut entdeckt, und obwohl die Krankheit noch nicht voll ausgebrochen sei und wir diesen Moment vielleicht eine Weile hinausschieben könnten, sei es sehr wahrscheinlich, dass das Virus mutiere und er innerhalb von ein paar Monaten an Aids erkranke, wofür es, wie er sicher wisse, im Moment kein Heilmittel gebe.«

»Wisst ihr, mit wie viel Heteros ich exakt dieses Gespräch in diesem Jahr schon geführt habe?«, fragte Alex. »Mit siebzehn, und wir haben erst April.«

Ich musste plötzlich an eine Situation denken, an die ich seit Jahren nicht mehr gedacht hatte. An meinem Hochzeitstag hatte ich morgens in einem Café in Ranelagh gesessen und kurz auf einen Neunjährigen aufgepasst, den Sohn der Frau, die den Tearoom im Dáil Éireann leitete und die wegen eines Flugs nach Amsterdam die Fluggesellschaft hatte anrufen müssen. Du bist ein merkwürdiges Kerlchen, Jonathan, hatte ich zu ihm gesagt. Hat dir das schon mal jemand gesagt? – Allein in diesem Jahr schon neunzehn Leute, hatte er mir erklärt. Und wir haben erst Mai.

»Wie hat Patient 741 es aufgenommen?«, fragte Courteney. »Gott, diese Nummer, es fühlt sich an, als wären wir in einem Science-Fiction-Film. Kannst du uns nicht seinen Namen sagen?«

»Nein, kann ich nicht«, sagte Bastiaan. »Und er hat es nicht gut aufgenommen. Er sah mich an, als wollte ich ihn zum Besten halten, fing an zu zittern, sichtbar zu zittern, und bat um ein Glas Wasser. Ich ging ihm eines holen, und als ich zurückkam, hatte er seine Akte von meinem Tisch genommen und blätterte wie ein Irrer darin herum. Nicht, dass er ein Wort davon verstanden hätte, natürlich nicht, er ist schließlich kein Arzt, aber er schien mir beweisen zu wollen, dass ich mich täuschte. Ich nahm die Akte und gab ihm das Wasser, doch er zitterte so heftig, dass er die Hälfte vergoss, als er zu trinken versuchte. Als er sich schließlich beruhigt hatte, erklärte er mir, dass ich mit meiner Diagnose unmöglich recht haben könne, er wolle eine zweite Meinung. ›Natürlich können Sie die einholen‹, sagte ich ihm, ›aber es wird nichts ändern. Es gibt inzwischen besondere Tests, mit denen wir das Virus identifizieren, und die lassen keinerlei Zweifel zu. Es tut mir sehr leid.‹«

Ich schüttelte mitfühlend den Kopf, ließ den Blick schweifen und sah, wie die Leute vom Nebentisch angewidert zu uns herüberstarrten. Ich fing den Blick eines der beiden Männer auf, er war gut über fünfzig, kahlköpfig und fettleibig, und vor ihm auf dem Teller lief das Blut aus einem enorm großen Steak. Der Mann sah mich voller Abscheu an, bevor er sich wieder seinen Freunden zuwandte.

»Trotz allem«, fuhr Bastiaan fort, »wollte Patient 741 immer noch nicht die Wahrheit akzeptieren. Er wollte wissen, wer der beste Facharzt sei, welches das beste Krankenhaus, und er bestand darauf, dass ihm jemand würde helfen können. Und mich widerlegen. ›Aber, Herr Doktor‹, sagte er und fasste mich bei den Schultern, als wollte er mich schütteln. ›Ich kann diese Krankheit unmöglich haben. Sehe ich aus wie ein Schwuler? Großer Gott, ich bin völlig normal!‹«

»Seht ihr? Das ist genau das Problem«, sagte Courteney. Sie lehnte sich zurück und hob die Hände. »Es gibt keine Aufklärung. Überhaupt kein Verständnis für die Sache.«

»Hat er sich denn mittlerweile damit abgefunden?«, fragte ich.

»Das musste er«, sagte Bastiaan, griff über den Tisch, nahm meine Hand und drückte sie für einen Moment. So eng wir auch mit Alex und Courteney befreundet waren, spürte ich doch kurz, wie sie auf unsere Hände blickten und unsere körperliche Zuwendung sie verlegen machte. »Er hatte keine Wahl. Ich habe ihm erklärt, dass er alle Frauen, mit denen er intim gewesen sei, kontaktieren müsse, um ihnen zu sagen, dass sie sich ebenfalls testen lassen müssten, und er sagte, er kenne die Frauen, mit denen er im letzten Jahr geschlafen habe, nicht mal zur Hälfte mit Namen, ganz zu schweigen von ihren Telefonnummern. Dann sagte er, er wolle eine Bluttransfusion. ›Holen Sie alles Blut aus mir raus und ersetzen Sie es durch gutes Blut‹, sagte er, worauf ich ihm erklärte, das sei lächerlich, so funktioniere das nicht. ›Aber ich bin kein verdammter Schwuler!‹, sagte er wieder.«

»Und jetzt?«, fragte ich.

»Er hat nicht mehr lange«, sagte Bastiaan. »Es ist nur noch eine Frage der Zeit. Am Ende musste ich den Sicherheitsdienst rufen. Er fing an, die Kontrolle über sich zu verlieren, kam um den Schreibtisch herum und drückte mich gegen die Wand.«

»Er hat *was* getan?«, fragte ich.

»Er drückte mich gegen die Wand und sagte, er wisse, dass ich ein dreckiger Schwuler sei. Ich dürfte nicht in die Nähe der Patienten gelassen werden, weil ich wahrscheinlich einen nach dem anderen anstecken würde.«

»Gott noch mal«, sagte Courteney.

»Hat er dir wehgetan?«, fragte ich.

»Nein. Hör zu, das ist ein Jahr her. Und ich war größer als er und kräftiger. Ich hätte ihn überwältigen können, wenn es notwendig gewesen wäre, aber ich habe die Situation unter Kontrolle gebracht, ihn beruhigt und ihm klargemacht, dass ihm seine Wut nicht helfen wird. Endlich hat er nachgegeben, ist zusammengebrochen und hat angefangen zu weinen. ›Himmel noch mal‹, hat er geheult. ›Was werden sie zu Hause sagen? Was werden sie von mir denken?‹«

»Wo ist er zu Hause?«, fragte Courteney.

Bastiaan zögerte einen Moment und sah mich an. »Nun, das ist die Sache«, sagte er. »Er ist Ire.«

»Mach keine Witze«, sagte ich. »Ich hab nicht mitverfolgt, was da drüben so alles passiert. Gibt's Aids jetzt auch in Irland?«

»Aids gibt es überall, Cyril«, sagte Alex. »Wahrscheinlich weit weniger verbreitet, aber ein paar Fälle gibt es sicherlich.«

»Warum fliegt er nicht nach Hause, um zu sterben?«, fragte ich. »Warum bleibt er ein Amerika?«

»Er sagt, er will nicht, dass seine Familie etwas erfährt. Dass er lieber allein hierbleibt, als ihnen die Wahrheit zu sagen.«

»Seht ihr?«, sagte ich. »Das Land ändert sich nie. In Irland wird lieber alles vertuscht, als dass man den Wahrheiten des Lebens ins Auge sieht.«

Ich hob den Blick, da der Kellner an unseren Tisch trat und uns nervös lächelnd ansah. Er hatte eine enorme Haartolle und trug eine Lederweste ohne Hemd darunter. Mit seiner stark behaarten Brust sah er aus, als stände er sonst mit dem Rest von Bon Jovi auf der Bühne.

»Wie war das Essen?«, fragte er, und bevor wir etwas antworten konnten, wurde sein Ausdruck geradezu ängstlich. »Ich lass das hier für Sie, für wann immer Sie so weit sind«, sagte er, legte ein kleines Silbertablett auf den Tisch und drehte sich weg.

»Was soll das?«, fragte Alex und rief ihn zurück. »Wir haben noch nicht um die Rechnung gebeten.«

»Ich fürchte, wir brauchen diesen Tisch«, sagte der Kellner und sah einen Moment lang zu unseren Nachbarn hinüber. »Wir hatten nicht damit gerechnet, dass Sie so lange bleiben würden.«

»Wir sind noch nicht mal eine Stunde hier«, sagte ich.

»Und wir haben weder ein Dessert noch einen Kaffee bestellt«, sagte Courteney.

»Ich kann Ihnen einen Kaffee zum Mitnehmen geben, wenn Sie mögen.«

»Wir wollen keinen Kaffee zum Mitnehmen!«, fuhr sie auf. »Himmel noch mal.«

»Nehmen Sie die Rechnung einfach wieder mit, und wir bestellen, wenn wir so weit sind«, sagte Bastiaan.

»Das kann ich nicht, Sir«, sagte der Kellner und sah sich nach Unterstützung um. In der Nähe der Theke sah ich zwei seiner Kollegen stehen und zu uns herübersehen. »Der Tisch ist für andere Gäste reserviert.«

»Für welche Gäste denn?«, fragte ich und sah mich um.

»Sie sind noch nicht hier. Aber unterwegs.«

»Ich zähle wenigstens vier leere Tische«, sagte Courteney. »Setzen Sie sie an einen von denen.«

»Sie haben extra um diesen Tisch gebeten«, sagte der Kellner.

»Dann haben sie Pech«, sagte Alex. »Wir waren zuerst hier.«

»Bitte«, sagte der Kellner und sah wieder zu unseren Nachbarn, die das Ganze lächelnd verfolgten. »Machen Sie keine Szene. Wir müssen auch an die anderen Gäste denken.«

»Was geht hier eigentlich vor?«, fragte Bastiaan. Er warf seine Serviette auf den Tisch und wurde langsam wütend.

»Wollen Sie uns rauswerfen, ist es das? Warum? Was haben wir verbrochen?«

»Wir hatten ein paar Beschwerden«, sagte der Kellner.

»Weswegen?«, fragte ich völlig perplex.

»Warum tun Sie nicht, was der Mann sagt, und verschwinden endlich«, kam eine Stimme vom Nebentisch, und wir sahen hinüber zu dem Mann mit dem Steak, der uns angewidert anstarrte. »Wir versuchen hier nett zu essen, und alles, was wir von Ihnen hören, dreht sich um diese Schwulenkrankheit. Wenn einer von Ihnen sich angesteckt hat, sollte er sowieso in kein Restaurant mehr gehen.«

»Keiner von uns hat die Krankheit, Sie Volltrottel«, sagte Courteney und drehte sich zu ihm hin. »Das sind zwei Ärzte, die Aids-Opfer behandeln.«

»Ich glaube, Sie verstehen die Bedeutung des Wortes *Opfer* nicht«, sagte eine der Frauen. »Das sind keine Opfer, wenn sie förmlich um die Krankheit betteln.«

»Du lieber Himmel!«, sagte ich und sah mich halb belustigt, halb schockiert nach ihr um.

»Kellner, Sie müssen die Teller und das Besteck wegwerfen«, sagte der Mann. »Niemand sollte nach diesen Leuten davon essen müssen. Und ziehen Sie sich Handschuhe an, das rate ich Ihnen.«

Bastiaan hielt es nicht länger auf seinem Stuhl, er wollte hinüber zu ihrem Tisch. Der Kellner wich erschrocken zurück, und auch Alex sprang auf, genau wie ich, unsicher, was in dieser Situation zu tun war.

»Gehen wir einfach«, sagte Courteney und packte Bastiaans Arm, als er an ihr vorbeikam. »Aber glauben Sie nicht, dass wir auch nur einen Cent zahlen«, fügte sie an den Kellner gewandt fort. »Die Rechnung können Sie sich sonst wohin schieben.«

»Was stimmt mit Ihnen nicht?«, fragte Bastiaan den Dicken und drückte ihm beide Hände auf die Brust, als der ebenfalls aufstand. Bastiaans holländischer Akzent trat deutlicher zutage, je wütender er wurde. Ich nannte es den »Ton« und fürchtete mich vor den seltenen Momenten, in denen er zu hören war. »Denken Sie, Sie haben auch nur irgendeine Ahnung? Sie wissen ja nicht, wovon Sie reden. Schon mal was von Menschlichkeit gehört?«

»Verpisst euch, sonst rufe ich die Polizei«, sagte der Mann und schien nicht im Mindesten eingeschüchtert, obwohl Bastiaan jünger, trainierter und größer war als er. »Warum gehst du mit deinen Freunden nicht runter ins West Village? Da servieren sie euch Perverslingen, was immer ihr wollt.«

Ich sah, wie Bastiaan zitterte und all seine Selbstkontrolle benötigte, um den Kerl nicht zu packen und aus dem Fenster zu werfen. Aber er bekam seine Wut in den Griff, drehte sich um und ließ den Mann stehen. Wir gingen hinaus auf die 23rd Street, wobei uns alle Blicke folgten. Draußen schienen die Lichter vom Flatiron Building auf uns herab.

»Diese Dreckskerle«, sagte Bastiaan und führte uns die Straße hinunter in eine Bar, wo wir uns heftig zu betrinken gedachten. »Diese verdammten Dreckskerle. Die hätten sicher etwas mehr Anstand, wenn es einen von ihnen erwischen würde. Ich wünschte, das würde passieren. Ich wünschte, es würde sie alle erwischen.«

»Das meinst du nicht so«, sagte ich, nahm ihn in den Arm und zog ihn an mich.

»Nein«, flüsterte er mit einem Seufzer und legte den Kopf auf meine Schulter. »Nein, wohl eher nicht.«

Patient 563

Die Vorhänge in Raum 711 waren zugezogen, und der junge Mann bat mich mit einer rauen Stimme, die klang, als wäre sie lange nicht gebraucht worden, sie nicht zu öffnen. Es fiel jedoch genug Licht ins Zimmer, um die Gestalt im Bett erkennen zu können. Er musste etwa zwanzig sein und wog sicher keine fünfzig Kilo. Seine Arme waren dünne Stöcke und lagen auf der Decke, seine Finger hatten etwas Skeletthaftes, und die Ellbogen unter dem Krankenhaushemd schienen entzündet. Sein Gesicht war abgemagert, die Haut spannte sich straff über den Schädel und rief den Eindruck einer anatomischen Fehlschöpfung hervor, die mich an Zeichnungen von Mary Shelleys Monster erinnerte. Die Gewebeveränderungen an seinem Hals und über dem rechten Auge, dunkle, schwarze Verfärbungen, die in seine Haut hineinschmolzen, schienen zu pulsieren, als hätten sie ein eigenes Leben.

Shaniqua hatte gesagt, wenn ich mich wegen seines Anblicks unwohl fühlte, sollte ich wieder gehen, da es nicht fair gegenüber dem Patienten sei, aber das war noch nicht nötig gewesen. Heute hatte sie zudem darauf bestanden, dass ich einen Kittel und eine Maske trug, und ich war ihren Anweisungen gefolgt, wobei das Bett mit einer Plastikplane bedeckt war, die mich an eine Szene am Ende von *E.T.* erinnerte, als Elliotts Haus von der Regierung unter Quarantäne gestellt wird und der Außerirdische dem Tod nahe scheint. Ich nannte meinen Namen, erklärte, warum ich da war, und der Junge nickte, und seine Augen öffneten sich etwas weiter, als versuchte er, etwas mehr Leben in seinen Körper hineinzusaugen. Seine ersten Worte kamen nach einem langen Hustenanfall.

»Es ist gut, dass Sie hier sind«, sagte er. »Ich bekomme nicht viel Besuch. Seit Wochen war niemand mehr da, bis auf den Kaplan. Der kommt jeden Tag. Ich habe ihm gesagt, dass ich nicht religiös bin, aber er kommt trotzdem.«

»Wollen Sie, dass er Sie in Ruhe lässt?«, fragte ich. »Weil wenn Sie...«

»Nein«, sagte er schnell. »Nein, ich will, dass er weiterhin kommt.«

»In Ordnung«, sagte ich. »Und wie fühlen Sie sich heute?«

»Das Ende ist nahe«, sagte er und lachte etwas, woraus sich eine weitere Hustenserie entwickelte. Mehr als eine Minute dauerte der Anfall, und mir brach der kalte Schweiß aus. Entspann dich, du kannst dich nicht anstecken, sagte ich mir. Du kannst dich nicht anstecken, nur weil du hier stehst.

»Möchten Sie mir Ihren Namen nennen?«, fragte ich ihn. »Sie müssen nicht, wenn Sie nicht wollen. Man hat mir nur Ihre Nummer gegeben, Patient 563.«

»Ich heiße Philip«, sagte er. »Philip Danley.«

»Schön, Sie kennenzulernen, Philip«, sagte ich. »Macht man Ihnen den Aufenthalt hier im Krankenhaus wenigstens erträglich? Es tut mir so leid, dass Ihnen das passiert ist.«

Er schloss die Augen, und ich dachte einen Moment lang, er würde einschlafen, doch dann öffnete er sie wieder, drehte den Kopf zu mir hin, um mich anzusehen, und atmete so tief ein, dass ich sah, wie sich seine Brust unter der Decke hob und senkte. Ich stellte mir vor, wie deutlich man seinen Brustkasten unter der Haut erkennen musste.

»Sind Sie aus New York?«, fragte ich.

»Aus Baltimore. Waren Sie da mal?«

»Ich war noch nirgends in den Vereinigten Staaten außer in Manhattan«, sagte ich.

»Ich dachte mal, es hätte keinen Sinn, irgendwo anders zu sein. Ich wollte immer nur hier sein. Schon als Kind.«

»Wann sind Sie hergekommen?«

»Vor zwei Jahren. Um am City College Literatur zu studieren.«

»Oh«, sagte ich überrascht. »Ich kenne jemanden, der dort Literatur studiert.«

»Wen?«, fragte er.

»Er heißt Ignac Križ, ist aber wahrscheinlich ein paar Jahre älter als Sie, vielleicht kennen Sie …«

»Ich kenne Ignac«, sagte er und lächelte. »Er ist Tscheche, richtig?«

»Slowene.«

»Ah, ja. Und woher kennen Sie ihn?«

»Ich bin einer seiner Vormunde«, sagte ich. »Nicht im streng gesetzlichen Sinn, aber doch seit sieben Jahren. Er braucht jetzt keinen Vormund mehr, er ist zweiundzwanzig. Auf jeden Fall lebt er bei meinem Freund und mir.«

»Ich glaube, er wird einmal ein berühmter Schriftsteller«, sagte er.

»Vielleicht«, sagte ich. »Ich bin allerdings nicht sicher, ob er berühmt werden will.«

»Nein, das meine ich nicht. Ich denke nur, er wird einmal sehr erfolgreich sein. Er ist ein toller Kerl, und ich habe einige von seinen Geschichten gelesen. Alle halten ihn für sehr talentiert.«

»Haben Sie da gern studiert?«, fragte ich und biss mir auf die Lippen, als mir bewusst wurde, dass ich die Vergangenheitsform gewählt hatte, als wäre dieser Teil seines Lebens für immer vorbei. Was natürlich der Fall war.

»Ich habe es geliebt«, sagte er. »Es war das erste Mal, dass ich aus Maryland rausgekommen bin. Und ich bin immer noch eingeschrieben, glaube ich. Aber vielleicht haben sie mich auch aus dem Register gestrichen. Es kommt wohl nicht mehr drauf an. Meine Eltern wollten nicht, dass ich herkam. Sie sagten, ich würde bei meinem ersten Gang durch die Stadt schon ausgeraubt werden.«

»Und hatten sie recht?«

»In gewisser Weise. Und was machen Sie beruflich?«, fragte er. »Sind Sie hier im Krankenhaus angestellt?«

»Nein«, sagte ich. »Ich mache das ehrenamtlich.«

»Was tun Sie sonst?«

»Nicht viel. Ich habe das Gefühl, mich in eine Fünfzigerjahre-Hausfrau zu verwandeln. Ich habe nicht mal ein Arbeitsvisum, das heißt, ich kann rein rechtlich gar nichts tun, obwohl ich ein paar Abende in der Woche in einer Kneipe in der Nähe von unserer Wohnung aushelfe. Mein Freund verdient so viel, dass wir beide davon leben können, was wohl heißt, dass ich eine Art Schmarotzer bin. Auf jeden Fall mache ich deshalb diesen ehrenamtlichen Job. Ich wollte etwas Positives mit meiner Zeit anfangen.«

»Sie sind also schwul?«, fragte er.

»Ja, und Sie?«

»Ja«, sagte er. »Was glauben Sie, wie ich hier gelandet bin?«

»Sicher nicht, weil Sie schwul sind«, sagte ich. »Sie werden doch nicht denken, dass das der Grund ist.«

»Aber er ist es.«

»Nein, ist er nicht. Auf dieser Station liegen viele Heteros.«

»Es ist trotzdem der Grund«, wiederholte er.

Ich trat jetzt näher und setzte mich auf einen Stuhl. Trotz allem, was die Krankheit seinem Gesicht und seinem Körper angetan hatte, war zu erkennen, dass er zuvor ein gut aussehender junger Mann gewesen war. Sein dunkles, jetzt kurz geschorenes Haar passte gut zu seinen leuchtend blauen Augen, deren Helligkeit die Krankheit, sosehr sie sich auch mühte, offenbar nichts anhaben konnte.

»Weißt du noch, als wir Kinder waren«, sagte er und sah mich wieder an, »das eine Mal, als wir mit dem Schlitten am Weihnachtsmorgen rauf auf den Ratchet Hill sind? Du hast gesagt, wenn wir uns nur gut an den Seiten festhielten, würde nichts passieren? Aber du bist runtergepurzelt und hast dir den Knöchel verrenkt. Und wie Mom mir die Schuld gegeben hat und ich eine Woche nicht rausdurfte?«

»Ich glaube, das war ich nicht«, sagte ich sanft. »War das Ihr Bruder, Philip? Denken Sie an Ihren Bruder?«

Er drehte den Kopf, sah mich einen Moment lang an und runzelte die Stirn. »Oh ja«, sagte er. »Ich dachte, Sie wären James. Aber Sie sind es nicht, oder?«

»Nein, ich heiße Cyril«, sagte ich.

»Tut dir dein Knöchel immer noch weh, wenn es draußen kalt wird?«

»Nein«, sagte ich. »Nein, er ist verheilt. Der Knöchel ist wieder ganz in Ordnung.«

»Gut.«

Eine Schwester kam herein, achtete nicht weiter auf uns, notierte die Angaben auf einem der Monitore, wechselte seinen Tropf und ging wieder. Währenddessen warf ich einen Blick auf den Nachttisch, auf dem jeweils eine Ausgabe von *Schall und Wahn* und *Catch-22* lagen.

»Lesen Sie gern?«, sagte ich.

»Ja«, antwortete er. »Ich habe Ihnen doch gesagt, dass ich Literatur studiere.«

»Wollen Sie auch schreiben? Wie Ignac?«

»Nein, ich will unterrichten, und das will ich noch immer.«

»Anne Tyler stammt aus Baltimore, oder?«, fragte ich, und er nickte. »Ich habe einige von ihren Büchern gelesen, und ich mochte sie sehr.«

»Ich habe sie einmal getroffen«, sagte er. »Als ich in der Highschool war, hatte ich einen Job in einem Buchladen, und sie kam und wollte ein paar Weihnachtsgeschenke kaufen. Ich bin knallrot geworden vor lauter Ehrfurcht.«

Ich lächelte und sah zu meinem Entsetzen Tränen über seine Wangen strömen.

»Es tut mir leid«, sagte er. »Sie sollten gehen. Sie wollen sicher nicht sehen, wie ich mich hier zum Narren mache.«

»Ist schon gut«, sagte ich. »Und Sie machen sich absolut nicht zum Narren. Ich wage es nicht einmal, mir vorzustellen, was Sie durchmachen müssen. Können Sie ...« Ich zögerte, unsicher, ob ich ihm diese Frage stellen sollte. »Wollen Sie mir erzählen, wie Sie hergekommen sind?«

»Es ist die reine Ironie«, sagte er. »Es heißt, das größte Risiko, sich mit Aids anzustecken, besteht darin, promiskuitiv zu sein. Raten Sie mal, mit wie vielen Leuten ich Sex hatte?«

»Ich habe keine Ahnung«, sagte ich.

»Mit einem.«

»Gott«, sagte ich.

»Mit einem, und auch nur einmal. Ich hatte ein einziges Mal in meinem ganzen Leben Sex, und das hat mich hergebracht.«

Ich sagte nichts. Was sollte ich dazu sagen?

»Ich war noch Jungfrau, als ich nach New York kam«, fuhr er fort. »Ich war ein so schüchternes Kind. In der Highschool habe ich mich praktisch in jeden Jungen, den ich kannte, verknallt, aber nie etwas unternommen und nie jemandem erzählt, dass ich schwul war. Sie hätten mich verprügelt, wenn sie es erfahren hätten. Umgebracht hätten sie mich. Deswegen wollte ich hier studieren. Ich dachte, vielleicht könnte ich hier ein neues Leben beginnen. Aber es war nicht leicht. Die ersten sechs Monate blieb ich in meinem Wohnheimzimmer sitzen, befriedigte mich selbst und hatte Angst, in einen Klub oder eine Bar zu gehen. Aber dann eines Abends bin ich eben doch los. Ich dachte einfach: Scheiß drauf, und es fühlte sich so gut an, durch die Tür zu gehen und mit dabei zu sein. Zum ersten Mal in meinem Leben hatte ich das Gefühl, irgendwo hinzugehören. Das werde ich nie vergessen. Wie schwer es war, hineinzugehen, und wie einfach, dort drinnen zu sein. Und dann hat mich einer mit nach Hause genommen, der Erste, der mich ansprach. Er sah nicht mal gut aus. Himmel, er war *alt*. Alt genug, um mein Vater zu sein. Ich fühlte mich nicht mal zu ihm hingezogen, aber ich wollte unbedingt mit jemandem Sex haben. Meine Unschuld verlieren, wissen Sie? Und ich hatte ein bisschen Angst in dem Klub, wo ich doch nicht mal die Regeln kannte. Also bin ich mit ihm gegangen, und wir hatten Sex. Es dauerte etwa zwanzig Minuten, dann habe ich mich schnell wieder angezogen und bin nach

Hause gelaufen. Ich wusste nicht mal seinen Namen. Und das war's. So habe ich mich angesteckt.« Er atmete tief ein und schüttelte den Kopf. »Ist das nicht das Schlimmste, was Sie je gehört haben?«

»Es tut mir leid«, sagte ich, griff unter die Plane und nahm seine Hand. Seine Haut fühlte sich papierdünn an, und ich fürchtete, wenn ich zu fest zufasste, würden seine Finger brechen. »Das Universum ist ein beschissener Ort.«

»Wirst du Mom sagen, es tut mir leid, wenn du sie siehst?«, sagte er. »Sagst du ihr, wenn ich noch mal zurückkönnte, würde ich es nie wieder tun?«

»Ich bin nicht James«, sagte ich leise und drückte seine Hand. »Ich bin Cyril.«

»Versprichst du es?«

»Ich verspreche es.«

»Gut.«

Ich zog meine Hand zurück, und er legte sich etwas anders hin. »Bist du müde?«, fragte ich.

»Ja«, sagte er. »Ich denke, ich werde etwas schlafen. Kommst du mich wieder besuchen?«

»Das werde ich«, sagte ich. »Ich kann morgen wiederkommen, wenn du magst.«

»Morgen früh habe ich Unterricht«, sagte er, und seine Augen schlossen sich. »Reden wir am Samstag.«

»Ich besuche dich morgen wieder«, sagte ich, stand auf und betrachtete ihn noch ein paar Minuten, während er in Schlaf versank.

Emily

Die Geräusche aus Ignac' Zimmer sagten mir, dass er und Emily zu Hause waren, und mein Herz sank tiefer als die auf dem Grund des Atlantischen Ozeans liegende Titanic.

Ich machte die Haustür so laut wie nur möglich zu und hustete mehrmals, damit sie hörten, ich war zurück. Meine Belohnung bestand in einem Kichern, gefolgt von einer atemlosen Stille, während ich in die Küche ging.

Fünf Minuten später saß ich mit einer Tasse Kaffee am Tisch, blätterte durch eine Ausgabe des *Rolling Stone*, die Bastiaan dort hatte liegen lassen, und hob kurz den Blick, als Emily hereinkam, barfuß und in einem von Ignac' Hemden, das halb offen stand und mehr von ihren Brüsten zeigte, als ich wirklich sehen wollte. Ihre Jeansshorts waren ultrakurz, und der oberste Knopf war gut sichtbar geöffnet, während ihr das Haar, das sie normalerweise zu einem wilden Vogelnest hochsteckte, lose auf die Schultern hing.

»Hey, Mr Avery«, säuselte sie und ging zum Kühlschrank.

»Bitte nennen Sie mich Cyril.«

»Ich kann den Namen nicht aussprechen«, sagte sie, fuchtelte mit ihrer Hand in der Luft und zog eine Grimasse, als verlangte ich etwas Perverses von ihr. »Das ist ein so merkwürdiger Name. Ich muss immer gleich an *Cyril, the Squirrel* denken.«

Ich drehte mich mit einem Ruck zu ihr hin und erinnerte mich, wie Bridget Simpson mich vor etwa achtundzwanzig Jahren in der Palace Bar in der Westmoreland Street so genannt hatte. Bridget, Mary-Margaret und Behan, sie alle waren längst tot. Und Julian? Ich hatte keine Ahnung, wo er war.

»Was ist?«, sagte sie. »Sie sehen aus, als wären Sie einem Gespenst begegnet. Sie kriegen doch nicht einen Infarkt? In Ihrem Alter wäre das nicht ungewöhnlich.«

»Das ist ja lächerlich«, sagte ich. »Und bitte nicht Mr Avery, okay? Ich komm mir ja vor wie Ihr Vater. Was schon komisch wäre, wo ich nur zehn Jahre älter bin.«

»Das ist ein ganz schöner Unterschied«, sagte sie, »und ich will nicht respektlos sein, indem ich zu vertraulich werde.«

»Es ist genau der gleiche Altersunterschied wie zwischen Ihnen und Ignac«, antwortete ich. »Und der sagt auch nicht Miss Mitchell, oder?«

Sie nahm einen Becher Joghurt aus dem Kühlschrank, riss den Deckel herunter und sah mich mit kaum verhohlener Belustigung an, während sie mit der Zunge innen am Rand des Bechers entlangfuhr und etwas Erdbeere an ihren Lippen hängen blieb. »Wenn ich ihn darum bitte, würde er es schon tun«, sagte sie, »und im Übrigen bin ich keine zehn Jahre älter als er, Mr Avery. Nur neun. Und wie alt war Ignac noch mal, als Sie ihn bei sich aufnahmen?«

Bevor ich darauf etwas antworten konnte, kam Ignac selbst, und mir blieb nichts, als den Punkt nicht weiter zu verfolgen. Er war sich bewusst, was ich von Emily hielt, und ich wusste, dass er unsere kleinen Scharmützel nicht mochte. Sie hatte ihre Bemerkung perfekt getimt.

»Hey, Cyril«, sagte er und stellte den Wasserkessel an. »Ich hab dich gar nicht kommen hören.«

»Hast du doch«, murmelte ich.

»Du warst anderweitig beschäftigt, Schatz«, sagte Emily, ohne aufzusehen.

»Wie war's im College?«, fragte ich und wünschte, Emily würde in sein Zimmer gehen und sich anziehen oder gleich aus der Wohnung verschwinden. Oder vielleicht noch mal an den Kühlschrank wollen, über ein loses Stück Linoleum stolpern und aus dem Fenster runter auf die 55th Street fallen.

»Ziemlich gut. Ich habe eine Eins für meine Lewis-Carroll-Arbeit gekriegt und noch eine für meinen Yeats-Essay.«

»Super!« Es gefiel mir, dass Ignac ein Interesse für irische Literatur entwickelte, weit stärker als für die holländische oder slowenische. Er arbeitete sich durch die großen irischen Romane, wobei er die von Maude im Moment aus irgendeinem Grund aussparte. Ich hatte überlegt, ob ich ihm im Strand Bookstore welche kaufen sollte (sie hatten ein paar

Erstausgaben, die nicht zu teuer waren), aber ich wollte nicht, dass er sich gezwungen fühlte, sie zu lesen, und war unsicher, was ich empfinden würde, wenn er sie nicht mochte. »Super«, wiederholte ich. »Den Yeats-Aufsatz würde ich gerne lesen.«

»Der ist sehr analytisch«, sagte Emily, als wäre ich ein kompletter Analphabet, »und nicht wirklich was für Laien.«

»Ich komme mit komplizierten Wörtern ganz gut klar«, erklärte ich ihr, »und wenn ich hängen bleibe, kann ich immer noch im Wörterbuch nachsehen.«

»Das meine ich nicht mit analytisch«, sagte sie. »Aber hey, warum nicht einen Versuch wagen? Scheitern kann man immer.«

»Was unterrichten Sie noch?«, fragte ich sie. »Nur zur Erinnerung: Frauenforschung, richtig?«

»Nein, russische Geschichte. Obwohl es da ein Modul zu russischen Frauen gibt, wenn Sie das meinen.«

»Interessantes Land«, sagte ich. »Die Zaren, die Bolschewiken, der Winterpalast und so weiter. Waren Sie schon oft da?«

»Nein«, sagte sie und schüttelte den Kopf. »Nein, war ich noch nie. Bis jetzt jedenfalls noch nicht.«

»Sie machen Witze.«

»Warum sollte ich lügen?«

»Nein, ich bin nur überrascht, das ist alles. Ich hätte gedacht, wenn man an einem Land und seiner Geschichte so interessiert ist, dass man dann auch hinfahren und sich einen Eindruck verschaffen wollte. Das finde ich komisch.«

»Was soll ich dazu sagen? Ich bin ein lebendes Rätsel.«

»Aber Sie sprechen Russisch?«

»Nein. Warum, Sie?«

»Nein, natürlich nicht. Aber ich unterrichte auch nicht Russisch auf Uniniveau.«

»Ich auch nicht. Ich unterrichte russische Geschichte.«

»Trotzdem finde ich es seltsam.«

»Es ist eigentlich nicht so ungewöhnlich, wenn Sie einmal darüber nachdenken. Ignac interessiert sich für irische Literatur«, sagte sie. »Und er war noch nie in Irland und spricht auch kein Irisch.«

»Nun, der Großteil der irischen Literatur ist auf Englisch verfasst worden.«

»Unterdrückt Ihr Land seine einheimischen Schriftsteller?«

»Nein«, sagte ich.

»Es schreibt also niemand auf Irisch?«

»Ich bin sicher, das gibt es«, sagte ich und geriet langsam in Verlegenheit. »Aber die Bücher sind nicht sehr bekannt.«

»Sie meinen, sie verkaufen sich nicht so gut«, sagte sie. »Mir war nicht klar, dass Sie so ein Populist sind. Ich habe übrigens im letzten Jahr eines der Bücher von Ihrer Mutter gelesen. Die verkaufen sich sehr gut, oder?«

»Sie war meine Adoptivmutter«, sagte ich.

»Das ist das Gleiche.«

»Nicht wirklich. Zumal sie die Mutterrolle im Grunde nie angenommen hat.«

»Haben Sie *Neigung zur Lerche* gelesen?«

»Sicher.«

»Das ist ziemlich gut, oder?«

»Ich würde sagen, ein bisschen besser als ziemlich.«

»Der Junge im Buch ist ein Ungeheuer. Einer der größten Lügner und Kriecher der Literatur. Kein Wunder, dass die Mutter ihn umbringen will. War das irgendwie autobiografisch?«

»Wisst ihr, dass bei uns im College ein Plakat von Maude hängt?«, unterbrach uns Ignac, und ich sah ihn überrascht an.

»Tatsächlich?«, sagte ich.

»Ja, es ist eins von vier Plakaten, die draußen vor dem Verwaltungsbüro hängen. Virginia Woolf, Henry James,

F. Scott Fitzgerald und Maude Avery. Keiner sieht in die Kamera, nur deine Mutter ...«

»Meine Adoptivmutter.«

»Sie sieht dem Fotografen direkt in die Linse und scheint absolut wütend zu sein.«

»Das klingt nach ihr«, sagte ich.

»Sie sitzt an einem Schreibtisch vor einem Gitterfenster und hält eine Zigarette in der Hand. Hinter ihr auf dem Tisch steht ein übervoller Aschenbecher.«

»Das war ihr Arbeitszimmer«, sagte ich. »Am Dartmouth Square. Immer völlig verraucht. Sie hat die Fenster nicht gern aufgemacht. In dem Haus bin ich aufgewachsen. Wobei sie entsetzt wäre, wenn sie wüsste, dass sie bei euch in der Uni an der Wand hängt, und dann auch noch neben Schriftstellern dieses Kalibers. Zu ihren Lebzeiten waren ihre Bücher in den Staaten gar nicht zu kaufen.«

»Manche Leute werden erst nach ihrem Tod erfolgreich«, sagte Emily, »und gelten zu ihren Lebzeiten als komplette Versager. Arbeiten Sie heute Abend in der Kneipe, Mr Avery?«

»Nein«, sagte ich und verdrehte die Augen. »Erst am Wochenende wieder.«

»Ich frage nur, weil Ignac und ich heute Abend hierbleiben wollten.«

»Ihr könntet auch ins Kino gehen. Ignac darf jetzt in die Filme ab achtzehn, da könnte er Ihnen Gesellschaft leisten. *Eine verhängnisvolle Affäre* wäre eine Möglichkeit.«

»Komm schon, Cyril«, sagte Ignac leise.

»Ich mache nur Spaß«, sagte ich enttäuscht darüber, wie viel schneller er ihre Ehre verteidigte als meine.

»Wir sollten mal hin«, sagte er nach einer Weile.

»Was, in die *Verhängnisvolle Affäre*?«

»Nein, nach Dublin. Ich würde gern sehen, wo du aufgewachsen bist, und vielleicht könnten wir zu eurem Haus gehen, und ich könnte dich in ihrem Arbeitszimmer fotografieren.«

»Das Haus gehört der Familie nicht mehr«, sagte ich und wandte den Blick ab.

»Was ist passiert?«

»Mein Adoptivvater hat es verkaufen müssen, als er wegen Steuerhinterziehung im Gefängnis saß. Sein Anwalt hat es ihm abgekauft, zu einem lachhaften Preis.«

»Was für eine Ironie«, sagte Emily.

»Mit Ironie hat das nichts zu tun«, sagte ich. »Ironie ist was anderes.«

»Das ist schade«, sagte Ignac. »Aber vielleicht würden die, die heute da wohnen, dich ja hineinlassen? Es wäre doch eine coole Sache, das Haus deiner Kindheit noch mal zu sehen. Da müssen so viele Erinnerungen drinstecken.«

»Wenn es denn gute Erinnerungen wären«, antwortete ich. »Aber davon gab es nicht viele. Im Übrigen glaube ich nicht, dass ich heute am Dartmouth Square besonders willkommen wäre.« Mehr als ein paar Eckdaten meiner kurzen Ehe hatte ich Ignac nie erzählt, er kannte die Geschichte von Julian, Alice und mir nicht. Das alles war so lange her und schien kaum mehr von Bedeutung für mein heutiges Leben. Trotzdem, zum ersten Mal seit Jahren dachte ich an das Haus und fragte mich, ob Alice dort vielleicht lebte und wen sie nach mir wohl geheiratet haben mochte. Ich hoffte, sie hätte ein Haus voller Kinder, die die Räume mit Leben erfüllten, und einen Mann, der sie begehrte. Aber vielleicht hatte ja auch Julian das Haus übernommen. Es war immerhin möglich, wenn auch nicht sehr wahrscheinlich, dass er ruhiger geworden war und selbst eine Familie gegründet hatte.

»Wie lange ist es her, dass Sie das letzte Mal in Dublin waren, Mr Avery?«, fragte Emily.

»Vierzehn Jahre, Miss Mitchell, und ich habe nicht vor, noch mal hinzufahren.«

»Aber warum nicht? Vermissen Sie es nicht?«

»Er redet nie darüber«, sagte Ignac. »Ich denke, er belässt es lieber dabei. Es sind all die alten Liebhaber, nehme ich an. Wahrscheinlich hat er zahllose gebrochene Herzen zurückgelassen, als er nach Amsterdam gegangen ist.«

»Zwischendurch war ich noch an allen möglichen anderen Orten«, stellte ich klar. »In Irland gibt es keine alten Beziehungen. Bastiaan ist der einzige Partner, den ich je hatte. Das weißt du.«

»Ja, das sagst du. Aber das glaube ich dir nicht.«

»Glaub, was du magst.«

»Nun, vielleicht können *wir* uns das Haus ja ansehen, wenn wir drüben sind«, sagte Emily, griff nach Ignac' Hand und spielte mit seinen Fingern, als wäre er noch ein Kind. »Und du kannst Mr Avery ein Foto schicken, zur Erinnerung.«

Ich brauchte ein paar Minuten, um das Gesagte zu verstehen. »Wenn *wer wo* ist?«, fragte ich. Emily stand auf, ging zur Arbeitsfläche hinüber, nahm einen Apfel aus der Schüssel dort, lehnte sich an die Wand, einen Fuß angewinkelt dagegengestellt, und biss hinein.

»Wenn Ignac und ich in Dublin sind«, sagte sie und zuckte mit den Schultern.

»Und was würden Sie und Ignac in Dublin machen?«, fragte ich.

»Emily«, murmelte Ignac, und ich sah den Ausdruck auf seinem Gesicht, mit dem er ihr sagte, dass jetzt nicht der richtige Zeitpunkt war, um darüber zu sprechen.

»Ignac«, fragte ich, »was soll das heißen?«

Er seufzte, sah mich an und wurde ganz leicht rot.

»Oh, das tut mir leid«, sagte Emily, legte den halb gegessenen Apfel zur Seite und setzte sich wieder. »Hätte ich das nicht sagen sollen?«

»Vielleicht klappt es ja gar nicht«, sagte Ignac.

»Was klappt nicht?«

»Am Trinity College kann man einen Master machen«, sagte er, senkte den Blick und kratzte an einem Fleck auf der Tischplatte. »In irischer Literatur. Ich habe überlegt, ob ich mich für nächstes Jahr bewerben soll. Ganz entschieden habe ich mich aber noch nicht. Ich denke da gerade nur drüber nach.«

»Verstehe«, sagte ich ruhig und versuchte, die unerwartete Information zu verarbeiten. »Das wäre sicher interessant. Aber Sie wollen doch nicht auch nach Dublin, Emily? Was hat die russische Geschichte mit Irland zu tun?«

»Es gibt auch dort eine Fakultät für Geschichte«, sagte sie mit einem Seufzen, als müsste sie einem Zurückgebliebenen die Relativitätstheorie erklären. »Da könnte ich mich bewerben.«

»Ich glaube, in Irland herrscht ein weit konservativeres Verständnis, was das Verhältnis zwischen Lehrenden und Studenten betrifft«, sagte ich. »Sie würden ziemlich bald hinausfliegen, weil Sie Ihre Stellung zu Ihrem Vorteil ausnutzen. Oder eingesperrt, weil Sie ein ungesundes Interesse an Kindern haben.«

»Keine Sorge, ich kann schon auf mich aufpassen. Und in Dublin wäre ich näher an Russland, das heißt, dass ich vielleicht wirklich endlich hinkäme. Wie Sie ganz richtig sagen, sollte ich das.«

Ich sagte dazu nichts. Ich wünschte mir nicht unbedingt, dass Emily überhaupt irgendwo mit Ignac hinging, im Moment jedoch beschäftigte mich der Gedanke mehr, dass er tatsächlich daran dachte, New York zu verlassen. Einerseits schien seine Idee völlig aus dem Nichts zu kommen, andererseits klang sie durchaus vernünftig. Wir standen uns nahe, er und ich. Wir drei, um genau zu sein, schließlich war Bastiaan vor sieben Jahren in Amsterdam derjenige gewesen, der den Anstoß zu unserer ungewöhnlichen Familie gegeben hatte. Aber seitdem hatte Ignac weit mehr Interesse an meiner Herkunft als an Bastiaans oder seiner eigenen gezeigt. Zusammen mit seiner Leidenschaft für das Schreiben ergab es durchaus einen Sinn, dass er sich zur irischen Literatur hingezogen fühlte.

»Hast du schon mit Bastiaan darüber gesprochen?«, fragte ich Ignac, und er nickte.

»Ein wenig«, sagte er. »Nicht richtig. Es ist ja noch ein Jahr bis dahin.«

Ich runzelte die Stirn. Es schmerzte, dass noch niemand daran gedacht hatte, mit mir darüber zu sprechen, und besonders irritierte es mich, dass Emily es längst wusste. Es war offensichtlich, wie sehr es sie freute, mir da voraus zu sein.

»Lass uns darüber reden«, sagte ich. »Aber an einem anderen Abend, wenn Bastiaan da ist.«

»Wir sind uns ziemlich sicher«, sagte Emily. »Sie müssen sich keine Sorgen machen. Ich habe mich über die Universität informiert und ...«

»Ich denke, das ist wirklich etwas, worüber Bastiaan, Ignac und ich reden sollten«, sagte ich und blitzte sie an. »Als Familie.«

»Als Familie?«, fragte sie und hob eine Braue.

»Ja, als Familie. Denn das sind wir.«

»Klar«, erwiderte sie mit einem halben Lächeln. »Hey, wir haben 1987, oder? Ich sag ja nichts.« Sie stand auf und ging zurück in Ignac' Zimmer, vergaß dabei aber nicht, an ihm vorbeizugehen und ihm mit der Hand durchs Haar zu fahren. Sie hätte genauso gut auf ihn pinkeln können, um ihr Territorium zu markieren.

»Gott«, murmelte ich, als sie weg war.

»Was?«, sagte Ignac.

»*Ich sag ja nichts*«, wiederholte ich. »Was sollte das wohl bedeuten?«

»Gar nichts, Cyril«, sagte er.

»Aber sicher doch«, sagte ich. »Du willst es nur nicht sehen.«

»Warum magst du sie eigentlich nicht?«, fragte er unglücklich, denn er ertrug keinen Streit oder Negativität. Er war ein durch und durch gutherziger Mensch.

»Weil sie alt genug ist, deine Mutter zu sein, deshalb.«
»Dafür ist sie nicht annähernd alt genug.«
»Nun, dann eben eine viel ältere Schwester oder eine junge Tante. Gar nicht davon zu reden, dass sie deine Dozentin ist.«
»Ist sie nicht! Sie arbeitet in einem völlig anderen Fachbereich.«
»Das ist mir egal. Es ist unprofessionell.«
»Sie macht mich glücklich.«
»Sie bemuttert dich.«
»Du auch.«
»Ich habe ein Recht dazu«, sagte ich. »Ich handle *an Eltern statt.*«
Er lächelte und schüttelte den Kopf. »Sie hat noch eine Seite, die du nicht siehst.«
»Die, die herumläuft und ihre Studenten verführt?«
»Ich habe dir doch gesagt, ich bin nicht ihr Student«, protestierte er. »Wie oft denn noch?«
Ich tat das mit einer Handbewegung ab. Für mich war das reine Semantik. Ich wusste, was ich sagen wollte, wusste aber nicht, wie ich es ausdrücken sollte. Ich wollte nicht, dass er wütend auf mich wurde.
»Ist dir nicht aufgefallen, wie sie mich und Bastiaan ansieht?«, sagte ich. »Wie sie mit uns redet?«
»Nicht wirklich«, antwortete er. »Warum, was hat sie gesagt?«
»Nichts Spezielles«, fing ich an.
»Sie hat also nichts gesagt? Du denkst es dir nur?«
»Sie respektiert nicht, was wir hier haben«, sagte ich. »Wir drei.«
»Aber natürlich tut sie das«, sagte Ignac. »Sie weiß genau, was ihr alles für mich getan habt, und davor hat sie Respekt.«
»Sie denkt, es hat etwas Unziemliches, wie wir dich aufgenommen haben.«

»Denkt sie nicht.«

»Sie hat es mir mehr oder weniger offen gesagt! Wie viel weiß sie überhaupt?«, fragte ich. »Über deine Geschichte, meine ich.«

Er zuckte mit den Schultern. »Sie weiß alles«, sagte er.

»*Alles?*«, sagte ich. Ich beugte mich näher zu ihm hin und spürte, wie mein Herz kurz aussetzte.

»Nein, natürlich nicht«, sagte er und schüttelte den Kopf. »Das ... nicht.« Was ganz zu Ende unserer Zeit in Amsterdam geschehen war, war nie zwischen uns besprochen worden. Es war Teil unserer Vergangenheit, und wahrscheinlich dachten wir alle von Zeit zu Zeit daran, jeder für sich, laut sagte keiner etwas.

»Aber sie weiß über mich Bescheid«, sagte er. »Was ich war. Was ich getan habe. Ich schäme mich nicht dafür.«

»Das solltest du auch nicht. Aber du solltest vorsichtig sein, wem du von der Zeit erzählst. Wenn die Leute zu viel über dein Leben wissen, können sie es gegen dich verwenden.«

»Ich habe nicht gern Geheimnisse«, sagte er.

»Es geht nicht um Geheimnisse, sondern darum, nicht alles von dir preiszugeben. Es geht um deine Privatsphäre.«

»Aber warum? Wenn ich jemandem nahe bin, Cyril, kann er mich nach meinem Leben fragen, und die Tage damals sind ein Teil davon. Wenn es ihn stört, kann er weiterziehen, das ist mir egal. Aber ich werde niemals hinter Lügen verstecken, wer ich bin oder was ich getan habe.«

Er versuchte mich nicht zu quälen, das war mir klar. Er wusste sehr wenig über meine Vergangenheit und nichts über die Lügen, die ich all die Jahre erzählt hatte, gar nicht zu reden von dem Schaden, den ich so vielen Menschen zugefügt hatte. Und ich wollte, dass es so blieb.

»Wenn du ernsthaft nach Dublin willst«, sagte ich, »wenn du dir das Trinity College ansehen und herausfinden willst, ob es dir gefällt, könnte ich mit dir hinfliegen.« Die

Vorstellung machte mir Angst, aber ich versprach es trotzdem. »Wir könnten zu dritt hin.«

»Du, ich und Emily?«

»Nein, du, ich und Bastiaan.«

»Vielleicht«, sagte er und wandte den Blick ab. »Ich weiß nicht. Im Moment ist es nicht mehr als eine Idee. Vielleicht bleibe ich auch in den Staaten. Ich habe noch eine ganze Weile Zeit, bis ich mich entscheiden muss.«

»In Ordnung«, sagte ich, weil ich ihn zu nichts drängen wollte. »Aber triff die Entscheidung allein für dich, okay? Ohne dich unter Druck setzen zu lassen.«

»Und probierst du bitte, besser mit Emily auszukommen?«, fragte er.

»Ich kann's versuchen«, sagte ich zweifelnd. »Aber sie muss aufhören, mich Mr Avery zu nennen. Damit macht sie mich wahnsinnig.«

Patient 630

Der Patient, den ich am liebsten besuchte, war eine achtzigjährige Dame namens Eleanor DeWitt, die den Großteil ihres Lebens zwischen Manhattan und den politischen Salons in Washington hin und her gereist war, während sie den Sommer in Monte Carlo oder an der Amalfiküste verbrachte. Sie hatte ihr Leben lang an der Bluterkrankheit gelitten und war durch eine fahrlässige Bluttransfusion infiziert worden. Sie nahm ihr Schicksal mit großer Würde an, klagte nie und sagte, wenn nicht Aids, wäre es Krebs, ein Schlaganfall oder ein Gehirntumor gewesen, was womöglich richtig war, aber ich weiß nicht, wie viele Leute das mit so einem Stoizismus hätten verkünden können. In ihrer Kinder- und Jugendzeit hatte ihr Vater zweimal erfolglos für das Amt des Gouverneurs von New York kandidiert und zwischen den Wahlkampagnen ein Vermögen in der Bauwirtschaft gemacht. 1920 war sie als Debütantin in eine, wie sie mir erzählte, moderne und geistreiche Gesellschaft eingetreten. Sie hatte sich mit Schriftstellern, Künstlern, Tänzern, Malern und Schauspielern umgeben.

»Natürlich waren die meisten von ihnen Homos, genau wie Sie, mein Lieber«, erklärte sie mir eines Tages, während ich sie mit Weintrauben fütterte, als wäre sie Elizabeth Taylor in *Cleopatra* und ich Richard Burton. Sie lag in ihrem Krankenhausbett, die Haut so durchsichtig, dass man das infizierte Blut durch ihre Adern fließen sehen konnte. Sie trug eine riesige blonde Perücke, um all die Entzündungen und Wunden darunter zu verbergen. »Da kenne ich mich aus«, fügte sie hinzu, »schließlich habe ich drei von diesen Männern geheiratet.«

Ich musste lachen, obwohl ich nicht dabei gewesen war. Sie war eine jener extravaganten alten Grandes Dames, wie es sie eigentlich nur auf der Bühne und im Film gab, und die Vorstellung, wie sie in einem Hochzeitskleid das Mittelschiff herunterkam, während ein verängstigter homosexueller Bräutigam vorn am Altar auf sie wartete, und das gleich dreimal, war unbezahlbar.

»Das erste Mal«, erzählte sie und warf den Kopf zurück ins Kissen, »da war ich noch ein Kind. Siebzehn Jahre alt. Aber ein so hübsches Ding, Cyril! Wenn Sie Bilder von mir damals sähen, ich bin sicher, Sie würden in Ohnmacht fallen. Die Leute sagten, ich sei das schönste Mädchen von New York. Mein Vater war im Betongeschäft und wollte eine Verbindung mit den O'Malleys, den Stahl-O'Malleys, nicht den Textil-O'Malleys, und so verkaufte er mich praktisch wie ein bewegliches Gut an einen Freund, für dessen minderbemittelten Sohn sich keine Abnehmerin fand. Lance O'Malley III. Siebzehn Jahre alt, genau wie ich. Mit irischem Blut in den Adern, genau wie Sie. Der Ärmste konnte kaum lesen und hatte anstelle eines Gehirns nur Watte im Kopf.

Aber er sah gut aus, das musste man ihm lassen. Die Mädchen waren verrückt nach ihm – bis er den Mund aufmachte. Meist redete er von Außerirdischen, die es vielleicht irgendwo im Weltall geben würde. Da musst du nicht suchen, sagte ich zu ihm. Es gibt genug von diesen Typen hier auf der Erde, aber er war zu beschränkt, um zu verstehen, was ich meinte. In der Hochzeitsnacht, nach dem Empfang, nahm ich ihn mit ins Bett, und ich gebe gern zu, dass ich mich auf das freute, was eigentlich hätte geschehen sollen, aber der arme Junge fing an zu weinen, als ich mein Höschen auszog. Ich wusste nicht, was ich falsch gemacht hatte, und fing ebenfalls an zu weinen. Und so saßen wir dann da, wir zwei, die ganze Nacht, und heulten in unsere Kissen. Am nächsten Morgen wartete ich, bis er tief und fest schlief, zog ihm vorsichtig die Unterhose herunter und kletterte auf ihn drauf. Aber er wachte auf und erschrak so, dass er mir ins Gesicht boxte und ich vom Bett fiel. Lance war natürlich völlig verzweifelt, er war sonst nicht gewalttätig, ganz und gar nicht, und als wir zum Frühstück nach unten kamen, versuchten beide Familien zu übersehen, dass ich ein blaues Auge hatte. Sie müssen gedacht haben, wir hätten eine wilde Nacht hinter uns! Aber Fehlanzeige. Lance und ich blieben ein Jahr verheiratet, und während all der Zeit rührte er mich kein einziges Mal an. Eines Tages jedoch vertraute ich meinem Vater an, dass die Ehe nie vollzogen worden und ich vor Besorgnis ganz krank sei, und das war es dann. Die Sache wurde annulliert, und ich sah Lance O'Malley III. nie wieder. Das Letzte, was ich hörte, war, dass er zur Handelsmarine gegangen sei. Ich weiß allerdings nicht, ob das stimmt, also verbreiten Sie's nicht überall.«

»Aber den Glauben an die Ehe haben Sie trotzdem nicht verloren?«, fragte ich.

»Natürlich nicht! So machten es die Leute damals. Wenn es mit einem Ehemann nicht ging, nahm man sich einen anderen. Wessen Ehemann das gerade war, darum kümmerte man sich nicht. Man suchte einfach so lange, bis man den Richtigen hatte. Ich bin sicher, es gibt ein Kartenspiel, das ähnlich funktioniert, wenn ich mich nur an seinen Namen erinnern könnte, aber diese verdammte Krankheit bringt mir mein Gedächtnis völlig durcheinander. Also, meine zweite Ehe war bei Weitem die Glücklichste. Henry mochte Jungen genauso gern wie Mädchen, und er erzählte mir das alles, bevor wir zum Altar schritten, und wir trafen die Vereinbarung, dass er nebenher etwas Spaß haben dürfe, solange mir das Gleiche erlaubt war. Manchmal teilten wir uns sogar einen jungen Mann. Oh, gucken Sie nicht so entsetzt, Cyril. Das waren die Dreißiger, und die Leute waren viel weiter als heute. Henry und ich hätten es gut auf ewig gemeinsam aushalten können, das Problem war nur, dass er ziemlich wahnsinnig war und sich an seinem dreißigsten Geburtstag vom Chrysler Building stürzte, weil er dachte, das Beste läge bereits hinter ihm. Sein Haar hatte angefangen, etwas lichter zu werden, und er ertrug die Vorstellung nicht, dass die kommenden Jahre noch weitere Demütigungen für ihn bereithalten mochten. Diese Dramatik! Darauf hätte ich gut verzichten können. Obwohl, wenn ich heute in den Spiegel sehe, frage ich mich, ob Henry nicht vielleicht doch recht hatte.«

»Und der Dritte?«, fragte ich.

Sie drehte langsam den Kopf, um aus dem Fenster zu sehen, und plötzlich erbebte ihr Körper unter einem Schmerzanfall. Als sie sich mir wieder zuwandte, hatte sich ihr Gesicht verdunkelt, und ich sah, dass sie sich nicht ganz sicher war, wer da bei ihr saß.

»Eleanor«, sagte ich. »Ist alles okay?«

»Wer sind Sie?«, fragte sie.

»Ich bin's, Cyril.«

»Ich kenne Sie nicht«, antwortete sie und machte eine abweisende Bewegung mit der Hand. »Wo ist George?«

»George ist nicht hier«, erklärte ich ihr.

»Dann holen Sie ihn!«, schrie sie und geriet so in Rage, dass eine der Schwestern kommen musste, um sie zu beruhigen. Als es ihr endlich gelang, überlegte ich, ob ich nicht besser gehen sollte, doch da wandte sich Eleanor mir wieder mit einem munteren Lächeln zu, als wäre nichts geschehen.

»Das dritte Mal war auch kein Treffer«, fuhr sie fort. »Die Ehe hielt nur ein paar Monate. Er war ein berühmter Hollywood-Schauspieler, den ich heimlich am Strand von Mustique heiratete. Ich war, ehrlich gesagt, völlig vernarrt in ihn, glaube aber, das lag daran, dass ich ihn schon von der Leinwand kannte. Er war ziemlich gut im Bett, aber nach ein paar Tagen langweilte ich ihn wieder, und er ging zurück zu seinen Jungs. Das Studio wollte mich weiter bezahlen, doch dafür war meine Selbstachtung zu groß, und wir ließen uns scheiden. Wobei nie herauskam, dass wir verheiratet gewesen waren.«

»Wer war es?«, fragte ich. »War er berühmt?«

»Sehr berühmt«, sagte sie und winkte mich heran. »Kommen Sie, ich flüstere Ihnen den Namen ins Ohr.«

Ich beugte mich vor, aber vielleicht war ich zu zögerlich, denn sie schob mich gleich wieder weg.

»Oh, Sie sind genau wie alle anderen!«, fuhr sie auf. »Sie sagen, Sie wollen mir helfen, haben aber genauso viel Angst vor mir wie der Rest. Wie schade! Oh, was für eine schreckliche Enttäuschung!«

»Es tut mir leid«, sagte ich. »Ich wollte Ihnen nicht...«

Ich beugte mich noch einmal vor, doch sie hob die vernarbten Hände und hielt sie sich vors Gesicht. »Gehen Sie«, sagte sie. »Gehen Sie. Gehen Sie. Lassen Sie mich allein mit meinem Leid.«

Ich stand auf und war sicher, wenn ich in ein paar Tagen zurückkam, würde sie den Vorfall vergessen haben. Vorn im Aufnahmebereich, wo Shaniqua mich argwöhnisch beäugte, ihre Handtasche in die oberste Schublade legte und sie sorgfältig einschloss, griff ich zum Telefon und rief in Bastiaans Büro an, um zu sehen, ob er schon Feierabend machen könnte, doch er sagte, er brauche noch eine Stunde. Ob ich auf ihn warten könnte?

»Sicher«, sagte ich. »Ich bin in der Aufnahme.«

Ich legte auf und mühte mich um eine kleine Unterhaltung mit Shaniqua, doch sie ließ sich nicht darauf ein.

»Haben Sie nichts Sinnvolleres zu tun«, fragte sie, »als hier zu sitzen und mich zu belästigen?«

»Ich warte auf Dr. van den Bergh«, sagte ich. »Sonst habe ich nichts zu tun. Erzählen Sie mir von sich, Shaniqua. Wo stammen Sie her?«

»Was zum Teufel interessiert Sie, wo ich herkomme?«

»Ich versuche nur, etwas Konversation zu machen, sonst nichts. Warum tragen Sie eigentlich immer Gelb?«

»Stört Sie das?«

»Nein, ganz und gar nicht. Tatsächlich trage ich heute selbst gelbe Boxershorts.«

»Das interessiert wiederum mich nicht.«

»Shaniqua«, sagte ich und ließ die Silben einzeln über meine Zunge rollen. »Das ist ein ungewöhnlicher Name.«

»Sagt Cyril.«

»Ein Punkt für Sie. Gibt es hier irgendwo was zu essen?«

Sie drehte sich auf ihrem Stuhl zu mir hin und schenkte mir einen tödlichen Blick. »Schon mal vom Sicherheitsdienst aus einem Krankenhaus geworfen worden?«, fragte sie.

»Nein.«

»Soll das so bleiben?«

»Ja.«

»Dann gehen Sie zurück zu Patientin 630. Ich bin sicher, sie weiß Ihre Gesellschaft zu schätzen. Ich weiß, wovon ich rede, ich finde Sie ungeheuer stimulierend.«

Ich schüttelte den Kopf. »Sie ist heute etwas nervös«, sagte ich. »Ich glaube, es ist das Beste, wenn ich sie in Ruhe lasse. Vielleicht sollte ich Philip Danley besuchen. Er ist ein netter Kerl.«

»Wir benutzen hier keine Namen«, sagte sie. »Das sollten Sie mittlerweile wissen.«

»Aber er hat ihn mir gesagt«, erwiderte ich. »Er wollte, dass ich ihn benutze.«

»Das ist mir gleich. Hier könnte jeder vorbeikommen. Reporter suchen immer nach Familien, die sie in Verlegenheit bringen können, indem ...«

»Also gut«, sagte ich. »Dann gehe ich zu Patient 563.«

»Nein, das tun Sie nicht«, sagte sie. »Er ist am Dienstag gestorben.«

Ich setzte mich wieder und staunte darüber, wie schonungslos sie mir die Nachricht beigebracht hatte. Ich hatte auch schon andere Patienten verloren, aber Philip hatte ich oft besucht und sehr gemocht. Ich konnte verstehen, dass sie sich eine emotionale Distanz zu ihrem Job bewahren musste, wenn sie überleben wollte, trotzdem hätte ich auch von ihr ein Mindestmaß an Mitgefühl erwartet.

»War jemand bei ihm?«, fragte ich und versuchte, den Zorn in meiner Stimme zu unterdrücken. »Ich meine, als er gestorben ist?«

»Ich war da.«

»Und jemand von seiner Familie?«

Sie schüttelte den Kopf. »Nein, und die Leiche wollten sie auch nicht. Sie wurde im städtischen Krematorium verbrannt. Im Aids-Bereich. Wissen Sie, dass die nicht mal wollen, dass die Aids-Opfer mit den übrigen Toten zusammenkommen?«

»Gott noch mal«, sagte ich. »Das ist lächerlich. Was zum Teufel können sie diesen Leuten denn noch antun? Und warum hat die Familie den Jungen im Stich gelassen, als er sie am meisten brauchte? Das kann ich einfach nicht verstehen.«

»Und Sie glauben, das war das erste Mal, dass so etwas vorgekommen ist?«

»Nein, das glaube ich nicht. Aber es ist so verdammt herzlos.«

Ein paar Minuten sagte sie nichts, dann griff sie nach einer Mappe auf ihrem Tisch und blätterte sie durch. »Wollen Sie jetzt noch jemanden besuchen oder nicht?«

»Ja«, sagte ich. »Warum nicht.«

»Patient 741«, sagte sie. »Zimmer 703.«

Die Zahl kannte ich. Patient 741. Bastiaan hatte uns in dem Restaurant in der 23rd Street von ihm erzählt. Heterosexuell, irisch und voller Wut. Das war nicht notwendigerweise die Mischung, mit der ich in diesem Moment konfrontiert werden wollte.

»Gibt es nicht jemand anderen, den ich besuchen könnte?«, fragte ich. »Wie ich gehört habe, ist er ziemlich aggressiv.«

»Nein«, sagte sie. »Sie haben hier nicht die freie Auswahl. Patient 741, Zimmer 703. Der oder keiner. Was ist mit Ihnen los, Cyril? Der Mann liegt im Sterben. Zeigen Sie ein wenig Mitgefühl.«

Ich seufzte und gab nach. Draußen auf dem Korridor überlegte ich einen Moment lang, ob ich diesen Besuch ganz einfach auslassen, in die Cafeteria gehen und dort auf Bastiaan warten sollte, aber Shaniqua bekam alles mit, was im siebten Stock vor sich ging, und es war möglich, dass sie mich nie wieder hereinließ, wenn ich sie enttäuschte.

Ich blieb einen kurzen Augenblick vor Zimmer 703 stehen und atmete tief durch, wie ich es immer tat, wenn ich einen Patienten zum ersten Mal traf. Ich wusste nie, wie schlimm die Krankheit ihn oder sie gezeichnet hatte. Manche waren schwach, hatten aber keine sichtbaren Flecken oder Geschwüre, andere sahen beängstigend aus, und ich wollte mir in keinem Fall etwas anmerken lassen. Vorsichtig öffnete ich die Tür und sah hinein. Die Vorhänge waren zugezogen, und da bereits der Abend hereinbrach, war es sehr dunkel im Zimmer. Ich konnte den Patienten gerade noch in seinem Bett erkennen und hörte seinen schweren, mühevollen Atem.

»Hallo?«, sagte ich. »Sind Sie wach?«

»Ja«, murmelte er nach einer kurzen Pause. »Kommen Sie herein.«

Ich trat ins Zimmer und schloss die Tür hinter mir. »Ich möchte Sie nicht stören«, sagte ich. »Ich bin ein ehrenamtlicher Mitarbeiter des Krankenhauses. Wie ich höre, sind Sie allein, und ich habe mich gefragt, ob Sie vielleicht etwas reden wollen.«

Eine Weile sagte er nichts, und dann, mit nervöser Stimme: »Sind Sie Ire?«

»Vor langer Zeit war ich das«, sagte ich. »Ich war aber seit vielen Jahren nicht mehr in der Heimat. Sie sind ebenfalls Ire, sagt man mir.«

»Ihre Stimme ...«, sagte er und versuchte, den Kopf etwas anzuheben, doch das war bereits zu viel für ihn, und er sank mit einem Ächzen zurück ins Kissen.

»Ganz ruhig«, sagte ich. »Darf ich die Vorhänge etwas öffnen, um ein wenig Licht hereinzulassen? Würde Sie das stören?«

»Ihre Stimme«, wiederholte er in genau demselben Ton, wie eine Schallplatte mit einem Sprung, und ich fragte mich, ob sich die Krankheit schon zu sehr in sein Gehirn gefressen hatte und ich nichts Verständliches mehr aus ihm herausbekommen würde. Egal, ich hatte beschlossen, mich zu ihm zu setzen und mit ihm zu reden, und das würde ich tun. Was die Vorhänge anging, hatte er mir zwar seine Zustimmung nicht gegeben, sie aber auch nicht verweigert, und so trat ich ans Fenster und öffnete sie ein Stück. Auf der Straße unter mir fuhren die gelben Taxis und hupten, und der Blick zwischen die Wolkenkratzer fesselte mich einen Moment lang. Ich hatte mich nie in diese Stadt verliebt, selbst nach sieben Jahren war ich mit dem Kopf in Amsterdam und mit dem Herzen in Dublin. Aber es gab Momente wie diesen, in denen ich verstand, warum andere New York so sehr liebten.

Ich drehte mich um, sah den Patienten an, unsere Blicke trafen sich, und das Wiedererkennen traf mich mit einer solchen Wucht, dass ich mich an der Fensterbank festhalten musste. Er war fast völlig kahl, nur ein paar klägliche letzte Haarbüschel klammerten sich noch an seinen Schädel, seine Wangen waren eingefallen, und ein dunkles, lilarotes Oval formte eine hässliche Beule am Kinn entlang und den Hals hinunter. Ein Satz kam mir in den Sinn, etwas, das Hannah Arendt einst über den Dichter Auden sagte: dass das Leben »die unsichtbaren Stürme des Herzens« in sein Gesicht gezeichnet hatte.

Er schien hundert Jahre alt.

Er sah aus wie ein Mann, der vor Monaten schon gestorben war.

Eine zutiefst gequälte Seele.

Aber ich erkannte ihn. Trotz allem, was die Krankheit seinem einst schönen Gesicht und Körper angetan hatte, hätte ich ihn immer noch überall erkannt.

»Julian«, sagte ich.

Wer ist Liam?

Ich hinterließ eine Nachricht für Shaniqua, in der ich sie bat, Bastiaan wissen zu lassen, dass ich ihn später zu Hause treffen würde, flüchtete aus dem Krankenhaus, ohne auch nur meinen Mantel mitzunehmen, lief wie benommen nach Westen in den Central Park und landete schließlich auf einer Bank am See. Es war kalt, und ich merkte, wie die Leute mich anstarrten und für verrückt hielten, weil ich an so einem Tag so leicht bekleidet war, aber ich konnte noch nicht zurück. Es war gerade genug Zeit gewesen, erstaunt seinen Namen hervorzubringen, und er hatte meinen flüstern können, dann war ich aus seinem Zimmer gestürzt und den Korridor hinuntergerannt. Ich war sicher gewesen, wenn ich nicht schnell an die frische Luft kam, würde ich ohnmächtig werden. Vor vierzehn Jahren hatte er begriffen, dass unsere Freundschaft auf einer Lüge basierte, und jetzt sahen wir uns wieder. Hier. In New York. In einem Krankenhauszimmer. Mein ältester Freund starb an Aids.

Ich musste daran denken, wie sorglos er von Beginn an mit seiner sexuellen Gesundheit umgegangen war. Es stimmte, in den 1960ern und 70ern war die Situation eine andere gewesen als heute, 1987, trotzdem schien mir Julian immer besonders nachlässig gewesen zu sein, als hielte er sich für unbesiegbar. Wie er es geschafft hatte, nie eine der Frauen zu schwängern, war mir ein Rätsel, aber vielleicht, dachte ich nun, hatte er bloß nie davon erfahren. Was wusste ich schon, vielleicht hatte er etliche Kinder. Wie dem auch sein mochte, ich hatte nie gedacht, dass er sich eines Tages mit einer Krankheit anstecken würde, die sein Leben nicht nur bedrohen, sondern an ein frühes Ende bringen würde. Nicht, dass ich ihn dafür hätte verurteilen können, ohne mich mit meiner eigenen Heuchelei konfrontiert zu sehen. Schließlich war ich als junger Mann so promiskuitiv gewesen, dass ich mich nur mit Glück nicht mit etwas Ernsterem angesteckt hatte. Wäre ich zwanzig Jahre jünger und zu Beginn der Aids-Krise in meiner sexuellen Sturm-und-Drang-Phase gewesen, hätte ich mich zweifellos in größte Gefahr gebracht. Wie waren Julian und ich an diesen Punkt gelangt?, fragte ich mich. Wir waren beide einmal so aufgeweckte Teenager gewesen – warum nur hatten wie einen so großen Teil unseres Lebens verschwendet? Ich hatte die Zeit zwischen zwanzig und dreißig mit dem feigen Versuch vertan, der Welt eine betrügerische Fassade zu präsentieren, und Julian hatte nun den Rest seines Lebens, vielleicht vierzig weitere Jahre, infolge seiner Leichtfertigkeit verloren.

Ich starrte auf den See, spürte die Tränen hinter meinen Lidern und dachte daran, wie uns Bastiaan beim Essen erzählt hatte, Patient 741 wolle nicht, dass seine Familie erfuhr, was er durchmachte, wegen des zusätzlichen Stigmas, das die Krankheit in Irland bedeutete. Das hieß, dass Alice, die ihren älteren Bruder so geliebt hatte, nichts von seinem Zustand wusste.

Eine Frau kam zu mir, um mich zu fragen, ob mit mir alles in Ordnung sei, was ziemlich ungewöhnlich war in New York, wo sich weinende Unbekannte normalerweise allein durchschlagen mussten. Aber ich wusste nicht, was ich ihr antworten sollte, sondern stand nur auf und ging davon. Ich war nicht sicher, wohin ich sollte, doch irgendwie trugen mich meine Füße zurück in die 96th Street, zurück zum Mount Sinai, und als ich im siebten Stock aus dem Aufzug stieg, war ich dankbar, dass Shaniqua nicht an ihrem Tisch saß und ich, ohne ihre Fragen beantworten zu müssen, in das Zimmer 703 zurückkehren konnte.

Diesmal zögerte ich nicht, sondern ging ohne anzuklopfen hinein und schloss die Tür hinter mir. Die Vorhänge waren noch offen, so wie ich sie aufgezogen hatte, und Julian hielt den Kopf von mir abgewandt, zum Fenster hin, so eingeschränkt sein Blick nach draußen auch war. Er bewegte den Oberkörper, um zu sehen, wer da ins Zimmer gekommen war, und als er mich erkannte, lagen Nervosität in seinem Ausdruck, Scham und Erleichterung. Ich nahm einen Stuhl und setzte mich zu ihm, den Rücken zum Fenster hin, sagte lange nichts, hielt den Kopf gesenkt und hoffte, dass er den Anfang machen würde.

»Ich habe mich gefragt, ob du zurückkommen würdest«, flüsterte er schließlich mit heiserer Stimme. »Ich war ziemlich sicher. Du hast dich nie lange von mir fernhalten können.«

»Das ist ewig her.«

»Ich hoffe, ich habe nichts von meiner Anziehung verloren«, sagte er, und kurz musste ich lachen.

»Es tut mir leid, dass ich davongelaufen bin«, sagte ich. »Es war so ein Schock, dich nach all den Jahren wiederzusehen, und das ausgerechnet hier. Ich hätte bleiben sollen.«

»Es ist nicht das erste Mal, dass du ohne ein Wort verschwindest, oder?«

Ich nickte. Natürlich mussten wir auch über dieses Thema sprechen, aber ich war noch nicht bereit dafür.

»Ich brauchte etwas frische Luft«, sagte ich. »Ich habe einen Spaziergang gemacht.«

»Auf der 96th Street?«, fragte er. »Wohin?«

»Hinüber in den Central Park. Du hast doch nichts dagegen, dass ich zurückgekommen bin?«

»Warum sollte ich?«, fragte er und zuckte, so gut es ging, mit den Schultern. Als sich sein Mund öffnete, konnte ich seine Zähne sehen, die einmal herrlich weiß gewesen und jetzt gelb und schief waren. Unten fehlte zumindest einer, und sein Zahnfleisch war weißlich rosa. »Die Wahrheit ist, dass mich unser Wiedersehen so erschreckt hat wie dich. Ich war froh, das erst verdauen zu können. Wobei ich hier nicht mal eben so leicht rauskann wie du.«

»Oh, Julian«, sagte ich, gab meinen Gefühlen ein Stück nach und vergrub das Gesicht in den Händen, damit er meinen Kummer nicht sah. »Was ist passiert? Wie bist du hier gelandet?«

»Was soll ich dir sagen?«, erwiderte er ruhig. »Du weißt doch, wie ich war. Ich habe herumgevögelt, nichts ausgelassen, meinen Schwanz einmal zu oft wo reingesteckt, nehme ich an, und meine heruntergekommene Art hat mich endlich eingeholt.«

»Ich dachte, ich wäre der von uns beiden gewesen, der das heruntergekommene Leben geführt hat.«

»Ja, egal, wer auch immer.«

Ich hatte während der letzten anderthalb Jahrzehnte oft an ihn gedacht, manchmal mit Liebe, manchmal mit Wut.

Seit ich Bastiaan kannte, hatte Julian in meinen Gedanken jedoch an Präsenz verloren, was ich vorher nie für möglich gehalten hätte. Mir war bewusst geworden, dass auch wenn ich ihn geliebt hatte, und das *hatte* ich, diese Liebe nicht mit der, die ich für Bastiaan empfand, zu vergleichen war. Ich hatte aus einer Verliebtheit eine Besessenheit werden lassen, mich in den Gedanken vernarrt, sein Freund zu sein, und nichts als seine Schönheit und seinen einzigartigen Glanz gesehen, mit dem er die Menschen um sich herum in seinen Bann schlug. Aber Julian hatte meine Liebe nie erwidert. Vielleicht hatte er mich gemocht, mich gern gehabt wie einen Bruder, aber geliebt und begehrt hatte er mich nicht.

»Du lebst also in New York«, sagte er endlich und brach das Schweigen.

»Ja«, sagte ich. »Seit etwa sieben Jahren.«

»Das hätte ich nicht gedacht. Irgendwie habe ich mir immer vorgestellt, dass du in einem verschlafenen englischen Dorf lebst. Als Lehrer oder so.«

»Du hast an mich gedacht? Während all der Jahre?«

»Natürlich habe ich das. Wie hätte ich dich vergessen können. Bist du jetzt Arzt? Da hat dein Leben aber eine ziemliche Wende genommen.«

»Nein«, sagte ich und schüttelte den Kopf. »Ich bin nur so eine Art ehrenamtlicher Helfer. Aber mein Freund ist Arzt, hier am Mount Sinai. Schon als wir uns kennenlernten, hat er sich mit Ansteckungskrankheiten beschäftigt, und als es dann mit Aids losging, war er der richtige Mann zur richtigen Zeit am richtigen Ort. Seine Dienste waren und sind gefragt. Wir kennen viele Schwule hier in der Stadt, und ich war wirklich betroffen, als wir anfingen, unsere Freunde zu verlieren. Es hat mich beschäftigt, und ich habe mich gefragt, wie ich helfen könnte. Dann habe ich festgestellt, dass viele Opfer von ihren Familien verlassen werden, weil die sich schämen. Deshalb komme ich her.«

»Du bist also ein Gutmensch geworden«, sagte Julian.

»Komisch, wenn man bedenkt, was für ein Egoist du immer warst.«

»Das hat mit Gutmenschentum nichts zu tun«, sagte ich scharf. »Du würdest niemals hören, dass ein Krebskranker von seiner Familie verstoßen wird, aber den Aids-Opfern passiert das ständig. Deshalb komme ich ein paarmal in der Woche her, besuche sie und rede mit ihnen, und manchmal gehe ich für sie in die Bibliothek und bringe ihnen die Bücher, wenn sie wollen. Das gibt mir eine Aufgabe.«

»Und dein Freund«, sagte er, und das Wort verfing sich leicht in seiner Kehle, und ich wusste, wenn er die Kraft dazu gehabt hätte, hätte er die Hände gehoben und zwei Anführungszeichen in die Luft gesetzt. »Am Ende hast du tatsächlich einen Freund gefunden?«

»Ja, das habe ich. Wie sich herausgestellt hat, bin ich doch nicht so unliebenswert.«

»Keiner hat das je behauptet. Wenn ich mich recht erinnere, bist du durchaus geliebt worden, als du aus Dublin abgehauen bist. Von vielen Leuten, mich eingeschlossen.«

»Also«, sagte ich, »da bin ich nicht so sicher.«

»Aber ich. Und wie lange seid ihr jetzt schon zusammen, du und dein Freund?«

»Zwölf Jahre«, sagte ich.

»Das ist beeindruckend. Ich glaube, ich hab's nie auch nur drei Monate mit derselben Frau ausgehalten. Wie machst du das?«

»Es ist nicht sonderlich schwer«, sagte ich. »Ich liebe ihn. Und er liebt mich.«

»Wirst du ihn nicht irgendwann leid?«

»Nein. Ist das so eine seltsame Vorstellung für dich? Bei einer Person zu bleiben?«

»Ehrlich gesagt, ja.« Er starrte mich einen Moment lang an, als versuchte er sich vorzustellen, wie sich das anfühlen musste, und am Ende seufzte er nur. »Und wie heißt er?«, fragte er.

»Bastiaan«, sagte ich. »Er ist Holländer. Ich habe eine Weile in Amsterdam gelebt, da haben wir uns kennengelernt.«

»Bist du glücklich?«

»Ja, sehr.«

»Schön für dich«, sagte er bitter, und ich konnte sehen, wie sich sein Ausdruck verdunkelte. Er sah zu seinem Nachttisch hinüber, auf dem eine Plastikwasserflasche mit einem Strohhalm stand. »Ich habe Durst«, sagte er. »Gibst du mir die bitte?«

Ich nahm die Flasche und hielt sie ihm an die Lippen. Er musste all seine Kraft aufwenden, um das Wasser durch den Halm in seinen Mund zu saugen. Zu sehen, wie sehr es ihn anstrengte, machte mich traurig. Zwei, drei Mundvoll schaffte er, dann sank er zurück ins Kissen und keuchte.

»Julian«, sagte ich, stellte die Flasche zurück und griff nach seiner Hand, doch er zog sie weg.

»Ich bin nicht schwul, weißt du«, sagte er, bevor ich weitersprechen konnte. »Ich hab das nicht von einem Mann.«

»Das weiß ich«, sagte ich und staunte, dass es auch jetzt noch so wichtig für ihn war, seine Heterosexualität zu unterstreichen. »Wahrscheinlich besser als irgendwer sonst. Aber was macht das noch?«

»Ich meine es ernst«, sagte er. »Wenn das hier je bekannt wird, will ich nicht, dass die Leute denken, ich hätte es nebenher auch mit Männern getrieben. Es ist schlimm genug, dass ich deine Krankheit…«

»Meine Krankheit?«

»Du weißt, was ich meine.«

»Nein, tu ich nicht.«

»Wenn die Leute zu Hause erfahren, was ich mir eingefangen habe, werden sie mich nicht mehr so wie früher sehen.«

»Was stört es dich, was die Leute über dich denken? Das hat es doch früher auch nicht.«

»Das ist was anderes«, sagte er. »Es war mir immer egal, was die anderen Leute getrieben haben. Meinetwegen konnten sie Igel vögeln, was störte mich das? Es hat mich nicht persönlich betroffen. Bis jetzt.«

»Es ist eine Epidemie«, sagte ich. »Es trifft Leute auf der ganzen Welt. Wenn sie nicht bald ein Mittel dagegen finden, weiß ich nicht, was noch alles passiert.«

»Das werde ich nicht mehr erleben«, sagte er.

»Sag das nicht.«

»Sieh mich an, Himmel noch mal, Cyril. Ich mache es nicht mehr lange. Ich spüre, wie das Leben mit jeder Stunde weiter meinen Körper verlässt. Die Ärzte sagen nichts anderes. Ich habe höchstens noch eine Woche. Wahrscheinlich weniger.«

Ich spürte, wie mir wieder die Tränen kamen, und atmete tief durch. Ich wollte nicht wie ein Jammerlappen vor ihm sitzen und hatte den Eindruck, wenn ich zu viel Gefühl zeigte, würde er wütend werden.

»Die wissen auch nicht alles«, sagte ich. »Manchmal leben die Leute noch viel länger...«

»Du kennst also einige?«

»Einige was?«

»Leute mit... dieser Geschichte.«

»Eine ganze Reihe, ja«, sagte ich. »Die ganze Etage hier im Krankenhaus ist nur für Aids-Patienten.«

Er zuckte leicht zusammen, als ich das Wort aussprach.

»Komisch, dass nicht die ganze Zeit die Village People über die Lautsprecher laufen, damit sich alle wie zu Hause fühlen.«

»Ach hör auf, Julian«, sagte ich und überraschte mich selbst mit einem entrüsteten Lacher. Er sah mich nervös an, als fürchtete er, dass ich wieder hinausliefe, sagte aber nichts. »Entschuldige«, fuhr ich schließlich fort. »Aber so kannst du wirklich nicht reden. Nicht hier.«

»Ich sage, was ich sagen will«, erwiderte er. »Ich liege in

einem Krankenhaus voller Schwuchteln und sterbe an einer Schwuchtelkrankheit, weil irgendwer vergessen hat, Gott zu verraten, dass ich keine Schwuchtel bin.«

»Ich kann mich nicht erinnern, dass du früher viel Zeit für Gott gehabt hättest. Und hör auf, von Schwuchteln zu reden. Ich weiß, dass du nicht wirklich etwas gegen die Schwulen hast.«

»Das ist das Problem, wenn man einen besten Freund hat, der einen so gut kennt. Ich kann nicht mal bitter sein, ohne dass du es bemerkst. Trotzdem, New York ist nicht der schlechteste Ort, um abzutreten. Lieber hier als in Dublin.«

»Ich vermisse Dublin«, sagte ich, und die Worte kamen aus meinem Mund, ohne dass ich hätte überlegen können, ob ich es tatsächlich so meinte.

»Warum bist du dann hier? Was hat dich überhaupt in die Staaten gebracht?«

»Bastiaans Job«, sagte ich.

»Ich hätte gedacht, du wärst lieber nach Miami gegangen oder San Francisco. Da hängen die ganzen Tunten doch rum. Zumindest soweit ich weiß.«

»Du kannst mich gern weiter beleidigen, wenn du dich dann besser fühlst«, sagte ich ruhig. »Aber ich glaube nicht, dass es dir am Ende guttut.«

»Und könntest du aufhören, mich so herablassend zu behandeln, du kleiner Scheißer«, sagte er ohne große Überzeugung.

»Tu ich nicht.«

»Hör zu, du kannst mir sowieso nicht helfen. Was machst du mit den anderen Kranken, die du besuchst? Hilfst du ihnen, ihren inneren Frieden zu finden, bevor sie vor ihren Schöpfer treten? Legst du den Arm um sie, nimmst ihre Hand und singst ihnen ein kleines Schlaflied, bevor sie das Bewusstsein verlieren? Nimm meine Hand, wenn du willst. Hilf mir, mich besser zu fühlen. Was hält dich auf?«

Ich sah auf seinen linken Arm, der auf dem Bett vor mir

lag. Eine Infusion steckte darin, verdeckt von einem großen weißen Pflaster. Die Haut rundherum war grau, und da, wo sich Daumen und Zeigefinger trafen, leuchtete eine rote Narbe, wie von einer Verbrennung. Die Nägel waren komplett heruntergebissen, der Rest schwarz. Dennoch griff ich nach seiner Hand, aber als ich sie berührte, zog er sie weg.

»Nicht«, sagte er. »Das wünsche ich selbst meinen schlimmsten Feinden nicht. Dich eingeschlossen.«

»Gott noch mal, Julian, ich werde mich nicht anstecken, nur weil ich deine Hand halte.«

»Lass es einfach.«

»Sind wir jetzt eigentlich Feinde?«, fragte ich.

»Freunde sind wir nicht, das ist sicher.«

»Wir waren es mal.«

Er sah mich mit schmalen Augen an, das Sprechen fiel ihm schwerer. Seine Wut erschöpfte ihn.

»Nicht wirklich, oder? Unsere ganze Freundschaft war nichts als eine Lüge.«

»Nein, war sie nicht«, protestierte ich.

»Doch, das war sie. Du warst mein bester Freund, Cyril. Ich dachte, wir würden unser Leben lang Freunde bleiben. Ich habe so sehr zu dir aufgesehen.«

»Das doch wohl nicht«, sagte ich überrascht. »Ich war es, der zu dir aufgesehen hat. Du warst alles, was ich gern gewesen wäre.«

»Du für mich auch«, sagte er. »Du warst sympathisch, jemand, den man gern um sich hat, überlegt und anständig. Du warst mein Freund. Zumindest dachte ich das. Ich bin nicht vierzehn Jahre mit dir losgezogen, weil ich jemanden wollte, der mir wie ein Hündchen folgte, sondern weil ich gern mit dir zusammen war.«

»Meine Freundschaft war echt«, sagte ich. »Für meine Gefühle konnte ich nichts. Wenn ich dir gesagt hätte ...«

»An dem Tag in der Kirche, als du mich bespringen wolltest ...«

»Ich wollte dich nicht bespringen«, sagte ich.

»Aber sicher wolltest du das. Und du hast gesagt, du wärst in mich verliebt gewesen, seit wir Kinder waren.«

»Ich wusste nicht, wovon ich rede«, sagte ich. »Hör zu, ich war jung und unerfahren, und ich hatte Angst vor dem, was alles noch kommen würde.«

»Du willst also sagen, dass du das alles nur erfunden hast?«, sagte er. »Dass du diese Gefühle gar nicht wirklich für mich empfunden hast?«

»Doch, natürlich. Meine Gefühle für dich waren echt. Sie sind es immer noch. Aber das bedeutete nicht, dass ich nicht dein Freund gewesen bin. Ich war mit dir befreundet, weil du mich glücklich gemacht hast.«

»Und weil du mich vögeln wolltest. Ich wette, das willst du jetzt nicht mehr, oder?«

Die bittere Art, mit der er das sagte, tat mir weh, ganz besonders, weil es natürlich stimmte. Wie oft hatte ich als Teenager meinen Fantasien mit ihm nachgehangen und mir vorgestellt, wie es sein würde, wenn wir zusammenkämen. Wie ich ihn in meine Wohnung locken und betrunken machen würde, wie er in einem Augenblick der Schwäche dann nach mir greifen würde, weil kein Mädchen in Reichweite war, das seine Bedürfnisse hätte befriedigen können. Hunderte Male hatte ich mir das vorgestellt. Tausende Male. Ich konnte kaum abstreiten, dass ein großer Teil unserer Freundschaft, zumindest für mich, auf einer Lüge basiert hatte.

»Ich konnte nichts für meine Gefühle«, wiederholte ich.

»Du hättest mit mir darüber reden können«, sagte er. »Viel früher. Ich hätte es verstanden.«

»Das hättest du nicht«, sagte ich. »Ich weiß, dass du das nicht hättest. Niemand hat es damals verstanden. Nicht in Irland. Selbst heute noch ist es in Irland verboten, schwul zu sein. Himmel noch mal. Ist dir das bewusst? Und wir haben 1987, nicht 1940. Du hättest es *nicht* verstanden. Das sagst du nur aus heutiger Sicht. Du hättest es nicht verstanden«, sagte ich noch einmal.

»Ich war bei einer von deinen Gruppen, weißt du«, sagte er und hob eine Hand, damit ich aufhörte. »Als sie das Virus bei mir entdeckt haben. Ich bin zu einer Gruppe in Brooklyn gegangen, die von einem Priester geleitet wurde, mit acht, neun Leuten in einem Raum, alle in unterschiedlichen Stadien, der eine dem Tod schon näher als der andere. Die Typen hielten sich bei den Händen und erzählten sich Geschichten, wie sie völlig fremde Leute gevögelt hatten, in Badehäusern und Saunen, einen nach dem anderen, diese ganze Scheiße, und ich hab mich umgeguckt, und weißt du was? Mir wurde speiübel, allein weil ich dort war, ich meine, mir vorzustellen, dass ich mit diesen Degenerierten was gemeinsam hätte.«

»Was macht dich so anders?«, fragte ich. »Du hast jede Frau gevögelt, die dir in die Finger kam.«

»Das ist was ganz anderes.«

»Warum? Erklär mir das.«

»Weil es *normal* ist.«

»Ach, Scheiße, *normal*«, sagte ich. »Ich habe dich für origineller gehalten. Warst du nicht immer der Rebell?«

»Das habe ich nie behauptet«, sagte er und versuchte, sich aufzusetzen. »Ich mag einfach Frauen, das ist alles. Das wirst du nicht verstehen.«

»Du hast es mit jeder Menge Frauen getrieben, ich mit Männern. Und?«

»Das ist was anderes«, sagte er noch einmal und spuckte die Worte dabei praktisch aus.

»Beruhige dich«, sagte ich und sah zu den Monitoren hinauf, die mit seinem Körper verbunden waren. »Dein Blutdruck geht hoch.«

»Ich scheiße auf meinen Blutdruck«, sagte er. »Soll er mich doch umbringen, bevor diese Krankheit es tut. Die Sache ist nämlich die, ich saß da in Brooklyn, während dieser

Priester seine Plattitüden über uns ergoss und meinte, dass wir Frieden mit der Welt und mit Gott schließen sollten, solange wir noch lebten, und ich sah mich in der Gruppe um, und weißt du, was? Es kam mir vor, als wären sie glücklich darüber, zu sterben. Sie hockten da, grinsten einander an, zeigten sich ihre Narben, Blutergüsse und Verfärbungen und redeten über die Jungs, die sie in den Toiletten von irgendwelchen Schwuchtelschuppen gefickt hatten, und alles, was ich wollte, war, sie an die Wand zu drücken und ihnen die verdammten Fressen einzuschlagen. Sie auf ewig von ihrem Elend zu befreien. Ich bin da nie wieder hin. Am liebsten hätte ich eine verdammte Bombe da reingeworfen. Du siehst doch die Ironie des Ganzen?«, sagte er endlich nach einer längeren Pause, während der er offenbar versucht hatte, seine Gefühle unter Kontrolle zu bringen.

»Was?«, fragte ich. »Welche Ironie?«

»Eigentlich müsste es andersrum sein, oder?«, sagte er. »Du müsstest in diesem Bett liegen und innerlich verfaulen, und ich sollte da sitzen, dich mit Hundeaugen anstarren und mir überlegen, wo ich was essen gehen soll, wenn ich verdammt noch mal endlich hier rauskomme.«

»Das denke ich nicht«, sagte ich.

»Aber sicher tust du das.«

»Nein, tu ich nicht«, widersprach ich ihm.

»Was denkst du dann? Ich weiß nämlich ganz genau, dass ich das an deiner Stelle denken würde.«

»Dass ich mir wünsche, wir könnten die Zeit zurückdrehen, wir beide, und es besser oder anders machen. Wir sind beide Opfer unserer Natur, begreifst du das nicht? Ernsthaft, Julian, manchmal wünschte ich, ich wäre ein verdammter Eunuch. Das hätte das Leben viel einfacher gemacht. Und wenn du mich nicht hierhaben willst, warum lässt du dann nicht jemanden herkommen, den du magst? Was ist mit deiner Familie? Warum erzählst du es ihnen nicht?«

»Weil ich nicht will, dass sie es erfahren, und es gibt sowieso kaum noch jemanden. Meine Mutter ist lange tot. Max ist vor ein paar Jahren gestorben.«

»Nein! Wie?«

»Ein Herzinfarkt. Jetzt sind da nur noch Alice und Liam, und ich will nicht, dass meine Schwester davon erfährt.«

»Ich habe mich schon gefragt, wann ihr Name fallen würde«, sagte ich zögerlich. »Können wir über sie reden?«

Er lächelte bitter. »Können wir«, sagte er. »Aber sei vorsichtig, was du sagst. Ich mag ja in einem Krankenhausbett liegen, aber es gibt immer noch niemanden auf diesem Planeten, den ich mehr liebe als sie.«

»Was ich vor all den Jahren getan habe«, sagte ich, »war schrecklich. Das musst du mir nicht sagen. Ich muss mit dieser Sache leben. Ich hasse mich dafür.«

»Nein, tust du nicht. Das sagst du nur so.«

»Doch, das tue ich.«

»Nun, wenigstens hast du dich entschuldigt«, sagte er. »Als du ihr später geschrieben hast, meine ich, sie um Verzeihung dafür gebeten hast, sie vor dreihundert Leuten, den Präsidenten von Irland eingeschlossen, gedemütigt und ihr Leben ruiniert zu haben. Als *Zweiter* in nur wenigen Jahren. Halt, nein, da täusche ich mich, oder? Weil du ihr nie geschrieben hast. Du hast ihr einfach nur den Rücken gekehrt und warst nicht mal Manns genug, ihr zu sagen, dass es dir leidtat. Dabei *wusstest* du, was sie durchgemacht hatte, als sie von diesem Dreckskerl Fergus vor dem Altar sitzen gelassen worden war. Das wusstest du alles. Der einzige Unterschied war, dass es diesmal mit dem Altar geklappt hatte, nur mit dem Empfang nicht mehr. Himmel Herrgott, wie konntest du das nur tun, Cyril?«

»Du hast mich dazu gezwungen«, sagte ich.

»Nein, habe ich nicht. Was redest du?«

»An dem Tag. In der Sakristei, als ich ... als ich dir gesagt habe, was ich fühlte. Du hast mich dazu gezwungen, vor den Altar zu treten. Ich hätte es noch stoppen können ... *wir* hätten es noch stoppen können, aber du hast mich gezwungen ... «

»Willst du damit sagen, es war *mein* Fehler? Willst du mich verdammt noch mal verarschen? «

»Nein, es war mein Fehler. Das weiß ich. Ich hätte es nie so weit kommen lassen dürfen, hätte nie etwas mit Alice anfangen dürfen. Aber ich habe es getan, und jetzt kann ich es nicht mehr ändern. « Ich atmete tief durch und erinnerte mich an den Menschen, der ich damals gewesen war. »Ich habe überlegt, ob ich ihr schreiben soll«, sagte ich, und die Erinnerung ließ mich zittern. »Ehrlich, das habe ich. Aber ich war in einem schrecklichen Zustand, Julian. Ich war dem Selbstmord nahe. Versteh doch, dass ich da weg und alle und alles hinter mir lassen musste. Neu anfangen. Die bloße Vorstellung, den Kontakt zu Alice aufzunehmen ... Ich hätte es nicht gekonnt.«

»Weil du ein verfickter Feigling bist, Cyril«, sagte er. »Und ein Lügner. Das warst du immer, und ich wette, du bist es heute noch. «

»Nein«, widersprach ich ihm. »Das bin ich nicht mehr. Weil ich nicht mehr in Irland lebe. Ich bin kein Teil mehr von dieser Gesellschaft und kann sein, wer ich will. «

»Verschwinde einfach«, sagte er und wandte sich ab. »Könntest du bitte gehen und mich in Ruhe sterben lassen? Du hast gewonnen, okay? Du lebst, und ich sterbe.«

»Ich habe nicht gewonnen.«

»Du hast gewonnen«, wiederholte er leise. »Und spar dir deine Häme.«

»Wie geht es ihr?«, fragte ich und weigerte mich zu gehen. »Alice, meine ich. Wie ist sie zurechtgekommen? Ist sie heute glücklich?«

»Was stellst du dir vor?«, sagte er. »Sie war nie wieder wie früher. Sie hat dich geliebt, Cyril, verstehst du das überhaupt? Du, der darauf so viel zu geben scheint? Sie dachte, dass du sie auch lieben würdest. Ich meine, da du sie heiraten wolltest, war sie irgendwie auf diese Idee gekommen.«

»Das ist alles so lange her«, sagte ich und schüttelte den Kopf. »Ich denke kaum noch daran. Und *sie* hat mich wahrscheinlich vergessen, warum die alten Wunden aufreißen?«

Julian starrte mich auf eine Weise an, die den Eindruck erweckte, am liebsten würde er aus dem Bett springen und mich erwürgen. »Wie soll sie dich je vergessen können?«, fragte er. »Ich habe dir doch gesagt, dass du ihr Leben komplett ruiniert hast.«

Ich verzog das Gesicht. Ja, es musste schwer und peinlich für sie gewesen sein. Natürlich sah ich das. Aber es war viel Zeit vergangen, und ich war kein großer Fang für sie gewesen. Sie musste doch darüber hinweggekommen sein. Und wenn nicht, hätte sie es sollen. Sie war schließlich eine erwachsene Frau. Ja, ich hatte ihr wehgetan, aber doch nicht ihr Leben zerstört.

»Hat sie nicht wieder geheiratet?«, fragte ich. »Ich habe das immer gedacht. Sie war so jung und hübsch und …«

»Wie hätte sie wieder heiraten sollen?«, sagte er. »Sie war mit dir verheiratet, ist dir das entfallen? Du hast sie nicht vor dem Altar stehen lassen, sondern hinterher beim verdammten Empfang im Shelbourne Hotel! Da war das Jawort bereits gegeben.«

»Ja, aber das muss doch annulliert worden sein«, sagte ich und spürte, wie eine Furcht in mir aufstieg. »Als klar war, dass ich nicht zurückkommen würde, muss sie doch dafür gesorgt haben?«

»Sie hat die Ehe nicht annullieren lassen«, sagte er leise.

»Aber warum nicht?«, sagte ich. »Wollte sie für den Rest ihres Lebens Miss Havisham spielen? Hör zu, Julian, ich hebe die Hände und gebe alles zu. Es war schrecklich, was ich Alice angetan habe, und sie hatte das alles nicht verdient. Es war allein meine Schuld. Ich war ein Feigling. Ein totaler Scheißkerl. Aber wie du sagst, bin ich beim Empfang bereits weggelaufen. Wir haben es nicht mal in die Hochzeitssuite geschafft. Wenn sie gewollt hätte, hätte sie die Ehe annullieren lassen können. Und wenn sie es nicht getan hat, kann ich dafür nicht verantwortlich gemacht werden. Das war ihre Entscheidung.«

Er sah mich an, als hätte ich völlig den Verstand verloren, öffnete den Mund, um etwas zu sagen, schloss ihn aber wieder.

»Was?«, sagte ich.

»Nichts«, antwortete er.

»Was?«, setzte ich noch einmal nach, sah ihn an und spürte, dass es da etwas gab, das er mir nicht sagen wollte.

»Hör zu, Cyril«, sagte er. »Warum hörst du nicht einfach mit diesem Schwachsinn auf? Ihr habt es vielleicht nicht bis in die Hochzeitssuite geschafft, aber immerhin hast du eine Gelegenheit gefunden, vor eurer Ehe mit ihr zu schlafen, oder?«

Ich überlegte, verwirrt von dem, was er sagte, und erinnerte mich an die Nacht ein paar Wochen vor der Hochzeit. *Ich denke, du solltest mich besuchen kommen, Cyril. Komm zum Essen, wir trinken ein paar Gläser von Max' bestem Wein und, du weißt schon, gehen zusammen in Bett.* Eine Nacht, an die ich seit damals nicht mehr gedacht hatte. Es war nicht einfach, sie mir wieder vor Augen zu rufen.

Ein Gedanke kam mir, und ich fühlte, wie die Panik in mir aufstieg.

»Wer ist Liam?«, fragte ich.

»Was?«, sagte Julian, der sich von mir abgewandt hatte und wieder aus dem Fenster starrte. Der Abend nahte, und der Himmel bezog sich.

»Du hast gesagt, es sei kaum noch was von deiner Familie übrig«, sagte ich. »Dass dein Vater gestorben sei und es nur noch Alice und Liam gebe. Wer ist Liam?«

»Liam«, sagte Julian leise, »ist der Grund, warum Alice die Ehe nicht annullieren lassen konnte. Der Grund, warum sie mit dir verheiratet bleiben musste und keinen anderen kennenlernen konnte. Warum sie kein Glück mit jemandem finden konnte, der ein richtiger Mann gewesen wäre. Liam ist ihr Sohn, mein Neffe. Liam war dein Abschiedsgeschenk. Und ich nehme an, du sagst mir jetzt, dass du das nie für möglich gehalten hättest?«

Ich stand langsam auf und spürte, wie meine Knie unter mir weich wurden. Ich wollte sagen, dass er ein Lügner war, wollte sagen, dass ich ihm nicht glaubte, aber was hätte es geholfen, wo ich in Wahrheit jedes Wort glaubte, das er sagte. Aus welchem Grund hätte er lügen sollen? Alice war schwanger gewesen, als ich sie verlassen hatte. Sie hatte beim Empfang unbedingt mit mir reden wollen, hatte darauf bestanden, dass sie mich unbedingt unter vier Augen sprechen müsste, und ich hatte sie nicht ausreden lassen. Sie musste es bereits gewusst oder zumindest geahnt haben und wollte es mir sagen. Aber ich war nach Europa verschwunden und hatte nie jemanden aus meiner Vergangenheit kontaktiert. Und so hatte sie die Schande im Irland des Jahres 1973 auf sich nehmen müssen. Als schwangere Frau ohne Mann war sie als Hure betrachtet und von allen entsprechend behandelt worden. Ich hatte immer angenommen, dass meine eigene Mutter, meine leibliche Mutter, unverheiratet gewesen war und mich abgegeben hatte, weil es in den 1940ern zu schwer gewesen wäre, allein ein Kind großzuziehen, und seitdem hatten sich die Dinge nicht wirklich verändert. Hatte ich Alice angetan, was mein eigener Vater meiner Mutter angetan hatte?

Im Gegensatz zu meiner Mutter war sie allerdings nicht unverheiratet gewesen – und vielleicht war das umso schlimmer, weil sie ohne einen Ring am Finger einen Mann hätte kennenlernen können, der sich um sie gekümmert und ihr Kind als sein eigenes großgezogen hätte. Mit einem Ring am Finger gab es da keine Chance. Nicht zu dieser Zeit. Nicht in Irland.

»Davon habe ich nichts gewusst«, sagte ich. »Ich schwöre, auch nicht eine Sekunde habe ich so was gedacht.«

»Nun, jetzt weißt du es«, sagte er, und seine Wut schien nachzulassen. »Ich hätte es dir wahrscheinlich nicht sagen sollen. Mein Verstand verlässt mich, das ist das Problem. Unternimm bitte nichts, Cyril, okay? Die beiden kommen ohne dich klar. Die ganzen Jahre schon. Sie brauchen dich nicht. Es ist zu spät, um dich in ihr Leben einzumischen.«

Ich starrte ihn an und wusste nicht, was ich sagen sollte. Ich hatte einen Sohn. Er würde jetzt vierzehn sein. Langsam ging ich zur Tür, doch bevor ich hinausgehen konnte, hörte ich die Stimme meines alten Freundes noch einmal, ruhiger jetzt, unsicher, voller Angst vor dem Ende, das sein Leben nahm.

»Cyril«, sagte er. »Bitte geh nicht...«

»Wenn sie gewollt hätte, dass ich es erfahre«, unterbrach ich ihn, »hätte sie es mich wissen lassen können. Es hätte Möglichkeiten gegeben, mich zu finden.«

»Es ist also ihre eigene Schuld, willst du das damit sagen?«

»Nein, ich meine nur...«

»Weißt du was? Raus hier, verschwinde einfach, okay?«, sagte er und brauste von einem Moment zum anderen wieder auf. »Du hast sie wie den letzten Dreck behandelt und mich mein Leben lang angelogen. Ich weiß überhaupt nicht, warum ich auch nur eine Minute an dich verschwende, wo mir nur noch so wenig Zeit bleibt. Raus hier.«

»Julian...«

»Ich sagte, *raus hier*!«, schrie er. »Mach verdammt noch mal, dass du wegkommst!«

Die letzte Nacht

Am Abend des 11. Mai 1987 ging ein Gewitter nieder, und der Regen schlug gegen das Fenster unserer Wohnung, während ich in der *New York Times* einen Artikel über Klaus Barbie, den Metzger von Lyon, las, dessen Prozess drüben in Europa gerade begonnen hatte. Auf dem Sofa mir gegenüber tat Emily alles dafür, dass ich mich unbehaglich fühlte, indem sie Ignac die Füße massierte und sich immer wieder zu ihm hinbeugte, um dem Jungen am Ohr zu knabbern, der gerade *Arabia* las, seine Lieblingsgeschichte aus den *Dubliners*. Wie er es ertragen konnte, so von ihr betatscht zu werden, war mir ein Rätsel. Sie war wie eine hungrige Maus, die sich durch ein Stück Käse fraß.

»Ich weiß nicht, warum das irgendwen noch interessiert«, sagte sie, als ich eine Bemerkung über den Anwalt fallen ließ, der engagiert worden war, um den ehemaligen Gestapo-Mann und SS-Hauptsturmführer zu verteidigen. »Das ist doch alles ewig lange her.«

»Nicht so lange«, sagte ich. »Und Sie sind doch Historikerin. Wie können Sie das nicht für wichtig halten?«

»Vielleicht, wenn ich während der Krieges schon gelebt hätte, wie Sie, dann schon. Aber das habe ich nicht.«

»Ich habe auch während des Krieges noch nicht gelebt«, sagte ich und verdrehte die Augen. »Wie Sie sehr wohl wissen, wurde ich erst im August 1945 geboren.«

»Nun, nahe genug dran aber. Was hat dieser Bursche eigentlich gemacht? Er ist ein alter Mann, oder?«

»Ja, aber das ist kein Grund, ihn nicht für seine Taten verantwortlich zu machen. Versuchen Sie mir gerade ernsthaft zu erklären, dass Sie nicht wissen, was er getan hat?«

»Ich meine, ich glaube, ich habe den *Namen* schon mal...«

»Zum einen hat er vierundvierzig jüdische Kinder aus einem Waisenhaus in Izieu geholt«, sagte Ignac, ohne von seinem Buch aufzusehen, »und nach Auschwitz deportiert. Wo sie umgekommen sind. Jeder halbwegs gebildete Mensch würde das wissen.«

»Okay«, sagte sie und wollte mit ihm nicht so streiten, wie sie es mit mir getan hätte. Ich freute mich, den leicht verstimmten Ton in Ignac' Worten zu hören. »Geben Sie mir mal die Zeitung.«

»Nein«, sagte ich. »Die lese ich gerade.«

Sie ließ einen tiefen Seufzer hören, als bestünde der ganze Sinn meines Daseins darin, sie zu quälen. »Egal, Mr Avery«, sagte sie nach einer Weile. »Aber hat Ignac Ihnen schon das Neueste erzählt?«

»Was?«, fragte ich, ließ die Zeitung sinken und sah ihn an.

»Ein andermal«, sagte Ignac schnell und warf ihr einen Blick zu. »Wenn Bastiaan zu Hause ist.«

»Was?«, wiederholte ich und betete, dass die beiden nicht heiraten wollten, ein Baby bekamen oder sonst etwas vorhatten, was ihn für den Rest seines Lebens an diese Frau binden würde.

»Ignac ist angenommen worden«, sagte sie.

»Wo?«

»Am Trinity College. Im Herbst ziehen wir nach Dublin.«

»Oh«, sagte ich und spürte beim Namen meiner Heimatstadt eine gewisse Erregung und Unruhe. Zu meiner großen Überraschung war mein erster Gedanke: Heißt das, ich kann dann endlich auch wieder nach Hause? »Ich wusste nicht, dass du dich entschlossen hattest, dich um einen Platz zu bewerben.«

»Ich war nicht sicher«, sagte er. »Aber ich habe ihnen einen Brief geschrieben, und sie haben geantwortet. Wir haben ein paarmal telefoniert, und sie haben gesagt, dass sie zum Oktober einen Platz für mich hätten. Wenn ich will. Ganz habe ich mich noch nicht entschieden. Ich wollte mit dir und Bastiaan darüber sprechen. Nur wir drei.«

»Wir haben uns entschieden«, sagte Emily und schlug ihm aufs Knie. »Es ist das, was wir beide wollen, erinnerst du dich?«

»Ich möchte nichts tun, was ich bereuen könnte.«

»Habt ihr auch über Stipendien gesprochen?«, fragte ich.

»Oh, keine Sorge«, fuhr Emily dazwischen. Vielleicht spürte auch sie Ignac' Unmut, genau wie ich es tat, und ließ ihren Ärger darüber nun an mir aus. »Niemand will Geld von Ihnen.«

»Das meinte ich nicht«, sagte ich.

»Natürlich nicht«, sagte Ignac. »Und ja, habe ich. Es sieht so aus, als gäbe es verschiedene Stellen, bei denen ich mich bewerben kann.«

»Das hört sich gut an«, sagte ich. »Wenn du sicher bist, dass es das ist, was du willst.«

»Wir beide wollen es«, sagte Emily. »Im Übrigen ist Ignac kein Kind mehr, und es wäre besser für ihn, mit Leuten seines Alters zusammenzuleben.«

»Sie wollen also nicht mit ihm zusammenziehen?«, fragte ich.

»Mit jemand, der seinem Alter näher ist«, sagte sie mit einer Art Lächeln.

»Ich hätte es Cyril und Bastiaan lieber gemeinsam erzählt«, sagte Ignac ruhig. »Wenn wir unter uns sind. Als Familie.«

»Irgendwann hätten sie es eh herausgefunden«, sagte Emily. »Und Dr. van den Bergh ist fast nie hier, oder? Er ist ständig im Krankenhaus.«

»Er ist nicht ständig im Krankenhaus«, sagte ich. »Er kommt jeden Abend nach Hause, und Sie haben ihn noch heute Morgen gesehen.«

»Nein, habe ich nicht.«

»Emily, wir haben zusammen gefrühstückt.«

»Morgens bin ich noch nicht aufnahmefähig«, sagte sie. »Um die Tageszeit bemerke ich Sie beide kaum.«

»Dann brauchen Sie mehr Schlaf«, sagte ich. »Das ist normal, wenn man älter wird.«

Das Telefon klingelte, und Ignac sprang auf, froh, unserem Gerangel zu entkommen. Er machte so gut wie nie mit, wenn Emily und ich uns stritten, und ich hoffte meist, dass er nicht ganz auf ihrer Seite war. Einen Augenblick später kam er zurück und steckte den Kopf durch die Tür. »Es ist Bastiaan«, sagte er. »Für dich.«

Ich stand auf, ging in den Flur und nahm den Hörer.

»Ich bin froh, dass du anrufst«, sagte ich. »Du wirst nicht glauben, was mir gerade mitgeteilt worden ist.«

»Cyril«, sagte Bastiaan, und der ernste Ton seiner Stimme machte mir Angst.

»Was ist?«, sagte ich. »Was ist passiert?«

»Ich denke, du solltest herkommen.«

»Geht es um Julian?«

»Sein Zustand hat sich verschlechtert. Er hat nicht mehr lange. Wenn du ihn noch lebend sehen willst, solltest du gleich losfahren.«

Ich setzte mich auf den Stuhl beim Telefontisch, bevor mir meine Beine den Dienst versagen konnten. Natürlich hatte ich Bastiaan über die Identität von Patient 741 aufgeklärt, und er hatte sich erinnert, dass ich ihm vor mehr als zehn Jahren, als wir uns kennenlernten, von Julian erzählt hatte. Danach hatte ich nicht mehr von ihm gesprochen, weshalb ihm, als er ihn zu behandeln begann, der Zusammenhang nicht hatte auffallen können.

»Ich bin unterwegs«, sagte ich. »Bleib bei ihm, ja? Bis ich da bin.«

Ich legte auf und griff nach meiner Jacke. Ignac stand im Türrahmen und sah zu mir herüber. »Was ist?«, fragte er. »Dein Freund?«

Ich nickte. »Bastiaan sagt, er hat nicht mehr lange. Ich muss ihn noch einmal sehen, bevor er stirbt.«

»Möchtest du, dass ich mitkomme?«

Ich dachte einen Moment darüber nach, wusste die Geste zu schätzen, schüttelte aber den Kopf. »Das bringt nichts«, sagte ich. »Du würdest nur draußen warten müssen und dich langweilen. In Übrigen ist Bastiaan da, um mir zur Seite zu stehen. Bleib du mit Emily hier. Oder sag ihr, sie soll gehen, und bleib allein hier.«

Ich ging zur Tür, und er folgte mir auf dem Fuß. »Da ist noch nichts entschieden«, sagte er. »Wegen Dublin, meine ich. Das Angebot steht, das ist alles. Emily will hin, aber ich bin mir noch nicht sicher.«

»Lass uns später darüber reden«, sagte ich. »Ich muss jetzt gehen.«

Er nickte, und ich lief nach unten, winkte ein Taxi heran und trat bereits fünfzehn Minuten später im Krankenhaus aus dem Aufzug im siebten Stock, wo Bastiaan mich erwartete.

»Hey«, sagte ich, als er zu mir hersah. »Wie geht es ihm?«

Er nickte zu den Stühlen im Warteraum hin, und wir setzten uns. »Er stirbt«, sagte er, streckte die Hand aus und legte sie auf meine. »Sein CD4-Wert ist niedriger, als ich es je erlebt habe. Er hat eine Lungenentzündung, und seine inneren Organe versagen. Wir haben getan, was wir konnten, damit es nicht zu schlimm für ihn ist, aber mehr geht nicht. Es ist nur noch eine Frage der Zeit. Ich war nicht mal sicher, ob er es schafft, bis du kommst.«

Ein tiefer Schmerz erfüllte mich, und ich hatte Mühe, meine Gefühle zu kontrollieren. Ich hatte diesen Moment während der letzten Tage kommen sehen, aber kaum Zeit gehabt, mich darauf vorzubereiten.

»Kann ich Alice anrufen?«, fragte ich, »und ihm das Telefon bringen?«

»Nein«, sagte er. »Ich habe ihn gefragt, und er will es nicht.«

»Aber vielleicht, wenn er ihre Stimme hört ...«

»Cyril, nein. Es ist sein Leben. Sein Tod. Seine Entscheidung.«

»In Ordnung«, sagte ich. »Ist im Augenblick jemand bei ihm.«

»Shaniqua«, sagte er. »Sie wollte bei ihm bleiben, bis du kommst.«

Ich ging zum Zimmer 703 und klopfte an, bevor ich eintrat. Julian lag auf dem Rücken und atmete schwer. Als Shaniqua mich sah, stand sie auf.

»Er verliert immer wieder das Bewusstsein«, sagte sie leise. »Soll ich bei Ihnen bleiben, bis es vorbei ist?«

»Nein«, sagte ich. »Ich wäre lieber mit ihm allein. Aber danke.«

Sie nickte, ging hinaus und schloss die Tür leise hinter sich. Ich setzte mich auf den Stuhl neben dem Bett und sah zu, wie er in kurzen Stößen einatmete. Er war so abgemagert, dass es einem Angst machen konnte, ihn nur anzusehen, aber irgendwie war dieses vernarbte Gesicht immer noch das des Jungen, den ich einmal gekannt und geliebt hatte, des Jungen unten auf dem Dekorationsstuhl am Dartmouth Square, dessen Freundschaft ich hintergangen hatte. Ich nahm seine Hand, und das Gefühl seiner papierdünnen Haut, klamm und weich, erschütterte mich. Er murmelte etwas, öffnete kurz die Augen und lächelte.

»Cyril«, sagte er, »hast du etwas vergessen?«

»Wie meinst du das?«

»Du warst doch gerade erst hier.«

Ich schüttelte den Kopf. »Das ist ein paar Tage her, Julian. Aber ich wollte dich noch einmal besuchen.«

»Oh, ich dachte, das war eben erst. Hast du Behan gesehen?«

»Wen?«

»Brendan Behan. Er sitzt drüben an der Theke. Wir sollten ihm ein Bier spendieren.«

Ich wandte kurz den Blick ab, bis ich meine Gefühle wieder unter Kontrolle hatte.

»Wir sind nicht in der Palace Bar«, sagte ich leise. »Wir sind nicht in Dublin, sondern in New York. Du liegst im Krankenhaus.«

»Auch wieder wahr«, sagte er, als wollte er mich bei Laune halten.

»Kann ich etwas für dich tun, Julian? Um dir zu helfen?«

Er blinzelte ein paarmal und sah mich dann etwas wacher an. »Was habe ich gerade gesagt?«, fragte er. »Habe ich Unsinn geredet?«

»Du bist verwirrt, das ist alles.«

»Ich scheine klare Momente zu haben, und dann wieder weiß ich nicht, was vorgeht. Es ist seltsam, weißt du, deine letzte Stunde auf dieser Welt zu leben.«

»Sag das nicht.«

»Aber es stimmt, ich spüre es. Und Dr. van den Bergh hat es mir auch gesagt. Er ist es, oder? Dein Freund?«

Ich nickte und war froh, dass er nicht klang, als wollte er das Wort wieder in Anführungszeichen setzen. »Er ist es«, sagte ich. »Bastiaan. Er ist draußen, wenn du ihn brauchst.«

»Ich brauche ihn nicht«, sagte er. »Er hat getan, was er konnte. Scheint ein guter Kerl zu sein.«

»Das ist er.«

»Zu gut für dich.«

»Wahrscheinlich.«

Er versuchte zu lachen, doch die Anstrengung tat ihm weh. Ihm war anzusehen, wie sehr er litt.

»Ganz ruhig«, sagte ich. »Entspann dich.«

»Ich liege seit Wochen in diesem Bett«, sagte er. »Wie soll ich mich noch mehr entspannen?«

»Vielleicht solltest du nicht reden.«

»Das ist das Letzte, was mir geblieben ist. Wenn ich nicht rede, kann ich auch gleich aufgeben. Ich bin froh, dass du gekommen bist. Wirklich. Habe ich dich das letzte Mal beleidigt?«

»Ich hatte es verdient«, sagte ich.

»Wahrscheinlich. Aber ich bin froh, dass du zurückgekommen bist. Du kannst etwas für mich tun. Wenn ich tot bin, meine ich.«

»Sicher«, sagte ich. »Was immer du willst.«

»Du musst es Alice sagen.«

Ich schloss die Augen, und mir sank das Herz in der Brust. Das war das eine, was ich wirklich nicht wollte.

»Noch ist Zeit«, sagte ich. »Noch kannst du mit ihr reden.«

»Das will ich nicht. Ich will, dass du es ihr sagst. Wenn ich nicht mehr bin.«

»Bist du sicher, dass ich der Richtige dafür bin?«, fragte ich ihn. »Schließlich sind vierzehn Jahre vergangen, und wenn ich das erste Mal seit unserem Hochzeitstag mit ihr spreche, vielleicht sollte ich dann nicht ... sollte ich ...«

»Einer muss es tun«, sagte er. »Das ist deine Buße. Sag ihr, ich wollte nicht, dass sie mich so sieht, aber dass du am Ende bei mir warst und ich an sie gedacht habe. In der Nachttischschublade neben dir liegt ein Kalender. Ihre Nummer steht drin.«

»Ich weiß nicht, ob ich das kann«, sagte ich und spürte, wie mir Tränen über die Wangen rannen.

»Wenn du es nicht tust, klopft irgendein unbekannter Garda bei ihr an«, sagte er, »und das möchte ich nicht. Und du willst das auch nicht. Ein Garda kann ihr nicht sagen, wie es zu Ende gegangen ist und dass ich an sie gedacht habe, aber du, du kannst es. Du musst ihr sagen, dass sie der beste Mensch war, den ich je kannte. Und Liam, dass mein Leben ohne ihn viel leerer gewesen wäre. Dass ich sie beide geliebt habe, und wie leid mir das alles tut. Wirst du das für mich tun, Cyril? Bitte, ich habe dich nie um etwas gebeten, aber das jetzt wünsche ich mir von dir. Und du kannst einem Sterbenden seinen letzten Wunsch nicht abschlagen.«

»Also gut«, sagte ich. »Wenn du es möchtest.«

»Ja.«

»Dann verspreche ich dir, es zu tun.«

Wir schwiegen lange Zeit, unterbrochen nur durch einen gelegentlichen schmerzhaften Ausdruck auf Julians Gesicht, wenn er mühsam seine Lage im Bett veränderte.

»Erzählst du mir von ihm?«, fragte ich schließlich.

»Von wem?«

»Von Liam. Meinem Sohn.«

»Er ist nicht dein Sohn«, sagte er und schüttelte den Kopf. »Biologisch ja, aber sonst nicht.«

»Wie ist er?«

»Wie seine Mutter. Obwohl alle sagen, er sieht aus wie ich. Aber seine Art ist ganz anders. Er ist scheu, ruhig. In der Hinsicht ist er eher wie du.«

»Habt ihr ein enges Verhältnis?«

»Er ist fast so etwas wie ein Sohn für mich.« Er fing an zu weinen. »Was für eine Ironie.«

»Ist er glücklich?«, fragte ich. »Erlebt er Abenteuer wie wir?«

»Das haben wir, oder?«, sagte er und lächelte.

»Ja.«

»Erinnerst du dich, wie dich die IRA entführt hat?«, sagte er. »Das war ein Nachmittag.«

Ich schüttelte den Kopf. »Nein, Julian«, sagte ich, »nicht ich bin entführt worden. Das warst du.«

»Ich?«

»Ja.«

»Ich wurde entführt?«

»Ja.«

»Warum? Was hatte ich ihnen getan?«

»Nichts«, sagte ich. »Sie haben deinen Vater gehasst. Sie wollten Lösegeld von ihm.«

»Und hat er bezahlt?«

»Nein.«

»Typisch Max. Sie haben mir mein Ohr abgeschnitten«, sagte er und wollte die Hand zum Kopf heben, aber die Anstrengung war zu groß, und er ließ sie zurück auf die Bettdecke sinken.

»Das haben sie«, sagte ich. »Verdammte Tiere.«

»Ich erinnere mich wieder«, sagte er. »Die meiste Zeit waren sie nett zu mir. Außer wenn sie mir was abgeschnitten haben. Ich habe erzählt, dass ich Mars-Riegel mochte, und einer ging los und holte mir eine ganze Schachtel. Er stellte sie in den Kühlschrank, damit sie kalt blieben. Ich habe mich mit ihm angefreundet, glaube ich. An seinen Namen kann ich mich nicht erinnern.«

»Du hast ihn im Gefängnis besucht«, sagte ich. »Ich dachte damals, du hättest den Verstand verloren.«

»Habe ich dir je erzählt, dass sie mir beinahe den Schwanz abgeschnitten hätten?«

»Nein«, sagte ich, unsicher, ob das wirklich so gewesen war oder ob er es sich in seinem Delirium nur so vorstellte.

»Ernsthaft«, sagte er. »Am Abend bevor mich die Gardaí fanden, da haben sie gesagt, ich hätte die Wahl. Dass sie mir entweder ein Auge herausholen oder mir meinen Schwanz abschneiden würden. Sie sagten, ich hätte die Wahl.«

»Großer Gott«, sagte ich.

»Ich meine, ich hätte natürlich gesagt: das Auge. Das gegenüber vom fehlenden Ohr, wegen des Gleichgewichts. Aber stell dir vor, wenn sie mir meinen Schwanz abgeschnitten hätten. Dann würde ich hier nicht liegen, oder? Dann wäre das alles nicht passiert.«

»So kann man es auch sehen«, sagte ich.

»Sie hätten mir das Leben gerettet.«

»Vielleicht.«

»Nein, du hast recht. Dann wäre ich längst tot, weil ich mich umgebracht hätte, wenn sie mir den Schwanz abgeschnitten hätten. Unmöglich, dass ich ohne Schwanz durchs Leben gekommen wäre. Ist es nicht erstaunlich, wie ein so kleiner Teil unseres Körpers unser Leben komplett kontrolliert?«

»Klein?«, sagte ich und hob eine Braue. »Deiner vielleicht.« Er lachte und nickte. »An dem ersten Tag, als wir uns kennenlernten«, sagte er. »Da hast du mich mit in dein Zimmer genommen und wolltest meinen sehen. Weißt du noch? Da hätte ich schon schalten sollen. Da hätte ich dein schmutziges kleines Geheimnis schon erraten sollen.«

»Habe ich nicht«, widersprach ich ihm. »All die Jahre hast du das immer wieder behauptet, aber so war es nicht. *Du* warst es, der *meinen* sehen wollte.«

»Nein«, sagte er. »Das kann ich mir nicht vorstellen. Das hätte mich nicht interessiert.«

»Du warst von allem Anfang an von Sex besessen.«

»Das stimmt. Ich war hinter deiner Mutter her, weißt du?«

»Du kanntest meine Mutter nicht. Ich auch nicht.«

»Aber natürlich. Maude.«

»Sie war meine Adoptivmutter.«

»Oh, stimmt«, sagte er und tat meine Unterscheidung mit einer matten Handbewegung ab. »Darauf hast du immer bestanden.«

»Es waren die beiden, die darauf bestanden haben. Vom allerersten Tag an, als sie mich zu sich holten. Und du warst nicht wirklich hinter ihr her, oder? Sie war alt genug, um auch deine Adoptivmutter zu sein.«

»Doch, war ich. Eigentlich waren ältere Frauen nie meine Sache, aber Maude war anders. Und sie hatte auch ein Auge auf mich geworfen. Einmal hat sie mir gesagt, ich sei der schönste Junge, den sie je in ihrem Leben gesehen hätte.«

»Das hat sie nicht. Das klingt überhaupt nicht nach ihr.«

»Glaub, was du magst.«

»Du warst *sieben*.«

»Sie hat es trotzdem gesagt.«

»Gott«, sagte ich kopfschüttelnd. »Manchmal denke ich, mein Leben wäre weit besser verlaufen, wenn ich nie ein sexuelles Verlangen empfunden hätte.«

»Du kannst nicht wie ein Eunuch leben. Keiner kann das. Wenn mir die IRA den Schwanz abgeschnitten hätte, hätte ich mir eine Kugel in den Kopf gejagt. Denkst du, das hier ist die Strafe für all das, was ich getan habe?«

»Das glaube ich nicht einen Moment.«

»Ich habe die Nachrichten gesehen«, sagte er. »Da waren Leute, Kongressabgeordnete, die meinten, die Leute, die Aids entwickelt haben...«

»Gib nichts auf diese Ärsche«, sagte ich. »Die wissen gar nichts. Das sind verabscheuungswürdige Menschen. Du hattest Pech, das ist alles. Alle, die hier oben landen, hatten Pech. Mehr ist dazu nicht zu sagen.«

»Ich nehme an, so ist es«, sagte er seufzend und schrie dann vor Schmerz auf.

»Julian!«, sagte ich und sprang auf.

»Alles okay«, sagte er.

Doch bevor er sich wieder entspannen konnte, schrie er wieder, und ich lief zur Tür, um Bastiaan zu holen.

»Nicht«, sagte er. »Lass mich nicht allein, Cyril. Bitte.«

»Aber wenn ich den Arzt rufe...«

»Verlass mich nicht. Die Ärzte können nichts mehr tun.«

Ich nickte, kam zurück, setzte mich wieder und nahm seine Hand.

»Es tut mir leid«, sagte ich. »Alles, was ich dir und Alice angetan habe. Es tut mir wirklich leid, und wenn ich es noch mal machen könnte, wenn ich der Mann wäre, der ich heute bin, nur damals, als junge Ausgabe meiner selbst...«

»Es ist vorbei«, sagte er, und seine Augen begannen sich zu schließen. »Und was hätte es Alice geholfen, ihr Leben als deine Frau zu leben? So hat sie es über die Jahre wenigstens noch mal hier oder da besorgt bekommen.«

Ich lächelte.

»Ich gehe«, flüsterte er wenig später. »Cyril, ich bin gleich weg. Ich spüre es.«

Es lag mir auf der Zunge, »nein, du musst kämpfen« zu sagen, oder »bleib«, doch ich schwieg. Die Krankheit trug am Ende den Sieg davon.

»Ich habe dich geliebt«, sagte ich und beugte mich zu ihm hin. »Du warst mein bester Freund.«

»Ich habe dich auch geliebt«, flüsterte er, und dann sagte er verblüfft: »Ich kann dich nicht sehen.«

»Ich bin hier.«

»Ich kann dich nicht sehen. Es ist dunkel.«

»Ich bin hier bei dir, Julian. Hier. Kannst du mich hören?«

»Ich höre dich, aber ich kann dich nicht sehen. Könntest du mich halten?«

Ich hielt seine Hand bereits und drückte sie ein wenig, um sicherzugehen, dass er wusste, ich war da.

»Nein«, sagte er. »Halte mich. Ich möchte gehalten werden, noch ein letztes Mal.«

Ich zögerte, nicht sicher, was er meinte, ließ dann seine Hand los, ging auf die andere Seite des Bettes, legte mich neben ihn und nahm seinen mageren, zitternden Körper in die Arme. Wie oft hatte ich in meiner Jugend von einem solchen Moment geträumt, und jetzt konnte ich nur mein Gesicht in seinem Rücken vergraben und weinen.

»Cyril...«, flüsterte Julian.

»Lass los«, flüsterte ich zurück.

»Alice...«, sagte er, als sich sein Körper in meiner Umarmung entspannte, und ich hielt ihn noch, wie mir schien, eine lange Zeit, während sein Atem schwächer wurde und schließlich still blieb. Ich hielt ihn, bis Bastiaan hereinkam, auf den Monitor sah und mir sagte, dass es vorbei sei, dass Julian gegangen sei, ich hielt ihn, bis es Zeit war aufzustehen und die Schwestern ihre Arbeit tun zu lassen. Dann nahmen wir den Aufzug nach unten, verließen das Krankenhaus, und Bastiaan und ich hoben die Hand, um ein Taxi heranzuwinken. Und in dem Moment beging ich den Fehler meines Lebens.

»Nein«, sagte ich. »Es hat aufgehört zu regnen. Lass uns zu Fuß gehen. Ich brauche frische Luft.«

Und so gingen wir nach Hause.

Central Park

Schweigend liefen wir durch die Straßen in den Central Park.

»Ich habe sein Adressbuch vergessen«, sagte ich und blieb mitten auf einem der von Bäumen gesäumten Wege stehen. »Ich habe es in seinem Schrank liegen lassen.«

»Brauchst du das denn?«, fragte Bastiaan.

»Ich habe ihm versprochen, Alice anzurufen. Seine Schwester. Ich muss es ihr sagen.«

»Du kannst es morgen holen. Seine persönlichen Sachen werden aufbewahrt.«

»Nein«, sagte ich und schüttelte den Kopf. »Nein, ich muss es ihr heute Abend sagen. Wir müssen noch mal zurück.«

»Es ist spät«, sagte Bastiaan, »und du bist völlig aufgewühlt. Warte bis morgen.«

Ich begann vor Kälte zu zittern, und bevor ich wusste, wie mir geschah, begann ich unkontrolliert zu schluchzen.

»Hey«, sagte Bastiaan, zog mich an sich und nahm mich in den Arm. »Weine nicht. Ich bin ja da. Ich werde immer für dich da sein. Ich liebe dich.«

Und dann rief eine Stimme: »Hey, ihr Schwuchteln!«

Und ich drehte mich um und sah drei Männer auf uns zurennen.

Was dann geschah, weiß ich nicht mehr.

III

Friede

1994

Väter und Söhne

Einer von ihnen

In den frühen 1950ern, als mein Adoptivvater Charles als Gast der irischen Regierung im Mountjoy Prison saß, hatte ich ihn nicht besuchen dürfen. Natürlich war ich damals noch ein Kind, und Maude hatte kein Interesse an einer peinlichen oder kathartischen Wiedervereinigung hinter Gittern, aber der Gedanke, einmal in ein Gefängnis hineinzusehen, faszinierte mich, seit der damals siebenjährige Julian mir verraten hatte, dass er mit seinem Vater Max einmal bei einem Mandanten gewesen war, der als Mörder seiner Frau dort einsaß. Soweit ich weiß, hatte Maude ihn nie besucht, obwohl ihr jede Woche neu ein Besucherschein zugestellt wurde. Statt sie wegzuwerfen, bewahrte sie jeden einzelnen Zettel auf und stapelte sie ordentlich beim Telefon neben der Tür unserer kleinen Wohnung, und als ich sie einmal fragte, ob sie je eine dieser wertvollen Eintrittskarten ihrem Zweck entsprechend benutzen werde, nahm sie langsam die Zigarette aus dem Mund und drückte sie mitten auf dem Stapel aus.

»Beantwortet das deine Frage?«, sagte sie und sah mich mit einem halben Lächeln an.

»Nun, vielleicht könnte *ich* ihn besuchen«, schlug ich vor, und sie zog die Stirn kraus, während sie die vierundsechzigste Zigarette des Tages aus ihrem Etui zog.

»Wie seltsam, das zu sagen«, antwortete sie. »Warum um alles in der Welt würdest du so etwas Perverses tun wollen?«

»Weil Charles mein Vater ist, und vielleicht freut er sich über ein bisschen Gesellschaft.«

»Charles ist nicht dein Vater«, widersprach sie mir. »Er ist dein Adoptivvater. Das haben wir dir wieder und wieder gesagt. Komm nicht auf falsche Gedanken, Cyril.«

»Trotzdem, ein freundliches Gesicht...«

»Ich denke *nicht*, dass du ein freundliches Gesicht hast. Um ehrlich zu sein, fand ich schon immer, dass du ziemlich griesgrämig dreinblickst. Das ist etwas, woran du arbeiten könntest.«

»Dann eben ein Gesicht, das er kennt.«

»Ich bin sicher, er lernt da viele Leute kennen«, sagte sie und steckte sich ihre Zigarette an. »Nach allem, was ich weiß, gibt es in Gefängnissen ein großartiges Gemeinschaftsgefühl. Ein Mann wie Charles wird im Knast sehr gut zurechtkommen. Er hatte auch in der Vergangenheit kein Problem damit, sich bei Fremden einzuschleimen. Nein, ich fürchte, das kommt nicht infrage. Ich kann es einfach nicht erlauben.«

Und so hatte ich ihn nie besucht. Aber dieses Mal, bei Charles' zweitem Aufenthalt hinter Gittern, war ich ein erwachsener Mann, fast fünfzig Jahre alt, ich brauchte keine Erlaubnis, und als der Besucherschein kam, nutzte ich die Gelegenheit, um mir anzusehen, wie die Kriminellen in unserer Gesellschaft behandelt wurden.

Es war ein schöner Morgen in Dublin, und obwohl ich wegen meines Beins keine langen Spaziergänge mehr machen konnte, beschloss ich, dass ein paar Kilometer noch möglich sein sollten, nahm meine Krücke vom Haken bei der Haustür und ging die Pearse Street hinunter, um die O'Connell Street Bridge über den Liffey zu nehmen. Wie immer hielt ich mich auf der linken Seite der Straße, um den

Bereich beim Kaufhaus Clerys zu meiden, wo ich einst versehentlich den Tod Mary-Margaret Muffets und eines hart arbeitenden, aber homophoben Mitglieds der An Garda Síochána verursacht hatte. Die Nelsonsäule gab es natürlich schon lange nicht mehr. Nachdem die IRA den Admiral von seinem Sockel gestoßen hatte, war der Rest der Konstruktion mit einer kontrollierten Explosion zu Fall gebracht worden, die so stümperhaft geplant gewesen war, dass die Hälfte der Schaufenster in der O'Connell Street zerbarst, was einen Schaden von Tausenden Pfund mit sich brachte. Die Säule fehlte, aber die Erinnerung an jenen Abend war noch da, und ich wollte sie nicht unbedingt auffrischen.

Am Ende der Straße kam ich am Zentrum Irischer Schriftsteller vorbei, wo ich erst vor ein paar Wochen bei der Buchpremiere von Ignac' viertem Kinderbuch gewesen war, dem letzten seiner beliebten Reihe über einen zeitreisenden slowenischen Jungen, der die Fantasie von Kindern (und vielen Erwachsenen) rund um die Welt für sich erobert hatte. Natürlich waren alle Dubliner Schriftsteller gekommen, und als die Information die Runde machte, wer meine Adoptivmutter gewesen war, traten einige vor, um mich nach meiner Meinung zu ihrem eigenen Schreiben zu fragen – worauf ich grundsätzlich keine Antwort hatte. Ein Verleger wollte wissen, ob ich ein Vorwort zu einer Jubiläumsausgabe von *Neigung zur Lerche* schreiben wollte, aber ich lehnte ab, auch als er mir sagte, es gebe zweihundert Pfund, wenn ich die Sache gut machte. Ein Journalist, den ich einige Male in der *Late Show* gesehen hatte, informierte mich, dass Maude Irlands überschätzteste Schriftstellerin und von weiblichen Romanciers allgemein nicht viel zu halten sei. Ich lauschte seinen Ausführungen ganze zehn Minuten, bis Ignac' Frau Rebecca kam und mich befreite, wofür ich ihr endlos dankbar war.

Dann die Dorset Street hinunter und links in Richtung Mater Hospital, und selbst noch, als ich mich dem Gefängnis näherte, war ich ungewöhnlich guter Stimmung. Es war einer jener wirklich schönen Tage, an denen man sich des Lebens freut. Sieben Jahre waren seit dem schrecklichen Abend in New York vergangen, an dem ich die einzigen beiden Männer verlor, die ich je geliebt hatte, sechs Jahre seit dem Prozess, fünf Jahre, seit ich die Staaten nach einem halben Dutzend Operationen meines Beins für immer verlassen hatte, vier, seit ich wieder in Europa lebte, drei, seit ich zurück in Dublin war, zwei, seit sie Charles wegen Betrugs und Steuerhinterziehung festgenommen hatten, und eines, seit er wieder im Gefängnis saß und mich in der Hoffnung auf ein wenig Unterstützung endlich kontaktiert hatte.

Erst war ich zutiefst unsicher gewesen, ob ich nach Irland zurückkehren sollte. Während der Jahre des Exils hatte ich mich oft danach gesehnt, die Straßen meiner Kindheit neu zu erkunden, aber dieser Wunsch hatte immer etwas Unwirkliches, Unmögliches gehabt.

Wie sich herausstellte, war ich im größten Maße glücklich, wieder zurück zu sein. Ich war froh, dass die Jahre des Herumreisens hinter mir lagen, und fand sogar Arbeit an einem meiner alten Lieblingsorte, in der Bibliothek des Dáil Éireann in der Kildare Street, einem ruhigen Studierbereich, der kaum einmal von den Abgeordneten selbst besucht wurde, sondern eher von den Parlamentsassistenten und Staatsdienern, die nach Antworten auf Fragen suchten, die ihren Ministern später am Tag in der Kammer womöglich gestellt werden konnten.

Und dort im Dáil Éireann war es auch, dass ich jemanden aus meiner Vergangenheit traf, Miss Anna Ambrosia aus dem Bildungsministerium. Mitte der 1960er-Jahre waren wir eine Zeit lang Kollegen gewesen. Wie sich herausstellte, hatte Miss Ambrosia ihren jüdischen Freund mit dem nichtjüdischen Namen Peadar O'Múrchú geheiratet und ein halbes Dutzend Töchter in die Welt gesetzt, von denen eine, wie sie mir sagte, schwerer zu kontrollieren war als die andere. Beruflich war sie mit den Jahren weiter aufgestiegen, leitete jetzt die Abteilung und saß auf Miss Joyces Stuhl. An dem Morgen, als sie in die Bibliothek kam, erkannten wir uns sofort und verabredeten uns für mittags oben im Tearoom.

»Rat mal, mit wie vielen neuen Ministern ich mich über die Jahre habe herumschlagen müssen?«, fragte sie.

»Ich weiß es nicht«, sagte ich. »Acht? Neun?«

»Siebzehn. Nichts als Schwachköpfe, jeder Einzelne von ihnen. Die eine Hälfte war komplett ungebildet, die andere konnte nicht einmal die Grundrechenarten. Es ist schon von einer gewissen Ironie, dass es immer das dümmste Regierungsmitglied zu sein scheint, das am Ende das Bildungsministerium übernimmt. Und du weißt, wer dafür zu sorgen hat, dass sie trotzdem gut aussehen, oder? Die kleine Dumme hier. Wer war damals noch gleich Minister, als du bei uns warst?«

Ich nannte den Namen, und sie verdrehte die Augen. »Dieser Geisteskranke«, sagte sie. »Bei der nächsten Wahl hat er seinen Sitz verloren. Hat er dir nicht ins Gesicht geschlagen, als er mit heruntergelassener Hose erwischt wurde?«

»Nein, das war der Pressechef«, sagte ich. »Eine meiner schönsten Erinnerungen.«

»Ich weiß nicht, warum ich so lange hiergeblieben bin, ich weiß es wirklich nicht«, sagte sie schwermütig. »Vielleicht hätte ich reisen sollen, wie du. Du musst eine tolle Zeit gehabt haben.«

»Es gab gute und schlechte Tage. Hast du nie darüber nachgedacht, deinen Abschied zu nehmen?«

»Nachgedacht schon«, sagte sie. »Aber du weißt, wie es ist, Cyril. Du kriegst deinen Fuß auf die Leiter und bleibst für den Rest deines Lebens. Als sie die Regeln geändert haben und Frauen nach der Heirat plötzlich weiterarbeiten durften, hatte ich das Gefühl, etwas beweisen zu müssen.

Wie auch immer, mit sechs Kindern brauchen Peadar und ich das Geld. Ich beschwere mich nicht, ich war hier meist glücklich. Nur dann nicht, wenn ich gerade mal wieder unglücklich war.«

Aus dem Augenwinkel sah ich eine junge Bedienung an unserem Tisch vorbeilaufen und panisch zur Uhr hinaufblicken. Sie war ganz rot im Gesicht und kam offenbar zu spät zur Arbeit. Als sie hinter die Theke eilte, tauchte ein anderes bekanntes Gesicht aus alten Tagen aus der Küche auf, um ihr eine Standpauke zu halten: die Leiterin des Tearooms.

»Entschuldigen Sie, Mrs Goggin«, sagte das Mädchen. »Es waren die Busse, sie sind immer so unzuverlässig und...«

»Meine liebe Jacinta, du bist selbst nicht besser«, kam die Antwort. »Du bist genauso unzuverlässig wie die Linie sechzehn.«

Miss Ambrosia, Anna, lauschte der nachfolgenden Gardinenpredigt und verzog das Gesicht. »Der Frau sollte man nicht in die Quere kommen«, sagte sie. »Sie regiert mit eiserner Hand. Selbst Charlie Haughey hat Angst vor ihr. Einmal hat sie ihn rausgeworfen, als er einer Kellnerin an den Hintern gefasst hat.«

»Neulich war er in der Bibliothek«, sagte ich. »Ich hatte ihn da noch nie gesehen. Staunend sah er sich um und meinte: ›Ich muss wohl irgendwo falsch abgebogen sein.‹«

»Den Satz sollte sich jemand aufschreiben. Den könnten sie auf seinen Grabstein setzen.«

»Mrs Goggin muss schon ewig hier sein«, sagte ich. »Ich erinnere mich an sie, da war ich noch ein Schuljunge.«

»Sie geht bald in Rente«, sagte Anna. »Zumindest habe ich das gehört. In ein paar Wochen wird sie fünfundsechzig. Aber erzähl mir von dir. Stimmt es, was ich über dich gehört habe? Dass du an deinem Hochzeitstag davongelaufen bist, bevor du *Ja* sagen konntest?«

»Wo hast du das gehört?«, fragte ich.

»Oh, das weiß ich nicht mehr. Tratsch macht hier schnell die Runde, daran hat sich nichts geändert.«

»Also, es stimmt nur zur Hälfte«, sagte ich. »Das Jawort habe ich noch hinter mich gebracht. Ich habe mit dem Weglaufen bis zum Empfang gewartet.«

»Jesus, Maria und Joseph«, sagte sie, schüttelte den Kopf und versuchte, nicht zu lachen. »Du bist vielleicht ein elender Hund.«

»Du bist nicht die Erste, von der ich das höre.«

»Warum hast du das gemacht?«

»Das ist eine lange Geschichte.«

»Und du hast nie wieder geheiratet?«

»Nein. Aber erzähl du«, sagte ich. »Was ist mit den beiden anderen passiert, mit denen wir zusammengearbeitet haben, Miss Joyce und Mr Denby-Denby? Hast du zu denen noch Kontakt?«

Sie stellte die Tasse ab und beugte sich vor. »Nun, das ist auch eine Geschichte«, sagte sie. »Miss Joyce hat ihre Stelle nach einer Affäre mit dem Verteidigungsminister verloren.«

»Nein!«, sagte ich überrascht. »Sie kam mir immer so prüde vor!«

»Oh, das sind die Schlimmsten. Jedenfalls war sie wie eine Verrückte hinter dem Kerl her, aber natürlich war er verheiratet, und als sie sich an ihn zu klammern begann und mehr von ihm wollte, als er zu geben bereit war, sorgte er dafür, dass sie ausgezahlt und hinausgeworfen wurde. Sie war nicht gerade glücklich darüber, das sage ich dir, aber was konnte sie tun? Die Minister damals haben gemacht, was sie wollten. Die meisten tun es noch immer. Sie hat versucht, ihre Geschichte den Zeitungen zu verkaufen, aber die haben Rücksicht auf den armen Mann genommen, der schließlich Familie hatte. Der Erzbischof intervenierte beim Herausgeber der *Irish Press*.«

»Und was ist aus Miss Joyce dann geworden?«

»Das Letzte, was ich gehört habe, war, dass sie nach

Enniscorthy gezogen ist und einen Buchladen aufgemacht hat. Und dann noch, dass sie ein Lied geschrieben hat, das es beinahe zum Eurovision Song Contest geschafft hätte. Danach nichts mehr.«

»Und Mr Denby-Denby?«, fragte ich. »Was ist mit ihm? Ich nehme an, er ist in Rente?«

»Das ist eine sehr traurige Geschichte«, sagte sie und senkte den Blick. Ihr Lächeln war verschwunden.

»Warum, was ist passiert?«, fragte ich.

»Du hast wohl, während du weg warst, keine irischen Zeitungen gelesen, oder?«

»Nicht sehr oft«, gab ich zu. »Warum?«

»Oh, es war schrecklich«, sagte sie und schüttelte den Kopf. »Er hat's irgendwann hinbekommen, dass sie ihn ermordet haben.«

»Ermordet?«, sagte ich und hob die Stimme vielleicht etwas, denn ich sah, wie Mrs Goggin einen Blick herüberwarf, aber gleich wieder wegsah, als ich mich zu ihr hinwandte.

»Genau, ermordet«, wiederholte Anna. »Du weißt ja, dass er einer von denen war?«

»Von *denen*?«, fragte ich unschuldig.

»Na, du weißt schon.«

»Bitte?«

»Ein Schwuler.«

»Oh, verstehe«, sagte ich. »Richtig, das habe ich immer angenommen, trotz seiner ständigen Reden über die legendäre Mrs Denby-Denby und all die kleinen Denby-Denbys. Hatte er die alle erfunden?«

»Oh nein, die gab es«, sagte sie. »Aber das Land war damals voller Mrs Denby-Denbys, die keine Ahnung hatten, was die Ehemänner hinter ihren Rücken so alles trieben. Nun, du weißt das besser als irgendwer sonst, nehme ich an. Liege ich richtig, wenn ich vermute, dass du auch dazugehörst?«

»Ja«, gab ich zu.

»Ich hab's mir immer schon gedacht. Ich weiß noch, als du bei uns warst, da schienst du nie irgendein Interesse an mir zu haben, und einmal habe ich zu Mrs Joyce gesagt, dass ich dächte, du wärst einer von ihnen, doch sie meinte, nein, dafür seist du viel zu nett.«

»Das war vermutlich als Kompliment gemeint«, sagte ich.

»Es ist sehr in Mode heute, oder?«

»Was?«

»Einer von denen zu sein.«

»Ich weiß nicht«, sagte ich. »Ist es das?«

»Oh ja«, sagte sie. »Da ist Boy George, und David Norris. Und hier im Haus sind auch die Hälfte so, wobei die es für sich behalten. Die Frau bei uns zu Hause nebenan, ihr jüngster Sohn ist auch einer.« Sie zuckte mit den Schultern. »Es ist natürlich schade für sie, aber ich sage nichts. Ich war da nie voreingenommen. Und nicht weit von unserer Wohnung, da haben zwei Frauen einen Blumenladen, über dem sie zusammen wohnen, und Peadar sagt, sie gehören auch dazu...«

»Alle beide, bist du sicher?«

»Ja, alle beide. Ich wusste nicht mal, dass eine Frau auch so eine sein kann. Bei einem Mann stört es einen nicht so sehr, aber bei einer Frau ist es schon sonderbar, meinst du nicht?«

»Ich habe nie wirklich drüber nachgedacht«, sagte ich. »Aber ich denke, da gibt's keinen großen Unterschied.«

»Oh, du bist so modern geworden, Cyril. Ich denke, das kommt, wenn man im Ausland lebt. Meine Zweitälteste, Louise, sie will für ein Praktikum mit ihren Freundinnen nach Amerika, und ich tu alles, was ich kann, um sie davon abzubringen, weil die Leute da drüben so ungeheuer modern sind. Ich weiß einfach, wenn sie nach Amerika geht, wird sie am Ende von einem Schwarzen vergewaltigt und muss eine Abtreibung machen.«

»Grundgütiger!«, sagte ich und verschluckte mich an

meinem Tee. »Gott noch mal, Anna, so was kannst du doch nicht sagen.«

»Warum? Stimmt doch.«

»Das stimmt ganz und gar nicht, und du klingst sehr kleingeistig, wenn du das sagst.«

»Ich bin kein Rassist, wenn du das meinst. Vergiss nicht, mein Mann ist Jude.«

»Trotzdem«, sagte ich und fragte mich, ob ich einfach verschwinden sollte, bevor sie ihren Mund wieder aufmachte.

»Louise sagt, sie geht, egal, was ihr Vater und ich davon halten. Auf deine eigene Verantwortung, habe ich ihr gesagt, aber glaubst du, dass sie mir zuhört? Tut sie nicht. Denkst du, wir waren in dem Alter genauso? Hast du deinen Eltern auch so viel Kummer gemacht?«

»Also, meine Kindheit war vielleicht etwas ungewöhnlich«, sagte ich.

»Ach, richtig. Ich erinnere mich, dass du damals so was erzählt hast. Wer ist deine Mutter noch gleich? Edna O'Brien oder so jemand, stimmt's?«

»Maude Avery«, sagte ich.

»Genau, Maude Avery. Man sollte denken, sie wäre der verdammte Tolstoi bei dem Gewese, das die Leute um sie machen ...«

»Mr Denby-Denby«, sagte ich und unterbrach sie, ehe sie sich in dem Thema verlor. »Du sagtest, dass er ermordet wurde.«

»Es war eine schreckliche Sache«, sagte sie, beugte sich vor und senkte die Stimme. »Wie sich herausstellte, hatte Mr Denby-Denby eine billige Wohnung in der Gardiner Street gemietet, von der seine Frau nichts wusste, und er ging immer wieder runter zu den Kanälen, um einen jungen Burschen aufzugabeln, du weißt schon, wofür. Das ging offenbar jahrelang so. Aber dann muss das eines Nachts außer Kontrolle geraten sein, und die Nachbarn sagten, da

komme ein schrecklicher Gestank aus seiner Wohnung, und dann haben sie ihn gefunden, zwei Wochen später, mit einer Hand an die Heizung gekettet, eine halbe Orange im Mund und die Hose auf den Füßen.«
»Gott«, sagte ich und schüttelte mich bei der Vorstellung. »Und haben sie den Jungen gefasst?«
»Haben sie. Irgendwann. Er hat lebenslänglich gekriegt.«
»Der arme Mr Denby-Denby«, sagte ich. »Wie fürchterlich, so zu sterben.«
»Ich nehme an, du wusstest das damals alles, oder?«
»Was?«, fragte ich.
»Na, mit Mr Denby-Denby. Hast du mit ihm ...«
»Natürlich nicht«, sagte ich, entsetzt von dem bloßen Gedanken. »Er war alt genug, um mein Vater zu sein.«
Anna sah mich an, als wäre sie nicht ganz überzeugt. »Du musst sehr vorsichtig sein mit diesen Jungs, Cyril«, sagte sie. »Die von den Kanälen, meine ich. Denk nur an die Krankheiten, die sie haben. Die haben alle Aids, und sie bringen dich um, ohne mit der Wimper zu zucken. Ich hoffe, du machst solche Sachen nicht.«

Ich wusste nicht, ob ich lachen oder beleidigt sein sollte. Tatsächlich hatte ich seit sieben Jahren keinen anderen Mann mehr geküsst und auch nicht vor, es je wieder zu tun. Das Letzte, was ich tun würde, wäre, mitten in der Nacht am Grand Canal herumzulaufen und nach billigem Sex zu suchen.

Jacinta, die Bedienung, kam zu uns herüber und fragte, ob wir noch eine Kanne Tee wollten, und bevor ich etwas sagen konnte, schüttelte Anna bereits den Kopf.

»Keine Zeit«, sagte sie. »Ich muss zurück ins Büro. Aber es war gut, dich zu sehen, Cyril«, fügte sie hinzu und stand auf. »Wahrscheinlich sehe ich dich unten in der Bibliothek wieder. Bist du jeden Tag da?«

»Bis auf Freitag«, sagte ich, »und nur während der Sitzungszeit.«

»Okay. Wir reden ein andermal weiter. Vergiss nicht, was ich gesagt habe, und gerate nicht in Schwierigkeiten. Ich will nicht noch einen Mr Denby-Denby auf dem Gewissen haben.«

Ich nickte, und als sie ging, winkte ich der Bedienung und sagte, ich hätte doch gern noch einen Tee. Als er ein paar Minuten später kam, war es Mrs Goggin, die ihn mir brachte.

»Haben Sie etwas dagegen, wenn ich mich einen Moment zu Ihnen setze?«, sagte sie. »Sie sind doch Mr Avery, richtig?«

»Genau«, sagte ich. »Cyril. Bitte nehmen Sie Platz.«

»Mein Name ist Catherine Goggin. Ich weiß nicht, ob Sie sich erinnern, aber ...«

»Aber sicher. Es ist schön, Sie wiederzusehen.«

»Sie arbeiten wieder im Dáil?«

»So ist es, ich armer Sünder. In der Bibliothek. Erst seit ein paar Wochen, aber mir gefällt es.«

»Dieses Haus lässt einen nicht los, oder?«, sagte sie lächelnd. »Man entkommt ihm nie. Ich freue mich auf jeden Fall, dass Sie wieder da sind. Ich meine, gehört zu haben, dass Sie in den Staaten waren?«

»Eine Zeit lang, ja, und in Europa.«

»Und Ihr Bein«, sagte sie und nickte zu meiner Krücke hin. »Haben Sie sich da neulich erst verletzt?«

»Nein, das ist sieben Jahre her«, erklärte ich ihr. »Zu meiner Zeit in New York. Mein Freund und ich gingen eines Abends durch den Central Park und wurden angegriffen.«

»Oh mein Gott«, sagte sie. »Das ist ja schrecklich. Und Ihr Freund, ist er okay?«

»Nein, er starb«, sagte ich. »Sehr schnell. Bevor der Krankenwagen kam.«

»Wurden die Männer gefasst, die Ihnen das angetan haben?«

»Nein«, sagte ich und schüttelte den Kopf. »Aber ich glaube auch nicht, dass ernsthaft nach ihnen gesucht wurde.«
»Es tut mir sehr leid, das zu hören«, sagte sie. »Ich hätte gar nicht erst fragen sollen. Es geht mich nichts an.«
»Das macht nichts.«
»Ich habe mich nur an Sie erinnert, von damals, als Sie hier waren. Da habe ich schon gedacht, wie ähnlich Sie jemandem sehen, den ich vor Jahren mal kannte. Sie gleichen ihm sehr.«
»Ist es jemand, dem Sie nahestanden?«, fragte ich.
»Nicht wirklich«, sagte sie und wandte den Blick ab. »Ein Onkel von mir. Es ist lange her.«
»Ich erinnere mich an Ihren Sohn«, sagte ich. »Wie geht es ihm?«
»An meinen Sohn?«, fragte sie, hob ruckartig den Kopf und legte die Stirn in Falten. »Wie meinen Sie das?«
»Sie haben doch einen Sohn, oder?«, fragte ich. »Ich habe Sie beide in einem Café getroffen, vor mehr als zwanzig Jahren. Wahrscheinlich wissen Sie es nicht mehr. Es war der Morgen meiner Hochzeit, deshalb hat es sich mir ins Gedächtnis eingegraben. Ich kann mich allerdings nicht mehr an seinen Namen ...«
»Jonathan.«
»Oh ja. Ein frühreifer kleiner Kerl, wenn ich mich recht erinnere.«
Sie lächelte. »Er ist Arzt, Psychiater, und er hat erst vor ein paar Wochen ein reizendes Mädchen geheiratet, Melanie. Sie kannten sich schon als Kinder.«
»Haben Sie noch mehr?«
»Was?«
»Kinder?«
Sie schwieg einen Moment und schüttelte dann den Kopf. »Nein«, sagte sie. »Und Sie?«
»Ich habe einen Sohn«, erklärte ich ihr. »Liam. Er ist zwanzig.«

»Das muss schön für Sie sein.«

Ich zuckte kurz mit den Schultern, unsicher, warum ich ihr das anvertraute. »Wir stehen uns nicht so nahe«, sagte ich. »Ich war nicht für ihn da, als er aufwuchs, und das nimmt er mir übel. Ich kann es verstehen, scheine aber nicht in der Lage zu sein, die Kluft zwischen uns zu überbrücken, wie sehr ich mich auch bemühe.«

»Dann müssen Sie sich noch mehr bemühen«, sagte sie. »Sorgen Sie dafür, ihn in Ihrem Leben zu halten. Das ist wichtig. Verlieren Sie ihn nicht aus den Augen.«

Die Türen öffneten sich, und eine Gruppe Abgeordneter kam herein, laut und aufdringlich, und sie seufzte.

»Nun«, sagte sie. »Ich mache mich besser wieder an die Arbeit. Ich bin sicher, ich sehe Sie jetzt regelmäßig hier, wo Sie wieder bei uns sind.«

»Das werden Sie«, sagte ich und sah zu, wie sie zum Tresen ging, und aus irgendeinem Grund musste ich an unser Gespräch denken, als ich am Tor vom Mountjoy Prison ankam. Ich zeigte dem Wachhabenden meinen Pass und den Besucherschein, und er studierte beides sorgfältig und sagte, ich solle Jacke und Schuhe ausziehen und durch den Metalldetektor gehen, und die ganze Zeit dachte ich an Mrs Goggin und wie sie mich angesehen hatte, und ich verspürte einen merkwürdigen Drang, das Gespräch mit ihr bald fortzusetzen.

Das Joy

Der Warteraum eines Gefängnisses kann ein großer Gleichmacher sein. Verwandte und Freunde von Häftlingen aus allen sozialen Klassen kommen dort zusammen und unterscheiden sich lediglich in ihrer Entrüstung, Empörung, Verlegenheit, Scham oder ihrem großspurigen Getue. Ich setzte mich ganz hinten auf einen weißen, auf den Boden genagelten Plastikstuhl und versuchte, den in der Luft hängenden Geruch nach Desinfektionsmittel zu ignorieren. Eine Gravur in der rechten Lehne meines Stuhls informierte mich, dass »Deano ein toter Mann« war, während es auf der linken hieß, besagter Deano sei ein »Schwanzlutscher«. An der Wand mir gegenüber hing ein Plakat mit einem munter dreinblickenden Polizisten, einem gemütlichen jungen Mann und einer fast schon hysterischen älteren Frau und dem Slogan: WIR STEHEN DAS GEMEINSAM DURCH! Was, wie ich nur annehmen konnte, ironisch gemeint war hinsichtlich der tatsächlichen Lebensumstände im Gefängnis.

Ich ließ den Blick schweifen und sah eine junge Frau in einem Jogginganzug, die sich mit einem kleinen Jungen mit Mohikanerfrisur abmühte. Die Haarspitzen des Kleinen waren grün gefärbt und passten zu dem avocadofarbenen Ring in seinem linken Ohrläppchen. Die Frau bekam ihn nicht unter Kontrolle und wandte sich einem Baby zu, das wie eine besessene Katze im Kinderwagen neben ihr wimmerte.

»Da haben Sie aber alle Hände voll zu tun«, bemerkte ich mit einem mitfühlenden Blick, als der Junge über die leeren Stühle rannte, vor verschiedenen Leuten stehen blieb, sich in ein menschliches Gewehr verwandelte und mehrere Salven auf seine arglosen Opfer abfeuerte. Den Trick hatte er vermutlich von seinem Vater, der hier einsaß.

»Verpiss dich, alter Pädo«, sagte die Frau wie nebenbei.

Ich nahm an, dass wir zwei uns nicht näherkommen würden, wechselte in einen anderen Teil des Raumes und setzte mich neben eine Frau in meinem Alter, die absolut entsetzt schien, sich an diesem Ort aufhalten zu müssen. Sie hielt ihre Handtasche fest auf den Schoß gedrückt, und ihr Blick wanderte unablässig durch den Raum. Noch nie in ihrem Leben schien sie derart schreckliche Exemplare der menschlichen Spezies gesehen zu haben.

»Sind Sie zum ersten Mal hier?«, fragte ich, und sie nickte.

»Natürlich«, sagte sie. »Ich bin aus Blackrock.« Sie sah mich bedeutungsvoll an. »Das alles ist ein schreckliches Missverständnis, wissen Sie«, fuhr sie nach einer kurzen Pause fort. »Ein Fehlurteil. Ich sollte nicht hier sein, und mein Anthony erst recht nicht.«

»Keiner von uns möchte hier sein«, sagte ich.

»Nein, ich sagte, ich *sollte* nicht hier sein. Sie haben meinen Sohn eingesperrt, aber er hat gar nichts getan. Er war immer ein anständiger junger Mann.«

»Darf ich Sie fragen, was ihm vorgeworfen wird?«

»Ein Mord.«

»Ein Mord?«

»Ja, aber er war es nicht, also sehen Sie mich nicht so schockiert an.«

»Wen soll er denn ermordet haben?«

»Seine Frau. Aber es gibt keine wirklichen Beweise, nur Fingerabdrücke, DNA und einen Augenzeugen. Außerdem war meine Schwiegertochter meiner Meinung nach eine schreckliche Frau, und sie hatte es verdient, wenn Sie mich fragen. Es tut mir kein bisschen leid, dass sie weg ist. Sie war nicht aus Blackrock, und ich habe Anthony immer gesagt, er soll eine aus dem Ort heiraten.«

»Verstehe«, sagte ich und spielte mit dem Gedanken, mich noch einmal umzusetzen. »Sitzt er in Untersuchungshaft?«

»Nein, er hat lebenslänglich. Der Prozess war vor ein paar Monaten. Ich werde mit meinem Abgeordneten sprechen und sehen, was sich machen lässt. Ich bin sicher, wenn ich dem Gericht alles erkläre, wird der Richter den Irrtum einsehen und ihn freilassen. Aber was ist mit Ihnen? Was bringt Sie her?«

»Mein Adoptivvater sitzt wegen Steuerhinterziehung«, erklärte ich ihr.

»Was für eine Schande«, sagte sie und richtete sich auf. »Wir müssen alle unsere Steuern zahlen, wissen Sie das nicht? Sie sollten sich schämen.«

»Warum sollte ich mich schämen?«, protestierte ich. »Das hat mit mir nichts zu tun. Ich zahle meine Steuern.«

»Und was wollen Sie dafür? Einen Orden? Wenn Sie mich fragen, ist das Gefängnis zu gut für Steuerhinterzieher. Die sollten aufgeknüpft werden.«

»Und was ist mit Mördern?«, fragte ich. »Was sollte mit denen geschehen?«

Sie schüttelte verdrossen den Kopf und wandte sich von mir ab. Erleichtert sah ich, wie ein gut aussehender junger Gefängniswärter mit einem Klemmbrett hereinkam. Er rief unsere Namen auf und führte uns einen Gang hinunter in einen großen, offenen Raum, wo wir uns alle hinter weiße Tische setzten, auf denen kleine Nummernkarten standen. Ein paar Minuten später öffnete sich vorn im Raum eine Tür, und eine Gruppe Männer in Wollpullovern und grauen Hosen trottete herein, die unter den Anwesenden nach bekannten Gesichtern suchten. Es überraschte mich etwas, zu sehen, wie überschwänglich Charles mir zuwinkte, und als ich aufstand, um ihm die Hand zu schütteln, erschreckte er mich damit, dass er mich in seine Arme zog und fest an sich drückte.

»Setzen Sie sich, Avery«, sagte ein älterer Beamter, kam auf uns zumarschiert und brachte den wenig attraktiven Geruch vier Tage alten Schweißes mit sich. »Kein Körperkontakt.«

»Aber dieser Mann ist mein Sohn!«, rief Charles erschüttert. »Was ist aus diesem Land geworden, wenn ein Mann nicht mal mehr öffentlich seinen einzigen Sohn umarmen darf? Ist Robert Emmet *dafür* gestorben? Und James Connolly? Und Pádraig Pearse?«

»Setzen Sie sich, oder gehen Sie zurück in Ihre Zelle«, sagte der Beamte, der eindeutig nicht in der Stimmung für eine Debatte war. »Sie haben die Wahl.«

»Gut, ich setze mich«, murrte Charles und gab nach. Ich ließ mich ihm gegenüber nieder. »Ehrlich, Cyril, ich werde hier wie ein Krimineller behandelt. Das ist völlig unakzeptabel.«

Er war alt geworden, seit ich ihn das letzte Mal gesehen hatte, er war jetzt gut Mitte siebzig, wobei ihm die Jahre durchaus standen. Er hatte immer schon gut ausgesehen, und daran hatte sich kaum etwas geändert wie es oft bei Männern der Fall ist, die es eigentlich nicht verdienen. Die einzige Überraschung waren die grauen Stoppeln auf Wangen und Kinn. Seit ich ihn kannte, hatte er immer peinlich genau darauf geachtet, gut rasiert zu sein, und alle Männer mit Bärten und Schnäuzern als Sozialisten oder Hippies verdammt, und es erstaunte mich, dass er im Gefängnis nicht bei seinen morgendlichen Gewohnheiten blieb. Zudem roch er ein wenig streng, und seine Zähne kamen mir gelber vor als in meiner Erinnerung.

»Wie geht's dir?«, fragte er und lächelte. »Es ist gut, dich endlich mal wieder zu sehen.«

»Mir geht es gut, Charles«, sagte ich. »Ich wäre schon eher gekommen, wenn du was von dir hättest hören lassen.«

»Du musst dich nicht entschuldigen, ich bekomme nicht so viel Besuchsscheine, und wenn, schicke ich sie alten Freunden und jungen Frauen. Aber die scheinen alle wegzusterben. Die alten Freunde, meine ich. Die jungen Frauen bleiben einfach so weg. Und dann eines Tages kam mir dein Name in den Kopf, und ich dachte: Warum nicht?«

»Das rührt mich«, sagte ich. Wir waren uns seit meiner Rückkehr nach Dublin vor drei Jahren nur ein paarmal über den Weg gelaufen, wir standen uns nicht unbedingt nahe. Einmal hatte ich ihn bei Brown Thomas in der Grafton Street gesehen, und als ich zu ihm ging, um ihn zu begrüßen, hielt er mich für einen Verkäufer und fragte, wo denn die Taschentücher seien. Ich deutete in die entsprechende Richtung, und schon war er auf und davon. Das zweite Mal war ich ihm bei seinem Prozess begegnet, wo er mich bat, ihm am nächsten Tag etwas Schuhcreme und ein Eis in die Untersuchungshaft zu bringen.

»Wie ist das Leben im Gefängnis?«, fragte ich. »Ist alles okay hier?«

»Also, ich bin noch von keiner Bande multiethnischer Bankräuber vergewaltigt worden, falls du das meinst.«

»Das meinte ich absolut nicht«, sagte ich.

»Ich nehme an, angesichts der Umstände ist es nicht zu schlecht«, sagte er. »Es ist ja nicht so, als wäre ich nicht schon mal hier gewesen, und seit dem letzten Mal ist es viel besser geworden. Ich habe meinen eigenen Fernseher, was wundervoll ist, da ich geradezu süchtig nach australischen Vorabendserien bin und nicht den Anschluss verlieren möchte.«

»Ich freue mich zu hören, dass du deine Zeit sinnvoll nutzt«, sagte ich.

»Um ehrlich zu sein, überlege ich, ob ich nicht nach Melbourne gehen sollte, wenn ich rauskomme. Scheint eine nette Stadt zu sein. Voller Dramatik, schöner Strände und hübscher Mädchen. Siehst du dir *Nachbarn* an, Cyril?«

»Ich habe es schon mal gesehen«, gab ich zu. »Obwohl ich nicht so weit gehen würde zu sagen, dass ich die Serie verfolge.«

»Das solltest du. Sie ist großartig. Shakespearehaft in der Darstellung.«

»Ich bin nicht sicher, ob Australien verurteilte Kriminelle ins Land lässt«, gab ich zu bedenken.

»Wenn es sein muss, kann ich den Einwanderungsbeamten ein bisschen was zustecken«, sagte er mit einem Zwinkern. »Jeder Mensch hat seinen Preis, und ich bin dieses Land leid. Es ist an der Zeit, irgendwo noch mal neu anzufangen.«

Ich schüttelte ungläubig den Kopf. »Es sieht ganz so aus, als hättest du von deinem ersten Aufenthalt hier nichts gelernt«, sagte ich. »Und dieses Mal scheint es nicht besser zu funktionieren.«

»Wovon redest du?«, fragte er. »Was hätte ich lernen sollen?«

»Dass wir in diesem Land etwas haben, das sich Einkommensteuer nennt, und du die zahlen musst. Oder sie sperren dich ein.«

»Zufällig«, sagte er herablassend, »kenne ich mich mit den Steuergesetzen bestens aus, und ich glaube, diesmal habe ich mir nichts zuschulden kommen lassen. Das letzte Mal, das gebe ich zu, hatten sie allen Grund, mich hinter Gitter zu stecken. In den 1940ern und 1950ern habe ich viel Geld verdient und das meiste davon auf die Seite geschafft, ohne der Regierung auch nur einen einzigen Penny abzugeben. Diesen verdammten Faschisten, allesamt sind sie das, die sich ihr Faschistennest mit unserem Geld auspolstern. Wobei man durchaus sagen könnte, dass Max Woodbead damals der wahre Schuldige war. Er war es, der sich das alles ausgedacht und mich so schlecht beraten hat. Wie alt ist Max eigentlich, frage ich mich. Hörst du manchmal von ihm? Ich habe ihm vor Wochen einen Besuchsschein geschickt, aber bis heute nichts von ihm gehört. Glaubst du, dass er wegen der Sache mit Elizabeth immer noch zornig auf mich ist?«

»Das bezweifle ich«, sagte ich. »Max ist seit fast zehn Jahren tot, und ich denke, damit ist er über die Sache weg. Wusstest du das nicht?«

Er kratzte sich den Kopf und wirkte leicht verwirrt. Ich fragte mich, ob ihn sein Gedächtnis allmählich im Stich ließ. »Oh ja«, sagte er schließlich. »Jetzt, wo du es sagst, glaube ich, ich habe davon gehört. Der arme Max. Er war kein wirklich schlechter Kerl und hat nach oben geheiratet, was jeder intelligente Mann tun sollte. Ich habe auch ein paarmal nach oben geheiratet. Und dann ein- oder zweimal quer. Und dann unter Niveau. Irgendwie habe ich nie das richtige Verhältnis gefunden. Vielleicht hätte ich diagonal oder außerhalb der Geometrie heiraten sollen. Aber Elizabeth war eine große Schönheit, das ist sicher. Sie hatte alles: Status, Geld, Manieren und ein schönes Paar Beine.«

»Ich erinnere mich«, sagte ich, denn Julian hatte sein gutes Aussehen fraglos von seiner Mutter geerbt. »Du hattest eine Affäre mit ihr.«

»Wir hatten keine *Affäre*«, sagte er, und das Wort klang irgendwie grob aus seinem Mund. »Wir haben es ein paarmal miteinander getrieben, das ist alles. Eine Affäre bedeutet, dass es auch um Gefühle geht, und da gab es keine. Jedenfalls nicht von meiner Seite. Für sie kann ich nicht sprechen. Ich nehme an, sie ist ebenfalls tot?«

»Ja«, sagte ich.

»Alle sind tot«, sagte er mit einem Seufzen, lehnte sich auf seinen Stuhl zurück und sah zur Decke. »Der arme Max«, wiederholte er. »Es ist eine Schande, dass er gestorben ist, ohne sich bei mir entschuldigen zu können. Ich bin sicher, er hätte es gern getan.«

»Wofür?«

»Dafür, dass er mich das erste Mal hier hereingebracht hat. Und dass er mir ins Gesicht geschlagen hat, als ich gerade dabei war, die Geschworenen zu schmieren. Das hat der Sache wirklich nicht geholfen. Wenn ich mich recht erinnere, war sein Sohn einer von deiner Sorte, habe ich recht?«

»Von meiner Sorte?«, fragte ich und legte die Stirn in Falten. »Was meinst du damit?«

»Ein Schwuler.«

»Julian?«, sagte ich und hätte angesichts der Absurdität dieser Vorstellung beinahe gelacht. »Nein, ganz und gar nicht. Er war hundert Prozent hetero.«

»Da habe ich anderes gehört. Hat er nicht ... du weißt schon ...«, er beugte sich vor und flüsterte: »Dieses Aids gekriegt?«

»Es heißt einfach Aids«, sagte ich, »nicht *dieses* Aids. Und du musst auch nicht *ein* Schwuler sagen.«

»Nun, wie immer es heißt, daran ist er doch gestorben, oder?«

»Ja«, sagte ich.

»Also habe ich recht«, sagte er und lehnte sich mit einem Lächeln zurück. »Er war ein Schwuler.«

»Das war er nicht«, sagte ich noch einmal und dachte, wie wütend Julian gewesen wäre, wenn er diese Unterhaltung hätte mit anhören können. »Jeder kann Aids bekommen, unabhängig von seiner sexuellen Veranlagung. Nicht, dass es in Bezug auf Julian noch irgendwie wichtig wäre. Er ist auch tot.«

»Es gibt zwei Burschen mit HIV hier drin«, sagte Charles und sah sich um, während er die Stimme erneut senkte. »Sie werden natürlich in Einzelhaft gehalten, obwohl sie manchmal eine Partie Tischtennis miteinander spielen dürfen, wenn der Rest von uns in den Zellen ist. Die Wärter reinigen die Schläger hinterher mit Desinfektionsmittel. Sag keinem was davon.«

»Mir kommt kein Wort über die Lippen«, sagte ich. »Aber wir waren gerade beim Thema Steuern, erinnerst du dich?«

»In finde es sehr unfair, was sie mir angetan haben«, sagte er mit gefurchter Stirn. »Schließlich war es diesmal ein ehrlicher Fehler.«

»Wie ich gehört habe, war es ein Fehler im Wert von zwei Millionen«, sagte ich.

»Ja, etwa in der Höhe. Aber korrigiere mich, wenn ich unrecht habe: Gibt es in diesem Land nicht so etwas wie Steuerfreiheit für Künstler? Schriftsteller müssen ihre Einnahmen nicht versteuern. Danke, Mr Haughey, du großzügiger Förderer der Künste.«

»Stimmt«, sagte ich. Es war ein Gesetz, das für Ignac ausgesprochen günstig war, seit seine Romane derart erfolgreich waren. »Aber die Sache ist die, Charles: Du bist kein Schriftsteller.«

»Nein, aber der Großteil meines Einkommens generiert sich aus künstlerischen Einnahmen. Weißt du, wie viel Bücher Maude mittlerweile weltweit verkauft hat?«

»Die letzte Zahl, die ich gehört habe, lag bei zwanzig Millionen.«

»Zweiundzwanzig Millionen«, sagte er triumphierend. »Nein, gratuliere mir nicht! Und sie setzt jedes Jahr noch etwa eine Million weiterer Exemplare ab. Gott segne sie.«

»Aber bloß, weil die Rechte an dich übergegangen sind, kannst du keine Steuerfreiheit für dich reklamieren. Das hat man dir beim Prozess erklärt, wobei ich davon ausgegangen wäre, dass dir das schon vorher klar gewesen ist.«

»Aber das ist doch unfair, findest du nicht? Der Mann von der Steuer hat mir schon immer meinen Erfolg verübelt.«

»Es ist nicht dein Erfolg«, sagte ich, »sondern Maudes, und wenn wir ehrlich sind, hättest du auch, ohne das System zu hintergehen, ein ausgezeichnetes Einkommen gehabt.«

Er zuckte mit den Schultern. »Na ja«, sagte er. »So viel macht es nicht, nehme ich an. Ich habe meine Schulden bezahlt und immer noch ein Vermögen auf der Bank, und es kommt ständig mehr rein. Vielleicht zahle ich im nächsten Jahr etwas. Mal sehen, wie ich mich fühle. Danken wir Gott für die Universitäten. Sie scheinen Maudes Bücher allesamt auf den Lehrplan gesetzt zu haben. Nur die kanadischen Universitäten nicht. Warum, was denkst du? Warum mögen die Kanadier Maudes Werk nicht?«

»Das kann ich dir nicht sagen.«

»Ein komisches Volk. Versuch's mal rauszufinden, ja? Du arbeitest doch noch im Bildungsministerium? Da muss es doch so eine Art interkulturelle Gruppe oder...« Er brach ab, offenbar unsicher, wie er den Satz beenden sollte.

»Charles, ich bin seit fast dreißig Jahren nicht mehr im Ministerium beschäftigt«, sagte ich und begann mir langsam Sorgen um ihn zu machen.

»Nicht mehr? Das ist eine gute Sache, weißt du. Allein die Pension. Ich bin sicher, wenn du da noch mal anklopfst, geben sie dir eine zweite Chance. Was hast du übrigens angestellt? Warum haben sie dich entlassen? Bist du mit der Hand in die Portokasse geraten? Hast du ein bisschen an deiner Sekretärin herumgefummelt, als die Tür zu war?«

Ich seufzte und blickte durchs Fenster hinaus in den Hof, wo ein paar Männer Fußball spielten, während die übrigen herumstanden, rauchten und sich unterhielten. Ich sah zu und rechnete damit, dass ein Streit ausbrechen würde, wie im Kino in eigentlich jeder Gefängnisszene, aber nichts dergleichen geschah. Stattdessen schienen alle nur das gute Wetter zu genießen. Sehr enttäuschend.

»Wie lange hast du noch?«, fragte ich schließlich und wandte mich ihm wieder zu.

»Nur noch sechs Monate«, sagte er. »Es ist eigentlich gar nicht so schlimm hier drin, weißt du. Das Essen ist ziemlich gut, und mein Zellengenosse, Denzal, ist ein anständiger Kerl. Hat drei verschiedene Postämter im Land überfallen, aber du solltest mal seine Geschichten hören!« Er lachte. »Du könntest sie in eines von deinen Büchern einbauen, nur dass er dich dann bestimmt wegen Diebstahls geistigen Eigentums verklagt. Du weißt, wie diese Knackis sind. Die studieren alle Jura in ihrer freien Zeit.«

»Ich schreibe keine Bücher, Charles«, sagte ich. »Ich arbeite in der Bibliothek vom Dáil.«

»Natürlich schreibst du Bücher. Diese Kinderbücher über den zeitreisenden kroatischen Jungen, stimmt's?«

»Es ist ein slowenischer Junge«, sagte ich. »Und nein, das bin ich nicht. Das ist Ignac.«

»Wer ist Ignac?«

»Er ist ... ja, er ist wie eine Art Sohn für mich.«

»Ich dachte, dein Sohn heißt Colm?«

»Nein, das ist Liam.«

»Und der schreibt Bücher?«

»Nein«, seufzte ich. »Ignac schreibt Bücher, Liam studiert.«

»Hat er auch das über die Frau geschrieben, die ihren Mann so sehr hasste, dass sie jeden Tag zu seinem Grab ging und auf den Grabstein pinkelte?«

»Nein, das war Maude«, sagte ich und wurde an eine der melodramatischeren Szenen in *Neigung zur Lerche* erinnert.

»Ach ja, Maude.« Er dachte nach. »Die gute alte Maude. Sie hätte es gehasst, wenn sie erfahren hätte, wie beliebt sie geworden ist.«

»Das hätte sie«, sagte ich. »Aber sie ist schon lange nicht mehr unter uns. Sie musste die Schmach nicht ertragen.«

»Wie hat sie es noch genannt?«, sagte er. »Die Vulgarität der Popularität?«

»Genau.«

»Es ist ein Segen, dass sie nicht mehr da ist«, sagte er. »Obwohl ich sie manchmal ziemlich vermisse. Wir haben uns zwar nie besonders gut vertragen, aber sie war kein schlechter Mensch. Geraucht wie ein Schlot hat sie, und das hat mir bei einer Frau nie sehr gefallen. Sie war nicht deine richtige Mutter, weißt du. Oh, warte, wusstest du das? Vielleicht hätte ich das jetzt nicht sagen sollen.«

»Doch, das wusste ich«, erwiderte ich. »Darüber habt ihr mich nie im Unklaren gelassen.«

»Oh, gut. Weil du kein echter Avery bist, vergiss das nicht.«

»Das wusste ich auch bereits«, sagte ich und lächelte.

»Aber ich bin froh, dass wir dich adoptiert haben«, fügte er hinzu. »Du bist ein guter Junge. Ein lieber Junge. Das warst du immer.«

Ich spürte ein merkwürdiges Gefühl in mir, ohne es identifizieren zu können, bis ich, nach genauerer Prüfung, begriff, dass ich leicht gerührt war. Das war wahrscheinlich das Netteste, was er in den neunundvierzig Jahren, die wir uns kannten, zu mir gesagt hatte.

»Und du warst kein schlechter Vater«, log ich. »Im Ganzen betrachtet.«

»Oh, ich denke, wir wissen beide, dass das nicht stimmt«, sagte er und schüttelte den Kopf. »Ich war schrecklich. Ich habe mich in keiner Weise für dich interessiert. Aber so war ich nun mal. Ich konnte nicht anders. Tja, wenigstens habe ich dafür gesorgt, dass du ein Dach über dem Kopf hattest, und das ist auch etwas. Manche Männer tun nicht mal das für ihre Kinder. Wohnst du noch in unserem Haus, Colm?«

»Ich heiße Cyril«, korrigierte ich ihn, »und nein. Wenn du das Haus am Dartmouth Square meinst, dann nein. Du hast es verloren, als du das erste Mal ins Gefängnis musstest, erinnerst du dich? Max hat es gekauft.«

»Oh ja, stimmt. Ich nehme an, sein Junge wohnt da jetzt mit seinem…«, er zeichnete zwei Anführungszeichen in die Luft, »*Partner.*«

»Nein, Julian wohnt da nicht«, sagte ich. »Ich habe dir doch gesagt, dass er tot ist.«

»Nein!«, rief er. »Das ist ja schrecklich! Warte, jetzt erinnere ich mich. Er wurde angegriffen, richtig? Von einer Art Bande. Sie haben ihn zusammengeschlagen und dachten, er wäre tot.«

Ich setzte mich aufrecht, schloss die Augen und fragte mich, wie lange ich dieses Gespräch noch ertragen würde. »Nein«, sagte ich. »Das war nicht Julian. Das war Bastiaan.«

»Max hat erzählt, er war tot, noch bevor er ins Krankenhaus kam.«

»Das hat dir nicht Max erzählt«, sagte ich. »Das war ich. Und es war nicht Julian, sondern Bastiaan.«

»Wer ist Bastiaan?«

»Es ist egal«, sagte ich kopfschüttelnd, obwohl es das nicht war. Ganz und gar nicht. »Hör zu, Charles. Ich fange an, mir Sorgen um dich zu machen. Warst du mal beim Arzt?«

»Seit einiger Zeit nicht mehr. Warum fragst du?«

»Du kommst mir etwas ... verwirrt vor. Sonst nichts.«
»Ich bin nicht Demenz, wenn du das meinst«, sagte er.
»Du *hast* keine Demenz«, sagte ich. »Willst du das sagen?«
»Ich bin nicht Demenz«, wiederholte er und wedelte mit einem Finger vor meinem Gesicht herum.
»Okay«, sagte ich. »Du bist nicht Demenz. Aber hör zu, ich glaube nicht, dass es dir schaden würde, dich mal von einem Arzt untersuchen zu lassen.«
»Nur, wenn ich zu ihm hinkann«, sagte er. »Oder zu ihr. Wie ich höre, gibt es heute ein paar wunderbare Ärztinnen. Was soll da noch alles kommen?«, fügte er hinzu und lachte. »Irgendwann werden die Frauen noch Busse fahren und wählen dürfen, wenn keiner was unternimmt, um sie aufzuhalten!«
»Das Gefängnis lässt dich nicht einfach so einen Tag frei, damit du zum Arzt kannst«, sagte ich. »Sie werden darauf bestehen, dass einer herkommt. Es sei denn, sie müssen Untersuchungen machen. Das könnte sein. Vielleicht werden ein paar Untersuchungen nötig.«
»Tu, was du für das Beste hältst«, sagte er. »Für mich ist vor allem wichtig, dass ich nach Hause kann, wenn ich hier herauskomme.«
»Wo wohnst du im Moment überhaupt?«, fragte ich, denn ich hatte, ehrlich gesagt, keine Ahnung. Seit seiner letzten Scheidung, seiner dritten, wenn ich richtig rechnete, nach dem Ende seiner fünften Ehe also, hatte er eine ziemlich nomadische Existenz geführt.
»Was denkst du?«, fragte er. »Am Dartmouth Square. Wo ich immer gewohnt habe. Ich liebe das Haus. Da tragen sie mich in einer Kiste raus.«
»Das werden sie wohl nicht«, erklärte ich ihm. »Weil du da nicht mehr wohnst. Du hast es vor Jahrzehnten schon verkauft.«
»Auch wenn ich da nicht mehr wohne, heißt das noch

lange nicht, dass ich da nicht sterben kann. Benutz deine Fantasie. Was für eine Art Schriftsteller bist du eigentlich?«

»Einer, der nicht schreibt«, sagte ich.

»Ich weigere mich, wie Oscar Wilde oder Lester Piggott im Gefängnis zu sterben.«

»Die sind beide nicht im Gefängnis gestorben.«

»Wären sie aber, wenn die Faschisten damit durchgekommen wären.«

»Hör zu, überlass das mir, okay?«, sagte ich. »Ich regle das. Schließlich haben wir noch sechs Monate.«

»Es sei denn, ich komme wegen guter Führung vorher raus.«

»Tu mir einen Gefallen, Charles«, sagte ich. »Benimm dich nicht allzu gut. Sitz deine Zeit ab. Das macht es leichter für mich.«

»In Ordnung«, sagte er. »Nichts leichter als das. Ich mach morgens beim Frühstück mal richtig Stunk, dann behalten sie mich bis zum bitteren Ende hier.«

»Danke«, sagte ich. »Ich weiß das zu schätzen.«

»Kein Problem. Aber jetzt, wohin gehen wir heute?«

»Du bleibst wahrscheinlich hier«, sagte ich. »Hast du dienstags nicht Zeichenunterricht?«

»Damit habe ich aufgehört«, sagte er und verzog das Gesicht voller Abscheu. »Wir haben Aktzeichnen geübt, und dieser dreihundert Pfund schwere fette Passfälscher mit seinen Tätowierungen überall hat nackt für uns posiert. Auf seinem Penis stand das Wort *Mutter*, was für Freud ein gefundenes Fressen gewesen wäre. Ich hätte mir am liebsten die Augen aus dem Kopf gerissen. Ich meine, du hättest es sicher toll gefunden. Oder Max' Sohn Julian. Der wäre ganz verrückt danach gewesen.«

»Dann geh zurück in deine Zelle«, sagte ich. »Mach ein Schläfchen. Vielleicht fühlst du dich hinterher besser.«

»Gute Idee. Letzte Nacht habe ich nicht gut geschlafen. Was machst du jetzt?«

»Ich weiß es nicht. Ich dachte, ich könnte ins Kino gehen. Ursprünglich wollte ich mich mit Liam treffen, aber er hat abgesagt. Wieder mal.«
»Wer ist Liam?«
»Mein Sohn.«
»Ich dachte, dein Sohn heißt Inky oder so?«
»Du meinst Ignac. Das ist ein anderer Sohn.«
»Himmel, du bist ein echter Frauenheld, was?«, fragte er und grinste zufrieden. »Na ja, der Apfel fällt nicht weit vom Stamm. Wie viele Kinder hast du jetzt von wie vielen Frauen?«

Ich lächelte, stand auf und reichte ihm die Hand. Er nahm sie, doch sein Griff war längst nicht mehr so fest wie früher.

»Ich bin nicht Demenz«, erklärte er mir noch einmal, ruhiger jetzt, und auf seinem Gesicht lag ein flehender Ausdruck, als er es sagte. »Ich bin nur manchmal etwas verwirrt, das ist alles. Das ist das Alter. Das erwischt uns alle irgendwann. Dich auch, denk an meine Worte.«

Ich sagte dazu nichts, ging hinaus und dachte, wie wenig recht er doch hatte. Maude war nicht alt geworden und auch Julian nicht. Oder Bastiaan. Oder die hundert jungen Männer und Frauen, mit denen ich während der Hochphase der Seuche in New York geredet hatte. Es war ganz und gar nicht so, dass alle Menschen alt wurden, und niemand wusste, was mit mir passieren würde.

In zwei Pubs

Der Fernseher in meiner Wohnung war kaputt, und so ging ich die Baggot Street hinunter zu Doheny & Nesbitt's, um das Spiel zu sehen. Natürlich war es ein Riesentrubel, wieder einmal verlor das Land kollektiv den Verstand, und dieselben englischen Spieler, die samstagnachmittags verteufelt wurden, wenn sie für Arsenal oder Liverpool antraten, waren plötzlich anbetungswürdige Helden, weil sie das irische Trikot überstreiften, nachdem ihre Großeltern Irland fünfzig Jahre zuvor verlassen hatten.

Die Kneipe war so voll, wie ich es erwartet hatte, trotzdem fand ich, nachdem ich ein Bier bestellt hatte, in der Ecke noch einen Tisch mit gutem Blick auf die Leinwand. Ich lehnte meine Krücke an die Wand, und da bis zum Anstoß noch Zeit war, zog ich Ignac' letzten Floriak-Ansen-Roman aus der Tasche und las da weiter, wo ich am Abend zuvor aufgehört hatte. Diesmal hatte es unseren zeitreisenden Helden in die Eiszeit verschlagen, und er richtete unter den Eskimos ein ziemliches Chaos an. Sie brachten ihm bei, wie man Löcher ins Eis bohrt, um Fische zu fangen, vermochten ihn damit aber kaum zu beeindrucken, da er ein strenger Vegetarier war. Ich hatte erst ein paar Seiten gelesen, als die Lautstärke aufgedreht wurde und alle Leute im Pub ihre Köpfe der riesigen, von der Decke hängenden Leinwand zuwandten. Die Mannschaften kamen auf den Platz, und während die Hymnen gespielt wurden, konnte man sehen, wie die Spieler in die Sonne des Stadions blinzelten. Der Sprecher machte ein paar Bemerkungen über die Hitze, die vermutlich eher ein Vorteil für die Italiener sei.

Drüben an der Theke sah ich zwei junge Burschen, die gerade ihr Bier bezahlten, sich umdrehten und nach einem Platz Ausschau hielten. Als sie in meine Richtung sahen, fing ich den Blick von einem von ihnen auf, und mir blieb nichts, als auf die leeren Stühle an meinem Tisch zu deuten. Er sah seinen Freund an, flüsterte ihm etwas ins Ohr, und dann kamen sie herüber und setzten sich zu mir.

»Das ist eine Überraschung«, sagte ich und tat mein Bestes, um freundlich zu klingen. »Dich habe ich hier nicht erwartet.«

»Ich dich auch nicht«, sagte Liam. »Ich wusste nicht, dass du dich für Fußball interessierst.«

»Im Moment interessiert sich doch jeder dafür, oder?«, sagte ich. »Man wird ja als Verräter beschimpft, wenn man morgens bei der Arbeit nicht jedes kleine Foul vom Vorabend mitdiskutieren kann.«

Er nahm einen Schluck Bier und sah zur Leinwand. »Jimmy, das ist Cyril«, sagte er einen Moment später zu seinem Freund, der etwa in seinem Alter war, zwanzig, aber massig, ein Bär von einem Kerl, den ich mir gut vorstellen konnte, wie er mit dem Ausdruck wilder Entschlossenheit über das Rugbyfeld in Donnybrook stürmte und hinterher, ohne mit der Wimper zu zucken, im Kielys zehn Pint Guinness leerte. »Er ist mein ...« Er schien mit dem Wort zu kämpfen, obwohl es nur eine legitime Weise gab, den Satz zu beenden. »Er ist mein Vater«, gab er schließlich zu.

»Dein alter Herr?«, sagte Jimmy, stieß mit seinem Glas gegen meines und sah mich ehrlich erfreut an. »Schön, Sie kennenzulernen, Mr Woodbead.«

»Ich heiße Avery«, sagte ich. »Aber nennen Sie mich bitte Cyril. Niemand sagt Mr Avery.«

»Cyril?«, antwortete er. »Von denen gibt's nicht mehr viele. Das ist einer von den alten Namen, oder?«

»Ich denke schon«, sagte ich. »Ich bin uralt.«

»Wie alt?«

»Neunundvierzig.«

»Himmel, das ist Wahnsinn.«

»So ist es.«

»Ich kann mir nicht vorstellen, irgendwann so alt zu werden. Haben Sie deswegen die Krücke? Wollen die alten Knie nicht mehr?«

»Halt's Maul, Jimmy«, sagte Liam.

»Mann, Liam«, sagte Jimmy und boxte seinem Freund gegen die Brust. »Dein Dad ist genauso alt wie meine Ma. Sind Sie verheiratet, Cyril, oder gerade frei auf dem Markt?

Meine alte Ma hat vor einem Monat mit ihrem Kerl Schluss gemacht und ist seitdem kaum noch zu ertragen. Ein verdammter Albtraum. Wollen Sie nicht mal abends mit ihr losziehen? Auf eine Pizza und ein paar Bier oder so was? Die Gute ist nicht anspruchsvoll.«

»Eher nicht«, sagte ich.

»Warum nicht?«, fragte er und wirkte beleidigt. »Sie sieht immer noch gut aus, wissen Sie, für ihr Alter.«

»Da bin ich sicher, aber ich glaube nicht, dass wir zueinander passen würden.«

»Sie wollen nur die Jungen, was? Meinen Glückwunsch, wenn Sie die immer noch ins Bett kriegen.«

»Er interessiert sich nicht für Frauen«, sagte Liam.

»Wie kann er sich nicht für Frauen interessieren?«, fragte Jimmy. »Er ist noch nicht tot, oder? Schlägt der Puls noch? Die alten Knie mögen's ja nicht mehr machen, aber der kleine Geschichtenerzähler funktioniert doch sicher noch, oder?«

»Er interessiert sich nicht für Frauen«, wiederholte Liam. »Egal, wie alt. Kapier's endlich.«

»Du meinst, er ist 'ne Schwuchtel?« Er sah mich an und hob die Hände. »Ich meine das nicht so, Cyril.«

»Schon gut.«

»Ich habe kein Problem mit Schwulen. Meinetwegen können alle schwul sein. Umso mehr von den Hühnern bleiben für mich.«

Ich lachte und nahm einen Schluck Bier. Sogar Liam sah mich mit einem halben Lächeln an, was mehr war, als ich sonst von ihm zu sehen bekam.

»Da wohnt einer drei Türen weiter von mir«, fuhr Jimmy fort. »Er ist einer von euch. Heißt Alan Delaney. Kennen Sie ihn?«

»Nein«, sagte ich.

»Großer Kerl. Dunkle Haare. Hat ein kaputtes Auge.«

»Nein, das sagt mir nichts«, erwiderte ich. »Aber wir

treffen uns auch nicht zu einer alljährlichen Vollversammlung.«

»Warum nicht? Wäre das keine gute Möglichkeit, jemanden kennenzulernen?«

Ich überlegte. Ganz so dumm war die Idee eigentlich nicht.

»Netter Kerl, dieser Alan«, fuhr er fort. »Ein bisschen der Spielertyp. Man kann nie sagen, wer da morgens aus seiner Haustür kommt. Auf was für Männer stehen Sie, wenn ich fragen darf?«

»Ich suche im Moment nicht wirklich jemanden«, sagte ich. »Ich bin auch so ganz glücklich.«

»Ah, das kann nicht gut sein. Sie sind alt, aber nicht *so* alt. Möchten Sie, dass ich Sie Alan vorstelle?«

Ich sah Liam an und hoffte, dass er mir zu Hilfe käme, ihn schien unser Gespräch und das Unbehagen, das es mir bereitete, allerdings zu amüsieren, und er hatte offenbar nichts dagegen, wenn es noch eine Weile so weiterging.

»Geben Sie mir Ihre Nummer, Cyril«, sagte Jimmy. »Schreiben Sie sie auf einen Bierdeckel, und ich sorge dafür, dass er sie bekommt.«

»Das ist wirklich nicht ...«

»Geben Sie mir Ihre Nummer«, sagte er noch einmal. »Ich bin gut in solchen Sachen. Ich bin ein guter Kuppler.«

Ich nahm einen Bierdeckel, schrieb eine beliebige Zahl darauf und gab sie ihm. Das schien die einfachste Möglichkeit, um das Thema zu beenden.

»Also, wenn das mit dem guten Alan was wird, müssen Sie mir ein Bier ausgeben, Cyril«, sagte er und steckte sich den Deckel in die Tasche.

»Das werde ich«, sagte ich.

»Und Sie waren wirklich immer nur auf Männer scharf?«, wollte er wissen.

»Herr im Himmel«, sagte Liam und schüttelte den Kopf. »Soll das den ganzen Abend so weitergehen?«

»Ich frage ja nur«, sagte Jimmy. »Ich habe großes Interesse an der menschlichen Sexualität.«
»Ja«, sagte ich. »Es waren nur Männer.«
»Trotzdem, da muss doch auch mal was mit Frauen gewesen sein. Um dieses edle Exemplar an Männlichkeit zu produzieren, meine ich.«
»Hör auf, okay?«, sagte Liam. »Sieh dir das Spiel an.«
»Es hat noch nicht angefangen.«
»Dann sieh dir die Werbung an und halt den Mund.«
»Die Werbung ist zum Reden da, das machen alle so.« Eine Minute oder zwei hielt er Ruhe, dann wollte er Folgendes wissen: »War Liams Mutter die einzige Frau, mit der Sie's getrieben haben?«

Ich sah, wie Liam mir einen Blick zuwarf, als wäre auch er an der Antwort auf diese Frage interessiert.

»Ja«, sagte ich, unsicher, warum ich einem völlig Fremden einen solchen Einblick gewährte. »Die einzige.«

»Verdammt«, sagte Jimmy. »Ich kann mir das nicht vorstellen. Ich bin fast schon im zweistelligen Bereich.«

»Fünf ist nicht zweistellig«, sagte Liam.

»Scheiße!«, röhrte Jimmy. »Es sind sechs.«

»Blowjobs zählen nicht.«

»Tun Sie verdammt noch mal doch. Egal, fünf sind immer noch zwei mehr als bei dir, du dürrer Wichser.«

Ich wandte den Blick ab. Ich wollte gern mehr über meinen Sohn erfahren, aber nicht unbedingt diese Dinge.

»Und wie kommt's, dass ihr beide verschiedene Namen habt?«, fragte Jimmy nach einer Pause, in der ich schließlich erfolgreich den Blick des Mannes hinter der Theke aufgefangen hatte und drei weitere Bier auf unserem Tisch ankamen.

»Was?«, fragte ich.

»Sie und Liam. Er ist ein Woodbead, und Sie sind ein Avery. Das kapier ich nicht.«

»Verstehe. Nun, Liam trägt den Namen seiner Mutter«, erklärte ich.

»Den meines Onkels, genauer gesagt«, warf Liam ein. »Mein Onkel Julian war wie ein Vater für mich, als ich klein war.«

Ich nahm den Schlag mit der Wucht, die Liam ihm zugedacht hatte, und sagte nichts, während Jimmy zwischen uns hin und her sah, als wüsste er nicht, ob das eine Art Balgerei zwischen uns war, die wir genossen, oder ob es um etwas Ernsteres ging.

»Ist dieser Julian Ihr Bruder?«, fragte Jimmy.

»Nein«, sagte ich. »Er war der ältere Bruder von Liams Mutter. Er ist vor ein paar Jahren gestorben.«

»Oh, verstehe«, sagte er und senkte die Stimme ein wenig. »Das tut mir leid.«

»Ich habe ihn sehr geliebt«, sagte Liam und gab damit auf für ihn völlig untypische Weise seinen Gefühlen Ausdruck, wobei der Satz eher an mich als an seinen Freund gerichtet war.

»Anpfiff«, sagte Jimmy und nickte zur Leinwand hin, wo der Ball jetzt im Spiel war und sich beide Teams zunächst noch zögerlich über den Platz bewegten. Ein paar Gäste an der Theke versuchten, die Spieler mit lauten Zurufen anzutreiben, aber es war noch zu früh für die große Dramatik, nach ein paar Minuten verstummten sie wieder.

»Woher kennt ihr zwei euch?«, fragte ich, worauf Liam den Kopf schüttelte, als hätte er keine Lust, auf so eine dämliche Frage zu antworten.

»Wir sind beide am Trinity«, sagte Jimmy.

»Studieren Sie auch Kunstgeschichte?«

»Himmel, nein. Ich studiere Wirtschaft. Es gibt Menschen, die Geld verdienen wollen, Cyril. Ich will ein großes Haus, ein schnelles Auto und einen Whirlpool voller planschender Hühner.«

»Sie meinen Enten?«, sagte ich.

»Yeah, genau. Wollen Sie wissen, was das große Ziel meines Lebens ist?«

»Jetzt kommt's«, sagte Liam.
»Sagen Sie's mir.«
»Ich will mir ein Haus in der Vico Road neben Bono kaufen.«
»Warum?«, fragte ich.
»Warum nicht? Können Sie sich die Partys vorstellen, die wir da veranstalten würden? Ich gucke über den Zaun und sage: ›Hey, Bono, alte Kanaille, warum kommst du nicht mit Madonna, Bruce und Kylie rüber, und wir springen in den Jacuzzi und haben ein bisschen Spaß?‹ Und dann Bono: ›Gib uns fünf Minuten, Jimmy, wir sind gleich da.‹ Wissen Sie, dass Salman Rushdie im Schuppen hinten in Bonos Garten gewohnt hat?«
»Nein«, sagte ich. »Stimmt das?«
»Hat man mir so erzählt. Während der ... wie hieß das noch?«
»Der Fatwa?«
»Genau. Der gute Salman saß hinten im Schuppen neben dem Rasenmäher und schrieb seine Bücher, und der gute Bono stand oben am Fenster im Haus und putzte seine Sonnenbrille. Ich nehme an, gelegentlich haben sie sich getroffen und 'ne Partie Schach oder so was gespielt.«
Die Italiener kamen zu einem Schuss aufs Tor, und die ganze Kneipe schrie entsetzt auf und stöhnte dann in kollektiver Erleichterung, als der Ball knapp über die Latte ging. Als ich sah, dass die beiden genauso reagierten wie der Rest der Leute, fragte ich mich, ob sie vielleicht mehr gemeinsam hatten, als mir bewusst war. Bis jetzt waren sie mir völlig gegensätzlich vorgekommen.
»Ich hätte nicht gedacht, dass es viele Freundschaften zwischen den Wirtschaftswissenschaftlern und den Kunstgeschichtlern gibt«, sagte ich schließlich.
»Warum nicht?«, fragte Liam.
»Weil es verschiedene Arten von Leuten sind, dachte ich.«

»Ich wüsste nicht, warum das so sein sollte.«

»Wir sind nur Freunde, weil Ihr Sohn mir die Freundin geklaut hat, und dann kam so ein Soziologie-Wichser und hat sie ihm geklaut«, sagte Jimmy. »Unsere gemeinsame Niederlage hat uns zusammengebracht.«

»Das ist verständlich.« Ich lachte.

»Die Soziologiestudenten sind die schlimmsten«, fuhr er fort. »Ein Haufen verfickte Wichser. Welcher Schwachkopf will schon Soziologie studieren? Was zum Teufel soll man mit einem Abschluss in Soziologie anfangen?«

»Er hat sie mir nicht geklaut«, knurrte Liam, »und ich habe sie dir nicht geklaut. Sie ist eine zwanzigjährige Frau und nicht ein Stück Plastik aus dem Regal im Supermarkt.«

»Eine Schlampe ist sie«, sagte Jimmy und schüttelte den Kopf. »Eine dreckige kleine Schlampe, die sich am Trinity durch die Jungs arbeitet wie ein Stück Scheiße durch eine Gans.« Ihn schien die Sache wütender zu machen als Liam, und ich fragte mich, ob diese Gleichgültigkeit typisch für die Einstellung meines Sohnes Frauen gegenüber war. Ich wollte nicht, dass er in Beziehungsdingen so unfähig war wie ich in seinem Alter, andererseits sollte er auch kein Frauenheld werden wie sein Onkel. Als Vorbilder taugten wir wohl beide nicht, Julian so wenig wie ich.

Liam und ich hatten uns nicht sofort nach Julians Tod kennengelernt, was eigentlich hätte passieren sollen. Auch wenn man mir die Verzögerung angesichts der Geschehnisse kaum vorhalten konnte, bedauerte ich doch sehr, dass ich den letzten Wunsch seines Onkels nicht hatte erfüllen können – derjenige zu sein, der Alice anrief und ihr sagte, dass ihr Bruder gestorben war. Ich hätte es getan, sobald Bastiaan und ich wieder in unserer Wohnung waren, aber wir kamen dort nie an, und als sie mich in den OP schoben, klopfte bereits ein nervöser Garda an die Tür des Hauses am Dartmouth Square, um die Nachricht zu überbringen. Als ich Wochen später aus meinem Koma erwachte, saß

Ignac an meinem Bett und hatte schlimme Nachrichten für mich: Nicht nur, dass Bastiaan tot war, sondern auch, dass sie ihn nach Holland gebracht hatten, wo er von Arjan und Edda bereits ohne mich begraben worden war. Ich konnte kaum an mein Versprechen denken, so deprimiert und voller Trauer war ich. Ironischerweise trennte sich Ignac zu jener Zeit von Emily, deren fehlendes Mitgefühl für die Familientragödie ihn ein für alle Mal von ihr abbrachte. Wo viel Schatten ist, ist auch Licht, wie man so sagt.

Am Ende wartete ich mehrere Jahre, ich wartete, bis ich mich erholt hatte, und kehrte dann nach Dublin zurück. Erst da kontaktierte ich Alice. Erst da schrieb ich ihr einen langen Brief, in dem ich ihr erklärte, wie leid es mir tat, was ich ihr vor all den Jahren angetan hatte. Ich erläuterte ihr die Umstände, unter denen ich in New York gelandet war, dass ich Julian während der letzten Wochen seines Lebens besucht hatte und bei ihm gewesen war, als er starb. Ich wusste nicht, ob ihr das ein Trost war, hoffte es jedoch. Und ganz am Ende erwähnte ich, was Julian, vielleicht ohne es zu wollen, herausgerutscht war: dass aus unserer einen intimen Nacht ein Kind hervorgegangen sei. Ich verstehe, dass sie es mir nie gesagt habe, schrieb ich, trotzdem würde ich unseren Sohn gern kennenlernen, wenn sie dem zustimme.

Es war nicht weiter überraschend, dass die Antwort Wochen auf sich warten ließ, und der Brief, den ich schließlich bekam, klang so, als sei er mehrfach umgeschrieben worden, bevor sie ihn abgeschickt hatte. Sein Ton war mehr als nur distanziert, ganz so, als hätte es sie große Mühe gekostet, sich auch nur daran zu erinnern, wer ich war, was natürlich nicht sein konnte, schließlich waren wir rein rechtlich noch immer verheiratet und hatten ein gemeinsames Kind. Sie schrieb, dass Liam über die Jahre immer wieder nach mir gefragt, ein natürliches Interesse an der Identität seines Vaters gezeigt und sie ihm die Wahrheit erzählt habe: dass ich sie am Tag der Hochzeit sitzen gelassen und sie vor allen ihren Freunden und der Familie gedemütigt hatte. Von meinen, wie sie es nannte, »Neigungen« habe sei ihm jedoch nichts gesagt. Das wollte ich ihm nicht auch noch aufladen, schrieb sie. Es war schwer genug für ihn, ohne Vater aufzuwachsen, da musste das nicht auch noch sein.

Sie fügte hinzu, sie sei unsicher, was ein Zusammentreffen mit Liam angehe, und würde das lieber persönlich besprechen. Eines Mittwochabends dann, nach der Arbeit, nervös und unsicher, wie unser Wiedersehen wohl ausgehen würde, traf ich mich mit meiner Frau im Duke, einem Pub. Fast zwanzig Jahre, seit unserem Hochzeitstag, hatten wir uns nicht mehr gesehen.

»Da bist du ja endlich«, sagte sie, als sie fünfzehn Minuten zu spät hereinkam und mich mit einem Bier und der aktuellen Ausgabe der *Irish Times* in einer Ecke sitzen sah. »Ich dachte, du hättest gesagt, du wärst in ein paar Minuten wieder unten?«

Ich lächelte. Das war ein guter Auftakt. Sie sah unglaublich schön aus, ihr dunkles Haar war jetzt schulterlang, und ihre Augen leuchteten so intelligent und humorvoll wie je.

»Entschuldige, ich bin etwas abgelenkt worden«, antwortete ich. »Kann ich dir etwas zu trinken bringen, Alice?«

»Ein Glas Weißwein. Ein großes.«

»Irgendeinen besonderen?«

»Den teuersten, den sie haben.«

Ich nickte und ging zur Theke. Als ich zurückkam, hatte sie sich auf meinen Platz an der Wand gesetzt. Sie hatte den Überblick über den Schankraum übernommen und mich auf den Platz ihr gegenüber heruntergestuft, mitsamt Glas und Zeitung.

»Dein Haar ist weit dünner als früher«, sagte sie, nahm einen Schluck und ignorierte meinen Versuch, mit ihr anzustoßen. »Du scheinst nicht unbedingt verwahrlost, könntest aber gut und gern ein paar Pfund abspecken. Treibst du viel Sport?«

»Das ist nicht so einfach«, sagte ich und nickte zu der Krücke hinüber, die sie übersehen haben musste, und sie hatte genug Anstand, um sich zumindest leicht beschämt zu zeigen.

»Wir hätten in die Horseshoe Bar gehen sollen, oder?«, sagte sie. »Um da wieder anzuknüpfen, wo wir aufgehört haben. Da habe ich dich zuletzt gesehen. Du hast bedient und schienst glücklicher, als ich dich je erlebt hatte.«

»Ja?«, fragte ich zweifelnd. »Wirklich?«

»Ja, so war es doch, oder?«

»Okay.«

»Danach habe ich dich nicht wiedergesehen.«

Ein langes Schweigen.

»Nun, wenigstens hast du es an dem Tag vor den Altar geschafft«, fuhr sie schließlich fort. »Das Mal davor bin ich gar nicht erst so weit gekommen. Zumindest heimlich habe ich das immer als *Fortschritt* bezeichnet. Meine Hoffnung ist, es beim nächsten Mal bis ans Ende der Flitterwochen zu schaffen.«

»Ich weiß nicht, was ich dazu sagen soll, Alice«, erwiderte ich, unfähig, ihr in die Augen zu sehen. »Ich weiß es wirklich nicht. Ich schäme mich ungeheuer für das, was ich dir angetan habe. Es war feige, grausam und herzlos.«

»Das ist vorsichtig ausgedrückt.«

»Der Mann, mit dem du sprichst«, antwortete ich und wählte meine Worte sorgfältig, »ist nicht mehr der, der sich vor all den Jahren aus dem Shelbourne geschlichen hat.«

»Ist er nicht? Weil er immer noch so aussieht. Nur weniger attraktiv. Und du bist nicht geschlichen, sondern gerannt.«

»Ich kann mein Verhalten nicht entschuldigen«, fuhr ich fort, »und schon gar nicht kann ich wiedergutmachen, was ich dir angetan habe. Aber ich kann heute zurückblicken, nach all den Jahren, und sehen, wie mein Leben auf diesen Punkt zusteuerte und ich mich den Tatsachen stellen musste.

Ich musste einsehen, wer ich war. Natürlich hätte ich das lange vorher tun sollen, und ganz sicher hätte ich dich da nicht mit reinziehen dürfen, aber ich habe eben nicht den Mut und die Reife gehabt, ehrlich mit mir zu sein, ganz zu schweigen anderen gegenüber. Andererseits, mein Leben ist mein Leben, und ich bin, wer ich bin, weil ich das alles durchgemacht habe. Ich hätte mich nicht anders verhalten können, selbst wenn ich es gewollt hätte.«

»Weißt du«, sagte sie, und ihr Ton verhärtete sich, »ich hätte nie gedacht, dass ich dich noch mal wiedersehen würde, Cyril. Wirklich nicht, und wenn ich ehrlich bin, habe ich immer gehofft, es würde nie dazu kommen.«

»Ich nehme an, es gibt nichts, was ich sagen könnte, um daran etwas zu ändern?«

»Da nimmst du richtig an.«

»Du musst verstehen, dass ...«

»Hör einfach auf«, sagte sie und knallte ihr Glas auf den Tisch. »Hör auf, okay? Ich bin nicht hier, um die Vergangenheit aufzuwärmen. Die habe ich hinter mir gelassen. Deswegen sind wir nicht hier.«

»Du hast davon angefangen«, sagte ich gereizt.

»Wirfst du mir das vor? Ich glaube, ich habe alles Recht auf ein bisschen Wut.«

»Ich versuche mich nur zu erklären, das ist alles. Wenn du wüsstest, wie es war, in den 50ern und 60ern als Schwuler in Irland aufzuwachsen ...«

»Das interessiert mich alles nicht«, sagte Alice mit einer abwehrenden Handbewegung. »Ich bin kein politischer Mensch.«

»Es geht nicht um Politik«, sagte ich. »Sondern um die Gesellschaft, ihre Bigotterie und ...«

»Du denkst, dir ging es damals schlecht, oder?«

»Ja, das denke ich.«

»Wenn du von Anfang an allen gegenüber ehrlich gewesen wärst, Julian gegenüber, mir gegenüber, hättest du all den Ärger und den Kummer vermeiden können. Nicht nur meinen, deinen auch. Ich bezweifle nicht, dass es schwer für dich war, Cyril. Ich bezweifle nicht, dass du unter der Unfairness deines Leidens ...«

»Das ist kein Leiden ...«

»Dass du darunter gelitten hast. Aber mein Bruder war dein bester Freund, und sind beste Freunde nicht genau dafür da? Dass man sich ihnen anvertraut?«

»Er hätte es nicht verstanden«, sagte ich.

»Das hätte er. Wenn du es ihm gesagt hättest.«

»Ich *habe* es ihm gesagt.«

»Fünf Minuten, bevor du mich heiraten wolltest!«, sagte sie und lachte laut auf. »Das hatte nichts damit zu tun, dass du dich ihm anvertraut hättest. Du wolltest, dass er dir die Erlaubnis gab, dich davonzustehlen. Was du vor der Zeremonie übrigens noch hättest tun können. Einfach weglaufen, wie Fergus.«

»Wie hätte ich das tun können?«, sagte ich kraftlos. »Damit hätte sich die Geschichte wiederholt.«

»Denkst du, was du getan hast, war besser?«

»Nein, natürlich nicht.«

»Es war weit schlimmer. Hör zu, ich habe Fergus für das, was er mir angetan hat, gehasst, aber wenigstens hatte er den Mut, etwas zu verweigern, von dem er dachte, dass es nicht richtig für ihn war. Nicht mal das hast du über dich gebracht.«

»Ich bin also schlimmer als er?«, fragte ich, überrascht von dem Vergleich – schließlich hatte ich in meiner Selbstverherrlichung immer gedacht, dass er sich übel verhalten hatte, während ich meine Gründe gehabt hätte.

»Ja, das bist du. Weil ich dir den Ausstieg angeboten hatte.«

»Was?«, fragte ich und zog die Stirn kraus.

»Daran musst du dich erinnern. Wir waren ein Glas trinken, und ich habe gespürt, dass etwas nicht stimmt, ich wusste nur nicht, was. Ich war zu naiv, um es zu erraten. Heutzutage wäre es offensichtlich, nehme ich an. ›Was immer es ist, sag es mir.‹ ... Das habe ich dir gesagt. ›Ich verspreche dir, es ist okay.‹ Wenn du es mir da gesagt hättest ...«

»Ich habe versucht, es dir zu sagen«, antwortete ich. »Mehrmals. Am ersten Abend, als wir uns getroffen haben, als Erwachsene, meine ich, da dachte ich, ich könnte es dir sagen.«

»Was?«, fragte sie verblüfft. »Wann?«

»An dem Abend, bevor Julian mit den finnischen Zwillingen abgereist ist, da wollte ich es dir sagen, und dann ...«

»Was redest du da?«, rief sie. »Da waren wir noch gar kein Paar!«

»Trotzdem wollte ich es dir da sagen«, wiederholte ich, »aber dann wurden wir von Julian unterbrochen. Und dann ein anderes Mal, beim Essen, ich hatte die Worte schon auf der Zunge, aber etwas in mir hielt mich davon ab, sie tatsächlich auszusprechen. Und dann noch einmal, ein paar Wochen vor der Hochzeit, wir waren zusammen in einem Pub, und ein Mann kam und wollte deine Telefonnummer. Ich wollte es dir gerade sagen, und plötzlich stand er da, sprach mit dir, und als er wieder ging, schien die Gelegenheit vorbei und ...«

»Gott noch mal, du bist so ein Arschloch, weißt du das eigentlich?«, sagte Alice. »Damals warst du eins, und heute bist du offensichtlich immer noch eins. Ein selbstbezogenes, arrogantes, aufgeblasenes Arschloch, das denkt, die Welt hätte ihm so viel Schlimmes angetan, und jetzt dürfte er sich auf jede erdenkliche Weise revanchieren. Ganz egal, wem du damit wehtust. Und *du* fragst, warum ich dir nichts von Liam gesagt habe?«

»Wenn es dich tröstet, mein Leben war, nachdem ich dich verlassen habe, nicht leicht. Eine Weile ging es besser, aber am Ende ...«

»Cyril«, unterbrach sie mich. »Es tut mir leid, aber das

ist mir so was von egal. Ich habe kein Problem mit deiner Lebensart, wirklich nicht. Tatsächlich habe ich einige schwule Freunde.«

»Gut für dich«, sagte ich bockig.

»Die ganze Sache hat nichts mit deinem Schwulsein zu tun.« Sie beugte sich vor und sah mir direkt in die Augen. »Es geht um deine Unaufrichtigkeit. Begreifst du das nicht? Wie auch immer, ich habe absolut kein Interesse daran, das mit dir zu diskutieren. Ich will nicht wissen, was du durchgemacht hast, seit du aus Dublin weg bist, mit wem du zusammen warst oder wie dein Leben war. Nichts will ich wissen, nur, was du von mir willst.«

»Ich will nichts von dir«, sagte ich und sprach bewusst leise, um ihr zu zeigen, dass ich nicht auf einen Streit aus war. »Aber wo du schon fragst, muss ich gestehen, dass ich ein wenig überrascht bin, dass du ein Kind von mir hast und dir nie die Mühe gemacht hast, es mich wissen zu lassen.«

»Es ist nicht so, als hätte ich es nicht versucht«, sagte sie. »An dem Nachmittag im Shelbourne habe ich dir wieder und wieder gesagt, dass ich mit dir sprechen müsse, unter vier Augen. Ich habe dich sogar noch angerufen, als du oben warst, und dir gesagt, du solltest auf mich warten.«

»Wie sollte ich wissen, dass es das war, worüber du reden wolltest? Nein, als ich weg war, hättest du ...«

»Wie hätte ich dich denn erreichen sollen, wenn ich es gewollt hätte?«, fragte sie. »Ich erinnere mich nicht, dass du an der Rezeption eine Nachsendeadresse hinterlassen hättest, als du schreiend aus dem Hotel gerannt bist.«

»Okay«, sagte ich. »Aber es gab etliche Leute, die mich hätten finden können, wenn du es wirklich gewollt hättest. Charles zum Beispiel.«

Ihre Miene wurde merklich sanfter, als sie seinen Namen hörte. »Der liebe Charles«, sagte sie, und ihre Stimme war voller Wärme.

»Bitte?«

»Charles war sehr gut zu mir. Hinterher, meine ich.«
»Nein, ich meine meinen Adoptivvater Charles«, sagte ich. »Warum, wovon sprichst du?«
»Genau den meine ich.«
»*Charles* war gut zu dir? Charles Avery? Willst du mich verulken?«
»Nein«, sagte sie. »Der arme Mann war tief beschämt, er hat nie aufgehört, sich bei den Leuten für dich zu entschuldigen. Er erklärte mir wieder und wieder, dass du kein echter Avery seist, wobei mir das zu dem Zeitpunkt ziemlich egal war. Aber auch später, über die Wochen und Monate, die folgten, hielt er den Kontakt und sorgte dafür, dass es mir an nichts fehlte.«
»Ich staune«, sagte ich nach einer langen Pause, während ich ihre Worte zu verdauen versuchte. »Ich habe keine größeren Probleme mit dem Mann, aber er hat mir gegenüber in meinem ganzen Leben nicht einen Moment lang Mitgefühl oder Rücksicht bewiesen.«
»Und du ihm gegenüber?«, fragte sie.
»Ich war noch ein Kind«, erklärte ich ihr, »und er und Maude haben kaum Notiz von mir genommen.«
Sie lachte bitter und schüttelte den Kopf. »Vergib mir, wenn ich das nur schwer glauben kann«, sagte sie. »Jedenfalls hat es mir leidgetan zu lesen, dass er wieder im Gefängnis ist. Ich habe seit Jahren nicht mehr mit ihm gesprochen, aber wenn du Kontakt zu ihm hast, bitte richte ihm meine besten Wünsche aus. Ich werde ihm immer dafür dankbar sein, wie er mir in den Jahren nach deinem Verschwinden geholfen hat.«
»Ich habe ihn vor Kurzem erst gesehen«, sagte ich. »Er hat nur noch ein paar Monate im Mountjoy und ist bald wieder draußen, um die Steuer erneut zu hinterziehen.«
»Er ist zu alt, um da drin zu sein«, sagte sie. »Sie sollten ihn freilassen, aus Barmherzigkeit. Ein Mann, der so viel Güte in sich trägt, hat Besseres verdient.«

Ich sagte darauf nichts, sondern bestellte beim Kellner noch etwas zu trinken. Es war mir fast unmöglich, den Charles, in dessen Haus ich aufgewachsen war, mit dem zusammenzubringen, den Alice mir da beschrieb.

»Du wirst recht haben«, sagte sie schließlich. »Ich hätte dich finden können, wenn ich gewollt hätte. Aber was hätte das für einen Sinn gehabt? Julian hatte mir erzählt, was an dem Morgen in der Sakristei passiert ist. Er erzählte mir, wer du wirklich warst, was du alles getan hattest, von all den Männern, mit denen du es getrieben hattest. Warum hätte ich da noch nach dir suchen sollen? Um eine Art Scheinehe mit einem Homosexuellen zu führen? Das hätte ich nicht verdient gehabt.«

»Natürlich nicht. Ich weiß nicht, was ich sonst noch sagen kann.«

»Wenn du es mir nur *gesagt* hättest. Wenn du *ehrlich* gewesen wärst...«

»Ich war sehr jung, Alice. Ich wusste nicht, was ich tat.«

»Wir waren alle jung«, sagte sie. »Aber das sind wir schon lange nicht mehr, oder? Du gehst mit einer Krücke, Gott noch mal. Was ist da passiert?«

Ich schüttelte den Kopf, ich wollte das mit ihr nicht weiter vertiefen. »Ich hatte einen Unfall«, sagte ich. »Mein Bein ist nicht wieder richtig verheilt. Und du, hast du jemand anderen kennengelernt? Das hoffe ich.«

»Oh, wie nett von dir.«

»Ich meine es so.«

»Klar habe ich andere Leute kennengelernt«, sagte sie. »Ich bin keine Nonne. Denkst du, ich habe jede Nacht zu Hause im Bett gelegen und mich nach dir gesehnt?«

»Das freut mich zu hören.«

»An deiner Stelle würde ich es mit der Freude nicht übertreiben. Dabei herausgekommen ist nie etwas. Wie hätte das auch gehen sollen? Ich war eine verheiratete Frau mit einem

Kind und einem verloren gegangenen Ehemann, und in diesem gottverlassenen, hinterwäldlerischen Land konnte ich mich nicht scheiden lassen. Also wollte kein Mann je bei mir bleiben. Warum hätte er das auch tun sollen, wo wir niemals eine eigene Geschichte hätten anfangen können? Du hast mir diesen Teil meines Lebens gestohlen, Cyril. Ich hoffe, du begreifst das.«

»Das tu ich«, sagte ich. »Ja, und ich wünschte, ich könnte die Zeit zurückdrehen und alles ungeschehen machen.«

»Reden wir nicht mehr davon«, sagte sie. »Wir beide wissen, wo wir stehen. Aber sag mir etwas anderes...« Sie zögerte, und ich sah, dass sie mit einem Mal eher unsicher als wütend war. »Als Julian im Sterben lag«, sagte sie, »warum hast du dich da nicht gemeldet? Warum hast du es mir nicht gesagt? Ich wäre auf der Stelle nach New York gekommen, wenn ich es gewusst hätte.«

Ich sah auf den Tisch, nahm einen Bierdeckel und versuchte ihn, während ich nachdachte, auf eine Ecke zu stellen. »Zunächst einmal war kaum noch Zeit«, erklärte ich ihr. »Ich habe ihn erst ein paar Tage vor seinem Tod dort im Krankenhaus entdeckt. Ich habe ihn da erst wiedergesehen. Unser zweites Treffen war der Abend, an dem er gestorben ist.«

»Aber das verstehe ich nicht. Was hast du da gemacht?«

»Mein Partner war Arzt am Mount Sinai. Er hat Julian behandelt. Ich war eine Art freiwilliger Helfer und habe Patienten ohne Familie besucht.«

»Julian *hatte* eine Familie.«

»Ich meine, Patienten, die aus welchem Grund auch immer niemanden bei sich hatten. Einige waren von ihren Familien verstoßen worden, und einige wollten sie nicht dahaben. So wie Julian.«

»Aber warum? Warum wollte er mich nicht bei sich haben? Und Liam? Sie standen sich so nahe.«

»Weil er sich geschämt hat«, sagte ich. »Er hatte keinen

Grund dafür, aber er schämte sich für die Krankheit, mit der er sich angesteckt hatte.«
»Aids?«
»Ja, Aids. Für jemanden wie Julian, der sich praktisch über seine Heterosexualität definierte, war es ein Schlag für Körper und Intellekt. Er wollte nicht, dass du oder Liam sich so an ihn erinnern würden.«
»In deinem Brief schreibst du, dass du an seinem letzten Abend bei ihm warst.«
»Das war ich, ja.«
»Hatte er Schmerzen?«
Ich schüttelte den Kopf. »Da nicht mehr«, sagte ich. »Er trieb langsam davon, mit viel Morphium. Ich glaube nicht, dass er am Ende noch gelitten hat. Er ist in meinen Armen gestorben.«
Sie sah mich an, verwirrt, und legte die Hand vor den Mund.
»Er hat deinen Namen gesagt, Alice. Dein Name war das letzte Wort, das ihm über die Lippen kam.«
»Ich habe ihn so geliebt«, sagte sie leise und wandte den Blick ab. »Schon als Kind, er hat immer auf mich aufgepasst. Er war der beste Freund, den ich je hatte, und ich sage das nicht, um dir wehzutun, Cyril, aber mit Liam war er wunderbar. Unser Sohn hätte sich keinen besseren Vaterersatz wünschen können. Er hat es immer noch nicht verwunden, weißt du. Nun, ich ehrlich gesagt auch nicht. Ich werde wohl darüber wegkommen, aber Liam leidet sehr darunter.«
»Können wir ...«, fing ich an, unsicher, wie ich es am besten in Worte fassen sollte. »Können wir über Liam reden?«
»Das müssen wir wohl. Deswegen sind wir schließlich hier.«
»Das ist nicht der einzige Grund.«
»Nein.«
»Hast du ein Bild von ihm?«
Sie dachte einen Moment nach und griff dann in ihre

Handtasche. Aus einer Seitentasche zog sie ein Foto und reichte es mir.

»Er sieht aus wie er, nicht wahr?«, sagte sie leise, und ich nickte.

»Er sieht aus wie er früher, als wir Teenager waren«, sagte ich. »Sie ähneln sich sehr. Aber da ist auch noch jemand anderes.«

»Wer?«

Ich zog die Stirn kraus und schüttelte den Kopf. »Ich weiß nicht«, sagte ich. »Da ist etwas in seinem Ausdruck, das mich an jemanden erinnert, aber ich kann absolut nicht sagen, an wen.«

»Vom Temperament her ist er nicht wie Julian. Liam ist viel ruhiger. Reservierter. Fast schüchtern.«

»Glaubst du, er würde mich kennenlernen wollen? Würdest du es erlauben?«

»Nein«, sagte sie mit fester Stimme. »Zumindest nicht, bevor er achtzehn ist, und ich möchte dich bitten, meinen Wunsch zu respektieren. Er hat Prüfungen vor sich, und ich will ihn nicht noch weiter belasten. In einem Jahr wird er achtzehn, dann kannst du ihn kennenlernen.«

»Aber ...«

»Bitte streite nicht mit mir, Cyril.«

»Aber ich möchte ihn sehen.«

»Das kannst du auch. Wenn er achtzehn ist. Aber nicht einen Tag früher. Versprich mir, dass du es nicht hinter meinem Rücken versuchst. Das schuldest du mir.«

Ich holte tief Luft. Sie hatte natürlich recht. »In Ordnung«, sagte ich.

»Und da ist noch etwas«, sagte sie.

»Was?«

»Wenn du ihn triffst, vom ersten Tag an, musst du vollkommen ehrlich zu ihm sein. Keine Lügen. Du musst ihm sagen, wer und wie du bist. Alles über dich musst du ihm offen erzählen.«

Das tat ich. Ein Jahr später, zehn Tage nach seinem achtzehnten Geburtstag, stellte uns Alice einander vor. Wir gingen den Kai von Dún Laoghaire entlang, und ich erzählte ihm die Geschichte meines Lebens, von dem Tag an, da ich nach unten ins Haus am Dartmouth Square gekommen war, dem Haus, in dem er heute lebte, und dort seinen Onkel Julian hatte sitzen sehen, ich erzählte von der Welt, wie sie sich langsam für mich entwickelt und was ich dabei über mich gelernt hatte. Ich erzählte ihm, warum ich seine Mutter geheiratet und verlassen hatte und wie sehr ich das alles bereute. Ich erzählte ihm von meinem Leben in Amsterdam und in New York, von Ignac und Bastiaan. Wie er von einer Gruppe Rowdys umgebracht worden war, die gesehen hatten, wie wir uns umarmten, und dass seitdem für mich über allem ein Schleier zu liegen schien. Die ganze Zeit hörte er zu, sagte kaum ein Wort, schien manchmal schockiert, dann verlegen, und als wir uns schließlich verabschiedeten, wollte ich ihm die Hand geben, aber er verweigerte mir seine und ging davon, um mit der Bahn zurück in die Stadt zu fahren.

In den zwei Jahren, die seitdem vergangen waren, taute er ein wenig auf, und wir trafen uns gelegentlich, allerdings entstand nichts von der Zuneigung oder Liebe, wie ich sie mir zwischen Vater und Sohn vorstellte, und wenn er auch nicht zu wollen schien, dass ich wieder aus seinem Leben verschwand (er begann zum Beispiel nie einen Streit und griff mich nie an, weil ich für ihn als Kind nicht da gewesen war), war er doch gleichzeitig unwillig, mich näher an sich heranzulassen, und voller Misstrauen, wenn wir uns trafen, was nur selten und mit großen Abständen vorkam.

Aber all das, sagte ich mir, hatte ich allein mir selbst vorzuwerfen. Niemand anderem konnte ich die Schuld geben.

»Tor!«, brüllten Jimmy und Liam in der elften Minute, als Ray Houghton den Ball am Kopf von Pagliuca vorbei im rechten oberen Eck versenkte. Der ganze Pub schien zu explodieren, links und rechts und vorn und hinter mir wurde mit den Gläsern angestoßen, und die Leute umarmten sich und tanzten herum. Auch Jimmy und Liam umarmten sich und sprangen begeistert auf und ab, aber ich blieb sitzen, lächelte und applaudierte. Ich fühlte mich unfähig, aufzustehen und zu tun, was alle taten, und das nicht nur, weil es mit meiner Krücke lächerlich gewirkt hätte.

»Das gewinnen wir«, sagte Jimmy, der vor Glück praktisch über seinem Stuhl schwebte. »Die Italiener sind viel zu eingebildet.«

»Geht ihr irgendwo feiern, wenn wir gewinnen?«, fragte ich. Liam sah mich an.

»Klar«, sagte er. »Aber da kannst du nicht mitkommen. Wir treffen uns mit unseren Freunden von der Uni.«

»Das meinte ich auch nicht«, sagte ich. »Es war nur eine Frage.«

»Ich sag's ja nur.«

»Okay.«

Dabei beließen wir es und wandten uns wieder dem Spiel zu. Die Spieler kamen an die Seitenlinie und baten um Wasser. Die Hitze war zu viel für sie. Auf dem Platz herrschte Krieg, Jack Charlton rannte auf und ab und beschwerte sich beim Schiedsrichter, Ersatzspieler liefen frustriert an der Seitenlinie entlang. Es sah ganz so aus, als würde die Sache für alle schlecht ausgehen.

Eine Verabredung

Seit Bastiaans Tod hatte ich mich nicht mehr um eine Beziehung bemüht, und so kam es durchaus überraschend, als jemand mit mir ausgehen wollte. Der fragliche Mann, fünf Jahre jünger als ich und ziemlich gut aussehend, was meinem Ego in keiner Weise schadete, war Abgeordneter im Dáil

Éireann und ein regelmäßiger Besucher der Bibliothek – im Gegensatz zu den meisten seiner Kollegen, die ihre Assistenten schickten, damit sie ihnen die Plackerei abnahmen. Er war immer sehr gesprächig und freundlich gewesen, was ich ganz allgemein seiner leutseligen Art zuschrieb, bis er mich eines Nachmittags fragte, ob ich am nächsten Donnerstagabend schon etwas vorhätte.

»Nicht, dass ich wüsste«, sagte ich. »Warum, müssen Sie spät noch in die Bibliothek?«

»Oh, Himmel, nein«, sagte er, schüttelte den Kopf und sah mich an, als wäre ich verrückt. »Nichts dergleichen. Ich habe mich nur gefragt, ob ich Sie zu einem Drink überreden kann. Das ist alles.«

»Einem Drink?«, fragte ich und war nicht sicher, ob ich richtig gehört hatte. »Wie meinen Sie das?«

»Sie wissen schon. Zwei Leute sitzen zusammen in einer Kneipe, trinken ein paar Gläser und unterhalten sich. Sie trinken doch?«

»Ja, sicher«, antwortete ich. »Ich meine, nicht im Übermaß, aber…«

»Also was ist?«

»Sie meinen, nur wir zwei?«

»Großer Gott, Cyril. Ich habe das Gefühl, ich verhandle hier einen EU-Vertrag. Ja, nur wir beide.«

»Oh, verstehe. Und wo?«

»Irgendwo, wo man uns nicht kennt«, sagte er.

»Wie meinen Sie das?«, fragte ich, und das hätte vielleicht schon ein erster Hinweis darauf sein sollen, dass unser gemeinsamer Abend nicht gut ausgehen würde.

»Kennen Sie das Yellow House in Rathfarnham?«, fragte er.

»Ja«, sagte ich. »Ich war seit Jahren nicht mehr da. Wäre etwas in der Innenstadt nicht bequemer?«

»Gehen wir ins Yellow House«, sagte er. »Donnerstag um acht.«

»Nein, an dem Abend ist Mrs Goggins Pensionierungsparty.«

»Wie bitte?«

»Mrs Goggin aus dem Tearoom. Sie geht in Rente, nach fast fünfzig Jahren hier.«

Er wirkte ein wenig verständnislos. »Und?«, fragte er. »Sie wollen da doch nicht hin?«

»Aber natürlich.«

»Warum?«

»Weil sie, wie ich gerade sagte, nach fast fünfzig...«

»Ja, ja.« Er überlegte. »Denken Sie, ich sollte auch hingehen?«

»Wie meinen Sie das?«

»Nun, würde es ihr viel bedeuten, wenn ich mich da sehen ließe?«

Ich starrte ihn an und versuchte zu entschlüsseln, was er mir sagen wollte. »Weil Sie ein TD sind?«, fragte ich. »Wollen Sie darauf hinaus?«

»Ja.«

Ich schüttelte den Kopf. »Ich glaube nicht, dass sie auf so etwas Wert legt.«

»Vielleicht doch«, sagte er leicht beleidigt.

»Ich gehe auf jeden Fall hin. Damit fällt der Donnerstag weg.«

»*Okay*«, sagte er mit einem dramatischen Seufzer, als wäre er ein frustrierter Teenager und kein erwachsener Mann. »Dann also Freitag. Nein, warten Sie. Freitag passt bei mir nicht. Mein Wahlkreis-Essen, und die Wochenenden gehen aus den offensichtlichen Gründen nicht. Wie wäre es mit Montag?«

»Montag passt«, sagte ich, ohne mir darüber klar zu sein, was die offensichtlichen Gründe sein sollten. »Fahren wir von hier aus hin? Wenn ich die Bibliothek zumache?«

»Nein, treffen wir uns da.«

»Was, im Yellow House?«

»Ja.«

»Aber wir arbeiten beide im Dáil, wäre es da nicht einfacher, wenn wir ...«

»Ich weiß nicht, was Montag alles auf dem Programm steht«, sagte er. »Es ist besser, wenn wir uns da treffen.«

»Also gut.«

In den kommenden Tagen dachte ich viel darüber nach, was ich anziehen sollte. Tatsächlich hatte ich keine rechte Vorstellung davon, auf was ich mich einließ. Ich hatte lange schon angenommen, dass der Mann schwul war, doch er war so viel jünger als ich, dass ich nicht wirklich hatte auf die Idee kommen können, er wäre an mir interessiert. Auf der Pensionierungsparty vertraute ich Mrs Goggin mein Dilemma an, die mein Problem zu entzücken schien.

»Wie schön für Sie, Cyril«, sagte sie. »Das freut mich. Sie sind noch viel zu jung, um niemanden mehr kennenzulernen.«

»Ich sehe das eigentlich nicht so«, erklärte ich ihr, »und ich fühle mich nicht allein. Ich weiß, das ist genau das, was einsame Menschen sagen, aber so ist es. Ich bin glücklich mit meinem Leben, wie es ist.«

»Wer ist er überhaupt?«, fragte sie. »Welcher TD?«

Ich nannte ihr den Namen.

»Oh«, sagte sie und sah nicht mehr gar so erfreut aus.

»Was?«

»Nichts.«

»Doch, sagen Sie schon.«

»Ich will es Ihnen nicht verderben.«

»Da gibt's noch nichts zu verderben. Wir wollen uns nur treffen.«

»Nun, mir kommt er wie einer von der hinterhältigen Sorte vor«, sagte sie. »Wie er hier reinstolziert, als gehörte ihm der Tearoom, und dann versucht er, sich an die Tische der Minister zu setzen, ohne mich zu fragen. Seine Großtuerei, und wie er sich selbst bedauert! Ein paarmal habe ich ihn schon hinauswerfen wollen. Mrs Hennessy, die mich damals in den 40ern eingestellt hat, hat mir vor langer Zeit beigebracht, dass, wenn man den TDs gegenüber nicht von Beginn an Klartext redet, sie einen dann mit ihren Bauernstiefeln in den Boden treten, und dieser Rat hat mir geholfen.«

»Sie haben hier immer ein strenges Regiment geführt, so viel ist sicher.«

»Das musste ich. Jeder Kindergarten benimmt sich besser.«

»Sie denken also, ich sollte nicht hingehen?«

»Das habe ich nicht gesagt. Seien Sie nur vorsichtig, das ist mein Rat. Ich erinnere mich, dass Sie mir erzählt haben, Sie hätten Ihren ... Ihren Freund vor einigen Jahren verloren.«

»Das habe ich, ja«, sagte ich. »Bastiaan. Und um ehrlich zu sein, hatte ich in den sieben Jahren, die seitdem vergangen sind, kein großes Verlangen nach Sex oder einem Partner. Entschuldigung, es stört Sie doch nicht, wenn ich so offen bin, oder?«

»Nur zu«, sagte sie. »Denken Sie dran, ich habe dreißig Jahre lang Tee in Charlie Haugheys Büro gebracht, da habe ich weit Drastischeres gesehen und gehört.«

»Ich denke, ich habe schon lange das Gefühl, dass dieser Teil meines Lebens vorbei ist«, sagte ich.

»Wollen Sie es so?«

Darüber musste ich nachdenken. »Ich weiß nicht«, sagte ich. »Das alles hat mir immer nur Qualen bereitet. Nun, wenigstens, bis ich Bastiaan kennenlernte. Ich glaube nicht, dass ich mit jemandem noch mal neu anfangen könnte. Aber vielleicht brennt da ja immer noch ein kleines Feuer in mir, und nur deshalb reibe ich mich an der Sache noch so auf. Aber das ist heute nicht das Thema. Es ist *Ihr* Abend. Sehen Sie nur, wie viele gekommen sind.«

Unsere Blicke glitten durch den Raum. Praktisch alle,

die im Dáil arbeiteten, waren da, und der Taoiseach selbst, Albert Reynolds, hatte eine schöne Rede gehalten. Mein TD-Freund hatte sich für zwanzig Minuten sehen lassen, mich aber, obwohl er zwischendurch in meiner Nähe stand, komplett ignoriert, selbst als ich »Hallo« sagte.

»Das stimmt«, sagte sie und klang zufrieden. »Ich werde das hier vermissen. Können Sie glauben, dass ich in den neunundvierzig Jahren nicht einen Tag krank war?«

»Albert hat es in seiner Rede erwähnt. Ich dachte, das hätte er erfunden.«

»Es ist so wahr, wie ich hier sitze.«

»Was werden Sie jetzt tun?«, fragte ich. »Gibt es irgendwo einen Mr Goggin, der sich freut, Sie endlich zu Hause zu haben?«

Sie schüttelte den Kopf. »Den gibt es nicht«, sagte sie, »und den hat es auch nie gegeben. Vor langer, langer Zeit stand ein Priester vor dem Altar einer Kirche in West Cork und erklärte mir, dass ich niemals einen Mann finden würde. Ich habe ihn damals für nichts als einen scheinheiligen alten Moralapostel gehalten, doch wie sich herausstellte, hatte er recht. Ich musste sogar so tun, als wäre ich verwitwet, um den Job hier zu bekommen.«

»Bezaubernde Leute, oder?«, sagte ich. »Die Priester.«

»Sie waren mir nie sonderlich wichtig«, sagte sie. »Nicht seit jenem Tag. Im Übrigen ist es mir auch ohne Mann all die Jahre gut genug gegangen.«

»Und Ihr Sohn?«, fragte ich. »Wie geht es dem?«

»Meinem Sohn?«, sagte sie, und ihr Lächeln verblich etwas.

»Jonathan, oder?«

»Oh, Jonathan, Entschuldigung, ich ... Ja, dem geht's bestens. Nun, er war das letzte Jahr über etwas krank, aber er ist wieder gesund. Er hat selbst Kinder, und da kann ich jetzt mehr aushelfen, wo ich wieder frei über meine Zeit verfügen kann. Zumindest darauf freue ich mich.«

Bevor sie noch mehr sagen konnte, kam eine der Bedienungen herüber und unterbrach uns. Sie fragte, ob Mrs Goggin kommen könne, für ein großes Gruppenfoto.
»Oh, ich bin überhaupt nicht fotogen«, sagte sie. »Am Ende sehe ich immer mürrisch aus.«
»Wir brauchen eins, das wir an die Wand hängen können«, sagte das Mädchen. »Nach all den Jahren, die Sie hier gewesen sind. Kommen Sie, Mrs Goggin, wir alle zusammen.«
Sie seufzte und stand auf. »Also gut«, sagte sie. »Eine letzte Pflichtübung, bevor ich in die Freiheit entlassen werde. Und hören Sie, gehen Sie zu der Verabredung, Cyril«, sagte sie mit einem Blick zu mir. »Aber seien Sie vorsichtig, was diesen Mann angeht.«
»Das werde ich, und viel Glück im Ruhestand, falls ich Sie später nicht mehr sehe.«
Zu meiner Überraschung bückte sie sich zu mir herunter, küsste mich auf die Wange und sah mich seltsam an, bis das Mädchen sie mit sich zog.
Ein paar Tage später kam ich wie geplant ins Yellow House und sah meine Verabredung in einer Ecke sitzen, den Rücken dem Schankraum zugekehrt, als wollte er nicht bemerkt werden.
»Andrew«, sagte ich und setzte mich ihm gegenüber, mit vollem Blick in den Raum. »Fast hätte ich Sie nicht gesehen. Es ist beinahe so, als versteckten Sie sich vor der Welt.«
»Ganz und gar nicht«, antwortete er, lachte und bestellte mir bei einem der vorbeikommenden Kellner etwas zu trinken. »Wie geht's dir, Cyril? Wie war die Arbeit heute?«
»Bestens«, sagte ich, worauf der gewohnte Austausch von Nettigkeiten folgte, bevor ich nach etwa zwanzig Minuten beschloss, zum Kern der Dinge zu kommen.
»Kann ich dich was fragen?«, sagte ich. »Und vergib mir, wenn es lächerlich klingt, aber ich war ein wenig überrascht,

als du mich angesprochen hast. Ist das hier rein freundschaftlich gemeint oder etwas anderes?«

»Es kann werden, was immer wir wollen, das es wird«, antwortete er mit einem Achselzucken. »Schließlich sind wir erwachsene Männer, und wir haben uns doch immer gut verstanden, oder?«

»Das stimmt«, sagte ich. »Du weißt, dass ich schwul bin, richtig?«

»Natürlich«, sagte er. »Sonst hätte ich dich nicht angesprochen.«

»Oh, verstehe«, sagte ich. »Du bist also auch schwul? Ich war nicht sicher. Ich habe es angenommen, aber ...«

»Hör mal, Cyril«, sagte er und beugte sich ein wenig vor. »Ich bin nicht wirklich glücklich mit diesen Kategorisierungen, weißt du? Sie sind so abgrenzend.«

»Nun«, sagte ich. »Ich meine, das liegt in der Natur der Sache. Die Kategorien ordnen Dinge ein.«

»Genau, und wir haben 1994, nicht mehr die 50er, und ich habe das Gefühl, wir sollten diese Grenzen längst hinter uns gelassen haben.«

»Ich denke ... im Grunde ...«, sagte ich. »Entschuldige, was meinst du damit? Was sollten wir ...«

»Die Kategorisierungen.«

»Oh, richtig. Okay.«

»Aber erzähl mir von dir«, sagte er. »Bist du verheiratet oder so?«

»Nein«, sagte ich und beschloss, mir die Einzelheiten zu ersparen, die für eine vollkommen ehrliche Antwort nötig gewesen wären. »Warum sollte ich verheiratet sein? Ich habe doch gerade gesagt, dass ich schwul bin.«

»Das bedeutet gar nichts. Du arbeitest im Dáil, Gott noch mal. Man muss den Leuten erzählen, was sie hören wollen.«

»Das eine oder andere Gerücht über mich mag tatsächlich in Umlauf sein«, gab ich zu.

»Wenn du also nicht verheiratet bist, bist du dann im Moment mit jemandem zusammen?«

»Mit niemandem speziell.«

»Mit einem nicht Speziellen?«

»Ehrlich gesagt, nein«, sagte ich und schüttelte den Kopf. »Ich bin mit niemandem zusammen, und das schon seit langer Zeit nicht. Ich war viele Jahre in einer festen Beziehung, aber er ist 1987 gestorben.«

»Oh, verstehe«, sagte er und wich etwas zurück. »Das tut mir leid. Darf ich fragen, woran er gestorben ist?«

»Wir sind angegriffen worden, im Central Park in New York«, erklärte ich. »Ich hab's überlebt, er nicht. Ich habe nur die Krücke davon zurückbehalten.«

»Das tut mir leid«, wiederholte er und beugte sich wieder vor. Warum, war nur zu offensichtlich.

»Es ist okay«, sagte ich. »Natürlich vermisse ich ihn. Sehr sogar. Wir hätten ein langes Leben zu zweit führen können, doch das wurde uns genommen. Ich habe mich damit abgefunden. Leben und Tod gehören zusammen. Weißt du was?«, fügte ich hinzu, als mir ein Gedanke kam. »Mir wird gerade bewusst, dass ich jetzt neunundvierzig bin und zum ersten Mal in Irland mit einem Mann ausgehe.«

Er zog leicht die Brauen zusammen und trank ausgiebig von seinem Bier. »Du bist über fünfzig?«, fragte er. »Ich hatte dich für jünger gehalten.«

Ich starrte ihn und fragte mich, ob er Hörprobleme hatte. »Nein«, sagte ich. »Ich bin neunundvierzig. Das habe ich doch gerade gesagt.«

»Ja, aber du meinst nicht, dass du wirklich neunundvierzig bist, oder?«

»Was sonst sollte ich damit meinen?«

»Mann, du bist echt schon eine Weile nicht mehr in der Szene unterwegs. Es ist so, dass sich die meisten Männer, die nach anderen Männern suchen, jünger machen, als sie tatsächlich sind. Besonders die älteren. Wenn du einen

Mann über eine Kontaktanzeige triffst und er sagt, er ist Ende dreißig, bedeutet das, dass er hart auf die fünfzig zusteuert und denkt, er kommt mit neununddreißig durch. Diese Männer machen sich was vor, zumindest die meisten von ihnen. Und als du gesagt hast, du bist neunundvierzig, habe ich deshalb sofort angenommen, du bist Mitte, Ende fünfzig.«

»Nein«, sagte ich und schüttelte den Kopf. »Ich bin wirklich neunundvierzig. Ich bin ein paar Monate nach Ende des Krieges geboren.«

»Nach welchem Krieg?«

»Dem Zweiten Weltkrieg.«

»Oh, der.«

»Sicher nicht nach dem Ersten.«

»Nein, das ist klar. Dann wärst du ungefähr hundert.«

»Nun, nicht ganz.«

»Aber fast.«

»Triffst du viele Leute über Kontaktanzeigen?«, fragte ich und überlegte, wie er wohl in der Schule in Geschichte gewesen war.

»Manchmal«, sagte er. »Einen habe ich vor ein paar Wochen getroffen, der angab, er wäre neunzehn, und dann war er fast so alt wie ich. Mit einem Blondie-T-Shirt, verdammt noch mal.«

»Ich hatte auch mal eines«, sagte ich. »Aber warum wolltest du überhaupt jemanden treffen, der neunzehn war?«

»Warum nicht?«, lachte er. »Ich bin nicht zu alt für einen Neunzehnjährigen.«

»Ansichtssache. Was würdest du mit jemandem in dem Alter gemeinsam haben?«

»Wir müssen nichts gemeinsam haben. Ich bin ja nicht auf eine gehaltvolle Unterhaltung aus.«

Ich nickte und begann, mich leicht unwohl zu fühlen. »Das ist doch irgendwie überraschend«, sagte ich. »Wenn du auf Jüngere stehst, warum hast du dann mich angesprochen?«

»Weil ich mich auch von dir angezogen fühle. Ich fühle mich von vielen unterschiedlichen Leuten angezogen.«
»Okay«, sagte ich und wünschte mir aus vollem Herzen, dass Bastiaan mir gegenübersäße und nicht dieser Vollidiot.
»Wie alt bist du also?«, fragte ich endlich.
»Vierunddreißig.«
»Heißt das, dass du wirklich vierunddreißig bist?«
»Das heißt es. Aber wenn ich Leute treffe, bin ich achtundzwanzig.«
»Du triffst mich gerade.«
»Ja, aber das ist was anderes. Du bist älter, da kann ich so alt sein, wie ich bin.«
»Verstehe, und hast du viele Beziehungen?«
»Beziehungen? Nein«, sagte er mit einem Achselzucken. »Das war während der letzten zehn Jahre oder so nicht wirklich mein Thema.«
»Was ist dein Thema?«
»Hör zu, ich bin ein ganz normaler Mann, Cyril. Ich krieg's gerne besorgt.«
»Dagegen ist nichts einzuwenden.«
»Du nicht?«
»Natürlich. Ich meine, früher.«
»Wann zum letzten Mal?«
»Vor sieben Jahren.«
Er stellte sein Glas ab, starrte mich an, und seine Augen wurden ganz groß. »Willst du mich auf den Arm nehmen?«
»Ich hab's dir doch gesagt. Da ist Bastiaan gestorben.«
»Ja, aber ... du willst mir doch wohl nicht weismachen, dass du seitdem keinen Sex mehr hattest.«
»Ist das so merkwürdig?«
»Das ist total irre, nichts anderes.«
Ich sagte nichts und fragte mich, ob ihm bewusst war, wie instinktlos er reagierte.
»Du musst ja danach *lechzen*«, sagte er und hob die Stimme etwas. Ich bemerkte, wie das Paar am Nebentisch

missbilligend zu uns herübersah. Einige Dinge änderten sich nie.

»Nicht wirklich«, sagte ich ruhig.

»Doch, tust du.«

»Nein, sicher nicht.«

»Wenn du wirklich neunundvierzig bist, dann bist du viel zu jung, um damit aufzuhören.«

»Ich *bin* neunundvierzig«, sagte ich noch einmal, »und komischerweise bist du schon der Zweite, der diesen Satz in den letzten Tagen zu mir gesagt hat.«

»Wer war der andere?«

»Mrs Goggin.«

»Wer ist Mrs Goggin?«

Ich verdrehte die Augen. »Das habe ich dir doch gesagt. Die Leiterin des Tearooms.«

»Welches Tearooms?«

»Im Dáil Éireann!«

»Oh ja, du hast so was erwähnt. Sie geht in Rente, oder?«

»Ja, du warst da.«

»Richtig, stimmt. Ich erinnere mich. Das wird für sie ein Highlight des Abends gewesen sein, aber ich konnte nicht bleiben.«

»Ich habe Hallo gesagt, und du hast mich ignoriert.«

»Ich hab dich nicht gesehen. Und ist sie wirklich in Rente gegangen?«

»Ja, natürlich. Warum hätte es sonst eine Pensionierungsparty gegeben?«

»Ich weiß nicht«, sagte er. »Viele Leute sagen, sie gehen in Rente, und tun's doch nicht. So wie Frank Sinatra.«

»Nun, sie ist jedenfalls in Rente«, sagte ich. Die Unterhaltung fing an, mich zu erschöpfen. »Wie auch immer, ich nehme an, du bist Single?«

»Wie kommst du denn *da* drauf?«

»Weil du dich mit mir verabreden wolltest.«

»Oh ja«, sagte er. »Also, mehr oder weniger.«

»Was soll das heißen?«

»Es heißt, dass ich offen für Angebote bin«, sagte er grinsend. »Wenn jemand eins machen möchte.«

»Ich bin gleich wieder da«, sagte ich und ging auf die Toilette, um ein paar Momente für mich zu sein. Als ich zurückkam, standen zwei weitere Bier auf dem Tisch, und ich fand mich mit dem Umstand ab, dass ich noch länger würde bleiben müssen.

»Ich würde sagen, es ist heute ganz anders«, wechselte ich das Thema in der Hoffnung auf ein vernünftiges Gespräch. »In Irland schwul zu sein, meine ich. Früher war es so gut wie unmöglich. Es war schrecklich, um ehrlich zu sein. Heute ist es leichter, denke ich.«

»Nicht wirklich«, sagte er. »Die Gesetze sind nach wie vor gegen uns, und du kannst immer noch nicht Hand in Hand mit einem Mann die Straße entlanggehen, ohne zu riskieren, dass dir einer den Schädel einschlägt. Es gibt ein paar mehr Kneipen, nehme ich an, es ist nicht mehr nur allein der George, und es läuft nicht mehr ganz so im Untergrund, trotzdem, ich denke nicht, dass es leichter ist. Vielleicht ist es nicht mehr so schwer, andere Leute zu finden, das könnte sein. Manchmal findet man online was. Über einen Chatroom oder eine Kontaktseite.«

»On-*was*?«

»Online.«

»Was heißt das?«

»Das World Wide Web. Hast du noch nichts davon gehört?«

»Nur am Rande«, sagte ich.

»Das Netz ist die Zukunft«, erklärte er mir. »Eines Tages sind wir alle online.«

»Wozu?«

»Ich weiß nicht. Um uns zu informieren.«

»Klingt toll«, sagte ich. »Ich kann's kaum erwarten.«

»Was ich sagen will, ist, dass es für die Schwulen derzeit

vielleicht nicht viel besser ist als früher, aber das könnte sich ändern. Wir brauchen ein paar ernste Gesetzesänderungen, auch wenn das Zeit kostet.«

»Wenn wir nur jemanden in der Politik hätten«, sagte ich. »Einen, der uns vertritt und den Ball ins Rollen bringt.«

»Ich hoffe, du denkst da nicht an mich. Ich würde das Thema nicht mal mit der Beißzange anfassen. Die jungen Leute fühlen sich weit wohler in ihrer Haut. Sie outen sich allesamt, was eine echte Neunzigerjahre-Mode ist, wenn du mich fragst. Hast du deinen Eltern gesagt, dass du ...?«

»Ich kenne meine Eltern nicht«, sagte ich. »Ich bin adoptiert worden.«

»Dann eben deinen Adoptiveltern.«

»Meine Adoptivmutter ist gestorben, als ich noch ein Kind war«, sagte ich. »Meinem Adoptivvater habe ich es nie explizit gesagt, aber durch gewisse Umstände, mit denen ich dich jetzt nicht langweilen will, hat er es herausgefunden, als ich achtundzwanzig war. Es war ihm eigentlich egal, wenn ich ehrlich bin. Er ist in vieler Hinsicht ein komischer Mann, hat aber absolut nichts Bigottes in sich. Und bei dir?«

»Meine Mutter ist ebenfalls tot«, sagte er, »und mein Vater hat Alzheimer, es hat also keinen Sinn, ihm davon zu erzählen.«

»Verstehe«, sagte ich. »Was ist mit deinen Geschwistern? Hast du es denen erzählt?«

»Nein«, sagte er. »Ich glaube nicht, dass sie es verstehen würden.«

»Sind sie älter oder jünger als du?«

»Der Bruder ist älter, die Schwester jünger.«

»Aber der Generation, deiner Generation, sind diese Dinge nicht mehr so wichtig, oder? Warum sagst du es ihnen nicht einfach?«

Er zuckte mit den Schultern. »Das ist kompliziert«, sagte er. »Das würde ich hier lieber nicht erörtern.«

»Okay.«

»Sollen wir noch eins trinken?«

»Gut.«

Als er zur Theke ging, sah ich ihm nach und konnte nicht entscheiden, ob es nun eine gute oder eine schlechte Idee gewesen war herzukommen. Ich fand ihn leicht widerwärtig, musste aber auch anerkennen, dass ich ihn körperlich anziehend fand. Das Verlangen in mir, wie ich zu begreifen begann, war doch noch nicht ganz erloschen, sosehr ich mich darum bemüht hatte. Allein dass er sich genug für mich interessierte, um sich mit mir verabreden zu wollen, war schmeichelhaft. Er war erst nach der letzten Wahl ins Dáil gekommen, und trotzdem gab es bereits jede Menge Gerede darüber, dass er einmal einen Ministerposten übernehmen könnte. Er hatte ein paar gute Reden gehalten, die Parteiführung beeindruckt und war regelmäßig in den Nachrichten zu sehen. Beim nächsten größeren Stühlerücken war ihm ein Staatsministerposten so gut wie sicher, und das wäre eine Premiere. Ein Schwuler, der in die oberen Ränge der irischen Politik aufstieg. De Valera hätte sich im Grab umgedreht. Und trotzdem, mit dieser verheißungsvollen Zukunft vor sich, hatte er sich mit mir treffen wollen.

»Warum wolltest du ins Yellow House?«, fragte ich ihn, als er sich wieder setzte. »Du wohnst doch auf der Northside, oder?«

»Ja«, sagte er.

»Also warum hier?«

»Ich dachte, das ist günstiger für dich.«

»Aber ich wohne in der Pembroke Road«, sagte ich. »Wir hätten ins Waterloo gehen können oder so.«

»Ich gehe in meinem Wahlkreis nicht gern was trinken«, sagte er. »Da kommen ständig Leute und reden von den Schlaglöchern in der Straße und den Stromkosten, und ob ich zum Sportfest der Schule ihrer Kinder komme, um die Medaillen zu übergeben, du weißt schon. Das ist mir alles so was von scheißegal.«

»Aber ist das nicht der Job eines TD?«

»Ein Teil davon«, gab er zu. »Aber nicht der, der mich interessiert.«

»Und was interessiert dich?«

»Weiter aufzusteigen. So hoch es geht.«

»Um was zu tun?«

»Wie meinst du das?«

»Ich meine, wenn du es ganz nach oben schaffst, wofür? Du willst doch sicher keine Macht nur um der Macht willen?«

»Warum nicht? Am Ende will ich der Regierungschef sein, und ich bin ziemlich sicher, dass ich es so weit schaffen kann. Ich hab den Grips, das berufliche Know-how, und die Partei steht hinter mir.«

»Aber *warum*?«, fragte ich. »Was willst du in der Politik erreichen?«

Er schüttelte den Kopf. »Hör zu, Cyril«, sagte er. »Versteh mich nicht falsch. Ich will mich meinen Wählern und dem Land gegenüber anständig verhalten. Ich meine, das wäre, du weißt schon, toll von mir, nehme ich an. Aber kannst du dir einen anderen Beruf vorstellen, bei dem du mir die Frage nach dem Warum stellen würdest? Wenn ich als Lehrer in einer Schule anfinge und sagte, ich würde gern eines Tages der Rektor sein, würdest du sagen: Gut für dich. Wenn ich Postbote wäre und sagte, ich möchte mal ein Postamt leiten, würdest du sagen, dass du meinen Ehrgeiz bewunderst. Wieso kann es in der Politik nicht genauso sein? Warum kann ich nicht aufsteigen wollen, bis an die Spitze, und wenn ich da bin, wenn ich dann was Positives tun kann, toll, und wenn nicht, werde ich es zumindest genießen, ganz oben zu stehen.«

Ich dachte darüber nach. So lächerlich das alles klang, war es doch schwer, dagegen anzuargumentieren.

»Dir ist bewusst, dass das schwierig wird, oder?«, sagte ich. »Als Schwuler, meine ich. Ich weiß nicht, ob Irland schon bereit ist für einen schwulen Minister, von einem schwulen Taoiseach gar nicht zu reden.«

»Wie ich schon sagte, ich lasse mich nicht kategorisieren, und es gibt Wege, dem zu entgehen.«

Ich nickte und war nicht sicher, ob ich noch viel länger mit ihm an diesem Tisch sitzen wollte, als mir ein Gedanke kam, eine Art Gedankenblitz. »Darf ich dich was fragen?«, sagte ich.

»Klar.«

»Du hast nicht zufällig eine Freundin?«

Er lehnte sich zurück und wirkte überrascht. »Klar«, sagte er. »Warum nicht? Ich bin ein gut aussehender Mann mit einem tollen Job und im besten Alter.«

Ich schüttelte den Kopf. »Du hast eine Freundin«, sagte ich mehr feststellend als alles andere. »Ich nehme also an, ihr ist egal, dass du dich nicht kategorisieren lässt.«

»Wie meinst du das?«

»Denkt Sie, du bist ein Hetero?«

»Das ist eine ziemlich persönliche Frage, meinst du nicht auch?«

»Du hast mich auch ausgefragt, Andrew, und wir haben uns hier verabredet. Da denke ich nicht, dass eine solche Frage unangemessen ist.«

Er überlegte einen Moment und zuckte dann mit den Schultern. »Sie hat mich das nie gefragt«, sagte er, »und was sie nicht weiß, macht sie nicht heiß.«

»Meine Güte«, sagte ich.

»Was?«

»Gleich erzählst du mir noch, dass ihr heiraten werdet.«

»Zufällig werden wir das tatsächlich«, sagte er. »Im nächsten Juli, und ich denke, ich kann Albert und Kathleen dazu bringen, zum Empfang zu kommen, wenn ich meine Karten richtig ausspiele.«

Ich musste lachen. »Du treibst es auf die Spitze«, sagte

ich. »Warum um alles in der Welt willst du das arme Mädchen heiraten, wenn du schwul bist?«

»Ich habe dir doch gesagt, ich ...«

»... mag keine Kategorisierungen, ich weiß. Lass uns trotzdem kurz eine zu Hilfe nehmen. Warum heiratest du sie, wenn du schwul bist?«

»Weil ich eine Frau brauche«, sagte er völlig offen. »Meine Wähler erwarten das von mir. Die Partei ebenfalls. Ich schaffe es absolut nirgendwohin, wenn ich keine Frau und keine Kinder habe.«

»Und was ist mit ihr?«, fragte ich und war mir der Heuchelei meiner Entrüstung durchaus bewusst, aber zu meiner Entschuldigung ließ sich vorbringen, dass seit meinem eigenen Hochzeitstag einundzwanzig Jahre vergangen waren und ich seitdem niemandem mehr etwas über meine sexuelle Orientierung vorgemacht hatte.

»Was soll mit ihr sein? Was meinst du damit?«

»Du bist dabei, das Leben der Ärmsten zu ruinieren, bloß weil du nicht den Mut hast, die Wahrheit zu sagen.«

»Warum ruiniere ich ihr Leben?«, fragte er und sah mich ernsthaft verblüfft an. »Wenn ich es bis oben schaffe, fahren wir auf Staatsbesuch in den Buckingham Palace und ins Weiße Haus und wo sonst noch überallhin. Willst du sagen, dass das ein vergeudetes Leben wäre?«

»Ja, wenn der Mensch, mit dem man zusammen ist, einen nicht liebt, dann schon.«

»Aber ich liebe sie. Sie ist eine tolle Person, und sie liebt mich auch.«

»Sicher«, sagte ich. »Das glaube ich dir aufs Wort.«

»Ich weiß nicht, warum du dich da verrückt machst«, sagte er. »Niemand sagt, dass *du* sie heiraten sollst.«

»Stimmt«, sagte ich. »Hör zu, jedem das Seine. Tu, was dich glücklich macht. Sollen wir austrinken und gehen?«

Er lächelte und nickte. »In Ordnung«, sagte er. »Zu mir können wir allerdings nicht. Du wohnst allein, oder?«

»Ja«, sagte ich. »Warum?«
»Sollen wir da hin?«
»Warum sollten wir?«
»Was denkst du?«
Ich starrte ihn an. »Du erwartest doch nicht ernsthaft, dass wir die Nacht miteinander verbringen, oder?«
»Nein, natürlich nicht«, sagte er. »Die ganze Nacht sowieso nicht. Nur ein paar Stunden.«
»Nein, danke«, sagte ich und schüttelte den Kopf.
»Machst du Witze?«, fragte er.
»Absolut nicht.«
»Aber warum nicht?«
»Zunächst mal, weil wir uns kaum kennen…«
»Als wäre das so wichtig.«
»Nein, vielleicht nicht. Aber du hast eine Freundin. Entschuldige, eine Verlobte.«
»Die nichts davon wissen muss.«
»Ich mache so was nicht, Andrew«, sagte ich. »Schon lange nicht mehr.«
»Was machst du nicht?«
»Ich bin nicht interessiert an dieser Art von Betrügereien. Ich habe lange genug in meinem Leben Menschen belogen und mich versteckt. Das ist vorbei.«
»Cyril«, sagte er und lächelte auf eine Weise, die mir sagte, dass er glaubte, sein Charme würde immer funktionieren. »Nicht, dass ich zu sehr darauf herumreiten möchte, aber du sagst, du bist neunundvierzig, und ich bin erst vierunddreißig und biete mich dir auf dem Silbertablett an. Willst du wirklich behaupten, dass du die Gelegenheit ausschlägst?«
»Ich fürchte, ja«, sagte ich. »Tut mir leid.«
Es gab eine lange Pause, während der er das Gesagte zu verstehen versuchte, und dann schüttelte er einfach nur den Kopf und lachte. »Okay«, sagte er und stand auf. »Dann sieh, wie du zurechtkommst. Was für ein verschwendeter

Abend. Du hast es komplett versaut, mein Freund, mehr sage ich nicht. Und nur ganz nebenbei, ich habe einen Riesenschwanz.«

»Das freut mich für dich.«

»Bist du sicher, dass du es dir nicht doch anders überlegen willst?«

»Glaub mir, ich bin mir völlig sicher.«

»Dein Pech. Aber hör zu...«, er beugte sich zu mir hin und sah mir in die Augen, »wenn du je einem was von diesem Gespräch erzählst, werde ich nicht nur alles abstreiten, sondern dich auch wegen Verleumdung verklagen. Vergiss nicht, ich kenne ein paar ziemlich mächtige Leute. Die nehmen dir deinen Job ohne jede Schwierigkeit.«

»Geh einfach und mach, was du willst«, sagte ich. »Ich habe absolut nicht vor, mit irgendwem über diesen Abend zu reden. Mir ist das alles einfach nur peinlich, mach dir keine Sorgen.«

»Okay«, sagte er und zog seinen Mantel an. »Ich habe dich gewarnt.«

»Geh schon«, sagte ich.

Und er ging.

Ich bestellte mir noch was zu trinken, saß ruhig in der Ecke des Pubs und betrachtete die Pärchen und Freunde, die ihren Abend genossen. Nichts ändert sich, dachte ich. Nie wird sich etwas ändern. Nicht in Irland.

Ein echter Avery

Einen Monat, bevor er sein Urteil abgesessen hatte, entdeckten sie bei Charles einen inoperablen Gehirntumor, worauf er aus humanitären Gründen vorzeitig entlassen wurde. Da er keinerlei Verlangen danach verspürte, in seine einsame Penthousewohnung in Ballsbridge zurückzukehren, flehte er mich an, ihm zu erlauben, seine letzten Wochen im Haus am Dartmouth Square zu verbringen, wo er, wie er unglaublicherweise behauptete, die glücklichsten Tage seines Lebens verbracht habe. Ich erklärte ihm, dass ich dort seit vierzig Jahren nicht mehr wohnte, doch er schien zu glauben, dass ich nur irgendwas vorschob, und so griff ich zum Telefon, um Alice die missliche Lage zu erklären. Drei Jahre nach unserem gereizten Wiedersehen im Duke hatten wir zu einem etwas besseren Verhältnis gefunden, und zu meiner Freude stimmte sie ohne weitere Umstände zu – schließlich war es eine wundervolle Gelegenheit, mich daran zu erinnern, wie gut Charles zu ihr gewesen war, nachdem ich sie bei unserem Hochzeitsempfang hatte sitzen lassen. Vor all ihren Freunden und Verwandten hatte ich sie gedemütigt, unser Kind allein großziehen lassen und ihr Leben ruiniert.

»Ich bin froh, dass du deinen Groll überwunden hast«, sagte ich.

»Halt den Mund, Cyril.«

»Nein, ehrlich. Du bist eine sehr lockere Person. Wie es kommt, dass sich dich nicht vor Jahren schon ein Mann geschnappt hat, bleibt mir unverständlich.«

»Soll das ein Witz sein?«, fragte sie.

»Ja«, gab ich zu. Aber schon als die Worte aus meinem Mund gekommen waren, hatten sie weit weniger witzig geklungen als geplant.

»Manche Leute sollten einfach nicht versuchen, witzig zu sein.«

»Nun, Scherz beiseite, ich weiß deine Hilfe zu schätzen.«

»Ich denke, es ist das Mindeste, was meine Familie zur Wiedergutmachung für ihn tun kann«, sagte sie. »Max hat das Haus weit unter Marktwert gekauft, als Charles das erste Mal im Gefängnis saß, und seien wir ehrlich, es war zum Teil auch Max' Fehler, dass er eingesperrt wurde. Aber das Haus wird einmal Liam gehören, und er ist genauso Charles' Neffe wie der von Max. Es gibt nur eine Sache, die

du wissen solltest. Hat Liam dir erzählt, dass ich meine Lebenssituation leicht verändert habe?«
»Nein«, sagte ich. »Im Augenblick beantwortet er meine Anrufe nicht.«
»Warum nicht?«
»Ich habe keine Ahnung. Er scheint mich wieder zu hassen.«
»Warum? Was hast du getan?«
»Nichts, glaube ich zumindest. Aber vielleicht hat er eine Bemerkung über seine Freundin falsch verstanden.«
»Was hast du gesagt? Über welche Freundin?«
»Seine Julia. Ich habe gefragt, ob es für junge Frauen gerade hip ist, sich Beine und Achseln nicht mehr zu rasieren.«
»Oh, Cyril! Wobei du natürlich recht hast. Sie sieht aus wie ein Gorilla. Und was hat er gesagt?«
»Er meinte, nur alte Leute würden das Wort ›hip‹ noch benutzen.«
»Auch das stimmt. Korrekt ausgedrückt heißt das heute ›angesagt‹.«
»Das glaube ich nicht so ganz.«
»Cyril, ich unterrichte an der Universität. Ich bin den ganzen Tag von jungen Leuten umgeben. Jeden Tag. Ich glaube, ich kenne den Jargon.«
»Trotzdem«, sagte ich, »›angesagt‹ klingt auch nicht angesagter als ›hip‹. Und von ›Jargon‹ spricht, glaube ich, auch schon lange keiner mehr. Egal, aus irgendeinem Grund scheine ich Liam mit dem, was ich gesagt habe, beleidigt zu haben. Ich weiß nicht, warum, ich wollte nicht grob sein.«
»Oh, da würde ich mir keine Sorgen machen. Er kommt drüber weg. Zur Zeit nimmt er einem alles übel. Letzte Woche habe ich ihn gefragt, was er zum Geburtstag will, und er hat nur die Nase gerümpft und ›einen neuen Teddybären‹ gesagt.«
»Schenk ihm einen richtig haarigen. Darauf steht er offenbar.«

»Ich gehe nicht davon aus, dass er das ernst gemeint hat.«
»Könnte aber durchaus sein. Viele erwachsene Männer haben einen Teddybären. Ich kenne jemanden, der einen kleinen Stoff-Bären mit sich herumschleppt, egal, wohin er geht, und zu den wichtigen Feiertagen zieht er ihm passende Kleidchen an.«
»Glaub mir, Liam wollte keinen Teddy. Er wollte nur biestig sein.«
»Du hast gesagt, du hättest an deinen Lebensumständen etwas geändert«, versuchte ich zurück aufs Thema zu kommen. »Was meinst du damit?«
»Ach ja, nun, die Sache ist die, es ist jemand eingezogen«, sagte sie. »Ein Mann.«
»Was für ein Mann?«
»Wie meinst du das: ›Was für ein Mann?‹ Was für eine Frage ist das denn?«
»Willst du damit sagen, dass du einen Freund hast, der bei dir eingezogen ist?«
»Habe ich, ja. Ist das ein Problem für dich?«
»Muss ich dich daran erinnern, dass du immer noch mit mir verheiratet bist?«
»Ist das wieder einer von deinen Witzen?«
»Ist es«, sagte ich. »Nun, das freut mich sehr für dich, Alice. Es wurde auch Zeit, dass du dich mit jemandem zusammentust. Wie heißt der Bursche, und sind seine Absichten ehrenhaft?«
»Du versprichst, nicht zu lachen?«
»Warum sollte ich lachen?«, fragte ich.
»Er heißt Cyril.«
Ich konnte nicht anders. Ich lachte.
»Du willst mich verulken«, sagte ich. »Die einzigen zwei Männer in Dublin, die Cyril heißen, und an beiden bleibst du hängen.«
»An dir bin ich nicht hängen geblieben, Cyril«, sagte sie. »Ich bin kaum bis an die Startlinie gekommen, erinnerst du

dich? Und hör zu, es ist einfach nur ein ziemlich grässlicher Zufall, also mach bitte keine große Sache daraus. Es ist auch so schon peinlich genug. Alle meine Freunde denken bereits, er ist homosexuell.«
»Es ist ja nicht der Name, der *schwul* ist.«
»Nein, sie denken, dass du dieser Cyril bist und wir wieder zusammen sind.«
»Würde dir das gefallen, Alice?«
»Lieber bohre ich ein Loch bis zum Erdmittelpunkt, mit der Zunge. Warum, dir denn?«
»Sehr. Ich vermisse deinen Körper.«
»Oh, halt's Maul. Aber wenn Charles bei uns einzieht, darfst du dich nicht über Cyril lustig machen.«
»Wahrscheinlich werde ich mich nicht zurückhalten können«, sagte ich. »So eine Gelegenheit lässt man nicht aus. Was macht er, dein Cyril II.?«
»Nenn ihn nicht so. Er spielt Geige im RTÉ-Sinfonieorchester.«
»Sehr edel, und ist er angemessen alt?«
»Nicht wirklich. Er ist gerade erst vierzig geworden.«
»Sieben Jahre jünger«, sagte ich. »Gut gemacht. Wie lange wohnt er denn schon in unserem ehelichen Heim und setzt mir Hörner auf?«
»Es ist nicht unser eheliches Heim. Es hätte es sein können, wenn du nicht wie ein Mädchen kreischend zum Flughafen gerannt wärst. Knapp über zwei Monate ist er hier.«
»Mag Liam ihn?«
»Das tut er, ja.«
»Hat er das gesagt, oder sagst du es nur, um mich zu ärgern?«
»Ein bisschen von beidem.«
»Ich muss sagen, die plötzlichen Sympathien überraschen mich, da Liam, soweit ich das beurteilen kann, niemanden mag.«
»Nun, Cyril schon.«

»Gut für Cyril. Ich kann es kaum erwarten, ihn kennenzulernen.«
»Ich glaube nicht, dass es dafür eine Notwendigkeit gibt.«
»Wird es ihn nicht stören, wenn dein Schwiegervater einzieht? Ihm sozusagen ein Kuckuck ins Nest gesetzt wird?«
»Es ist kein Nest, sondern ein Haus, und nenne Charles nicht meinen Schwiegervater, das ärgert mich. Und nein, Cyril wird nichts dagegen haben. Er ist ein verträglicher Mensch, für einen Geiger.«
Und so kehrte mein Adoptivvater denn ein paar Tage später in das Zimmer im ersten Stock zurück, das früher einmal seines gewesen war, wobei er jetzt, statt feiernd und zechend mit den verschiedensten Frauen bis in die frühen Morgenstunden durch die Stadt zu ziehen, das Bett hütete und sein letztes großes Ziel verfolgte: sich durch sämtliche Romane Maudes zu arbeiten, in chronologischer Reihenfolge.
»Ich habe zu ihren Lebzeiten nur einen gelesen«, erklärte er mir eines Nachmittags während eines seiner klareren Momente, die alarmierend oft plötzlich abzubrechen schienen. »Und ich weiß noch, wie ich dachte, dass er fürchterlich gut sei. Ich sagte ihr, das sei genau die Art Buch, aus der ein Film werde könne, wenn es in die Hände von David Lean oder George Cukor gelangen würde. Worauf sie antwortete, wenn ich je wieder so etwas Haarsträubendes über ihre Arbeit sagte, würde sie mir Arsen in den Tee geben. Nicht, dass ich je viel von Literatur verstanden hätte, weißt du, aber ich sah, dass dieser Text seine Qualitäten hatte.«
»Das scheinen die meisten Leute zu denken«, sagte ich.
»Ich habe sehr gut von ihren Büchern gelebt, das muss ich zugeben, und das alles wird bald schon dir gehören.«
Ich sah ihn überrascht an. »Was hast du da gesagt?«, fragte ich.

»Nun, du bist mein nächster Verwandter, oder? Rein rechtlich. Ich hinterlasse dir alles, einschließlich der Rechte an Maudes Büchern.«

»Das tust du!? Aber das sind Millionen!«

»Ich kann das auch ändern, wenn du willst. Dazu ist noch Zeit. Ich kann es immer noch einer der Wohltätigkeitsorganisationen für Obdachlose vermachen. Oder Bono. Der wird schon wissen, was er damit anfangen soll.«

»Nein, nein«, sagte ich schnell. »Überstürze bloß nichts. Ich kümmere mich schon um die Obdachlosen, wenn es so weit ist, und Bono wird für sich selbst sorgen können.«

»Die gute alte Maude«, sagte er lächelnd. »Wer hätte damals gedacht, dass eine Schriftstellerin so viel Geld verdienen konnte? Dabei heißt es doch, die Welt sei voller Banausen. Deine Frau hat ihre Doktorarbeit über sie geschrieben, stimmt's?«

»Das hat sie«, gab ich zu. »Sie ist sogar als Buch herausgekommen. Aber es ist wahrscheinlich das Beste, Alice nicht meine Frau zu nennen. Dafür hat sie nicht so viel übrig.«

»Ich muss mit ihr über die Romane reden, weil ich jetzt, wo ich sie einen nach dem anderen lese, endlich erkenne, warum ein solcher Wirbel um Maude gemacht wird. Das Einzige, was ich ihr sagen würde, wenn sie hier säße, wäre, dass sie von Zeit zu Zeit riskiert, ein wenig männerfeindlich zu klingen, meinst du nicht auch? Sämtliche Ehemänner in ihren Romanen sind dumme, unsensible, treulose Individuen mit trüber Vergangenheit, leeren Köpfen, Mini-Penissen und fragwürdiger Moral. Aber ich nehme an, sie hatte eine ausgeprägte Fantasie, wie sie Schriftsteller nun mal brauchen, und sie hat das alles frei erfunden. Ich glaube mich zu erinnern, dass sie kein sehr gutes Verhältnis zu ihrem Vater hatte. Vielleicht drückt sich das in ihrem Werk aus.«

»Das muss es wohl sein«, sagte ich. »Ich wüsste nicht, wie sie sonst auf derartige Ideen gekommen wäre.«

»Hat deine Frau das in ihrer Biografie so geschrieben?«

»In etwa, ja.«
»Hat sie mich in ihrer Biografie erwähnt?«
»Natürlich.«
»Wie komme ich dabei weg?«
»Nicht gut«, sagte ich. »Aber vielleicht etwas besser, als man erwarten könnte.«
»Gut, und was ist mit dir? Kommst du auch vor?«
»Ja.«
»Und wie kommst du dabei weg?«
»Nicht gut«, sagte ich, »und vielleicht etwas schlechter, als ich erwartet hätte.«
»So ist das Leben. Übrigens«, sagte er, »ich will ja nicht taktlos sein, aber ich kann nicht so recht schlafen bei dem ständigen Geturtel aus eurem Schlafzimmer. Letzte Nacht bin ich davon aufgewacht, wie deine Frau deinen Namen mit der Verzückung einer jungen Nymphomanin herausgeschrien hat, die man in die Umkleide einer U-17-Fußballmannschaft gelassen hat. Das ist gut für dich, mein Junge, besonders nach all den Jahren. Ich bewundere deine Leidenschaft! Aber wenn ihr ein bisschen leiser sein könntet, würde ich das zu schätzen wissen. Ich liege im Sterben und brauche meinen Schlaf.«
»Ehrlich gesagt, glaube ich nicht, dass sie meinen Namen gerufen hat«, sagte ich.
»Oh doch, ganz sicher«, sagte er. »Wieder und wieder habe ich ihn gehört. ›Oh Gott, Cyril! Ja, Cyril! Genau da, Cyril! Keine Sorge, das passiert jedem mal, Cyril!‹«
»Das war ich nicht«, erklärte ich ihm. »Das war Cyril II. Ihr Freund. Ich selbst habe ihn noch nicht kennengelernt, du aber schon, oder?«
»Ist das so ein großer, magerer, armselig aussehender Schluck Wasser?«
»Ich weiß es nicht, aber nehmen wir es mal an.«
»Ja, den habe ich kennengelernt. Er schaut hin und wieder zu mir rein und schreit mich an, wie Engländer Ausländer

anschreien, weil sie denken, dann verstehen die sie besser. Er hat mir erzählt, dass er die ganze Woche Pugnis *La Esmeralda* in der National Concert Hall gespielt hat, und ich hab ihm die Hand geschüttelt und gesagt: ›Gut gemacht.‹«

Jeden zweiten Morgen kam eine Krankenschwester, um nach Charles zu sehen, und nachmittags machte Alice meist einen Spaziergang mit ihm um den Dartmouth Square. Als dann klar wurde, dass er sich dem Ende näherte, fragte ich sie, ob ich mit einziehen dürfe, damit ich bei ihm sein könnte, wenn er sich aus diesem Leben ins nächste verabschiedete.

»Was?«, sagte sie mit einem Ausdruck auf dem Gesicht, der das pure Erstaunen darüber zeigte, dass ich so etwas auch nur fragen konnte.

»Die Sache ist die«, erklärte ich ihr, »wenn es ihm plötzlich schlechter geht, müsstest du mich anrufen, und bis ich es herschaffe, ist er womöglich schon tot. Wenn ich aber bereits hier wäre, würde das nicht passieren, und im Übrigen könnte ich bei seiner Pflege mithelfen. Du hast schon so viel für ihn getan. Es muss dich viel Kraft kosten. Mit deinem Job und Liam und dem wilden Sex mit Cyril II.«

Sie sah aus dem Fenster, als suchte sie nach einem guten Grund, um Nein zu sagen. »Aber wo sollte ich dich unterbringen?«, fragte sie.

»Es ist ja nicht so, als wäre es ein kleines Haus«, sagte ich. »Ich könnte das Zimmer ganz oben nehmen, das mal mein Kinderzimmer war.«

»Oh nein«, sagte sie. »Da oben war ich schon lange nicht mehr. Es ist wahrscheinlich völlig verstaubt. Den Teil des Hauses halte ich verschlossen.«

»Ich könnte ihn wiedereröffnen, und ich mache gern selbst sauber. Hör zu, wenn es dir lieber ist, dass ich nicht herkomme, ist das okay. Wenn du nicht willst, dass Charles seine letzten Augenblicke auf dieser Welt mit seinem Sohn zusammen ist ...«

»Seinem Adoptivsohn.«
»... kann ich es dir nicht vorwerfen. Es wäre völlig verständlich. Andernfalls zöge ich wirklich gern ein.«
»Was ist mit Cyril?«
»Ich bin Cyril. Du hast doch nicht auch einen Hirntumor?«
»*Meinem* Cyril.«
»Ich dachte, ich wäre dein Cyril.«
»Siehst du, deswegen würde es nie funktionieren.«
»Cyril II., von dem redest du, oder?«
»Hör auf, ihn so zu nennen.«
»Also er müsste schon wirklich leicht zu verunsichern sein, um sich von mir bedroht zu fühlen«, sagte ich. »Ich bin, wie mittlerweile eindeutig klar sein sollte, nicht unbedingt ein Frauenheld. Hör zu, ich weiß, es wäre ein ungewöhnliches Arrangement, aber doch nicht für lange. Ich verspreche, keinen Ärger zu machen.«
»Natürlich wirst du das«, sagte sie. »Du machst immer Ärger. Das ist deine Rolle in diesem Leben, außerdem weiß ich nicht, was Liam dazu sagen würde.«
»Er wäre wahrscheinlich sehr froh darüber, seine Mammy und seinen Daddy endlich unter demselben Dach zu haben.«
»Siehst du? Ich habe noch nicht mal Ja gesagt, und schon geht es mit dem Ärger los. Mit deinen kleinen Witzen.«
»Ich möchte einfach bei ihm sein«, sagte ich leise, »bei Charles, meine ich. Ich habe fast alle meine Beziehungen vermurkst, und die zwischen ihm und mir war immer eher merkwürdig, aber ich hätte gern, dass sie, wenn eben möglich, ein gutes Ende findet.«
»Einverstanden«, sagte sie und rang die Hände. »Aber das wird keine langfristige Sache, das muss dir klar sein. Wenn er geht, gehst auch du.«
»Ich lass mich vom Totengräber mitnehmen, wenn sie die Kiste aus dem Haus tragen«, sagte ich. »Versprochen.«

Als Liam an dem Abend nach Hause kam, schien er verblüfft, beide Eltern beim Essen vor dem Fernseher anzutreffen, in dem *Coronation Street* lief.

»Was ist denn jetzt los?«, fragte er, blieb mitten in der Küche stehen und starrte uns an. »Was geht hier vor?«

»Alles ist anders gekommen als gedacht«, erklärte ich ihm. »Wir sind wieder zusammen und denken sogar über ein weiteres Kind nach. Du hättest doch gern ein kleines Brüderchen oder Schwesterchen?«

»Hör auf, Cyril«, sagte Alice. »Keine Sorge, Liam. Dein Vater macht nur Spaß.«

»Nenn ihn nicht so«, sagte Liam.

»Dann mach Cyril eben nur Spaß. Er wohnt mit im Haus, solange der Großvater noch bei uns ist.«

»Oh, verstehe«, sagte er. »Aber warum?«

»Um auszuhelfen.«

»Ich kann aushelfen«, sagte er.

»Das könntest du«, sagte Alice, »nur tust du es nicht.«

»Es wird nicht für lange sein«, sagte ich, »und schließlich ist er mein Vater.«

»Dein Adoptivvater«, sagte Liam.

»Nun, ja«, sagte ich. »Aber trotzdem, der einzige Vater, den ich je hatte.«

»Und was ist mit Cyril?«, fragte er.

»Was soll mit mir sein?«

»Nein, dem anderen Cyril.«

»Cyril II.«

»Hör auf, ihn so zu nennen«, sagte Alice. »Cyril hat kein Problem damit. Er kommt bald nach Hause, dann stelle ich die beiden einander vor.«

Liam schüttelte den Kopf, ging zum Kühlschrank und begann, sich ein Riesensandwich zu machen. »Ich weiß nicht, was ich davon halten soll«, sagte er. »Jahrelang waren es nur wir zwei, und jetzt ist das Haus voller Männer.«

»Voller Cyrils«, erwiderte ich.

»Es ist nicht voller Männer«, sagte Alice. »Es sind nur zwei.«

»Drei«, sagte Liam. »Du vergisst Charles.«

»Oh ja. Tut mir leid.«

»Vier, wenn du dich selbst mitzählst.« Ich deutete auf Liam. »Es werden immer mehr, was?«

»Du bleibst von meinem Zimmer weg, verstanden«, sagte er und sah mich scharf an.

»Ich werde versuchen, dem überwältigenden Drang zu widerstehen.«

Ein paar Stunden später kam Cyril II. nach Hause, und wir schüttelten uns die Hände. Alice stand zwischen uns und wirkte äußerst nervös. Er war ein ganz angenehmer Kerl, dachte ich, wenn auch etwas langweilig. Schon nach fünf Minuten fragte er mich, ob ich eine Lieblingssinfonie hätte, und wenn ja, ob es mir gefallen würde, wenn er sie als Willkommenshymne am Dartmouth Square für mich spielen würde. Ich sagte, nein, hätte ich nicht, dankte ihm aber für die nette Idee. Damit hatte sich unser Gespräch für den Abend erledigt, er fragte mich nur noch, ob ich ein gutes Mittel gegen entzündete Fußballen wisse.

Eine Woche später, als ich kurz vor Mitternacht mit einer Tasse heißer Milch hinauf in mein Zimmer ging, hörte ich Schluchzen aus Charles' Zimmer dringen, blieb vor der Tür stehen und lauschte einen Moment, bevor ich anklopfte und hineinging.

»Ist alles in Ordnung?«, fragte ich.

»Ich bin sehr traurig«, sagte er und nickte zu seinem Buch hin. »Das war das letzte, verstehst du. Jetzt habe ich sie alle gelesen und werde wohl bald gehen. Es ist nichts mehr da. Ich wünschte, ich hätte damals schon begriffen, wie viel Talent sie hatte. Ich wünschte, ich hätte sie mehr gepriesen und wäre ihr ein besserer Ehemann gewesen. Am Ende hatte sie dieses Leben so satt. Und mich. Ich habe sie schlecht behandelt. Du hast sie in den 30ern natürlich nicht gekannt, aber als junge Frau, da war sie so witzig. *Temperamentvoll*, sagten die Leute damals. Sie sprang über Bäche, ohne sich viel dabei zu denken, und sie hatte einen Flachmann in der Handtasche, den sie herausholte, um einen Schluck zu nehmen, wenn die Sonntagspredigt nicht aufhören wollte.«

Ich lächelte und konnte mir nur schwer vorstellen, dass Maude irgendetwas in dieser Art getan hatte.

»Weißt du, dass sie den Mann von der Steuer angegriffen hat, als du das erste Mal ins Gefängnis musstest?«

»Hat sie das? Warum?«

»Sie sagte, er habe so hart an deiner Verfolgung gearbeitet, dass ihr Name wegen der ganzen Publicity in alle Zeitungen geraten sei und *Unter Engeln* allein deshalb auf Platz vier der Bestsellerliste gestanden habe. Mitten im Gerichtssaal hat sie ihn geohrfeigt.«

»Das war wirklich unerträglich für sie«, sagte er und nickte. »Ich weiß noch, wie aufgebracht sie war. Sie hat mir hinterher einen Brief geschrieben, und er war nicht angenehm zu lesen, wenn auch unglaublich gut geschrieben. Ist sie oben, Cyril? Warum bittest du sie nicht herunter, und ich leiste Abbitte, bevor ich schlafen gehe.«

»Nein«, sagte ich und schüttelte den Kopf. »Nein, Charles, sie ist nicht oben.«

»Doch, das muss sie sein. Bitte schick sie herunter. Ich möchte ihr sagen, dass es mir leidtut.«

Ich streckte die Hand aus und schob ihm eine lange weiße Haarsträhne aus der Stirn. Seine Haut fühlte sich kalt und klamm an. Er lehnte sich zurück und schloss die Augen, und ich blieb bei ihm, bis er schlief, ging dann selbst ins Bett und sah durchs Dachfenster zu den Sternen hinauf, denselben Sternen, zu denen ich vor vierzig Jahren hinaufgestarrt und von Julian Woodbead und all den Dingen geträumt hatte, die ich mit ihm tun wollte. Endlich verstand ich, warum Charles hatte wieder herkommen wollen. Zum ersten Mal in meinem Leben begann ich, über meine eigene Sterblichkeit nachzudenken. Sollte ich stürzen oder einen Herzinfarkt haben, würde ich womöglich wochenlang auf dem Küchenboden liegen und verwesen, bevor jemand kam, um nach mir zu sehen. Ich hatte nicht mal eine Katze, die mich fressen könnte.

Charles lebte noch vier Tage und starb mit tadellosem Timing, als Alice, Liam, Cyril II. und ich alle zu Hause waren. Den ganzen Tag über hatte er wirres Zeug geredet, und es war klar, dass er nicht mehr lange hatte, obwohl wir nicht dachten, dass es schon so weit sei. Alice und ich waren unten und machten das Abendessen, als Liam uns von oben rief.

»Mom! Cyril! Kommt schnell!«

Alle drei rannten wir nach oben zu Charles, der mit geschlossenen Augen in seinem Bett lag. Sein Atem wurde langsamer. Wir konnten hören, welche Anstrengung ihn selbst noch die geringste Regung kostete.

»Was ist?«, fragte Liam, und ich staunte, meinen Sohn so zu sehen, der, seit ich ihn kannte, kaum einmal ein Gefühl gezeigt hatte. Er war den Tränen nahe, obwohl er seinen Großvater doch erst vor ein paar Wochen kennengelernt hatte.

»Er stirbt«, sagte ich, setzte mich und nahm Charles' Hand, während Alice nach der anderen griff. Aus dem Flur draußen hörte ich rührseliges Geigenspiel und verdrehte die Augen.

»Muss das sein?«, fragte ich.

»Sei still, Cyril«, sagte Alice. »Er will nur helfen.«

»Könnte er dann nicht etwas Fröhlicheres spielen? Einen Jig oder so?«

»Sag ihr, es war nicht mein Fehler«, murmelte Charles, und ich beugte den Kopf vor, um näher an seinen Mund zu kommen.

»Was war nicht dein Fehler?«, fragte ich, doch er schüttelte den Kopf.

»Cyril«, sagte er.
»Was?«
»Komm näher.«
»Es geht nicht näher, wir küssen uns praktisch schon.«
Er versuchte, sich etwas in seinem Bett aufzusetzen, sah sich mit entsetztem Ausdruck auf seinem blassen Gesicht im Zimmer um, griff mir hinter den Kopf und zog mich nahe an sich heran. »Du warst nie ein echter Avery«, zischte er. »Das weißt du, nicht?«
»Ja«, sagte ich.
»Aber beim Barte des Propheten, du warst nah dran. Verdammt nah.«
Damit ließ er mich los, sank zurück in sein Kissen und sagte nichts mehr. Wir sahen alle zu, wie sein Atem immer langsamer wurde, bis er schließlich ganz erstarb. Irgendwie fühlte ich mich in diesem Moment aus der Situation und meinem Körper herausgehoben, als führe ich selbst zum Himmel auf, sah von oben auf mich herab, auf meine Frau und meinen Sohn in diesem Zimmer mit den sterblichen Überresten meines Adoptivvaters, und dachte, in was für einer seltsamen Familie ich doch aufgewachsen war und was für eine merkwürdige Familie ich eines Tages hinter mir lassen würde.
Zwei Tage später begruben wir ihn auf dem Friedhof in Ranelagh, und als wir zum Dartmouth Square zurückkamen, setzte sich Alice zu mir und sagte, sie sei froh, dass ich am Ende da gewesen sei und sie mir habe helfen können, doch das sei es nun gewesen. Sie wolle keine Missverständnisse zwischen uns, und ich müsse zurück nach Hause.
»Aber ich habe nicht mal eine Katze«, sagte ich.
»Was hat das damit zu tun?«
»Nichts«, sagte ich, »und natürlich muss ich gehen. Ihr wart sehr gut zu mir, du und Cyril II.«
»Nenn ihn...«
»Tut mir leid.«

Eine letzte Nacht noch schlief ich dort, packte am Morgen die wenigen persönlichen Dinge zusammen, die ich mitgebracht hatte, und verließ das Haus ein letztes Mal, während mein Sohn, meine Frau und ihr Geliebter noch schliefen. Den Schlüssel legte ich auf den kleinen Tisch bei der Haustür, gegenüber von dem Stuhl, auf dem der siebenjährige Julian gesessen hatte, und dann trat ich hinaus in den kalten Herbstmorgen. Grauer Nebel bedeckte den Dartmouth Square und machte den Weg zur Hauptstraße hinüber praktisch unsichtbar.

2001

Der Phantomschmerz

Maribor

Im Sommer 2001, kurz nach meinem fünfundsechzigsten Geburtstag, lud mich Ignac ein, ihn zu einem Literaturfestival in Ljubljana zu begleiten. Normalerweise war auf solchen Reisen seine Frau Rebecca bei ihm, doch da sie erst vor ein paar Monaten ein Zwillingspärchen, zwei Mädchen, auf die Welt gebracht hatte, und das, nachdem es vierzehn Monate zuvor bereits zwei Jungs gewesen waren, wollte sie nicht aus Dublin weg. Und deshalb fragte er mich.

»Er ist ziemlich nervös«, erklärte mir Rebecca, als sie eines Morgens ihren riesigen Doppeldecker-Kinderwagen ins Dáil Éireann schob und ein wenig benommen wirkte, weil sie nach langer Zeit endlich wieder draußen im Sonnenlicht gewesen war. Sie sank mir gegenüber auf einen Stuhl und sah aus, als könnte sie wochenlang in Schlaf fallen, wenn sie nur die Möglichkeit dazu bekäme. »Ich glaube, er bereut, die Einladung überhaupt angenommen zu haben.« Eines der Babys im oberen Stock erbrach sich über die beiden unter ihm, was zu einem wilden Geschrei führte, hauptsächlich von Rebecca selbst, und einen Parlamentssekretär missbilligend zu uns herübersehen ließ.

»Warum sollte er nervös sein?«, fragte ich, als alles wieder gesäubert war. »Er war über die Jahre schon bei zahllosen Literaturfesten und Lesungen. Er muss sich doch längst daran gewöhnt haben.«

»Ja, aber es ist das erste Mal, dass er nach Slowenien zurückkehrt. Seit er damals weggegangen ist.«

»Seit er weggeschickt wurde, meinst du.«

»Meine ich das?«

»So war es doch, oder?«

Sie zuckte mit den Schultern und wandte den Blick ab. »Die Sache ist kompliziert«, sagte sie.

Ich zog die Stirn kraus und wusste nicht, was sie meinte. Ignac hatte immer erzählt, seine Großmutter habe ihn direkt nach dem Tod seiner Mutter zu seinem Vater nach Amsterdam geschickt, weil sie kein Interesse daran gehabt habe, noch ein Kind großzuziehen. Ich war immer davon ausgegangen, dass die Geschichte der Wahrheit entsprach.

»Ich mache mir Sorgen, dass ihn die Reise zu sehr aufwühlt«, fuhr sie fort. »Er ist viel stiller als sonst, und er schläft nicht.«

»Schläft überhaupt irgendjemand bei euch?«, fragte ich mit einem Blick auf die Babys.

»Also, nein. Wenn du mich so fragst ... Ich glaube, ich habe im März zum letzten Mal eine Nacht durchgeschlafen, und ich hoffe, dass mir das im nächsten Jahr wieder gelingt, wenn ich Glück habe. Ich meine nur, es könnte eine schwere Reise werden, sonst nichts. Er ist da so berühmt.«

»Er ist überall berühmt.«

»Ich weiß, aber ...«

»Hör zu, warum kümmere *ich* mich nicht ein paar Tage um die Babys?«, schlug ich vor. »Und du fährst mit Ignac nach Slowenien?«

»Ernsthaft?«, fragte sie. »Du willst dich fünf Tage lang um vier Babys kümmern?«

»Nein, nicht wirklich. Aber ich würde es versuchen. So schwer kann es nun auch wieder nicht sein, oder?«

Sie lachte und schüttelte den Kopf. »Oh, es ist überhaupt nicht schwer! Absolut ein Klacks!«

»Komm, ich schaffe das schon, und du siehst aus, als könntest du eine kleine Pause durchaus brauchen.«

»Warum?«, fragte sie mit schreckensweiten Augen. »Sehe ich schlimm aus? Ja, oder? Wie eine von diesen Müttern, du weißt schon. Die so fürchterlich aussehen? Wie eine von denen?«

»Nein, du siehst so großartig aus wie immer«, erklärte ich ihr, was stimmte, denn wie müde sie sich auch fühlte, wie viele Babys sie auch aus sich herausdrücken mochte, Rebecca war wundervoll, eine Schönheit.

»Ich fühle mich wie die alte Frau auf der Titanic«, sagte sie und legte den Kopf auf ihre Hände. »Wie die Frau in dem Film. Nur noch weniger attraktiv. Im Moment würde mich selbst Mutter Teresa im Bikini bei jedem Schönheitswettbewerb schlagen.«

»Ich bin sicher, dass Ignac das anders sieht«, sagte ich und versuchte, das Bild aus meinem Kopf zu bekommen.

»Das hoffe ich«, sagte sie. »Wobei ich ihm das Ding definitiv abschneiden werde, wenn er mir damit noch einmal zu nahe kommt. Vier Babys in anderthalb Jahren sind genug. Trotzdem, nein, so gern ich davonlaufen und sie dir überlassen würde, es geht nicht.«

»Warum?«, fragte ich.

»Weil ich ihnen möglicherweise etwas besser die Brust geben kann als du.«

»Oh ja«, sagte ich. »Gutes Argument. Das stimmt wohl.«

Damit war es beschlossen. Ich stieg in ein Flugzeug und wurde hineingerissen in das chaotische Leben von Sloweniens bekanntestem Exilanten, der zum ersten Mal seit zwei Jahrzehnten ins Land seiner Geburt zurückkehrte. Zu meinem Erstaunen warteten Fotografen am Flughafen auf seine Ankunft, dazu Fernsehteams, die ihn mit ihren Mikrofonen und einer Menge unverständlicher Fragen bestürmten, als wir aus der Ankunftstür traten. Die Menge an Kindern war so groß und laut, dass wir auch eine Boyband hätten sein können, die die Stadt besuchte. Mittlerweile war der achte Band der Floriak-Ansen-Reihe herausgekommen, die Begeisterung war nachvollziehbar, und Ignac muss zugutegehalten werden, dass er mehr als eine Stunde dort auf dem Flughafen verbrachte und Bücher signierte, während ich ein Stück abseits einige Tassen Kaffee trank. Anschließend ging es mit einer Limousine zu einem Champagnertreffen mit seinem Verleger, später zu einem komplett ausverkauften Event in einem örtlichen Theater.

Während ihres gesamten Autorinnenlebens hatte Maude nur einmal einer öffentlichen Lesung zugestimmt, und so gut Alice diesen katastrophalen Abend in ihrer Biografie auch dokumentiert hat*, sie selbst war damals nicht dabei, aber ich. Das Ganze fand in einer Buchhandlung mitten in Dublin statt. Der Raum war übervoll mit Dutzenden Leuten, und während ein Kulturredakteur der *Sunday Press* Maude vorstellte, saß meine Adoptivmutter, ganz in Schwarz gekleidet, ruhig in einer Ecke, rauchte Zigarette um Zigarette und verdrehte die Augen, wann immer er ihr ein weiteres vermeintliches Kompliment machte. (»Sie ist eine echte Konkurrenz für alle männlichen Schriftsteller! Sie schreibt wunderbare Sätze, nur ihre Beine sind noch schöner. Wie sie es schafft, ihre Romane zu schreiben, während sie sich um Mann und Kind kümmert, bleibt ein Rätsel. Ich hoffe, sie vernachlässigt ihre Pflichten nicht!«) Als er fertig war, stand sie auf, trat ans Mikrofon und las ohne jede Vorrede das erste Kapitel aus *Unter Engeln*, das unter allgemeinem Desinteresse ein paar Monate zuvor herausgekommen war. Vielleicht war sie noch nie bei einer literarischen Lesung gewesen, vielleicht verstand sie auch deren Sinn nicht, denn als

---

* Alice Woodbead, *Hymnen am Himmelstor. Das Leben Maude Averys*, Faber & Faber, London 1986, S. 102 ff.

sie das Kapitel nach endlosen vierzig Minuten beendete und Applaus losbrach, starrte sie ihr Publikum an, sagte: »Ruhe, verdammt, ich bin noch nicht fertig«, und begann mit dem zweiten Kapitel. Dann dem dritten. Und erst, als sich auch der letzte Zuhörer nach mehr als zwei Stunden aus der Buchhandlung schlich, hörte sie auf, knallte das Buch zu, nahm mich bei der Hand, stürmte hinaus und winkte ein Taxi heran.

»Was für eine komplette Zeitverschwendung«, schimpfte sie, als wir durch den Verkehr in Richtung Dartmouth Square fuhren. »Wenn sie mein Buch nicht mögen, warum um alles in der Welt kommen sie dann, um mir zuzuhören?«

»Ich glaube, sie wollten, dass du ihnen nur für ein paar Minuten was vorlesen würdest«, erklärte ich ihr, »und ihnen dann vielleicht ein paar Fragen beantwortest.«

»Der Roman ist vierhundertvierunddreißig Seiten lang«, antwortete sie und schüttelte den Kopf. »Wenn sie ihn verstehen wollen, müssen sie ihn sich ganz anhören. Oder ihn, vorzugsweise, ganz *lesen*. Wie wollen sie in kaum mehr als zehn Minuten ein Gespür dafür entwickeln? In der Zeit, in der ich drei Zigaretten rauche! Banausen! Barbaren! Bauern! Nie wieder, Cyril, das verspreche ich dir. Nie wieder.« Und sie hielt Wort.

Ignac beging in Ljubljana keine derartigen Fehler. Er war bühnenerfahren, wusste genau, wie lange das Publikum zuhören würde, er hatte ein gutes Gespür dafür, wie er die Leute mit ein paar wohlgewählten, selbstironischen Scherzen während der sich anschließenden Fragerunde für sich einnehmen konnte. Sein Verleger hatte einen erbarmungslosen Interviewmarathon mit Presse, Radio und Fernsehen vereinbart, und als Ignac seine Termine und Verpflichtungen am dritten Nachmittag endlich hinter sich gebracht hatte, schlug er für den folgenden Tag einen Ausflug nach Maribor im Nordosten des Landes vor.

»Was gibt es in Maribor?«, fragte ich und konsultierte den Reiseführer, an den ich mich während der vorhergehenden Tage wie Lucy Honeychurch an ihren *Baedeker* geklammert hatte.

»Da bin ich geboren«, sagte Ignac. »Meine Familie kommt aus Maribor.«

»Wirklich?«, fragte ich überrascht, denn ich hatte ihn die Stadt nie erwähnen hören. »Und du bist sicher, dass du da hinwillst?«

»Nicht ganz«, sagte er mit einem Achselzucken. »Aber ich denke, es könnte gut für mich sein.«

»Warum?«, fragte ich.

Er brauchte lange, bis er mir antwortete. »Dieser Ausflug wird sicher nicht meine einzige Reise zurück nach Slowenien bleiben«, sagte er. »Ich komme wieder her, aber wahrscheinlich wird bis dahin einige Zeit vergehen. Erst wenn die Kinder groß genug sind. Und wenn der Tag kommt, will ich mich nicht mehr mit meiner Vergangenheit beschäftigen müssen. Ich denke, ich sollte Maribor jetzt besuchen, zusammen mit dir. Ich sollte mit dem, was war, für immer abschließen.«

Und so machten wir uns auf, mieteten ein Auto, fuhren in Richtung Norden und liefen durch die kalten, heruntergekommenen Straßen, in denen er seine Kindheit und Jugend verbracht hatte. Er war still, während er mich durch die Stadt führte, Abkürzungen und Durchgänge fand er ohne jedes Zögern, erinnerte sich an kleine Läden und an die Häuser von Freunden. Wir kamen an einer mit Brettern vernagelten Schule vorbei, deren Fassade mit unlesbaren Graffiti überzogen war, und einer anderen, vor Kurzem erst erbauten, die aussah, als könnte sie der nächste kräftige Wind davontragen. Anschließend aßen wir in einem Restaurant zu Mittag, wo uns die Leute anstarrten, ihren berühmtesten Sohn, den sie von den Zeitungsfotos und aus den Berichten im Fernsehen wiedererkannten, wobei sie sich scheuten, ihn anzusprechen, als fürchteten sie sich vor dem, was er antworten könnte. Nur ein neunjähriger Junge, der mit einem Floriak-Ansen-Roman bei seinem Vater gesessen hatte, kam herüber, und ich verstand kein Wort, als sich die beiden auf Slowenisch unterhielten. Ignac schrieb ihm etwas in sein Buch, und ich fragte nicht, worüber sie geredet hatten. Später führte mich Ignac einen gepflasterten Weg hinunter, der zu einer winzigen verlassenen Hütte führte. Die Fenster waren mit Brettern vernagelt und das Dach eingefallen. Ignac legte seine Hand flach auf die Tür, schloss die Augen und atmete tief durch. Entweder versuchte er, seine Wut zu kontrollieren, oder er kämpfte mit den Tränen.

»Was ist das?«, fragte ich. »Wo sind wir?«

»Das ist es«, antwortete er. »Das Haus, in dem ich geboren wurde. Wo ich aufgewachsen bin.«

Ich starrte es an. Es war so klein, dass man sich kaum vorstellen konnte, dass es jemandem Platz bot, um darin zu leben, geschweige denn zwei Erwachsenen mit einem Kind.

»Es waren nur ein paar Zimmer«, sagte er, als erriete er, was mir durch den Kopf ging. »Als kleines Kind habe ich bei meinen Eltern im Bett geschlafen. Dann, als mein Vater weg war, hat mir meine Mutter ein Nest auf dem Boden gebaut. Hinten gab es eine Toilette. Waschen konnte man sich nirgends.«

Ich sah ihn an und wusste nicht, was ich sagen sollte. Seit jener Nacht in Amsterdam vor einundzwanzig Jahren, als Jack Smoot seinem Vater in den Rücken gestochen hatte, hatten wir über das Thema nicht mehr gesprochen.

»Möchtest du hinein?«, fragte ich. »Wenn wir ein paar von den Brettern losmachen...«

»Nein«, sagte er schnell. »Nein, das will ich nicht. Ich wollte nur das Haus sehen, sonst nichts.«

»Was ist mit den Nachbarn?«, fragte ich und sah mich um. »Erinnerst du dich an sie?«

»An einige. Viele werden mittlerweile tot sein.«

»Und deine Freunde?«

»Ich hatte nicht viele. Ich werde hier an keine Tür klopfen.«

»Dann lass uns wieder gehen. Du warst hier, sieh nach vorn.«

»In Ordnung«, sagte er. »Willst du zurück ins Hotel?«

»Gehen wir ein Bier trinken«, sagte ich. »Ich habe das Gefühl, wir sollten uns betrinken, du nicht?«

Er lächelte. »Genau das denke ich auch«, sagte er.

Wir wanderten die Straße hinunter, und ich schlug vor, zurück ins Zentrum zu gehen, wo ich ein paar anständige Kneipen gesehen hatte, aber er sagte Nein, da gebe es eine in der Nähe, in die er wolle. Als wir hinkamen, war ich überrascht, denn es war nichts Besonderes, nur ein Lebensmittelladen mit ein paar Tischen draußen auf der Straße. Aber wir setzten uns, bestellten slowenisches Bier, und er schien glücklich zu sein, dort zu sitzen. Dennoch lag eine seltsame Spannung zwischen uns in der Luft, und ich war mir nicht sicher, ob er sich unterhalten oder lieber mit seinen Gedanken in Ruhe gelassen werden wollte.

»Erinnerst du dich an den ersten Abend, als wir uns kennengelernt haben?«, fragte ich schließlich und rief mir die Situation wieder vor Augen, wie Bastiaan und ich ihn auf der Straße vor unserer Wohnung am Weesperplein gefunden hatten, das dunkle Haar blond gefärbt, einen dunklen Bluterguss unter dem einen Auge und mit einem Rinnsal Blut, das ihm von der aufgeplatzten Lippe übers Kinn lief. »Als wir dir aufhelfen wollten, warst du wie ein verängstigter Welpe, der nicht wusste, ob wir ihn füttern oder schlagen wollten.«

»Du weißt, dass ich euch bestehlen wollte?«, fragte er und lächelte ganz leicht.

»Das hast du nicht nur geplant«, erinnerte ich ihn, »sondern auch getan. Am nächsten Morgen hast du meine Brieftasche mitgehen lassen, weißt du noch?«

»Das stimmt«, sagte er. »Das hatte ich vergessen.«
»Besteht eine Aussicht darauf, dass ich mein Geld irgendwann wiedersehe?«
»Eher nicht«, sagte er. »Aber ich lade dich später zum Essen ein, wenn du magst.«
»Ich hatte Angst, dass du kommen und uns im Schlaf ermorden würdest.«
»Das hätte ich niemals getan«, sagte er und klang leicht beleidigt. »Aber ich dachte, wenn ich ein paar von euren Sachen verkaufen könnte, käme ich vielleicht von der Straße. Weg von meinem Vater. Erst nachdem ich morgens davongelaufen war, hatte ich eine bessere Idee. Ich habe deine Brieftasche zurückgebracht und darauf gehofft, dass ihr mich bei euch wohnen lassen würdet.«
»Das hast du Bastiaan zu verdanken«, sagte ich, nahm einen Schluck von meinem Bier und spürte den Schmerz, der sich in mir meldete, wann immer ich an unsere glückliche Zeit zu zweit dachte, die mir so fern schien. Bastiaan war jetzt seit vierzehn Jahren tot, es war kaum zu glauben. »Ich dachte, er ist verrückt, als er es vorschlug.«
»Trotzdem, du hast zugestimmt.«
»Er hat mich überredet.«
»Ich bin froh, dass er es getan hat. Ich weiß nicht, was aus mir geworden wäre, hätte er es nicht getan.«
»Unterschätz deine eigene Stärke nicht«, sagte ich. »Ich glaube, du wärst am Ende klargekommen.«
»Mag sein.«
»Ich wünschte, er wäre hier«, sagte ich nach einer Pause.
»Ich auch«, sagte Ignac. »Die Welt ist ein beschissener Ort.«
»Das ist wohl wahr.«
»Stellst du dir nie vor, dass du jemanden in deinem Leben hättest?«, fragte er.
»Natürlich tue ich das.«
»Ich meine nicht Bastiaan, ich meine jemand anderen.«

Ich schüttelte den Kopf. »Nein«, sagte ich. »Ich gehöre zu der Generation schwuler Männer, für die es schon ein Glück war, wenn sie überhaupt einmal jemanden hatten. Ich habe kein Interesse daran, noch einmal etwas Neues anzufangen. Für mich war es Bastiaan und sonst niemand.«

»Nicht mal Julian?«

»Das mit Julian war anders«, sagte ich. »Er war immer unerreichbar, aber Bastiaan, das war die Wirklichkeit. Bastiaan war die Liebe meines Lebens, nicht Julian. Julian war eine Obsession, sosehr ich ihn geliebt habe und immer noch vermisse. Am Ende haben wir unsere seltsame Geschichte noch klären können, zumindest nahezu.« Ich schüttelte den Kopf und seufzte. »Ernsthaft, Ignac, ich sehe auf mein Leben zurück und verstehe wirklich, was passiert ist. Heute sieht es so aus, als wäre es einfach gewesen, allen gegenüber offen und ehrlich zu sein, besonders Julian. Aber damals fühlte es sich ganz anders an. Natürlich war damals alles anders.«

»Liam sagt, Julian hat das genauso empfunden. Dass er nicht verstanden habe, warum du ihm als Teenager nicht die Wahrheit gesagt hast.«

Ich sah ihn überrascht an. »Du hast mit Liam über uns gesprochen?«

»Irgendwann kam die Sprache darauf«, sagte er vorsichtig. »Es macht dir doch nichts, oder?«

»Nein«, sagte ich. »Eigentlich nicht. Ich bin froh, dass ihr Freunde seid.«

»Klar sind wir Freunde«, sagte er. »Er ist mein Bruder.«

»Das eine ist nicht immer die Grundvoraussetzung für das andere.«

»Bei uns klappt es trotzdem.«

»Ich bin jedenfalls froh darüber«, sagte ich. Liam war sogar der Pate von Ignac' und Rebeccas erstem Zwillingspärchen, wobei ein Teil von mir, ehrlich gesagt, manchmal neidisch auf ihre Beziehung war. Sie waren der jüngere und der ältere Bruder, den beide immer gesucht hatten, verbun-

den durch eine Art Vater, der für den einen, aber nicht für den anderen da gewesen war.
»Und wenn plötzlich jemand käme?«, fragte er.
»Jemand ...?«
»Jemand, den du lieben könntest.«
Ich schüttelte den Kopf. »Ich weiß nicht, ob ich mich darauf einlassen könnte«, sagte ich. »Vielleicht? Wahrscheinlich nicht.«
»Okay.«
»Darf ich dich was fragen?«, sagte ich, bereit, ein Thema anzusprechen, das wir in mehr als zwanzig Jahren nie diskutiert hatten.
»Klar.«
»Es ist, weil wir hier sind«, sagte ich. »In Slowenien. Es macht mir bewusst, dass wir nie über Amsterdam gesprochen haben, oder? Die Stadt meine ich nicht, sondern das, was damals passiert ist.«
»Nein«, sagte er. »Das haben wir nicht.«
»Manchmal denke ich, mit mir stimmt was nicht«, sagte ich und senkte die Stimme, obwohl da niemand war, der uns hätte hören können. »Weil ich keinerlei schlechtes Gewissen habe. Keinerlei Schuldgefühle.«
»Warum solltest du auch?«
»Weil ich einen Mann umgebracht habe.«
»Du hast ihn nicht umgebracht«, sagte er und schüttelte den Kopf. »Das war Jack Smoot.«
»Nein, wir alle«, widersprach ich ihm. »Wir alle waren dabei. Ich so sehr wie alle anderen.«
»Mein Vater hat genau das bekommen, was er verdient hat«, sagte Ignac. »Hätte Jack Smoot ihn nicht erstochen ... Gott allein weiß, was dann geschehen wäre. Denk daran, ich kannte ihn. Du nicht. Er hätte mich niemals gehen lassen. Niemals.«
»Das weiß ich«, sagte ich, »und ich bedaure auch nichts.«

»Denkst du oft daran?«
»Nicht oft, nein. Aber manchmal. Warum, du nicht?«
»Nein, nie.«
»Gut.«
»Es tut mir nicht leid, wenn du das meinst.«
»Mir tut es auch nicht leid«, sagte ich. »Er hätte dich nie in Ruhe gelassen, so viel war klar. Aber ich muss zugeben, dass ich mich oft schon gefragt habe, was Smoot wohl mit der Leiche gemacht hat. Zwanzig Jahre habe ich mir Gedanken darüber gemacht, ob uns die Polizei wohl noch auf die Schliche kommt.«
»Das wird sie nicht. Die Leiche ist längst weg.«
»Wie kannst du da so sicher sein?«
»Ich bin's einfach.«
Ich sah ihn überrascht an. »Weißt du etwa, was mit ihm geschehen ist?«, fragte ich.
»Ja.«
»Woher?«
»Smoot hat es mir erzählt.«
»Ich wusste nicht, dass ihr noch Kontakt habt«, sagte ich.
»Nur manchmal.«
»Ich hatte immer Angst, mich bei ihm zu melden. Ich dachte, ich sollte so viel Distanz zu ihm bewahren wie nur möglich, nur für den Fall. Aber dann habe ich nach Bastiaans Tod von ihm gehört. Er hat mir einen Brief geschrieben. Ich habe mich immer gefragt, wie er wohl von dem Unglück erfahren hat, und ich dachte, vielleicht wären Arjan oder Edda in seine Kneipe gekommen und hätten es ihm erzählt.«
»Hast du geantwortet?«
»Ja«, sagte ich. »Aber das war's dann auch. Vielleicht sollte ich ihm irgendwann wieder schreiben, mal angenommen, er lebt noch.«
»Oh, und wie«, sagte Ignac. »Das letzte Mal, als ich in Amsterdam war, habe ich ihn noch gesehen.«

»Du warst im MacIntyre's?«, fragte ich überrascht.

»Aber klar. Da gehe ich immer hin, wenn ich in der Stadt bin, was ziemlich oft der Fall ist. Mein holländischer Verleger lädt mich bei jedem neuen Buch ein. Nichts hat sich verändert. Er ist natürlich älter geworden, aber die Kneipe bringt immer noch Geld, und er scheint glücklich zu sein. Das letzte Mal habe ich sogar die Frau vom Foto kennengelernt.«

»Von was für einem Foto?«

»Erinnerst du dich nicht an das Foto an der Wand direkt über deinem Lieblingsplatz? Wo ihr, du und Bastiaan, immer gesessen habt?«

»Dem mit Smoot und seinem Freund von vor all den Jahren?«

»Ja, aber da stand auch eine junge Frau bei ihnen, nur halb mit auf dem Bild.«

»Ja«, sagte ich und erinnerte mich. »Das Foto ist in der Chatham Street aufgenommen worden.«

»Wir sollten sie an dem Abend kennenlernen, weißt du noch? Sie war zu Besuch in Amsterdam. Sie hat ihm geholfen, die Leiche beiseitezuschaffen. Wir sind also auch ihr zu Dank verpflichtet.«

Ich überlegte und erinnerte mich, wie Smoot den Toten in den Kofferraum des Mietwagens gepackt hatte und dann auf der Beifahrerseite eingestiegen war. Den Wagen hatte eine Frau gefahren. Sein Besuch aus Dublin. Seine alte Freundin. Die Frau, die ihm das Leben gerettet hatte, als sein Freund getötet wurde.

»Habt ihr darüber geredet?«, fragte ich und hoffte, dass sie es nicht getan hatten. Jahre mochten vergangen sein, dennoch dachte ich, dass es dumm war, die Ereignisse jener Nacht überhaupt je zu erwähnen.

»Nein«, sagte er. »Kein Wort. Smoot hat's mir hinterher erzählt.«

»Was hat er also mit ihm gemacht?«, fragte ich. »Wie ist er ihn losgeworden?«

Ignac lächelte und schüttelte den Kopf. »Wie ich sagte, das willst du nicht wissen.«

»Doch, das will ich.«

Er seufzte und zuckte mit den Schultern. »Also gut«, sagte er. »Du weißt doch, dass die Leute in Amsterdam im siebzehnten Jahrhundert verurteilten Homosexuellen Mühlsteine um den Hals gebunden und sie in die Grachten geworfen und ersäuft haben?«

»Ja.«

»Nun, so hat er's auch gemacht. Er muss auf den Grund gesunken sein und ist nie wieder hochgekommen.«

»Gott«, sagte ich. Mir lief ein Schauer über den Rücken. »Ich weiß nicht, was ich sagen soll.«

»Ich finde das im Grunde gerecht. Für mich fühlt es sich so als, als ob …«

Er hielt plötzlich mitten im Satz inne, und ich sah, wie sein Gesicht im Nachmittagslicht die Farbe verlor. Ich folgte seinem Blick und sah eine alte Frau die Straße heraufkommen. Sie zog einen Einkaufstrolley hinter sich her, gefolgt von einer dunkelgrauen Promenadenmischung. Die Frau war so klein, ihr Gesicht so tief zerfurcht, dass sie ein wunderbares Objekt für einen Porträtfotografen gewesen wäre. Ignac stellte sein Glas auf den Tisch neben sich, und als sie die Seitentür des Ladens erreichte, rief sie etwas in einer Sprache hinein, das ich nicht verstand. Einen Augenblick später kam der Kellner heraus, gab ihr ein Bier und hatte für den Hund einen Napf Wasser dabei. Sie setzte sich, sah sich um, und ihr Blick landete kurz bei uns. Schon wandte sie sich wieder ab und seufzte, als laste das Gewicht der ganzen Welt auf ihren Schultern.

»Der berühmte Schriftsteller«, sagte sie in einem Englisch mit schwerem slowenischen Akzent.

»Ich denke schon«, sagte Ignac.

»Ich habe dein Bild in der Zeitung gesehen und mich gefragt, wann du hier auftauchen würdest.«

Ignac sagte nichts, aber so hatte ich ihn noch nie erlebt. Schmerz, Verachtung und Angst vereinten sich auf seinen Zügen.

»Und wer sind Sie?«, fragte sie, beugte sich vor und musterte mich abschätzig von Kopf bis Fuß.

»Ich bin sein Vater«, sagte ich, wie ich es öfter tat, wenn es mir zu kompliziert schien, die genauen Umstände zu erläutern.

»Sie sind nicht sein Vater«, sagte sie, schüttelte den Kopf, und als sie über meine Dreistigkeit zu lachen begann, konnte ich sehen, wie viele Zähne ihr fehlten. »Warum sagen Sie das?«

»Dann eben sein Adoptivvater«, sagte ich, wobei ich den Ausdruck im Zusammenhang mit Ignac eigentlich nie benutzte, schließlich betrachtete ich ihn als meinen Sohn, noch mehr als Liam, mein leiblicher, eigener Sohn.

»Sie sind nicht sein Vater«, wiederholte sie.

»Wie wollen Sie das wissen?«, fragte ich gereizt.

»Weil sein Vater mein Sohn ist, und den würde ich erkennen, wenn er neben mir säße.«

Ignac schloss die Augen, und ich konnte sehen, wie seine Hände zitterten, als er nach seinem Glas griff. Ich sah zwischen den beiden hin und her, und wenn es auch keine Familienähnlichkeit zwischen ihnen gab, schloss ich doch aus Ignac' ausbleibendem Protest, dass sie die Wahrheit sagte.

»Du hattest einen Hund genau wie den, als ich noch ein Junge war«, sagte er und nickte zu dem Mischling hin, der auf dem Boden lag und ein Nickerchen machte.

»Es ist sein Welpe«, sagte sie. »Oder der Welpe seines Welpen. Ich weiß es nicht mehr.«

»Ignac«, sagte ich, »möchtest du, dass ich euch allein lasse? Wenn du mit ihr reden willst ...«

»Nein«, sagte er und sah mich erschrocken an. Wie seltsam, dachte ich. Er ist Mitte dreißig, verheiratet, hat vier

Kinder und großen Erfolg, und doch hat er Angst davor, mit dieser alten Frau allein zu sein.

»Dann bleibe ich«, sagte ich leise.

»Sie haben ihn also aufgenommen?«, sagte die Frau, sah mich an und trank ihr Bier.

»Ja, das habe ich«, sagte ich.

»Sie Ärmster.«

»Ich bin froh, dass ich es getan habe.«

»Aber er ist so widerlich«, sagte sie und spuckte auf die Erde. »So ein Dreck.«

Ignac sah sie aufgebracht an. Sie erwiderte seinen Blick und streckte die Hand aus, wie um sein Gesicht zu berühren, und er wich zurück, als wollte sie ihn verbrennen.

»All das Geld, und nie schickt er seiner Großmutter auch nur einen Penny«, sagte sie, verbarg das Gesicht in den Händen und fing so plötzlich an zu schluchzen, dass es völlig falsch und belanglos wirkte.

»Der Großmutter, die ihn weggeschickt hat, meinen Sie?«, sagte ich.

Ignac schüttelte den Kopf und griff in seine Gesäßtasche, nahm sein Portemonnaie, holte alle Scheine heraus, etwa dreißigtausend slowenische Tolar, und gab sie ihr. Sie schnappte ihm das Geld aus der Hand, als gehörte es ihr, und versteckte das Bündel unter ihrem Mantel.

»All das Geld«, sagte sie, »und das ist alles, was ich bekomme.«

Damit stand sie auf, der Hund kam ebenfalls sofort auf die Beine, und ging weiter, den Trolley und meinen Blick hinter sich herziehend, während Ignac in die entgegengesetzte Richtung sah.

»Das kam unerwartet«, sagte ich. »Ist alles okay?«

»Ja«, sagte er.

»Wusstest du, dass du sie hier treffen würdest?«

»Ich dachte, es könnte sein. Sie hat ihre festen Wege und kommt hier jeden Tag vorbei. Das war früher schon so.« Er hielt einen Moment inne. »Ich habe dir nie gesagt, warum ich Slowenien verlassen habe, oder?«, fragte er.

»Du hast gesagt, dass sich deine Großmutter nach dem Tod deiner Mutter nicht um dich kümmern wollte.«

»Das stimmt nur halb. Ein paar Monate hat sie mich bei sich behalten.«

»Warum bist du nicht geblieben?«

»Weil sie genau wie mein Vater war. Sie wollte Geld mit mir machen.«

»Wie?«

»Es gab hier eine Menge Männer, die ihre Frauen satthatten und sich nach was anderem umsahen. Meine Großmutter erwischte mich eines Nachmittags mit einem von ihnen. Ich war noch ein Kind, und als sie sah, was da vorging, schloss sie die Tür, ging zurück in die Küche und lärmte mit Töpfen und Pfannen herum. Damit erschöpfte sich ihr Zorn aber auch schon. Es war ihr Versuch, mich zu retten. Hinterher schlug sie mich und sagte, ich sei ekelhaft, ein wertloses Stück Scheiße. Aber sie begriff auch, was für einen Wert ich darstellte. Ich war ein gut aussehender Junge, ich war hübsch, und sie sagte mir, wenn ich die Männer das weiter mit mir tun ließe, müsse das in Zukunft unter ihrer Aufsicht passieren, und sie bekäme das Geld.«

»Großer Gott«, sagte ich und stellte mein Glas ab.

»Es war nicht nur ich. Sie hatte noch andere. Einer meiner Freunde aus der Schule, den hat sie auch ›vermietet‹, aber er ist weggelaufen und hat sich in der Drau ertränkt. Sein toter Körper wurde zurückgebracht, und bei der Beerdigung saßen all die Männer, die uns missbraucht hatten, in der Kirche und weinten um seine arme Seele. Nach der Messe gingen sie nach vorn und bekundeten seiner Mutter ihr Beileid, als trügen sie keinerlei Verantwortung. Kurz darauf entschied ich mich, ebenfalls davonzulaufen, nur dass ich wusste, ich würde mich nicht in den Fluss werfen. Ich klaute genug Geld für eine Zugfahrkarte. Die brachte mich aber nur bis nach Prag, und von dort tat ich das Einzige, was ich konnte, um zu überleben. Wenigstens gehörte das Geld dann aber mir. Nach einer Weile zog ich weiter nach Amsterdam. Ich hatte nicht mal geplant zu bleiben, ich hatte überhaupt kein Ziel im Kopf. Aber ich wusste, dass mein Vater da wohnte, und irgendwie dachte ich, dass er sich vielleicht um mich kümmern würde. Dass er mein Leben ändern würde. Aber er war genau wie meine Großmutter, und ich wollte nur noch weiter, wollte weg, so weit weg von Maribor wie nur möglich. Am Ende hat es geklappt. Ich habe alles hinter mir gelassen. Sieh mich an. Das alles verdanke ich dir und Bastiaan.«

Wir saßen noch lange da, sagten nichts mehr, betranken uns und standen schließlich auf. Fuhren zurück nach Ljubljana und stiegen ins Flugzeug nach Dublin.

Die Ebenen

Einen Monat später in Dublin sprach mich eines Nachmittags eine Fianna-Fáil-Abgeordnete im Tearoom des Dáil an, als ich gerade ein verspätetes Mittagessen einnahm. Sie war ein ziemlich unbedeutendes Parlamentsmitglied, hatte noch nie ein Wort an mich gerichtet und überraschte mich damit, dass sie sich mit einem breiten Lächeln zu mir setzte, als wären wir alte Freunde. Ihren Pager legte sie auf den Tisch vor sich hin, warf gelegentlich einen Blick darauf und hoffte offenbar verzweifelt, dass er anspringen und sie sich wichtig vorkommen könnte.

»Wie geht's Ihnen, Cecil?«, fragte sie.
»Ich heiße Cyril.«
»Ich dachte, Sie heißen Cecil?«
»Nein«, sagte ich.
»Sie machen sich nicht einfach nur wichtig, oder?«

»Ich kann Ihnen meinen Ausweis zeigen, wenn Sie wollen.«

»Nein, ist schon okay. Ich glaube Ihnen«, sagte sie und tat mein Angebot ab. »Cyril also, wenn Ihnen das lieber ist. Was lesen Sie da?«

Ich drehte das Buch um, sodass sie den Umschlag von Colm Tóibíns *Die Geschichte der Nacht* sehen konnte. Ich besaß das Buch schon seit Jahren, kam aber erst jetzt dazu, es zu lesen.

»Also, das kenne ich noch nicht«, sagte sie, nahm es und las den Rückseitentext. »Taugt es was?«

»Ja«, sagte ich.

»Sollte ich es lesen?«

»Das ist Ihre Entscheidung.«

»Vielleicht sehe ich mal rein. Haben Sie schon mal Jeffrey Archer gelesen?«

»Nein«, gab ich zu.

»Oh, der ist wunderbar«, sagte sie. »Er erzählt noch richtige Geschichten, und das mag ich. Erzählt dieser Bursche auch eine Geschichte? Er hält sich doch nicht zwanzig Seiten damit auf, die Farbe des Himmels zu beschreiben?«

»Bis jetzt noch nicht.«

»Gut. Jeffrey Archer redet niemals von der Farbe des Himmels, und das mag ich an einem Schriftsteller. Ich würde sagen, Jeffrey Archer hat sein ganzes Leben noch nicht zum Himmel hochgeguckt.«

»Besonders jetzt, wo er im Gefängnis sitzt«, sagte ich.

»Der Himmel ist blau«, erklärte sie. »Keine Frage.«

»Er ist nicht immer blau«, sagte ich.

»Natürlich ist er das«, sagte sie. »Seien Sie nicht albern.«

»Nachts zum Beispiel nicht.«

»Hören Sie schon auf.«

»Also gut«, sagte ich. Mir kam der Gedanke, dass sie mich womöglich mit jemandem verwechselte, vielleicht mit einem ihrer jüngeren Parteikollegen. Sobald sie anfing, über

Wählerstimmen und parteiinterne Tricksereien zu reden, würde ich das Missverständnis aufklären müssen.

»Hören Sie, Cyril«, sagte sie. »Nun legen Sie das Buch schon zur Seite, während ich mit Ihnen rede, seien Sie ein Gentleman. Ich bin froh, dass ich Sie hier antreffe. Ich habe gute Nachrichten für Sie: Das ist heute Ihr Glückstag.«

»Tatsächlich?«, sagte ich. »Warum?«

»Würde es Ihnen gefallen, wenn ich Ihrem Leben eine Wende zum Besseren gäbe?«

Ich lehnte mich zurück, verschränkte die Arme vor der Brust und erwartete, dass sie mir gleich Jesus Christus als meinen persönlichen Erlöser ans Herz legen würde.

»So schlecht ist mein Leben eigentlich nicht«, sagte ich.

»Aber es könnte besser sein, oder? All unsere Leben könnten besser sein. Meines auch. Ich könnte weniger arbeitswütig sein! Mich weniger um die Leute in meinem Wahlkreis sorgen!«

»Nun, es wäre schön, wenn meine Haare nicht mehr weniger werden würden«, erklärte ich ihr. »Das wäre was. Und seit ein paar Jahren brauche ich eine Lesebrille.«

»An diesen Dingen kann ich nichts ändern. Haben Sie schon mal mit dem Gesundheitsminister gesprochen?«

»Nein«, sagte ich. »Ich mache nur Spaß, um ehrlich zu sein.«

»Das wäre nämlich eher sein Bereich als meiner. Nein, ich denke an etwas, das ein wenig intimer ist.«

Großer Gott, dachte ich. Sie will mich anbaggern.

»Wenn Sie ›intim‹ sagen«, erwiderte ich, »hoffe ich nicht, Sie meinen...«

»Warten Sie einen Moment, seien Sie so gut«, sagte sie und drehte sich nach einer Kellnerin um. »Ich brauche unbedingt eine Tasse Tee.« Als nicht gleich jemand kam, fing sie an, mit den Fingern zu schnipsen, und ich sah, wie einige TDs missbilligend zu uns herübersahen.

»Das sollten Sie nicht tun«, sagte ich. »Das ist unhöflich.«

»Es ist die einzige Möglichkeit, sie auf sich aufmerksam zu machen«, sagte sie. »Seit Mrs Goggin in Rente ist, ist der Tearoom total heruntergekommen.«

Kurz darauf kam eine der Kellnerinnen mit übellauniger Miene an unseren Tisch.

»Haben Sie ein Problem mit den Fingern?«, fragte sie. »Sie machen den ganzen Laden nervös.«

»Entschuldigen Sie vielmals«, sagte ich zu der Frau, auf deren Namensschild JACINTA stand.

»Seien Sie so lieb«, sagte meine Tischgenossin und legte ihr die Hand auf den Arm. »Bringen Sie uns zwei Tassen Tee, ja? Schön heiß, wenn's geht. Braves Mädchen.«

»Sie können sich Ihren Tee selber holen«, sagte Jacinta. »Sie wissen, wo er steht. Sind Sie etwa neu hier?«

»Bin ich nicht«, sagte die Abgeordnete entsetzt. »Das ist meine zweite Wahlperiode.«

»Dann sollten Sie wissen, wie die Dinge hier funktionieren, und wie kann es überhaupt sein, dass Sie hier sitzen? Wer hat Sie hier hingesetzt?«

»Was soll das heißen, wer hat mich hier hingesetzt?« Meine neue Freundin klang halb entrüstet, halb beleidigt. »Ich habe doch wohl das Recht, mich hinzusetzen, wo ich will.«

»Sie setzen sich dahin, wo man es Ihnen sagt. Gehen Sie zurück zu den Fianna-Fáil-Plätzen und spielen Sie sich nicht so auf.«

»Das werde ich nicht, Sie ungehobelte Person. Mrs Goggin würde Sie niemals so mit mir reden lassen, wenn sie hier wäre.«

»Ich *bin* Mrs Goggin«, erwiderte Jacinta. »Oder sagen wir, die neue Mrs Goggin. Ihren Tee bekommen Sie dort drüben, wenn Sie mögen. Glauben Sie nicht, dass er Ihnen gebracht wird. Und das nächste Mal setzen Sie sich gefälligst dahin, wo Sie hingehören, oder kommen Sie erst gar nicht.«

Damit marschierte sie wieder davon und ließ meine Gesprächspartnerin schockiert zurück.

»Also so was habe ich ja noch nie erlebt!«, sagte sie. »So was Ungehobeltes! Und ich schufte mich den ganzen Tag dafür ab, der arbeitenden Klasse ein besseres Leben zu verschaffen. Haben Sie meine Rede heute gesehen?«

»Man kann eine Rede nicht sehen«, sagte ich. »Nur hören.«

»Oh, seien Sie nicht so ein Pedant. Sie wissen genau, was ich meine.«

Ich seufzte. »Gibt es etwas, womit ich Ihnen helfen kann?«, fragte ich. »Etwas im Zusammenhang mit der Bibliothek? Wenn ja, bin ich um zwei dort wieder anzutreffen. Bis dahin...« Ich nahm meinen Tóibín und hoffte, mich wieder darin versenken zu können. Es war eine gute, schmutzige Stelle, und ich wollte mich nicht aus der Stimmung bringen lassen.

»Das können Sie, Cecil«, sagte sie.

»Cyril.«

»Cyril«, sagte sie und schüttelte den Kopf. »Ich muss mir das merken. Cyril. *Cyril, the Squirrel.*«

Ich verdrehte die Augen. »Bitte sagen Sie das nicht.«

»Gehe ich recht in der Annahme, dass Sie Witwer sind?«, fragte sie und grinste.

»Nein, gehen Sie nicht«, sagte ich. »Ich bin geschieden.«

»Oh«, sagte sie und schien leicht enttäuscht. »Ich hatte gehofft, Ihre Frau sei tot.«

»Es tut mir leid, Sie enttäuschen zu müssen«, erklärte ich ihr. »Aber nein, Alice lebt, es geht ihr gut, und sie wohnt am Dartmouth Square.«

»Sie ist nicht tot?«

»Meines Wissens nicht. Ich war erst Sonntag mit ihr essen, und da war sie in Bestform. Sie hat mich ununterbrochen beleidigt.«

»Sie waren was?«

»Ich war am Sonntagmittag mit ihr essen.«

»Warum das?«

Ich starrte sie an und fragte mich, worauf um alles in der Welt dieses Gespräch hinauslief. »Wir treffen uns oft sonntags zum Essen«, sagte ich. »Es ist eine angenehme Sache.«

»Ah, ja«, sagte sie. »Nur Sie zwei, oder?«

»Nein, sie, ihr Mann, Cyril II., und ich.«

»Cyril II.?«

»Entschuldigung, ich meine, einfach nur Cyril.«

»Sie treffen ihre Exfrau mit ihrem neuen Mann zum Essen, der genauso heißt wie Sie, wollen Sie mir das sagen?«

»Ich denke, jetzt haben Sie es begriffen.«

»Also, wenn Sie mich fragen, ist das eigentümlich.«

»Ist es das? Ich wüsste nicht, warum.«

»Darf ich Sie fragen, wann Sie geschieden wurden?«

»Aber ja.«

»Wann also?«, fragte sie.

»Oh, das war vor ein paar Jahren. Als es gesetzlich möglich wurde. Ehrlich gesagt, konnte Alice mich gar nicht schnell genug loswerden. Soweit ich es weiß, waren wir eines der ersten Paare, die das neue Gesetz genutzt haben.«

»Das ist kein gutes Zeichen«, sagte sie. »Sie müssen eine sehr unglückliche Ehe geführt haben.«

»Nicht unbedingt.«

»Warum haben Sie sich dann scheiden lassen?«

»Wissen Sie, ich denke, das geht Sie nichts an.«

»Oh, seien Sie nicht so abweisend. Wir sind hier alle Freunde.«

»Wir zwei nicht, oder?«

»Wir werden es sein, wenn ich Ihr Leben verändert habe.«

»Vielleicht sollten wir diese Unterhaltung an dieser Stelle beenden«, sagte ich.

»Nein, sollten wir nicht«, antwortete sie. »Machen Sie

sich keine Sorgen, Cecil. Cyril. Hören Sie, Sie sind geschieden. Ich werfe Ihnen das nicht vor.«

»Das ist sehr nett von Ihnen.«

»Darf ich Sie fragen, ob Sie gegenwärtig jemanden haben?«

»Das dürfen Sie.«

»Und, haben Sie?«, fragte sie.

»Habe ich was?«

»Jemanden.«

»Sie meinen, ob ich eine Beziehung führe?«

»Ja.«

»Warum, haben Sie sich in mich verliebt?«

»Jetzt geht aber die Fantasie mit Ihnen durch!«, sagte sie und brach in Lachen aus. »Himmel, ich bin eine Abgeordnete der Fianna Fáil, und Sie sind gerade mal ein Bibliothekar! Und ich habe einen Mann zu Hause und drei Kinder, die Ärzte, Anwälte und Sportlehrer werden. Also, jedes der Kinder hat einen dieser Berufe, damit Sie mich richtig verstehen.«

»Das tu ich.«

»Also haben Sie?«

»Habe ich was?«

»Jemanden?«

»Nein«, antwortete ich.

»Das dachte ich mir.«

»Aus einem besonderen Grund?«

»Einem besonderen Grund wofür?«

»Gibt es einen besonderen Grund, aus dem Sie annehmen, das ich niemanden *habe*?«

»Nun, ich sehe Sie nie mit jemandem zusammen, oder?«

»Nein«, sagte ich. »Aber das hier ist mein Arbeitsplatz. Es ist nicht sehr wahrscheinlich, dass ich jemanden mitbringe, um mir zwischen den Bücherregalen ein kleines nachmittägliches Vergnügen zu gönnen, oder?«

»Nun hören Sie schon auf!«, sagte sie und lachte, als hätte

ich den größten Witz überhaupt gemacht. »Sie sind wirklich ein schlimmer Kerl.«

»Wir sind hier alle Freunde.«

»Das sind wir. Aber jetzt hören Sie mir zu, Cecil.«

»Cyril.«

»Ich werde Ihnen sagen, warum ich nachfrage. Ich habe eine Schwester. Eine entzückende Frau.«

»Wie sollte es anders sein.«

»Ihr Mann ist vor ein paar Jahren von einem Bus überfahren und getötet worden.«

»Verstehe«, sagte ich. »Das tut mir leid.«

»Nein«, sagte sie und schüttelte schnell den Kopf. »Verstehen Sie mich nicht falsch. Nicht von einem normalen staatlichen Bus. Von einem privaten.«

»Ich verstehe«, sagte ich abermals.

»Er war sofort tot.«

»Der arme Mann.«

»Nun, er hat sich immer wieder über seine Gesundheit beklagt, und nie haben wir ihm zugehört. Da sieht man's mal wieder, oder?«

»Schrecklich.«

»Jedenfalls sind wir nach der Beerdigung ins Shelbourne.«

»Da hatten meine Frau und ich unsere Hochzeitsfeier.«

»Reden wir nicht davon. Ihre Vergangenheit ist Ihre Sache.«

»Ich bin froh, dass Sie das sagen.«

»Meine Schwester ist also verwitwet, und sie sucht nach einem netten Mann. Sie erträgt das Leben allein nicht, und vor ein paar Wochen hat sie mich hier besucht, hat Sie in der Bibliothek gesehen, und sie fand, dass Sie unverschämt gut aussähen. Sie kam zu mir und sagte: ›Angela, wer ist der gut aussehende Mann da drüben?‹«

Ich sah sie skeptisch an. »Wirklich?«, fragte ich. »Ich höre das nicht mehr so oft. Ich bin sechsundfünfzig, wissen Sie. Sind Sie sicher, dass sie nicht jemand anderen meinte?«

»Oh nein, das waren eindeutig Sie, weil ich zu Ihnen hinübersah und auch nicht glauben konnte, dass sie von Ihnen sprach. Ich habe sie extra noch mal auf Sie zeigen lassen, aber Sie waren es tatsächlich.«

»Ich fühle mich geschmeichelt«, sagte ich.

»Ich hoffe, die Sache steigt Ihnen nicht zu Kopf. Meine Schwester könnte alle Männer haben, und ich habe ihr alles von Ihnen erzählt, und ich glaube, Sie passen perfekt zusammen.«

»Da bin ich nicht so sicher«, sagte ich.

»Cyril. Cecil. Cyril. Lassen Sie mich meine Karten auf den Tisch legen.«

»Nur zu«, sagte ich.

»Als Peter starb, das war mein Schwager, hatte er dafür gesorgt, dass sie bestens versorgt war. Sie hat ihr eigenes Haus in Blackrock, ohne Hypotheken, und eine Wohnung in Florenz, in die sie alle paar Monate fährt und die restliche Zeit vermietet.«

»Die Glückliche«, sagte ich.

»Und ich weiß alles über Sie.«

»Was wissen Sie denn?«, fragte ich. »Ich kann mir nicht vorstellen, dass das wirklich der Fall ist.«

»Ich weiß, dass Sie ein Multimillionär sind.«

»Ah«, sagte ich.

»Sie sind doch Maude Averys Sohn?«

»Adoptivsohn.«

»Aber Sie haben ihren Nachlass geerbt und ihre Bucheinnahmen.«

»Das habe ich«, gab ich zu. »Ich nehme an, das ist allgemein bekannt.«

»Also sind Sie reich. Sie müssen nicht arbeiten, und doch kommen Sie jeden Tag her und tun es trotzdem.«

»Ja.«

»Darf ich fragen, warum?«
»Das dürfen Sie.«
»Also warum?«, fragte sie.
»Weil es mir gefällt«, sagte ich. »So komme ich unter Leute. Ich will nicht zu Hause sitzen, die Wände anstarren und tagsüber schon fernsehen.«

»Aber das sage ich doch«, meinte sie. »Sie arbeiten hart, und Sie brauchen kein Geld, ganz sicher nicht das Geld meiner Schwester. Deshalb, denke ich, passen Sie perfekt zusammen.«

»Da bin ich nicht so sicher«, wiederholte ich.

»Jetzt mal halblang, seien Sie ein guter Mann und sagen Sie nichts, bevor Sie nicht ihr Foto gesehen haben.« Sie griff in ihre Handtasche und holte das Foto einer Frau hervor, die genauso aussah wie sie selbst. Ich fragte mich, ob sie Zwillinge sein könnten, so ähnlich sahen sie sich. »Das ist Brenda«, erklärte sie mir. »Ist sie nicht schön?«

»Umwerfend«, stimmte ich ihr zu.

»Soll ich Ihnen also ihre Nummer geben?«

»Ich denke, nicht«, sagte ich.

»Warum nicht?«, fragte sie, lehnte sich zurück, und ich sah, dass sie sehr bald ziemlich beleidigt sein würde. »Sage ich Ihnen nicht, dass Sie perfekt füreinander wären?«

»Ich bin sicher, Ihre Schwester ist sehr nett«, sagte ich. »Aber um ehrlich zu sein, suche ich derzeit keine Freundin. Oder, grundsätzlich gesagt, überhaupt nicht.«

»Oh«, sagte sie. »Hängen Sie immer noch an Ihrer Exfrau?«

»Nein«, sagte ich. »Sicher nicht.«

»Ihre Exfrau hat sich einem anderen Cecil zugewandt.«

»Cyril«, sagte ich, »und es freut mich für sie. Wir sind gute Freunde, wir drei.«

»Aber Sie versuchen, sie zurückzuerobern?«

»Wirklich nicht.«

»Was ist es dann? Sie wollen mir doch nicht sagen, dass Sie Brenda nicht attraktiv finden?«

»Doch«, sagte ich. »Es tut mir leid. Sie ist nicht mein Typ.«

In dem Moment hörte ich einen Schrei von einem der Fine-Gael-Tische und sah, dass eine kleine Gruppe Abgeordneter, die bis dahin bei Milchbrötchen und Kaffee miteinander geschwatzt hatten, hinauf zum Fernseher sah, der in der Ecke des Tearooms an der Wand hing. Der Ton war auf stumm gestellt, und ich sah auch hinüber, und je mehr Leute es taten, desto stiller wurde es im Raum.

»Könnten Sie das lauter drehen, bitte?«, rief einer der Männer, und Jacinta, die Mrs Goggin als Leiterin nachgefolgt war, griff nach der Fernbedienung und stellte den Fernseher lauter, während wir wieder und wieder zusahen, wie ein Flugzeug ins World Trade Center flog. Es schien eine Endlosschleife zu sein.

»Jesus, Maria und Joseph«, sagte die Abgeordnete. »Was geht denn da vor?«

»Das ist New York«, sagte ich.

»Ist es nicht.«

»Doch. Das World Trade Center. Die Zwillingstürme.«

Ich stand auf und ging zusammen mit den anderen TDs langsam zum Fernseher hinüber. Das Livebild kam zurück, und ein anderes Flugzeug flog auf den zweiten Turm zu, bohrte sich hinein, und wir ließen ein entsetztes Stöhnen hören und sahen uns an, ohne recht zu verstehen, was da vorging.

»Ich gehe besser zurück in mein Büro«, sagte meine Abgeordnete und griff nach ihrem stummen Pager. »Der Taoiseach könnte mich brauchen.«

»Das bezweifle ich.«

»Ich rede ein anderes Mal weiter mit Ihnen über Brenda. Denken Sie dran, Sie sind perfekt füreinander.«

»Okay«, sagte ich, ohne ihr richtig zuzuhören. Die Leute von Sky News redeten von einem schrecklichen Unfall, und dann fragte einer der Gäste im Studio, wie es ein Unfall sein könne, wenn es gleich zweimal passiere. Das müssen Entführer sein, sagte jemand. Oder Terroristen. Draußen vor dem Tearoom konnte man die TDs hin und her rennen sehen, auf dem Weg zurück in ihre Büros oder auf der Suche nach einem Fernseher. Es dauerte nicht lange, und der Tearoom war voll mit Leuten.

»Ich bin noch nie mit einem Flugzeug geflogen«, sagte Jacinta, die gekommen war und sich neben mich gestellt hatte. »Und ich werde es auch nie.«

Ich drehte mich überrascht zu ihr hin. »Haben Sie Angst davor?«, fragte ich.

»Sie nicht? Nachdem Sie das gesehen haben?«

Ich sah wieder zum Bildschirm hinauf. Berichte kamen herein, dass ein drittes Flugzeug ins Pentagon in Washington gestürzt sei, und seltsamerweise gab es bereits Kamerabilder von den Straßen der Hauptstadt, vom Weißen Haus bis zum Senat, von der Mall bis zum Lincoln Memorial. Ein paar Minuten später gab es auch Livebilder aus New York, auf denen man Menschen wie in einem schlechten Katastrophenfilm durch die Straßen Manhattans rennen sah.

Ein weiterer Bildwechsel, und ein Moderator stand im Central Park exakt an der Stelle, wo Bastiaan und ich vor vierzehn Jahren angegriffen worden waren. Ich stieß unwillkürlich einen Schrei aus, seit jenem Abend war ich nicht mehr dort gewesen, und Jacinta griff nach meiner Schulter.

»Ist alles in Ordnung?«, fragte sie.

»Es war genau da«, sagte ich und deutete auf den Bildschirm. »Ich kenne die Stelle. Mein... mein Freund ist da ermordet worden.«

»Sehen Sie sich das nicht weiter an«, sagte sie und zog mich weg. »Warum nehmen Sie nicht eine Tasse Tee und trinken sie in Frieden bei sich unten in der Bibliothek. Da kommt heute niemand mehr hin, wage ich zu behaupten. Die sehen sich das da alle an.«

Ich nickte, ging hinüber zur Theke, und sie machte mir

einen Tee. Es rührte mich, dass sie so nett zu mir war. Sie hat viel von Mrs Goggin gelernt, dachte ich.

»Es ist nicht leicht, jemanden zu verlieren«, sagte sie. »Es geht nie ganz weg, oder?«

»Es ist ein Phantomschmerz«, sagte ich. »Wie bei Amputierten, die immer noch ihre verlorenen Gliedmaßen spüren können.«

»Das glaube ich gern«, sagte sie, schnappte nach Luft, und ich sah zum Fernseher hinüber, wo etliche schwarze Punkte aus den Fenstern der Türme zu fallen schienen. Die Regie schaltete schnell zurück ins Studio und zu den beiden schockiert wirkenden Moderatoren.

»War das das, was ich denke?«, fragte ich und sah Jacinta an. »Sind da Menschen aus den Fenstern gesprungen?«

»Ich stelle den Apparat jetzt aus!«, rief sie den Leuten zu.

»Nein!«, riefen die und verschlangen die dramatischen Bilder.

»Ich bin die Leiterin hier«, sagte sie, »und was ich in diesem Tearoom sage, gilt. Ich schalte das jetzt ab. Wenn Sie weiter zusehen wollen, müssen Sie sich einen anderen Fernseher suchen.« Damit griff sie nach der Fernbedienung, drückte den roten Knopf oben rechts, und der Bildschirm wurde schwarz. Die Leute schimpften verdrossen, liefen aber schnell zurück in ihre Büros oder die örtlichen Pubs und ließen uns allein zurück.

»Sensationsgierige Haie«, sagte sie. »Das sind die Gaffer, wenn es auf der Autobahn einen Unfall gibt. Ich lasse es nicht zu, dass sich hier im Tearoom einer am Unglück anderer Menschen weidet.«

Ich stimmte ihr zu, wollte aber auch selbst wieder vor einen Fernseher. Ich fragte mich, wie lange ich aus Anstand noch bei ihr bleiben musste.

»Gehen Sie schon«, sagte sie schließlich und sah mich mit Enttäuschung in den Augen an. »Ich weiß, dass Sie auch möglichst schnell hier wegwollen.«

Unaussprechlich

Der Weihnachtsmorgen. Die Straßen auf dem Weg in die Stadt waren praktisch leer, der Schnee, den man uns versprochen hatte, war nicht gefallen. Der Taxifahrer hatte überraschend gute Laune, wenn man bedachte, dass er hinterm Steuer sitzen musste, anstatt zu Hause Geschenke auszupacken und mit seiner Familie Baileys zu trinken. Er wechselte von einem Sender zum anderen.

»Nichts Ernstes, hoffe ich?«, sagte er, und ich sah, wie er im Rückspiegel zu mir nach hinten blickte.

»Was?«

»Wen immer Sie im Krankenhaus besuchen. Es ist nichts Ernstes, oder?«

Ich schüttelte den Kopf. »Nein, es ist alles gut«, erklärte ich ihm. »Mein Sohn und seine Frau bekommen ein Baby.«

»Das ist wunderbar. Ihr erstes?«

»Das zweite. Sie haben schon einen dreijährigen Jungen. George.«

Wir hielten an einer roten Ampel, und ich sah aus dem Fenster. Ein kleines Mädchen fuhr strahlend mit ihrem neuen Fahrrad über den Bürgersteig. Sie trug einen leuchtend blauen Helm, und ihr Vater trottete neben ihr her und rief ihr ermutigende Worte zu. Sie geriet ein wenig ins Schlingern, schaffte es aber, mehr oder weniger geradeaus zu fahren, und der Stolz auf dem Gesicht des Mannes war sehenswert. Ich hätte vielleicht auch ein guter Vater und eine positive Kraft in Liams Leben sein können. Aber wenigstens hatte ich meine Enkel, die doppelten Zwillinge von Ignac und Liams Jungen. Und jetzt kam noch einer.

»Sie sollten das Kind Jesus nennen«, sagte der Taxifahrer.

»Was?«

»Ihr Sohn und seine Frau«, sagte er. »Sie sollten das Kind Jesus nennen. Weil es heute zur Welt kommt.«

»Hm«, sagte ich. »Eher nicht.«

»Ich selbst habe zehn Enkel«, fuhr er fort, »und drei von ihnen sitzen im Joy. Der beste Ort für sie. Fiese kleine Mistkerle, einer schlimmer als der andere. Ich gebe den Eltern die Schuld.«

Ich sah auf meine Schuhe und hoffte, seinen Redefluss so bremsen zu können. Wenig später kam das Krankenhaus in Sichtweite. Ich zog einen Zehn-Euro-Schein aus der Tasche, reichte ihn nach vorn, als er hielt, und wünschte ihm ein frohes Weihnachtsfest. In der Eingangshalle sah ich mich ohne Erfolg nach einem bekannten Gesicht um, holte mein Telefon hervor und rief Alice an.

»Bist du im Krankenhaus?«, fragte ich sie.

»Ja«, sagte sie. »Wo bist du?«

»Unten in der Halle. Wärst du so nett, herunterzukommen und mich zu holen?«

»Ist etwas mit deinen Beinen passiert?«

»Nein, aber ich verlaufe mich in diesem Kasten, wenn ich euch zu finden versuche. Ich habe keine Ahnung, wo ich hinmuss.«

Ein paar Minuten später öffneten sich die Türen des Aufzugs, und Alice, sehr elegant in ihren Weihnachtssachen, winkte mich zu sich herüber. Ich beugte mich vor, um sie auf die Wange zu küssen, und atmete ihr Parfüm ein, das nach Lavendel und Rosen roch, was mich unvermittelt in die Vergangenheit zu den Verabredungen, Verlobungspartys und Hochzeiten zurückkatapultierte. »Du läufst doch nicht wieder weg, bevor das Baby da ist?«, fragte sie.

»Urkomisch«, sagte ich. »Der Witz wird dir niemals langweilig, oder?«

»Mir nicht, nein.«

»Wie geht es? Gibt es Neues?«

»Noch nicht. Wir warten.«

»Wer ist sonst noch da?«

»Nur Lauras Eltern«, sagte sie.

»Wo ist Liam?«

»Drinnen bei Laura natürlich«, sagte sie. Die Türen öffneten sich, und wir traten hinaus auf den Korridor. Ein Geräusch zu meiner Linken ließ mich herumfahren, und ich sah eine mittelalte Frau, die zwei kleine Kinder umarmte, Tränen rannen ihr übers Gesicht.

»Die Ärmste«, sagte ich und wandte den Blick ab. »Was denkst du, hat sie ihren Mann verloren?«

»Warum glaubst du das?«

»Ich weiß es nicht. Es scheint mir irgendwie natürlich, das anzunehmen.«

»Wahrscheinlich.«

»Und das am Weihnachtstag. Wie fürchterlich.«

»Starr sie nicht so an«, sagte Alice.

»Tu ich doch gar nicht.«

»Doch, tust du. Komm, die anderen sind da drüben.«

Wir bogen um eine Ecke und gingen einen völlig verlassenen Gang hinunter. In einem Wartebereich saß ein mittelaltes Paar. Die beiden standen auf, als wir näher kamen, und ich streckte die Hand aus, während Alice mich vorstellte.

»Cyril, du erinnerst dich doch an Peter und Ruth?«, sagte sie.

»Natürlich«, antwortete ich. »Frohe Weihnachten. Schön, Sie beide wiederzusehen.«

»Ebenfalls frohe Weihnachten«, sagte Peter, ein enormer Kerl, der aus seinem extragroßen Hemd zu platzen schien. »Möge der Segen Jesu Christi, unseres Herrn und Erlösers, an diesem bedeutsamen Tag mit Ihnen sein.«

»Dagegen ist nichts zu sagen«, antwortete ich. »Hallo, Ruth.«

»Hallo, Cyril. Wir haben uns lange nicht gesehen. Alice hat gerade von Ihnen erzählt.«

»Nur schlimme Sachen, nehme ich an.«

»Oh nein, sie hat Sie sehr gelobt.«

»Hör nicht weiter auf sie«, sagte Alice. »Ich habe kaum

was über dich erzählt, und wenn, war es sicher nicht sehr nett.«

»Ist das nicht eine wunderbare Art, den Weihnachtsmorgen zu verbringen?«, sagte ich lächelnd, während sich alle wieder setzten. »Ich hatte gehofft, mit meinen Mince Pies allein zu Hause zu sitzen.«

»Ich kann keine Mince Pies essen«, sagte Peter. »Davon kriege ich schreckliche Blähungen.«

»Wie schade.«

»Obwohl ich zugeben muss, dass ich heute Morgen schon vier verdrückt habe.«

»Okay«, sagte ich und rückte etwas von ihm ab.

»Ich halte die Mince Pies unter Verschluss«, sagte Ruth lächelnd. »Aber er findet sie trotzdem immer irgendwie. Er ist ein solches Trüffelschwein!«

»Vielleicht sollten Sie einfach keine kaufen«, schlug ich vor. »Dann würde er auch keine mopsen.«

»Oh nein, das wäre nicht fair«, sagte sie.

»Verstehe«, sagte ich und sah auf die Uhr.

»Wenn Sie in die Messe wollen«, sagte Peter, »in der Kapelle hier gibt es um elf eine.«

»Nein, mir geht's gut.«

»Sie feiern hier eine sehr schöne Messe. Sie geben sich wirklich Mühe, weil es für viele der Patienten die letzte sein wird.«

»Ich bin kein wirklicher Kirchgänger«, sagte ich. »Nehmen Sie's mir nicht übel.«

»Oh«, sagte Ruth, lehnte sich etwas zurück und schob die Lippen vor.

»Wenn ich ehrlich bin, war ich seit der Hochzeit mit Alice nicht mehr in einer Messe.«

»Damit müssen Sie nicht unbedingt angeben«, sagte Peter. »Das ist nichts, worauf Sie stolz sein könnten.«

»Ich wollte nicht angeben.«

»Wenn du gewusst hättest, dass es dein letztes Mal war,

hättest du mehr daraus gemacht, nicht wahr, Cyril?«, sagte Alice und lächelte mich an. Ich lächelte zurück.
»Vielleicht«, sagte ich.
»Wo habt ihr geheiratet?«, fragte Ruth.
»In Ranelagh«, sagte Alice.
»War es ein schöner Tag?«
»Ein schöner Morgen«, sagte Alice. »Danach zogen Wolken auf.«
»Nun, die Zeremonie ist der wichtigste Teil. Wo war der Empfang?«
»Im Shelbourne. Bei euch?«
»Im Gresham.«
»Schön.«
»Reden wir nicht über Religion«, sagte ich. »Oder Hochzeiten.«
»In Ordnung«, sagte Ruth. »Worüber wollen wir uns dann unterhalten?«
»Worüber Sie gern mögen«, sagte ich.
»Mir fällt nichts ein«, sagte sie bekümmert.
»Denkst du, ich sollte meinen Ausschlag vorzeigen, solange wir hier sind?«, fragte Peter.
»Ihren Ausschlag?«, fragte ich.
»Ich habe einen schrecklichen Ausschlag an einer ganz unaussprechlichen Stelle«, sagte Peter. »Ärzte gibt's hier reichlich. Vielleicht sollte einer von denen mal einen Blick drauf werfen.«
»Nicht heute«, sagte Ruth.
»Aber es wird schlimmer.«
»Nicht heute!«, fuhr sie ihn an. »Peter und seine unaussprechliche Stelle! Unser Leidensengel.«
»Es hat überhaupt nicht geschneit«, sagte ich und versuchte verzweifelt, das Thema zu wechseln.
»Ich glaube den Wetterleuten kein Wort. Die nehmen doch nur alle, was sie kriegen können, und reden den Leuten nach dem Mund.«

»Das stimmt natürlich«, sagte ich.
»Haben Sie lange hierher gebraucht?«, fragte Ruth und sah mich an.
»Nicht lange, nein. Die Straßen waren leer. Am Weihnachtsmorgen sind nicht zu viele Leute unterwegs. Hat es schon irgendwas Neues gegeben?«
»Eine Weile nicht mehr. Sie liegt jetzt seit ein paar Stunden in den Wehen. Ich denke, wir hören bald schon was. Es ist aufregend, oder? Noch ein Enkelkind.«
»Das stimmt«, sagte ich. »Ich freue mich auch darauf. Wie viele habt ihr jetzt?«
»Elf«, sagte Ruth.
»Das ist eine Menge.«
»Wir selbst haben sechs Kinder. Peter hier hätte noch mehr gewollt, wenn ich ihn gelassen hätte«, fuhr sie fort. »Aber ich habe Nein gesagt. Sechs waren genug. Nach Diarmaid habe ich den Laden geschlossen.«
»Das hat sie«, sagte Peter. »Der Rollladen ist runtergegangen und wurde bis heute nicht wieder hochgezogen.«
»Hör auf, Peter.«
»Sie könnte auch ein Schild an ihre unaussprechliche Stelle hängen: ›Bin zum Essen. Komme nicht wieder zurück.‹«
»Peter!«
»Die Wände hier sind in einer komischen Farbe gestrichen, oder?«, sagte Alice und sah sich um.
»Wer hat eigentlich *Unchained Melody* gesungen?«, fragte ich.
»Cyril und ich fahren im Sommer vielleicht nach Frankreich«, sagte Alice.
»Ich habe einen ständigen Schmerz im linken Knie, der einfach nicht besser werden will«, sagte ich.
»Ich wollte immer eine große Familie«, sagte Peter mit einem Achselzucken und ignorierte unsere panischen Versuche, das Gespräch von ihren Geschlechtsteilen wegzubringen.

»Sechs sind reichlich«, sagte Ruth.

»Mehr als reichlich«, sagte Alice. »Für mich war eins schon schwer genug.«

»Klar, wir waren zu zweit, um uns um die Kinder zu kümmern«, sagte Peter. »Den Luxus hattest du nicht, Alice, oder?«

»Nein«, sagte sie nach kurzem Zögern. Vielleicht überlegte sie, ob sie mich vor den beiden verteidigen sollte. »Obwohl sich Liams Onkel rührend bemüht hat. Er hat mir in den ersten Jahren sehr geholfen.«

Ich warf ihr einen Blick zu. Wir veralberten uns gern, aber unsere Scherze hatten kaum einmal mit Julian zu tun.

»Sie und Liam, Sie sind sich sehr nahe, oder?«, sagte Ruth und sah mich an.

»Wir verstehen uns gut, ja.«

»Nach allem, was wir gehört haben, brauchte der arme Junge eine starke Vaterfigur.«

»Wie meinen Sie das?«

»Nun, nach dem, was sein leiblicher Vater ihm angetan hat. Alice hatte Glück, dass sie am Ende einen richtigen Mann gefunden hat.«

»Ah«, sagte ich.

»Ich bevorzuge maskuline Männer, du nicht auch, Alice?«

»Ja«, sagte Alice.

»Ich auch«, sagte ich.

»Man braucht ein großes Herz, um das Kind eines anderen anzunehmen«, sagte Peter und schlug sich mit einer Hand aufs Knie. »Besonders den Sohn eines schwulen Homosexuellen. Nichts für ungut, Alice, ich meinte deinen Exmann. Nein, ich bewundere Sie, Cyril. Wirklich. Ich glaube nicht, dass ich das so hätte tun können.«

»Ist schon in Ordnung«, sagte Alice und strahlte übers ganze Gesicht.

»Was ich nur sagen kann, die Erziehung muss sehr gut

gewesen sein, dass Liam nicht so wie sein Vater geworden ist«, fuhr Peter fort. »Glaubt ihr, so was ist vererbbar?«

»Rote Haare schon«, sagte Ruth. »Möglich wär's.«

»Willst du es ihnen sagen, oder soll ich?«, sagte ich und sah Alice an.

»Oh, ich denke, wir sollten es beide weiter verheimlichen«, sagte sie. »Hören wir zu, was sie noch zu sagen haben. Ich fühle mich bestens unterhalten.«

»Wie bitte?«, fragte Ruth.

»Alice sagt, Sie spielen wunderbar Geige«, sagte Peter. »Ich spiele Ukulele. Haben Sie auch schon mal Ukulele gespielt?«

»Noch nicht«, gab ich zu. »Aber auch keine Geige.«

»Oh, ich dachte, das hättest du gesagt, Alice«, sagte Ruth. »Oder war es das Cello?«

»Nein, die Geige«, sagte Alice. »Aber ihr denkt an meinen Mann Cyril, der im RTÉ-Sinfonieorchester spielt. Das hier ist mein Exmann Cyril. Erinnert ihr euch nicht, dass ihr ihn schon mal getroffen habt? Nun ja, es ist ein paar Jahre her.«

»Cyril I.«, sagte ich, um die Sache vollends aufzuklären. »Wo ist Cyril II. eigentlich?«, fragte ich und sah Alice an.

»Nenn ihn nicht so. Er ist zu Hause und kümmert sich ums Essen.«

»Frauenarbeit«, sagte ich. »Ich bevorzuge maskuline Männer.«

»Halt den Mund, Cyril.«

»Bin ich immer noch eingeladen?«

»Wenn du versprichst wegzulaufen, bevor wir zu essen anfangen.«

»Moment mal«, sagte Peter und sah zwischen uns hin und her. »Das ist dein Exmann, verstehe ich das richtig?«

»Genau«, sagte ich. »Der schwule Homosexuelle.«

»Oh, das hättest du uns aber sagen müssen!«, meldete sich jetzt auch Ruth zu Wort. »Wir hätten doch nie solche

Sachen gesagt, wenn wir gewusst hätten, dass *Sie* der schwule Homosexuelle sind. Wir dachten, Sie wären Alices zweiter Mann. Sie sind sich ziemlich ähnlich, Sie zwei, oder?«

»Ganz und gar nicht!«, rief Alice. »Cyril II. ist zum einen viel jünger, und er sieht viel besser aus.«

»Und er ist ein richtiger Heterosexueller.«

»Nun, da können wir uns nur entschuldigen. Wir würden jemandem so etwas niemals ins Gesicht sagen, oder, Peter?«

»Nein«, sagte Peter. »Schwamm drüber. Ist vergessen.«

»In Ordnung«, sagte ich.

»Natürlich hätte ich es merken sollen«, sagte Ruth und lachte. »Wenn ich mir nur Ihren Pullover ansehe, dann frage ich mich, warum ich es nicht gemerkt habe.«

»Danke«, sagte ich und sah an mir herunter, unsicher, was mein Pullover mit meiner Sexualität zu tun hatte. »Das ist ja wie Weihnachten hier mit all den Komplimenten. Oh, Moment, wir haben ja *tatsächlich* Weihnachten.«

»Erinnere ich mich richtig, dass Sie im Dáil arbeiten?«, fragte Ruth.

»Richtig«, sagte ich. »In der Bibliothek.«

»Das muss sehr interessant sein. Sehen Sie ab und zu einige der TDs und der Minister?«

»Aber natürlich«, sagte ich. »Ich meine, die arbeiten da schließlich. Ich sehe fast jeden Tag, wie sie herumlaufen und jemanden suchen, mit dem sie sich betrinken können.«

»Was ist mit Bertie? Sehen Sie Bertie auch manchmal?«

»Ja, ziemlich oft«, sagte ich.

»Wie ist er so?«

»Nun, ich kenne ihn nicht wirklich«, sagte ich. »Über das Hallosagen hinaus, meine ich. Aber er scheint ganz nett zu sein. Ich habe ein paarmal mit ihm an der Theke gestanden, und er hat immer was zu erzählen.«

»Ich liebe Bertie«, sagte Ruth und legte sich eine Hand auf die Brust, als müsste sie ihr Herz beruhigen.

»Ach ja?«

»Ja, und es stört mich überhaupt nicht, dass er geschieden ist.«

»Gut für Sie.«

»Ich sage immer, dass er ein stattlicher Mann ist. Sage ich das nicht immer, Peter?«

»Ad nauseam«, sagte ihr Mann. Er beugte sich vor und nahm ein Buch, das er zwischen uns auf den Tisch gelegt hatte, den neuesten John Grisham. Ich fragte mich, ob er jetzt wirklich lesen wollte. »Sie sollten sie hören, Cyril. Den ganzen Tag geht das so, Bertie hier und Bertie da. Sie würde mit ihm durchbrennen, wenn sie könnte. Wann immer sie ihn im Fernsehen sieht, führt sie sich auf wie ein Mädchen bei einem Boyzone-Konzert.«

»Ach, red keinen Unsinn«, sagte Ruth. »Bertie sieht besser aus als jeder andere von diesen Jungs. Die Sache ist die, Cyril, Peter mag keine Politiker. Fianna Fáil. Fine Gael. Labour. In Peters Augen sind das alles Diebe und Betrüger.«

»Mistkerle«, sagte Peter.

»Das geht vielleicht etwas zu weit«, sagte ich.

»Nicht weit genug«, sagte er und hob die Stimme. »Ich würde sie alle aufknüpfen, wenn ich könnte. Verspüren Sie nie das Bedürfnis, eine Maschinenpistole mit zur Arbeit zu nehmen und die Kerle alle umzumähen?«

Ich starrte ihn an und fragte mich, ob er nur Spaß machte. »Nein«, sagte ich. »Nein. Der Gedanke ist mir nie gekommen, wenn ich ehrlich bin.«

»Denken Sie drüber nach«, sagte er. »Ich würd's tun, wenn ich da arbeiten würde.«

»Cyril wird jetzt gerade den Truthahn in den Ofen schieben«, sagte Alice.

»Cyril II.«, sagte ich, um das für Peter und Ruth zu klären.

»Nenn ihn nicht so.«

»Wir sind bei unserem Ältesten zum Essen eingeladen«,

sagte Ruth. »Joseph. Er arbeitet für eine Trickfilmfirma, wenn Sie das glauben können. Uns macht das nichts. Jeder, wie er will. Aber er macht sehr schöne Röstkartoffeln, nicht wahr, Peter? Er hat sich noch keine Frau gesucht, obwohl er fünfunddreißig ist. Ich denke, er ist etwas ganz Besonderes.«

Ihr Mann sah sie an und legte die Stirn in Falten. »Seine Röstkartoffeln«, sagte er endlich, »können neben denen von einem Michelin-Sternekoch bestehen. Ich weiß nicht, wie er das macht. Von mir hat er es auf jeden Fall nicht.«

»Gänsefett«, sagte Alice. »Das ist der Trick.«

»Peter kann nicht mal ein Ei kochen«, sagte Ruth.

»Das brauchte ich auch nie!«, protestierte er. »Dafür habe ich dich.«

Ruth verdrehte die Augen in Richtung von Alice, als wollte sie »Männer!« sagen, aber Alice verweigerte ihr die Schwesternschaft und sah auf die Uhr. Es war kurz vor zwölf.

»Ihre Tochter ist eine Auszeichnung für Sie beide«, sagte ich und wechselte das Thema. »Sie ist so eine wunderbare Mutter für den kleinen George.«

»Wir haben sie anständig erzogen.«

Zu unserer Rechten öffnete sich eine Tür, eine Schwester kam heraus, und wir drehten erwartungsvoll die Köpfe, aber sie ging an uns vorbei in Richtung Schwesternzimmer, wo sie fürchterlich gähnte, sich vorbeugte und in einer Fernsehzeitschrift blätterte.

»Ich frage mich, warum ein Mann Gynäkologe werden will«, sagte Peter nachdenklich. Ruth warf ihm einen warnenden Blick zu.

»Hör auf, Peter«, sagte sie.

»Ich meine ja nur. Laura hat einen männlichen Gynäkologen, und ich denke, es ist schon ein seltsamer Job. Den ganzen Tag die unaussprechlichen Stellen anstarren. Ein Vierzehnjähriger mag ja denken, das wäre toll, aber ich würde es nicht wollen. Ich war nie ein großer Fan von der unaussprechlichen Stelle der Frau.«

»Habe ich recht, wenn ich annehme, dass du Psychiaterin bist, Alice?«, fragte Ruth, und meine Exfrau schüttelte den Kopf.

»Nein«, sagte sie. »Ich bin nichts in der Art. Was bringt dich auf den Gedanken?«

»Aber du bist ein Doktor, das stimmt doch?«

»Nun ja. Ich habe in Literaturwissenschaften promoviert und unterrichte am Trinity College. Ich bin keine Medizinerin.«

»Oh, ich dachte, du wärst Psychiaterin.«

»Nein«, sagte Alice und schüttelte den Kopf.

»Ich habe übrigens ein Weile Kardiologe werden wollen«, sagte Peter. »Als Facharzt, meine ich.«

»Oh, sind Sie Arzt?«, fragte ich und sah ihn an.

»Nein«, sagte er und legte die Stirn in Falten. »Ich bin im Baugeschäft. Wie kommen Sie auf den Gedanken?«

Ich starrte ihn an. Darauf hatte ich keine Antwort.

»Peter und ich haben uns in einem Krankenhaus kennengelernt«, sagte Ruth. »Das ist nicht gerade der romantischste Ort auf der Welt, nehme ich an. Er war Pfleger, und ich war wegen des Blinddarms da.«

»Ich habe sie in den Operationssaal geschoben«, sagte Peter, »und ich fand sie sehr attraktiv, da unter ihrem Laken. Als sie ihr die Narkose gaben, blieb ich, um der Operation zuzusehen. Sie nahmen das Laken von ihr, und ich sah sie an und dachte: Das ist die Frau, die ich heiraten werde.«

»Ah ja«, sagte ich und vermied es, Alice anzusehen, damit sie mich nicht zum Lachen brachte.

»Und was ist mit euch zweien?«, fragte Ruth, und jetzt tauschten wir einen Blick. »Wie habt ihr euch kennengelernt?«

»Wir kennen uns seit unserer Kindheit«, sagte ich.

»Nicht ganz«, sagte Alice. »Wir haben uns als Kinder

zum ersten Mal gesehen. Einmal. Da bin ich schreiend aus Cyrils Haus gelaufen. Nur Cyril hat mich da gesehen, das war alles.«

»Warum hast du geschrien?«, fragte Peter. »Hat er dich erschreckt?«

»Nein, seine Mutter. Es war das einzige Mal, dass ich sie gesehen habe, was unglücklich ist, weil sie am Ende zu meinem Forschungsobjekt wurde. Cyrils Mutter war eine brillante Romanautorin, wisst ihr.«

»Meine Adoptivmutter«, sagte ich.

»Wir haben uns dann wiedergetroffen, als wir etwas älter waren.«

»Alices Bruder war ein Freund von mir«, sagte ich vorsichtig.

»Der Bruder, der mit Liam ausgeholfen hat?«, fragte Ruth.

»Ja«, sagte Alice. »Ich hatte nur einen.«

»Das muss dann der sein, der drüben in Amerika gestorben ist, oder?«, fragte Peter, und Alice sah ihn an und nickte kurz. Er kannte offenbar die ganze Geschichte.

»Himmel, du hattest es auch nicht einfach«, sagte er und lachte leicht. »Du hast es von zwei Seiten gekriegt.«

»Was gekriegt?«, fragte Alice.

»Also, du weißt schon, dein Bruder und dein...«, er nickte zu mir hin, »dein Mann hier. Dein Exmann, meine ich.«

»Aber was habe ich gekriegt?«, fragte sie noch einmal. »Ich verstehe nicht, wovon du redest.«

»Hör nicht auf Peter«, sagte Ruth, langte über den Tisch und legte ihre Hand auf die von Alice. Es war halb eine Liebkosung, halb ein Schlag. »Er redet, bevor er denkt.«

»Da habe ich mir wieder was eingebrockt«, sagte Peter und sah mich mit einem Grinsen an, und ich begann mich zu fragen, ob er mich beleidigen wollte oder einfach nur ein Idiot war. Das nächste längere Schweigen folgte, und ich sah auf sein Buch.

»Wie ist es?«, fragte ich und nickte zu seinem Grisham hin.
»Nicht schlecht«, sagte er. »Ihr lest viel, nicht?«
»Wir?«
»Ihr.«
»Wir Iren, meinen Sie? Entschuldigung, ich dachte, Sie wären auch Iren?«
»Bin ich auch«, sagte er verständnislos.
»Ach so«, sagte ich. »Meinen Sie schwule Homosexuelle?«
»Ist es nicht schrecklich, wie der Ausdruck für liberale Zwecke vereinnahmt wird?«, sagte Ruth. »Da gebe ich Boy George die Schuld.«
»Ja«, sagte Peter. »Genau das meinte ich.«
»Klar«, sagte ich. »Nun, ich nehme an, einige tun es und einige nicht. Wie alle anderen.«
»Eine Frage«, sagte Peter. Er beugte sich vor und griente mich an. »Bertie oder John Major? Wen von den beiden hätten Sie lieber als *Freund*? Oder Clinton? Ich wette, Sie würden Clinton nehmen! Habe ich recht?«
»Ich suche nicht wirklich jemanden«, sagte ich, »und wenn, wäre es sicher keiner von den dreien.«
»Ich muss immer lachen, wenn *Männer* das Wort so benutzen«, sagte Ruth und fing dann tatsächlich an zu lachen. »*Freund!*«
»Auf jeden Fall wird es etwas Neues für Sie sein«, sagte Peter. »Ein Baby, meine ich.«
»Das wird es«, sagte ich.
»Die traditionelle Familie.«
»Was immer das ist«, sagte ich.
»Ah, das wissen Sie doch«, sagte Peter. »Eine Mutter, ein Vater und ein paar Kinder. Hören Sie, Cyril, verstehen Sie mich nicht falsch, ich habe nichts gegen euch. Ich habe da überhaupt keine Vorurteile.«
»Das stimmt«, sagte Ruth. »Er hatte noch nie Vorurteile. Er hatte einen ganzen Schwung Schwarzer, die für ihn ge-

arbeitet haben, damals in den 80ern, lange bevor es in Mode kam, und er hat ihnen fast so viel bezahlt wie den Iren. Wir hatten sogar mal einen im Haus.« Sie beugte sich vor und senkte die Stimme. »*Zum Essen*«, fügte sie hinzu. »Es hat mir nichts ausgemacht.«

»Das stimmt«, sagte Peter stolz. »Ich bin ein Freund von jedem, ob schwarz, weiß oder gelb, normal oder homosexuell. Leben und leben lassen, das ist mein Motto. Obwohl ich zugeben muss, dass mich Burschen wie Sie verblüffen.«

»Warum?«, fragte ich.

»Das ist schwer zu erklären. Ich verstehe einfach nicht, wie Sie die Dinge tun können, die Sie tun. Ich könnte das nicht.«

»Ich nehme auch nicht an, dass da einer was von Ihnen wollte«, sagte ich.

»Oh, sag das nicht«, meldete sich Alice zu Wort und stieß mir zwischen die Rippen. »Peter sieht noch sehr gut aus für sein Alter. Ich würde sagen, sie ständen Schlange. Wenn du mich fragst, hast du was von Bertie Ahern, Peter.«

»Er sieht überhaupt nicht aus wie Bertie«, sagte Ruth wehmütig.

»Ich danke dir, Alice«, sagte Peter, der sich aufrichtig über ihr Kompliment zu freuen schien.

»Sie haben selbst also keine schwulen Kinder?«, fragte ich, und sie setzten sich beide entsetzt kerzengerade auf, als hätte ich einen Stock herausgeholt und schlüge sinnlos auf sie ein.

»Das haben wir nicht«, sagten sie wie aus einem Mund.

»Wir sind nicht von der Sorte«, fügte Ruth hinzu.

»Welche Sorte würde das sein?«, fragte ich.

»Ich bin einfach nicht so erzogen worden und Peter auch nicht«, sagte sie.

»Aber Ihr Sohn Joseph macht wunderbare Röstkartoffeln, nicht wahr?«

»Was hat das jetzt damit zu tun?«

»Nichts. Ich sage das nur so. Ich werde langsam hungrig.«

»Darf ich Sie was fragen?«, sagte Ruth und beugte sich vor. »Haben Sie einen ... wie nennen Sie das ... einen Partner?«

Ich schüttelte den Kopf. »Nein«, sagte ich. »Nein, habe ich nicht.«

»Waren Sie immer allein?«

»Nein«, sagte ich. »Es gab da mal jemanden. Vor langer Zeit. Aber er ist tot.«

»Dürfte ich Sie fragen, ob es Aids war?«

Ich verdrehte die Augen. »Nein«, sagte ich. »Er ist ermordet worden.«

»Ermordet?«, fragte Peter.

»Ja, von einer Gruppe Schläger.«

»Das ist ja noch schlimmer.«

»Ach ja?«, fragte Alice. »Warum?«

»Nun, vielleicht nicht schlimmer, aber niemand will doch ermordet werden, oder?«

»Es will auch keiner an Aids sterben«, sagte ich.

»Das vielleicht nicht, aber wenn du auf der falschen Seite der Straße fährst, kannst du schließlich damit rechnen, dass dich einer erwischt, oder?«

»Nein, da liegst du völlig falsch«, fuhr Alice ihn an. »Und wenn ich das so sagen darf, es ist ziemlich ignorant.«

»Das darfst du, Alice«, sagte Peter. »Rede, wie dir der Schnabel gewachsen ist, ich mache es auch so. Auf die Weise bleiben wir Freunde.«

»Es sind genau solche Einstellungen, die so viel Ärger in der Welt verursachen«, sagte sie.

»Wir könnten immer noch was in der Krankenhaus-Cafeteria essen«, unterbrach Ruth sie.

»Was?«

»Falls wir Hunger haben, meine ich. Wir könnten in der Cafeteria essen.«

»Das Essen da ist wahrscheinlich noch schlimmer als das Zeugs, das sie den Patienten hier geben«, sagte Peter. »Sollten wir nicht lieber zu Joseph fahren, bei ihm essen und zurückkommen, wenn wir angerufen werden? Seine Röstkartoffeln schmecken am besten, solange sie frisch sind. Und du weißt, er möchte, dass wir uns heute Nachmittag gemeinsam *The Sound of Music* ansehen. Das ist Stevens Lieblingsfilm.«

»Wer ist Steven?«

»Sein Mitbewohner«, sagte Peter. »Die beiden sind tolle Freunde, sie wohnen schon seit Jahren zusammen.«

»Ach so«, sagte ich.

»Nein, das tun wir nicht«, sagte Ruth. »Zum einen würdest du dann nicht mehr fahren können.«

»Warum das nicht?«

»Weil ich dich kenne, Peter Richmond. Du fängst mit einem einzelnen Glas Rotwein an, und das war es dann. Ich kann dich nicht zur Vernunft bringen, und später bekommen wir kein Taxi mehr. Die Fahrer sind dann alle zu Hause bei ihren Familien.« Sie hielt kurz inne und legte einen Finger an die Lippe. »Es muss schlimm sein, ermordet zu werden«, sagte sie und sah mich an. »Ich würde es hassen.«

Wieder öffnete sich die Tür, und diesmal kam Liam heraus, in einem ähnlichen blauen Kittel, wie ihn die Schwester vorher getragen hatte. Er sah uns alle dort sitzen und warten, und er grinste und breitete die Arme aus.

»Ich bin Vater«, sagte er. »Zum zweiten Mal.«

Wir standen auf und klatschten in die Hände und umarmten ihn. Ich war gerührt, als er mich besonders fest an sich zu drücken schien, und dann lächelte er und sah mir direkt in die Augen.

»Wie geht es Laura?«, fragte Ruth nervös. »Ist alles in Ordnung?«

»Der geht es bestens. Sie bringen sie etwa in einer halben Stunde nach oben in ihr Zimmer. Da könnt ihr sie sehen.«

»Und das Baby?«, fragte Alice.
»Ein Junge«, antwortete er.
»Das nächste Mal müsst ihr versuchen, ein Mädchen zu machen«, sagte Ruth.
»Ganz ruhig«, sagte Liam. »Lass uns Zeit.«
»Darf ich ihn sehen?« fragte ich. »Ich würde meinen Enkel gerne einmal halten.«
Liam sah mich an, und ein Lächeln reinen Glücks füllte sein Gesicht. Er nickte. »Natürlich darfst du das, Dad«, sagte er. »Natürlich.«

Julian II.

Lauras Eltern gingen zuerst. Sie freuten sich auf Josephs Röstkartoffeln und die Begeisterung seines Mitbewohners über *The Sound of Music*. Alice verabschiedete sich nur wenig später, und ich sagte, ich wolle noch etwas bei Liam bleiben und dann ein Taxi zum Dartmouth Square nehmen. Ich sei auf jeden Fall da, bevor Cyril II. den Truthahn anschneide.

»Du wirst nicht *nicht* kommen, oder?«, fragte sie und sah mir mit der Abgebrühtheit eines Profikillers in die Augen.

»Warum sollte ich?«, fragte ich.

»Du hast in dem Bereich besondere Fähigkeiten, Cyril.«

»Das ist nicht fair. Ich trete immer an, ich will nur nicht unbedingt bis zum Schluss bleiben.«

»Cyril ...«

»Alice, ich komme. Versprochen.«

»Wenn du nicht kommst, werden Ignac, Rebecca und die Kinder sehr enttäuscht sein. Und ich auch. Schließlich haben wir Weihnachten. Ich möchte nicht, dass du dich allein in Ballsbridge versteckst. Die Familie sollte zusammen

sein, und ich habe eine Riesenschachtel Quality Street gekauft.«
»Damit ist es beschlossen.«
»Und Pringles in verschiedenen Geschmacksrichtungen.«
»Ich hasse Pringles.«
»Später, denke ich, spielen wir alle zusammen *Wer wird Millionär?*. Ich habe sogar das Buch gekauft.«
»Ich komme trotzdem. Solange ich der Fragesteller sein darf.«
»Nein, Cyril II. will der Fragesteller sein.«
»Nenn ihn nicht so.«
»Ach halt den Mund, Cyril.«
»Ich möchte nur gern noch etwas bei Liam sein, das ist alles, und ich glaube, es wäre schön für dich und deinen jungen Mann, wenn ihr eine gemeinsame Stunde hättet, bevor ich auftauche. Um euch zu küssen und all die schmutzigen Sachen zu tun, die Mann und Frau nun mal gemeinsam machen.«
»Oh Himmel!«
»Du könntest ihm die Saiten wachsen.«
»Cyril!«
»Den Bogen spannen.«
»Gleich verpass ich dir eine.«
»Im Übrigen hatte ich vor, mich heute komplett abzuschießen und bei euch zu übernachten. Ich nehme an, das ist okay, oder?«
»Wenn es dir nichts ausmacht, in deinem Kinderzimmer zu schlafen und zu hören, wie es deine Exfrau mit einem fünf Jahre jüngeren Mann treibt, während sich fünf kleine Kinder die Lunge aus dem Leib brüllen, habe ich nichts dagegen.«
»Das klingt höchst angenehm. Ich bin um vier da. Versprochen.«
So blieb ich denn noch eine halbe Stunde bei meinem Sohn und seiner Frau, und bevor ich ging, nahm ich Liam

mit ins Krankenhaus-Café, kaufte zwei Flaschen Bier und stieß mit ihm auf die neueste Erweiterung unserer unkonventionellen Familie an.

»Das war sehr nett von dir«, sagte ich und spürte, wie die Gefühle in mir arbeiteten – weil ich wieder Großvater geworden war, aber auch, weil wir Weihnachten hatten und ich mich auf den bevorstehenden Abend freute. »Dass ich das Baby als Erster sehen durfte, meine ich. Ich bin nicht sicher, womit ich das verdient habe. Ich hätte gedacht, deine Mutter oder Lauras Eltern...«

»Mir ist das alles nicht mehr wichtig«, sagte er. »Das habe ich hinter mir gelassen.«

»Das höre ich gern. Aber trotzdem.«

»Hör zu«, sagte er und stellte seine Flasche ab. »Cyril. Dad. Es ist nicht mehr wichtig, okay? Ich weiß, mit mir war es zuerst nicht leicht, aber das ist jetzt anders. Du hast seit unserem ersten Zusammentreffen nichts anderes getan, als mich für dich einzunehmen. Gegen meinen heftigen Widerstand. Und das ist schon ärgerlich, muss ich sagen, weil ich mich eigentlich entschlossen hatte, dich zu hassen.«

»Und ich war entschlossen, dich zu lieben«, sagte ich.

»Du weißt, dass ich nicht anders konnte?«, sagte er schließlich.

»Was konntest du nicht?«

»Der Name unseres Sohnes. Ich musste es tun.«

»Ich hatte schon gedacht, dass du ihn so nennen würdest«, sagte ich. »Ich hatte es gehofft.«

»Es geht nicht gegen dich.«

»Das habe ich auch nicht einen Moment lang gedacht. Du und dein Onkel, ihr wart euch sehr nahe und habt euch geliebt. Das respektiere ich. Mein Verhältnis zu ihm ging genauso tief, wenn auch auf andere Weise. Ich habe ihn sehr geliebt. Unsere Beziehung war kompliziert, und ich habe mich nicht ausschließlich mit Ruhm bekleckert, aber er auch nicht. Trotzdem, wir waren von Beginn an zusammen, haben eine Menge gemeinsam durchgemacht und waren auch am Ende wieder Seite an Seite.«

Zu meiner Überraschung vergrub Liam das Gesicht in den Händen und fing an zu weinen.

»Was ist?«, fragte ich und griff nach seinem Arm. »Was ist los?«

»Ich vermisse ihn immer noch so sehr«, sagte er. »Ich wünschte, er wäre hier.«

Ich nickte, und der nicht so gute Teil meines Charakters erlaubte sich eine Prise Neid, da ich wusste, dass mich mein Sohn niemals so lieben würde, wie er Julian liebte.

»Hat er von mir gesprochen?«, fragte er. »Als er starb, meine ich. Hat er meinen Namen erwähnt?«

Jetzt spürte auch ich Tränen in den Augen. »Machst du Witze?«, fragte ich. »Liam, du warst der Sohn, den er nie hatte. Er hat am Ende ständig von dir geredet. Er wünschte sich so sehr, dich bei sich zu haben, wollte aber nicht, dass du ihn so sahst. Du warst der wichtigste Mensch in seinem Leben.«

Er hob seine Flasche. »Auf Julian«, sagte er und lächelte wieder.

Ich brauchte noch einen Moment, aber dann hob ich auch meine Flasche. »Auf Julian«, sagte ich leise.

Und bis heute weiß ich nicht, auf welchen Julian wir da anstießen, Liams geliebten Onkel oder seinen gerade geborenen Sohn.

Eine kleine bucklige Redemptoristen-Nonne

Während ich zurück ins Erdgeschoss des Krankenhauses fuhr, klingelte mein Telefon, ich sah auf das Display und wusste, welcher Name dort stehen würde: ALICE.

»Du hast eine Stunde«, sagte sie ohne weitere Vorrede, als ich abhob.

»Ich gehe gerade.«
»Eine Stunde, dann schließe ich die Tür ab.«
»Ich verlasse gerade in diesem Augenblick das Krankenhaus.«
»Die Zwillinge wollen wissen, wo du bist.«
»Welche Zwillinge?«
»Alle vier.«
»Unmöglich«, sagte ich. »Zwei sind noch Babys. Sie können noch nicht mal sprechen, geschweige denn fragen, wo ich bin.«
»Komm einfach«, sagte Alice, »und hör auf, mich zu nerven.«
»Wie geht's Cyril II.? Zerbricht er unter dem Druck, dass er für so viele Leute kochen muss?«
»Achtundfünfzig Minuten. Die Uhr tickt.«
»Ich bin unterwegs.«
Ich legte auf und ging auf den Ausgang zu, hielt dann aber inne, weil ich links hinter einer Doppeltür jemanden weinen hörte. Ich sah hinüber, es war der Eingang zur Kapelle. Der Raum dahinter wirkte so anders als der Rest des Krankenhauses, statt klinisch weiß war alles in warmen, einladenden Farben gehalten. Ich ging hinein.
Da war nur eine einzelne Person, eine ältere Frau, die auf halbem Weg zum Altar am Ende einer Bank saß. Leise klassische Musik erfüllte den Raum, das Stück kam mir bekannt vor, und die Tür eines der Beichtstühle stand offen. Ich sah eine Weile zu der Frau hinüber und wusste nicht, ob ich wieder gehen und sie ihrer Trauer überlassen oder sehen sollte, ob sie Hilfe brauchte. Am Ende übernahmen meine Füße die Entscheidung, ich trat näher zu ihr hin, und dann weiteten sich meine Augen überrascht, als ich sah, wer die Frau war.
»Mrs Goggin«, sagte ich. »Sie sind doch Mrs Goggin?«
Sie wandte mir den Kopf zu, als wachte sie aus einem Traum auf, und starrte mich eine Weile lang an. Sie war blass. »Kenneth?«, fragte sie.

»Nein, ich bin's, Cyril Avery, Mrs Goggin«, sagte ich. »Aus der Bibliothek im Dáil.«

»Oh, Cyril«, sagte sie, nickte und legte sich die Hand auf die Brust, als fürchtete sie einen Herzanfall. »Natürlich. Entschuldigen Sie, ich habe Sie für jemand anderen gehalten. Wie geht es Ihnen, mein Lieber?«

»Mir geht es gut«, sagte ich. »Es muss Jahre her sein, dass ich Sie zuletzt gesehen habe.«

»So lange?«

»Ja, auf Ihrer Pensionierungsparty.«

»Oh, ja«, sagte sie leise.

»Aber was ist?«, fragte ich. »Ist alles in Ordnung?«

»Nein, ist es nicht«, antwortete sie. »Nicht wirklich.«

»Kann ich etwas für Sie tun?«

Sie zuckte mit den Schultern. »Ich glaube nicht«, sagte sie. »Aber trotzdem vielen Dank.«

Ich sah mich um und hoffte, dass jemand aus ihrer Familie in der Nähe wäre und kommen würde, um ihr zu helfen, doch es war still in der Kapelle, und die Türen hatten sich hinter mir geschlossen.

»Stört es Sie, wenn ich mich ein paar Minuten zu Ihnen setze?«

Sie brauchte lange für ihre Antwort, nickte dann jedoch und rückte ein Stück in die Bank hinein, damit ich Platz hatte.

»Was ist passiert, Mrs Goggin?«, sagte ich. »Was macht Sie so traurig?«

»Mein Sohn ist gestorben«, sagte sie leise.

»Oh nein. Jonathan?«

»Vor ein paar Stunden. Seitdem sitze ich hier.«

»Mrs Goggin, das tut mir so leid.«

»Wir wussten, dass es zu Ende ging«, erklärte sie mir mit einem Seufzen. »Aber das macht es nicht leichter.«

»War er schon lange krank?«, fragte ich und nahm ihre Hand. Die Haut fühlte sich dünn an, und dunkelblaue Adern zogen sich um die Knöchel.

»Immer wieder«, sagte sie. »Er hatte Krebs, wissen Sie. Zum ersten Mal vor fünfzehn Jahren, aber da hat er ihn noch niedergerungen. Unglücklicherweise kam er jedoch gegen Ende des letzten Jahres zurück, und vor etwa sechs Monaten sagten die Ärzte, sie könnten nichts mehr für ihn tun. Heute war es dann so weit.«
»Ich hoffe, er musste nicht zu sehr leiden.«
»Doch, das musste er«, sagte sie. »Aber er hat es ertragen, und jetzt müssen die, die zurückgeblieben sind, leiden.«
»Möchten Sie, dass ich Sie allein lasse, oder gibt es jemanden, den ich rufen soll?«
Sie überlegte und betupfte die Augenwinkel mit ihrem Taschentuch. »Nein«, sagte sie. »Aber könnten Sie noch etwas bleiben? Wenn es Ihnen nichts ausmacht?«
»Es macht mir ganz und gar nichts aus«, sagte ich.
»Müssen Sie nirgends hin?«
»Doch. Aber ich kann gut ein paar Minuten zu spät kommen. Gibt es denn niemanden aus Ihrer Familie, der sich um Sie kümmert? Sie sind doch nicht ganz allein?«
»Um mich muss sich keiner kümmern«, sagte sie abwehrend. »Ich mag ja alt sein, aber Sie haben keine Vorstellung, wie viel Kraft noch in diesem Körper steckt.«
»Das bezweifle ich nicht«, sagte ich. »Aber Sie müssen doch nicht zurück in ein leeres Haus, oder?«
»Nein, meine Schwiegertochter war mit meinen Enkeln da. Sie sind schon nach Hause gefahren. Ich folge ihnen gleich.«
»Verstehe«, sagte ich und erinnerte mich an die Frau mit den zwei kleinen Mädchen, die ich bei meiner Ankunft heute gesehen hatte, wie sie sich gegenseitig in den Armen hielten. »Ich glaube, ich habe sie vor ein paar Stunden oben auf dem Flur gesehen.«
»Das kann sein. Sie waren die ganze Nacht hier. Nun, wir alle. Was für eine schreckliche Art für die Kinder, den Heiligen Abend zu verbringen. Sie hätten auf den Weih-

nachtsmann warten sollen und nicht darauf, dass ihr Daddy stirbt.«

»Ich weiß nicht, was ich sagen soll.« Ich sah nach vorn in die Kapelle, wo ein großes Holzkreuz an der Wand hing, von dem Christus in seinem Elend auf uns herabsah. »Sind Sie religiös?«, fragte ich. »Finden Sie hier etwas Frieden?«

»Nicht wirklich«, sagte sie. »Ich habe schon eine Beziehung zu Gott, nehme ich an, aber ich hatte es schwer mit der Kirche, als ich noch jung war. Warum, sind Sie's?«

Ich schüttelte den Kopf. »Kein bisschen.«

»Ich kann, wenn ich ehrlich bin, nicht sagen, warum ich hier hereingekommen bin. Ich kam vorbei, es sah ruhig aus, und ich wollte mich irgendwo setzen, mehr nicht. Die Kirche war nie mein Freund. Ich hatte immer das Gefühl, die katholische Kirche hat ein Verhältnis zu Gott wie ein Fisch zu einem Fahrrad.«

Ich lächelte. »Mir geht's genauso«, sagte ich.

»Ich gehe nicht oft in die Kirche, außer zu Hochzeiten, Taufen und Beerdigungen. Vor mehr als fünfzig Jahren hat mich ein Priester an den Haaren gepackt und aus der Gemeindekirche geworfen, und seitdem hatte ich nicht mehr viel für den Verein übrig. Aber ich hätte Sie längst fragen sollen, warum Sie eigentlich hier sind«, sagte sie und sah mich an. »Da kann doch etwas nicht stimmen, wenn Sie am ersten Weihnachtstag im Krankenhaus sind.«

»Nein, da gibt es nichts Schlimmes. Im Gegenteil. Mein Sohn und seine Frau haben eben ein Baby bekommen. Ich habe sie besucht, sonst nichts.«

»Oh, das sind gute Nachrichten«, sagte sie und zwang sich ein Lächeln ab. »Haben sie schon einen Namen?«

»Ja, das haben sie. Julian.«

»Das ist ungewöhnlich«, sagte sie und überlegte. »Heute gibt es nicht mehr viele Julians. Der Name lässt mich an einen römischen Kaiser denken. Und an die *Fünf Freunde*. Von denen hieß doch einer Julian?«

»Ich glaube, ja«, sagte ich. »Es ist lange her, dass ich Enid Blyton gelesen habe.«

»Wie steht es im Dáil?«

»Oh, machen Sie sich da keine Sorgen, schon gar nicht heute.«

»Doch«, sagte sie. »Zumindest einen Moment lang. Das bringt mich auf andere Gedanken.«

»Im Dáil geht es wie immer«, sagte ich. »Ihre Nachfolgerin führt den Tearoom mit eiserner Faust.«

»Das freut mich.« Sie lächelte. »Ich habe sie gut angelernt.«

»Das haben Sie.«

»Wenn man die TDs nichts an der Kandare hat, tanzen sie einem auf der Nase herum.«

»Vermissen Sie Ihre Arbeit?«, fragte ich.

»Ja und nein. Ich vermisse das Äußere. Jeden Morgen aufzustehen und einen Ort zu haben, an den ich muss, und die Leute, mit denen ich reden konnte. Nicht, dass ich die Arbeit selbst je besonders gemocht hätte. Sie hat mir mein Einkommen gesichert, sonst nichts. Ich habe mir meine Brötchen verdient.«

»Ich nehme an, mir geht es genauso«, sagte ich. »Ich müsste nicht mehr arbeiten, tu es aber dennoch und freue mich nicht unbedingt auf die Rente.«

»Die ist für Sie doch noch weit weg.«

Ich zuckte mit den Schultern. »Weniger als zehn Jahre«, sagte ich, »und die Zeit verfliegt nur so. Aber reden wir nicht von mir. Werden Sie zurechtkommen, Mrs Goggin?«

»Es wird schon wieder«, sagte sie vorsichtig. »Ich habe schon andere Menschen verloren, habe Gewalt erlebt, Bigotterie, Schimpf und Schande und Liebe. Und immer habe ich es irgendwie überlebt. Ich habe schließlich noch Melanie und die Mädchen. Wir sind uns sehr nahe. Ich bin zweiundsiebzig Jahre alt, Cyril. Falls es einen Himmel gibt, nehme ich an, dass es nicht zu lange dauern wird, bis ich Jonathan dort wiedersehe. Aber es ist schwer, ein Kind zu verlieren. Es ist nicht der natürliche Lauf der Dinge.«

»Das stimmt wohl.«

»Es ist nicht der natürliche Lauf der Dinge«, wiederholte sie.

»War er Ihr einziges Kind?«

»Nein, ich habe vor langer Zeit schon einmal einen Sohn verloren.«

»Oh mein Gott, das tut mir leid. Das wusste ich nicht.«

»Das war etwas anderes«, sagte sie und schüttelte den Kopf. »Er ist nicht gestorben. Ich habe ihn weggegeben. Ich war schwanger, wissen Sie, und fast noch ein Kind. Das waren andere Zeiten. Deshalb hat mich der Priester aus der Kirche geworfen«, fügte sie mit einem bitteren Lächeln hinzu.

»Die Priester haben kein Mitleid«, sagte ich. »Sie reden von Christlichkeit, aber es ist nur ein Wort für sie, nicht die Art und Weise, wie sie selbst das Leben leben.«

»Hinterher habe ich gehört, dass er selbst zwei Kinder in die Welt gesetzt hat, mit zwei verschiedenen Frauen, eines in Drimoleague und eines in Clonakilty. Der alte Heuchler.«

»Er war doch nicht der, welcher...?«

»Oh mein Gott, nein«, sagte sie. »Das war ganz jemand anders.«

»Was ist mit dem Jungen?«, fragte ich. »Haben Sie nie versucht, ihn zu finden?«

Sie schüttelte den Kopf. »Ich sehe die Nachrichten«, sagte sie. »Ich habe Filme und Dokumentationen darüber gesehen, und ich wage zu sagen, dass er mich nur dafür verantwortlich machen würde, was alles in seinem Leben schiefgelaufen ist, und dafür fehlte mir die Kraft. Ich habe damals getan, was ich für richtig hielt, und ich stehe zu meiner Entscheidung. Nein, eine kleine bucklige Redemptoristen-Nonne hat ihn genommen, und ich wusste, dass ich ihn nie wiedersehen würde. Ich habe über die Jahre meinen

Frieden mit meiner Entscheidung gemacht und hoffe, er ist glücklich geworden.«

»Das verstehe ich«, sagte ich, drückte ihre Hand, und sie sah mich an und lächelte.

»Unsere Wege scheinen sich immer wieder zu kreuzen, nicht wahr?«, sagte sie.

»Dublin ist eine kleine Stadt.«

»Das stimmt.«

»Kann ich irgendetwas für Sie tun?«, fragte ich.

»Nein. Ich fahre jetzt zu Melanie. Und was ist mit Ihnen, Cyril? Wo essen Sie Ihren Weihnachtsbraten?«

»Bei meiner Exfrau«, sagte ich, »und ihrem neuen Mann. Sie nehmen alle Verwahrlosten und Heimatlosen bei sich auf.«

Sie lächelte und nickte. »Es ist gut, dass Sie alle Freunde sein können«, sagte sie.

»Ich mag Sie aber hier nicht allein lassen. Möchten Sie, dass ich noch etwas bei Ihnen bleibe?«

»Wissen Sie«, sagte sie leise, »ich glaube, ich hätte am liebsten noch etwas Zeit für mich allein. Dann stehe ich auf und gehe. Draußen kann ich mir ein Taxi nehmen. Aber es war sehr lieb von Ihnen, Cyril, hereinzukommen und Hallo zu sagen.«

Ich nickte und stand auf. »Es tut mir sehr leid, Mrs Goggin«, sagte ich.

»Und ich freue mich, dass Sie einen weiteren Enkel bekommen haben. Es war schön, Sie wiederzusehen, Cyril.«

Ich beugte mich zu ihr hin und gab ihr einen Kuss auf die Wange. Es war das erste Mal, dass ich mich ihr so vertraulich näherte, und ich ging den Gang hinunter in Richtung Tür. Vor dem Hinausgehen sah ich mich noch einmal um, sah sie aufrecht auf ihrem Platz sitzen und das Kruzifix anstarren, und musste denken, was für ein Gott es erlauben konnte, dass eine so starke, gute Frau einen Sohn verlor, gar nicht zu reden von zweien.

Ich war längst wieder draußen, auf dem Weg hinaus, als mir unversehens ein Satz von ihr wie ein Stromstoß durch den Kopf fuhr: *Eine kleine bucklige Redemptoristen-Nonne hat ihn genommen, und ich wusste, dass ich ihn nie wiedersehen würde.* Ich blieb stocksteif stehen und stützte mich an der Wand ab, mit dem anderen Arm lehnte ich schwer auf meiner Krücke. Ich schluckte, drehte mich um und sah zurück zur Tür der Kapelle.

»Mrs Goggin«, sagte ich, lief zurück und rief ihren Namen. Sie fuhr überrascht herum und starrte mich an.

»Was ist denn, Cyril?«, fragte sie.

»Erinnern Sie sich an das Datum?«

»Was für ein Datum?«

»Das Geburtsdatum Ihres Sohnes.«

»Natürlich tu ich das«, sagte sie und legte die Stirn in Falten. »Das war im Oktober 1964. Der siebzehnte. Es war ein...«

»Nein«, sagte ich. »Nicht das von Jonathan. Ich meine das von Ihrem ersten Sohn. Den Sie weggegeben haben.«

Einen Moment lang sagte sie nichts, sondern starrte mich nur an und fragte sich womöglich, warum um alles in der Welt ich ihr eine solche Frage stellte. Aber dann nannte sie es mir. Sie erinnerte sich natürlich noch ganz genau.

2008

Der Silbersurfer

Aquabatik mit Alejandro

Ich kam in den Bahnhof, sah zur Abfahrtstafel hinauf und musste die Augen zusammenkneifen, um zu erkennen, von welchem Bahnsteig unser Zug abfahren sollte. Seit Wochen schon sah ich der vor uns liegenden Reise mit gemischten Gefühlen entgegen, einerseits erregt und erwartungsvoll, andererseits aber auch leicht nervös. Nie hätte sich einer von uns beiden vorgestellt, dass es zu dieser Fahrt einmal kommen könnte, und jetzt, da es endlich losging, sorgte ich mich um die Gefühle, die sie in uns wecken mochte. Ich ließ den Blick schweifen und sah meine neunundsiebzigjährige Mutter voller Energie durch die Bahnhofspforte hereinkommen. Ich lief ihr entgegen, um ihr den Koffer, den sie hinter sich herzog, abzunehmen, und gab ihr einen Kuss auf die Wange.

»Lass mich«, sagte sie und wehrte mein Hilfsangebot ab. »Ich lasse mein Gepäck doch nicht von einem Mann mit Krücke ziehen.«

»Doch, das tust du«, sagte ich und entwand ihr den Koffer.

Sie gab nach, und als sie zur Abfahrtstafel hinaufsah, war klar, dass sie bessere Augen hatte als ich. »Pünktlich, wie ich sehe«, sagte sie, »so selten wie wundervoll.«

Ich konnte nur immer darüber staunen, wie rüstig sie

noch war. Sie hatte nicht mal einen festen Hausarzt und bestand darauf, dass sie keinen brauchte, weil sie nie krank wurde.

»Steigen wir schon ein?«, fragte ich. »Und versuchen, gute Plätze zu bekommen?«

»Geh voraus«, sagte sie, folgte mir den Bahnsteig hinunter, und ich steuerte auf den hintersten Wagen zu, den, wo vermutlich das wenigste Gedränge sein würde. Gruppen junger Leute und Eltern mit kleinen Kindern stiegen in die näheren Wagen, und ich wollte so weit von ihnen und ihrem Lärm entfernt sein wie nur möglich.

»Du bist wie ein alter Mann, Cyril«, sagte meine Mutter, als ich ihr meine Überlegungen mitteilte.

»Ich *bin* ein alter Mann«, sagte ich. »Ich bin dreiundsechzig.«

»Ja, aber du musst dich nicht so verhalten. Ich bin neunundsiebzig und war gestern Abend noch in der Disco.«

»Warst du nicht!«

»Doch, doch. Also gut, es war ein Abendessen mit Tanz. Mit ein paar Freunden.«

Als wir endlich den Wagen erreichten, stiegen wir ein und setzten uns an einen Tisch, gegenüber voneinander und am Fenster.

»Es tut gut, von den Füßen zu kommen«, sagte sie mit einem Seufzer. »Ich bin seit sechs auf den Beinen.«

»Warum so früh schon?«, fragte ich.

»Ich bin erst noch ins Fitnesscenter.«

»Wie bitte?«

»Ich war im Fitnesscenter«, wiederholte sie.

Ich blinzelte und war nicht sicher, ob ich sie richtig verstanden hatte. »Du gehst in ein Fitnesscenter?«, fragte ich.

»Aber natürlich«, sagte sie. »Warum? Du nicht?«

»Nein.«

»Nein«, sagte sie und warf einen Blick auf meinen Bauch.

»Du solltest es mal versuchen, Cyril. Ein paar Pfund weniger würden dich nicht umbringen.«

»Seit wann gehst du ins Fitnesscenter?«, fragte ich und ignorierte ihren Kommentar.

»Oh, seit etwa vier Jahren«, sagte sie. »Habe ich dir nie davon erzählt?«

»Nein«, sagte ich.

»Melanie hat mich zu meinem Fünfundsiebzigsten angemeldet. Ich gehe dreimal die Woche. In einen Spinkurs, einmal ins Kardio und dann noch die Aquabatik mit Alejandro.«

»Was zum Henker ist Aquabatik?«, fragte ich.

»Da steht ein Haufen alter Frauen im Pool und wackelt mit den *Bootys* zu Popmusik.«

»Und was ist ein Booty? Und wer ist Alejandro?«

»Das ist unser vierundzwanzigjähriger brasilianischer Trainer. Oh, Cyril, er ist so entzückend! Wenn wir uns gut benehmen, zieht er zur Belohnung sein Shirt aus. Gut, dass wir alle im Pool stehen, das kühlt uns ab.«

»Großer Gott«, sagte ich halb fassungslos, halb amüsiert.

»Da ist noch Leben in den alten Knochen«, sagte sie und zwinkerte mir zu.

»Ich glaube nicht, dass ich das so genau wissen will.«

»Ganz nebenbei denke ich, dass Alejandro schwul sein könnte«, sagte sie. »Wie du«, fügte sie gleich noch hinzu, als hätte ich vergessen, dass ich es war. »Ich könnte dich ihm vorstellen, wenn du magst.«

»Das wäre toll«, sagte ich. »Ich bin sicher, sein größter Wunsch ist es, einem Mann vorgestellt zu werden, der sein Großvater sein könnte.«

»Vielleicht hast du recht. Wahrscheinlich hat er sowieso einen Freund. Aber du könntest bei der Aquabatik mitmachen und ihn wie der Rest von uns anstieren. Der Kurs ist ab sechzig.«

»Bitte sprich mein Alter nicht aus, Mum«, sagte ich. »Es klingt aus deinem Mund wirklich unheimlich.«

Sie lächelte und sah aus dem Fenster, als sich der Zug in Bewegung setzte. Vor uns lag eine mehrstündige Bahnfahrt nach Cork City, von wo es mit dem Bus nach Bantry gehen würde. Dann wollte ich mit dem Taxi weiter nach Goleen.

»Aber erzähl«, sagte sie. »Was gibt es für Neuigkeiten?«

»Nicht viele. Ich habe eine neue Vase fürs Wohnzimmer gekauft.«

»Das sagst du mir erst jetzt?«

Ich lächelte. »Sie ist schön«, sagte ich.

»Warst du bei dieser Verabredung?«

»Ja«, sagte ich.

»Wie hieß er noch?«

»Brian.«

»Und wie ging's?«

»Nicht gut.«

»Warum nicht?«

Ich zuckte mit den Achseln. Ich hatte den vorhergehenden Donnerstagabend mit einem Mittfünfziger in der Front Lounge verbracht, Brian, der sich erst nach vierunddreißig Jahren Ehe vor ein paar Wochen geoutet hatte. Keines seiner Kinder redete mehr mit ihm, und darüber lamentierte er den ganzen Abend, bis ich eine Entschuldigung fand, um mich zu verabschieden. Ich hatte nicht mehr die Energie für diese Dinge.

»Du musst mehr ausgehen«, sagte meine Mutter. »Dich öfter verabreden.«

»Tu ich ja von Zeit zu Zeit«, sagte ich.

»Einmal im Jahr.«

»Einmal im Jahr reicht mir. Ich bin auch so glücklich.«

»Gehst du manchmal in die Chatrooms?«

»Entschuldigung?«

»Die Chatrooms«, wiederholte sie.

»Welche Chatrooms?«

»Die, in denen schwule Männer andere schwule Männer treffen. Sie schicken sich Bilder voneinander, sagen, wie alt sie sind und was für eine Art Mann sie suchen, und wenn sie Glück haben...«

»Soll das ein Witz sein?«, fragte ich.

»Nein, Chatrooms sind unter Schwulen sehr beliebt«, sagte sie. »Es überrascht mich, dass du davon noch nichts gehört hast.«

Ich schüttelte den Kopf. »Ich denke, ich versuche es weiter auf traditionellem Weg«, sagte ich. »Woher weißt du überhaupt so viel über diese Dinge?«

»Ich bin ein Silbersurfer«, sagte sie.

»Ein was?«

»Ein Silbersurfer«, sagte sie noch einmal. »Oh, ich weiß, was angesagt ist. Jeden Mittwochnachmittag nehme ich an einen Computerkurs bei Christopher im ILAC-Center teil.«

»Zieht der auch sein Hemd aus?«

»Oh nein«, sagte meine Mutter, schüttelte den Kopf und verzog das Gesicht. »Das würde ich auch nicht wollen. Er ist etwas eklig.«

»Du bist zu viel mit deinen Enkeln zusammen«, sagte ich.

»Wo du sie schon erwähnst, habe ich dir erzählt, dass Julia jetzt einen Freund hat?«, fragte sie. Julia war ihre älteste Enkelin.

»Ach ja?«

»Ja. Ich habe sie letztes Wochenende im Wohnzimmer beim Züngeln erwischt. Ihrer Mutter habe ich nichts davon gesagt, aber hinterher habe ich mit ihr geredet und ihr erklärt, sie solle vorsichtig sein und auf ihre Unschuld achten. Eine gefallene Frau in der Familie reicht.«

»Beim Züngeln?«

»Komm schon«, sagte sie und verdrehte die Augen. »Ganz tot bist du noch nicht, Cyril, oder? In welchem Jahrhundert lebst du?«

»In diesem«, protestierte ich. »Ich stelle mir vor, es ist...«

»Nichts als eine harmlose Küsserei«, sagte sie. »Aber es könnte zu etwas anderem führen. Junge Menschen verlieren schnell die Kontrolle, und sie ist erst fünfzehn. Wenn er auch ein netter Bursche zu sein scheint, soweit ich das sagen kann. Sehr höflich. Er sieht aus wie einer von diesen Westlife-Jungs. Wenn ich sechzig Jahre jünger wäre, würde ich es selbst mal bei ihm probieren!«, fügte sie mit einem Lachen hinzu. »Aber egal. Wie geht es mit der Arbeit? Verpasse ich was im Dáil?«

»Nicht viel, nein. Es ist ziemlich ruhig. Ich bin bereit für meine Pensionierung.«

»Du kannst nicht in Rente gehen«, sagte sie und schüttelte den Kopf. »Das erlaube ich nicht. Ich bin noch nicht alt genug für einen Sohn, der Rentner ist.«

»Ich habe nur noch zwei Jahre«, sagte ich. »Das war's dann.«

»Weißt du, was du anschließend machen willst?«, fragte sie.

Ich zuckte mit den Schultern. »Vielleicht reise ich ein wenig«, sagte ich. »Wenn ich die Energie dazu habe. Ich würde ganz gern Australien sehen, ich weiß nur nicht, ob ich so eine Reise in meinem Alter noch machen kann.«

»Ein Freund von den Silbersurfern war im letzten Jahr in Australien«, sagte sie. »Er hat eine Tochter in Perth.«

»Hat es ihm gefallen?«

»Nein, auf dem Flug hatte er einen Herzinfarkt und musste von Dubai aus in einem Sarg den Rückflug antreten.«

»Eine tolle Geschichte«, sagte ich. »Ermutigend.«

»Na ja, er hätte nie fliegen sollen. Er hatte schon vier Infarkte hinter sich, es war nur eine Frage der Zeit. Aber er war gut in Tabellenkalkulationen. E-Mails und diese Dinge. Ich glaube, du solltest hinfahren und mich mitnehmen.«

»Ernsthaft?«, fragte ich. »Dich würde Australien interessieren?«

»Nur wenn du zahlst«, sagte sie mit einem Augenzwinkern.

»Es ist eine fürchterlich lange Reise.«

»Es heißt, die erste Klasse sei sehr komfortabel.«

Ich lächelte. »Ich werde darüber nachdenken.«

»Wir könnten die Oper besichtigen.«

»Das könnten wir.«

»Und auf die Sydney Harbour Bridge klettern.«

»Du zumindest. Ich bin nicht schwindelfrei, und mit meiner Krücke würden sie mich sowieso nicht hinauflassen.«

»Du wirst zu früh alt, Cyril. Hat dir das schon mal jemand gesagt?«

Der Zug hielt im Bahnhof von Limerick, ein junges Paar stieg ein und setzte sich neben uns, an den Tisch auf der andere Seite des Gangs. Sie schienen sich mitten in einem Streit zu befinden und ihn nur vorübergehend ausgesetzt zu haben, weil sie ihn nicht öffentlich weiterführen wollten. Sie kochte innerlich, das war deutlich zu sehen, und er saß mit geschlossenen Augen da und hatte die Hände zu Fäusten geballt. Ein Schaffner kam vorbei, kontrollierte ihre Fahrkarten, und als er weiter in den nächsten Wagen ging, griff der Mann, er war etwa dreißig, in seinen Rucksack und holte eine Dose Carlsberg heraus. Er hielt sie zwischen Daumen und Ringfinger, riss sie auf, und ein Spritzer landete im Gesicht seiner Freundin.

»Muss das sein?«, fragte sie.

»Warum nicht?«, sagte er, hob die Dose und nahm einen langen Schluck.

»Weil es schön wäre, wenn du ausnahmsweise mal nicht um sechs schon betrunken wärst.«

»Du würdest dich auch jeden Tag abschießen«, sagte er, »wenn du mit dir auskommen müsstest.«

Ich wandte mich ab und fing den Blick meiner Mutter auf, die sich auf die Zunge biss, um nicht lachen zu müssen.

»Du kannst hier nicht rauchen«, sagte die Frau und funkelte ihn an, als er einen Tabaksbeutel und Blättchen aus der Tasche holte. »Das hier ist ein Zug.«

»Ach wirklich?«, sagte er. »Ich dachte, es wäre ein Flugzeug, und hab mich schon gefragt, warum wir immer noch am Boden sind.«

»Leck mich«, sagte sie.

»Leck du mich«, antwortete er.

»Du kannst hier nicht rauchen«, wiederholte sie und hob die Stimme.

»Ich rauche doch gar nicht«, sagte er. »Ich drehe mir nur eine für später.« Er seufzte, sah herüber zu mir und dann zu meiner Mutter. »Sie haben auf diese Tour vermutlich schon fünfzig Jahre hinter sich gebracht, oder?«, fragte er mich, und ich starrte ihn an. Dachte er etwa, ich wäre mit meiner Mutter verheiratet? Ich wusste nicht, was ich sagen sollte, also schüttelte ich einfach nur den Kopf und sah wieder aus dem Fenster.

»Die Züge sind heutzutage sehr bequem, nicht wahr?«, sagte meine Mutter und tat so, als wäre nichts geschehen.

»Das sind sie«, sagte ich.

»Nicht wie zu meiner Zeit.«

»Nein?«

»Sicher, es ist Jahre her, dass ich Zug gefahren bin, und als ich aus Goleen weg bin, habe ich den Bus genommen, nicht den Zug. Den konnte ich mir nicht leisten.«

»Da hast du Jack Smoot kennengelernt?«, fragte ich.

»Nein, Seán MacIntyre. Jack hat bei unserer Ankunft auf uns gewartet.« Sie seufzte leise, schloss die Augen und ließ sich von ihren Erinnerungen in der Zeit zurücktragen.

»Hast du in letzter Zeit mit Jack gesprochen?«, fragte ich.

»Etwa vor einem Monat. Ich plane gerade meine nächste Reise nach Amsterdam.«

Ich nickte. Wir erzählten uns fast alle Einzelheiten aus unseren Leben, hatten es aber immer vermieden, jene besondere Nacht vor dreißig Jahren in Amsterdam zu erwähnen. Es schien leichter, nicht darüber zu sprechen, wobei sie wie ich wussten, dass wir beide dort gewesen waren.

»Darf ich dich was fragen?«, sagte ich.

»Natürlich«, sagte sie. »Was ist?«

»Warum bist du nie wieder hingefahren?«, fragte ich. »Nach West Cork, meine ich. Nach Goleen. Zurück zu deiner Familie.«

»Das ging nicht, Cyril. Sie hatten mich rausgeworfen.«

»Nein, das weiß ich doch. Ich meine, später. Als sich die Gemüter beruhigt hatten.«

Sie hob zweifelnd die Hände.

»Ich glaube nicht, dass es etwas geändert hätte«, sagte sie. »Mein Vater war nicht der Mann, der mit sich reden ließ, ganz gleich, worum es ging, und meine Mutter wollte nichts mehr mit mir zu tun haben. Ich habe ihr ein paarmal geschrieben, aber sie hat nie geantwortet. Und meine Brüder, mit Ausnahme vielleicht von Eddie, haben sich immer auf Vaters Seite geschlagen, weil sie später die Farm erben und es sich nicht mit ihm verderben wollten. Und Father Monroe hätte mich gleich wieder aus der Stadt gejagt, quer über einen Esel gebunden, wenn ich es gewagt hätte, mein Gesicht zu zeigen. Und dein Vater ... nun, der hätte mir ganz sicher nicht geholfen.«

»Nein«, sagte ich, sah auf den kleinen Tisch zwischen uns und kratzte nervös an einem Fleck, was mich an den Tearoom im Dáil erinnerte, vor all den Jahren mit Julian Woodbead. »Nein, das nehme ich auch nicht an.«

»Der zweite Grund«, fuhr sie fort, »war ein noch grundsätzlicherer. Geld. Damals war es nicht einfach zu reisen, Cyril, und das wenige, was ich hatte, habe ich auf die Seite gelegt, um zu überleben. Wenn ich Urlaub machen wollte, bin ich für ein paar Tage nach Bray gefahren, und wenn ich besonders unternehmungslustig war, vielleicht südlich bis nach Gorey oder Arklow. Später bin ich regelmäßig alle paar Jahre nach Amsterdam geflogen. Ehrlich gesagt, Cyril, habe ich nie ernsthaft daran gedacht, dass ich zurückgehen könnte. Ich wollte es nicht, ich hatte die Heimat hinter mir gelassen. Das ist bis heute so.«

»Das ist verständlich«, sagte ich.

Von der anderen Seite des Gangs kam ein Geräusch, und ich starrte zu den beiden jungen Leuten hinüber, die sich, ohne dass ich es bemerkt hatte, nebeneinandergesetzt hatten. Er hatte den Arm um sie gelegt, und sie lehnte an seiner Schulter, die Augen halb geschlossen, während er sich zu ihr hinneigte und sie auf den Kopf küsste. In dem Moment sahen sie aus wie das Pärchen von einer romantischen Postkarte. In einer Stunde, dachte ich, wenn der Zug etwas zu stark rüttelt, gehen sie sich wieder an die Kehle.

»Junge Liebe«, sagte ich, lächelte meiner Mutter zu und nickte zu den beiden hinüber.

»Das Thema habe ich erfolgreich hinter mich gebracht«, sagte sie mit einem Achselzucken und verdrehte die Augen.

Kenneth

Wir hatten ein paar Wochen gewartet, bis wir uns nach jenem Tag in der Krankenhauskapelle wiedergetroffen hatten. Es war natürlich möglich, dass das alles nur ein reiner Zufall war, das Datum und die Rede von der kleinen buckligen Redemptoristen-Nonne. Konnte sie den Ausdruck zuerst benutzt haben, und dann war er zusammen mit meinem kleinen Körper durch die Stadt zu Charles und Maude gelangt? Oder hatte Charles nur dasselbe gedacht, und es waren ganz einfach die passenden Worte gewesen, um die Frau zu beschreiben? Und das gemeinsame Geburtsdatum: Wie viele Kinder wurden in Dublin an einem bestimmten Tag des Jahres geboren? Dennoch wusste ich irgendwie sofort, dass es sich nicht um eine zufällige Übereinstimmung handelte. Dass wir all die Jahre im Leben des anderen vorgekommen waren, ohne zu begreifen, wer uns da gegenübersaß.

Natürlich war das Timing schrecklich. Meine Mutter hatte gerade einen Sohn verloren und war nicht in der Verfassung, sich mit der Möglichkeit auseinanderzusetzen, nur wenige Stunden später einen anderen wiedergefunden zu haben. Sie geriet völlig aus der Fassung, als ich mich erneut zu ihr setzte und erklärte, was ich vermutete. Am Ende blieb mir nichts, als ihre Schwiegertochter anzurufen, deren Nummer mir das Krankenhaus gab, und sie in ein Taxi zu setzen. Hinterher wartete ich ein paar Wochen ab, dann schrieb ich ihr. Zu Jonathans Beerdigung ging ich nicht, sosehr es mich innerlich auch drängte, aber ich wollte klarmachen, dass ich nichts von ihr erwartete und keine der unglücklichen Kinderseelen war, die Vergeltung dafür suchten, vor langen, langen Jahren verlassen worden zu sein. Ich wollte nur mit ihr reden, das war alles, und wünschte mir, dass wir uns auf eine Weise kennenlernten, die über das Bisherige hinausging.

Dann antwortete sie.

»Treffen wir uns«, sagte sie. »Treffen wir uns und reden wir.«

Wir verabredeten uns im Hotel Buswells, gegenüber vom Dáil Éireann, an einem Donnerstagabend nach der Arbeit. Ich konnte den ganzen Tag über kaum still sitzen, so nervös war ich, doch als ich dann die Straße überquerte, fühlte ich mich seltsam ruhig. Die Bar war so gut wie leer, nur der Finanzminister saß in einer Ecke, das Gesicht in den Händen vergraben, und weinte offensichtlich in sein Guinness. Ich kehrte ihm den Rücken zu und wollte nichts von dem Irrsinn wissen, der sich gerade abspielte. Ich ließ den Blick schweifen und sah Mrs Goggin, das war sie für mich damals noch, auf der anderen Seite des Raumes sitzen. Ich winkte ihr zu, und sie lächelte mich nervös an. Sie hatte eine fast leere Tasse Tee vor sich stehen, und ich fragte sie, ob sie noch eine möge.

»Was trinken Sie?«, fragte sie zurück. »Was Alkoholisches?«

»Vielleicht nehme ich ein Bier«, sagte ich. »Nach der Arbeit habe ich Durst.«

»Dann wäre es nett, wenn Sie mir auch eins brächten.«

»Ein Bier?«, fragte ich überrascht. »Ein Lager?«

»Ein Guinness«, sagte sie. »Wenn es nichts ausmacht. Ich könnte eins vertragen.«

Irgendwie machte es mich glücklich, dass wir beide etwas tranken. Das würde es leichter machen, dachte ich.

»*Sláinte*«, sagte ich, als ich wieder da war, hob mein Glas, und sie hob ihres, und wir stießen an, ohne uns dabei in die Augen zu sehen. Ich wusste nicht, wie es weitergehen sollte, und eine Weile saßen wir ruhig da und redeten über das Wetter und die Einrichtung der Bar.

»Also«, sagte sie endlich.

»Also«, wiederholte ich. »Wie geht es Ihnen?«

»Wie es zu erwarten war.«

»Das war ein schrecklicher Verlust.«

»Ja.«

»Und Ihre Schwiegertochter und die Mädchen?«

Sie zuckte mit den Schultern. »Die haben eine bemerkenswerte Kraft«, sagte sie. »Allesamt. Das bewundere ich am meisten an Melanie. Aber nachts höre ich sie in ihrem Schlafzimmer weinen. Sie und Jonathan haben sich sehr geliebt, sie waren schon als Teenager zusammen, die beiden, und er hätte noch viele Jahre vor sich haben sollen. Aber Sie wissen ja, wie es ist, wenn man jemanden viel zu früh zu verliert.«

»Das stimmt.« Vor langer Zeit, als sie noch im Tearoom arbeitete, hatte ich ihr von Bastiaan erzählt.

»Wird es irgendwann leichter?«, fragte sie.

Ich nickte. »Das tut es. Irgendwann kommt der Punkt, an dem man begreift, dass das Leben so oder so weitergeht. Dass man sich dafür oder dagegen entscheiden muss, und dann gibt es Momente, Dinge, die man sieht, etwas Komisches auf der Straße oder einen guten Witz, den man hört, etwas im Fernsehen, über das man sich würde austauschen wollen, und man vermisst den verlorenen Menschen ganz fürchterlich, doch es ist keine Trauer mehr, sondern eher eine Art Bitterkeit, weil die Welt einem diesen Menschen genommen hat. Ich denke jeden Tag an Bastiaan, aber ich habe mich an seine Abwesenheit gewöhnt. In mancher Hinsicht war es schwerer, sich an seine Anwesenheit zu gewöhnen, ganz am Anfang unserer Beziehung.«

»Warum?«, fragte sie.

»Weil es neu für mich war«, sagte ich. Ich überlegte. »Als ich jung war, habe ich, auf die Liebe bezogen, alles verdorben, und als ich dann endlich in einer normalen, gesunden Beziehung landete, wusste ich nicht, wie ich damit umgehen sollte. Andere Leute lernen das nötige Handwerk viel früher.«

»Auf jeden Fall hat er sie sehr gut versorgt«, sagte sie. »Jonathan, meine ich. Dafür kann man dankbar sein, und Melanie ist eine wundervolle Mutter. Seit Weihnachten wohne ich bei ihnen. Aber es ist Zeit, dass ich zurück in meine eigene Wohnung ziehe. Das wird nächste Woche passieren.«

»Sie reden immer nur von Ihrer Schwiegertochter«, sagte ich, »aber was ist mit *Ihnen*? Wie kommen *Sie* zurecht?«

»Ich werde nie darüber hinwegkommen«, sagte sie mit einem Seufzen. »Das kann eine Mutter einfach nicht. Und doch werde ich einen Weg finden müssen, um weiterzuleben.«

»Und Jonathans Vater?«, fragte ich, denn ich hatte sie nie von ihm reden hören.

»Oh, der ist lange weg«, sagte sie. »Er war einfach nur ein Mann, den ich kannte. Ich kann mich kaum noch erinnern, wie er aussah. Wissen Sie, Cyril, ich wollte ein Kind, eins, das ich behalten konnte, und dafür brauchte ich die Hilfe eines Mannes. Er kam für eine einzige Nacht in mein Leben, und näher wollte ich ihn auch gar nicht kennenlernen. Klingt das, als wäre ich eine fürchterlich schamlose Person?«

»Es klingt, als wären Sie jemand, der sein Schicksal in die eigene Hand nimmt und sich nie wieder von jemandem vorschreiben lassen will, was er zu tun hat.«

»Das mag sein«, sagte sie nachdenklich. »Jedenfalls war Jonathan von jenem Moment an alles, was ich brauchte. Er war ein guter Sohn, und ich denke, ich war ihm eine gute Mutter.«

»Da bin ich sicher.«

»Macht Sie das wütend?«

Ich zog die Brauen zusammen. »Warum sollte es das?«

»Weil ich Ihnen keine gute Mutter war.«

»Ich habe keinerlei Interesse daran, Ihnen etwas vorzuwerfen«, erklärte ich ihr. »Das habe ich in meinem Brief schon geschrieben. Ich will mich nicht streiten oder sonst etwas Unangenehmes. Dafür bin ich zu alt. Dafür sind wir beide zu alt.«

Sie nickte und schien den Tränen nahe. »Sind Sie da sicher?«, fragte sie. »Sie sagen das nicht nur so?«

»Da bin ich wirklich sicher. Wir können uns das große Drama sparen. Ganz ohne jeden Zweifel.«

»Sie müssen sehr liebevolle Eltern gehabt haben, um das so empfinden zu können.«

Ich dachte nach. »Es waren eher sehr *merkwürdige* Eltern«, sagte ich. »Beide waren in keiner Weise, was man konventionell nennen könnte, und hatten einen extrem eigenen Blick auf ihre Elternrolle. Manchmal hatte ich das Gefühl, nicht mehr als ein Untermieter in ihrem Haus zu sein. Ganz so, als wären sie nicht ganz sicher, warum ich eigentlich bei ihnen war. Aber sie haben mich nie schlecht behandelt oder etwas getan, um mich zu verletzen, und vielleicht haben sie mich auch auf ihre eigene Weise geliebt. Die Vorstellung als solche, mich zu lieben, mag ihnen fremd gewesen sein.«

»Und Sie, haben Sie die beiden geliebt?«

»Ja, das schon«, sagte ich, ohne zu zögern. »Sehr sogar. Trotz allem. Aber das tun Kinder für gewöhnlich nun mal. Sie suchen nach Sicherheit und Geborgenheit, und auf die eine oder andere Art verschafften Charles und Maude mir beides. Ich bin kein verbitterter Mensch, Mrs Goggin«, fügte ich hinzu. »Da ist überhaupt keine Bitterkeit in mir.«

»Erzählen Sie mir von den beiden«, sagte sie.

Ich zuckte mit den Schultern. »Wo soll ich da anfangen?«, sagte ich. »Charles war Banker. Er war ziemlich reich, hat aber immer Steuern hinterzogen. Er saß ein paarmal im Gefängnis deswegen, und in seinen jüngeren Jahren hatte er ständig neue Frauengeschichten. Aber er hatte Freude am Leben. Wobei er mir ständig erklärt hat, ich sei kein echter Avery. Ich denke, darauf hätte ich verzichten können.«

»Das klingt ziemlich fies.«

»Ich glaube wirklich nicht, dass er mich verletzen wollte. Es war für ihn einfach eine Tatsache. Tja, jetzt ist er tot. Beide sind tot, und ich war bei ihm, als er starb. Ich vermisse ihn immer noch.«

»Und Ihre Mutter?«

»Meine Adoptivmutter«, sagte ich.

»Nein«, sagte sie und schüttelte den Kopf. »Sie war Ihre Mutter. Seien Sie nicht so lieblos.«

Etwas an dem, wie sie mir das versicherte, trieb mir die Tränen in die Augen. Denn sie hatte natürlich recht. Wenn jemand meine Mutter gewesen war, dann Maude.

»Maude war Schriftstellerin«, sagte ich. »Das wissen Sie, oder?«

»Ja«, sagte sie. »Ich habe fast alle ihre Bücher gelesen.«

»Gefallen sie Ihnen?«

»Sehr. Ihre Bücher zeugen von großem Mitgefühl. Sie muss eine sehr fürsorgliche Frau gewesen sein.«

Ich lachte, ohne es zu wollen. »Das war sie wirklich nicht«, sagte ich. »Sie war viel kälter als Charles, verbrachte die meiste Zeit in ihrem Arbeitszimmer, schrieb und rauchte ihre Zigaretten und tauchte nur gelegentlich aus dem Nebel auf, um die Kinder, die zu Besuch waren, zu terrorisieren. Ich denke, sie tolerierte meine Anwesenheit im Haus gerade so. Manchmal sah sie mich als Verbündeten, dann wieder als Ärgernis. Sie ist aber schon lange tot. Fast fünfzig Jahre. Ich denke dennoch oft an sie, weil sie später so wichtig für das irische Bewusstsein geworden ist. Für die Bücher, die Filme, unsere Kultur. Die Tatsache, dass alle sie zu kennen scheinen. Sie wissen, dass ihr Bild inzwischen mit auf dem Geschirrtuch ist?«

»Auf dem Geschirrtuch?«, fragte sie. »Wie meinen Sie das?«

»Das ist eine Schriftstellergeschichte«, erklärte ich ihr. »Kennen Sie das Bild? Acht alte Männer, die die Besten der Besten sein sollten? Yeats, O'Casey, Oliver St. John Gogarty, die ganze Bande. Das Bild gibt's auf Plakaten, Kaffeetassen, Gedecken, Untersetzern und so weiter. Maude meinte immer, sie würden niemals eine Frau mit aufs Geschirrtuch nehmen, und hatte jahrelang recht damit. Aber dann haben sie's gemacht. Sie ist genau in der Mitte mit hineinmontiert worden.«

»Das ist kein großes Vermächtnis«, sagte sie zweifelnd.

»Wohl eher nicht.«

»Hatten Sie keine Brüder oder Schwestern?«

»Nein«, sagte ich.

»Hätten Sie welche gewollt?«

»Es hätte schön sein können«, sagte ich. »Ich habe Ihnen früher schon von Julian erzählt. Ich nehme an, er war eine Art Bruder für mich. Bis ich begriff, dass ich in ihn verliebt war. Ich wünschte nur, ich hätte Jonathan gekannt.«

»Ich glaube, Sie hätten ihn gemocht.«

»Das bin ich sicher. Das eine Mal, als wir uns gesehen haben, fand ich ihn großartig. Es ist schmerzlich, dass Sie und ich auf unsere Verbindung erst durch seinen Tod aufmerksam geworden sind.«

»Nun, Cyril«, sagte sie, beugte sich vor und überraschte mich mit ihrer Wortwahl. »Wenn ich eines in den mehr als sieben Jahrzehnten meines Lebens gelernt habe, dann, dass diese Welt ein völlig abgefuckter Ort ist. Man weiß nie, was hinter der nächsten Ecke lauert, und oft ist es etwas äußerst Unangenehmes.«

»Das ist eine sehr zynische Sicht der Dinge, Mrs Goggin«, sagte ich.

»Ich weiß nicht«, sagte sie. »Vielleicht sollten wir aber die Mrs Goggin jetzt hinter uns lassen. Meinst du nicht?«

Ich nickte. »Ich bin nur nicht sicher, wie ich dich ansprechen soll«, sagte ich.

»Wie wäre es mit Catherine?«

»Also gut. Catherine«, sagte ich.

»Im Dáil habe ich mich nie von jemandem beim Vornamen nennen lassen«, sagte sie. »Da brauchte ich die Autorität. Ich weiß noch, wie mich Jack Lynch mal so ansprach, und ich sah ihm in die Augen und sagte: ›Taoiseach, wenn Sie mich noch einmal so nennen, bekommen Sie einen Monat Tearoom-Verbot.‹ Am nächsten Tag bekam ich einen Blumenstrauß und eine Entschuldigungskarte, adressiert an Mrs Goggin. War ein netter Mann«, fügte sie hinzu. »Er stammte natürlich aus Cork, genau wie ich. Aber das habe ich ihm nicht zum Vorwurf gemacht.«

»Ich hätte nicht mal im Traum daran gedacht, Sie ... dich beim Vornamen zu nennen«, sagte ich. »Ich hatte so eine Angst vor dir. Alle hatten das.«

»Vor mir?«, fragte sie lächelnd. »Dabei bin ich so eine Liebe. Ich erinnere mich noch an dich, als du ein kleiner Junge warst«, sagte sie. »Weißt du noch, das Mal, als du mit deinem Freund kamst und ihr so tatet, als wärt ihr alt genug, um Alkohol zu trinken, und ich euch rausgeworfen habe?«

»Aber sicher«, sagte ich und lachte, als ich daran denken musste, wie viel Freude mir Julian in jenen Tagen mit seinen Streichen und seiner Unverfrorenheit bereitet hatte. »Und dann hast du den Priester abgekanzelt, der im Dáil auf uns hätte aufpassen sollen.«

»Habe ich das?«

»Und wie. Ich glaube nicht, dass jemals einer so mit ihm geredet hatte, und schon gar keine Frau. Das wird ihn am wütendsten gemacht haben.«

»Tja, alle Achtung.«

»Genau.«

»Er war der Junge, der dann entführt wurde, richtig?«, sagte sie.

»Das stimmt. Nicht lange danach.«

»Das war eine große Sache damals. Sie haben ihm doch ein Ohr abgeschnitten?«

»Eins«, sagte ich, »und einen Finger und einen Zeh.«

»Unglaublich«, sagte sie und schüttelte den Kopf, »und die Zeitungen waren so gemein, als herauskam, woran er gestorben war.«

»Das war ekelerregend«, sagte ich und spürte wieder die Wut in mir. Eben erst hatte ich erklärt, dass es keine Bitterkeit in mir gebe, aber wann immer ich mich an diese Sache erinnerte, spürte ich ein gefährliches Gefühl tief in meiner Seele lauern. »Jahrelang hat niemand was über ihn gesagt, und plötzlich hatten sie so eine Lust daran, dem Land zu erzählen, was mit ihm geschehen war. Ich erinnere mich an eine Frau, die sich in einer Radiosendung meldete und sagte, sie habe so mit ihm gefühlt, damals als Kind, aber jetzt empfinde sie nur noch Abscheu. Es wäre das Beste, sagte sie, wenn alle Schwulen zusammengetrieben und erschossen würden, bevor sie die Krankheit weiterverbreiten könnten.«

»Aber er war doch gar nicht schwul, oder?«
»Nein, war er nicht.«
»Der arme Kerl«, sagte sie. »Aber so ist Irland nun einmal. Denkst du, dass sich das jemals ändern wird?«
»Nicht zu unseren Lebzeiten«, sagte ich.
Zu meiner Überraschung vergrub sie einen Moment später genau wie der Finanzminister auf der anderen Seite des Raums das Gesicht in den Händen, und ich streckte die Hand aus und sorgte mich, etwas Falsches gesagt zu haben.
»Mrs Goggin«, sagte ich. »Catherine, ist alles in Ordnung?«
»Mit geht es gut«, sagte sie, nahm die Hände wieder herunter und bemühte sich um ein Lächeln. »Hör zu, Cyril, es gibt vermutlich Dinge, die du wissen willst. Warum fragst du mich nicht einfach?«
»Ich will nichts wissen, was du mir nicht sagen magst«, antwortete ich. »Ich meine es ernst, ich will dir keine Vorwürfe machen und dich auf gar keinen Fall verletzen. Wir können über die Vergangenheit reden oder sie auch einfach vergessen und nach vorn sehen. Was dir am liebsten ist.«
»Weißt du«, sagte sie, »ich habe *nie* darüber geredet. Mit niemandem. Nicht mit Seán oder Jack. Nicht mal mit Jonathan. Er wusste nichts von dir und dem, was 1945 in Goleen geschehen ist. Das bedaure ich heute. Ich weiß nicht, warum ich es ihm nie erzählt habe. Ich hätte es tun sollen. Es hätte ihm nichts ausgemacht, das weiß ich, und er hätte es wissen wollen.«
»Ich muss zugeben«, sagte ich etwas zögerlich, »dass es mich schon interessiert. Ich würde tatsächlich gern wissen, was genau dich damals nach Dublin gebracht hat.«
»Natürlich interessiert dich das«, sagte sie. »Da wäre was nicht richtig mit dir, wenn es das nicht täte.« Sie machte eine lange Pause und nahm einen Schluck Bier. »Ich denke«, sagte sie schließlich. »Ich denke, ich sollte mit Onkel Kenneth anfangen.«

»In Ordnung.«

»Ich muss weit ausholen, du musst etwas Geduld mit mir haben. Ich bin aufgewachsen in einem kleinen Dorf in West Cork namens Goleen. Geboren 1929, das heißt, ich war erst sechzehn, als das alles passierte, und ich hatte natürlich eine Familie. Ich hatte eine Mum und einen Dad wie alle anderen und eine ganze Reihe Brüder, einer schwachsinniger als der andere, bis auf den jüngsten, Eddie, einen netten Kerl, aber schüchterner, als es für ihn gut war.«

»Ich habe nie von Goleen gehört«, sagte ich.

»Das hat niemand«, sagte sie, »bis auf die, die dort herkommen oder dort leben. Wie ich und meine Familie. Und mein Onkel Kenneth.«

»Standst du ihm nahe?«, fragte ich.

»Ja«, sagte sie. »Er war gerade mal zehn Jahre älter als ich und mir besonders zugewandt, weil wir einen ähnlichen Humor hatten. Ich war verrückt nach ihm. Oh, er sah so gut aus, Cyril! Er war der einzige Mann, in den ich mich je wirklich verliebt habe. Wobei du verstehen musst, dass er kein mit mir blutsverwandter Onkel war. Er hatte meine Tante Jean geheiratet, die Schwester meiner Mutter. Kenneth selbst kam aus Tipperary, wenn ich mich recht erinnere. Aber natürlich störte uns das nicht. Alle mochten ihn, verstehst du. Er war groß und witzig und sah ein wenig wie Errol Flynn aus, konnte Witze erzählen und ganz wunderbar Leute nachmachen, spielte teuflisch gut Akkordeon, und wenn er die alten Lieder sang, blieb kein Auge trocken. Ich war damals noch ein Kind. Sechzehn Jahre alt, ein dummes Mädchen mit Flausen im Kopf. Ich war verrückt nach ihm und sorgte dafür, dass er auch verrückt nach mir war.«

»Wie?«, fragte ich.

»Ich habe ihn bezirzt«, sagte sie, »habe ständig mit ihm geflirtet und jede Gelegenheit wahrgenommen, um mit ihm allein zu sein. Ich wusste nicht wirklich, was ich da tat, aber es fühlte sich gut an, das wusste ich. Ich fuhr mit dem Fahrrad zu seiner Farm und redete über den Zaun mit ihm, den Rock schamlos weit hochgeschoben. Ich war hübsch, verstehst du, Cyril? Ich war in dem Alter ein sehr hübsches Mädchen. Die Hälfte der Jungen im Dorf versuchte, mit mir tanzen zu gehen, aber ich hatte nur Augen für Kenneth. Draußen vor dem Dorf gab es einen See, und dort sah ich ihn einmal mit Tante Jean. Es war spät am Abend, und die beiden gingen schwimmen. Beide ohne einen Fetzen Stoff am Leib. Das war wie eine Erweckung für mich. Ich sah, wie er sie hielt und was er mit ihr tat, und wollte, dass er mich auch so hielt und die gleichen Dinge mit mir tun würde.«

»Hast du ihm das gesagt?«

»Eine ganze Weile nicht. Weißt du, Kenneth und meine Tante Jean waren ein tolles Paar, da waren sich alle einig. Hand in Hand gingen sie durchs Dorf, was in jenen Tagen fast schon als schamlos galt, selbst für Verheiratete. Ich glaube, Father Monroe hat ihnen das vorgehalten. Er meinte, das fördere die Unmoral unter den Heranwachsenden, und wenn sie nicht vorsichtig wären, würden Jungen und Mädchen ihrem Beispiel folgen und alle möglichen Sachen anstellen. Ich weiß noch, wie Kenneth mir das erzählte und sich dabei halb totlachte. ›Kannst du dir das vorstellen, Catherine?‹, sagte er. ›Jean und ich halten Händchen, und plötzlich wird Goleen zu Sodom und Gomorrha!‹«

»Und was tat ich? Ich schob meine Hand in seine und sagte, vielleicht sollte er stattdessen eine Weile meine Hand halten, und ich seh noch den Ausdruck in seinen Augen, bis auf den heutigen Tag seh ich ihn noch. Den Schreck und das Verlangen. Oh, ich liebte die Macht, die ich über ihn hatte! Diese Macht, die ich in mir spürte! Du wirst es nicht verstehen, aber das ist etwas, was jedes Mädchen zu einem bestimmten Zeitpunkt seines Lebens begreift, für gewöhnlich, wenn sie um die fünfzehn, sechzehn ist. Heute vielleicht sogar schon früher. Dass sie mehr Macht hat als alle Männer in einem Raum zusammengenommen, weil Männer schwach sind und von ihrem Verlangen regiert werden. Frauen dagegen sind stark. Ich glaube immer noch, dass, wenn Frauen diese Macht, die sie haben, gemeinsam einzusetzen wüssten, sie dann die Welt regieren würden. Aber sie tun es nicht. Ich weiß nicht, warum. Trotz all ihrer Schwäche und Dummheit sind die Männer klug genug zu wissen, wie viel es bedeutet, dass sie die Kontrolle haben. Das zumindest haben sie uns voraus.«

»Das kann ich nur schwer nachvollziehen«, sagte ich. »Ich hatte nie irgendwelche Macht. Ich war immer der, der etwas wollte, und nie der, der gewollt wurde. Ich war immer der mit dem Verlangen, und in meinem ganzen Leben war Bastiaan der einzige Mann, der es erwidert hat. All die jungen Kerle damals, mich wollten sie nicht. Es war nur mein Körper, jemand, den sie anfassen und halten konnten. Ich war völlig austauschbar für sie, nur bei Bastiaan war es anders.«

»Weil er dich geliebt hat.«

»Weil er mich geliebt hat.«

»Nun, das war doch was. Mädchen können schreckliche Dinge lostreten, aber die Männer vergeben ihnen, sobald sie eine Chance bei ihnen bekommen. Ich selbst habe das, was ich da angerichtet habe, nicht verstanden. Aber, wie gesagt, mir gefiel, was für ein Gefühl es mir gab, und so machte ich weiter und sorgte dafür, dass dieser Mann mich mehr wollte, als er je eine gewollt hatte, und als er dem Wahnsinn nahe war und es nicht mehr aushielt, kam er eines Tages, als ich auf seiner Farm war, packte mich und presste seine Lippen auf meine, und natürlich erwiderte ich seinen Kuss. Ich küsste ihn, wie ich noch nie jemanden geküsst hatte, und so führte eins zum anderen, und ehe ich michs versah, befanden wir uns mitten in etwas, was die Leute, nehme ich an, eine Affäre nennen. Nach der Schule fuhr ich zu seiner Farm, und er zog mich ins Heu und los ging's. Wir rollten herum und taten verrückte Sachen.«

»Dann war er es also?«, fragte ich. »Mein Vater?«
»Ja, und der arme Mann litt wie ein Hund«, sagte sie. »Weil er Tante Jean liebte und schreckliche Gewissensbisse hatte. Hinterher brach er jedes Mal in Tränen aus, und manchmal tat er mir leid, aber dann dachte ich wieder, dass er eben alles gleichzeitig wollte. Das einzige Mal, dass ich Angst bekam, war, als er sagte, er wolle Jean verlassen und wir könnten zusammen davonlaufen.«
»Das wolltest du nicht?«
»Nein, das war zu viel für mich. Ich wollte das, was wir hatten, und wusste genau, wenn wir wegliefen, würde er mich nach einem Monat schon leid sein. Da fing ich an, mich für das, was ich getan hatte, schuldig zu fühlen.«
»Aber du warst doch noch ein Kind«, sagte ich. »Er war ein erwachsener Mann. Wie alt war er? Fünfundzwanzig? Sechsundzwanzig?«
»Sechsundzwanzig.«
»Dann war er selbst verantwortlich für das, was er tat.«
»Natürlich war er das. Aber ich glaube nicht, dass es ihm je in den Sinn gekommen wäre, etwas mit mir anzufangen, wenn ich ihn nicht dazu gedrängt, gedrängt und wieder gedrängt hätte. Dazu war er nicht der Typ. Er war ein guter Kerl, das glaube ich heute, und am Ende, als sich der Reiz dessen, was wir da taten, etwas legte, wollte er es beenden und flehte mich an, niemandem etwas zu sagen, und ich, jung und dumm, wie ich war, machte ein wahnsinniges Theater und sagte, dass ich das nicht mitmachen und mich nicht einfach so von ihm abservieren lassen würde, nicht nachdem er seinen Spaß gehabt hatte. Aber er blieb eisern, und eines Tages fing er wieder an zu weinen und sagte, dass der Mensch, zu dem er werde, nicht der sei, der er immer habe sein wollen. Er sagte, er habe mich ausgenutzt, meine Jugend, weil er schwach sei, und am liebsten würde er alles zurückdrehen und rückgängig machen. Wieder flehte er mich an, alles zu vergessen, er wollte es wieder so, wie es

vorher zwischen uns gewesen war, und ich weiß nicht, aber etwas an seiner Verzweiflung sagte mir, dass ich etwas Schlimmes angerichtet hatte. Ich fing ebenfalls an zu heulen, und wir umarmten uns und schworen, nie über das zu sprechen, was zwischen uns gewesen war, und dass wir es nie wieder tun wollten. Es war vorbei, da waren wir uns einig, und ich glaube, hätten sich die Umstände nicht gegen uns verschworen, hätten wir beide auch dazu gestanden. Es wäre vorbei gewesen und mit der Zeit auch vergessen. Nichts als ein schrecklicher Fehler, den wir vor Jahren begangen hatten.«

»Was ist passiert?«, fragte ich.

»Du bist passiert«, sagte sie. »Ich fand heraus, dass ich schwanger war, und damals, auf dem Land, da gab es keine größere Schande. Ich wusste nicht, was ich tun oder wem ich mich anvertrauen sollte, und am Ende fand meine Mutter es heraus, sagte es meinem Vater und der dem Priester, und tags darauf stellte sich der Dreckskerl auf die Kanzel der Kirche Unserer Lieben Frau, Stern des Meeres, und brandmarkte mich vor meiner Familie und allen Nachbarn als Hure.«

»Das Wort hat er benutzt?«

»Natürlich. Damals regierten die Priester das Land, und sie hassten die Frauen. Oh mein Gott, wie sie die Frauen und alles, was mit ihnen zu tun hatte, hassten, alles, was mit unseren Körpern, Gedanken oder unserer Lust zu tun hatte, und sie nutzten jede Gelegenheit, uns zu demütigen oder zu Fall zu bringen, wann immer es ging. Ich glaube, es lag daran, dass sie ein so großes Verlangen nach den Frauen hatten, sie aber nicht bekommen konnten. Es sei denn heimlich, und das taten sie. Oh, Cyril, er sagte fürchterliche Dinge über mich an jenem Morgen! Er tat mir weh. Wenn er gekonnt hätte, hätte er mich zu Tode getreten, davon bin ich überzeugt. Vor der ganzen Gemeinde hat er mich aus der Kirche gejagt, mich mit Schimpf und Schande hinausgeworfen, und ich war erst sechzehn und hatte keinen Penny in der Tasche.«

»Und Kenneth?«, fragte ich. »Hat er dir nicht geholfen?«

»Er hat es versucht, auf seine Art«, sagte sie. »Er kam aus der Kirche und wollte mir Geld geben, und ich habe es vor seinen Augen zerrissen. Ich hätte es nehmen sollen! Kindisch, wie ich war, gab ich ihm die Schuld an allem, aber so eindeutig war die Sache nicht, das sehe ich heute. Ich hatte meinen Anteil daran. Der arme Kenneth hatte entsetzliche Angst, jemand könnte herausfinden, dass er der Vater war, und natürlich hätte ihn das ruiniert. Der Skandal hätte ihn umgebracht. Ich habe noch am selben Tag den Bus nach Dublin genommen und bei Seán und Jack Unterschlupf gefunden, bis zu dem Abend, als Seáns Vater kam, um die beiden umzubringen, und fast wäre es ihm auch gelungen. Wie Jack Smoot das überlebt hat, werde ich nie begreifen. Und genau das war die Nacht, in der du geboren wurdest. Seáns Leiche kühlte bereits aus, und Jack lag neben mir in seinem Blut, das sich mit meinem vermischt hat, als du schreiend auf die Welt kamst. Aber ich hatte einen Plan, weißt du. Ich hatte ihn schon Monate zuvor mit der kleinen buckligen Redemptoristen-Nonne besprochen, die Mädchen wie mir half. Gefallenen Mädchen. Der Plan war, dass sie mir mein Baby gleich nach der Geburt abnahm und es einer Familie gab, die ein Kind wollte, selbst aber keins bekommen konnte.«

Ich sah auf den Tisch und schloss die Augen. So war ich zur Welt gekommen. So war ich am Dartmouth Square gelandet, bei Charles und Maude.

»Tatsächlich war ich selbst noch ein Kind«, fuhr sie fort. »Ich hätte niemals ein Baby großziehen können. Wir hätten es nicht überlebt, wir beide nicht, wenn ich dich behalten hätte, und so habe ich getan, was ich für richtig hielt, und ich denke immer noch, dass es richtig war, und ich nehme an, wenn wir eine gemeinsame Zukunft haben wollen, Cyril, du und ich, dann ist das die Frage, die ich dir zu stellen habe: Glaubst du, dass ich richtig gehandelt habe?«

Goleen

Am Nachmittag unserer Ankunft badete die Kirche Unserer Lieben Frau, Stern des Meeres, im vollen Sonnenlicht. Langsam und schweigend gingen wir den Pfad zum Friedhof hinauf, und ich hielt mich hinter ihr, während sie an den Steinen entlangging und die Namen der Toten las.

»William Hobbs«, sagte sie, blieb stehen und schüttelte den Kopf. »Ich erinnere mich an ihn. Er war Anfang der Vierziger zusammen mit mir in der Schule. Er versuchte ständig, den Mädchen unter die Röcke zu fassen. Der Rektor hat ihn dafür grün und blau geschlagen. Sieh, da steht, er ist 1970 gestorben. Was ihm wohl passiert sein mag?« Sie ging weiter zu den nächsten Steinen. »Da liegt mein Cousin Tadgh«, sagte sie, »und Eileen, die seine Frau gewesen sein muss. Ich kannte damals eine Eileen Ní Breathnach. Hat er die geheiratet?« Dann blieb sie vor einem besonders aufwendig verzierten Stein stehen und hob entsetzt eine Hand an den Mund. »Großer Gott«, sagte sie. »Das ist Father Monroe! Den haben sie hier auch begraben!«

Ich ging zu ihr und las die Inschrift im Marmor. FATHER JAMES MONROE, stand da, 1890–1968. GELIEBTER PRIESTER DER GEMEINDE. EIN GÜTIGER, FROMMER MANN.

»Von seinen Kindern steht da natürlich kein Wort«, sagte sie und schüttelte den Kopf. »Ich wette, die Gemeindemitglieder haben ihre Mütter verflucht, als sie Father Monroe begraben haben. Die Frauen sind immer die Huren und die Priester die guten Menschen, die in die Irre geführt wurden.«

Zu meiner Überraschung kniete sie sich neben das Grab.

»Erinnern Sie sich an mich, Father Monroe?«, fragte sie leise. »Ich bin's, Catherine Goggin, die Sie 1945 aus der Gemeinde geworfen haben, weil ich ein Kind bekam. Sie wollten mich zerstören, doch das haben Sie nicht geschafft. Sie waren ein fürchterliches Ungeheuer, und wo immer Sie jetzt sind, sollten Sie sich zutiefst dafür schämen, wie Sie Ihr Leben gelebt haben.«

Sie sah aus, als wollte sie den Stein mit bloßen Händen aus der Erde reißen und über ihrem Knie zerbrechen, doch dann stand sie schwer atmend auf und ging weiter. Unwillkürlich fragte ich mich, was wohl geschehen wäre, wenn der Priester Mitgefühl gezeigt hätte, statt derart grausam zu reagieren, wenn er mit meinem Großvater gesprochen und ihm zu der Einsicht verholfen hätte, dass wir alle Fehler machen. Wenn sich die Gemeinde hinter meine Mutter gestellt hätte, statt sie zu verstoßen.

Ich drehte mich um, wanderte allein zwischen den Grabsteinen umher und blieb wie angewurzelt stehen, als ich einen Stein mit dem Namen Kenneth O'Riafa entdeckte. Dass ich ihn bemerkte, lag vor allem an den Worten unter seinem Namen: UND SEINE FRAU JEAN. Ich überprüfte die Jahreszahlen. Er war 1919 geboren, was genau passen würde. Gestorben war er 1994, im dem Jahr, da ich an Charles' Totenbett gesessen hatte. Wer, fragte ich mich, hatte an Kenneths Bett gesessen? Jean nicht, denn sie war schon fünf Jahre früher verstorben, 1989.

»Da«, sagte meine Mutter, erschien neben mir und las die Inschrift. »Da liegt er ja. Aber siehst du, was er gemacht hat?«

»Was?«, fragte ich.

»Tante Jean ist zuerst gestorben«, sagte sie. »Da wird sie ihren eigenen Grabstein bekommen haben. ›Jean O'Riafa‹ wird darauf gestanden haben. ›1921–1989.‹ Aber als er dann gestorben ist, haben sie ihn ihr weggenommen und sie mit auf seinen gesetzt. ›Kenneth O'Riafa. Und seine Frau Jean.‹

Jetzt ist sie nur noch sein Anhängsel. Die Männer kriegen immer alles. Es muss einfach toll für sie sein.«

»Kinder stehen keine mit drauf«, sagte ich.

»Das sehe ich.«

»Da liegt also mein Vater«, fügte ich hinzu, mehr für mich selbst als für jemand anderen. Ich sprach leise und ruhig. Ich wusste nicht, was ich fühlte. Ich wusste nicht, was ich fühlen sollte. Ich hatte den Mann nie kennengelernt. Aber so, wie meine Mutter die Geschichte erzählt hatte, war er nicht notwendigerweise der Bösewicht in unserer Geschichte. Vielleicht gab es darin auch überhaupt keinen Bösewicht. Nur Männer und Frauen, die versuchten, das Beste zu tun. Und daran scheiterten.

»All diese Leute«, sagte sie traurig. »All die Sorgen, all der Ärger. Und jetzt sieh es dir an: Sie sind alle tot. Was hat es am Ende also genützt?«

Und dann war Catherine plötzlich nicht mehr da. Ich blickte zur Kirche hinüber und sah gerade noch, wie sie darin verschwand. Ich folgte ihr nicht gleich, sondern wanderte weiter zwischen den Steinen umher, las die Jahreszahlen und fragte mich, was denen zugestoßen war, die schon jung gestorben waren. Lange stand ich in Gedanken verloren so da, drehte mich schließlich um und sah zu den Bergen hinauf, die mich umgaben, und zum Dorf unten an der Straße. Das war Goleen. Hierher stammten meine Mutter und mein Vater. Meine Großeltern. Hier war ich gezeugt worden, und hier wäre ich, in einer anderen Welt, womöglich auch aufgewachsen.

»Du betest«, sagte ich ein paar Minuten später, als ich in die Kirche ging und meine Mutter in einer der Bankreihen knien sah, den Kopf gesenkt.

»Ich bete nicht«, sagte sie. »Ich erinnere mich. Manchmal sieht das genauso aus. Hier war es, Cyril, verstehst du? Hier habe ich gesessen.«

»Wann?«, fragte ich.

»An dem Tag, an dem ich weggeschickt wurde. Wir waren gemeinsam in die Messe gekommen, alle zusammen, und Father Monroe zerrte mich zum Altar. Genau hier habe ich gesessen. Der Rest der Familie in einer Reihe neben mir. Es ist so lange her, und doch kann ich sie sehen, Cyril. Ich sehe sie, als wäre es gestern gewesen. Als lebten sie noch. Säßen hier noch. Sähen mich immer noch mit Scham und Abscheu in den Augen an. Warum haben sie mich im Stich gelassen? Warum lassen wir einander im Stich? Warum habe ich dich im Stich gelassen?«

Ein Geräusch seitlich vom Altar überraschte uns. Ein junger, etwa dreißigjähriger Mann erschien in der Tür zur Sakristei. Ein Priester. Er wandte sich uns zu und lächelte, legte etwas auf den Altar und kam zu uns herüber.

»Hallo«, sagte er.

»Hallo, Father«, sagte ich, während meine Mutter stumm blieb.

»Sind Sie zu Besuch?«, fragte er. »Es ist ein herrlicher Tag für einen Besuch.«

»Wir sind Besucher und Heimkehrende«, sagte Catherine. »Es ist lange her, seit ich das letzte Mal in dieser Kirche war. Dreiundsechzig Jahre. Ich wollte sie noch ein letztes Mal sehen.«

»Stammt Ihre Familie von hier?«, fragte er.

»Ja«, sagte sie. »Die Goggins. Kennen Sie sie?«

Er legte die Stirn in Falten, dachte nach und schüttelte den Kopf. »Goggin«, sagte er. »Den Namen habe ich schon gehört. Ich glaube, einige Gemeindemitglieder haben von einer Familie Goggin gesprochen, die früher hier gewohnt hat. Aber soweit ich weiß, ist keiner mehr da. Sie haben sich zerstreut, nehme ich an. In alle Winde und nach Amerika.«

»Sehr wahrscheinlich«, sagte meine Mutter. »Ich suche sowieso nicht nach ihnen.«

»Bleiben Sie länger?«, fragte der Mann.

»Nein«, sagte ich. »Wir fahren heute Abend noch zurück nach Cork City und morgen früh mit dem Zug wieder nach Dublin.«

»Genießen Sie Ihre Zeit hier«, sagte er, lächelte und wandte sich von uns ab. »Wir heißen alle in der Gemeinde Goleen willkommen. Es ist ein wunderbarer Ort.«

Meine Mutter schnaubte leise und schüttelte den Kopf, und als der Priester zum Altar zurückkehrte, stand sie auf, wandte ihm den Rücken zu und ging erhobenen Hauptes ein letztes Mal aus der Kirche.

Epilog

2015

Jenseits des Hafens auf hoher See

Dartmouth Square

Ich wachte zu den Klängen von Pugnis *La Esmeralda* auf, die durch das alte Gemäuer des Hauses am Dartmouth Square drangen und mich leicht gedämpft oben im Schlafzimmer erreichten, wo ich die Nacht verbracht hatte. Durchs Dachfenster sah ich zum blauen Himmel hinauf, schloss die Augen und versuchte, mich daran zu erinnern, wie es sich vor sieben Jahrzehnten angefühlt hatte, in diesem Bett aufzuwachen, als ein einsames Kind, das nur wenig Aufmerksamkeit erfuhr. Die Erinnerungen, die stets einen so großen Teil meines Lebens ausgemacht hatten, waren über die letzten zwölf Monate schwächer geworden, und es stimmte mich traurig, dass sich in diesem Moment keine stärkeren Gefühle in mir wachrufen ließen. Ich versuchte, mich an den Namen der Haushälterin zu erinnern, die für Charles und Maude gearbeitet hatte und mir während meiner Kindheit so etwas wie ein Freund gewesen war, aber sie war in meinem Gedächtnis versunken. Ich suchte nach dem Gesicht von Max Woodbead – es war verschwommen. Warum war ich überhaupt hier? Ich brauchte einen Moment, erst dann war es mir wieder klar. Endlich ein glücklicher Tag. Ein Tag, von dem ich gedacht hatte, dass er nie kommen würde.

Ich hatte nicht gut geschlafen, meine innere Unruhe, die Temozolomid-Tabletten, die ich jeden Abend vor dem Zubettgehen einnahm, und die sporadischen Schlaflosigkeitsanfälle, die sie verursachten, wahrscheinlich war wieder mal alles zusammengekommen. Mein Arzt hatte mir gesagt, dass ich womöglich weniger oft Harn lassen müsse, doch es traf eher das Gegenteil zu. Ich war nachts viermal auf der Toilette gewesen. Nach dem dritten Mal war ich nach unten gegangen, um etwas Kleines zu essen, und hatte meinen siebzehnjährigen Enkel George in T-Shirt und Boxershorts auf dem Sofa vorgefunden, wo er sich mit Kartoffelchips vollstopfte und auf dem enorm großen Fernseher, der eine Wand des Wohnzimmers einnahm, einen Superheldenfilm ansah.

»Solltest du nicht im Bett sein?«, fragte ich und öffnete den Kühlschrank in der aussichtslosen Hoffnung, dass dort ein Sandwich auf mich wartete.

»Es ist erst ein Uhr«, sagte George, drehte sich um und strich sich die Haare aus den Augen, während er einladend die Chipstüte in meine Richtung hielt. Ich nahm ein paar, fand den Geschmack aber schrecklich.

»Trinkst du etwa Bier?«, fragte ich.

»Kann schon sein«, sagte er.

»Darfst du das trinken?«

»Eher nicht. Aber du sagst doch niemandem was?«

»Nicht, wenn du mir auch eins holst.«

Er grinste und sprang auf, und eine Minute später saßen wir da und sahen gemeinsam zu, wie erwachsene Männer in Umhängen von Haus zu Haus sprangen und dabei ungeheuer heldenhaft und wütend auf die Welt aussahen.

»Magst du solche Filme?«, fragte ich, völlig verwirrt von den dramatischen Geschehnissen, die sich vor unseren Augen abspielten.

»Es ist ein ganzes Universum«, sagte er. »Du musst dir alle Folgen ansehen, um es zu verstehen.«

»Das scheint mir eine Menge Aufwand.«

»Es ist es wert«, antwortete er, und wir sahen weiter

schweigend zu, bis der Abspann kam, und er stellte den Fernseher auf stumm und sah mich begeistert an. »Ich hab's dir doch gesagt. War das nicht super?«

»Nein, das war fürchterlich.«

»Ich gebe dir die ganze Staffel. Wenn du dir alle Folgen ansiehst, gefallen sie dir auch. Glaub mir.«

Ich nickte. Ich würde mir die Filme ansehen, wenn er sie mir gab, nur um ihm sagen zu können, dass ich sie gesehen hatte.

»Und«, sagte er, »freust du dich auf morgen?«

»Ich denke schon«, sagte ich. »Aber vor allem bin ich nervös. Ich will einfach nur, dass es gut geht.«

»Warum sollte es nicht gut gehen? Weißt du, dass das die erste Hochzeit ist, auf die ich gehe?«

»Wirklich?«, sagte ich überrascht.

»Yeah. Ich nehme an, du warst schon auf vielen.«

»Eher nicht. Sicher nicht auf so vielen, wie du denkst. Meine eigene Hochzeit mit deiner Großmutter hat mir das irgendwie verleidet.«

Er kicherte. »Ich wünschte, ich wäre dabei gewesen«, sagte er, denn natürlich hatte er die Geschichte schon oft gehört. Alice erzählte sie, wann immer sie Lust hatte, mich ein bisschen zu ärgern. »Es muss irre gewesen zu sein.«

»Nicht wirklich«, sagte ich und musste gegen meinen Willen lächeln.

»Ach komm. Mittlerweile musst du doch die komische Seite sehen können, nach mehr als vierzig Jahren?«

»Besser, du sagst das nicht, wenn deine Großmutter dabei ist«, warnte ich ihn. »Oder sie verpasst dir eins mit dem Stock.«

»Ich glaube, sogar sie findet es komisch.«

»Da wäre ich nicht so sicher. Selbst wenn sie so tut.«

Er dachte einen Moment über das nach, was ich gesagt hatte, und zuckte mit den Schultern. »Du weißt, dass ich einen neuen Anzug habe?«, fragte er.

»Ich habe es gehört.«

»Es ist mein erster, und ich sehe voll geschäftsmäßig darin aus.«

Ich lächelte. Von allen meinen Enkeln war George der, mit dem ich mich am besten verstand. Ich war nie besonders gut mit Kindern gewesen, aber irgendwie schienen wir uns gegenseitig zu amüsieren, und ich war gern mit ihm zusammen. Wie dünn er war, dachte ich und sah ihn und seine langen, blassen, fast schon mageren Beine an, die er da von sich wegstreckte. Und wie dick *ich* geworden war. Wann war das passiert? Dass mein Körper so speckig geworden war? Jahrelang hatte meine Mutter mich gedrängt, in ein Fitnessstudio zu gehen, aber mein Körper hatte etwas Behagliches für mich. Ich war nun mal ein älterer Mann, mit der Art Leibesumfang, den man von einem älteren Mann erwartete. Merkwürdig war es dennoch, denn ich aß eigentlich nicht viel und war auch kein großer Trinker, dennoch ging ich aus der Form. Nicht, dass es noch irgendwas bedeutet hätte. Warum hätte ich Gewicht verlieren sollen, wenn ich sowieso nur noch ein paar Monate hatte?

Ich kämpfte mich aus dem Bett, zog meinen Morgenmantel an und ging nach unten, wo Liam, Laura und die drei Kinder gerade mit dem Frühstück beschäftigt waren.

»Wie hast du geschlafen?«, fragte Liam und sah mich an.

»Gut«, sagte ich. »Und das, obwohl ich seit der Beerdigung meines Vaters nicht mehr in diesem Haus geschlafen habe.«

»Deines Adoptivvaters«, sagte er.

»Wann war das eigentlich? Vor einundzwanzig Jahren? Kommt mir gar nicht so lange vor.«

Laura kam und schenkte mir eine Tasse Kaffee ein. »Wie geht es mit der Rede?«, fragte sie.

»Ich mache Fortschritte.«

»Du hast sie noch nicht fertig?«

»Doch. Fast. Erst war sie zu kurz. Dann zu lang. Aber

ich glaube, jetzt habe ich es. Bevor wir losfahren, gehe ich sie noch mal durch.«

»Soll ich sie mal lesen?«, fragte Julian und sah von seinem Buch auf. »Ich könnte ein paar schmutzige Witze einbauen.«

»Toll«, sagte ich. »Aber nein. Ich warte und überrasche euch damit.«

»Jetzt wird geduscht«, sagte Laura geschäftig. »Wir sind sechs. Jeder hat fünf Minuten, sonst reicht das warme Wasser nicht. Okay?«

»Ich brauche mehr Zeit, um mir die Haare zu waschen«, sagte Grace, meine jüngste Enkelin. Sie war zwölf und achtete wie besessen auf ihr Äußeres.

»Ich dusche als Erster«, rief George, sprang auf und schoss mit einer Geschwindigkeit aus der Küche und die Treppe hinauf, dass mich allein der Anblick fast von den Beinen geholt hätte.

»Ich gehe wieder hoch«, sagte ich und nahm meine Tasse mit. »Ich dusche nach George.«

Manchmal war es schwer zu glauben, dass es noch das Haus war, in dem ich aufgewachsen war. Nachdem Alice und Cyrill II. in eine eigene Wohnung gezogen waren, hatten Liam und Laura es übernommen und so viel verändert, dass es kaum wiederzuerkennen war. Das Erdgeschoss war praktisch völlig entkernt worden, sodass Wohnzimmer und Küche gemeinsam einen enormen Wohnbereich bildeten. Im ersten Stock, der einst Charles' Reich gewesen war, lagen das Elternschlafzimmer und Georges Zimmer. Im zweiten Stock, in dem Maude ihre neun Romane geschrieben hatte, hatten Julian und Grace ein Zimmer. Maudes Arbeitszimmer gab es nicht mehr. Ganz oben war das Gästezimmer, mein Zimmer, und das war so gut wie unverändert. Trotzdem fühlte sich das Haus immer noch wie mein vertrautes Zuhause an, so fremd es mir auch geworden war. Wenn ich mich umsah, erkannte ich kaum etwas wieder, aber wenn ich die Augen zumachte, die Treppe hinaufging, den Geruch einatmete und die Geister der Vergangenheit spürte, hätte ich wieder das Kind sein können, das sich danach sehnte, dass Julian unten an der Tür klingelte.

Als ich eine halbe Stunde später wieder nach unten kam, staunte ich, dort einen Jungen zu sehen, der sich einige der Familienfotos an der Wand ansah. Er stand genau an der Stelle, wo ich Julian vor dreiundsechzig Jahren zum ersten Mal auf dem alten Dekorationssessel hatte sitzen sehen. Der Junge drehte sich um und sah mich an, und so, wie das Licht durch das Glas über der Tür fiel, wurde ich gleich an ihn erinnert, mit dem strubbeligen blonden Haar, dem guten Aussehen und der reinen Haut. Die Sache war so verstörend, dass ich mich am Geländer festhalten musste, um nicht zu stürzen.

»Julian?«, sagte ich.

»Hallo, Cyril.«

»Du bist es tatsächlich, oder?«

»Sicher, wer sonst sollte ich sein?«

»Aber du bist tot.«

»Ich weiß.«

Ich schüttelte den Kopf. Es war nicht das erste Mal, dass ich ihn in letzter Zeit gesehen hatte. Seit einigen Monaten kam er immer öfter, und das, wenn ich ihn am wenigsten erwartete.

»Aber du bist nicht wirklich hier«, sagte ich.

»Warum unterhalten wir uns dann?«

»Weil ich krank bin. Weil ich sterbe.«

»Du hast noch ein paar Monate.«

»Habe ich die?«

»Ja«, sagte er. »Du stirbst drei Abende nach Halloween.«

»Oh. Wird es wehtun?«

»Nein, keine Sorge. Es passiert im Schlaf.«

»Das ist immerhin etwas. Wie ist es überhaupt, tot zu sein?«

Er zog die Brauen zusammen und dachte eine Weile nach. »Das ist schwer zu sagen«, antwortete er schließlich. »Es tut sich mehr als vorher, das ist schon was.«

»Langweilig war dir nie.«

»Nein, aber jetzt, wo ich tot bin, schlafe ich mit Frauen aus allen Zeiten der Geschichte. Letzte Woche erst mit Elizabeth Taylor. Sie sieht genauso aus wie in *Vater der Braut*, weshalb sie natürlich viele Angebote bekommt. Aber sie wollte *mich*.«

»Du Glücklicher.«

»Die Glückliche«, sagte er und grinste. »Und Rock Hudson hat mich angebaggert.«

»Was hast du gesagt?«

»Ich habe ihm erklärt, dass ich mit dreckigen Schwuchteln nichts am Hut habe.«

Ich brach in Lachen aus. »Klar, was sonst«, sagte ich.

»Nein, ich mache nur Spaß. Ich habe ihm die Wahrheit schonend beigebracht. Obwohl Elizabeth hinterher nicht mehr mit mir reden wollte.«

»Wird es da oben auch für mich einen geben?«, fragte ich hoffnungsvoll.

»Einen«, sagte er.

»Wo ist er?«, fragte ich. »Ich sehe ihn nie.«

»Er besucht dich nicht?«

»Bisher noch nicht.«

»Hab Geduld.«

»Sir.«

Ich schüttelte den Kopf, und jetzt sah der Junge anders aus, war nicht länger Julian, kein Junge mehr, sondern ein vielleicht siebzehnjähriger Bursche. Ich ging die Treppe ganz hinunter, damit ich ihn sehen konnte, ohne von der Sonne geblendet zu werden.

»Ja«, sagte ich.

»Ist alles in Ordnung?«

»Ja, ja. Wer bist du?«

»Ich heiße Marcus«, sagte er.

»Oh ja«, sagte ich und verspürte den Wunsch, mich auf die unterste Stufe zu setzen und nie wieder aufstehen zu müssen. »Der berühmte Marcus.«

»Sie müssen Mr Avery sein? Georges Großvater?«

»Ja, ich bin sein Großvater. Aber bitte nenn mich nicht so. Sag einfach Cyril.«

»Oh, das könnte ich nicht.«

»Warum?«

»Weil Sie ... Sie ...«

»Weil ich ein alter Mann bin?«

»Nun ja. Wahrscheinlich schon.«

»Das ist mir egal«, sagte ich und schüttelte den Kopf. »Ich mag es nicht, wenn mich die Leute Mr Avery nennen. Wenn du nicht Cyril sagst, sage ich nicht Marcus.«

»Aber wie sonst würden Sie mich nennen?«

»Dann sage ich Doris«, erwiderte ich. »Mal sehen, wie dir das gefällt.«

»Okay, ich sage Cyril.« Er lächelte und streckte mir die Hand entgegen. »Es ist schön, Sie kennenzulernen.«

»Warum stehst du hier unten so allein herum?«, fragte ich. »Hat noch niemand mitbekommen, dass du da bist?«

»George hat mich reingelassen«, sagte er. »Aber dann ist er noch mal in sein Zimmer, weil er im Spiegel gesehen hat, dass eine Braue nicht richtig ist, und ich wollte nicht allein dort hinein«, fügte er hinzu und nickte zur Küche hinüber, wo ich den Rest der Familie hören konnte.

»Da würde ich mir keine Gedanken machen«, sagte ich. »Die sind sehr nett. Sie beißen nicht.«

»Ich weiß«, sagte er. »Ich habe sie alle schon mal getroffen. Trotzdem würde es mich etwas nervös machen, da so hineinzuspazieren.«

»Gut, ich warte mit dir«, sagte ich.

»Das müssen Sie nicht.«

»Doch, doch«, sagte ich. »Du siehst sehr elegant aus.«

»Danke«, sagte Marcus. »Ich habe den Anzug neu gekauft.«

»George seinen auch.«

»Ich weiß. Wir waren zusammen unterwegs. Wir mussten aufpassen, dass sie vom Schnitt und der Farbe her unterschiedlich waren. Wir wollten schließlich nicht aussehen wie, Sie wissen schon, Jedward oder so.«

Ich lächelte. »Die kenne ich«, sagte ich. »Ob du es glaubst oder nicht. Trotz meines fortgeschrittenen Alters.«

»Freuen Sie sich auf heute?«, fragte Marcus.

»Das werde ich immer wieder gefragt«, sagte ich.

»Es ist ein großer Tag.«

»Ja, das ist es. Wenn ich ehrlich bin, habe ich nie damit gerechnet.«

»Aber jetzt ist es so weit.«

»Tatsächlich«, sagte ich.

Eine Weile lang sagten wir nichts, und dann sah er mich ganz begeistert an. »Stimmt es, dass Maude Avery Ihre Mutter war?«, fragte er. »Ihre andere Mutter, meine ich.«

»Das war sie«, sagte ich.

»Wir lesen gerade zwei ihrer Bücher in der Schule. Ich mag sie sehr.«

»Siehst du da oben?«, sagte ich und deutete die Treppe hinauf in den zweiten Stock. »Da hat sie ihre Romane geschrieben.«

»Nicht alle«, sagte Maude. Sie kam aus dem Wohnzimmer, lehnte sich an die Wand und steckte sich eine Zigarette an.

»Nein?«

»Nein. Bevor du zu uns kamst, als nur Charles und ich hier wohnten, habe ich unten geschrieben. Wenn er zur Arbeit gegangen war, meine ich. Ehrlich gesagt, war das Licht da besser, und es war leichter, etwas gegen die Leute draußen im Park zu unternehmen.«

»Die hast du immer gehasst«, sagte ich.

»Sie hatten da nichts zu suchen. Es ist Privatbesitz.«
»Nicht wirklich.«
»Doch, Cyril. Bitte widersprich mir nicht. Davon werde ich schrecklich müde.«
»Entschuldige«, sagte ich.
»Jedenfalls bin ich erst, als du kamst, nach oben gezogen. Ich brauchte Platz und musste ungestört sein, und wie sich herausstellte, ging es da oben viel besser. In dem Zimmer habe ich einige meiner besten Bücher geschrieben.«
»Du weißt, dass du mittlerweile mit auf dem Geschirrtuch bist?«, sagte ich.
»Ich habe es gehört«, seufzte sie. »Ekelerregend. Der Gedanke, dass die Leute ihre dreckigen Kaffeetassen mit meinem Gesicht auswischen. Wie kann man das nur für ein Kompliment halten?«
»Es bedeutet, dass du unsterblich bist«, sagte ich. »Ist das nicht das, wonach sich jeder Schriftsteller sehnt? Dass seine Bücher noch lange nach seinem Tod gelesen werden?«
»Nun, wenn es nicht schon zu Lebzeiten passiert.«
»Deine Bücher leben weiter. Macht dich das nicht glücklich?«
»Ganz und gar nicht«, sagte sie. »Was macht das schon? Ich hätte es wie Kafka machen sollen. Der hat nach seinem Tod alles verbrennen lassen.«
»Es gibt ein Museum zu Kafkas Ehren.«
»Ja, aber er hat mir erzählt, wie sehr er das hasst. Ich bin natürlich nicht sicher, ob er es wirklich so meint. Vielleicht stöhnt er auch nur über die Tschechoslowakei.«
»Das ist inzwischen die Tschechische Republik«, sagte ich.
»Oh, sei nicht schwierig, Cyril. Das ist so ein unangenehmer Zug von dir.«
»Ich kann nicht glauben, dass du mit Kafka befreundet bist«, sagte ich.
»*Befreundet* mag etwas zu hoch gegriffen sein«, sagte sie

mit einem Achselzucken. »*Bekannt* wäre das bessere Wort. Emily Dickinson ist übrigens auch hier, und sie schreibt die ganze Zeit Gedichte über das Leben. Diese Ironie! Sie will immer wieder, dass ich sie lese, aber ich weigere mich. Die Tage sind auch so schon lang genug.«

»Mr Avery?«

»Was?« Ich sah nach links, zu Marcus.

»Ich sagte, ich kann nicht glauben, dass ich hier tatsächlich in dem Haus stehe, in dem Maude Avery ihre Bücher geschrieben hat.«

Ich nickte, sagte eine Weile nichts und war froh, George mit der Begeisterung eines Welpen die Treppe herunterspringen zu sehen.

»Wie sind meine Brauen?«, fragte er und sah zwischen Marcus und mir hin und her.

»Perfekt«, sagte ich. »Aber ich behalte sie im Blick, nur für den Fall.«

»Würdest du das? Das wäre super.«

»Sollen wir hineingehen?«, fragte Marcus.

»Ich dachte, du wärst längst drinnen«, sagte George.

»Nein«, sagte Marcus. »Ich habe auf dich gewartet.«

»Sag mal, Opa«, sagte George mit argwöhnischer Miene. »Du hast doch Marcus nicht lüstern angestarrt?«

»Halt den Mund, George«, sagte ich. »Das ist ja lächerlich.«

»Ich mach doch nur Witze.«

»Dann hör auf damit. Ich finde das nicht lustig.«

»Mich würd's nicht stören. Ich starre ihn ständig an. Aber ich darf ja auch.«

Ich schüttelte den Kopf. »Ich gehe jetzt hinein«, sagte ich. »Ich habe schon einen Champagnerkorken gehört.«

Ich ging voran in die Küche, wo Liam und Laura in ihren besten Sachen saßen, Gläser vor sich, während Julian weiter sein Buch las und Grace ihren iPod eingestöpselt hatte.

»Hi, Marcus«, sagte Laura.

»Hallo, Mrs Woodbead«, antwortete er höflich, und mir fiel auf, dass weder sie noch Liam ihn dazu aufforderten, sie mit ihren Vornamen anzusprechen. Mein Sohn machte eine Bemerkung zu einem Fußballspiel vom Vorabend, und eine Minute später waren die beiden in ein angeregtes Gespräch vertieft. Nach allem, was ich aufschnappen konnte, hatte die Mannschaft, die Liam unterstützte, Marcus' Mannschaft geschlagen, und der Junge war außer sich darüber.

»Du siehst sehr gut aus, Cyril«, sagte Laura und gab mir einen Kuss auf die Wange.

»Danke«, sagte ich. »Genau wie du. Wenn ich vierzig Jahre jünger wäre, sexuell anders gepolt und mein Sohn wäre nicht mit dir verheiratet, wäre ich vermutlich hinter dir her.«

»Ich bin sicher, das ist ein Kompliment«, sagte sie und schenkte mir ein Glas ein.

»Ist das nicht *fucking* wunderbar!«, sagte George. Er hob die Stimme, und wir alle sahen, wie er strahlte, während er sein Glas hochhielt.

»Achte auf deine Ausdrucksweise«, sagte Liam.

»Ich sage ja nur«, sagte George. »Eine Liebe zu finden, wenn du so ... ihr wisst schon ... alt bist. Das ist fantastisch. Und sich dann vor aller Welt hinzustellen und sie laut erklären zu können. Das ist *fucking* großartig.«

Ich lächelte und nickte. Das war es wohl.

»Es ist wahrscheinlich vor allem unerwartet«, sagte ich.

»Er hat recht«, sagte Laura und hob ihr Glas. »Es ist fantastisch.«

»*Fucking* fantastisch«, sagte George, zog Marcus an sich und gab ihm einen schnellen Kuss auf die Lippen. Ich konnte nicht umhin zu bemerken, wie seine Eltern instinktiv den Blick abwandten, während sein jüngerer Bruder die beiden offen anstarrte und kicherte, und es fühlte sich sehr gut an zu sehen, wie die beiden sich wieder losließen und sich in die Augen sahen, zwei Teenager, die sich gefunden hatten – und sich bestimmt auch wieder verlieren würden, wenn jemand anders kam, doch im Moment waren sie glücklich. Das war etwas, das es zu meiner Zeit niemals hätte geben können. Aber trotz all der Freude darüber, meinen Enkel so glücklich und in sich gefestigt zu sehen, hatte das Ganze doch auch etwas sehr Schmerzhaftes. Was hätte ich dafür gegeben, heute jung zu sein und so unverhohlen ehrlich leben zu können.

»Wir sollten langsam los«, sagte Laura und sah auf die Uhr. »Müsste der Wagen nicht längst hier sein?«

Wie von Zauberhand gedrückt, erschallte in diesem Moment die Türklingel, und alle fuhren zusammen. »Gut«, sagte Liam. »Haben alle das, was sie brauchen? Dad, hast du deine Rede?«

»Die steckt genau hier«, sagte ich und klopfte auf meine Brusttasche.

»Okay. Dann geht es jetzt los«, sagte er, marschierte in den Flur und öffnete die Tür, vor der zwei silberne Mercedes darauf warteten, uns in die Stadt zu bringen.

Ja oder nein

»Wie ich sehe, haben sie nicht alle Schilder wieder heruntergenommen«, sagte Charles, während wir das Stadtzentrum ansteuerten.

»Wie bitte?«, fragte ich, sah ihn an und war überrascht, dass er überhaupt noch mit auf den Sitz mir gegenüber passte, neben Liam, George und Marcus.

»Die Schilder«, sagte er. »An den Telefonmasten. Da hängen immer noch eine ganze Reihe. Dabei war das Referendum schon vor Monaten.«

»Die Leute sind faul«, sagte ich. »Früher oder später gibt

es einen ordentlichen Sturm, und dann bläst es auch die Letzten weg.«

»Ich bin verdammt froh, dass es vorbei ist«, sagte er und schüttelte den Kopf.

»Ich auch.«

»Ich wusste, die Leute würden sich von ihrer schlimmsten Seite zeigen.«

»Da hattest du recht.«

»Genau wie du«, sagte Charles.

»Wie meinst du das?«, fragte ich beleidigt.

»Du weißt, wovon ich rede«, sagte er. »Mit all den Irren zu telefonieren und mit komplett Fremden zu streiten.«

»Es ging nicht anders«, sagte ich. »Ich hatte lange genug nichts gesagt. Endlich gab es die Möglichkeit, das Thema auszusprechen, und ich habe sie wahrgenommen. Ich bin froh, dass ich es getan habe.«

»Nun, du hast gewonnen, also musst du dir keine Gedanken mehr machen.«

»Aber es hat mich ständig daran erinnert, wie lieblos die Menschen sein können. Und wie hässlich.«

»Warst du nicht Teil dieser Hässlichkeit?«

»Ich glaube nicht«, sagte ich.

»Na gut«, sagte Charles und holte sein iPhone aus der Innentasche. »Sehen wir es uns mal an, ja?« Er tippte ein paarmal aufs Display und wischte mit dem Finger darauf herum. »›Warum haben Sie so eine Angst davor, dass die Leute glücklich sind?‹«, las er vor. »›Warum können Sie die anderen nicht ihr Leben leben lassen?‹ Moment, wer hat jetzt das geschrieben ... oh, lass mich sehen ... oh ja @cyrilavery!«

»Das war diese fürchterliche Mandy«, sagte ich. »Jeden Tag tweetete sie, dass ihre Beziehung besser und wichtiger als alle anderen sei. So ein widerlicher Mensch.«

»Und das hier«, sagte Charles. »›Wenn Ihre Beziehung erfolgreich wäre, wäre es Ihnen egal, was andere Leute in Ihrem Privatleben tun.‹ Auch @cyrilavery.«

»Ein schreckliches verheiratetes Paar«, sagte ich. »Von morgens bis abends tweeten, Tag für Tag, und das praktisch ohne Follower. Die müssen ständig mit ihren Telefonen dagesessen haben. Die hatten es verdient, beschimpft zu werden.«

»Was ist mit dem hier?«, fragte er. »›Sie müssen voller Selbsthass sein, um sich so zu verhalten.‹«

»Ich erinnere mich!«, sagte ich. »Das ging an den Schwulen, der mit Nein gestimmt hat.«

»Hatte er nicht das Recht dazu?«

»Nein!«, rief ich. »Nein, hatte er nicht! Er wollte nur Aufmerksamkeit, das ist alles. Zur Hölle mit ihm! Er hat seine eigenen Leute betrogen.«

»Oh, Cyril«, sagte Charles. »Sei kein Dummkopf. Und was die Radiodiskussion anging ...«

»Sie haben mich eingeladen!«, sagte ich.

»Du hättest sie einfach alle ignorieren sollen«, sagte Charles mit einem Lächeln. »Das ist das Beste, was du mit deinen Feinden tun kannst, und sie haben ja auch verloren. Es war ein Erdrutschsieg. Diese Leute gehören der Vergangenheit an. Sind Geschichte. Nur mehr ein Haufen Bigotte, die im verzweifelten Wunsch, gehört zu werden, ins Leere schreien. Ihr Ende war von vornherein klar, und weißt du was? Die Welt ist nicht aus den Angeln geraten, als es nun doch passiert ist. Also sei nicht so wütend. Es ist vorbei. Ihr habt gewonnen, die haben verloren.«

»Aber ich habe nicht gewonnen, oder?«, sagte ich.

»Wie meinst du das?«

Ich schüttelte den Kopf und sah aus dem Fenster. »Nach der Abstimmung«, sagte ich, »in den Nachrichten im Fernsehen, da war David Norris. Der Politiker. ›Es ist ein bisschen spät für mich‹, sagte er, als klar war, dass das Land mit Ja gestimmt und sich für immer verändert hatte. ›Ich habe so viel Zeit damit verbracht, das Boot anzuschieben, dass ich vergessen habe, hineinzuspringen, und jetzt ist es draußen, jenseits des Hafens auf hoher See, aber es ist schön anzusehen.‹ Genau so fühle ich mich. Ich stehe am Ufer und sehe hinaus auf das Boot. Warum hat Irland nicht so sein können, als ich ein Junge war?«

»Das kann ich nicht beantworten«, sagte Charles leise.

»Seht doch«, sagte George, deutete aus dem Fenster, und ich drehte mich wie benebelt zu ihm hin.

»Was?«, sagte ich.

»Wir sind da«, sagte er. »Da ist Ignac.«

Der Wagen fuhr an den Straßenrand, und ich sah Ignac, Rebecca und die Kinder dort draußen stehen, und sie redeten mit Jack Smoot, der in einem Rollstuhl saß, aber wie versprochen gekommen war.

»Ich kann es nicht glauben«, sagte Marcus. »Ich habe alle seine Bücher dreimal gelesen. Er ist mein Lieblingsschriftsteller.«

»Ich stelle dich ihm vor«, sagte George stolz. »Ignac und ich sind echte Kumpel.«

Ich lächelte. Das war schön zu hören.

»Okay«, sagte ich und öffnete die Tür. »Es ist so weit.«

»Wartet!«, rief George. »Hat jemand einen Spiegel?«

»Du siehst prächtig aus«, sagte Marcus. »Hör auf, in den Spiegel zu gucken.«

»Schnauze.«

»Selber Schnauze.«

»Seid beide still«, sagte Liam.

Wir stiegen aus, die Sonne schien, und ich spürte einen leichten Schmerz im Kopf, und mir wurde bewusst, dass ich meine Morgentablette nicht genommen hatte. Es war nicht so wichtig. Auf dem Weg zum Empfang würden wir zu Hause vorbeikommen, und ich konnte schnell hineinspringen und es nachholen. Die Ärzte hatten gesagt, ich hätte noch sechs Monate, aber wenn ich Julian glauben sollte, waren es nur noch gut zwei. Drei Tage nach Halloween.

»Genau wie ich«, sagte Charles und winkte mir zum Abschied zu, als ich hinaus auf die Straße trat. »Ein Gehirntumor. Wie sich herausstellt, bist du doch ein echter Avery.«

Ich lachte und sah zum Standesamt hinüber. Der Tod wartete auf mich, das wusste ich. Aber heute wollte ich nicht daran denken.

Das neue Irland

Als ich das Standesamt betrat, sah ich Tom vorn stehen. Er sah gut aus in seinem Hochzeitsanzug, seine Tochter, sein Schwiegersohn und die Enkelkinder waren bei ihm, und alle trugen ein breites Lächeln auf dem Gesicht. Tom sah mich, hob eine Hand, und ich ging zu ihm hinüber, die Arme weit ausgebreitet, um ihn an mich zu drücken.

»Haben wir nicht ein tolles Wetter bekommen«, sagte Jane, beugte sich zu mir herüber und gab mir einen Kuss auf die Wange.

»Das haben wir«, sagte ich. »Irgendwer da oben ist auf unserer Seite.«

»Warum auch nicht«, sagte Tom und lächelte. »Wenn du zurückschaust, Cyril, hättest du je gedacht, dass es einen Tag wie heute geben würde?«

»Ganz ehrlich?«, sagte ich. »Nein.« Ich schüttelte den Kopf.

»Hast du deine Rede fertig?«

»Alle sorgen sich um meine Rede«, sagte ich. »Ich habe sie geschrieben, sie hat die richtige Länge, ein paar gute Scherze sind drin, und ich denke, wir werden alle damit zufrieden sein.«

»Gut gemacht.«

»Wir waren nicht mal sicher, ob wir es überhaupt schaffen würden«, sagte Jane.

»Warum?«, fragte ich.

»Vergiss es«, sagte Tom.

»Seine Arthritis«, sagte sie und senkte die Stimme ein wenig. »Er hatte fürchterliche Schwierigkeiten.«

»Heute geht es«, sagte Tom. »Heute macht sie mir keine Probleme.«

»Uns geht's allen nicht mehr so wie früher«, sagte ich, »und trotzdem kommen wir durch den Tag.«

»Es wird sehr seltsam werden, einen Sohn zu haben, der nur ein paar Jahre jünger ist als ich«, sagte er.

»Ich werde dich nicht Dad nennen, falls du das meinst«, sagte ich mit einem Lächeln. Tom war ein netter Mann. Ich kannte ihn nicht sehr gut, doch das, was ich kannte, mochte ich. Er war Architekt, hatte sich vor dreizehn Jahren zur Ruhe gesetzt und einen hübschen Bungalow in Howth, mit einem herrlichen Blick auf Ireland's Eye. Ich war schon ein paarmal dort gewesen, und er hatte immer dafür gesorgt, dass ich mich hochwillkommen fühlte.

Meine Mutter und er hatten sich über Tinder kennengelernt.

Eine Hand berührte meinen Arm, ich drehte mich um und sah Ignac hinter mir stehen. »Sie sind da«, sagte er.

»Sie sind da«, wiederholte ich, wandte mich wieder Tom zu, und meine Stimme klang wie die eines aufgeregten Kindes. Wir trennten uns, Tom ging weiter vor und ich nach hinten, während sich alle anderen hinsetzten. Ich begrüßte schnell Jack Smoot, der sagte, nichts anderes hätte ihn zurück nach Irland bringen können, nur das hier.

»Gleich morgen früh mach ich mich verdammt noch mal wieder auf den Weg«, fügte er hinzu.

Die Türen öffneten sich, und da stand sie, am Ende des Ganges, sechsundachtzig Jahre alt, ohne eine Sorge in dieser Welt, und sah so glücklich aus wie jede andere Braut an ihrem Hochzeitstag. Bei ihr waren meine Exfrau und Cyril II. Sie hatte bei den beiden übernachtet, und sie übergaben sie mir.

»Ich möchte dich auf dem Empfang sehen«, sagte Alice und küsste mich, »bis ganz zum Ende, hörst du?«

»Da musst du dir keine Sorgen machen«, sagte ich mit einem Lächeln.

»Wenn du nämlich verschwindest, gebe ich den Liam Neeson, hörst du? Ich habe ganz besondere Fähigkeiten und werde dich jagen. Ich finde dich und bringe dich um.«

»Alice«, sagte ich, »ich schwöre einen heiligen Eid: Ich werde der Letzte sein, der heute ins Bett geht.«

»Gut«, sagte sie, lächelte und sah mich mit einem Blick an, in dem fast so etwas wie Liebe zu liegen schien. »Du bist gewarnt.«

Sie setzten sich und ließen meine Mutter und mich allein.

»Du siehst wunderbar aus«, sagte ich.

»Das sagst du nicht einfach so, oder?«, fragte sie nervös. »Ich mache mich hier nicht zur Närrin?«

»Wie könntest du das?«, fragte ich.

»Weil ich sechsundachtzig Jahre alt bin«, sagte sie, »und sechsundachtzigjährige Frauen heiraten nicht. Ganz besonders keine neunundsiebzigjährigen Männer.«

»Heutzutage kann heiraten, wer will«, sagte ich. »Das ist das neue Irland. Hast du das noch nicht gehört?«

»Cyril«, sagte eine Stimme hinter mir, und ich drehte mich um.

»Du bist fleißig heute«, sagte ich. »Ich dachte, ich würde dich erst in ein paar Tagen wiedersehen.«

»Du kannst später vorbeikommen, wenn du willst«, sagte er.

»Nein«, sagte ich und schüttelte den Kopf. »Du hast gesagt, es ist erst Halloween so weit. Oder genauer, ein paar Tage nach Halloween.«

»Also gut«, sagte Julian. »Ich wollte nur sichergehen. Aber wir machen uns einen Spaß, wenn du kommst. Es gibt da ein paar Süße, mit denen wir ausgehen sollten, zu viert.«

Ich verdrehte die Augen. »Du änderst dich nie, oder?«

»Gib einfach den zweiten Mann«, sagte er. »Tatsächlich machen musst du nichts.«

»Halloween«, sagte ich. »Ein paar Tage später.«

»In Ordnung«, sagte er.

»Sind wir so weit?«, fragte meine Mutter.

»Ich schon, wenn du es bist?«

»Ist er hier? Er hat es sich doch nicht anders überlegt?«

»Oh, er ist hier, und ihr zwei werdet sehr glücklich werden. Das weiß ich.«

Sie nickte und schluckte leicht. »Das fühle ich auch«, sagte sie. »Er hatte unrecht, nicht wahr?«

»Wer?«, fragte ich.

»Father Monroe. Er sagte, ich würde niemals heiraten. Er sagte, dass mich kein Mann je wollen würde. Aber jetzt ist der Tag gekommen. Er hatte unrecht.«

»Natürlich hatte er unrecht«, sagte ich. »Alle hatten sie unrecht. In jeder Hinsicht.«

Ich lächelte und beugte mich vor, um ihr einen Kuss zu geben. Ich wusste, das war eines der letzten Dinge, die ich in dieser Welt zu tun hatte – meine Mutter in die Hände von jemandem zu geben, der sich um sie kümmern würde, und ich fühlte mich so erleichtert, dass es diese Familie gab, diese große Familie, die für sie da sein würde, wenn ich nicht mehr da war. Das brauchte sie. Das hatte sie all die Jahre nicht gehabt. Und jetzt bekam sie es.

»Geh langsam«, sagte eine Stimme hinter mir, und ich drehte mich um und spürte, wie mein Herz einen Freudensprung machte. »Vergiss nicht, du gehst mit einer Krücke, und sie ist eine alte Frau.«

»Du bist gekommen!«, sagte ich.

»Ich habe gehört, dass du nach mir gesucht hast. Julian hat es mir erzählt.«

»Ich hatte nicht gedacht, dass ich dich sehen würde. Nicht bevor, du weißt schon, ich an der Reihe bin.«

»Ich hab nicht länger warten können.«

»Du siehst genauso aus wie an unserem letzten Tag im Central Park.«

»Ich habe ein paar Pfund abgenommen«, sagte er. »Ich mache eine Fitnesskur.«

»Gut für dich.« Ich starrte ihn an und spürte Tränen in den Augen. »Weißt du, wie sehr ich dich vermisst habe?«, fragte ich ihn. »Fast dreißig Jahre ist es her. Die ganze Zeit habe ich allein verbringen müssen.«

»Ich weiß, aber es ist bald vorbei, und du hast dich nicht schlecht geschlagen, wenn man das Chaos bedenkt, das du in den ersten dreißig Jahren deines Lebens veranstaltet hast. Die Jahre, in denen wir getrennt waren, werden sich wie nichts anfühlen verglichen mit dem, was noch vor uns liegt.«

»Die Musik hat angefangen«, sagte meine Mutter und zog mich an sich.

»Ich muss jetzt, Bastiaan«, sagte ich. »Sehe ich dich später noch?«

»Nein, aber ich werde bei deiner Ankunft im November da sein.«

»In Ordnung.« Ich holte tief Luft. »Ich liebe dich.«

»Ich dich auch«, sagte meine Mutter. »Sollen wir?«

Ich nickte, und gemeinsam traten wir vor. Wir gingen langsam den Gang hinunter, kamen an den Gesichtern von Freunden und Verwandten vorbei, und ich übergab sie den Armen des Mannes, der schwor, sie zu lieben und für den Rest ihres Lebens für sie da zu sein.

Und zum Schluss, als alle applaudierten, da begriff ich, dass ich endlich glücklich war.

*Mit Dank, wie immer,
an Bill Scott-Kerr, Larry Finlay,
Patsy Irwin und Simon Trewin.*